穿越时空的价值印记

何继善 题

何继善

中南大学教授

中国工程院首批院士　地球物理学家

工程管理学家　书法家

《工程管理前沿（英文）》主编

《工程地球物理学报》主编

中国工程院书画社副社长

湖南省书法家协会顾问

原中南工业大学校长

原湖南省科学技术协会主席

穿越时空的价值印记

——国学经典与社会主义核心价值观(一)

董龙云　杨　雨　主编

中南大学出版社
www.csupress.com.cn
·长沙·

编 委 会

主　编　董龙云　杨　雨

副主编　赵晓霞　田立志　刘涵谦　张国强

委　员　（按姓氏笔画排序）

于纪林　于志芬　王湘文　田立志

朱威夫　刘　学　刘　洋　刘涵谦

杨　雨　李国海　李豪雄　张水良

张国强　张金华　陈朝霞　罗新科

周纲志　赵晓霞　晏杰雄　唐国华

常　辉　谌思珍　董龙云　傅婷婷

内容简介

　　本书紧扣社会主义核心价值观，精选与之相关联的"蕴含着民族最根本的价值基因"的国学经典古诗文，旨在促进传承国学经典与培育社会主义核心价值观的有机融合，达到古为今用、以文化人的目的，并充分彰显思想性、学术性、趣味性和实用性。本书的撰写，意欲深入挖掘和阐发中华优秀传统文化的时代价值，为培育和践行社会主义核心价值观提供有效的文化依据，同时试图引导广大干部群众尤其是青少年学生透过这些历久弥新的国学经典通晓社会主义核心价值观的文化来源，增强其文化自信和价值自信。

　　本册围绕社会主义核心价值观之"国家层面的价值目标"，即富强、民主、文明、和谐四大主题展开。"楚不用吴起而削乱，秦行商君而富强"，明富强之源；"民为贵，社稷次之，君为轻"，道民主之旨；"卑宫昭夏德，尊老睦尧亲"，释文明之义；"老吾老以及人之老，幼吾幼以及人之幼"，述和谐之美。每个主题由"主题简述"开篇，续以八至十章。每章前面有"导读"，"导读"之后并列"经典阅读""鉴赏指津""趣味故事""古为今用"和"知识链接"五个部分。

序

中华文化绚丽千秋，历久弥新。"前有古人，星光灿烂；后有来者，群英堂堂。"一个国家、一个民族强大的根本就是文化兴盛。试想，没有深厚历史文化积淀、没有悠久文明传承的中国，怎么可能会有文化的创新、自信和文化的发展、繁荣？又怎么可能会有伟大"中国梦"的实现？

习近平总书记就曾指出："培育和弘扬社会主义核心价值观必须立足中华优秀传统文化。"① 他还说："认真汲取中华优秀传统文化的思想精华和道德精髓，大力弘扬以爱国主义为核心的民族精神和以改革创新为核心的时代精神，深入挖掘和阐发中华优秀传统文化讲仁爱、重民本、守诚信、崇正义、尚和合、求大同的时代价值，使中华优秀传统文化成为涵养社会主义核心价值观的重要源泉。"①

党的十八大更是把"建设社会主义核心价值体系"提到了前所未有的高度。2013 年 12 月 23 日，中共中央办公厅印发《关于培育和践行社会主义核心价值观的意见》，明确了社会主义核心价值观的基本内容，即 24 字核心价值观，涉及三个层面：国家层面的价值目标——富强、民主、文明、和谐；社会层面的价值取向——自由、平等、公正、法治；公民个人层面的价值准则——爱国、敬业、诚信、友善。党的十九大明确把"培育和践行社会主义核心价值观"写入了党章。

这部《穿越时空的价值印记——国学经典与社会主义

核心价值观》正是为了响应党中央的号召、为了适应中华文化伟大复兴的迫切需要而精心编撰的。我们的初心是希望国学经典所承载的精神营养在当代的中国仍然能够散发永恒的香味。因为，那是来自中华民族灵魂深处的馨香，是无数先贤披荆斩棘、筚路蓝缕的心路历程，是经过漫长的历史检验并且能够超越时空呈现出普遍性生命体验和经验的智慧结晶。这样的经典，必然会在新的时代与社会主义核心价值观产生共鸣，并氤氲于空气中，流淌在我们的血脉中！

"中国古代历来讲格物致知、诚意正心、修身齐家、治国平天下。从某种角度看，格物致知、诚意正心、修身是个人层面的要求，齐家是社会层面的要求，治国平天下是国家层面的要求。我们提出的社会主义核心价值观，把涉及国家、社会、公民的价值要求融为一体，既体现了社会主义本质要求，继承了中华优秀传统文化，也吸收了世界文明有益成果，体现了时代精神。"[②]

"中华文明绵延数千年，有其独特的价值体系。中华优秀传统文化已经成为中华民族的基因，植根在中国人内心，潜移默化影响着中国人的思想方式和行为方式。今天，我们提倡和弘扬社会主义核心价值观，必须从中汲取丰富营养，否则就不会有生命力和影响力。比如，中华文化强调'民惟邦本''天人合一''和而不同'；强调'天行健，君子以自强不息''大道之行也，天下为公'；强调'天下兴亡，匹夫有责'，主张以德治国、以文化人；强调'君子喻于义''君子坦荡荡''君子义以为质'；强调'言必信，行必果''人而无信，不知其可也'；强调'德不孤，必有邻''仁者爱人'、'与人为善''己所不欲，勿施于人''出入相友，守望相助''老吾老以及人之老，幼吾幼以及人之幼''扶贫济困''不患寡而患不均'，等等。像这样的

思想和理念，不论过去还是现在，都有其鲜明的民族特色，都有其永不褪色的时代价值。这些思想和理念，既随着时间推移和时代变迁而不断与时俱进，又有其自身的连续性和稳定性。我们生而为中国人，最根本的是我们有中国人的独特精神世界，有百姓日用而不觉的价值观。我们提倡的社会主义核心价值观，就充分体现了对中华优秀传统文化的传承和升华。"③

　　新时代呼唤我们培育和践行社会主义核心价值观，传承和弘扬中华优秀传统文化，肩负起中华民族伟大复兴的历史重任。宋了然先生曾在《五千年不死，有一种伟大叫做中华!》一文中说："一个民族、一个国家的伟大，不在其曾经创造过如何辉煌、灿烂的历史，不在其曾经有多么辽阔的版图和如山的财富，而在于是否能将其所代表的文化不断传承且发扬光大，能否在其民族面临危机时诞生出一批批有着极大历史自觉的志士，去承担民族救亡的责任，将其民族的血脉延续，使其国家的文脉流长。"放眼世界文明，有太多盛衰兴亡、陵谷变迁，唯有我们中华文明依然屹立在世界的东方，只因为有一批又一批志士仁人始终深深地爱着她，坚定地护佑着她。在泱泱大国多灾多难的振兴道路中，我们始终能看到先哲时贤上下求索、行走不息的身影，那是我们永远的指路明灯。

　　不管国家处于什么境遇，我们的先辈始终能铭记并践行"国家兴亡，匹夫有责"的神圣使命，生命不息，奋斗不止。也正是经历了一次次痛彻心扉的跌倒和一次次揩干血泪的不屈，中华民族不屈的灵魂才得以锻造，才能如凤凰涅槃，浴火重生。

　　当我们拂去历史的尘埃，那些泛黄的书页会让我们感受到历久弥新的魅力。让我们一起去经历"断竹、续

竹、飞土、逐肉"的劳动艰辛，去欣赏"三人操牛尾，投足以歌八阕"的休闲娱乐，去感受"丰年处处人家好，随意飘然得往还"的安居乐业，去桃花源中，去岐王宅里，去岳阳楼上……与先辈进行心灵的对话。让我们一起，沐浴着复兴中华民族伟大"中国梦"的春风，鉴古识今，迎接决胜全面建成小康社会的绚烂前景！

愿《穿越时空的价值印记——国学经典与社会主义核心价值观》能够温暖你我。在中华民族伟大复兴的道路上，我们不忘初心，砥砺前行！

张尧学

2018 年 5 月

（张尧学，中国工程院院士、国务院学位委员会委员、《电子学报》英文版主编、中国作家协会会员，湖南省科协主席，中南大学、清华大学教授、博士生导师。曾任教育部科学技术司司长、高等教育司司长、学位管理与研究生司司长、国务院学位委员会办公室主任、中南大学校长等职务。）

注：

① 《习近平在中共中央政治局第十三次集体学习时的讲话》（2014 年 2 月 24 日）。

② 习近平《青年要自觉践行社会主义核心价值观》（2014 年 5 月 4 日）。

③ 习近平《青年要自觉践行社会主义核心价值观》（2014 年 5 月 4 日）。

目　录

穿越时空的价值印记

2

第一篇

富　强

主 题 简 述

　　追求富足与强大的思想古已有之，且不同时代有不同的诠释。有的立足于农业经济的发展，如"可使足民""可以无饥"；有的立足于军事外交的强大，如"抗敌御辱""扬我国威"……积贫积弱的近代，爱国之士纷纷探索富强振兴之路，发出"辅以诸国富强之术""变法图强""实业救国"的呼声。

　　"富强"在社会主义核心价值观中居于首位，具有来源于历史而高于历史的内涵。作为社会主义核心价值观的"富强"，即国富民强，是社会主义现代化国家经济建设的应然状态，是中华民族梦寐以求的美好夙愿，也是国家繁荣昌盛、人民幸福安康的物质基础。

　　富，不是丰衣足食单一层面的富裕，而是国富与民富的统一、物质富足与精神富足的统一、当下富裕与长久富裕的统一。

　　民富则国富，国富还需民富。春秋时期的大政治家管仲说："为国者，必先富民，然后治之。"人民的安居乐业与国家的兴盛稳定历来是相辅相成的。民富犹如水的源头，只有人民的生活水平得到基本的保障，人心才能安定，天下方能太平；而国富犹如水的径流，唯有统筹兼顾，大局为观，国力强盛，国库充足，才能使国家机关这个大型机器正常运行。

一国之富常常表现为藏富于民，以人为本。儒家"家国天下"的思想以及富国之道，就包含了民富的思想。《论语·颜渊》中说："百姓足，君孰与不足；百姓不足，君孰与足"，指出百姓的富裕体现了国家的富裕；《尚书·大禹谟》中说："克勤于邦，克俭于家"，指出一个国家由万千百姓集合而成，而修身齐家治国都是同一道理。国富与民富的关系，就如大河与支流的关系，"不积小流，无以成江海"，离开了民富，国富便失去了其最终的意义。

"富"不仅意味着物质生活资料的充裕，也包括精神生活的丰富多样和文化品质的优良。管子说"仓廪实而知礼节"，丰衣足食，更有利于人们知礼识节。而唯有文化昌盛，彬彬有礼，才可期待"老吾老以及人之老，幼吾幼以及人之幼"的人伦美景，才更有"富"的气象。有了富足的物质条件，人们应该有更高层次的精神追求，从而获得生命的富足与充盈。

如果精神资料的汲取跟不上社会财富极大增长的步伐，人们就会容易陷入精神文化相对空虚的困境。此种困境古人也有所遭遇，有所预见，并且提出了应对之道。《论语》有云："子适卫，冉有仆。子曰：'庶矣哉'。冉有曰：'既庶矣，又何加焉？'曰：'富之'。曰：'既富矣，又何加焉？'曰：'教之。'"要教化民众，培养君子品格，知晓礼义廉耻，意识到财富在人生价值中的有限性，因而追求精神富足，就需要提升教育的地位，使文化教育事业的发展与经济产业的发展并驾齐驱。《易经》中说"观乎人文，以化成天下"，以文化人的过程，就是培养独立人格、实现自我提升的过程，是推动文明普及、实现文化兴国的过程，是一个民族构建精神家园的过程，也是一个社会经由民富而至文昌的过程。

强，古有兵力雄厚、国泰民安、地大物博之义，强与富相似，是国力强大与文化强大双重内涵的统一。富可以指向强，富是强的一个表征，强是国力的综合呈现，既诉诸政治军事力量的外在强大，又诉诸文化强大、民族自信的内在威严。

干戈相向，不足以称强；不战而胜，不怒自威，才是真正的强大。《管子·牧民》中有云："城郭沟渠，不足以固守；兵甲疆力，不足以应敌；博地多财，不足以有众。唯有道者，能备患于未形也，故祸不萌。"意思是说单靠城郭沟渠，不一定能固守国土，仅有强大的武力和装备，也不一定能够御敌，地大物博，群众不一定就拥护。只有有道的君主，能做到防患于未然，才可避免灾祸的发生。所谓"有道者"，指的是有德行的君主。《孙子兵法·谋攻篇》讲："百战百胜，非善之善者也；不战而屈人之兵，善之善者也。"百战百胜，虽然高明，但不是最高明的；在攻城之前，先让敌人的军事能力严重下降，根本无力抵抗，才是最高明的。建立在民众水深火热之中的强权，不能称之为强大，而国治民安的局面，才是真正的强大。历史上长治久安、繁荣昌盛的王朝，大都国家统一、民族相安，杜甫《忆昔》回顾盛唐开元年间"九州道路无豺虎"，司马光《资治通鉴》谈开元盛世"行者万里不持寸兵"，都是强大的表现，也是被后世所称道的政治图景。

"强"不仅表现为国家外在力量的强大，还体现为人民内在德行的刚强。中华民族一直都是自强不息的民族。《大学》里讲"修身、齐家、治国、平天下"，将个人、家庭、国家的命运紧密联系在一起，把人民的"修身""齐家"视为国家强大的重要基础。顾炎武《日知录·正始》说："天下兴亡，匹夫有责。"个人道德品质上的坚毅，是"强"的表征。"君子自强不息"，是华夏民族生生不息的呐喊；"三军可夺帅也，匹夫不可夺志也"，是中国人民坚定不移的操守。精神力量的刚强和品德素质的美好，是国家富强的内在源泉。

"强"还表现为由文化强大带来的文化自信。老子《道德经》说："胜人者有力，自胜者强。""战胜自我"意指精神、责任、气度、实力等方面的自我超越，这样的一种"自胜"之道，便是文化强大赋予的文化自信。习近平总书记提出，一个国家、一个民族的强盛，总是以文化兴盛为支撑的，"文化自信是更基本、更深沉、更持久的力量"。当今世界，国家的真正强大在于文化的强大，而文化自信是对民族自我价值的认可。只有不断提升国民综合素质，使人民拥有富足的精神和强大的自信，使世界上其他国家感受到中国文化的辐射和吸引力，才能真正建设社会主义文化强国。

因此，表现为综合国力的"强"，既有政治、经济、军事兴国的内涵，又有科技兴国与教育兴国的意旨，而且后者日益重要，是国家综合实力提升的内在驱动力，是国家强盛的持久保障。

富强既是国家发展的目标，又与每一个人息息相关；读书也不仅是青年学子的"吾家事"，还是关乎社会精神文化前途的国家事。我们广大干部群众担负着国家富强、民族振兴、人民幸福的历史重任。我们青少年朝气蓬勃、风华正茂，正如梁启超在《少年中国说》中所说的："今日之责任，不在他人，而全在我少年。少年智则国智，少年富则国富，少年强则国强，少年独立则国独立，少年自由则国自由，少年进步则国进步……"。正所谓"乳虎当啸谷，百兽皆震惶"，让我们开"富足"大道，耀"强大"之光。

第一章　国富为旨　源头活水

导　读

　　国家与人民的富裕是构建和谐社会的基础。国家富强，国库充足，人民生存无忧，才能形成安居乐业、安定祥和的社会局面，才能保障国家与社会多层次的发展，才能充分满足个体生命发展的需求。国富是国家发展的必然追求，而国富的追求也要求国家在经济、科技、教育、文化各方面高速并持续发展，实现人民生活的物质富有与精神富足。

一、经典阅读

　　观国之强弱贫富有征：上不隆礼，则兵弱；上不爱民，则兵弱；已诺不信①，则兵弱；庆赏不渐②，则兵弱；将率不能，则兵弱。上好功，则国贫；上好利，则国贫；士大夫众，则国贫；工商众，则国贫；无制数度量③，则国贫。下贫，则上贫；下富，则上富。故田野县鄙者④，财之本也；垣窌仓廪者⑤，财之末也。百姓时和、事业得叙者⑥，货之源也⑦；等赋府库者，货之流也。故明主必谨养其和，节其流，开其源，而时斟酌焉⑧，潢然使天下必有余，而上不忧不足。如是，则上下俱富，交无所藏之，是知国计之极也。故禹十年水，汤七年旱，而天下无菜色者；十年之后，年谷复孰，而陈积有余。是无它故焉，知本末源流之谓也。故田野荒而仓廪实，百姓虚而府库满，夫是之谓国蹶。伐其本，竭其源，而并之其末，然而主相不知恶也，则其倾覆灭亡可立而待也。以国持之，而不足以容其身⑨，夫是之谓至贪，是愚主之极也。将以求富而丧其国，将以求利而危其身，古有万国，今有十数焉，是无它故焉，其所以失之一也⑩。君人者，亦可以觉矣。百里之国，足以独立矣。

（荀子《富国第十》(节选)，张觉《荀子译注》，上海古籍出版社 1995 年版）

【参考注释】

①已：止，禁止，不准许。

②渐：加重。

③制、数、度、量：布帛的幅面叫"制"，一二三四叫"数"，尺、寸等长度单位叫"度"，斗、石等容量单位叫"量"，这里都是法度的意思。

④故：犹"夫"，发语词。县、鄙：都是古代的行政区划单位。周代五百家为鄙，五鄙为县。此"县鄙"泛指郊外乡村。

⑤垣（yuán）：矮墙，此引申指粮囤。窌（jiào）：同"窖"。

⑥和：指百姓和谐安定。

⑦货：粮食布帛之类叫"财"，钱币叫"货"。这里"货"与"财"同义，泛指财物。

⑧斟酌：原指筛酒，酒筛得少叫斟，筛得多叫酌。这里指税收与赈济要随着年成的好坏多一些或少一些，也就是调节的意思。

⑨不足以容其身：指身亡失国。

⑩其所以失之一也：指失国的原因都是贪婪。

二、鉴赏指津

一个国家的强弱贫富有一定的征兆，可从君主是否崇尚礼义，君主是否爱护民众，明令禁止是否守信用，对士兵的奖赏是否丰厚，将帅是否具备应有的才能等方面窥视一二。君主的富裕与人民的富裕是紧密相连的，君主若

穿越时空的价值印记

贪慕财利，不管百姓的死活，那么民众就会贫穷，久而久之整个国家就会积贫积弱，君主也将变得贫穷。国家富裕的根本，在于郊外的田野乡村，在于百姓不失农时、有条不紊的生产活动。所以英明的君主必定谨慎地维护和谐安定的政治局面，节流开源，灵活地调度征收赋税，使天下的财富滚滚而来，如此君主也就不必再担忧财物不够了。贤君如夏禹、商汤，均遇过常年自然灾害，但天下并未动荡不安，百姓也余粮充足，正是因为他们懂得使国家致富的根本。国库粮仓填满的首要前提是使百姓的粮仓填满，若集天下财利于一室，这个国家是岌岌可危的，因为着眼于个人利益，而失去了整个国家，从古至今，这样的例子不胜枚举。大国也好，小国也罢，治理国家的道理总是基本一致的。

本篇是关于国家治理的论述，论述了国家富足之道，提出了一系列发展经济的政治原则和方针策略。开篇指出国家强弱是有所征兆的，由此引发如何使国家致富的思考。接着从君主谈到人民，由此立论君主的富裕与人民的富裕息息相关，需以"仁"治国。然后阐述并强调国富的本、末，警示国君不要本末倒置。紧接着又列举夏禹、商汤的例子来论证，贯通古今中国。最后回望历史，指出王朝覆灭的根本原因其实都相似。本段文字言简意赅，深入浅出，并结合了举例论证，有理有据，具有极强的说服力。考察一个国家政治、经济、军事状况的标准各异，以经济而言，可用"强本抑末""开源节流""节用裕民"等方式调整生产、消费结构，以保证经济的良性发展。虽然当今的生产、消费结构早已发生了天翻地覆的变化，但是使国家富足强大的发展目标是亘古不变的。

三、趣味故事

姜子牙说王国富民

有一天，周文王向姜子牙请教如何治理天下。姜子牙一听，心情大悦，心想：这个问题问得好呀！于是边捋着花白的胡须边思考，然后滔滔不绝地阐述治国之道：对于想要称王的国家，应当使人民富裕；对于想要称霸的国家，只需使士人富裕；而对于那些只求勉强维持生存的国家，只能使大夫富裕；至于那些即将灭亡的国家，仅求国库富裕。可见，四类不同的国家有四类不同的治理方法。从姜太公的话中不难看出，国富与民富密不可分，君舟民水，水可载舟，亦可覆舟。国富绝不仅仅是富裕君主一室，而是体现在整个国家的方方面面。倘若君主贵族酒池肉林，百姓民不聊生，那么整个社会一定会动荡不安，政权也必将走向覆灭。仁君治国，心怀天下，富国强兵，才是长久之道。当然，说了这些长篇大论之后，姜太公担心文王虽然虚心求教却不落到实处，左耳进右耳出的又有什么用呢？于是姜太公巧施一计，告诉文王做有利于国家百姓的好事必须"今日事今日毕"，隔夜颁布命令是会不吉利的！文王一听大惊，立马派人打开粮仓赈济穷人，百姓欢欣鼓舞，西周也日益强盛了。试问哪个国君不想使自己的国家富裕强盛呢？加上姜太公善于把握国君的心理，循循善诱，他的王国富民之说自然能取得很好的成效了。

（故事出自西汉刘向《说苑·政理》）

四、古为今用

在 GDP 评估中大放异彩的中国

荀子在《富国第十》中提出了当时一个国家的强弱贫富的征兆。历史发展到今天，又该如何衡量一个国家的强弱贫富呢？在经济领域，GDP 是世界各国普遍认同的衡量一个国家是否富裕的重要指标之一。虽然 GDP 不是中国提出的概念，可是基于传统富国理论与思想的当代中国，选择了接受这个概念，参与到 GDP 的评估中来。

GDP（gross domestic product）是国内生产总值的英文缩写，指一个国家或者地区所有常住单位在一定时期内生产的所有最终产品和劳务的市场价值，是国民经济核算的核心指标，也是衡量一个国家或地区总体经济状况的重要指标。

据世界银行数据统计显示：1994年，中国GDP总量在国际排名中居第7位；1995年被巴西超过退居第8位；1996年反超巴西居第7位；2000年超过意大利居第6位；2002年超过法国居第5位；2003年被法国反超退居第6位；2005年再次超过法国居第5位；2006年超过英国居第4位；2007年超过德国居第3位；2010年超过日本居第2位。

从以上数据可以发现，中国的GDP在徘徊中前进，从1994年的第7位，到2010年超过日本，一跃成为世界第二大经济体。人口众多的中国，国内生产总值在稳步增长，正一步步地改善整个社会的生存环境。虽然我国GDP走势乐观，但国民人均值仍然与发达国家存在较大的差距，在实现人人小康的道路上仍任重而道远。经济是基础，只有国家经济稳步发展，才有未来可谈；生存资料是基础，只有保证基本生存，才能享受精神文化教育，实现二者互动发展。

近代以来，中国人民遭受了长久的磨难与痛苦。弱国无外交的现实教训，贫穷落后被动挨打的屈辱历史，激发出中国人对国家富强民族自尊的强烈渴望。相信在未来，中国的实力与魅力会为更多人所知！

五、知识链接

商鞅变法

商鞅（约前390—前338），战国时期政治家、改革家、思想家，法家代表人物，卫国（今河南省安阳市内黄县梁庄镇）人，卫国国君的后裔，姬姓公孙氏，故又称卫鞅、公孙鞅。后因在河西之战中立功获封商於十五邑，号为商君，故称商鞅。

春秋战国时期是中国奴隶制崩溃、封建制确立的过渡时期。随着社会生产力的发展，奴隶主的土地国有制逐步被封建土地私有制所代替。新兴地主经济实力的迅速增长，要求政治权利也应有相应的调整，政治改革势在必行。此时的秦国，社会经济的发展落后于齐、楚、燕、赵、魏、韩六大国。为了增强秦国实力，改变在诸侯争霸中的劣势地位，秦孝公开始引进人才，着手改革，变法图强。商鞅变法由此拉开大幕。

商鞅变法因为涉及旧贵族统治阶级的利益，阻碍重重，以致进行了两次。第一次变法的主要内容有：增加连坐法，轻罪用重刑；废除旧世卿世禄制，奖励军功；重农抑商，奖励耕织；焚烧儒家经典，禁止游宦之民；强制推行个体小家庭制度等。第二次变法的主要内容有：废除贵族的井田制，实行土地私有制，国家承认土地私有，允许自由买卖；普遍推行县制，废除分封制；迁都咸阳；统一度量衡制；编订户口，开始按户按人口征收军赋；推行小家庭政策等。

经过商鞅变法，秦国改变了旧有的生产关系，从根本上确立了土地私有制，打击并瓦解了旧的血缘宗法制度，使封建国家机制更加健全，中央集权制度由此建立。但是商鞅变法轻视教化，鼓吹轻罪重罚，在一定程度上加重了广大人民所受的剥削与压迫，给广大人民带来巨大的痛苦。同时，它也并未与旧的制度、文化、习俗彻底划清界限。其变法中的"内行刀锯，外用甲兵"、迷信暴力而轻视教化等思想，也有明显的历史局限性。

商鞅的改革促进了秦国经济的发展，推动了秦国社会的进步，秦国国力从此壮大。这也为秦日后统一全国奠定了基础，在中国历史的发展中起到了重要作用。

历史上任何一次变法维新，都不仅是一种治国方略的重新选择，更是一种利益关系的重新洗牌，这也是改革必然遭到阻力的真正原因。随着社会生产的发展，不论何时，只有与时俱进，顺应历史发展的潮流，积极应对，推动新的社会转型，才是治国的长久之策。

第二章　民富为本　仓廪丰实

导　读

富，既是建立在民富基础上的国富，又是建立在国富基础上的民富。人民富裕是国家富裕的根本，倘若本末倒置，那么繁荣昌盛的景象恐难以持久。民富最为基础的内涵是丰衣足食。在此基础上，还表现为精神状态的饱满、内心世界的平和安宁、文明礼仪的讲究和文化生活的富足。而执政为民的理念，科学发展观的践行，无不关乎富民之根本。

一、经典阅读

诞实匍匐①，克岐克嶷②，以就口食。蓺之荏菽③，荏菽旆旆④。禾役穟穟⑤，麻麦幪幪⑥，瓜瓞唪唪⑦。

诞后稷之穑⑧，有相之道⑨。茀厥丰草⑩，种之黄茂⑪。实方实苞⑫，实种实襃⑬。实发实秀⑭，实坚实好。实颖实栗⑮，即有邰家室⑯。

诞降嘉种⑰，维秬维秠⑱，维穈维芑⑲。恒之秬秠⑳，是获是亩㉑。恒之穈芑，是任是负㉒，以归肇祀㉓。

（《大雅·生民》（节选），王秀梅译注《诗经》，中华书局 2006 年版）

11

【参考注释】

①匍匐：爬行。

②岐、嶷：有知识，能识别。

③蓺：种植。荏菽：大豆。

④旆（pèi）旆：茂盛的样子。

⑤禾役：禾穗。穟（suì）穟：下垂的样子。

⑥幪幪：茂密的样子。

⑦瓞（dié）：小瓜。唪唪（běng）：果实累累的样子。

⑧穑：种植五谷。

⑨相：助。道：方法。

⑩茀（fú）：除草。丰草：茂密的草。

⑪黄茂：金黄的谷类，良种谷物。

⑫方：萌芽刚出土。苞：禾苗丛生

⑬种：谷种生出短苗。褎（yòu）：禾苗渐渐长高。

⑭发：禾茎舒发拔节。秀：结穗。

⑮颖：禾穗籽粒饱满下垂。栗：收获众多。

⑯即：往。有邰（tái）：古代氏族，传说帝尧因后稷对农业生产的贡献而封他于邰。

⑰降：赐予。

⑱维：是。秬（jù）：黑黍。秠（pī）：黍的一种，一壳中含有两粒黍米。

⑲穈（mén）：一种谷物，又名赤粱粟。芑（qǐ）：一种白苗高粱。

⑳恒（gèng）：通"亘"，遍，满。

㉑获：收割。亩：堆在田里

㉒任：挑。

㉓肇祀：开始祭祀。

穿越时空的价值印记

二、鉴赏指津

本篇节选于《诗经》中的《大雅·生民》，所选片段主要讲述了周民族部落的始祖后稷在农业种植方面天赋异禀。当后稷还在地上爬行时，就已经开始懂事了。民以食为天，他为了解决人们吃饭的问题，开始种植大豆、禾苗、麦子、瓜果，都获得了大丰收。后稷自有一套种庄稼的实用本领，乐于钻研农业生产，上天也赐下良种给他，粮食的长势一天比一天好。他收获了遍地种植的黑黍，红色的、白色的嘉谷等。他还不忘将多余的粮食拿去祭祀祖先。人民安居乐业，不用再为食物发愁。

《大雅·生民》是中国古代周民族部落的史诗之一。在中国传统诗歌中，以叙事为主的史诗一向不发达，《大雅·生民》作为《诗经》中难得一见的几篇史诗之一，自然引起了广泛的关注。本诗主要叙述了周的始祖后稷的一些事迹，包括神奇的出生经历和在农业生产方面的特殊种植才能。后稷在古代神话中被当作农神，因此关于农业生产的相关描写占了此诗的大半篇幅，且具有相当浓厚的神话色彩。这从一定层面上反映出了当时农业已同畜牧业分离，社会大分工发生了巨大改变。

全诗共八章，每章十句或八句，十句章节与八句章节交替穿插呈现。诗歌主体部分均由"诞"字总起，格式严谨。如所选片段，每章首字均为"诞"，排篇布局有序，音韵和谐。全诗纯用赋法，不假比兴，生动详明，具有很强的纪实性。全诗前三章主要叙述了后稷母亲姜嫄神奇的受孕，以及后稷屡被抛弃却屡次脱险的具有神话色彩的经历，与后三章后稷从事农业生产中极富生活气息的表现相结合，既引人遐想诧异又落脚于生活实际，大大增强了全诗的艺术魅力。

在我们当代生活中，丰衣、足食已经是再正常不过的了。然而纵观历史，横跨世界，仍然存在常年饥荒、食不果腹、衣不蔽体的现状。置身其中，便能更好地明白丰衣足食、物阜民丰实在是难能可贵的幸福，是民富的最基本体现。在上古时期，由于物资贫乏，对粮食的崇敬即是对生命的崇敬，各类祭祀总离不开祈祷来年的五谷丰收。倘若有一方乐土，人们能在那里安居乐业、衣食无忧，那么这样的平实生活，便是不少文人雅士心中的桃花源了。

三、趣味故事

使民富且寿

鲁哀公一直希望自己的国家能国泰民安。一天，他兴致勃勃地向孔子询问有关治国的问题。孔子微笑着回答："治国的关键在于使百姓们富裕长寿。"鲁哀公听了以后，微微皱眉，心中满是疑惑，不断追问究竟要怎么做才能实现这样的盛世图景。孔子笑了笑，接着说："要使国家太平、百姓富裕长寿呀，就必须减轻税收，减少扰民。"鲁哀公听到要减轻税收，满脸不悦，减少税收不就是减少政府的收入吗？那岂不是让自己大受损失！百姓倒是富裕了，反过来国君变贫穷了，这又怎么办呢？孔子看到哀公忧心忡忡的样子，继续为他解释："就像《诗经》说的，仁君是人民的父母，孩子富了，父母还会穷吗？二者是紧密相连的呀！"

孔子关于治国的言论深入浅出，道理易懂却耐人寻味。想要治理好国家，就要以人民为本，减轻税收，使人民安居乐业。而鲁哀公却没有思考清楚国家与人民的关系，还认为二者是对立的，当孔子用父母与孩子的关系来说明国富与民富的问题时，鲁哀公感到茅塞顿开，之前的顾虑也被打消了。

（故事出自西汉刘向《说苑》）

四、古为今用

从"三大件"看中国

你听过"三大件"这个词吗？

"三大件"是中国人的特殊记忆，也是中国经济飞速发展的侧影。20世纪70年代，"三大件"指的是手表、缝纫机、自行车；20世纪80年代，"三大件"指的是电视、收音机、洗衣机；20世纪90年代，"三大件"指的是彩电、冰箱、空调；后来指的是房子、汽车、电脑；而到了21世纪，进入信息时代，经济飞速发展，对于"三大件"的定义，已由最初基础的生活必需品发展到了现在的教育、保险、理财等长期资金投入。

"三大件"，是一个内涵不断与时俱进和承载着一代代中国人财富梦想的词汇。悄然之间，中国人的财富梦正在发生着沧海桑田般的巨变。"三大件"的说法，表现了人民对于富裕生活与高质量生活的向往。"三大件"的不断革新，体现了人民生活水平与消费水平的不断提高，是人民富裕程度增加的表现。可以相信，随着经济的发展、社会的进步，中国人的生活水平、文明程度将越来越高，还会有新的这件、那件为中国人所追求、所拥有。很难想象，二三十年后、三五十年后，中国人最感兴趣的"三大件"是什么，那时的人们，对今天的三大件又有何感想，有何评价。

随着时代的进步、经济的发展，人民收入大幅增长，生活明显改善，居民的消费结构也发生了巨大变化，相信将来一定还会有层出不穷的新"三大件"。我们完全有理由相信在中国共产党的正确领导下，中国人民的生活水平会越来越高，随着时代的发展，我们会不断地更新并圆好当下时代"三大件"的梦想。

五、知识链接

中国古代货币

中国的货币不仅历史悠久，而且种类繁多，因而形成了独具一格的货币文化。

中国最早的货币是海贝，《盐铁论·错币》中有"夏后以玄贝"的记载。海贝是产自南方暖海的远方外来交换品，也是美丽珍贵的装饰品。它开始起货币作用大致可上溯到夏代，即中国进入阶级社会、国家产生的时候。早在商朝和西周，它就已成为流通中的主要货币。

春秋战国时期，各地区因社会条件和文化差异而形成了不同的货币，贝币则退出了历史舞台。当时的主要货币有楚国地区的蚁鼻钱、黄河流域的布币、齐燕地区的刀币和三晋两周地区的环钱。

秦灭六国后，要求全国使用秦半两铜钱，统一天下货币。从此，中国古货币的形态固定下来并一直沿用到清末。

西汉末年，王莽摄政和新朝统治时期，托古改制，十余年间就进行了四次大的币制改革，因钱名目等级繁杂，均以失败告终。但当时钱币的工艺水平达到了空前的高度，其间铸造的"金错刀"因造型别致、工艺精巧，自古为收藏者所喜爱。

隋朝时，原来混乱的货币趋向统一。隋文帝开皇三年铸行了一种合乎标准的五铢钱，并禁止旧钱的流通。随着开元通宝的发行，以前的纪值纪重钱币一去不复返，取而代之的是宝文币制（主要是通宝、元宝和重宝）。钱币不再以重量而是以纪年作为名称。

宋代是铸币业比较发达的时期，在数量和质量上都超过了前代，是继王莽钱之后的又一个高峰。宋朝货币以铜钱为主，南宋以铁钱为主。北宋以后，年号钱才真正开始盛行，几乎每改年号就铸新钱，钱文书法也达到巅峰。钱文有多种书体，以宋徽宗瘦金体"大观通宝"最为著名。同时，白银的流通亦取得了重要的地位。

北宋年间还出现了世界上最早的纸币——交子，其后陆续出现别的纸币：会子和关子，且占据的地位越来越重要。此外，对子钱、记监钱、记炉钱、记年钱亦应运而生。

白银在明代成为法定的流通货币，大额交易多用银，小额交易则用钞或钱。

清朝主要以白银为主，小额交易往往用钱。清初铸钱沿袭两千多年前的传统，采用模具制钱，后期则仿效国外用机器制钱。清末，太平天国攻进南京后，亦铸铜钱，其钱币受宗教影响较大，称为"圣宝"。

谈及货币，其首要作用似乎便是衡量财富。实际上，在古代的民间，财富不仅能用货币来衡量，还能用实物来衡量和交换。作为货币替代物最具代表性的有食盐、绢及粮食，它们都是古代的硬通货。因为中国古代黄金和白银的储藏量及产量都很低，金银直到明清时期才作为货币流通。所以很多时候人们以食盐、绢、粮食等作为货币的替代品，即实物货币，而且这也是历朝政府所承认的，因为朝廷的赏赐很多时候也是以绢代替的。至于古代小说中描述的动辄赏金千两、万两，只是个笑话，因为金银是作为保证金的，不可能随便赏赐。如果某个大臣能得赏银数十两，就会欢天喜地了。我国古代也只有到了明清时期，随着对西方贸易的巨额顺差，海量白银、黄金的涌入，金银才正式成为流通货币。

第三章　英才之盛　霞蔚云蒸

导　读

　　人才是国家实现富强的必备因素。无论是政治、经济领域，还是文化领域，每一个领域都有待人才的驱动。所谓富强之争，从某种意义而言，就表现为人才的竞争。故而古代贤君无不求贤若渴，懂得任人唯贤，以贤臣为镜明得失，以能人为翼展宏图。在中华五千年文明史中，有多少英才留名青史，他们如璀璨星辰闪烁，照亮了整片茫茫夜空，为国家、后人留下了不朽的财富。

一、经典阅读

　　世皆称孟尝君能得士[①]，士以故归之，而卒赖其力以脱于虎豹之秦[②]。嗟乎！孟尝君特鸡鸣狗盗之雄耳[③]，岂足以言得士？不然，擅齐之强，得一士焉，宜可以南面而制秦[④]，尚何取鸡鸣狗盗之力哉？鸡鸣狗盗之出其门，此士之所以不至也。

　　（王安石《读孟尝君传》，钟基等译注《古文观止（下）》，中华书局 2009 年版）

【参考注释】

　　①世皆称孟尝君能得士：据《史记·孟尝君列传》载，孟尝君礼贤下士，

无论贵贱，都给予优厚的待遇，有食客千人。孟尝君，即战国时的齐国贵族田文。

②卒：终于。脱：逃脱。虎豹之秦：不少封建史学家认为秦残暴，常称之为"暴秦"。

③特：仅仅，只是。

④南面：面向南。古代面向南为尊位，帝王总是南面而坐。

二、鉴赏指津

孟尝君，田氏，名文，是"战国四公子"之一。本篇涉及一个有名的成语故事——鸡鸣狗盗。孟尝君曾受困于秦国，靠着他招揽的两名门客，一个学狗偷狐裘献给秦王宠姬说情，一个装鸡鸣叫骗开城门，得以逃回齐国，保全了性命。历史上曾有不少名家评论过孟尝君这一历史人物，但众说纷纭，褒贬不一。

荀子曾评价其："上不忠乎君，下善取誉乎民；不恤公道通义，朋党比周，以环主图私为务。"可见，在荀子眼中，孟尝君上对君王不忠，下对百姓沽名钓誉，所收门客虽多，实际却是结党营私，为私利而企图蒙蔽君主。贾谊则认为："当此之时，齐有孟尝，赵有平原，楚有春申，魏有信陵。此四君者，皆明智而忠信，宽厚而爱人，尊贤而重士。"可见，贾谊对孟尝君更多的是赞赏，赞赏其宽厚仁爱、尊重贤士。

王安石评价孟尝君则从"鸡鸣狗盗"这一事件切入，认为孟尝君只不过是一些鸡鸣狗盗之徒的头目罢了，称不上善于得到人才。他的眼界有限，本可以借助齐国强大的力量得到真正的人才，南面称王制服秦国，却收养了一群鸡鸣狗盗之辈。正因为有这类人的出入，才使真正有才能的人不愿意去他那里。

全篇紧紧围绕"孟尝君不能得士"的主旨，层层深入。第一层以一句"孟尝君能得士"开门见山地点出了所要批驳的观点。第二层以"孟尝君特鸡鸣狗盗之雄耳"，直截了当地对孟尝君善于招纳贤士的传统看法予以批驳。第三层笔锋一转，以反证法说明真正的"士"应该是能够助其谋国制敌的，而孟

19

尝君正因手下无真正有用之士，所以只能靠鸡鸣狗盗之辈来助他逃离秦国，这无论从计谋还是逃跑方式来看都是不光彩的。王安石用事实验斥了"孟尝君能得士"的片面看法，提出"士"是有其标准的。第四层继续推进，深入解析孟尝君不能得士的原因，下定论、作结语，承接上文并补充了对孟尝君能得士的批驳。

作者以与传统的"士"相异的标准，与孟尝君善于得到人才的传统看法针锋相对，反驳了史书中所称颂的"孟尝君能得士"之说，认为孟尝君并没有济世兴邦的胸怀志向，也没有真正脚踏实地地为国家做出自己的贡献，而徒有"好养士"的虚名。文段驳、断、转、立，结构严谨，议论周密，辞气凌厉、言简意赅，篇幅虽短但文气自成，势如破竹，兼有哲理、情趣、气势之胜，表现了作者思想的敏锐卓绝和写作技巧的高超纯熟。文章对"士"进行了新的阐释，立论新颖，理据充足。作为主持北宋后期重要政治改革的宰相，王安石深知人才对于国家发展的重要价值。真正优秀的人才能令一个国家强大兴盛，而鸡鸣狗盗之徒当道只会阻塞选拔正常人才的路径，影响国家的发展。在发展全球化的今天，国家之间的人才竞争已经趋于白热化，如何培养人才，如何吸引更多优秀的人才加入本国的发展，已成为人才竞争中的重要命题。

三、趣味故事

勾践宴群臣

越王勾践灭吴复国后，大宴群臣。在宴席上他颇带几分睥睨之色谈道吴王夫差使吴国灭亡的主要原因是杀掉了当时有名的谋臣伍子胥。他的大臣们听到这话，面面相觑，沉默良久。联想到越王的一些做法，他们十分担忧。

终于，一个大夫慢慢站起身来，说："大王，小臣曾经到过东海那边，正赶上东海之神巡游众岛屿，而当地的水族们就依次排着队去拜见他。当鱼鳖拜完了东海之神，又来了一只叫作'夔'的水兽。他长得很奇怪，只有一只脚，也是来拜见东海之神的。由于只有一只脚，他走起路来一跳一跳的。鳖看到他的样子，忍不住伸长了脖子大笑。夔问他：'你为什么笑?'鳖忍着笑说：'我看你一跳一跳的样子，真担心你摔倒啊。'夔很平静地看了鳖一眼，缓缓地说：'我走路的时候是一跳一跳的，可你走路的时候是一跛一跛的，咱俩差不多啊。我只有一只脚，你可有四只脚呢，走起来也是一瘸一拐的不稳呢。若站起来走路，你嫌太累了，若拖着腿走路呢，你又怕磨坏你的肚皮，结果你就这样整天半趴着慢吞吞地走，一天下来能走多远啊。你还在这儿笑话我，殊不知自己的样子更可笑。'大王啊，您已经逼死了大夫文种，又逼走了范蠡，现在天下的贤士都掉头不敢到咱们越国来了，国中的贤才是越来越少了啊。您在谈论吴王夫差的时候，有没有担心咱们越国的将来啊。"

听了这一席话，越王勾践收起了轻浮的神色，陷入了沉思。

（故事出自明代刘基《郁离子》）

四、古为今用

日渐壮大的阿里集团

在十年前，我们很难想象网上购物竟会成为我们日常生活中的主要购物方式之一。它强力冲击了实体店铺，为我们带来了更为方便快捷的购物体验，在一定程度上消除了人与人之间距离上的阻隔。在人才辈出的今天，有这样一群年轻人，敢想敢为，一步一步将自己的梦想照进现实。

阿里巴巴网络技术有限公司（简称阿里巴巴集团）于 1999 年在杭州成立，最初是由曾担任英语教师的马云为首的 18 人共同创业成立的。阿里巴巴集团是全球企业界（B2B）电子商务的著名品牌，是全球目前最大的网上交易市场和商务交流社区，集团的子公司及关联公司有阿里巴巴 B2B、淘宝网、天猫、一淘网、阿里云计算、中国雅虎及支付宝等。2014 年 9 月 19 日，阿里巴巴集团在纽约证券交易所正式挂牌上市，2016 年 4 月 6 日，阿里巴巴正式宣布成为全球最大的零售交易平台。

马云作为阿里巴巴集团主要创始人之一，抓住了信息时代的先机，在互联网发展起步之初，有远见地瞄准电子商务的商机，创建了互联网虚拟购物平台。从最初的不被看好，到现在的"双十一"购物狂欢节风靡全网，他和他的团队成功了。他在时代的洪流中抓住了机遇，战胜了一个又一个挑战。他建造了自己的商业帝国，也成了中国21世纪电子商务的中流砥柱。这是一个典型的人才强国的例子。

习近平在欧美同学会成立一百周年庆祝大会上的讲话中明确指出："人才资源作为经济社会发展第一资源的特征和作用更加明显，人才竞争已经成为综合国力竞争的核心。谁能培养和吸引更多优秀人才，谁就能在竞争中占据优势。"

阿里巴巴集团也开始不断尝试新的领域，以打造开拓更广阔的商业帝国。这是高压与机遇并存的新时代，如李白所说，"天生我才必有用"，如何发挥自己的才能并抓住机遇就要看自己了。而对各个领域而言，如何吸引最多的优秀人才，成为发展竞争中的关键。既然人才资源是第一资源，那么，依靠人才实现国家强盛的战略自然是第一战略。唯有如此，才能将人才资源的科学开发、合理配置和有效使用放在社会主义现代化建设的首位，才能适应时代发展，顺应世界潮流，真正发挥第一资源的作用，实现中华民族的真正富强。

五、知识链接

千古一相王安石

王安石（1021—1086），字介甫，号半山，临川（今江西抚州市临川区）人，北宋著名思想家、政治家、文学家、改革家。

庆历二年（1042），王安石进士及第。历任扬州签判、鄞县知县、舒州通判等职，政绩显著。熙宁二年（1069），任参知政事，次年拜相，主持变法。因守旧派反对，熙宁七年（1074年）罢相。一年后，他被宋神宗再次起用，旋又遭罢相，退居江宁。元祐元年（1086），保守派得势，新法皆废，郁然病逝于钟山（今江苏南京），赠太傅。绍圣元年（1094），获谥"文"，故世称王文公。

王安石潜心研究经学，著书立说，被誉为"通儒"，创"荆公新学"，促进了宋代全新学风的形成。哲学上，他用"五行说"阐述宇宙生成，丰富和发展了中国古代朴素唯物主义思想；其哲学命题"新故相除"，把中国古代辩证法推到一个新的高度。王安石文学功底扎实，在诗、文、词方面取得了杰出成就，名列"唐宋八大家"，有《王临川集》《临川集拾遗》等作品存世。

其诗歌有"王荆公体"之美誉。其创作大致可分为两个阶段，以第二次罢相为界，内容和风格上有较明显的区别。前期创作注重社会现实，为下层人民发声，揭露时弊，风格直截刻露；晚年心情趋于淡然，远离政坛纷争，创作了大量的写景诗、咏物诗。后期创作擅长说理及修辞，致力于追求诗歌艺术特征，诗风含蓄深沉、深婉不迫，以丰神远韵的风格在北宋诗坛自成一家。

王安石不仅是一位卓越的文学家，也是一位杰出的政治家。他为了实现自己的政治理想，把文学创作和政治活动密切地联系起来，强调文学的作用首先在于为社会服务，强调文章的现实功能和社会效果，主张文道合一。其短文直陈己见，简洁峻切，短小精悍，形成了"瘦硬通神"的独特风貌，行文风格自成一派。他的政论文阐述政治见解与主张，结构谨严，说理清晰，语言朴素易懂、言简意赅，具有较强的概括性与逻辑性。

熙宁二年（1069），王安石出任参知政事，次年，又升任宰相，主持推行改革。他将财政税收大规模商业化，先用官僚资本刺激商品的生产与流通。如果经济的额量扩大，则税率不变，国库的总收入仍可以增加。这也是现代国家理财者所共信的原则。其政治变法对宋朝社会经济产生了很深远的影响，已具备近代变革的特点。王安石在1000年前差点把中国带入资本社会，列宁称赞他为"中国十一世纪最伟大的改革家"。

江宁城外，长江无语东流，凋谢的是岁月，但王安石那高尚的品格依然万古长青。就如他的《浪淘沙令》所叙述的那样："伊吕两衰翁，历遍穷通。一为钓叟一耕佣。若使当时身不遇，老了英雄。汤武偶相逢，风虎云龙。兴王只在笑谈中。直至如今千载后，谁与争功。"

第四章　兵强之威　引而不发

导　读

　　兵强之威至少具有两层含义，一是兵力强大，这是保卫国家民族安全的基础，是一国军事实力的最直接体现；二是指强大的威慑力，即不随意用武力来解决问题，即便有强大的军事力量仍坚持选择以和平的方式来面对。中国是礼仪之邦，素来秉承与其他国家民族和平共处的外交态度；但是，无论是考虑国家领土权益，还是念及人民群众的生活安危，以适当的军事形象直面侵犯或者积极防御总是必不可少的。兵强之威曾是中华民族的骄傲，也是中华民族繁荣昌盛的重要保障。

一、经典阅读

　　轮台城头夜吹角，轮台城北旄头落①。
　　羽书昨夜过渠黎②，单于已在金山西③。
　　戍楼西望烟尘黑④，汉军屯在轮台北。
　　上将拥旄西出征⑤，平明吹笛大军行。
　　四边伐鼓雪海涌，三军大呼阴山动。
　　虏塞兵气连云屯⑥，战场白骨缠草根。

剑河风急云片阔，沙口石冻马蹄脱。

亚相勤王甘苦辛^⑦，誓将报主静边尘。

古来青史谁不见，今见功名胜古人。

（岑参《轮台歌奉送封大夫出师西征》，金性尧《唐诗三百首新注》，上海古籍出版社1993年版）

【参考注释】

①旄头：即"髦头"，也即二十八宿中的昴宿，旧时以为"胡星"。旄头落，意谓胡人败亡之兆。

②羽书：紧急军书，上插鸟羽，以示加速。渠黎：本汉西域国名，在轮台东南。

③单于：本是匈奴君长的称号。这是以汉西域之军与匈奴之战比拟唐与播仙之战。

④戍楼：驻防的城楼。烟尘黑：指播仙军活动。播仙在轮台之西，故曰"西望"。

⑤上将：犹大将。旄：旌旗杆上的饰物。唐时节度使皆拥旄节，得以专制军事。

⑥虏塞：敌方要塞。

⑦亚相：犹次相。汉制，御史大夫位上卿，称亚相。封常清时摄御史大夫，故称之。勤王：为王事而勤劳。

二、鉴赏指津

中国的政治、经济、军事、文化、外交等各领域的发展到唐代都达到了空前繁荣，而其军事之强盛尤为后世所称道，因此也催生了一批颇有影响的边塞诗。

盛唐边塞诗人岑参的这首诗与《走马川行奉送封大夫出师西征》都是为封常清出兵西征所做的送行诗。起句就表现出浓厚的边地氛围，夜中号角，身上寒凉而心中热血。虽然天寒地冻，但我们依旧有获胜的决心。虽然旄头星的陨落预示唐军将胜，但是单于与唐军驻扎之地相去不远，战争的紧张之气已充塞天地之间，一触即发。一句"上将拥旄西出征"显现出封大夫的轩昂、朝廷的关注，"平明吹笛大军行"则无疑是对浩荡大军行进的写照，虽然是普通的叙事，其中的光明与自信却是不言而喻的。战场的描写颇能打动人心，自然之物雪海、阴山都随之涌动，怎么可能不激烈呢？敌方阵势兵力不容小觑，这注定是一场辛苦的战争。

全诗张弛有度，结构紧凑，宏大叙事与个体关注兼具，充满盛唐的蓬勃自信，将三军将士的勇武充分表现了出来。该诗体现了岑参诗歌形式不断变换，情感豪迈，叙事极富感染力的特点。这些特点在他的《走马川行奉送封大夫出师西征》《玉门关盖将军歌》等作品中也均有体现。

今天世界上仍不免有人在战火中求生，我们在享受和平与安宁的时候，千万不要认为这是理所当然的。如果没有国家雄厚的军事实力作为保障，没有军队战士的长期驻守与无私奉献，哪来这样的幸福？而如果没有国家的强大作为可靠后盾，没有国家和平外交政策的坚持，又哪有内心的自信、踏实与坚定呢？

三、趣味故事

赵武灵王"胡服骑射"

清代的魏源提出"师夷长技以制夷"，而早在两千年前的战国时期，赵武灵王就已经有了类似的思想。他通过"胡服骑射"来增强军队的战斗力，从而抵御入侵，扬其国威。

战国初期，中原各国的人原本都是宽衣博带，穿戴斯文，不适合打仗。而赵国面对的首要敌人是大草原上骑马放牧的胡人，他们骑马作战，机动性和战斗力都比赵国士兵强多了。赵国所受的威胁不只如此，它还身处齐、燕、秦、韩等国的包围之中，这些国家个个都对它虎视眈眈。如果没有强大的军事力量，如何能在争霸中保家卫国呢？

武灵王经过思索，决定放弃温文尔雅的阵法，向胡人学习，改穿胡人那种合体的服装，上马打仗。这件事情在"礼仪之邦"的中原推行起来，可不容易。在中原礼制中，衣服配饰、日常用具都是身份、等级的象征，有着明确的规定。听到要"胡服骑射"的消息，有的老臣无法接受，干脆不上朝了，还奉劝前来劝导的赵王使者："放弃祖宗家法，去穿那些蛮族的衣服，怎么行呢？"

武灵王也有过犹豫，但他还是下定了决心。他对大臣肥义说："一旦穿上胡服，敌人就会困弱了，这办法用力少而收效大。以我们现在的情况，只有增强军队的战斗力，才可能有所突围。建立旷世奇功的人，往往会遭到指责，但是我别无他法，必须下令让百姓'胡服骑射'。"肥义极力鼓励武灵王，觉得实行"胡服骑射"，才可能尽取东胡和中山之地。

经过一番苦口婆心地摆事实、讲道理，赵武灵王终于得到了群臣的支持。赵国颁布胡服令，招募人马练习骑射。通过这样的军事改革，赵国军队战斗力大增。最终，赵国三次大败中山，灭了中山，不仅报了当年遭受侵略的耻辱，而且树立了赵国的国威。

（故事出自《史记·赵世家》）

四、古为今用

强国重器——航空母舰

航空母舰是国之重器，是国家综合实力的象征。在当前这一军事装备趋于高精尖的时代，航母是世界上最庞大、最复杂，威力最强的武器之一。发展航空母舰是我国维护海外正当权益的需要。航空母舰的建造是一个十分庞大和复杂的系统工程，是一种以舰载机为主要武器的大型水面舰艇，承担舰载机起飞和降落的平台作用。技术和造船工业能力是决定其能否建成的主要因素。航母主要用于空中掩护和远程打击，可以在远离国土、不依靠当地机场的情况下施加军事压力，进行作战，在第二次世界大战中首度得到广泛运用。

中华人民共和国成立以来，海军长期采用近海防御战略，随着国家综合国力的增强，海军在担负近岸防御作战任务的同时，为满足维护国家海上权益的需要，开始扩大海上作战范围，逐步向"蓝水海军"发展。进入21世纪后，随着中国在世界经济、政治、文化、外交等领域的作用日益凸显，我国必须有一支强大的海军保障国家的利益，这一要求也是我国的战略边疆拓展的必然结果。我国没有美国那样遍布全球的军事基地支持，航母问题对于中国海军显得尤为必要。没有这个浮动机场，中国海军就无法真正走向远海，中国的国家利益就无法真正得到保障。

辽宁号航空母舰，于2012年9月25日正式命名并交付中国人民解放军海军使用，是我国的首艘航空母舰。

2017年4月26日上午9点整，我国首艘国产航空母舰正式下水，国人振奋，举国同庆。

《太白阴经》说："工欲善其事，必先利其器。器之于事，如影之随形，响之应声。其相须如左右手，故曰：器械不精，不可言兵；五兵不利，不可举事。"追求和平是我们的目标，目前我们正行走在追求和平的路上，为了维护祖国长久的安宁，引而不发的军事装备必不可少。

五、知识链接

"慷慨悲歌"边塞诗

边塞诗是以边疆地区军民生活和自然风光为主要题材的诗。

一般认为，边塞诗初步发展于汉魏六朝时代，隋代开始兴盛，唐即进入发展的黄金时代。据统计，唐以前的边塞诗，现存不到两百首，而《全唐诗》中所收的边塞诗就达两千余首。其中有些宏伟的篇章不但是民族文学的宝贵财富，而且极具历史意义。

边塞诗是唐代诗歌的主要题材，是唐诗中思想性最深刻、想象力最丰富、艺术性最强的一部分。一些有边塞生活经历和军旅生活体验的作家，以亲历的见闻来写作；另一些诗人用乐府旧题来进行翻新创作。参与人数之多，诗作数量之大，为前代所未见。其创作贯穿初唐、盛唐、中唐、晚唐四个阶段。其中，初、盛唐边塞诗多昂扬奋发的基调，艺术感极强。初唐四杰之一的骆宾王是初唐写作边塞诗较多的作家，他的边塞诗题材开阔，内容包括边塞风光、边疆战士的艰苦生活、边疆战士杀敌报国和建功立业的抱负、边疆将士思乡的情思等，不仅内容涵盖了盛唐边塞诗的大多领域，而且格调高亢。此后其他著名诗人如杨炯、陈子昂、杜审言等人也开始创作边塞诗。

边塞诗的创作在盛唐时期体现得尤为明显，形成了典型的"边塞诗派"，涌现许多著名的边塞诗人，如高适、岑参、王昌龄等。他们恢弘壮丽的诗歌作品成为盛唐气象的重要组成部分。这类诗歌壮美、阳刚、雄浑、大气，内容情感多样，以描写奇异的塞外风光、严酷的自然环境和抒发报国热情为主，充分体现当时唐朝泱泱大国的兵强之威与积极向上的精神气象。代表作品主要有高适的《燕歌行》、岑参的《白雪歌送武判官归京》《走马川行奉送封大夫出师西征》、王昌龄的《出塞》《从军行》等。

边塞诗是边塞生活的艺术反映，其思想内容极其丰富：可以抒发渴望建功立业、报效国家的豪情壮志；可以状写戍边将士的乡愁、家中思妇的别离之情；可以表现塞外戍边生活的单调艰辛、连年征战的残酷艰辛；可以宣泄对黩武开边的不满、对将军贪功启衅的怨情；可以惊叹描摹边地绝域的奇异风光和民风民俗。同时，诗中流露的也是矛盾复杂的情感：慷慨从军与久戍思乡的无奈；卫国激情与艰苦生活的冲突；献身为国与痛恨庸将无能的悲慨。

第五章　国泰民安　河晏海清

导　读

　　国家的富强不仅表现于仓廪丰足，还表现于社会的稳定安宁与百姓生活的喜乐平和。在中国古代社会，五谷丰登、六畜兴旺是一种安泰之象，广大的农业生产者自给自足，各得其所，也是一种安泰之象。随着商品经济的不断发展，多重产业不断繁荣，国泰民安还表现为文娱活动的多样化，社会井然有序和人们具有较高的幸福感。

一、经典阅读

　　宿雨清畿甸，朝阳丽帝城。
　　丰年人乐业，陇上踏歌行。　　　　　　（宋宁宗题诗于马远《踏歌图》）

　　宿雨清畿甸，朝阳丽帝城。
　　丰年人乐业，陇上踏歌声①。　　　　　　（王安石《秋兴有感》）

（李之亮《王荆公诗注补笺》，巴蜀书社 2002 年版）

【参考注释】

① 踏歌：可参考李白《赠汪伦》一诗中的"忽闻岸上踏歌声"。

穿越时空的价值印记

二、鉴赏指津

这首诗是宋宁宗赵扩在马远所绘的《踏歌图》上所题之诗，原为王安石所作。所画为阳春时节，正是适合欢歌起舞的时候，画面上虽然没有娇花艳草，却可以通过画中奇峭的远山、棱然的巨石感受到别样的开阔与活力。清旷的山林中隐约有楼阁的影子，可见出人烟的气息，最妙的是山梁上醉态可掬、踏歌而行的六位村农，有老年人、年轻壮汉、可爱的小孩，情态各异却趣味无穷。

踏歌早在汉代民间就已兴起，一般为群舞形式，舞者成群结队，以脚踏地，歌舞并起。《后汉书·东夷列传》记载："昼夜酒会，群聚歌舞，舞辄数十人相随，踏地为节。"踏歌在唐代风靡尤甚，是一种充分体现民俗之乐、民风之淳、民心之美的娱乐形式。

这幅画充分体现了马远的"马一角"称号的意蕴。画面上部呈现大片空白，体现中国艺术创作中"留白"手法的运用，山之一角、树之一枝、石之一面等无不贴合"一角"的艺术意蕴，呈现出鲜明的宋代文人画的写意风格与情趣特质。

南宋王朝偏安江南，时值金国内乱、无暇南侵，凭借江南本来就比较富庶的经济基础，才出现了短暂的稳定。宋宁宗题这首诗于画上，表达了他对真正太平盛世的向往。

这首诗原为王安石所作，原作最后一句为"陇上踏歌声"，宁宗稍做改动以更符合画面场景。雨过天晴、朝阳日丽，开头两句营造出一种恬淡、和美的氛围，颇有国泰民安之气象，后两句表现踏歌者的欢欣与激动，使整首诗具有清新的动感，表现了人民安乐、国家稳定的融洽和谐。

当今时代我们已基本实现了岁月静好、现世安稳的愿景，物质生活条件不断改善，人们的生活乐趣不断多样化。这固然值得欣喜，然而，怎样选择健康的生活方式、真正珍惜并享受和平时代来之不易的和谐欢乐或许仍值得我们思考。

三、趣味故事

居大不易

白居易是我国中唐时期著名诗人，年轻的时候到京城应举，初到之时就带着自己的诗作谒见当时任著作佐郎的顾况，希望获得他的推荐。因为在唐代的时候，要想在科举考试中金榜题名，往往需要提前打出名声来，或者得到政坛或文坛名流的推荐。科举应试者多以卷轴形式将自己的平日诗文集结整理，提前谒见前辈以求推荐，这在当时被称为行卷。白居易去拜谒顾况，正是去行卷了。

顾况也是著名的才子，在文坛颇具影响力，又喜好提携推荐后进，所以不少年轻士子都会找上门。他一看到白居易的名字，便开玩笑说："长安的米价正贵着呢，你叫作居易啊，我可觉得要在长安居住下来恐怕不容易啊。"白居易一听，顿觉诚惶诚恐，不知如何是好。要知道，中唐时期，藩镇割据，战争时有发生，经济状况比盛唐时期衰退不少。战乱中物价飞涨，百姓生活十分艰难，所以就连身居京官的顾况也有米价太高的感慨。物价往往是衡量一个社会是否安定富足的重要指标。对于中国古代社会来说，百姓生存的基本物资口粮价格上涨，通常说明社会动荡，物资有所不足。顾况对白居易的打趣说明当时长安的物价正贵，反映了"安史之乱"后唐代的社会变化。可是白居易听起来，却感觉顾况似乎没有打算给他机会，但是既然来了，也只好静静地等待着顾况的下文。

顾况又翻开诗卷，看到首页的第一首诗："离离原上草，一岁一枯荣。野火烧不尽，春风吹又生。"（《赋得原上草送友人》）他诵读了一遍，然后就拍着桌子叹了一句："好啊！"白居易更是吓了一跳，不知自己有何冒犯。只见顾况点着头对他说："你能写出这样的诗句，那应该在长安生存无忧了。哈哈哈！"白居易一听，这才释然，顿时信心大增。后来，顾况多次向他人推荐白居易的诗作，对白居易大加夸赞。白居易由此声名大振，

穿越时空的价值印记

之后还顺利通过了科举考试。

（故事出自宋代李昉《太平广记》）

四、古为今用

我们的中国梦

国家的安泰之象，以社会的稳定、人民的幸福为衡量标准，而"中国梦"的提出，就关注到了人民的生活状态与心理满足程度这个重要方面。

"中国梦"是中国共产党第十八次全国代表大会召开以来，习近平总书记所提出的重要指导思想和执政理念。2012 年 11 月 29 日，在中国国家博物馆《复兴之路》展览现场，新任中共中央总书记习近平特地带领新一届中央领导集体来此参观，首次正式提出"中国梦"这一激动人心的理念。习近平总书记指出，实现中华民族伟大复兴，就是中华民族近代以来最伟大的梦想。这一时代解读，既饱含着对近代以来中国历史的深刻洞悉，又彰显了全国各族人民的共同愿景，为党带领人民开创未来指明了前进方向。习总书记把"中国梦"定义为"实现中华民族伟大复兴，就是中华民族近代以来最伟大的梦想"，并且表示这个梦"一定能实现"。"中国梦"的核心目标可以概括为"两个一百年"的目标，也就是到 2021 年中国共产党成立 100 周年和 2049 年中华人民共和国成立 100 周年时，逐步并最终顺利实现中华民族的伟大复兴，具体表现是国家富强、民族振兴、人民幸福。

如今，我们有了充满集体主义品格，且与个体奋斗和谐统一的中国梦。这个梦想深深扎根于中华民族伟大复兴的梦想之中，同样，也必将给予中国人民以美好的希冀与坚实有力的激励。中国梦，寄托着中华民族永不褪色的集体记忆和昂扬向上的意志情怀，昭示着中华民族崇高的目标理想和美好的未来。中国梦是我们自强不息的不竭动力，牵引着中国砥砺前行的脚步。中国梦是中华民族的梦，也是每一位中国人民的梦。

接过历史的接力棒，让我们重温习近平总书记的告诫：实现中华民族伟大复兴是一项光荣而艰巨的事业，需要一代又一代中国人共同努力。空谈误国，实干兴邦。我们这一代共产党人一定要承前启后、继往开来，把我们的党建设好，团结全体中华儿女把我们国家建设好，把我们民族发展好，继续朝着中华民族伟大复兴的目标奋勇前进。

期待实现"中国梦"的这一天的到来！

五、知识链接

"画之不足，题以发之"——题画诗

题画诗是绘画章法的一部分，它通过书法表现到绘画中，一般由画家本人或他人在中国画的空白处题上一首诗，使诗、书、画三者之美极为巧妙地结合，并相互映发，增强作品的形式美。它构成了中国画的艺术特色。此外，宋以前的许多赞美绘画或对绘画有感而发的诗歌，虽不题在画上，从广义上讲，也算是题画诗。

中国画非常讲究"意境"，往往画中题诗，诗画互补，可使意境更加深远。再在画上加盖红印章，使中国画集诗、书画、印于一身，形成了独特的艺术形式，可使人在读诗看画、看画赏诗之中，充分享受艺术之美。

清代方薰在《山静居画论》提到它的功用为："高情逸思，画之不足，题以发之。"诗的内容可以有不同的指向，可以是作者感情的抒发、对艺术的见地看法，以及对画作意境的咏叹感发。画作无法将酣畅飞扬的感情完全表现时，就可以借助题画诗的形式来帮助表达。

关于题画诗的源流，亦即诗画结合的开端，过去论者的意见不太一致。有的人认为可以上溯到魏晋南北朝，说晋顾恺之的《洛神赋图卷》便是古代诗画结合的典范之作。有的人认为题画诗滥觞于宋代，理由是宋代以前的绘画作品大都缺少题跋。钱杜的《松壶画忆》便记载："唐人只小字藏树根石罅，大约书不工者，多落纸背。至宋始有年月纪之。"

宋代题画诗呈现繁荣昌盛的景象，内容上取材广泛、创作手法上常"以文

穿越时空的价值印记

为诗"。宋代的题画诗人,我们熟知的有苏轼、苏辙、黄庭坚、梅尧臣等。南宋王灼的《颐堂文集》中也收有十几首题画诗,他的《题游昭画牛四图(其一)》"晴阳布阴来灌木,村童地坐弄鸲鹆。老牸食丰草,侧身顾其犊。鸟趺趺,牛逐逐,无人见此春波绿"颇能体现画中真实的意趣。

画是思想和心灵的产物,同样诗也是心灵和思想的显影,在中国浩浩的题画诗中,也是什么内容都有,可谓琳琅满目,多彩纷呈。你是什么样的人,就会有什么样的画、什么样的诗篇。

第六章　文化昌盛　文质彬彬

导　读

我们常说"腹有诗书气自华"，这是就人的内涵方面做出的极高评价。对于一个国家来说同样如此，文化实力是真正的软实力，政治上的盛世，历史上的国力强盛，无不伴随文化的昌盛气象。如果一个国家只知道勇武杀伐，而缺乏文化积蕴以及重视科学技术、文化艺术以及教育事业发展的意识，同样难以在综合国力上得到实质性的提高，也难以实现真正的富强。

一、经典阅读

知章骑马似乘船①，眼花落井水底眠②。

汝阳三斗始朝天③，道逢麴车口流涎④，恨不移封向酒泉⑤。

左相日兴费万钱⑥，饮如长鲸吸百川⑦，衔杯乐圣称避贤⑧。

宗之潇洒美少年⑨，举觞白眼望青天⑩，皎如玉树临风前⑪。

苏晋长斋绣佛前⑫，醉中往往爱逃禅⑬。

李白斗酒诗百篇⑭，长安市上酒家眠⑮。

天子呼来不上船⑯，自称臣是酒中仙⑰。

张旭三杯草圣传⑱，脱帽露顶王公前⑲，挥毫落纸如云烟。

焦遂五斗方卓然，高谈雄辩惊四筵[20]。

（杜甫《饮中八仙歌》，萧涤非《杜甫诗选注》，上海古籍出版社 1983 年版）

【参考注释】

①知章：即贺知章，越州永兴（今浙江萧山）人，官至秘书监。性旷放纵诞，自号"四明狂客"，又称"秘书外监"。他在长安一见李白，便称他为"谪仙人"，因没酒钱，便解下所佩金龟换酒为乐。骑马似乘船，是写贺的醉态，意思是醉中骑马，摇摇晃晃，犹似乘船一样。

②这句说，贺知章醉眼昏花，跌落井中犹不自知，仍然醉眠井底。这是夸张地形容其醉态。

②汝阳：指汝阳王李琎，唐玄宗的侄子。斗：一种大的酒器。朝天；朝见天子。三斗始朝天，谓痛饮后方才入朝。

④麹车：酒车。涎：口水。

⑤移封：改换封地。酒泉：郡名，在今甘肃酒泉县。传说郡城下有泉，味如酒。故名酒泉。

⑥左相：指左丞相李适之，李适之于天宝元年（742）八月为左丞相，天宝五年（746）四月，为李林甫排挤罢相。七月，贬为宜春太守。天宝六年（747）正月，仰药自杀。此诗当作于李适之罢相之后，仰药之前。

⑦鲸：鲸鱼。古人以为鲸鱼能吸百川之水，故用来形容李适之的酒量之大。

⑧衔杯：意谓贪酒。乐圣：意谓乐于生在圣代。圣，圣朝，对当代皇帝的颂称。李适之罢相后，尝作诗云："避贤初罢相，乐圣且衔杯。为问门前客，今朝几个来？"此化用李之诗句，说他虽罢相，仍豪饮如常。

⑨宗之：即崔宗之，吏部尚书崔日用之子，袭父封为齐国公，官至侍御史，也是李白的朋友。

⑩觞：酒杯。白眼：晋阮籍能作青白眼，见庸俗的人，使用白眼相看，表示蔑视。这句形容崔宗之醉后兀傲之状。

⑪皎：洁白。玉树临风：形容摇曳之态。崔宗之风姿秀美，故以玉树为喻。

⑫苏晋：开元间举进士，曾为户部和吏部侍郎。长斋：长期斋戒。绣佛：指画的佛像。

⑬逃禅：这里指不守佛家法戒。佛教徒以饮酒为戒。苏晋长斋信佛，而喜饮酒，故曰"逃禅"。逃，有背离意，如"逃难""逃荒""逃学"之"逃"。

⑭李白向以豪饮闻名。"一斗诗百篇"，是说才饮一斗酒就能写出百篇诗，形容李白不但酒兴豪，而且文思敏捷。

⑮《新唐书·李白传》载：李白应诏至长安，唐玄宗在金銮殿召见他，并赐食，亲为调羹，诏为供奉翰林。有一次，玄宗在沉香亭召他写配乐的诗，而他却在长安酒肆与酒徒喝得大醉。这句即指此事而言。

⑯范传正《李白新墓碑》记载：玄宗泛舟白莲池，召李白来写文章，而这时李白已在翰林院喝醉了，玄宗就命高力士扶他上船来见。这句即指此。

⑰臣：李白自谓。这四句极写李白狂放嗜酒，蔑视权贵，连皇帝也不放在眼里。

⑱张旭：吴人，唐代著名书法家，善草书，时人称为"草圣"。草圣，草书之圣。

⑲脱帽露顶：写张旭狂放不羁的醉态。张旭嗜酒，每当大醉以后，呼叫奔走，然后下笔，世呼"张颠"。

⑳焦遂：当时布衣之士，事迹不详。卓然：神采焕发的样子。惊四筵，使四座的人为之惊奇。筵席分四面而坐，故称"四筵"。

二、鉴赏指津

这是一首幽默谐谑、明丽轻快的诗作，给大家展现了"诗圣"杜甫别有情趣的一面。不同于他的许多沉郁顿挫风格的诗作，这首歌行体作品着眼于系列人物的刻画，不仅在音韵上和谐严密完整，更是寥寥几笔就将各人的性格特点活现于纸上。正如王嗣奭所说："此创格，前无所因。"酒，向来能触发古人文艺创作的欲望，杜甫其人也是出了名的爱喝酒，能将"饮中八仙"活化如此，没有深厚的交情或了解恐怕难以达成。《唐诗解》评价此诗说："其他若崔之貌、苏之禅、李之诗、张旭之草圣、焦遂之问皆任其性直，逞其才俊，托于酒以自见者。藉令八人而当圣世，未必不为元恺之伦，今皆流落不偶。知章则以辅太子而见疏，适之则以忤权相而被斥，青莲则以触力士而放弃，其五人亦皆厌世之浊而托于酒，故子美咏之，有废中权之义云。"

这首诗大约是天宝五年（746）杜甫初到长安时所作。当时唐代社会还处于相对升平的时期，盛唐礼隆文昌，文化氛围浓厚，浪漫主义诗风与乐观积极向上的心态洋溢在许多文学创作中。文化极为昌盛，各体艺术相互促进，各类文化人才则相互吸引，共同营造了一个开放的、富于创造力的文化盛唐。该诗本身就是文化盛唐的产物，而该诗群画人物的方式，又正好与盛唐时期文化艺术的全面兴盛相互呼应，反映了一个时代的文化氛围。

盛唐的强大，不仅表现于疆土的空前宽广，军力的强悍，经济的繁荣，还表现于文化艺术的高度发达与百花齐放。在一个高度重视文化艺术，并且普遍具有较高欣赏能力的国度，诗人们纵情任性也就不足为怪了。

现在是一个文艺创作蓬勃发展的时代，文化名流不少，但不是每个人都能以醉后的纯真书写最真实的感受，展现最纯粹的向往。目前文艺创作中矫揉造作之语不乏，虚伪作态之行可见，要想真正实现文艺的繁荣与纯粹，创作者应当认真审视自己的内心，对写下的每一个字、创作的每一首诗、画出的每一幅画都有纯洁的感情与审慎的态度。

三、趣味故事

王智兴作《徐州使院赋》

王智兴（758—836），字匡谏，怀州温县（今属河南）人，是唐朝有名的将领。王智兴少时以骁勇果敢著称，最开始任徐州亲兵。建中二年，淄青节度使李纳谋叛，进攻徐州。王智兴受命进京求援，解除徐州之围，后历任滕、丰、沛、狄四镇将领。元和年间，他因讨伐李师道有功，升任御史中丞。长庆元年，担任武宁军节度副使，率军讨伐叛军。太和年间，率军讨伐李同捷有功，封雁门郡王，进位侍中。历任河中尹、宣武军节度使等职。开成元年，王智兴病逝，时年七十九岁，追赠太尉，葬于洛阳榆林之北。就是这样一个叱咤风云的武将，还有一个吟诗作赋的故事呢！

王智兴担任徐州节度使的时候，一天，听说幕府中的从事们在使院中宴饮赋诗，王智兴也带着护军来到宴会上。本来从事们正兴致酣浓地做着诗呢，见到王智兴来了，马上撤去笔墨，单留下酒菜。

王智兴说："方才听说你们在作诗，怎么看我来了就停止了？"从事们支支吾吾，场面有点尴尬。原来，他们知道王智兴出身于行伍之间，在战场固为奇才，但对于作诗写文章这些事儿，恐怕就难以胜任了。为了避免他难堪，所以就把笔墨收起来了。可这个原因不好明说啊。

王智兴见他们不语，也猜到几分，他"呵呵"一笑，命人重新取来笔墨纸砚，展纸提笔，又手之际，就写成了一首诗："三十年来老健儿，刚被郎官遣作诗。江南花柳从君咏，塞北烟尘我自知。"笔墨遒劲，诗情盎然，四座宾客看到后都惊讶赞叹。

监军对在场的一位当时颇有诗名的诗人张祜说："有这样盛大的场面，你怎能不作一首呢？"于是张祜献诗一首："十年受命镇方隅，孝节忠规两有余。谁信将坛嘉政外，李陵章句右军书"，表达了对王智兴文武兼修的赞赏。

作为一代武将，能兼具文韬武略实属不易。而对于唐朝这样一个富强的朝代来说，武将也有诗才的情况还不在少数，著名诗人王昌龄、高适就是典型代表，他们都留下了"投笔从戎"的故事。王智兴这首诗既有文士的雅趣，又不失武将的风范。"三十年前老健儿"一句颇有"老夫聊发少年狂"的情采，"刚被郎官遣作诗"显出几分轻松的幽默，作为长官却说自己是被"遣作诗"，好似为自己"冲散"了从事们饮酒赋诗的雅兴而做的一个小小的"补偿"。"江南花柳从君咏，塞北烟尘我独知"，江南与塞外的对比鲜明揭示了自己的身份与志趣，虽然此时是在花柳繁华地与诸君共同吟咏诗句，可唯有那塞北烟尘才是自己永恒的守候与相知。正是浓厚的文化风气和兼收并蓄、百花齐放的文化风貌，成就了一个文化唐朝。

（故事出自宋代尤袤《全唐诗话》）

四、古为今用

建设文化强国

中华文化，源远流长；中华文化，浩浩荡荡。

在五千多年的文明发展历程中，中华民族为人类文明进步做出了不可磨灭的贡献。秦代雄风，汉唐文明，宋元文采，乃至康乾盛世，中国在人类社会发展史上曾经长期处于领先地位。中华文明是世界上唯一几千年不断延续、传承至今的文明。但进入近代，我们逐渐落伍了。由于西方列强的入侵和清王朝的腐朽，我们的民族历经磨难，民族文化逐渐消磨。陷于绝境而猛醒的勇士们，为民族大义所激奋，日益紧密地凝聚在民族文化复兴的伟大旗帜下。

国家的富强在很大程度上表现为文化的昌盛。重视教育，文昌礼隆，一直是我国的优秀传统，于今则体现为对精神文明建设的高度重视与发展文化强国的战略。

《国民经济和社会发展第十三个五年规划纲要（草案）》（简称《规划纲要草案》）提出，坚持社会主义先进文化前进方向，坚持以人民为中心的工作导向，坚持把社会效益放在首位，社会效益和经济效益相统一，加快文化改革发展，推动物质文明和精神文明协调发展，建设社会主义文化强国。

《规划纲要草案》提出，要提升国民文明素质，以社会主义核心价值观为引领，加强思想道德建设和社会诚信建设，弘扬中华传统美德和时代新风，倡导科学精神和人文精神，全面提高国民素质和社会文明程度，培育和践行社会主义核心价值观，推进哲学社会科学创新，传承发展优秀传统文化，深化群众性精神文明创建活动。

《规划纲要草案》提出，要丰富文化产品和服务，推进文化事业和文化产业双轮驱动，实施重大文化工程和文化名家工程，为全体人民提供昂扬向上、多姿多彩、怡养情怀的精神食粮。要繁荣发展社会主义文艺，构建现代公共文化服务体系，加快发展现代文化产业，建设现代传媒体系，加强网络文化

41

建设，深化文化体制改革。

《规划纲要草案》提出，要提高文化开放水平，加大中外人文交流力度，创新对外传播、文化交流、文化贸易方式，在交流互鉴中展示中华文化独特魅力，推动中华文化走向世界。要拓展文化交流与合作空间，加强国际传播能力建设。

我们的文化自信来自高度的文化自觉。在推进民族复兴、建设社会主义文化强国的进程中，我们基于对世情、国情、党情的深刻把握，基于对文化建设经验教训的不断总结，基于对文化规律的不懈探索，越来越拥有高度的文化自觉。这种文化自觉体现为我们对文化意义及其发展规律的理性把握，体现为我们找到了一条中国特色社会主义文化发展道路，体现为当代中国积聚着实现民族复兴深沉而强劲的渴望。"只有创造过辉煌的民族，才懂得复兴的意义；只有历经过苦难的民族，才对复兴有如此深切的渴望。"对复兴的深切渴望，是中华民族不懈创新创造、对人类文明做出新贡献的不竭动力。

五、知识链接

开元盛世

开元盛世又称开元之治，是唐朝玄宗（李隆基）统治前期所出现的太平盛世，前后共 29 年。

开元年初，唐玄宗命人烧毁宫内一批珠玉锦绣，表示不再用奢华物品，同时励精图治，颇思有所作为。整个开元年间（713—741），能够任用贤能，如任用了宰相姚崇、宋璟、张九龄等有名的忠臣进行一些改革，使得国家政治清明，政局稳定；经济繁荣，呈现"忆昔开元全盛日／小邑犹藏万家室／稻米流脂粟米白／公私仓廪俱丰实／九州道路无豺虎／远行不劳吉日出／齐纨鲁缟车班班／男耕女织不相失"的盛世景象；在军事方面，实行兵制改革、开疆拓土；人口数量大幅增长，城市发展迅速，长安、洛阳、扬州、广州、兰州、凉州、敦煌等都是重要的对外贸易城市；外交频繁，玄奘西行、鉴真东渡等事迹名垂千古；禅宗迅速兴起，儒佛道合流促进文化兴盛；文教兴盛、人才辈出，许多著名大诗人在这个时期扬名，李白、杜甫、高适、岑参、王维、大历十才子等纷纷闪耀文坛。其他方面如音乐、绘画、雕刻、塑造等艺术形式也成就很高。

开元年间的繁荣景象，是唐朝百余年来社会发展所积累的成果，但也离不开唐玄宗君臣的孜孜求治，政治清明。他们对内实施用人制度与政府机构改革，大力发展农业；对外实行和解的民族政策，改善民族关系。

此时的唐朝在各方面都达到了极高的水平，国力空前强盛，社会经济空前繁荣，人口也大幅度增长，天宝年间唐朝人口达到 8000 万人，国家财政收入稳定，商业十分发达，国内交通四通八达，城市更为繁华，对外贸易不断增长，波斯、大食商人纷至沓来，长安、洛阳、广州等大都市商贾云集，各种肤色、不同语言的商人身穿不同的服装来来往往，十分热闹。唐朝进入全盛时期，中国封建社会达到顶峰阶段，并成为当时世界上最强盛的国家，史称"开元盛世"。

第七章　包容之仪　海纳百川

导　读

　　"海纳百川，有容乃大"这一句话出自民族英雄林则徐的自勉联，主张人们要有大海一样能容纳无数江河的宽广胸襟，为人要活得坦荡、大气。对于一个国家来说，包容的气度也是富强的一个重要表征。富强之国在世界上要留下足够恢弘的印记，要在展现自己的国家魅力时让其他国家发出源自内心的赞叹，都不是一蹴而就的，它关乎每一个国民气质的养成以及国家涵养的不断蓄积。

一、经典阅读

　　江左宫商发越[①]，贵于清绮；河朔词义贞刚[②]，重乎气质。气质则理深其词，清绮则文过其意。理深者便于时用，文华者宜于咏歌。此其南北词人得失之大较也。

（魏徵《隋书·文学传序》，中华书局1973年版）

【参考注释】

①宫商，古代音律中的宫音与商音，后人用其泛指音乐。
②河朔，地区名，古代泛指黄河以北的地区。

44

二、鉴赏指津

"尽善尽美"一词源自《论语·八佾》："子谓《韶》：'尽美矣，又尽善也。'谓《武》：'尽美矣，未尽善也。'"它表示的是极其完善美好、没有一点缺点的意思。魏徵对于南北文学风格的看法可以说正是兼容并包的观点的体现，江左地区的风格清丽婉转，重视文采，深得越风；河朔地区的风格则颇具刚强气质，更注重质朴的文辞。然而，二者都显出过分注重一个方面而导致的文与意不平衡的现象，由此南北词人互有得失，却都没有做到尽善尽美。魏徵在此做出了一个设想，假使这两种风格能够互相取长补短，或许就可以达到比较完美的境地了。

中国古代从隋朝开始，诗风的相互影响就体现了南北文化合流发展的趋势，呈现出过渡的性质。到唐朝进一步发展，贞观时期是走向融合的重要时期。随着律诗体式的定型，各体文学蓬勃发展，唐代文学步步走向兴盛的极致。

自古以来中国南北文学的风格就呈现出较明显的地区差异，较小的地区之间也常常显出各自的特色，那么一个统一的国家怎样面对这样的问题呢？想要文昌，必然要有博大的胸怀来面对这些差异，虽然提出理想的设想，却不能强求风格的划一，而要以宽容的态度，从全盘考虑促进其相互融合。面对异邦文化，不必一味排挤，不妨兼收并蓄，取其精华，去其糟粕，真正做到为我所用。只有这样，才能使民族的文化不落后于时代的潮流，呈现出和谐而多彩的发展景象。

三、趣味故事

胡越一家

唐太宗时期，太宗李世民以仁和宽厚的胸怀与"自古皆贵中华，贱夷狄，朕独爱之如一"的观念推行开明友善的民族关系政策，采取与吐蕃等少数民族政权和亲等措施协调强化与周边各民族的关系。贞观二十一年（647），唐太宗被回纥等族拥戴为"天可汗"，成为各族的共主和最高首领。友好的民族政策在唐代的长期实施促成了多民族友好并共同发展的温馨融洽局面。

贞观七年十二月，太宗跟从上皇李渊在以前的未央宫置酒设宴。李渊命突厥颉利可汗跳舞，又命南蛮酋长冯智戴咏诗，他们都欣然照做了，于是李渊笑着说："胡越一家这样融洽的情况，一直以来还未曾有过呢。"李世民捧着酒杯上前祝寿说："现今四方少数民族能俯首称臣，大家融洽相处，都是有赖于陛下您的教诲，不是我的考虑和能力所能达到的高度。以前汉高祖也跟从太上皇在这座宫殿设宴，却妄自矜大，我认为那是不太可取的。"李渊听了很高兴，殿上之人都高呼万岁。

这则故事充分表现了贞观时期唐代社会的高度自信与开放的胸怀，突厥颉利可汗愿为唐朝的皇帝起舞，南蛮酋长冯智戴愿为唐朝皇帝咏诗，是如何做到的呢？强大的武力常常只能使敌人的身躯臣服，很大程度上是暂时的，东山再起卷土重来也未可知。而靠海纳百川的胸襟感化敌人的结果却能有永恒性的裨益，面对繁荣强大的大唐王朝，尽管血缘上不是一脉相承的民族，突厥、南蛮等民族都能在坦诚相交之时感受到跨越民族的真挚友情，好似成了一家人。这种具有包容胸怀的气度也不是随意一位优秀的统治者就能造就的。首先是统治者要有这样的意识与决心，其次是整个国家都要培养出这种友好大度、兼收并蓄的氛围，这才是完整而持久、深刻而浓厚的包容之仪。

（故事出自宋代司马光《资治通鉴》（唐太宗贞观七年）卷一百九十）

四、古为今用

大美中华，有容乃大

对个体来说，坦诚待人、求同存异都是有包容胸怀的表现；对民族来说，胸怀常体现在政策中，正如唐太宗贞观时期的民族政策那样，现在的我们也同样以包容的胸怀对待各种民族，典型的例子就是"民族区域自治制度"的确立与施行。

民族区域自治制度，是指在国家统一领导下，各民族聚居的地方实行区域自治，设立自治机关，行使自治权的制度。民族区域自治制度是我国的基本政治制度之一，是建设中国特色社会主义政治的重要内容。同样的还有著名的"一国两制"政策。

对于"实现国家统一"这一严肃使命，我们一直坚持以包容的姿态传承先辈留下的外交精神财富，在面对这些时代问题时也会能动地根据实际情况加以调整。中国这条巨龙当今早已从沉睡中醒来，用包容的双眼凝视世界。我们每一个人都应谨记：我们都是亲人、友人，是相亲相爱的一家人。用包容的态度和平等的精神对待每一个事物、每一个民族、每一个人是我们每个人都应做的。

大风泱泱，大潮滂滂。洪水图腾蛟龙，烈火涅槃凤凰；文明圣火，千古未绝者，唯我无双。与天地并存，与日月同光。大美中华，有容乃大。

五、知识链接

《马可·波罗游记》

《马可·波罗游记》由意大利威尼斯人，世界著名旅行家马可·波罗口述而成。中国元朝时期，马可·波罗来到中国，游历十七年。书中记述了他在亚洲的所见所闻，其中对中国的记述所占篇幅最大，是外国人第一次较全面地介绍中国，展示了元朝时期中国社会物质的富裕、文化的强盛，山川地形、物产、气候、商贾贸易、居民生活、风俗习惯、佚事、朝章国故等各方面的情形。这些叙述激起了欧洲人对东方的向往，使他们对繁荣昌盛的中国产生了巨大的兴趣，对以后新航路的开辟产生了巨大的影响，在中古时代的地理学史、亚洲历史、中西交通史和中意关系史诸方面，都有着重要的历史价值。

尽管现在难以还原史实记载，游记中几分真几分伪也难以辨别，但不可否认的是，中华民族的包容之仪渗透在游记的每一个字句中。如果不是中华民族的包容，马可·波罗怎能在中国顺利且多彩地度过十七年的游历生活呢？面对其他族人，中华民族总能以坦诚大方的心态表示欢迎，充分地以最自然的状态展现我们民族包容的胸怀与气度。

穿越时空的价值印记

第八章　守邦之道　励精图治

导　读

　　"修身齐家治国平天下"是大部分传统中国文人的政治抱负，而这一思想随着中国文化对我们的影响，也日益体现在我们的日常生活与行为举止之中。正所谓"生于忧患，死于安乐"，在仰望星空之时，还需脚踏实地。在追求国家富强的同时，还需要学习与领悟守邦治世之道，这才是使国家长治久安的良方。于阅读典籍的过程中，感受传承千载的政治智慧，将为我们解决实际问题提供新的思路与借鉴。

一、经典阅读

　　大凡君子与君子，以同道为朋①；小人与小人，以同利为朋；此自然之理也。

　　然臣谓小人无朋，惟君子则有之。其故何哉？小人所好者利禄也②，所贪者货财也，当其同利之时，暂相党引以为朋者③，伪也；及其见利而争先，或利尽而交疏，则反相贼害④；虽其兄弟亲戚，不能相保；故臣谓小人无朋，其暂为朋者伪也。君子则不然：所守者道义⑤，所行者忠信，所惜者名节⑥，以之修身，则同道而相益；以之事国，则同心而共济⑦；终始如一，此君子之

49

朋也。

故为人君者，但当退小人之伪朋⑧，用君子之真朋，则天下治矣⑨。

（欧阳修《朋党论》（节选），王水照译注《宋代散文选注》，上海古籍出版社 2010 年版）

【参考注释】

①同道为朋：在道义一致的基础上结合成朋党。

②好（hào）：喜爱。

③党引：勾结。

④贼害：伤害

⑤守：信奉、坚持。

⑥名节：名誉气节。

⑦济：成事。

⑧退：废斥不用。

⑨治：指社会安定兴旺。

二、鉴赏指津

本篇节选于北宋著名文学家欧阳修的《朋党论》，原文是欧阳修向宋仁宗上的一篇奏章，主要目的是驳斥朝政上保守派的攻击，辩解对方加之于自己身上的朋党之诬蔑。选段中谈到，朋党间有君子与小人之别，君子结为朋党是因志趣一致，小人结为朋党则是因利益勾连，二者存在本质上的区别。所以欧阳修认为，于小人而言并不存在真正的朋党，因为他们是因利益才走到一起的，一旦利益链条断裂，他们之前虚假的情谊也就随之淡漠，甚至反过来互相残害。真正的朋党只存于君子之间，因为他们坚持道义、履行忠信、珍惜名节，以提高自身修养、追求志趣一致为目的而结为好友，希望能才尽其用，报效国家，所以能共同进退，情谊坚固。君主应当斥退小人的朋党，进用君子的朋党，这才是使天下安定的良方。

这是一篇奇文，文章之奇在于没有单纯从歌颂君子之朋、批判小人之朋的角度出发，而是着重从人君使人用人的角度出发作文。欧阳修利用君子与小人的对比，强调了中心观点：君子无党，小人有党，"退小人之伪朋，用君子之真朋"，才是心中的治平之道。历朝历代，朝野上下不乏朋党。君子能结为朋党，小人也能结成朋党，不过君子之党兴国，小人之党误国甚而亡国。"朋党"不仅是一个政治现象，也是一个历史现象。发展到今天，"朋党"以一种全新的方式活跃于我们的生活之中，在阅读这百年前的佳作时，我们完全可以借助古人的智慧，开拓我们解决现今问题的思考视角。

作者写作此文时，正值庆历四年。由于之前实行的一系列政治改革，朝堂上的臣子迅速划分为两派。范仲淹、欧阳修等人因支持改革，相继受到政敌的恶意攻击，他们被保守派官僚政敌指责为朋党，屡次被罢官免职。当欧阳修被仁宗召回朝廷委以重任时，他写的这篇《朋党论》，给了以夏竦为首的一伙保守派官僚坚决的回击。

这篇论文的意义不仅在于欧阳修为自己和自己所支持的政治团体辩护，而且出于客观的审查，揭示了一些历史的政治的真相。也就是说，文章的根本出发点在于给统治者以治国的建议，以实现国治民安。如何稳固统一的政权，是统治者关心的问题，也是欧阳修关心的问题，虽然二者的出发点不尽相同。欧阳修更多地考虑国计民生，希望通过励精图治、进贤与能、革除旧弊等方式来实现政治理想。事实上他也是积极地这样去做了。如果把本文仅当成欧阳修对政敌的一次回击，或者普通政治党争中的争辩，那么便是没有很好地理解欧阳修其人其文。

三、趣味故事

纸上谈兵

战国时期，赵国大将军赵奢有个儿子叫赵括，从小耳濡目染，跟随父亲习兵法论军事，自以为天下无敌。他巧言善辩，谈论用兵之事，就连父亲也论不过他。即便如此，他父亲仍认为，没有实战经验的赵括其实并不善于用兵。

　　战争来临，赵王派遣赵括去迎战，对赵括报以重望，以为他能像他父亲一样骁勇善战。但是赵括的母亲深知赵奢生前对儿子中肯的评价，于是请求大王不要让赵括挂帅，大王并没有听取赵括母亲的建议，一意孤行地派赵括挂帅出兵。到了战场，赵括完全不听老将廉颇的排兵布阵之法，将原有的规章制度全都改了，死搬硬套兵书上的论述，不加以具体分析就用到现实的沙场之中，最终兵败，几十万大军投降秦军，被秦军全部歼灭。

　　这就是纸上谈兵的故事，赵括迷信书中理论，缺乏真正带兵打仗的实际经验。他单在言论上胜过他人，便盲目自大，目空一切，认为自己有多么强大的本领。自古以来，征战沙场就是残酷而又悲壮的，是血淋淋的。成者为王，败者为寇，历史从来不会给你重来的机会。赵括仅凭书本知识，轻视实践的重要性，使数十万将士跟着他一同丧失了性命，令人读来扼腕痛惜、感慨不已。纸上谈兵启示我们空谈误国，实干兴邦。只有励精图治，把理论与实践有机地结合起来，才能取得成功。

（故事出自西汉司马迁《史记·廉颇蔺相如列传》）

四、古为今用

以人民的名义

　　不同历史阶段各有不同的任务，但千百年来，"反腐"工作都是不变的问题。打下江山，还要有本事守住江山。作为领导者，更应该励精图治，学习与领悟守邦治世之道，否则若稍有不慎就会走上岔路，甚至越走越远，遗臭万年。

　　2017年大火的电视剧《人民的名义》中"小官巨贪"的代表人物形象赵德汉，其原型是国家能源局煤炭处处长魏鹏远。魏鹏远在能源局煤炭司负责项目改造、煤矿基建的审批和核准工作，长期利用职务之便，为他人在煤炭项目审核评审及煤炭企业承揽工程、推销设备等事项上谋利，非法收受他人财物。检察机关曾从魏鹏远家中搜出 2 亿余元人民币及大量美元英镑，曾有媒体报道，5 台点钞机连续 14 小时清点，1 台被烧坏。

经过彻查发现，魏鹏远所在的相关领导班子大部分涉嫌职务犯罪。这一系列塌方式的腐败案件有一个极大的特点，就是这批涉案官员将收钱办事作为大家心照不宣的潜规则，长期共同受贿，形成窝案串案。

这些"小官巨贪"所形成的塌方式腐败，严重影响了当地经济建设，使国家和人民的利益蒙受巨大损失。也许他们曾经也是带着"治国平天下"的宏图走入政坛，却最终成了国家发展的拦路虎。

如今反腐行动正在如火如荼进行，但如何根治却是一道难题。事实上，除了从制度入手，个人也可以为打击腐败行为贡献自己的一份力量，其中走上仕途之人保持初心就是极为重要的一环。"得罪千百人，不负十三亿"，对于我们这个把"人民"二字铭刻于心的政党来说，反腐剧有剧终，可反腐败没有终点，在这场硬仗中要下刮骨疗毒、壮士断腕的决心，要永远在路上。

五、知识链接

欧阳修满腹才情

欧阳修（1007—1072），字永叔，号醉翁、六一居士，吉州永丰（今江西省吉安市永丰县）人，北宋政治家、文学家。官至翰林学士、枢密副使、参知政事，谥号文忠，世称欧阳文忠公。累赠太师、楚国公。因吉州原属庐陵郡，故以"庐陵欧阳修"自居。与韩愈、柳宗元、苏轼、苏洵、苏辙、王安石、曾巩并列，被世人合称为"唐宋八大家"，与韩愈、柳宗元和苏轼合称"千古文章四大家"。有《欧阳文忠集》传世。

政治上，欧阳修前期的思想集中反映了中小地主阶级的利益，对当时经济、政治和军事等方面的严重危机有较清醒的认识，主张除积弊、行宽简、务农节用，与范仲淹等人共谋革新。晚年随着社会地位的提高，其思想渐趋保守，对王安石部分新法有所抵制和讥评，但比较实事求是，和司马光等人全盘否定新法的态度是不尽相同的。

文学上，欧阳修是宋代最早开创一代文风的文坛领袖。他继承并发展了韩愈的古文理论，领导了北宋诗文革新运动。他的散文创作高度，与其正确的古文理论相辅相成，从而开创了一代文风。无论议论还是叙事，均是有感而发，都能有为而作。其文章被王安石赞誉："见于议论，豪健俊伟，怪巧瑰琦。"

其散文内容充实，有"六一风神"之美学风格，偏向阴柔一路发展，显示出一种以情韵取胜、典型而成熟的艺术风格，这是对古代散文多姿多态的发展做出的杰出贡献。当然，所谓阳刚阴柔，并非一绝有，一绝无。欧阳修的阴柔之作，情韵动人，有一定的气势。除此之外，"六一风神"还具有笔触多情、自然平易的特点，并不刻意追求雕琢，讲究在看似散漫不经心的行文中，自然地叙事、自然地抒怀。

欧阳修在变革文风的同时，也对诗风、词风进行了革新，在诗风方面，他重视韩愈诗歌的特点，并提出了"诗穷而后工"的诗歌理论。在词风方面，他致力于将词的审美风格通俗化。

在史学方面，他也有较高成就，曾主修《新唐书》，并独撰《新五代史》。

欧阳修在中国文学史上有着重要的地位，他大力倡导诗文革新运动，改变了自唐末起盛行到宋初的形式主义文风和诗风，其平易文风，还一直影响到元、明、清各代。同时，由于政治上的地位和散文创作上的巨大成就，加之其乐于赞美、推荐有才识后辈的胸怀，使得他成为中国文学史上桃李满天下的伯乐。他荐拔和指导了王安石、曾巩、苏洵、苏轼、苏辙等散文家，对他们的散文创作产生过很大影响，为宋代文化盛世奠定了坚实的基础。

第九章 自强不息 锲而不舍

导 读

　　自强是一种美好的精神品德，是个体不断超越自我的强大推动力。人民的自强是实现国家富强的动力，同时也是国家富强的一种表征。正是由于古往今来无数仁人志士的奋发图强，才有了今天国力的强大和生活的蒸蒸日上，才使得人民更加自信。中华民族历来就是自强不息的民族，始终积极进取，不甘落后。我们必须自立自强，做生活的强者，担负起时代赋予的重任。

一、经典阅读

　　《象》曰：天行健，君子以自强不息①。

　　《象》曰：地势坤，君子以厚德载物②。

（郭彧译注《周易》，中华书局 2006 年（重印）版）

【参考注释】

　　①《象传》说：天道的运行刚健不息，君子观看这一卦象，要树立"自强不息"的志向。

　　②《象传》说：地的形势，是坤卦的象征，君子观看这一卦象，要以宽厚的德行承载万物。

55

二、鉴赏指津

这句话中的"以"在古文里是"用"的意思，而且省略了代词"之"字，其本义应是"君子以之自强不息"，此处"之"指代"天行健"，即天道的运行是健朗的，君子通过遵循天道，能够使自己变得强壮，生生不息。这句话体现了中国古代天人合一、顺应自然的思想。

以上所说是句子的本义，但它在后人的阐释下产生了引申义，借以说明"修身自强"：天（指自然）的运动刚毅强健，君子做事时也应像天一样，以坚忍顽强的精神谋求进步，奋发图强；大地吸收阳光滋润万物，相应地，君子也要有大的度量，增厚美德，懂得承载包容。民国时期，梁启超在清华大学任教时，曾给当时的清华学子作了《论君子》的演讲。在演讲中他希望清华学子都能继承中华传统美德，并引用了《易经》上的"自强不息""厚德载物"等话语来激励清华学子。此后，清华人便把"自强不息，厚德载物"八个字写进了清华校规，后来又逐渐演变为清华校训。著名哲学家、哲学史家、国学大师、北京大学哲学系教授张岱年先生也曾把中华民族精神概括为"自强不息""厚德载物"。作为"高山仰止，景行行止"的国学大师，他终生勤勉，致思学问，造福祖国的文化学术事业，堪称一代学人楷模。这两句话作为自强不息的精神导语，世世代代激励着人们要不怕吃苦，发愤图强。

三、趣味故事

断齑画粥

范仲淹少年时生活十分贫苦，父亲很早就过世了，母亲因受不了生活的压力而改嫁到一户朱姓人家。朱家是富户，但范仲淹自幼刻苦读书，曾在长白山上的醴泉寺寄宿求学，每天只煮一锅稠粥，隔夜粥凝固后便划成四块，早晚就着腌菜各吃两块，吃完继续读书，这样的日子过了三年。范仲淹并没有因为生活的清苦而颓唐，相反，他把所有精力都用到了书本中。一个偶然的事件，暴露了范仲淹家世的隐秘。他惊愕地发现，自己原是苏州范家之子，这些年来，一直靠继父的关照度日。这件事使范仲淹深受刺激和震动，愧愤交集之下，他决心脱离朱家，自树门户，待将来卓然立业，再接母归养。于是他不顾朱家和母亲的阻拦，毅然辞别母亲，离开长白山，徒步求学去了。

真宗大中祥符四年(1011)，二十三岁的范仲淹来到睢阳应天府书院。范仲淹十分珍惜这里的学习环境，昼夜不息地攻读。范仲淹的一个同学，南京留守(南京的最高长官)的儿子看他终年吃粥，便送了些美食给他。他竟一口不尝，任佳肴发霉。直到人家怪罪起来，他才长揖致谢说："我已安于过喝粥的生活，一旦享受美餐，日后怕吃不得苦。"大中祥符七年(1014)，迷信道教的宋真宗率领百官到亳州(今安徽亳县)去朝拜太清宫。浩浩荡荡的车马路过南京(今河南商丘)，整个城市都轰动了，人们争先恐后地去看皇帝，唯独范仲淹闭门不出，仍然埋头读书。有朋友劝他："快去看，这是一个千载难逢的机会，千万不要错过！"但范仲淹只说了句："将来再见也不晚"，便头也不抬地继续读他的书了。

果然，第二年他就得中进士，见到了皇帝。不久，他被任命为广德军的司理参军，紧接着，又调任集庆军节度推官。这个时候，他把母亲接来赡养，并正式恢复了范姓，改名仲淹，字希文，从此开始了近四十年的政治生涯。

范仲淹一生政绩卓著，改革图强，戍边御敌，执教兴学。其创办的范氏义学在教化族众、安定社会、优化风尚上取得了巨大成功，开启了中国古代基础教育阶段免费教育的新风尚。另外，范仲淹的文学成就突出，他倡导的"先天下之忧而忧，后天下之乐而乐"思想和仁人志士节操，同样对后世影响深远。

(故事出自宋代文莹《湘山野录》)

四、古为今用

中南自强之星

　　他从十一岁开始，就独自带着双目失明、体弱多病、失去生活自理能力的母亲求学。在学校的帮助和鼓励下，通过自己的不懈努力，在照顾好母亲的同时，取得了优异的成绩，是一名"90 后"大学生的杰出代表。

　　吴步晨，中南大学土木工程学院土木工程专业 2013 级学生，1995 年 10 月 31 日出生在安徽省巢湖市一个普通的农民家庭。2006 年，母亲身患脑膜瘤重病，高额的手术费用让本就不宽裕的家几乎一贫如洗，不堪重负的父亲留下一句"我出去打工挣钱"的诺言之后就再也没有回来。年仅十一岁的吴步晨当时还是一个小学生，但他瘦弱的肩膀却要开始挑起照料母亲的重担。由于脑膜瘤压迫视神经时间过长，母亲的视神经萎缩导致双目失明，失去了劳动能力和生活自理能力。母亲每天以泪洗面，吴步晨一边照料安慰深陷黑暗痛苦中的母亲，一边倍加勤奋地学习。经过了六年的奋斗，吴步晨克服了同龄孩子难以想象的重重困难，终于以优异的成绩被中南大学土木工程学院录取。虽然看不见，但母亲听到喜讯还是激动地露出了难得的笑容。

　　学业的梦想在他眼前闪亮，母亲怎么办？想起六年来的风雨兼程，母亲已经习惯了他的照顾和陪伴，绝不能丢下母亲！这是吴步晨心中坚定的想法。于是他牵起母亲的手，带着心中的专业梦想（土木工程）来到中南大学开始了与其他同学不一样的求学之路。为照顾母亲，他在学校附近租了一个廉价的地下室住下，每天早起给母亲做好早饭再匆匆赶往学校上课，中午去菜市场买便宜的菜给母亲做午饭，下午下课后就去做家教，之后回到家中给母亲做晚饭。母亲无法出门，他买来二手收音机和电视机，让母亲听听声音打发寂寞；母亲身体很虚弱，隔三岔五就有毛病发作，他就不停地在学校和医院奔波，既心急又心疼。每到周末，他要辗转不同的地方做家教，最多的时候同时做了三份家教，虽然又累又乏，但是一想到房租、母亲的医药费、买菜

穿越时空的价值印记

钱、水电费……他又打起了精神。

严格说来，土木工程并非吴步晨同学的第一理想专业，因为母亲的身体原因，他的第一理想专业是学医，希望能够通过自己的努力治好母亲的病情，但因为自己色弱的原因，他选择了土木工程，希望能够通过自己所学改变家里的境遇。因条件所限，他在学校的周转房给母亲做了简易的无障碍设施，使母亲能够通过这样的设施安全顺利地到达屋里的每个角落——在携母追梦求学的六年里，他充当起了母亲的双眼，带着母亲领略这个世界的繁华冷暖。

生活的拮据和困难并没有挡住他前行的脚步，他自立、自强、自信，用自己的努力去改善生活，撑起自己和母亲的二人之家。

近四年，吴步晨努力挤出各种时间学习，平时一上完课就会把作业写好，绝不拖拉。在课程最为紧张的大三学年，学院的自习室里，每天都有他的身影。汗水与泪水也换来了各种国家级、校级奖学金，各类荣誉称号与表彰，还有物理、化学、数学、测绘等多学科竞赛奖，如今更是以专业排名前10%的优异成绩顺利保研。长长的一串荣誉，就是这一路坚持与奋斗的最好注脚。

当然，吴步晨也并不是一个人在战斗。在求学的道路上，学校和学院也给予了非常多的关心和帮助。有入学时候学校通过绿色通道的学费减免；有后勤部门为其提供一套校内周转房的关爱；有任课老师给予他经济上的无私支持等。吴步晨记得获得的每一笔奖学金、助学金、补助金、资助金、低保、家教收入，他记得这些曾经给予他鼓励和帮助的点滴，这些点滴汇聚成一股暖流，流淌在他心窝。他的"记得"是为了"感恩"。他力所能及地参加了一些志愿服务，"美丽长沙文明地铁志愿者""岳麓区敬老院志愿服务"……他愿意帮助更多需要帮助的人。吴步晨自立自强的品行也得到了全校师生的关注和赞赏，先后荣获了第十一届"芙蓉学子——榜样力量"优秀大学生自强不息奖和中南大学第七届"自强之星"。

（来源于中南大学微信公众号）

五、知识链接

《周易》

《周易》即《易经》，是中国本源传统文化的精髓，被誉为"群经之首，大道之源"。相传其系周文王姬昌所作，包括《经》和《传》两个部分，是一本揭示变化的书，内容由太极阴阳图、八卦及六十四卦构成。

从本质上来讲，这是一本关于"卜筮"的书，即对未来进行预测的书，内容极其丰富，是古代帝王之学，也是政治家、军事家、商家的必修之术。但它也并非仅仅是占卜之书，而是借占卜学修身。

中国早期社会生产力低下，科学不发达，先民们对于自然现象、社会现象，以及人的生理现象等不能做出科学解释时，就会把一切归于神的存在。当人们遭受天灾人祸时，就有了借助神意预知一切行为后果和未来的欲望，并以此来趋利避害。人们在长期的实践中发明了种种人神沟通的预测方法，《周易》于是应运而生。

《易经》涵盖万有，纲纪群伦，是汉族传统文化的杰出代表。它广大精微，包罗万象，亦是中华文明的源头活水。据《四库全书总目·〈易〉类小序》记载：易道广大无所不包，旁及天文、地理、乐律、兵法、韵学、算术、以逮方外之炉火，皆可援《易》以为说。

郭沫若说："《易经》是一座神秘的殿堂。"《周易》历经千年而不衰，奠定了中华文化的重要价值取向，开创了东方文化的特色，对中国文化有着不可替代的价值意义和深远影响。

第十章　自信不疑　朝气蓬勃

导　读

　　自信是一种内在的精神力量，能鼓舞人们去克服困难，不断进步。高尔基指出："只有满怀信心的人，才能在任何地方都把自己沉浸在生活中，并实现自己的理想。"我们要拥有一份自信力，要认同自我、肯定自我，不宜妄自菲薄。自信更是国家富强的源泉与内在特质，只有坚持道路自信、理论自信、制度自信、文化自信，我们才能真正拥有自信的民族和发展的国家。

一、经典阅读

长安秋夜

李德裕

内宫传诏问戎机①，载笔金銮夜始归②。

万户千门皆寂寂③，月中清露点朝衣④。

（张国举《唐诗精华注译评》，长春出版社 2010 年版）

【参考注释】

①宫：一作"官"。戎机：军事机宜，指作战的状况。戎，战争。《乐府诗集·梁鼓角横吹曲·木兰诗》："万里赴戎机，关山度若飞。"

②载笔：携带文具以记录王事。《礼记·曲礼上》："史载笔，士载言。"金銮：唐朝宫殿名，文人学士待诏之所，此指皇帝处理国事的大殿。

③寂寂：寂静无声貌。

④朝衣：君臣上朝时穿的礼服。

二、鉴赏指津

李德裕(787—850)，字文饶，赵郡赞皇(今河北赞皇)人，唐代政治家、文学家，牛李党争中的李党领袖，中书侍郎李吉甫次子。唐武宗会昌(841—846)年间名相，为政六年，内制宦官，外复幽燕，定回鹘(hú)，平泽潞，有重大政治建树，曾被李商隐誉为"万古之良相"。在唐朝那个诗的时代，他同时又是一位诗人。此诗就写于他为宰相期间，是他日理万机的从政生活的缩影。

中晚唐时，强藩割据，天下纷扰。李德裕坚决主张讨伐叛镇，为武宗所信用，官拜太尉，总理戎机。"内官传诏问戎机"，从表面来看不过是从容叙事，但读者却感觉到一种非凡的襟抱、气概。因为这经历和这口气，都不是普通人所能有的。大厦之将倾，全仗栋梁的扶持，关系非轻。一"传"一"问"，反映出皇帝的殷切期望和高度信任，也间接显示出人物的身份。

作为首辅大臣，他肩负重任，不免特别操劳，有时甚至忘食废寝。"载笔金銮夜始归"，一个"始"字，感慨系之。句中特别提到的"笔"，也绝不是一般的"管城子"，它的每一笔都将举足轻重。"载笔"云云，口气是亲切的。写到"金銮"，也绝非是对显达的夸耀，而是一种"居庙堂之高"者的重大的责任感。

在朝堂上，决策终于拟定，他如释重负，退朝回马。当来到首都的大道上，已夜深人静，偌大长安城，坊里寂无声息，人们都沉入梦乡。月色洒在长安道上，更给一片和平宁谧的境界增添了诗意。面对"万户千门皆寂寂"，他也许感到一阵轻快；同时又未尝没意识到这和平景象要靠政治统一、社会安定来维系。骑在马上，心关"万户千门"。一方面是万家"皆寂寂"，一方面则是一己之不眠，对照之中，间接表现出一种政治家的博大情怀。

秋夜，是下露的时候。他若是从皇城回到宅邸所在的安邑坊，是有一段路程的。他感到了凉意：不知什么时候朝服上已经缀上亮晶晶的露珠了。这个"露点朝衣"的细节很生动，其意境很美。露就是露，偏写作"月中清露"，这想象是浪漫的、理想化的。"月中清露"，特点在高洁，正是作者情操的象征。那一品"朝衣"，再一次提醒他随时不忘自己的身份。他那一种以天下为己任的自尊自豪感益然纸上。此结语可谓词美、境美、情美，为诗中人物添了一抹亮光。

三、趣味故事

丈夫未可轻年少

李白青年时代游历渝州，曾亲自往拜时任渝州（今重庆市）刺史的李邕，因不拘礼俗，高谈阔论，使李邕不悦。李邕为人自负，对年轻后进态度冷淡。李白对此非常不满，临别时挥笔写就一首《上李邕》，毫不客气："大鹏一日同风起，扶摇直上九万里。假令风歇时下来，犹能簸却沧溟水。时人见我恒殊调，闻余大言皆冷笑。宣父犹能畏后生，丈夫未可轻年少。"随后便扬长而去。

"大鹏"是李白诗赋中常常借以自况的意象，既是自由的象征，又是惊世骇俗的理想和志趣的象征。开元十三年（725），青年李白出蜀漫游，在江陵遇见名道士司马承祯，司马称李白"有仙风道骨焉，可与神游八极之表"。李白当即作《大鹏遇希有鸟赋并序》（后改为《大鹏赋》），自比为庄子《逍遥游》中

63

的大鹏鸟。传说这只神鸟其大"不知其几千里也""其翼若垂天之云"，翅膀拍下水就是三千里，扶摇直上，可高达九万里。大鹏鸟是庄子哲学中自由的象征、理想的图腾。李白年轻时胸怀大志，非常自负，又深受道家哲学的影响，心中充满了浪漫的幻想和宏伟的抱负。这只大鹏即使不借助风的力量，以它的翅膀一搧，也能将沧溟之水一簸而干。这里极力夸大了大鹏的神力。在前四句诗中，诗人寥寥数笔，就勾画出一个力簸沧海的大鹏形象——也是年轻诗人自己的形象。

诗的后四句，是对李邕怠慢态度的回答："世人"指当时的凡夫俗子，显然也包括李邕在内，因为此诗是直接给李邕的，所以措辞较为婉转，表面上只是指斥"世人"。"殊调"指不同凡响的言论。李白的宏大抱负，常常不被世人所理解，被当成"大言"来耻笑。李白显然没有料到，李邕这样的名人竟与凡夫俗子一般见识，于是，就抬出圣人识拔后生的故事反唇相讥。《论语·子罕》中说："子曰：'后生可畏。焉知来者之不如今也？'这两句意为孔老夫子尚且觉得后生可畏，你李邕难道比圣人还要高明？男子汉大丈夫千万不可轻视年轻人呀！后两句对李邕既是揶揄，又是讽刺，也是对李邕轻慢态度的回敬，态度相当桀骜，显示出少年锐气。

话说回来，李白当时也是少年负气，其实他内心还是很敬重李邕的。在李邕被奸相李林甫迫害之后，李白还在诗里凭吊他："君不见李北海，英风豪气今何在？"

（故事来源于《读本诗歌鉴赏选续》）

四、古为今用

文化自信

"自信人生二百年，会当击水三千里"，内有的自信是一种源源不断的精神力量、创造力量。在几千年中华文化滋养下的中国，面对日益激烈的全球化竞争，更应该正确定位，以独立的姿态傲立于世界文化之林。

文化自信是一个民族、一个国家以及一个政党对自身文化价值的充分肯定和积极践行，是对其文化的生命力持有的坚定信心。

"站立在960万平方公里的广袤土地上，吸吮着中华民族漫长奋斗积累的文化养分，拥有13亿中国人民聚合的磅礴之力，我们走自己的路，具有无比广阔的舞台，具有无比深厚的历史底蕴，具有无比强大的前进定力。中国人民应该有这个信心，每一个中国人都应该有这个信心。"党的十八大以来，习近平总书记在多个场合谈到中国传统文化，表达了对传统文化、传统思想价值体系的认同与尊崇。他指出："我们要坚持道路自信、理论自信、制度自信，最根本的还有一个文化自信。"我们的文化自信，不仅来自文化的积淀、传承与创新、发展，更来自当今中国特色社会主义的蓬勃生机，来自实现中国梦的光明前景。

习近平多次在重大场合引经据典，展示了中国传统文化的博大精深，从而掀起了中国文化热。在当代，文化已成为世界范围内经济社会发展的价值维度。我国作为四大文明古国之一，有着悠久的历史和灿烂的文化。在文化融合加剧的今天，中国优秀传统文化更应为中国社会各界重视与扶持。我们须知，优秀传统文化是一个民族发展的不竭动力，是文明的创造力所在，只有立足于优秀传统文化之根，才能保证中华民族的持续健康成长。

（来源于《文化自信——习近平提出的时代课题》，新华网，2016年8月5日）

五、知识链接

牛李党争

牛李党争是中唐时期牛党、李党两派士大夫进行的朋党之争，两派官员互相倾轧，争吵不休，从宪宗时期开始，到宣宗时期才结束，前后将近四十年。

牛党领袖是牛僧孺、李宗闵，而李党的领袖则是李德裕、郑覃。牛党大多是科举出身，属于庶族地主，门第卑微，靠寒窗苦读考取进士、获得官职；李党大多出身于世家大族，门第显赫，往往依靠父祖的高官地位而进入官场，称为"门荫"出身。

唐宪宗年间，举人牛僧孺、李宗闵在科考时批评朝政。考官认为二人符合选择条件，便把他们推荐给宪宗。宰相李吉甫得知后，认为牛李二人揭了他的短处，便在宪宗面前哭诉，称二人与考官有私人关系。宪宗遂将考官降职，牛李二人也未得到提拔。不料朝野哗然，争相为牛僧孺等人叫屈，谴责李吉甫嫉贤妒能。宪宗只得将李吉甫贬为淮南节度使，另任宰相。朝臣从此分为两个对立派，这就是牛李党争的开端。但当时李德裕、牛僧孺尚未在朝廷供职，所以派系斗争色彩尚不浓厚。

唐穆宗即位后，又举行进士考试，由牛党人士钱徽主持，结果又被指徇私舞弊。在时任翰林学士李德裕的证实下，钱徽被降职，李宗闵也受到牵连，贬谪外地。李宗闵认为李德裕成心排挤，怀恨在心。而牛僧孺则很同情李宗闵。此后，牛僧孺、李宗闵与科举出身的官员结成一派，李德裕也与士族出身的官员结成一派。牛党得势，则打击李党；李党得势，也排挤牛党，两派之间明争暗斗。面对两派的党争，唐文宗不禁叹道："平定河北藩镇之乱容易，而想平息朝中党争却很难啊。"

牛李党争是唐朝末年宦官专权、唐朝腐败衰落的集中表现，加深了唐朝后期的统治危机。从表面上看，牛李党争似乎是庶族官僚与士族官僚之间的权力斗争，实际上两党在政治上也有深刻的分歧。两党分歧的焦点主要有两个：一是通过什么途径来选拔官僚；二是如何对待藩镇。牛李党争不但影响了中晚唐政治的格局、政治文化的演变，同时也塑造了中晚唐的诗风，在牛李党争中产生了一种具有攻击倾向的文学作品。所以，总的来说，牛李党争对于唐代的统治和文化都有很大的影响。这一时期的文人都自觉不自觉地被牵扯进了这一党争的影响中，其中最具代表性和悲剧意义的当属李商隐。

李商隐早年受到令狐楚的赏识，曾在令狐楚（牛党人士）的节度使幕府中做事，并且因为令狐楚的资助才考上了进士。但是令狐楚死后，他又投到了当时河阳节度使王茂元（李党人士）的门下。王茂元很欣赏他的才华，提拔他做了掌书记，还把自己的女儿许配给了他。从此，牛党的人就把李商隐恨得要命，认为他忘恩负义，诡薄无行。由于处于两党夹缝中，李商隐的仕途举步维艰，备受排挤，一生困顿不得志。

第二篇

民 主

主 题 简 述

"民主"，即"一种集体决策的政治统治"，是人类社会的美好诉求。其理念在当今世界各国广受推崇，被视为一种政治制度的应有模式，但常因各国历史状况的不同而呈现不同的形态，极富差异性。

在中国传统文化中，民主是为民做主，坚持的是民本政治。在中国古代经典著作中，"民"指"人民""庶民"，是与古代的"君"（国君）、"臣"（臣僚）相对应的第三类社会主体，譬如《诗经》的《大雅·假乐》："假乐君子，显显令德，宜民宜人"。中国古代汉语中的"主"，当时是指"主导""主宰"。因此，古代的"民主"，主要是指"庶民的主宰"，譬如《尚书》的《周书·多方》："乃惟成汤，克以尔多方，简代夏作民主"。古代的"民主"有时也有各尽主张之意，如《尚书·咸有一德》中说："后非民罔使，民非后罔事，无自广以狭人。匹夫匹妇不获，自尽民主罔与成其功"。

清末"洋务运动"以后，传教士丁玮良在翻译美国人惠顿的著作《万国公法》时，将英文单词"democracy"翻译为"民主"，此为中国近代意义上"民主"概念的发端。中日"甲午战争"之后，民权思想兴起，后来演变为五四"新文化运动"中的"民主"理论。这一时期，"democracy"被尊称为"德先生"，不仅是一种重要的政治理念，更被视为中国救亡图存的制度模式，受到社会各界的广泛推崇。

有人认为，现代社会的民主思想，与中国古代的民本思想格格不入，其实不然。中国国学经典《尚书》《诗经》《论语》《孟子》等著作就富有"民本"思想，如孔子的"仁爱"思想、孟子的"民贵君轻"思想、管子的"富民强国"思想，均已蕴含现代"民主"概念的重要因素。

当今中国社会的"民主"理念，作为社会主义核心价值观的重要内容，是中国人民在中国共产党的领导下，汲取中国古代民本思想与近代西方民主理论，结合中国国情所形成的重要政治理念与政治原则、政治制度。我们追求的民主是人民民主，其实质和核心是人民当家做主。它是社会主义的生命，也是创造人民美好幸福生活的政治保障。

中国特色社会主义民主，是党的领导、人民当家做主和依法治国三者有机结合在一起。党的领导是中国特色社会主义民主和中国特色社会主义政治文明的根本保证，人民民主是中国特色社会主义民主的本质要求，依法治国是实现民主的重要途径和方略。

中国特色社会主义民主，包含了人民是国家的主人、发展和维护人民的根本利益、人民治理国家的政治机制等多重含义。《中华人民共和国宪法》多处提及"民主"一词，其内涵极其丰富。

自近代以来，"民主"一直是中国人民努力奋斗的目标。《中华人民共和国宪法》"序言"明确指出："1840 年以后，封建的中国逐渐变成半殖民地、半封建的国家。中国人民为国家独立、民族解放和民主自由进行了前仆后继的英勇奋斗。"

"民主的社会主义国家"是我国国家建设的根本任务和重要目标之一。建设"富强、民主、文明、和谐、美丽的社会主义国家"是我国的重要目标。《中华人民共和国宪法》"序言"明确规定："国家的根本任务是，沿着中国特色社会主义道路，集中力量进行社会主义现代化建设。中国各族人民将继续在中国共产党领导下，在马克思列宁主义、毛泽东思想、邓小平理论、'三个代表'重要思想、科学发展观、习近平新时代中国特色社会主义思想指引下，坚持人民民主专政，坚持社会主义道路，坚持改革开放，不断完善社会主义的各项制度，发展社会主义市场经济，发展社会主义民主，健全社会主义法制，贯彻新发展理念，自力更生，艰苦奋斗，逐步实现工业、农业、国防和科学技术的现代化，推动物质文明、政治文明、精神文明、社会文明、生态文明协调发展，把我国建设成为富强民主文明和谐美丽的社会主义现代化强国，实现中华民族伟大复兴。"

"人民民主"是我国国家政权的重要基础。我国的国家性质是"人民民主专政的社会主义国家"，宪法第一条第一款明确规定："中华人民共和国是工人阶级领导的、以工农联盟为基础的人民民主专政的社会主义国家"。正如毛泽东同志所说："对人民内部的民主方面和对反动派的专政方面，互相结合起来，就是人民民主专政。"

"民主"是我国国家机构组织和运行的重要原则之一。"民主集中制"是我国国家机构的组织原则，"民主选举"是我国国家机构产生的主要途径。我国宪法第三条明确规定："中华人民共和国的国家机构实行民主集中制的原则。全国人民代表大会和地方各级人民代表大会都由民主选举产生，对人民负责，受人民监督。国家行政机关、监察机关、审判机关、检察机关都由人民代表大会产生，对它负责，受它监督。中央和地方的国家机构职权的划分，遵循在中央的统一领导下，充分发挥地方的主动性、积极性的原则。"

　　民主也是我国社会管理的重要原则。《中华人民共和国宪法》第十六条第二款、第十七条第二款明确宣布："国有企业依照法律规定，通过职工代表大会和其他形式，实行民主管理。""集体经济组织实行民主管理，依照法律规定选举和罢免管理人员，决定经营管理的重大问题。"这说明，国有企业和农村集体经济组织等社会组织的管理，也需要遵循民主原则。

　　我们要深刻领会中国特色社会主义民主的真谛，不要把"民主"当作口号，更不能把自由主义、利己主义标榜为民主。我们应该着力培养民主的意识，牢固树立国家意识、人民意识、责任意识、担当意识、权利义务意识，积极维护国家和广大人民群众的根本利益，为中国特色社会主义民主建设做出自己最大的贡献。

第一章　民惟邦本　本固邦宁

导　读

　　"民惟邦本，本固邦宁"出自《尚书·五子之歌》，指只有以百姓为国家的根本，根本稳固了，国家就安宁了。这是夏朝国君太康在失去王位以后，他的兄弟总结失国的惨痛教训而得出的结论，对后世影响至深。此外，《周易》还提出了"劳谦君子""损上益下"的"劳谦益民"理念，也是对于后世统治者的忠告。

一、经典阅读

　　太康失邦，昆弟五人须于洛汭，作《五子之歌》。

　　太康尸位①，以逸豫灭厥德②，黎民咸贰，乃盘游无度③，畋于有洛之表④，十旬弗反⑤。有穷后羿因民弗忍，距于河，厥弟五人御其母以从⑥，徯于洛之汭。五子咸怨，述大禹之戒以作歌。

　　其一曰："皇祖有训，民可近，不可下⑦，民惟邦本⑧，本固邦宁⑨。予视天下愚夫愚妇一能胜予，一人三失⑩，怨岂在明，不见是图。予临兆民⑪，懔乎若朽索之驭六马⑫，为人上者，奈何不敬？"

　　其二曰："训有之，内作色荒⑬，外作禽荒。甘酒嗜音，峻宇雕墙。有一于此，未或不亡。"

73

其三曰："惟彼陶唐，有此冀方。今失厥道^⑭，乱其纪纲^⑮，乃厎灭亡。"

其四曰："明明我祖，万邦之君。有典有则^⑯，贻厥子孙。关石和钧^⑰，王府则有。荒坠厥绪，覆宗绝祀！"

其五曰："呜呼曷归？予怀之悲。万姓仇予，予将畴依？郁陶乎予心，颜厚有忸怩。弗慎厥德，虽悔可追？"

（选自中华书局《尚书·夏书·五子之歌》）

【参考注释】

①尸：名词作动词用，意思是处在……。

②逸：喜好；厥：丧失。

③度：节度，节制，克制。

④畋：动词，狩猎，打猎。

⑤十旬弗反：百来天了还未返回。十，在此处为数量词，表示百来天；弗，一般为语气词；反：通"返"，返回，回来。

⑥御：照顾，侍奉的意思。

⑦下：把……看轻。

⑧邦：国家。

⑨固：稳固，牢固。

⑩三失：多次失去。三，在此处为数量词，表示多次。

⑪临：治理，管理。

⑫懔乎：恐惧，害怕。乎，语气词。

⑬内作色荒：迷恋女色。

⑭失：废弃。

⑮纪纲：政绩纲要。

⑯有典有则：有法典有制度。

⑰钧：通"均"，平均。

二、鉴赏指津

太康处在尊位而不理事，又喜好安乐，丧失君德，众民都怀着二心；竟至盘乐游猎没有节制，到洛水的南面打猎，百天还不回来。有穷国的君主羿，因人民不能忍受，在河北抵御太康，不让他回国。太康的弟弟五人，侍奉他们的母亲跟随太康，在洛水湾等待他。这时五人都埋怨太康，因此叙述大禹的教导而写了歌诗。

其中一首说："伟大的祖先曾有明训，人民可以亲近而不可看轻；人民是国家的根本，根本牢固，国家就安宁。我看天下的人，愚夫愚妇都能对我取胜。一人多次失误，考察民怨难道要等它显明？应当考察它还未形成之时。我治理兆民，恐惧得像用坏索子驾着六匹马；做君主的人怎么能不敬不怕？"其中第二首说："禹王的教诲这样昭彰，可你在内迷恋女色，在外游猎翱翔；喜欢喝酒听音乐，高高建筑大殿又雕饰宫墙。这些事只要有一桩，就没有人不灭亡。"其中第三首说："那陶唐氏的尧皇帝，曾经据有冀州这地方。现在废弃他的治道，扰乱他的政纲，就是自己导致灭亡！"其中第四首说："我的辉煌的祖父，是万国的大君，有典章有法度，并将它们传给他的子孙。征赋和计量平均，王家府库丰殷。现在废弃他的传统，就等于断绝祭祀又危及宗亲！"其中第五首说："唉！哪里可以回归？我的心情伤悲！万姓都仇恨我们，我们将依靠谁？我的心思郁闷，我的颜面惭愧。不愿慎行祖德，即使改悔又岂可挽回？"

虽然这篇文献把人民比作拉车的马，把统治者比作驭马者，但字里行间充满了对人民的恐惧，人民的地位由于自己用生命来抗争显示出的力量得到了统治者不得不承认的提高。这首《五子之歌》被后人多加整理，最后收录于《尚书》，成了万世经典。

大禹的儿子启作为夏朝君主开启了"父传子，家天下"的世袭君主制时代。然而继承王位的儿子太康，因为没有德行，导致老百姓反感。太康贪图享乐，在外打猎长期不归，国都被后羿侵占。太康的五个弟弟和母亲被赶到洛河边，追述大禹的告诫而作《五子之歌》，表达了五个人的悔意。

如果统治者没有德行，就得不到老百姓的支持和爱戴；如果统治者只是一味地贪图玩乐而不考虑老百姓的疾苦，那么他迟早会迎来最终的毁灭。因此，统治者应当提高自身的道德修养，关心和爱护民众，勤勉治国。

三、趣味故事

"不贪为宝"的子罕

传说某天，宋国发生了一件奇怪的事，宋国有人得了一块价值不菲的玉。他灵机一动想拿去献给当时手握重权的大官爷子罕。子罕没有接受他赠予的玉。这个献玉的人很机灵，说："我把这块玉给做玉器的老师傅仔细看过，他对我说这块玉是件宝物，不然我都不好意思拿来赠给您。当他说这是个宝贝时，我就觉得这个可以献给您，只有您才配得上这块玉。"大官子罕听了，对这个赠玉的人说："这个玉是宝物与我无关，它是你捡来的，理应上交或者属于你，它不是我的宝物，也不要给我，我不需要，我的宝物是'不贪'。我不会拿你的这块玉，我如果收下了你赠予的这块玉，这样太不好了，这是不符合我的要求的。你如果把这块宝玉给了我，我也接受了这块宝玉，不得不说，你的宝物玉和我的宝物"不贪"都会丧失。这样太不值得了，我们还是把自己的宝物保管好，留着自己的宝物吧，不要刻意去赠予对方宝物，这也是一种美德，对你我都好。这也是我们做人所必需的品格啊"。

送玉的人听了大官子罕的话后，十分惊恐，跪了下来，给子罕磕头，说："我只是个平民百姓，我也不敢藏着这么贵重的玉，这是块宝物，放在我这里也实在是不安全，怕招来祸害，怕影响日后安静的生活，之所以拿来这块玉献给您，我其实也是为了我们家人的平安！恳请大人帮忙处理这个宝物，以免引起不必要的麻烦。"听了这个献玉人的话后，大官子罕先是安排他在本城住下，又经过多番努力介绍了加工买卖玉石的打造把玉琢磨好，去卖了个好价钱，之后便让他带着钱回家做老板去了。

四、古为今用

以民为本

"民惟邦本，本固邦宁"，这句名言出自《古文尚书·五子之歌》，邦就是国的意思。《礼记·缁衣》记曰："子曰：民以君为心，君以民为本。君以民存，亦以民亡"，讲的是君与民之间的关系，强调了君要以民为本。

习近平总书记自党的十八大以来，在系列讲话中多次引用了"民惟邦本，本固邦宁"的政治格言，充分表达了"以民为本，执政为民"的民主治国理念。例如，2014年5月4日，在北京大学师生座谈会上的讲话中，习近平总书记就把"民惟邦本"列为中华文化的核心理念第一条。2015年10月20日，习近平总书记在英国议会发表讲话时指出，"在中国，民本和法制思想自古有之，几千年前就有'民惟邦本，本固邦宁'的说法。"

习近平总书记也曾讲到，我国古代主张民惟邦本、政得其民、礼法合治、德主刑辅，为政之要莫先于得人，治国先治吏，为政以德，正己修身，居安思危、改易更化等，这些都能给党员领导干部以重要启示，这种民本思想深入人心，深入中国文化理念，始终把"民"的重要性强调再强调。

《荀子·哀公》曰："君者，舟也；庶人者，水也。水则载舟，水则覆舟。"用水与舟的关系来比喻官民之间的关系。如果船被水打翻了，不能归罪于水，最值得反思的恰恰是驾船之人。因此，荀子的民本思想是与国家利益、国家命运紧密联系在一起的。他呼吁关心、关注民众的利益和疾苦，是因为民众的利益是国家的根本，有民才有国。

五、知识链接

民贵君轻

"民贵君轻"是儒家先贤孟子提出的社会政治思想，孟子从天下国家的立场出发，认为民众是基础，是根本，民众比君王更加重要。作为中国古代最精彩的思想命题之一，"民贵君轻"的核心理念就在于：在政治权力本原的意义上，民众比君主更重要。"民贵君轻"作为孟子仁政学说的核心，具有民本主义色彩，对中国后世的思想家有极大的影响。

孟子的民本思想主要表现在以下几个方面：一是批判统治者荒淫挥霍，无视人民的生存权，以至于"狗彘食人食而不知检，途有饿莩而不知发"。二是强调人民的生存权，必须保证人民首先"不饥不寒""养生丧死无憾"，否则无异于"率兽而食人"的独夫民贼。三是强调统治者首先必须获得民心，并进而提出"民为贵，社稷次之，君为轻"的观念，把民本思想升华到一个相当自觉的政治道德境界。

在百家争鸣的先秦时期，法家、道家、墨家以及《左传》《国语》《管子》等著作中，都不同程度地蕴含着"民为邦本"的思想，如法家慎子的"立天子以为天下"，商鞅的"为天下位天下"就是孟子"民贵君轻"的理论先导；《老子》中有"爱民治国"的主张，又明确宣称"圣人无常心，以百姓为心"。可见，"民本思想"是一种时代思潮，只不过儒家大师孟子的民本思想最为强烈和集中。

据《孟子·尽心下》记载孟子的言语，"民为贵，社稷次之，君为轻。是故得乎丘民而为天子，得乎天子为诸侯，得乎诸侯为大夫。诸侯危社稷，则变置。牺牲既成，粢盛既洁，祭祀以时，然而旱干水溢，则变置社稷"，这段话明确道出了儒家的基本政治主张，成为儒家追求"仁政"思想的重要依据。

第二章　践行德政　天下大治

导　读

　　现代国家的"民主原则"，主要体现为人民代表大会等代议机关的"多数议决原则"，即以多数票议决国家大事。但是，《尚书》等国学经典还提醒我们，执政者还需要注意"从民所欲""顺应民心"，只有真正地"顺民意、解民忧、惠民生"，才能拉近执政者与群众的距离感。只有提供制度护佑和人文关怀，让民众"成长得更好、工作得更好、生活得更好"，执政者才能赢得良性的社会评价，提高自身在老百姓心目中的地位，绝不能仅仅满足于代议机关的多数票的支持。

一、经典阅读

　　伊尹申诰于王曰："呜呼！惟天无亲，克敬惟亲①。民罔常怀，怀于有仁②。鬼神无常享，享于克诚。天位艰哉！德惟治，否德乱。与治同道，罔不兴③；与乱同事，罔不亡④。终始慎厥与⑤，惟明明后⑥。先王惟时懋敬厥德，克配上帝⑦。今王嗣有令绪，尚监兹哉⑧。若升高，必自下，若陟遐，必自迩⑨。无轻民事，惟艰；无安厥位，惟危。慎终于始。有言逆于汝心，必求诸道；有言逊于汝志，必求诸非道。呜呼！弗虑胡获？弗为胡成？一人元良，万邦以贞。君罔以辩言乱旧政，臣罔以宠利居成功，邦其永孚于休⑩。"

　　（选自中华书局《尚书·商书·太甲下》）　　79

【参考注释】

①申诰：重复告诫。

②仁：仁爱。

③罔：没有。

④事：办法。

⑤慎：谨慎。

⑥明：英明的。

⑦懋（mào）：勉励，鼓励。

⑧尚：希望，期望。

⑨陟遐（zhì xiá）：走远路，远行。

⑩居：安逸于……，安于……现状。

二、鉴赏指津

伊尹一再告诫太甲，说："啊！天道无亲，唯独亲近那些能够恭敬地秉持中道的人。民心无常，不会一成不变地归附于某一个君主，只会向往与归附于仁德的君王。神明不会什么人的祭祀都一概地歆享，只会接受那些诚信有礼的君子的祭祀。居天子之位，难哪！"

"君王践行德政，则天下大治；君王不践行德政，则天下大乱。与施行德政的人志同道合，国家没有不兴盛的；与败德乱政的人狼狈为奸，国家没有不灭亡的。自始至终都能谨慎地与施行德政的人志同道合，唯有治世的明君才能如此。先王成汤以此勉励自己并郑重其事地践行德政，且能以德配天，而享国长久。今天大王继承前人（有德之君）的事业，希望您要以先帝为榜样，一以贯之地推行德政啊！这就好比登高步远的道理，千里之行，始于足下。不可轻率地使用徭役，要明白稼穑艰难的道理；不可逸居于帝位，要懂得居安思危的道理。丧尽其礼，就是为了追求一个好的开始。有嘉谋良言，但它有违您的心意，就必须以天道之心来寻绎其之所以有益的道理；有花言巧语，但它是为了迎合您的私意，就必须以诋毁天道来阐明之所以无益的理由。”

"啊！不奋发图强，何以获德？不施行德政，何以成功？天子有大善，则天下得其正。君王不可因臣下的花言巧语而改变过去的善政为非作歹，臣下不可因君王的恩宠与利禄而居功自傲。这样万众一心，就会国运长久，天遂人愿，信保于民，大家都可以共享社会和谐之美。”

传说，在伊尹的辅佐下，商汤发动著名的"鸣条之战"，击溃夏桀，建立商朝。伊尹出任丞相，运用"以鼎调羹""调和五味"等烹调理论治天下，调理风雨，与老子所谓"治大国若烹小鲜"异曲而同工。他整饬吏治，净化官场，施惠百姓，使商朝初年政通人和、经济发展、百业兴旺、国力迅速增强。然而，商汤驾崩之后，由于长子太丁早死，次子外丙继位，史称"商哀王"，在位三年便告崩逝，其弟仲壬继任，史称"商懿王"，两年后辞世。两任国王接连早逝，导致政局一度混乱，辅政老臣伊尹临危不乱，扶立太甲继位，才算稳住了局势。太甲是商汤的嫡长孙，商汤长子太丁之子，商朝第四位君主。他继位之初，伊尹深感责任重大，呕心沥血撰写了《尹训》《肆命》《祖后》诸文，教导他遵循祖制，弘扬祖业。太甲继位前两年，还算循规蹈矩，国家渐趋稳定，国势渐显起色，可是到了第三年，就开始夜郎自大起来，威福自专，奢靡享乐，暴虐百姓，导致朝政昏乱，怨声载道。伊尹百般劝谏，太甲置若罔闻，我行我素，为了挽救危局，伊尹痛下决心，将他放逐到商汤墓地附近的桐宫（今商丘市虞城县北），自己摄政当国，史称"伊尹放太甲"。太甲"桐宫悔过"之后，伊尹将他迎回，重登王位，励精图治，终成一代明君。伊尹又作《太甲训》三篇、《咸有一德》一篇，以褒扬太甲。亚圣孟轲尊太甲为商朝"圣君"之一。《史记·殷本纪》对这件事的记载是："帝太甲居桐宫三年，悔过自责，反善。于是伊尹乃迎帝太甲而授之政。帝太甲修德，诸侯咸归殷，百姓以宁。伊尹嘉之，乃作《太甲训》三篇，褒帝太甲，称'太宗'。"

三、趣味故事

蚂蚁王国的复兴

在动物世界，每个类型的动物都有自己的群族，最具集群能力的莫过于蚂蚁群族了。一次，在蚂蚁王国发生了这样一件趣事。某一天，蚂蚁大王和蚂蚁王后因为蚂蚁王国迁都的事情吵了起来，蚂蚁大王认为应该迁往大树下，原因是那里方便避雨、取食，也有利于隐蔽王宫，可避开敌人攻击。而蚂蚁王后则觉得迁往靠近老鼠洞的地方较好，因为那里食物丰富，容易出入，取食不用太劳累。他们两个意见不一，吵了整整一个月，其他动物群族看见了，都取笑他们，就连他们的小蚂蚁百姓也发出了嘲讽的声音，责备蚂蚁王后与蚂蚁大王没有顾及他们平常蚂蚁百姓的感受，一味地争执耽误了他们集体取食的好机会。就在这时，饱读诗书、留学海外的蚂蚁小王子站了出来，向蚂蚁王后和蚂蚁大王出了个好主意，那就是群策群力。他觉得这样的事情应该让每个蚂蚁都来参加与决策，于是组建了民主中心咨询意见小组，每天发放问卷给本群族蚂蚁，对迁都问题进行调查，并及时对不同意见进行反馈，汇编成蚂蚁王国迁都意见报告，形成了一份表决书，让每个蚂蚁进行表决。经过表决，它们最终迁都到大树下，从此蚂蚁王国决策都采取这样的形式，使得蚂蚁们的所想得到了实施，满足了群族所需，实现了蚂蚁王国的复兴。

四、古为今用

得民心者得天下

2013 年 6 月 18 日，习近平总书记在党的群众路线教育实践活动工作会上指出："得民心者得天下，失民心者失天下，人民拥护和支持是党执政的最牢固根基。人心向背关系党的生死存亡。"

"以铜为镜可以正衣冠，以人为镜可以知得失，以史为镜可以知兴衰"，只要关心民众利益，关心民众疾苦，顺应民意做事，民众就一定会感受到，一定会拥护仁爱的君主。"民之归仁也，犹水之就下、兽之走圹也。"

党只有始终与人民心连心、同呼吸、共命运，始终依靠人民推动历史前进，才能做到哪怕"黑云压城城欲摧"，"我自岿然不动"，安如泰山，坚如磐石！

五、知识链接

居安思危

　　居安思危，意为处在安乐的环境中，要想到潜在的危险，泛指要提高警惕，防止祸患。春秋时期，左丘明在所撰的《左传·襄公十一年》中说，"居安思危，思则有备，有备无患，敢以此规"。其实，这是有来历的。

　　话说春秋时期，有一次宋、齐、晋、卫等十二国联合出兵攻打郑国。郑国国君慌了，急忙向十二国中最大的晋国求和，得到了晋国的同意，其余十一国也就停止了进攻。郑国为了表示感谢，给晋国送去了大批礼物，其中有著名乐师三人、配齐甲兵的成套兵车一百辆、歌女十六人，还有许多钟磬之类的乐器。晋国的国君见了这么多的礼物，非常高兴，将八个歌女分赠给他的功臣魏绛，说："子教寡人和诸戎狄，以正诸华。八年之中，九合诸侯，如乐之和，无所不谐。请与子乐之。"可是，魏绛谢绝了晋悼公的分赠，并且劝告晋悼公说："夫和戎狄，国之福也；八年之中，九合诸侯，诸侯无慝，君之灵也，二三子之劳也，臣何力只有焉？抑臣愿君安其乐而思其终也。《书》曰：居安思危，思则有备，有备无患，敢以此规。"晋悼公听了魏绛这番远见卓识而又语重心长的话很受感动，高兴地接受了魏绛的意见，从此对他更加敬重。

　　到了唐代，魏徵在《谏太宗十思疏》中更是高屋建瓴，直言劝谏，振聋发聩，"臣闻求木之长者，必固其根本；欲流之远者，必浚其泉源；思国之安者，必积其德义。源不深而望流之远，根不固而求木之长，德不厚而思国之安，臣虽下愚，知其不可，而况于明哲乎？人君当神器之重，居域中之大，不念居安思危，戒奢以俭，斯亦伐根以求木茂，塞源而欲流长也。"

　　后来，"居安思危"也成了历朝历代君主的座右铭。

第三章　治国富民　欣欣向荣

导　读

中国古代哲人说："凡治国之道，必先富民。"发展的最终目的是造福人民，必须让发展成果更多惠及全体人民。国家实行民主制度的目的不仅在于"人民当家做主"，更在于"治国富民"，此即国家得到很好的治理，人民能够安享富裕安宁的生活。近代中国的思想家王韬等有识之士早就指出，唯有民主制度才可以实现"治国富民"之目的。人民的生活状况反映了国家的生存状态，人民的富裕程度也体现了国家的富裕水平。国家的发展宗旨，是为了保障人民幸福安康；国家的存在目的，是为了维护人民安定富足。

国与民，相辅相成；民与国，相存相依。这就是，国富则民安，民富则国强。

一、经典阅读

凡治国之道，必先富民①。民富则易治也，民贫则难治也。奚以②知其然也？民富则安乡重家，安乡重家则敬上畏罪，敬③上畏罪则易治也。民贫则危④乡轻家，危乡轻家则敢陵上犯禁，凌⑤上犯禁⑥则难治也。故治国常富，而乱国常贫。是以⑦善为国者，必先富民，然后治之。

（选自中华书局《管子·治国》）

【参考注释】

①富民：使百姓富裕。富：形容词作动词用。

②奚以：凭什么。

②奚：何。然：这样。

③敬：不敢怠慢。

④危：与"安"相对，指不安心。

⑤凌：对抗。

⑥禁：法令。

⑦是以：因此。

二、鉴赏指津

大凡治国的道理，一定要先使人民富裕，人民富裕就容易治理，人民贫穷就难以治理。凭什么知道是这样的呢？人民富裕就安于乡居而爱惜家园，安乡爱家就尊敬皇上而畏惧刑罚，尊敬皇上、畏惧刑罚就容易治理了。人民贫穷就不安于乡居而轻视家园，不安于乡居而轻家就敢于对抗皇上违犯禁令，抗上犯禁就难以治理了。所以，治理得好的国家长久富裕，乱国必然是穷的。因此，善于主持国家的君主，一定要先使人民富裕起来，然后再加以治理。

这篇短文为了讲清"治国之道，必先富民"的道理，从两个方面进行了论述。一方面讲"民富则安乡重家，安乡重家则敬上畏罪，敬上畏罪则易治也"，紧接着从另一方面讲"民贫则危乡轻家，危乡轻家则敢陵上犯禁，陵上犯禁则难治也"。从这两个方面做了鲜明的对比后，总结出"治国常富，乱国常贫"进而得出"必先富民，然后治之"的道理。

管子（约前723—前645），即管敬仲，春秋初期颍上人。名夷吾，字仲，是我国古代著名政治家、军事家、经济学家、哲学家。管仲少时丧父，老母在堂，生活贫苦，不得不过早地挑起家庭重担，为维持生计，与鲍叔牙合伙经商后从军，到齐国后，几经曲折，经鲍叔牙力荐，为齐国上卿（即丞相），被称为

"春秋第一相"，辅佐齐桓公成为春秋时期的第一霸主，所以又说"管夷吾举于士"。管仲的言论见于《国语·齐语》，另有《管子》一书传世。

《管子》共有八十六篇，后人认为其非一人一时所作，兼有战国、秦、汉文字，集有一批"管仲学派"思想和理论。其内容博大精深，以法家和道家为主，兼有儒家、兵家、纵横家、农家、阴阳家的思想，涉及天文、伦理、地理、教育等问题，在先秦诸子中，"襄为巨轶远非他书所及"。可以说，《管子》是先秦时独成一家之言的杂家著作。

三、趣味故事

猩猩大王的从善治国

一直以来，猩猩王国都是有充足的食物过冬的。但是，美猴王西天取经回来定府邸在他们隔壁的花果山后，实施了闭关封锁食物外出的政策，自那以后猩猩王国的过冬食物就成了一个大问题，以前冬季很富余，现在冬季温饱都成难题。猩猩大王很纳闷，美猴王虽说不是他们同族，但好歹也是半个同类远亲，是否采取武力的方式掠夺花果山的食物？该如何满足今后猩猩家族的过冬食物呢？如果真的用武力解决，似乎又不是猩猩王国的作风，也不符合人道，更不符合猩猩大王一直以来倡导的从善治国、善待邻邦的大国理念。正在纠结之时，美猴王突然来到猩猩王国，说："我知道猩猩大王是个英明的大王，有自己的为善的治国理念，听说我来到你们隔壁实施了闭门封锁食物、禁止外流政策后，你们过冬的食物难以为继。对此，我深感惭愧，今日前来，特表示歉意，并开放花果山，随时欢迎猩猩王国的兄弟们来采取食物，希望解决你们的过冬之忧。"就这样，猩猩王国与花果山各自实施仁政、善政，以仁义和善治国，使得两个近邻世代友好相处，最终还实现了花果山和猩猩王国的共同富裕。

四、古为今用

以人为本

2015 年 11 月 18 日，习近平总书记在马尼拉召开的 APEC（亚太经济合作组织）演讲中提到，中国古代哲人说："凡治国之道，必先富民"，发展的最终目的是造福人民，必须让发展成果更多惠及全体人民。这个思想最先出自《管子》——先秦诸子中成书较早的一部经典，记载了春秋时期齐国政治家管仲的治国思想。在其丰富的治国思想中，富民思想是其精髓。大凡治理国家的方法，必须首先使百姓富裕起来。他通过"治国常富，乱国常贫"的鲜明对比，得出了"必先富民，然后治之"的结论。管子将富民作为治国的第一要务，在先秦诸子中是独一无二的。

治国必先富民，富民然后强国，这是管仲描绘的春秋时代背景下的国家发展模式。他认识到民众的重要性，认识到富民对于增强国家经济实力的巨大作用。正是由于抓住了治国之本，经过多年治理，齐国很快强盛起来，成为春秋首霸，历史上才有了齐桓公"九合诸侯，一匡天下"的盛举。

前不久，联合国发展峰会通过 2030 年可持续发展议程。在二十国集团领导人安塔利亚峰会上，习近平总书记倡议二十国集团成员国积极行动起来，落实好可持续发展议程。为此，要把落实可持续发展议程纳入各国发展战略，确保有效落实。要建立全面发展伙伴关系，调动政府、企业、民间等各方面力量，为落实可持续发展议程做出贡献。要推动包容和谐发展，尽早实现可持续发展议程设定的各项指标，同时通过落实可持续发展议程，为提升发展质量和效益创造新的空间，实现相互促进。

穿越时空的价值印记

五、知识链接

唐太宗与"贞观之治"

历玄武门之变，唐太宗次年（627）改元贞观。他居安思危，任用贤良，虚怀纳谏，实行轻徭薄赋、疏缓刑罚的政策，并且进行了一系列政治、军事改革，终于促成了社会安定、生产发展的升平景象，史称贞观之治。贞观之治是中国封建时代最著名的"治世"。

由于奢华浪费，劳民伤财；生活腐化，荒淫无道；连年战争，耗费国力，隋炀帝当政不久即民怨沸腾，国家灭亡。有感于惨痛的教训，唐太宗下决心进行彻底治理。

唐太宗的治理集中在政治、经济、外交等多个领域。他统治时期，居安思危，任用贤良，知人善任，虚怀纳谏，实行轻徭薄赋、疏缓刑罚的政策和文德治国的思想，大大完善科举制，对少数民族采取安抚、怀柔政策，对外采取积极友好开放的政策。这一系列政策措施为唐王朝带来了政治清明、社会安定、生产发展、文化繁荣的升平景象，形成"海内升平，路不拾遗，外户不闭，商旅野宿"的贞观之治的局面，为后世中国封建社会的顶峰——开元盛世局面的形成打下了坚实的基础。

唐太宗有言，"吾为官择人，惟才是与。苟或不才，虽亲不用；如其有才，虽仇不弃"。魏徵去世时，太宗曾痛心地说："夫以铜为镜，可以正衣冠，以古为镜，可以知兴替，以人为镜，可以明得失，朕常保此三镜，以防己过。今魏徵殂，遂亡一镜矣。"

唐太宗有言，"夷狄亦人耳，其情与中华不殊。人主患德泽不加，不必猜忌异类，盖德泽洽，则四夷可使如一家。"

……

唐太宗的一系列言论，彰显了一代明君风范，彪炳史册。

第四章　与时俱进　开化民智

导　读

　　民主建立的基础，是广大的人民群众。民主的实现，一定要解放人民的思想。正如西方民主社会建立之前，进行了文艺复兴和启蒙运动两次重要的思想解放运动一样，近代中国同样进行了新文化运动来实现思想的解放，愚民时代早已不复存在。要建设民主社会，必先开化民智，这是我们民主建设的重要基础。

一、经典阅读

　　哀公问政。子曰："文武之政，布在方策。其人存，则其政举②；其人亡，则其政息③。人道敏政④，地道敏树⑤。夫政也者，蒲卢也。故为政在人，取人以身，修身以道，修道以仁。"

　　"仁者人也。亲亲为大⑥；义者，宜也⑦。尊贤为大。亲亲之杀，尊贤之等，礼所生也。在下位不获乎上，民不可得而治矣。故君子不可以不修身；思修身，不可以不事亲；思事亲，不可以不知人，思知人，不可以不知天⑧。"

（节选自中华书局《论语·大学·中庸》）

【参考注释】

①布：散步，流传；这里是记载的意思。

②举：举起，这里是善政得以实行的意思。

③息：熄灭，消失，这里是政治不修的意思。

④人道：即治人之道，管理人的办法。

⑤地道：这里指经营土地的办法。

⑥亲亲：第一个"亲"字用作动词，即"亲爱"的意思；第二个"亲"字是名词，指亲族。

⑦宜：适宜，合适，合理。

⑧天：这里指天理，也就是自然的发展规律。

二、鉴赏指津

鲁哀公向孔子询问治国之道。孔子回答说："周文王、周武王的治国方略，记载在简册上。这样的贤人在世，他的治国措施就能施行；他们去世，他们的治国措施就不能施行了。天之道就是勤勉地化生万物，人之道就是勤勉地处理政事，地之道就是迅速地让树木生长。政治，就像土蜂取螟蛉之子化为自己的儿子一样快速，得到教化就能很快成功，所以治理国家最重要的是得到人才。选取人才在于修养自身，修养道德要以仁为本。仁，就是具有爱人之心，爱亲人是最大的仁；义，就是事事做得适宜，尊重贤人是最大的义。爱亲人要分亲疏，尊重贤人要有等级，这就产生了礼。礼，是政治的根本，因此君子不可以不修身。想要修身，不能不侍奉父母；要侍奉父母，不能不了解人；要了解人，不能不知天。

《中庸》是一篇论述儒家人性修养的散文，体现了"为政在人"的人治思想，原是《礼记》第三十一篇，相传为子思所作，是儒家学说经典论著。这篇散文传达的思想是如果这个制度不是很完善，但是这个人是有德行的人，他不以权谋私，奉公守法，一心为人民服务，就不会对国家、对单位造成很大的损失。相反，如果这个人没有了良心，丧失了道德的底线，这个制度虽然很完善，他还是会想方设法地来谋取私利。

经北宋程颢、程颐极力尊崇，南宋朱熹作《中庸集注》。《中庸》最终和《大学》《论语》《孟子》并称为"四书"。宋、元以后，《中庸》成为学校官定的教科书和科举考试的必读书，对中国古代教育产生了极大的影响。

中庸之道的理论基础是天人合一。天人合一的真实含义是合一于至诚、至善，达到"致中和，天地位焉，万物育焉""唯天下至诚，为能尽其性。能尽其性则能尽人之性；能尽人之性，则能尽物之性；能尽物之性，则可以赞天地之化育；可以赞天地之化育，则可以与天地参矣"的境界。"与天地参"就是天人合一。

本章是问政，阐述了修身、齐家、治国、平天下乃至如何治学等诸多问题，内容极其丰富。

三、趣味故事

美猴王开化民智

某天，天宫召开了一次关于开化众生的教育座谈会，花果山水帘洞的美猴王也应邀参加了会议。会上，玉皇大帝提到花果山的教育问题，说："猴儿啊，你们花果山猴子猴孙教育太落后了，你们必须奋起直追开化民智，如今已经是天下盛世，你们不能脱离改革教育的大队伍啊，你们不能拖了天下芸芸众生的后腿啊，你们必须召开花果山教育开化会议，让你的猴子猴孙共享天下开化教育成果，铸造文明和谐、知识文雅的花果山乐园，惠及花果山猴子猴孙。"美猴王听了之后，问玉皇大帝："玉帝老儿，你说得轻巧，要搞开化民智的教育，那也得有师资啊，我们花果山历来以山水为生，不知从何开化起。你要不指条明路？"玉皇大帝听了后开怀大笑："教育是源自心间，也是源自自己的开化，要开化你的猴子猴孙，也得符合你们花果山的特色，所以只能靠你自己多动脑筋解决了。不过我们倒是可以资助，并且提供辅助人员。

另外，多说一句，你师父师弟不就是一大笔财富吗?"美猴王听了，顿时大悟，亲自请了师父唐玄奘做猴子猴孙教育开化的第一人，随后又叫了小白龙、猪八戒、沙和尚轮流传经布道，带动了花果山开化民智的氛围，使得花果山成为除天庭之外的又一个圣贤聚集地。美猴王此举也获得了玉皇大帝的赞赏，为其他王国群族开启了教化民智的先河!

四、古为今用

建设教育强国

习近平总书记在十九大报告中指出，建设教育强国是中华民族伟大复兴的基础工程，必须把教育事业放在优先位置，加快教育现代化，办好人民满意的教育。要全面贯彻党的教育方针，落实立德树人根本任务，发展素质教育，推进教育公平，培养德智体美全面发展的社会主义建设者和接班人。推动城乡义务教育一体化发展，高度重视农村义务教育，办好学前教育、特殊教育和网络教育，普及高中阶段教育，努力让每个孩子都能享有公平而有质量的教育。完善职业教育和培训体系，深化产教融合、校企合作。加快一流大学和一流学科建设，实现高等教育内涵式发展。健全学生资助制度，使绝大多数城乡新增劳动力接受高中阶段教育，更多接受高等教育。支持和规范社会力量兴办教育。加强师德师风建设，培养高素质教师队伍，倡导全社会尊师重教。办好继续教育，加快建设学习型社会，大力提高国民素质。

教育是民族振兴、社会进步的基石，是提高国民素质、促进人的全面发展的根本途径，是中华民族最根本的事业。当今世界，人才是国家竞争力的核心，教育是国家竞争力的基础。在人类社会的深刻变革中，教育越来越居于龙头地位，发挥着举足轻重的作用。我们国家的现代化、中华民族的伟大复兴，归根结底取决于教育。

教育兴，则民族兴;教育强，则国家强。

五、知识链接

《大学》与民智开化

儒家修身齐家治国平天下思想的论述颇多，其中《大学》当首屈一指。该书原是《小戴礼记》第四十二篇，相传为曾子所作，实为秦汉时儒家作品，是中国古代一部讨论教育理论的重要著作。

《大学》提出"三纲领"（明明德、亲民、止于至善）和"八条目"（格物、致知、诚意、正心、修身、齐家、治国、平天下），强调修己是治人的前提，修己的目的是为了治国平天下，说明了治国平天下和个人道德修养的一致性。

儒家一直提倡文教德化，孔子更是身体力行，广招天下英才而教之，据传，其门下弟子三千，贤者七十有二。孟子、荀子也是门人满堂，英才名垂后世。

《论语》中曾记载孔子与弟子冉有在卫国的一次对话，从中不难窥见孔子对教育的重视。

子适卫，冉有仆。子曰："庶矣哉！"

冉有曰："既庶矣，又何加焉？"曰："富之。"

曰："既富矣，又何加焉？"曰："教之。"

孟子在《滕文公上》也说，"人之有道也，饱食暖衣，逸居而无教，则近与禽兽"。又说，"谨庠序之教，申之以孝悌之义，颁白者不负戴于道路矣。"

到了汉代，董仲舒更是提出"罢黜百家，独尊儒术"的观点，强调儒家教育思想，虽然在一定程度上不利于社会文化的大繁荣，但对推动儒家文化的大发展是功不可没的。

隋朝开始科举考试。"学而优则仕"，对读书人无疑是一种激励，对朝廷而言也是不错的选拔人才的机会，就是普通民众也能受到教育德化的影响。科考延续到明清，更是规定以"四书""五经"作为考试内容，虽然教育的功利性增强，但不可否认的是，贫寒人士立身上层的机会大大增加，实现自身抱负的概率加大，社会下层民众对教育的重视程度普遍提高了。

近代中国，启蒙思想家严复先生学贯中西，尤其是他第一次把西方的古典经济学、政治学理论以及自然科学和哲学理论较为系统地引入中国，启蒙与教育了一代国人。

改革开放四十年来，我们更有无数精英走出国门，博采众长，学成归国，在报效祖国的征程上扬帆奋进，创造了一个又一个世界奇迹。

中华民族历来重视民智开化，由《大学》起步，千年不腐，万载不凋，民智开化永远在路上！我们当与时俱进，紧跟时代脉搏，不断更新观念，做时代的弄潮儿。

第五章　民主程序　选贤与能

导　读

　　当今时代，民主制度主要体现为选民投票从候选人中选出代议机关代表（议员或人大代表）及国家公职人员的法律程序。但是，民主程序的理想，不仅是依据多数选民的真实意愿选出代表或者公职人员，更需要合理设定选举程序，使那些真正贤能而且富有公益心的人能够当选人民代表及国家公职人员，而且还需确保他们在当选后能继续倾听人民的呼声，尊重人民的意愿。而"选贤与能"，正是中国《礼记》等国学经典所倡导的重要政治理念。

一、经典阅读

　　大道之行也①，天下为公。选贤与能②，讲信修睦③，故人不独亲其亲④，不独子其子⑤，使老有所终，壮有所用，幼有所长，矜寡孤独废疾者皆有所养⑥，男有分⑦，女有归。货恶其弃于地也，不必藏于己⑧；力恶其不出于身也，不必为己。是故谋闭而不兴⑨，盗窃乱贼而不作，故外户而不闭，是谓大同⑩。

（选自中华书局《礼记·礼运·大同》）

【参考注释】

①大道：古代指政治上的最高理想。

②与(jǔ)：与，通"举"，推举，选举。

③修睦(mù)：修：培养。睦，和睦。

④亲：以……为亲，抚养。独：单独。

⑤子：以……为子。

⑥矜(guān)：通"鳏"，老了而没有妻子的人。寡：老了而没有丈夫的人。孤：幼小而没有父亲的人。独：老了而没有儿子的人。废疾：名词，残疾人。

⑦分(fèn)：职务，职守。

⑧恶(wù)：憎恶，唯恐，恐怕。

⑨是故：因此、所以。闭：杜绝。兴：发生。

⑩大同：指理想社会。

二、鉴赏指津

在大道施行的时候，天下是人们所共有的，把品德高尚的人、能干的人选拔出来，讲求诚信，培养和睦（气氛）。所以人们不单供养自己的父母，不单抚育自己的子女，还要使老年人能终其天年，中年人能为社会效力，幼童能顺利地成长，使老而无妻的人、老而无夫的人、幼年丧父的孩子、老而无子的人、残疾人都能得到供养。男子有职务，女子有归宿。对于财货，人们憎恨把它扔在地上的行为，却不一定要自己私藏；人们都愿意为公众之事竭尽全力，而不一定为自己谋私利。因此，奸邪之谋不会发生，盗窃、造反和害人的事情不会发生，所以大门都不用关上了，这叫理想社会。

《礼记·礼运·大同》是论述礼之源头和礼之实的论著，以《礼运》为篇名，表明它的中心内容是记录帝王时代的礼乐之因革。但是，造成《礼运篇》脍炙人口的倒不是它的主题和主要内容，而是由于冠于篇首的"大同小康"思想，为后世人描绘了一个世界发展的理想图景，故后世有"礼运大同"的说法。"大同"和"小康"，是两种相对的社会形态，在对立之中相得益彰。按古代说法即认为《礼记·礼运》篇的"大同"之说是受墨家或道家的影响。《礼运·大同篇》描述了孔子的理想世界。能成就大同世界，天下就太平。没有战争，人人和睦相处，丰衣足食，安居乐业。尽管在当时的战乱时期那个愿望是不可能实现的，但那是儒家学者在乱世中的一个美好愿景。

　　本文在阐明儒家理想中的"大同"社会的基本特征时，加了"选贤与能，讲信修睦""男有分，女有归"二句。并且，本文描述的特征多被作为理想社会的一种，其实却是对人类社会的基本要求。归结起来，不过是老弱有养，年轻人勤奋努力，即社会责任就是让老弱衣食无忧，年轻人可以承担更多社会发展的责任。现在，我国也通过养老保险、残疾补助等措施，进一步达到了老弱有养的基本要求。

三、趣味故事

动物王国"龟兔赛跑"后传之选贤

　　某天，动物王国召开紧急会议，会议的内容是猴子丞相任职期限已到，要选举新一届动物王国的丞相。虎大王很着急，不知该如何是好，因为在他面前有两个人都是非常优秀的、一个是兔子大臣，另一个是龟大臣。兔子大臣历来政绩显赫，帮助动物王国实现了脱贫攻坚，带领动物王国战胜敌寇，赢得了动物国大臣们的一致好评。龟大臣也非常了不得，他协助虎大王管理海洋领域，平定了东海、南海、西海、北海之乱，同时在海洋领域建立了坚固的海防。另外，龟大臣还提出了海洋领域的统一管理条例，使得东西南北四海的管理更加统一协调，这些也都被大臣们看在眼中，也获得了一致赞赏。虎大王为了避嫌，避开了兔子大臣与龟大臣，跟其他大臣表决商议，但经过几次投票，都没有结果，于是提出了兔子大臣与龟大臣赛跑的建议。

　　第二天，比赛开始，起先兔子大臣飞快地跑着，龟大臣拼命地爬，不一会儿，兔子大臣与龟大臣已经拉开很大一段距离了。兔子大臣认为比赛太轻松了，它要先睡一会，并且自以为是地说即使自己睡醒了龟大臣也不一定能追上它。而龟大臣呢，则一刻不停地爬着，当兔子大臣醒来的时候龟大臣已经到达终点了。这些都被虎大王和众大臣看在眼里，他们一致觉得兔子大臣尽管政绩显赫但还是太骄傲了，不适合做丞相，而龟大臣虽然行动缓慢，但有恒心有自己的坚持，且做事沉稳，适合丞相职位。大家最终表决龟大臣担任丞相一职，兔子大臣也认为龟大臣是帮助虎大王处理朝政的德才兼备的人选的确，动物王国有了龟丞相，一切国务处理得有条不紊，动物王国也走向了盛世！

四、古为今用

"好干部"五条标准

习近平总书记在 2013 年 6 月召开的全国组织工作会议上指出："我们党历来高度重视选贤任能，始终把选人用人作为关系党和人民事业的关键性、根本性问题来抓。好干部要做到信念坚定、为民服务、勤政务实、敢于担当、清正廉洁。"习总书记将好干部归纳为五个方面，也就是"五条标准"：信念坚定、为民服务、勤政务实、敢于担当、清正廉洁。"五条标准"言简意赅，概括了新时代好干部的内涵，体现了党的事业发展和广大人民群众对党员干部的本质要求，是各级党组织选人用人的工作指南和基本遵循，是党员干部思想、工作和生活上的信条和守则，广大党员干部必须将之自觉落实到行动中。

信念坚定是好干部的前提，理想信念犹如人的灵魂，失之将如行尸走肉。坚定共产主义远大理想，真诚信仰马克思主义，矢志不渝地为中国特色社会主义而奋斗，是当好党和人民群众的好干部的前提。

为民服务是对好干部的根本使命。为民服务就是要为民分忧、为民谋利，让群众信得过。全心全意为人民服务是党的根本宗旨，也是广大党员干部的根本使命，要摆正自己的心态，真正把自己当成人民群众的公仆，把为人民服务当成自己的使命。

　　勤政务实是好干部的一贯作风，要勤奋工作、踏实做事，干出实在业绩。"空谈误国，实干兴邦"，只有做一个实干者，深入基层，倾听民声，了解民意，为民分忧才能成为群众心目中的好干部。

　　敢于担当是好干部的基本品质和勇气，要敢抓敢管、敢做善成，高标准履行职责。面对当前的价值多元化和社会浮躁风气，要看清形势，正视矛盾，有实践创新和每日自省吾身的勇气。面对本职工作，要敢于担责，不遗余力，不计较个人得失，攻坚克难。

　　清正廉洁是好干部的基本要求，要严格律己、一身正气，永葆政治本色。清正廉洁是对所有公职人员的基本要求，要慎用权利，做到只用权利谋"公利"。

　　这"五条标准"深刻揭示了好干部的本质特征，集中体现了我们党立党为公、执政为民的根本宗旨，是党员干部必须牢记的从政准则。深刻理解好干部标准，才能加强干部队伍素质建设。

　　党的事业需要好干部，人民群众期待好干部，干部自身也希望成为好干部。好干部"五条标准"，既是为好干部画像，也是对全体干部提要求。

　　没有规矩，不成方圆。常言道："其身正不令而行，其身不正虽令不从。"这句话说的就是，领导者要以身作则、刚正不阿。"好干部"五条标准的提出，与我党长期坚持的"德才兼备"标准高度一致，也是新形势下"德才兼备"标准的进一步发展和细化。

（故事来源于中国共产党新闻网）

穿越时空的价值印记

五、知识链接

禅让制

禅让，指的是上古时代，统治者为了部落的发展繁荣，把首领之位让给有才华、有能力的人，让更贤能的人统治国家。

远古时代，生产力极为落后，人类必须依靠集体的力量，共同劳动、平均分配食物才能生活下去，因此，需要选举出贤能、公正的人当首领，以带领大家抵御外来的侵袭，进行生产劳动并分配食物。

形式上，禅让是在位君主自愿进行的，是为了让更贤能的人统治国家。通常，禅让是将权力让给异姓，这会导致朝代更替，称为"外禅"；而让给自己的同姓血亲，则被称为"内禅"，让位者通常称"太上皇"。

传说尧为部落联盟领袖时，四岳推举舜为继承人，尧对舜进行三年考核后，让他帮助做事。尧死后，舜继位，后用同样推举方式，经过治水考验，以禹为继承人。《中庸》子曰："舜其大知也与！舜好问而好察迩言，隐恶而扬善，执其两端，用其中于民。其斯以为舜乎！"

禹继位后，又举皋陶为继承人，皋陶早死，又以伯益为继承人，最后族人拥戴禹之子启为王。尧舜禹的权力交替历史上称为"禅让"。这种制度充分反映了古中国的民主制度。

历史上也有所谓"禅让"，都是朝中权臣胁迫皇帝退位。由于继承者是当政者的臣子，为避免"不忠"的骂名，便打着禅让的旗号，以取得正统性。因此，以禅让而灭亡某一朝代，史书中也多表述为"篡"（如"王莽篡汉"）。

禅让制后被禹的儿子夏启破坏，代之以家天下的世袭制。自此，中华文明中最温情脉脉、最令人神往的政治童话结束了它的历史使命。

第六章　以德治国　畏天敬德

导　读

"畏天敬德"是一种政治美德。有所敬畏，才能施政慎重，以求治国安民。"慎"要求执政者能修养自身、杜绝腐败。新世纪新形势下，我国在社会主义现代化建设中不断地总结经验，逐步提出了建设以人为本、构建和谐社会的战略目标，并在建设社会主义法治国家的同时又提出了以德治国的思想。提倡"畏天敬德"有利于政府依法执政、优化行政，提高为人民服务的水平。

一、经典阅读

王敬作所，不可不敬德①。

我不可不监于有夏，亦不可不监于有殷②。我不敢知曰，有夏服天命，惟有历年③；我不敢知曰，不其延；惟不敬厥德，乃早坠厥命④。我不敢知曰，有殷受天命，惟有历年，我不敢知曰，不其延；惟不敬厥德，乃早坠厥命。今王嗣受厥命，我亦惟兹二国命，嗣若功⑤。

王乃初服⑥。呜呼！若生子，罔不在厥初生，自贻哲命⑦。今天其命哲，命吉凶，命历年⑧。知今我初服⑨，宅新邑⑩，肆惟王其疾敬德⑪。王其德之用，祈天永命。

其惟王勿以小民淫用非彝⑫，亦敢殄戮⑬，用乂民，若有功⑭，其惟王位在德元⑮。小民乃惟刑用于天下，越王显⑯。上下勤恤⑰，其曰我受天命，丕若有夏历年⑱，式勿替有殷历年⑲。欲王以小民受天永命⑳。

（选自中华书局《尚书·周书·召诰》）

【参考注释】

①所：一般是指住所，此指新邑。

②监：以……为戒。

③敢：表敬语，副词。

④惟：以，因。

⑤嗣：继。

⑥服：政务。

⑦生：养，教养。

⑧吉凶：吉祥。

⑨知：知道。

⑩宅：居住。

⑪肆：今。

⑫其：庶几。

⑬亦敢：亦不敢。

⑭用：以。

⑮位：立。

⑯越：发扬。

⑰上下：指君臣。

⑱丕：语首助词。

⑲式：应当。

⑳以：与，和。

二、鉴赏指津

召公说："大王治理群臣，首先应当以谨慎自处，因此不可不重视自己的德行。我们不可不以夏代为鉴戒，也不可不以殷代为鉴戒。我不敢妄断夏人承受天命，究竟经历了多长时间；我也不敢妄断夏人的国运，我只知道，由于不重视自己的德行，他们才早早地丧失了从上天那里承受的大命。同样的，我不敢妄断殷人承受天命，究竟经历了多长时间；我也不敢妄断殷人的国运，我只知道，由于不重视自己的德行，他们才早早丧失了从上天那里承受的大命。如今，大王继承了治理天下的大命，我们也就应当想想这两个朝代国运兴衰的缘由，吸取他们失败的教训，继承它的成就和功业。大王初理政事，就好像教养小孩子一样，没有不在他情欲初生、开始成人的时候，就亲自传授给他明哲教导的。如今上天所给予的，是明哲的教导，是吉祥，是凶险，是承年，还是短岁，均不可知；所知道的，只是如今大王初理政事，就营建新邑。大王如今应当赶快敬修自己的德行！希望大王恭行德政，以祈求天命永长，历久不衰。愿大王不要让百姓放纵自己而不守法度，也不要滥施刑罚来惩治百姓，要用引导的方法治理百姓，这样才会取得成功。愿大王位居天子之位，有圣人的大德，成为世人的楷模，让百姓普遍效法，把您的美德光大于天下。这样，君勤政于上，民忧国于下，或许可以说，我们承受天命，会像夏代这样久长，不止殷代这样短暂。愿大王和臣民能够永远承受天命。"

召公行了跪拜磕头大礼之后，说："小臣我要跟殷商遗臣、遗民和各友邦的臣民，坚定地接受大王威严的命令，弘扬大王的美德。大王终于做出营建洛邑的决策，这样你的大德也就显得更加光辉。我不敢用菲薄的礼品慰劳尊贵的大王，恭敬地奉上这些玉帛，只不过是供大王献给上天，以祈求永久的福命而已。"

据《召诰》记载，周公代政七年，成王长大后，周公让成王执政，自己在群臣之中。成王让召公重建洛邑，周公也同去。经过视察和龟卜，周公说洛邑是周王朝统治的好地方。成王到后，同意他们的决定。因此召公率诸侯见成王，并分析现状，赞美成王的决定，激励成王实行德政，对百姓仁爱，发扬文、武王的业绩。《召诰》不仅是召公的实践总结，更是文、武、周公共同精义大法的传承；其不仅是研究周初政治思想的重要文献，更是中华法政文化的精神故乡。

三、趣味故事

黑天鹅运动会"品格"

冬季到了，运动是保持强健体魄所必要的。天鹅家族一直将冬季运动会视为他们家族一年一度的大事。他们觉得：第一，运动会可以增加家庭之间的友谊；第二，运动会上也是良好精神品格的再现，这些品格有利于兴旺家族、团结家族。每年天鹅家族的冬季运动会都会在深冬的湖中进行，比赛项目也多种多样，比如有趣味浮水、快速游动不见波、深潜等。天鹅家族第二届运动会出现了这样一个小插曲：在"快速游动不见波"这个项目中，参赛选手小黑天鹅使用兴奋剂实现了自己的冠军梦。比赛开始时，小黑天鹅并没有表现出强大的气势，第一个循环下来排在倒数第三，只是一味地游动，而且波浪很大，对于这样的迹象，大家并没有觉得奇怪，因为小黑天鹅一向如此。然而到了第三个循环，小黑天鹅却游到了第三，水波也很小，不过大家也并未起疑心，而是觉得这也正常，因为小黑天鹅前期保持了体力，趁势追起也没问题。就这样，到了最后一个循环，小黑天鹅勇夺第一，获得了这个项目的冠军。

但是，这些也被小黑天鹅妈妈看在眼中，她看出了端倪。在小黑天鹅拿到冠军下舞台后，小黑天鹅妈妈说："孩子，你这样是有损道德的，有违规则的，你赶紧去陈述清楚，把冠军奖杯给别人。"小黑天鹅听了后，觉得确实不对，经过几番思想挣扎，就向家族运动组委会如实陈述，并把冠军奖杯退了回去。家族运动组委会基于他妈妈和他迅速反思解决问题，给予了赞赏，并希望他以后保持良好品格，不要再发生类似的事情了。此后，小黑天鹅再也没有违规参加运动会，每次都是完全凭借实力参加，取得了丰硕的成果！

四、古为今用

"新疆焦裕禄"——阿布列林

阿布列林被称为新疆的焦裕禄，是新疆哈密市中级人民法院退休干部。1968 年，阿布列林曾经在经过河南时访问兰考焦裕禄故居。这次兰考之行影响了他一生。1985 年，他考入新疆政法管理干部学院，获专科学历，同年，光荣加入中国共产党。工作 46 年来，阿布列林不管是当农民、工人，还是当检察官，不管在什么岗位，都踏踏实实、勤勤恳恳工作，像一颗螺丝钉，拧到哪儿都不会松扣。他坚持依法公正廉洁办案，维护民族团结，努力做焦裕禄式的好党员、好干部。在哈密市检察院、法院系统工作 31 年里，阿布列林从助理检察员到副检察长，再到法院院长，经手案件超千件。做检察官时，无一错捕、错诉；做法官时，没有一起案件改判。阿布列林曾被评为全国民族团结进步模范个人，被最高人民法院授予一等功。

2017 年 2 月 8 日，获"感动中国 2016 年度人物"。

2016 感动中国年度人物给予他的颁奖词为：在细碎的时光中守望使命，以奋斗的精神拥抱生活。执法无私，立身有责，恪尽职守，勤勉为公。在这片土地上，红柳凝聚水土，你滋润心灵。

阿布列林深有感触地说："我也没想到自己能被评选为 2016 感动中国年度人物，这个荣誉不但是我个人的荣誉，更是全疆各族人民的荣誉。荣誉是一个动力，作为一名受党多年培养的少数民族司法干部，我将发挥自己的余热，为维护社会稳定和长治久安、加强民族团结作出新的贡献。"

五、知识链接

以德治国

以德治国，就是以马列主义、毛泽东思想、邓小平理论、"三个代表"重要思想、科学发展观和习近平新时代中国特色社会主义理论为指导，以为人民服务为核心，以集体主义为原则，以爱祖国、爱人民、爱劳动、爱科学、爱社会主义为基本要求，以社会公德、职业道德、家庭美德、个人品德的建设为落脚点，建立与社会主义市场经济相适应、与社会主义法律体系相配套的社会主义思想体系，并使之成为全体人民普遍认同和自觉遵守的行为规范。

中国传统道德修养强调"忠、信、孝、悌、礼、义、廉、耻"这些准则，主张培养"智、仁、勇"兼备的健全人格。数千年来，它们充当了维系整个中华民族精神纽带的作用。古人把道德操守提到了极致，提倡"正心诚意，修身齐家治国平天下"，儒家向来就把道德看得比生命还宝贵。用孔子的话讲就是"三军可夺帅也，匹夫不可夺其志也""志士仁人，无求生以害人，有杀身以成仁"；用孟子的话讲就是"生，亦我所欲也，义，亦我所欲也，二者不可得兼，舍生而取义者也"。

在作为西周文化重要内涵的"礼乐文明"中，"德"是核心。对"德"的最好总结是："勤朴古健、果义敢为、居安思危、善始善终"。

孔子主张"克己复礼"，就是因为以"德"为核心的西周之礼是儒家思想最为推崇的道德标准，而"厚德载物"是中国传统文化中的优秀精神遗产。

周人制作礼乐，隆礼重仪，确立了以"德"为先的价值原则。敬天、保民、明德、慎罚是周人基本的精神信仰。周人认为"皇天无亲，惟德是辅"。"德"和"天"是联系在一起的，个人、家族、国家有德，便能得到上天的垂顾，成为"受命之人""受命之族""受命之国"。周人认为殷之所以灭亡，是因为无德，天命转移到了有德的周人身上。"德"是涵盖了诚信、仁义等一切美好品行的道德范畴。"德"的价值原则，被孔子发展为"道之以德，齐之以礼，有耻且格"的王道原则；被孟子发展为"民贵君轻"的民本原则；被《礼记·大学》发展为"大学之道在明明德，在亲民，在止于至善"的道德纲领。

"德"一直是中国伦理的核心概念，也是中华民族文化的核心概念。习近平总书记谆谆告诫，反复叮咛，要求党员干部以身作则，廉洁奉公，忠实履行岗位职责，为实现中华民族伟大复兴的中国梦当好排头兵。

穿越时空的价值印记

第七章　德治仁政　修德保民

导　读

　　做人做事的第一位是崇德修身。这就是我们的用人标准为什么是德才兼备、以德为先，因为德是首要、是方向，一个人只有明大德、守公德、严私德，方能用得其所。中国共产党素有群众路线的民主作风。中国共产党要发扬民主作风，就需要恪守"立党为公、执政为民"的准则，加强自身的修养，修德保民。修德，既要立意高远，又要立足平实。要立志报效祖国、服务人民，这是大德，养大德者方可成大业。同时，还得从做好小事、管好小节开始起步，"见善则迁，有过则改"，踏踏实实修好公德、私德，学会劳动、学会勤俭，学会感恩；学会助人；学会谦让；学会宽容，学会自省、学会自律。

一、经典阅读

　　伊尹既复政厥辟，将告归，乃陈戒于德①。曰：呜呼！天难谌，命靡常②。常厥德，保厥位③。厥德匪常，九有以亡。夏王弗克庸德，慢神虐民④。皇天弗保，监于万方，启迪有命，眷求一德，俾作神主⑤。惟尹躬暨汤，咸有一德，克享天心，受天明命，以有九有之师，爰革夏正⑥。非天私我有商，惟天佑于一德；非商求于下民，惟民归于一德⑦。德惟一，动罔不吉；德二三，动罔不

109

凶⑧。惟吉凶不僭在人，惟天降灾祥在德⑨。今嗣王新服厥命，惟新厥德。终始惟一，时乃日新⑩。任官惟贤材，左右惟其人⑪。臣为上为德，为下为民。其难其慎，惟和惟一⑫。德无常师，主善为师。善无常主，协于克一⑬。俾万姓咸曰："大哉王言"。又曰："一哉王心"。克绥先王之禄，永底烝民之生⑭。呜呼！七世之庙，可以观德。万夫之长，可以观政⑮。后非民罔使；民非后罔事⑯。无自广以狭人，匹夫匹妇，不获自尽，民主罔与成厥功⑰。

（选自《尚书·商书·咸有一德》，中华书局）

【参考注释】

①复：还。

②靡：无。

③厥德：修德。

④克：经常。

⑤启迪：开导佑助。

⑥爰革：革除。

⑦一德：纯德。

⑧罔：无，否定词。

⑨惟：虽然……却。

⑩终始：始终如一。

⑪左右：左右大臣。

⑫慎：慎重。

⑬主：准则。

⑭永底：长久。

⑮政：行政才能。

⑯非：无。

⑰狭人：小视人。

　　伊尹已经把政权归还给太甲，将要告老回到他的私邑，于是陈述纯一之德，告诫太甲。

　　伊尹说："唉！上天难信，天命无常。经常修德，可以保持君位；修德不常，九州就会因此失掉。夏桀不能经常修德，怠慢神明，虐待人民。皇天不安，观察万方，开导佑助天命的人，眷念寻求纯德的君，使他作为百神之主。只有伊尹自身和成汤都有纯一之德，能合天心，接受上天的明教，因此才拥有了九州的民众，并革除了夏王的虐政。这不是上天偏爱商家，而是上天佑助纯德的人；不是商家求请于民，而是人民归向纯德的人。德纯一，行动起来无不吉利；德不纯一，行动起来无不凶险。吉和凶不出差错，虽然在人；上天降灾降福，却在于德啊！"

　　"现在嗣王新受天命，要更新自己的品德，始终如一而不间断，这样就能日日更新。任命官吏当用贤才，任用左右大臣当用忠良。大臣协助君上施行德政，协助下属治理人民；对他们要重视、要慎重、当和谐，当专一。德没有不变的榜样，以善为准则就是榜样；善没有不变的准则，协合于能够纯一的人就是准则。要使万姓都说：重要呀！君王的话；又说：纯一呀！君王的心。"这样，国家就能安享先王的福禄，长久安定众民的生活。

　　"啊呀！供奉七世祖先的宗庙，可以看到功德；万夫的首长，可以看到行政才能。君主没有人民就无人任用，人民没有君主就无处尽力。不可自大而小视人，小视人就不能尽人的力量。平民百姓如果不得各尽其力，人君就没有人帮助建立功勋。"

　　伊尹（前 1649—前 1549），姓伊，名挚，又称阿衡。夏朝末年生于空桑，因其母居伊水之上，故以伊为氏。伊尹为中国商朝初年著名政治家、思想家，是已知的最早的道家人物之一，也是中华厨祖。《列子·天瑞》称："伊尹生乎空桑。"《墨子·尚贤》称："伊尹为有莘氏女师仆。"在甲骨文中有大乙（即商汤）和伊尹并祀的记载。可以说，伊尹是中国第一个见之于甲骨文记载的教师。

约公元前 16 世纪初，伊尹辅助商汤灭夏朝，为商朝的建立立下了汗马功劳。以"以鼎调羹""调和五味"的理论来治理天下，就是老子所说的"治大国若烹小鲜"。他任丞相期间，整顿吏治，洞察民情，使得商朝初年经济繁荣发展，政治清明，国力迅速强盛。

伊尹历事商朝商汤、外丙、仲壬、太甲、沃丁 5 代君主 50 余年，为商朝的强盛立下了汗马功劳。沃丁 8 年，伊尹逝世，终年 100 岁。沃丁以天子之礼将伊尹安葬于都城亳附近，以表彰他对商朝做出的伟大贡献。伊尹被后人奉祀为"商元圣"。

三、趣味故事

"美德湾"红海豚救船的故事

传说在银河系有一条非常宽广的大海，在大海激流处有个海湾，名叫"美德湾"，为什么叫"美德湾"呢？原因就是在这个激流之处每天都在上演着关于美德的故事。这个湾常年居住着红色海豚，他们一年四季会轮流在湾内潜浮，等待需要援助的人路过此激流之处，纷纷伸出他们帮助的双手，让他们摆脱困境。某天发生了有这样一个动人故事：红海豚集体出动帮助货运人员，摆脱激流漩涡。话说那天天气格外异常，狂风暴雨，雷暴四起，可以算是银河系有史以来最坏的天气了，然而，来自外星系的货运船舶路经此地返回自己星系时遇到了如此环境，他们以为他们可以躲过这次天气变化，但是想不到的是，这样的天气太罕见，又雷雨交加、激流勇进，船在漩涡处被搁浅了，他们本来以为要葬身这个激流之处，但红色海豚早已预测到了异常天气，且时刻在此处准备着助人。由于货船太大，人员太多，少数红色海豚不能解决这个困难，于是一只红色海豚先是发出了海豚音，召唤自己的远处同伴，不出所料，就在一刻钟之内，红色海豚便集群而来，围绕着整个货船，帮助货船浮动，由于这艘船太大，红色海豚的众多弟兄也受到了身体伤害，但他们仍然义无反顾地继续帮助船脱险，皇天不负苦心人，最后红色海豚们在经过一小时左右的努力下，终于将货船成功浮动，并安全护送这艘船出漩涡和这个坏天气地带。船员非常感动，回到他们自己的星系后，大力传颂红色海豚助人为乐、舍己为人的美德故事，并把这里叫作"美德湾"。船员们回去后还说："我们船队的发展，也同样需要这样的美德之人，只有具有这样的美德的人，才能保证我们的船队在遇到困难时能共同解决一切艰难险阻，才能众人拾柴火焰高，心往一处用，确保船队的健康发展。"后来他们也把自己的船命名为"美德船"，以赞颂红海豚的美德。

四、古为今用

天下为公

"政治"两字的意思，浅而言之，政是众人的事，治就是管理，管理众人的事便是"政治"。有管理众人之事的力量，便是政权，今以人民管理政事，便叫作民权。

两千多年前的孔子、孟子便主张民权。孔子说："大道之行也，天下为公"便是主张民权的大同世界。又"言必称尧舜"不是家天下尧舜的政治，名义上虽然是君权，实际上是行民权，所以孔子总是崇仰他们。孟子说："民为贵，社稷次之，君为轻。"又说："天视自我民视，天听自我民听。"又说"闻诛一夫纣矣，未闻弑君也。"他在那个时代，就已经知道君主不必一定是要的，已经知道君主一定是不能长久的，所以便判定那些为民造福的为"圣君"，那些暴虐无道的为"独夫"，大家应该去反抗他。由此可见，中国人对于民权的见解，在两千多年以前便已经想到了，不过那个时候还以为不能做到，好像外国人说"乌托邦"是理想上的事，不是现实中可以做得到的。孙中山先生有着深厚的为民情怀，一生坚持以"天下为公"为最高思想境界，致力于"除去人民的那些忧愁，替人民谋幸福"，对此矢志不移、无比坚定。

从古至今，中国的思想家、政治家和革命家就有热诚推崇和深沉追求"天下为公"的博大情怀和思想境界。天地之道是最博厚广大、公平无私的。正是基于这一认识，他们才要在政治上汲汲于辨析"天下为公"还是"天下为私"的问题，并一致主张，统治者只有遵循、效法天地之道，才能真正引领整个天下走向太平大治。唯有天下为公，才谓以德治国，才能平治天下。

五、知识链接

和谐社会

和谐，古已有之，作为中国社会悠久而珍贵的思想文化传统和价值追求，包含了祖先关于自然、社会和人生的哲学智慧，是以德治国的理想目标，也是理想的社会发展目标。

从《尚书》《周礼》到《说文解字》，"和谐"两字都是指音乐的合拍与禾苗的成长，后人将其引申为各种事物相互支持、相互促进和有条不紊、井然有序地发展。

道家的"小国寡民"，主张无欲、无为、无争；墨家的"爱无差等"，倡导兼爱非攻、尚同尚贤；法家的"富国强兵"，倡法治，求实效；佛家的"善地净土"，强调同体共生、乐善好施，都对理想的和谐社会模式进行不同的表述。但最具代表性的，还是儒家描述的"大同社会"，它代表了中国古代理想和谐社会的最高境界。

构建社会主义和谐社会，一是个人自身的和谐，二是人与人之间的和谐，三是社会各系统、各阶层之间的和谐，四是个人、社会与自然之间的和谐，五是整个国家与外部世界的和谐。社会主义精神文明建设的重点，是思想道德体系和先进文化建设，这都与和谐分不开。在新的历史时期，承接和弘扬中国自古所崇尚的和为贵、和谐为美的和谐社会理想，建设各阶层人民和睦相处、和谐共治的和谐社会，正是社会主义精神文明建设所追求的目标。社会主义和谐社会应该是民主法治、公平正义、诚信友爱、充满活力、安定有序、人与自然和谐相处的社会。构建社会主义和谐社会，要遵循以下原则：必须坚持以人为本，必须坚持科学发展，必须坚持改革开放，必须坚持民主法治，必须坚持正确处理改革发展稳定的关系，必须坚持在党的领导下进行全社会共同建设。

社会主义和谐社会，应该是民主法治、公平正义、诚信友爱、充满活力、安定有序、人与自然和谐相处的社会。

社会和谐，需要全社会的人们更新观念，需要他们放下个人得失，多以他人为中心，少以自我为中心；多严以律己，宽以待人。这样，一个雍雍穆穆、你谦我让的盛世中华必将屹立于世界的东方。

第八章　民主政治　强国利民

导　读

　　众所周知，民主的本质是主权在民，在中国就是人民当家做主。而民主并非天然就是合理的，它既依赖于公民素养的提升，又依赖于制度的完善，并以强力予以规范和约束，即政治法治化。如果缺失其中任一方面，就谈不上真正的民主。因此，政治法治化是民主政治的发展趋势，更是中国当代民主政治发展的理性选择。

　　民主是人类发展的必然趋势，古今中外人们都在不断地探索。中华人民共和国成立后，我国确立了人民当家做主的人民代表大会制度。改革开放以来，协商民主成为我国政治的一大趋势。在民主制度的指引下，我国实现了经济的腾飞和国家综合实力的提升，强国不再是梦。

一、经典阅读

　　朝廷有大兴作，大政治，亦必先朝告民，是则古者与民共治天下之意也[①]。呜呼！勿以民为弱，民盖至弱而不可犯也；勿以民为贱，民盖至贱而不可虐也；勿以民为愚，民盖至愚而不可欺也[②]。夫能与民同其利者，民必与上同其害；夫能与民共其乐者，民必与上共其忧[③]。

君为主，则必尧、舜之君在上，而后可久安长治；民为主，则法制多纷更，心志难专一，究其极，不无流弊④。惟君民共治，上下相通，民隐得以上达，君惠亦得以下逮，都俞吁咈，犹有中国三代以上之遗意焉⑤。

（《弢园文录外篇·重民》（节选））

【参考注释】

①大兴作：大的事业。
②以：视为，看作。
③害：危难。
④流弊：弊端。
⑤都俞吁咈：融洽雍睦。

二、鉴赏指津

民本思想是中国传统文化的精华所在。它滥觞于商周，《尚书》中有"民为邦本"一句；成熟于春秋战国时期，孟子就说过"民为贵，社稷次之，君为轻"和"得乎丘民而为天子"的话。秦朝建立后，虽然君主专制主义的意识形态在几千年的封建社会占据了绝对主导地位，但民本思想也一直像一股地下水般汩汩流淌了数千年，不时冲涌出来与封建专制主义斗上一番。特别是明清之际的进步思想家黄宗羲、唐甄等提出了"天下为主君为客"的观点，把古代民本思想又推进到一个新的高度。

王韬（1828—1897），清末改良主义政论家。初名利宾，后改名韬，字仲弢，号紫铨，别号弢园老人、天南遁叟。江苏长洲（今属吴县）人。十八岁中秀才。道光二十九年（1849）王韬离乡赴沪，就职于英国教会所办的中国第一个近代印刷所——墨海书馆。适缝太平天国农民起义和第二次鸦片战争相继发生，王韬曾屡向当道者献"御戎""和戎""平贼"等策。1862年返里探亲，向太平天国苏州当局上书，建议太平军经营长江上游，停攻或缓攻上海。事后，清政府下令缉拿，但得英国领事庇护，逃往香港。1867年至1870年（同

117

治六年至九年间），为译书事赴英，并游历法、俄诸国。1874 年，王韬在香港创办《循环日报》，介绍西方文化，评论时政，提倡变法自强。后东渡日本，与日本文化界人士相交。1884 年（光绪十年），经洋务派官僚丁日昌斡旋，得李鸿章默许，返沪定居，任格致书院掌院，并一度主编《申报》。

王韬一生正值民族危机日益加深之际，他忧时愤世，又远游诸国，目睹其他国家的富强，主张"师其所能，夺其所恃"，以西法造炮制船，大力发展资本主义工商业，允许民间自立公司；还赞扬西方君主立宪政治制度，认为君民不隔而上下相通；批评科举制，主张设立新式学堂培育人才；呼吁在自强的基础上，实现独立自主的外交，废除关税协定和领事裁判权。毕生著作宏富，为传播西学不遗余力，不仅涉及天文历算、声光化电等自然科学，而且对政治、经济、历史、文化等人文科学甚多评介。所遗著作不下三十种，现遗有代表作《弢园文录外编》《弢园尺牍》《王韬日记》等。

王韬继承了古代进步思想家的民本学说，并把它与近代西方资产阶级的民主理念融合起来，使它成为一种富有强烈时代气息的批判封建君主专制主义的理论武器。

三、趣味故事

狼国的安民强国

由于狼国闭关边境，导致狐狸国运输过境受阻。狐狸王很气愤，某天，狐狸王国经过精心谋划，策动狐狸入侵狼王国，并入城提出了无理要求：狼国的位置影响了狐狸王国的塞外常年运输往返过境，希望狼国迁移国城到塞外以北地带。狼王知道这个迁移的严重性，对狼子狼孙极其不利，将会折损狼族的切身利益。为了拒绝狐狸的这个毫无理由的要求。狼王做出了安民强国的政策：一是提出与狐狸王国互交易，改变局势；二是建议狐狸王国在狼国建立驻狼国大使，帮助解决他们的运输过境的急切问题，三是运输过境狼王国要在狐狸王国备案的前提下，实施对狐狸王国的免检政策。狐狸大王本来是不接受这些措施的，他担心狼王的别有用心，所以一直没有答应。直到某一天，他亲眼看到狼王亲自巡视边境查访，指导两国过境政策实施，帮助两国受益。狼王对所有狼子狼孙说："狐狸王国很不容易，我们两国都不容易，我们要学会感恩，要赠人玫瑰手留余香，不要对狐狸王国太苛刻，我们要开放好边境，共筑我们两国发展，这是我们狼国的安民政策，对大家都有利，希望落实到位。"这番话最终感动了狐狸王使其放了心，而且最终狼王提出的政策落实到位，狐狸王就慢慢接受了这个政策，两国和睦，再无纷争，运输贸易畅通，为两国子民安居发展带来了诸多福利。

四、古为今用

治不必同，期于利民

在人民政协成立 65 周年大会上，习近平总书记强调："履不必同，期于适足；治不必同，期于利民"。保证和支持人民当家做主不是一句口号，不是一句空话，必须落实到国家政治生活和社会生活之中，保证人民依法有效行使管理国家事务、管理经济和文化事业、管理社会事务的权力。

在 2014 年 7 月，习近平总书记在接受拉美四国媒体联合采访时，引用了中国古语"大道之行也，天下为公"来阐述自己的观点："我们主张世界的命运必须由各国人民共同掌握，世界上的事情只能由各国政府和人民共同商量来办。世界各国不分大小、强弱、贫富，都是国际社会的平等成员，应该共同推动国际关系民主化。"

"橘生淮南则为橘，生于淮北则为枳。"政治道路需要借鉴他国经验，但没有统一的模式。从国内到国外，从地方到中央，习近平总书记深入思考人民民主的合理路径，并提出了适合中国国情的发展道路，更好地反映了人民意志。这种探索和实践，带来了当下崭新的政风，也将给中国带来一个新的明亮的未来。

五、知识链接

中国梦

"中国梦"是党的十八大以来，习近平总书记提出的重要指导思想和重要执政方针。2012年11月29日，习总书记把"中国梦"定义为"实现中华民族伟大复兴，就是中华民族近代以来最伟大梦想"，并且表示这个梦"一定能实现"。

"中国梦"的核心目标也可以概括为"两个一百年"的目标，即：到2021年中国共产党成立100周年时全面建成小康社会，到2049年中华人民共和国成立100周年时，建成富强民主文明和谐美丽的社会主义现代化强国，逐步并最终顺利实现中华民族的伟大复兴，具体表现是国家富强、民族振兴、人民幸福，实现途径是走中国特色的社会主义道路、坚持中国特色社会主义理论体系、弘扬民族精神、凝聚中国力量，实施手段是政治、经济、文化、社会、生态文明五位一体建设。

中华民族不仅勤劳、朴实、智慧、勇敢，而且善于为了人类的福祉追梦。从史前神话的女娲补天、后羿射日等故事，就可以看出中华民族是一个有理想的民族。《周易》第64卦"未及卦"就是追求、成功、奋斗无止境的意思；"天行健，君子以自强不息；地势坤，君子以厚德载物"，浪漫主义诗人屈原的"路漫漫其修远兮，吾将上下而求索"无不表达着对梦想实现的孜孜以求。

中华一个梦，追求无止境。当个人梦想上升到国家民族的梦想时，梦想的内涵就更显示出他的丰厚了。

新时代的"中国梦"，是历史和现实激烈碰撞交汇的结果，贯穿其中的是以爱国主义为核心的伟大民族精神。一代代志士仁人和民族英雄，夙夜在公、前仆后继，他们以"穷则独善其身，达则兼济天下"的一腔豪情，以"富贵不能淫，贫贱不能移，威武不能屈"的青云之志，以"天下兴亡，匹夫有责"的使命和责任，以"为天地立心、为生民立命、为往圣继绝学、为万世开太平"的豪迈之语，为中华民族的生生不息，"我以我血荐轩辕"而矢志不渝。

第三篇

文 明

主 题 简 述

　　中国是世界文明古国之一，中华文明是世界上唯一生存至今并未曾中断的古文明。中华民族一直以拥有五千多年源远流长的灿烂文明而自豪，礼仪之邦、君子之风，成为古代中华文明的代名词。

　　汉语的"文明"一词，最早出自《周易》："见龙在田，天下文明"（《乾》卦），有"光明"之意。在其他典籍中，"文明"一词更多意指人的教养和开化。《尚书·舜典》称赞舜"濬哲文明，温恭允塞"。唐人孔颖达注解说："经天纬地曰文，照临四方曰明"，意涵王者修德、民风淳朴。《礼记》说："是故情深而文明，气盛而化神，和顺积中而英华发外。"这里的文明，是个人内在德行和文化素养外显的结果，不仅个人神采奕奕，而且能让他人如沐春风。正是在文明的教化之下，中华民族在长期的历史发展中不仅物质文明昌盛，而且博得了礼仪之邦的美誉。

　　广义上的文明指一个社会集团中的综合文化特征，包括民族意识、价值观念、礼仪习俗、宗教思想、生活方式、生产方式、科学程度等等。从思想体系上而言的中华文明、西方文明、伊斯兰文明；或者从生产方式上而言的工业文明、农业文明，从创造成果上角度上而言的物质文明、精神文明等等，都是宏观意义上的文明概念。而狭义的文明，是指某个对象具备较高的文化素养、思想素质、道德水准、教育水平。比如说某某人是文明人，某某国是文明国。

中华文明显见于中国传统文化，以国学古籍经典为载体、以儒家思想为主流、以农耕文化为主体，铸造了中华文明漫长的历史和辉煌的过往。言及思想，必曰先秦之儒学，汉唐之经学，宋明之理学，乾嘉之汉学等；言及文学，必曰四书五经，唐诗，宋词，元曲，明清小说等；言及哲学，必曰孔孟老庄，儒道法墨，儒释道合流等；言及艺术，必曰书法篆刻，绘画曲艺，雕塑乐舞，棋艺博戏，古玩器皿，武术气功等；言及民俗生活，必曰刑名律令，中医中药，建筑园林，衣冠汉服，斗茶品茗，相术风水……此"道统"之继承，乃古今之一脉。

国学，就形式而言是中华文明的主要载体，如中华文明中的观念文明部分，就是通过国学这种文化形态得以展现并传承的。它就像一根坚韧的纽带，将形形色色、方方面面的中华文明珍珠串连在一起，形成

一个完整的统一体。就内涵而言，国学是中华民族精神的集中体现，它像流水一样，滋润着中华民族的茁壮成长；像土壤一样，培育着中华民族的主体意识，使中华民族以其特有的品质与风貌自立于世界民族之林。儒家所倡导的德治，道家所追求的人与自然和谐的哲学思维，法家所主张的"信赏必罚"管理方略，墨家所宣扬的"兼爱交利"精神，兵家所阐发的"避实击虚"行为科学，均已积淀为普遍的民族心理和宝贵的历史财富，为中国文明历史的进步、社会的发展、国家的统一注入了强大的动力。庄子说："指穷于为薪，火传也不知其尽。"优秀的传统文化是民族文明永恒的精神财富，它的某些内容也许会随着时间的流逝而失去意义，然而它的合理精神，却超越时空的界限而亘古常青。

中华文明曾以"仁义礼智信"辐射周边国家、曾以"温良恭俭让"礼敬出大国风范、曾以"诗书礼乐"打造了崇高的价值观念，却在滔滔"西学"的混流冲击之下，日渐衰微，在 19 世纪的世界大变革中，中国被称作"东亚病夫"，曾经的雄风不再，这一头东方雄狮似乎是快快病倒了。"国学"作为中流砥柱横空出世，成为当今中国的精神支柱。

拿破仑形容中国"是一头沉睡的狮子"，他还说："中国一旦被惊醒，世界会为之震动。"现如今，中国这头雄狮已经苏醒、精神重抖擞，中国这艘航母已经驶向现代化。中华文明是自新型的，它承前启后、开拓创新；中华文明是中和型的，它守中致和、中正仁和。当中华文明经由漫长历史航道里的一时低谷而稳健走向复兴，就意味着《周易》之言"见龙在田，天下文明"的到来，意味着中国将迎来一个革新自我的全盛时代，一个引领世界现代化的中国式文明时代。"文明"既是我国优秀传统文化的基本理念，也是我国社会主义的本质属性。这说明优秀的民族文化是今天中国社会主义核心价值观的根基。2007 召开的年党的十七大进一步提出了建设物质文明、精神文明、政治文明、社会文明、生态文明的"五位一体"协调发展的和谐社会新目标。2012 年召开的党的十八大提出社会主义核心价值观，把文明作为国家层面的价值目标。

文明，对于一个国家来说，意味着高度繁荣的文化、高度自觉的精神，同时坚持正义、坚持和谐；国家强大，不恃强凌弱；国家弱小，不欺软怕硬。中国的文明传达的是"天下大同""四海升平"的理想，这也正是中国一直强调要"和平崛起"的思想背景。

文明，对于一个社会来说，意味着良好的秩序、优美的环境、淳朴的风气，人与人之间诚信友善；人性的文明意义却在于，能够在坚持平等的大原则下有意识地去保护弱者，以维持社会的公正。可以说，对待弱势群体的态度，才反映出文明的高度。《周易》中说"文明以止，人文也"，又说"观乎人文，以化成天下"，自然天幕上的纹饰，是日月星辰，而人类社会中的纹饰，就是文明程度，用文明来教化天下，才是人文情怀，才能社会昌盛。

文明，对于每一个公民来说，都意味着比较高的精神文化修养，从言谈举止到内在心灵都很美好，即外在有礼、内在友善。《晏子春秋》说"凡人之所以贵于禽兽者，以有礼也"，孔子也说"不学礼，无以立"。礼仪教化，是人类告别野性的转折点；礼仪风度，是君子为人立世的文明坐标。礼仪是外化，友善是内心，这样的个体精神组合成了群体意识，进而形成了国家民族的文明形态。

你死我亡的较量，是动物法则，不是人间准则。人类社会的文明，是和平发展的协同，不是国强必霸的独大；是互助友爱的关怀，不是优胜劣汰的厮杀。这样的文明境界，值得每一个人去不懈追求。

在加强社会主义文明建设的过程中，我们应该既要努力学习科学文化知识，又要继承和弘扬优秀的民族文化传统；既要自觉学习和吸收一切优秀的文明成果，又要尊重其他国家和民族文明的价值；既要积极参加社会主义物质文明建设，又要为传承、弘扬、繁荣社会主义精神文明做出贡献。广大读者尤其是青少年要牢记历史使命，勇于承担时代赋予我们的历史责任，树立崇高理想，讲文明，树新风，成为文明行为的传播者、弘扬者和建设者，共同谱写文明新篇章，根据祖国和人民的需要选择成才目标，为实现中华民族的伟大复兴贡献自己的力量。

第一章　精工细作　日新月异

导　读

　　科技文明是人类生产、生活、生存的基础，是国家实力和民族文明程度的象征，也是民族兴亡的关键因素。大踏步前进的中华文明在独具特色的农学、中医药学、天文学和数学这四大传统科学体系取得了许多领先世界的光辉成就，以指南针、造纸术、印刷术、火药这四大发明为标志的传统技术更是为世人所称道，并对世界历史产生了重要影响。

一、经典阅读

《天工开物·乃粒》节选

　　宋子曰：上古神农氏①若存若亡，然味其徽号两言②，至今存矣。生人不能久生而五谷生之，五谷不能自生而生人生之。土脉历时代而异，种性随水土而分。不然，神农去陶唐③，粒食已千年矣。耒耜④之利，以教天下，岂有隐焉。而纷纷嘉种，必待后稷⑤详明，其故何也？

　　纨绔之子，以赭衣⑥视笠蓑；经生之家，以农夫为诟詈⑦。晨炊晚饷，知其味而忘其源者众矣！夫先农而系之以神，岂人力之所为哉！

（《天工开物·乃粒⑧》节选）

125

【参考注释】

①神农氏：炎帝神农氏，神话传说中的古帝王。

②徽号两言：即指"神农"二字。

③陶唐：传说中的古帝王，即尧，国号陶唐，又称陶唐氏。

④耒耜(lěi sì)：先秦时期的主要农耕工具。耒为木制的双齿掘土工具，起源甚早。

⑤后稷：传说中尧、舜时大臣，掌农之官，又与大禹一起治水。又名弃，为周之始祖，故其事详于《史记·周本纪》中，云："弃为儿时，其游戏，好种树麻、菽，麻、菽美。及为成人，遂好耕农，相地之宜，宜谷者稼穑焉。民皆法则之。帝尧闻之，举弃为农师，天下得其利。"

⑥赭衣：古代囚衣。因以赤土染成赭色，故称。

⑦诟詈(gòu lì)：辱骂。

⑧乃粒：《书·益稷》："烝民乃粒。"乃粒，即百姓以谷物为食的意思。此处则代指谷物。

二、鉴赏指津

　　宋子认为：上古传说中发明农业生产的神农氏，好像真的存在过又好像没有此人。然而，仔细体味对"神农"这个开创农耕的人的尊称，就能够理解"神农"这两个字至今仍然有着十分重要的意义。人能生活下去是因为五谷能够养活自己；可是五谷并不能自己生长，而需要靠人类去种植。土壤的性质经过漫长的时代而有所改变，谷物的种类、特性也会随着不同的水土而有所区别。否则，从神农时代到唐尧时代，人们食用五谷长达千年之久，神农氏教导天下百姓耕种，使用耒耜等耕作工具的便利方法，难道还有什么不清楚的吗？可是后来纷纷出现的许多良种谷物，一定要等到后稷出来才能得到详细说明，这其中又是什么原因呢？

　　那些不务正业的富贵人家子弟，将劳动人民看成罪人；那些读书人把"农夫"二字当成辱骂人的话。他们饱食终日，只知道享受早晚餐饭的味美，却忘记了粮食是从哪里得来的，这种人真是太多了！这样看来，奉开创农业生产的先祖为"神"就十分自然了，这难道只是人为地制造出来的吗？

宋子所说的"土脉历时代而异，种性随水土而分"的科学见解，把我国古代科学家关于生态变异的认识推进了一步，为人工培育新品种提出了理论根据，可以说具有超越时代的普遍性意义，是极为难能可贵的。同时，我国之所以能成为世界第一大农业国、世界第一大粮食总产量国，是与我国自古代以来就对农业的重视密切相关的。农业，作为第一产业，农业文明关系到国计民生和社会稳定，应予以充分的重视，饮水思源，不能忘了根本。

三、趣味故事

万户飞天

据记载，万户是明朝初期人，原来是一个木匠。由于他喜欢钻研技巧，尤其是对技术发明方面特别痴迷，所以从军后改进过不少当时军队里的刀枪车船。

万户的本领是在明王朝同瓦剌的战事中被发现的。同样对兵器制造很有研究的明朝大将军班背认为，正是因为万户对武器的改良才使得战争取得根本胜利，所以奏请朝廷让万户到兵器局供职。当时中国的四大发明之火药已经在军事上初露锋芒，所以万户的前途本该是一片光明的。

但可惜的是，和万户相交甚好的班背将军性情耿直，从不趋炎附势。因得罪右中郎李广太等奸臣而被革职，并被幽禁在拒马河上游的深山鬼谷中。

为了从深山里营救出好友班背将军，聪明的万户决定造一只"飞鸟"。但由于其他因素，将军被政敌杀害，救人的计划落空。失去了知己的万户此时非常厌恶官场和人世间的生活，于是他开始谋划着逃离是非官场和人间，想要到月球上去生活。

在那个人类对自然界的认识受到很大局限的特殊时代，木匠出身的万户甚至做出了一份很详尽的科学理论计算报告，他认为按照当时的火箭技术，再加之风筝原理的帮助，他一定能在一个时间段内飞到月亮上去。在这个理想主义者的思维世界里，月亮上是没有人心险恶的。

为了实现自己的梦想，同时也是为了实现将军班背的遗愿，万户开始潜心研究将军遗留下来的《火箭书》，并用自己的知识给予完善。他仔细阅读了班背的《火箭书》，造出了各种各样的火箭，然后画出飞鸟的图形，众匠人按图制造出了"飞鸟"。

文献说，在一个月明如盘的夜晚，万户带着人来到一座高山上。他们将一只形同巨鸟的"飞鸟"放在山头上，"鸟头"正对着明月……万户拿起风筝坐在鸟背上的驾驶座位——椅子上。他自己先点燃鸟尾引线，一瞬间，火箭尾部喷火，"飞鸟"离开山头向前冲去。接着万户的两只脚下也喷出火焰，"飞鸟"随即又冲向半空。

后来，人们在远处的山脚下发现了万户的尸体和"飞鸟"的残骸……这个故事后来被记载为"万户飞天"。万户被认为是人类的航天鼻祖。

（故事来源于百度百科）

四、古为今用

璀璨的中医文化

中医是唯一一项在今天仍大规模运用的中国古代科技成就。中国古代医学源自古老的巫术，无论起源，还是医学理论，中医更像是一种文化现象而非现代意义上的科学。中国古人从来都不限于"以病治病"，而以"天人合一"理论将人的生理活动置于宇宙万物之中。从某种意义上说，这是一种忽略细节而关注全局的更高层次的生命观。

中国自古以来就有"医道相通"的说法，中医理论处处体现着中国古代传统的哲学思维。中医重视从宏观、整体、系统角度去研究问题，把天、地、人、时的统一关系作为研究对象，建立了中医理论框架。中医整体思维既表现在将人本身看成一个有机联系的整体，也表现从自然、社会、心理的整体联系中考察人体生理病理过程，并针对不同个体提出相应的治疗法则。这种中医思维正是基于传统哲学中"天人合一""形神一体"等整体思维而确立的。

在中国古代中医的发展历程中，更是直接在先秦道家哲学理论的基础上开始借用阴阳五行学说来解释人体生理，强调阴阳平衡，认为阴阳平衡是生命活动的最高境界，而阴阳失调则是最根本的病机，治疗则不论攻补，关键都在于调整阴阳，具体是"损其有余，补其不足"，即实者泻之，虚者补之，寒者热之，热者寒之。而五行学说则将用来概括客观世界中的不同事物属性的木火土金水这五个哲学范畴内的符号，分别代表肝心脾肺肾所统领的五大系统。中医认为五脏与五行相生相克一样，应保持相对平衡和稳定，和谐相处。如果五脏发生失调，出现太过或不及，都会导致疾病的发生。

中医学整体思维、辨证论治等理论体系都是在历史长期的临床实践中，在中国古代传统的唯物论和辩证法的思想指导下逐渐形成的，并与整个中国文化体系一脉相承。在当今现代医学高度发达的时代，中医依然能够屹立不倒，并在庞大的医疗市场中占据一席之位，甚至有如针灸等中医治疗方法传入世界其他地区惠及更多的人，这些都证明了中医的强大生命力，中医学是我国传统科技文明在当今社会依然广泛应用的光辉典范。

五、知识链接

工艺百科全书——《天工开物》

《天工开物》是中国古代一部综合性的科学技术著作，有人也称它是一部百科全书式的著作，外国学者称它为"中国 17 世纪的工艺百科全书"。作者是明朝科学家宋应星（1587—1661），字长庚，江西奉新县宋埠镇牌楼村人。万历四十三年（1615）他第二次考中举人，但以后 5 次进京会试均告失败。五次跋涉，使他见闻大增，他说："为方万里中，何事何物不可闻。"他在田间、作坊调查到许多生产知识，并且在《梦溪笔谈》的影响下，他鄙弃那些"知其味而忘其源"的"纨绔子弟"与"经士之家"。在担任江西分宜县教谕的 1638 至 1654 年间，他写成了《天工开物》，《天工开物》在崇祯十年（1637）由其朋友涂绍煃资助刊行。宋应星一生讲求实学，反对士大夫轻视生产的态度。他在书中强调人类要和自然相协调，人力要与自然力相配合。

《天工开物》的书名取自《尚书·皋陶谟》"天工人其代之"及《易·系辞》"开物成务"，作者说是"盖人巧造成异物也"（《五金》卷）。

《天工开物》记载了明朝中叶以前中国古代的各项技术。全书分为上中下 3 篇，共计 18 卷，并附有 123 幅插图，描绘了 130 多项生产技术和工具的名称、形状、工序。全书详细叙述了各种农作物和工业原料的种类、产地、生产技术和工艺装备以及一些生产组织经验，既有大量确切的数据，又绘制了 123 幅插图。全书分上、中、下三篇，又细分为 18 卷。上卷记载了谷物豆麻的栽培和加工方法，蚕丝棉苎的纺织和染色技术，以及制盐、制糖工艺。中卷内容包括砖瓦、陶瓷的制作，车船的建造，金属的铸锻，煤炭、石灰、硫黄、白矾的开采和烧制，以及榨油、造纸方法等。下卷记述金属矿物的开采和冶炼，兵器的制造，颜料、酒曲的生产，以及珠玉的采集加工等。

《天工开物》具有珍贵的历史价值和科学价值。是世界上第一部关于农业和手工业生产的综合性著作，是中国历史上伟大的科技著作，其特点是图文并茂，注重实际，重视实践。它对中国古代的各项技术进行了系统的总结，构成了一个完整的科学技术体系。它对农业方面的丰富经验进行了总结，全面反映了工艺技术的成就。书中记述的许多生产技术，一直沿用到近代。

据不完全统计，截至 1989 年，《天工开物》一书在全世界发行了 16 个版本，印刷了 38 次。其中，国内发行 11 版，印刷 17 次；日本发行 4 版，印刷 20 次；欧美发行 1 版，印刷 1 次。这些国外的版本包括两个汉籍和刻本，两个日文全译本，以及两个英文本。而法文、德文、俄文、意大利文等的摘译本尚未统计入内。《天工开物》一书在一些地方长时期畅销不滞，这在古代科技著作中并不是常见的。

第二章 道济天下 经学为本

导 读

　　"国学"以经学为本，《易经》为其渊源。"经学"乃是儒家"六经之学"，是明道、悟道、得道、传道和弘道的主要载体，是"国学"的基础。学者，效也，效此大道之学也。中国人做学问的目的就是"象天法地"，以成为有德之君子、至德之圣人。中华文明源远流长而不绝、博大精深而不乱，其一以贯之的核心凝聚力就是"道"。"道济天下"是中国人的根本理性，是中国人坚定不移的伟大信仰。

一、经典阅读

《周易》（节选）

　　九三①曰："君子终日乾乾，夕惕若，厉无咎。"何谓也？子曰："君子进德修业②。忠信，所以进德也；修辞立其诚，所以居业也。知至至之，可与几也。知终终之，可与存义也③。是故居上位而不骄，在下位而不忧④。故乾乾因其时而惕，虽危无咎矣。"

（《周易·乾·文言》节选）

【参考注释】

①九三：《乾》九三爻辞。

②进德修业：增进德性修治学业。九三过中，故曰"进德修业"。"进德"增进道德。晋潘岳《闲居赋》序："是以资忠履信以进修，修辞立诚以居业。"古时赏赐宠臣之冠，曰：进德冠。唐刘肃《大唐新语·厘革》："至贞观八年，太宗初服翼善冠，赐贵臣进德冠。""修业"古代写字著书的方版叫做业，所以把读书写写作教修业。《管子·宙合》："修业不息版。"修，治。

③知至至之：前"至"为名词，指到达，后"至"为动词，指努力做到。知终终之：前"终"为名词，指终结。后"终"为动词，指善于停止。几：微。《系辞》："几者，动之微，吉之先见者也。"

④上位：九三居内卦之上。下位：指九三居外卦之下。

二、鉴赏指津

《九三爻辞》说：君子整天勤勤恳恳，夜晚仍时刻警惕，假如遇到危险也不会遭灾。这是什么意思呢？先生说：君子增进道德受重用为朝廷写作著书。他办事尽心竭力守信用，所以使道德受到重用。因为他修辞写作著书能建立在有真实情况的基础上，所以能留守在写作著书的职位上。他掌握的知识达到了最高程度，适宜推举其议论穷究精微之理。他掌握的知识很全面并且保持始终，适宜推举其为朝廷著书来保存合乎正义的资料。一个人能做到这样，就会身居高位而不骄傲，处在下位也不忧愁，所以能够勤勤恳恳，自强不息。因为他时时谨慎小心，虽然处在危险之中，也不会遭灾了。

"进德修业"，意为增进道德与建立功业；因为忠信，故能进德。至于修辞立其诚——"修辞"反映了从巫史作辞、正辞、用辞到春秋时期政教和外交辞令的发展；"立诚"则主要强调历史传承的官守职业精神和谨慎持中的文化心理。"修辞立其诚"是要求修辞者持中正之心，怀敬畏之情，对自己的言辞切实承担责任，采用最好的方式予以表达，并预期达到成功，由此形成中国文化中"敬言""谨言""慎言"的优良传统。

三、趣味故事

退避三舍

春秋时期，重耳逃亡来到楚国。楚成王认为重耳日后必有作为，就以国君之礼相迎，待如上宾。

一天，楚王设宴招待重耳，忽然问道："你若有一天回晋国当上国君，该怎么报答我呢?"重耳略一思索说："美女侍从，珍宝丝绸，大王您有的是；珍禽羽毛，象牙兽皮，更是楚地的盛产。晋国哪有什么珍奇物品献给大王呢?"楚王说："公子过谦了。话虽然这么说，可总该对我有所表示吧?"重耳笑笑回答道："要是托您的福，果真能回国当政的话，我愿与贵国友好。假如有一天，晋楚两国之间发生战争，我一定命令军队先退避三舍（一舍等于 30 里），如果还不能得到您的原谅，我再与您交战。"

四年后，重耳真的回到晋国当了国君，成为历史上有名的晋文公。晋国在他的治理下日益强大。公元前 633 年，楚国和晋国的军队在作战时相遇。晋文公为了实现他许下的诺言，下令军队后退 90 里，驻扎在城濮。楚军见晋军后退，以为对方害怕了，马上追击。晋军利用楚军骄傲轻敌的弱点，集中兵力，大破楚军，取得了城濮之战的胜利。

四、古为今用

变法救国

《易》曰："形而上者谓之道，形而下者谓之器。"近年来，有学者对《周易》尤其是《易传》展开了进一步的文本解读与理论构建，提出"变易本体论"。认为《易传》所确立的形而上者是"至变"，而形而下的"器用"孔子曾说是"开物成业"，即"开通万物之志"和"成就天下之务"，学者认为其最终所指即是人类社会之组织运行，其所尽之"利"在利益于民。

在充满内忧外患的中国近代史中，梁启超正是这样一位力倡变法以救国，欲以道济天下的政治家、思想家。梁启超曾在上海《时务报》担任主笔时就发表过一系列鼓吹变法、倡言维新的政论性文章，并集结成《变法通议》。梁启超曾在《变法通议》的自序里明确指出：《诗》曰"周虽旧邦，其命维新"。言治旧国必用新法也。其事甚顺，其义至明，有可为之机，有可取之法，有不得不行之势，有不容少缓之故。为不变之说者，犹曰"守古守古"，坐视其因循废弛，而漠然无所动于中。呜呼！可不谓大惑不解者乎？《易》曰"穷则变，变则通，通则久"。伊尹曰"用其新，去其陈"。病乃不存……

梁启超也说过："法者，天下之公器也；变者，天下之公理也。"正如《易》所载："穷则变，变则通，通则久。"穷尽则变化，变化则又重新通达，能通达才可以长久。马克思主义理论认为，一切事物都处在永不停息的运动、变化和发展之中，整个世界就是一个无限变化和永恒发展的物质世界，发展是新事物代替旧事物的过程。这就要求我们要坚持用发展的眼光看问题，要把事物如实地看成一个变化发展的过程，明确事物处于怎样的阶段和地位，坚持与时俱进，培养创新精神，促进新事物的成长。

梁启超正是深明《易》之大道在于"变"，在中华民族生死存亡的紧急关头，才敢冒清王朝之大不韪，力倡维新变法，建立君主立宪制，将"家天下"变为"公天下"，以求道济天下，拯救中华民族、中国人民于危亡之中。

五、知识链接

经典巨作——《易》

《易经》由三个部分组成：一为伏羲八卦为始，那时并没有文字，所以八卦。二为周文王父子承接伏羲八卦，八八重叠生六十四卦，周文王父子认为六十四卦已包含宇宙万物，每一卦都有卦辞。后孔子做传又称《易传》《十翼》,《易经》的发展在夏朝时期产生了《连山易》,在商朝时期产生了《归藏易》,在周朝时期产生了《周易》。《易经》是中国最早的易经书,由伏羲氏所创。由于时间过于久远,《连山易》和《归藏易》已失传,只剩下《周易》。所以《周易》是出自于《易经》的,它虽承载了过多的历史使命和任务,但却不乏文采和哲理,是国学(内含儒道两家思想)的重要经典之一。

《易经》是中国传统思想文化中自然哲学与人文实践的理论根源,是古代汉民族思想、智慧的结晶,被誉为"大道之源",是古代帝王之学,是政治家、军事家、商家的必修之术。《易经》涵盖万有,纲纪群伦,是汉族传统文化的杰出代表;其广大精微,包罗万象,亦是中华文明的源头活水。

关于《周易》,现存主要版本有两种:通行本与马王堆帛书本。影响最大的通行本有魏王弼注本、唐孔颖达疏本(即《周易正义》)、宋朱熹《周易本义》本。1973 年在湖南长沙马王堆三号汉墓出土的帛书《周易》与传世各家《易》本均有不同,是现存最早的别本。《周易》注本,古今不断,多达千余种,影响较大的有唐李鼎祚《周易集解》、孔颖达《周易正义》、宋程颐《程氏易传》、朱熹《周易本义》和现代闻一多《周易义证类纂》、高亨《周易古经今注》等。

《周易宝典》开篇曾这样评价过《周易》:周易以卜筮之文现世,却汇聚了中华先民最深邃而幽微的智慧,又潜经历代哲人之阐扬发剔,终成一门思接千载,视通万里的易学之学,构之而成中华文化系统的哲理核心。其博大深邃的哲学思想、周密玄奥的数术理论、神奇科学的归纳方法、探幽索隐的思维模式,使得千载学者各据其为典,引以为源。

据《四库全书总目·〈易〉类小序》记载:易道广大无所不包,旁及天文、地理、乐律、兵法、韵学、算术、以逮方外之炉火,皆可援《易》以为说。这段话即是在说《周易》之内容广泛,包罗万象,天文、地理、音乐、兵法、韵学、算术等各个学科门类,都可以援引《易》之内容自成一说。

第三章　穷通达辱　人文关怀

导　读

　　国学中的文学，是中华五千年传统文化的智慧结晶，对当代精神文明建设的意义不彰自明。中国古代文学所蕴含的个体的价值、生命的意义，融入社会成为伟大的民族精神，千百年来一直支配着人们价值观念的建构，也同样影响和作用于今天的人们。古代文学经典著作中体现出的人生追求、审美趣味、标榜自由，使人们在今天纷繁的现实生活中，感受到精神的愉悦与心灵的释放。

一、经典阅读

屈原《离骚》节选

　　长太息以掩涕兮，哀民生之多艰。余虽好修姱①以鞿羁兮，謇朝谇②而夕替③。既替余以蕙纕④兮，又申⑤之以揽茝。亦余心之所善兮，虽九死其犹未悔……

　　制芰荷以为衣兮，集芙蓉以为裳。不吾知⑥其亦已兮，苟⑦余情其信芳。高⑧余冠之岌岌兮，长余佩之陆离⑨。芳与泽其杂糅兮，惟昭质其犹未亏……

　　朝发轫⑩于苍梧兮，夕余至乎县圃⑪。欲少留此灵琐⑫兮，日忽忽其将暮。吾令⑬羲和⑭弭节兮，望崦嵫⑮而勿迫。路漫漫⑯其修远⑰兮，吾将上下而求索……

（屈原《离骚》节选）

【参考注释】

①修姱（kuā）：洁净而美好。

②谇（suì）：进谏。

③替：废。

④纕（xiāng）：佩带。

⑤申：重复。

⑥不吾知：宾语前置，即"不知吾"，不了解我。

⑦苟：如果。

⑧高：指帽高。

⑨陆离：修长而美好的样子。

⑩发轫（rèn）：出发。苍梧：舜所葬之地。

⑪县圃（pǔ）：神山，在昆仑山之上。

⑫灵琐：神之所在处。

⑬令：命令。

⑭羲和：神话中的太阳神。

⑮崦嵫（yān zī）：神话中日所入之山。

⑯漫漫：路遥远的样子。

⑰修远：长远。

二、鉴赏指津

长长叹息，不断拭泪；哀伤人生，路途艰难。只是喜好美洁能自我约束，早上直谏晚上就被斥贬。佩带蕙草而被解职，采摘白芷而被加罪。只要是所向往和喜欢的，即使死去九次也不会后悔！

裁剪荷叶制成绿色的上衣，缝缀荷花制成下裳。没有人了解也毫不在乎，只要内心情感确实芬芳。云冠高高耸起，佩饰长长垂地。内在芳香与外表光泽糅合，只有光明的品质没有毁弃。

清早在苍梧山下发车起程，傍晚便到了昆仑山的悬圃。打算在神灵所聚的泽薮稍留，而太阳很快下落，时已近暮。命令羲和慢速按节而行，遥望崦嵫山不要急于靠近。道路十分漫长十分遥远，我将上上下下去求索探寻。

这是屈原在悲歌，在祈祷。作为爱国英雄，他怀着报国的理想，带着满腹经纶来到政治舞台。这是英雄展示自己的舞台。他励精图治，大整朝纲，然而，也正是他的正直，给他带来了灾祸：蒙受小人祸害，两次被流放，亲友相继被迫害……但屈原没有在困境中沉沦颓废，而是痛苦反思个人的命运、苦苦求索国家的未来。一曲《离骚》，融入了屈原的个体生命，一方面，他追求正直人格的圆满，另一方面则，他也表现出了强烈的进取精神，文学对人的理解和把握，都深深地渗透在民族的血脉中。它扩展为一种民族性格和力量，时时刻刻对中华儿女予以人文关怀和精神关怀，使五千年古国的文明得以延续而从未出现过间断。要发扬这样一股"浩然正气"和文明人格的境界，从中国古代文学经典中汲取精髓与营养，构建当代人的精神文明家园，成为当代精神文明建设的课题。

三、趣味故事

1. 朽木不可雕

孔子的弟子宰予，言辞美好，说起话来娓娓动听。起初，孔子很喜欢这个弟子，认为他一定很有出息。可是不久，宰予就暴露出懒惰的毛病。一天，孔子给弟子讲课时，发现宰予没有来听课，就派弟子去找。一会儿，去找的弟子回来报告说，宰予在房里睡大觉。孔子听了伤感地说："腐烂的木头不能雕刻，粪土一样的墙壁不能粉刷。最初我听到别人的话，就相信他的行为一定与他说的一样；现在我听别人的话后，要考察一下他的行为。就从宰予起，我改变了态度。"

2. 七步成诗

三国时候，魏文帝曹丕十分忌恨他的弟弟曹植，总想找个借口把他杀掉。一天，曹丕召曹植进宫，限令他在七步之内作诗一首，否则就立即处死。曹植身临生死关头，十分镇定，略微思索，便满含悲愤吟诵起来："煮豆持作羹，漉菽以为汁；其在釜下燃，豆在釜中泣；本自同根生，相煎何太急！"吟诵完毕，还未走完限定的步数。

四、古为今用

"人文关怀"

党的十七大报告第一次提出"加强和改进思想政治工作，注重人文关怀和心理疏导。"

"人文"与"神文"相对立，"人文"承认人本身，肯定人的价值和意义，倡导人的主体性。两千多年封建社会的历史给我们留下的封建主义专制传统比较多，而人文主义的传统相对较少。或者说，霸道多，人道少。如今，传统宗法观念、等级观念、人身依附关系，由于性别、身份造成的不平等现象，思想文化领域的专制主义作风等等，仍有残存。而党的十七大旗帜鲜明地提出了注重人文关怀和心理疏导的观点，这是伟大的革命和进步。

进入 21 世纪，面对国内外环境的变化，2000 年 6 月江泽民同志曾在中央思想政治工作工作会议上强调："世界正在发生深刻的变化，中国正在进行完善和发展社会主义制度的自我变革。党的思想政治工作面临的形势更复杂、任务更繁重、工作更艰巨了。党的思想政治工作绝不是可有可无、无所作为，而是必不可少、大有可为的。面对新形势新情况，思想政治工作在继承和发扬优良传统的基础上，必须在内容、形式、方法、手段、机制等方面努力进行创新和改进，特别要在增强时代感，加强针对性、实效性、主动性上下功夫。

139

这要成为今后加强和改进思想政治工作的重点。"因此,要充分发挥政治教育的作用,用中国特色社会主义理论体系、社会主义核心价值体系武装全体人民,用马克思主义中国化的最新成果武装全党、教育人民,用中国特色社会主义共同理想凝聚力量,用以爱国主义为核心的民族精神和以改革开放为核心的时代精神鼓舞斗志,用社会主义荣辱观引领风尚,巩固人民的团结奋斗的共同思想基础。

马德秀说"注重人文关怀、心理疏导就是要以促进人的全面发展为目标,坚持以人为本。强调对受教育者的尊重,调动人的内在积极性和主动性,引导他们自我教育,自我管理,自我服务。"①在当代中国特色社会主义条件下的中国,人文关怀的实质是在理顺人与其他种种对象的关系中,确立人的主体性,从而确立一种赋予人生以意义和价值的人生价值关怀,实现人的自由而全面的发展,这是中共对马克思主义的重大发展。从这个意义上讲,人文关怀不仅仅是从经济和道义上给予关怀,更重要的是在政治上、精神上充分实现人的价值。

因此,坚持以人为本,切实做好人文关怀、心理疏导直接关系到党和国家的事业能不能办好,社会主义事业和改革开放能不能坚持,经济能不能快一点发展,国家能不能长治久安。长期的革命实践证明,中国共产党成就大业,之所以伟大、光荣、正确,成千上万革命前辈愿为共产主义事业抛头颅、洒热血、为共产主义事业奋斗不息。在危难之时,做到"危难之时显身手,人间处处有真爱"。四川汶川大地震"大灾大爱、众志成城""全心全意为人民服务"和灾后心理疏导得以充分体现,这是人文关系、心理疏导的结果,也是为受灾群众提供的精神食粮和动力。

孟子云:"穷则独善其身,达则兼济天下。"

在充满人文关怀的当今社会,要引导人们加强自身修养,提高精神境界,完善自我人格,根据自己的实际情况确定志向和目标,从劳动、从付出、从自己的创造和对社会与别人的关爱中获得幸福。要引导人们把个人的发展与国

---

① 马德秀. 注重人文关怀和理疏导增强高校思想政治工作实效[J]. 北京:中国高等教育出版社,2007(21):9-11.

家的发展、民族的发展结合起来，把自身价值的实现与他人价值的实现、社会价值的实现有机统一起来。

五、知识链接

屈原"与日月争光"

屈原（前340—前278），战国时期楚国诗人、政治家。名平，字原；又自云名正则，字灵均。屈原约公元前340年出生于楚国丹阳，是中国历史上第一位伟大的爱国诗人，主要作品有《离骚》《九歌》《九章》《天问》等。他创作的《楚辞》，与《诗经》中的"国风"并称"风骚"。他是"楚辞"的创立者和代表作者，开辟了"香草美人"的传统，是中国浪漫主义文学的奠基人，被誉为"中华诗祖""辞赋之祖"。屈原的出现，标志着中国诗歌进入了一个由集体歌唱到个人独创的新时代。

屈原还是楚国重要的政治家，早年深受楚怀王的信任。他提倡"美政"，主张对内举贤任能，修明法度，对外力主联齐抗秦。因遭贵族排挤毁谤，先后被流放至汉北和沅湘流域。公元前278年，秦将白起攻破楚都郢（今湖北江陵），屈原悲愤交加，怀石自沉于汨罗江，以身殉国。统治者为树立忠君爱国标签，将端午作为纪念屈原的节日。1953年是屈原逝世2230周年，世界和平理事会通过决议，确定屈原为当年纪念的世界四大文化名人之一。

据记载，屈原至于江滨，被发行吟泽畔，颜色憔悴，形容枯槁。渔父见而问之曰："子非三闾大夫欤？何故而至此？"屈原曰："举世皆浊而我独清，众人皆醉而我独醒，是以见放。"渔父曰："夫圣人者，不凝滞于物，而能与世推移。举世皆浊，何不随其流而扬其波？众人皆醉，何不哺其糟而啜其醨？何故怀瑾握瑜，而自令见放为？"屈原曰："吾闻之，新沐者必弹冠，新浴者必振衣。人又谁能以身之察察，受物之汶汶者乎？宁赴常流而葬乎江鱼腹中耳。又安能以皓皓之白，而蒙世之温蠖乎？"乃作《怀沙》之赋。于是怀石，遂自投汨罗以死。

屈原作为一个伟大的爱国者、爱国诗人，深为后世所景仰。他那深厚执着的爱国热情，在政治斗争中坚持理想、宁死不屈、追求真理和对现实大胆批判的精神，给后世作家做出了示范，我们都为屈原的拳拳爱国之心所动容。

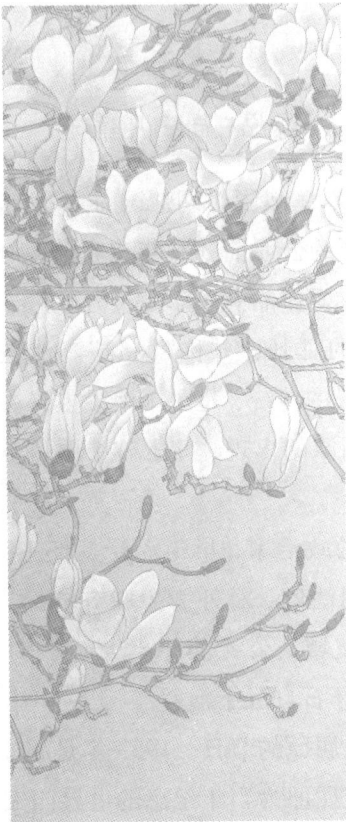

第四章　礼以教人　理在事先

导　读

　　儒教被称之为"礼教"，乃中国传统文化之中坚。"礼"揭示了人类社会秩序的合理结构，使人认识了人类社会的伦理框架，也是维持稳定、提高效率的管理制度。以"礼"待人，以"理"服人，是文明的体现。"文明之礼"是建设"文明社会"的保障和手段，四海一家、万物一体同仁，天下太平，这才是"礼"的终极目的。

一、经典阅读

《礼记·大学》节选

　　"古之欲明明德①于天下者，先治其国；欲治其国者，先齐其家②；欲齐其家者，先修其身③；欲修其身者，先正其心；欲正其心者，先诚其意；欲诚其意者，先致其知④，致知在格物⑤。物格而后知至，知至而后意诚，意诚而后心正，心正而后身修，身修而后家齐，家齐而后国治，国治而后天下平。"

（《礼记·大学》第四十二节节选）

【参考注释】

①明明德：前一个"明"作动词，有使动的意味，即"使彰明"，也就是发扬、弘扬的意思。后一个"明"作形容词，明德也就是光明正大的品德。

②齐其家：管理好自己的家庭或家族，使家庭或家族和和美美，蒸蒸日上，兴旺发达。

③修其身：修养自身的品性。

④致其知：使自己获得知识。

⑤格物：认识、研究万事万物。

二、鉴赏指津

古代那些想要在天下弘扬光明正大品德的人，先要治理好自己的国家；要想治理好自己的国家，先要管理好自己的家庭和家族；要想管理好自己的家庭和家族，先要修养自身的品性；要想修养自身的品性，先要端正自己的心思；要想端正自己的心思，先要使自己的意念真诚；要想使自己的意念真诚，先要使自己获得知识；获得知识的途径在于认识、研究万事万物。通过对万事万物的认识、研究，才能获得知识；获得知识后意念才能真诚；意念真诚后心思才能端正；心思端正后才能修养品性；品性修养后才能管理好家庭和家族；管理好家庭和家族后才能治理好国家；治理好国家后天下才能太平。

这里所展示的，是儒学三纲八目的追求。所谓三纲，是指"明德、新民、止于至善"。它既是《大学》的纲领旨趣，也是儒学"垂世立教"的目标所在。所谓八目，是指格物、致知、诚意、正心、修身、齐家、治国、平天下。它既是为达到"三纲"而设计的条目工夫，也是儒学为我们所展示的人生进修阶梯。两千多年来，一代又一代中国知识分子"穷则独善其身，达则兼济天下"（《孟子·尽心下》），把生命的历程铺设在这一阶梯之上。它铸造了一代又一代中国知识分子的文明人格和文明心理，时至今日，仍然在我们身上发挥着潜移默化的作用。"格、致、诚、正，修、齐、治、平"的文明观念总是或隐或显地影响着我们的思想，所以，它实质上已不仅仅是一系列学说性质的进修步骤，而且是具有浓厚实践色彩的文明追求阶梯了。

三、趣味故事

唐太宗教子尊师

唐太宗是历史上的一代明君，他非常重视对子女的教育，他给几位皇子选择的老师都是德高望重、学问渊博之人，如李纲、张玄素、魏徵、王圭等，而且一再教导子女一定要尊重老师。有一次，李纲患脚疾，行走不便，而当时皇宫内制度森严，官员不要说坐轿，就是出入也是诚惶诚恐的。唐太宗知道后，竟特许李纲坐轿进宫讲学，并诏令皇子迎接老师。还有一次，唐太宗听到有人反映皇四子李泰对老师王圭不尊敬，他当着王圭的面批评李泰说："以后你每次见到老师，如同见到我一样，应当尊敬，不得有半点放松"。从此，李泰见到王圭，总是好好恭迎，听课也认真了。由于唐太宗家教很严，他的几位皇子对老师都很尊敬。

唐太宗曾下诏说："朕比寻讨经史，明王圣帝，曷尝无师傅哉！前所进令，遂不睹三师之位。黄帝学太颠，颛顼学绿图，尧学尹寿，舜学务成昭，禹学西王国，汤学威子伯，文王学子期，武五学虢叔……夫不学，则不明古道，而能政致太平者，未之有也。"他一方面强调尊师重教，专门下诏书规定了对待老师的礼遇，教诫皇子们见师如见父；另一方面鼓励老师对皇子的过失极言切谏。每位老师能够坚定地履行职责，与唐太宗的理解、支持和鼓励是分不开的。九皇子李治被立为太子后，唐太宗对他更是严格要求，李治每次听了父亲和老师的教导，都是毕恭毕敬地肃立，然后感激赐教，表示一定"铭记在心""永志不忘"。

古语说"一日为师，终身为父"，古人尊师重道的精神，被后世传为佳话，令人学习和敬仰，使人追求高尚的道德和树立崇高的信仰，敬师德、学师德和永铭师恩。

四、古为今用

总理的文明之"礼"

周恩来是中华人民共和国第一任总理兼外交部部长，他杰出的外交礼仪修养为全世界所倾倒。

周恩来总理非常尊重身边的工作人员。平日服务员给他端送东西，若他正在工作，他会立刻放下手里的活儿，站起来用双手迎接，或是微笑着向服务员致谢。有时总理与工作人员在门口相遇，工作人员会立即停步，让总理先走。他却站在那里，微笑着请工作人员先走。总理到外地视察工作，每当要离开那个地方时，他总要与工作人员握手告别，并亲切地对工作人员说："辛苦了，谢谢"。有一次周恩来总理去某地视察工作，他同工作人员一一握手告别致谢，这时有一个机械师正蹲在地上工作，总理站在机械师身后安静地等他，并示意其他人不要惊动他。直到机械师工作完后，才发现总理在他身后，忙向总理道歉"让总理久等了"。总理却微笑着，还说怕自己影响了他的工作。总理的文明之"礼"，充分说明了他的美德。

由于周总理的有礼待人，对别人施以尊重和友善，给身边的人带来了温暖，所有和他们接触过的人都感到愉快、亲切。身边的人有话愿意对他说，并心悦诚服地按照他的要求办事。在国际交往中，由于他重视礼仪，代表了国家形象，为我国赢得了崇高的声誉，他个人也受到国际友人的爱戴和崇敬。美国前总统尼克松说："周恩来待人很谦虚，沉着坚定。他优雅的举止，直率而从容的姿态，都显示出巨大的魅力和泰然自若的风度。他从来不提高讲话的调门，不敲桌子，也不以中止谈判相威胁来迫使对方让步。他手里有牌时，说话的声音反而更加柔和了……"

活跃于20世纪70年代国际政治舞台上的美国前国务卿亨利基辛格博士说："我生平只遇到过两三位给我印象最深刻的人物，周恩来是其中一位。他温文儒雅，从容自若，举手投足间魅力无穷"，"他非常直率而又十分热情，对人体贴入微"。

可见，文明之礼对于个人，对于一个民族，对于一个国家是多么重要。中国素以"文明古国，礼仪之邦"著称于世，传统礼仪文明对我国社会历史发展产生积极影响。一般说来，社会上讲文明礼貌的人越多，这个社会便越和谐、安定。如果每一个人都教养有素，礼貌待人，处事有节，我们的生活就会更多一些愉悦，而国家、社会也会更多一些有序与文明，这个民族也才能长久地屹立于世界文明之林。

五、知识链接

"三礼"对礼制的深远影响

三礼，是《周礼》《仪礼》《礼记》的通称。"三礼"之名始于东汉郑玄，他在注《周礼》《仪礼》《礼记》自序中说"凡著三礼七十二篇"，三礼之学是礼乐文化的理论形态。

《周礼》原名《周官》，汉朝被战国末至西汉初儒家关于伦理道德、社会政治思想的著作，是列入儒家经典（并入礼经），是一部宏大的官制体系。"周"非"西周"之周，为"周天之官"意。《周礼》分天官冢宰、地官司徒、春官宗伯、夏官司马、秋官司寇、冬官司空等六篇。天、地、春、夏、秋、冬六官象征天地四方六合，体现了"以人法天"的思想。《周礼》属古文经。

《仪礼》本名《礼》，是春秋战国时期一部分礼制的汇编。孔子传授《六经》，汉武帝时设《五经》博士，其中的《礼经》都是指《仪礼》。汉代《礼》各篇标题前均无"仪"字。东晋元帝时置《仪礼》博士，始有《仪礼》之名。唐文宗开成年间石刻《九经》，采用《仪礼》之名，《仪礼》正式为经。《礼经》包括士冠礼、士昏礼等十七篇，内容涉及上古贵族生活的各个方面。

《礼记》，即《小戴礼记》。战国至汉初的儒家各种礼仪著作选集，通常认为西汉戴圣所编。戴圣之叔戴德编《大戴礼记》。《小戴礼记》载有《曲礼》《檀弓》《王制》《中庸》《大学》等内容，大都是孔子弟子及其再传、三传弟子等所记，唐时被正式列入《九经》。

　　"三礼"记录、保存了许多周代的礼仪，其中，《周礼》偏重政治制度；《仪礼》偏重行为规范；而《礼记》则偏重对具体礼仪的解释、论述。这"三礼"所涉及的各种礼制的总和，就是"礼"的全部内容。"三礼"是我国古代政治制度的三部儒家经典，是中国古代礼仪制度的蓝本和百科全书。

第五章　多元文明　和乐共存

导　读

　　人类发展史是一部多元文明、共生并进的历史。几千年来，人类各大文明交相辉映，佛家文化正是其中之一，与其他文明共同促进了人类的发展进步。佛家从产生、演变、发展到今天，始终致力于和平的宗教，是建设社会主义精神文明不可缺少的一支力量，其文化更是国学的一个重要方面，对中国的传统文化发生过较大的影响和作用。

一、经典阅读

唐代惠能《菩提偈》

菩提本无树①，明镜亦非台②。

佛性常清净③，何处有尘埃！

心是菩提树，身为明镜台。

明镜本清净，何处染尘埃④！

菩提本无树，明镜亦非台。

本来无一物，何处惹尘埃！

菩提只向心觅，何劳向外求玄⑤？

听说依此修行，西方⑥只在目前！

【参考注释】

①树：这里指菩提树，意译为"觉树"或"道树"。

②明镜：通常用以比喻佛与众生感应的中介。台：指安置明镜的地方，可以借代为客观存在。

③清净：佛教术语，远恶行，离惑垢。

④尘埃：佛教术语，指人间的一切世俗事务。按出家人的观点，世务不净，故称尘务。

⑤玄：佛教术语，这里是指玄妙的佛教理想。

⑥西方：佛教术语，指净土所在的极乐世界。

⑦菩提偈："菩提"，指对佛教教义的理解，或是通向佛教理想的道路。偈，和尚唱颂的歌诗称为偈。菩提偈，即诠释佛教教义的歌偈。

二、鉴赏指津

菩提原本就没有树，明亮的镜子也并不是台。佛性就是一直清澈干净，哪里会有什么尘埃？众生的身体就是一棵觉悟的智慧树，众生的心灵就像一座明亮的台镜。明亮的镜子本来就很干净，哪里会染上什么尘埃？菩提原本就没有树，明亮的镜子也并不是台。本来就是虚无没有一物，哪里会染上什么尘埃？菩提只是向着内心寻找，何必劳累向外界求取玄妙的佛家思想？以此进行修行，极乐世界也就在眼前！在《坛经》第二十节，惠能指出："世人性本自净，万法在自性。思量一切恶事，即行于恶；思量一切善事，使修于善行"。这是惠能"顿悟说"的基础。在他看来，"愚人"与"智人"，"善人"与"恶人"，他们和"佛"之间，没有不可逾越的鸿沟。从"迷"到"悟"，仅在一念之间。这种思想，不仅对中国哲学理论产生了巨大的作用，对于中国的文明也有重大的影响。这告诫我们做人做事要有理有据，并且还得时时刻刻依法约束自己的言行举止。我们要将文明礼仪融汇到一言一行中，无需参照任何律法，做出来的事情已经符合法规，也可以说是一种天人合一的境界。同时明辨是非，勤拂拭就可以做好，不拂拭就会被污染。这非常符合人们从小到大的思维逻辑和待人接物的风格。一字一句教导广大读者尤其是青少年们为人处世得循规蹈矩，一句"勿使惹尘埃"直接明了地告诉广大读者尤其是青少年们做人做事的文明本真。因此，佛教文化必须为社会主义精神文明建设服务。

三、趣味故事

鉴真东渡日本

唐朝的经济文化繁荣发达，吸引邻国日本派了许多遣唐使来学习唐朝文化。荣睿和普照两位僧人就是日本政府派到中国学习佛法的，同时他们还负有一个使命，那就是邀请精通戒律的中国高僧前往日本传授佛法。

公元 742 年的秋天，高僧鉴真正在扬州大明寺讲授佛法，荣睿和普照遵照日本天皇的旨意，专程从长安赶到扬州，参见鉴真，并恭恭敬敬地请他前往日本传法。那时鉴真已经 55 岁，他不顾自己年事已高，健康状况欠佳，毅然决心东渡传法。弟子们感动了，他们纷纷表示愿意跟随师父一同到日本传法。

风浪和病魔，都无法阻止鉴真东渡的步伐。公元 753 年，鉴真已经 66 岁高龄，他搭乘日本遣唐使的船只，开始了第 6 次东渡。由于这一次事先做了周密的安排，因而比前 5 次顺利。次年一月，鉴真到达日本九州岛，历时十多年的东渡终于获得了成功。

到达日本后，鉴真受到了日本人民的热情接待，天皇下诏书对他表示慰劳和欢迎，请他在东大寺设立讲坛，传授戒法，并且授他为传灯大法师。公元 757 年，日本天皇又把故新田部亲王的旧宅送给鉴真，让他在此兴建了一座寺院，这就是现在奈良的唐招提寺。鉴真在唐招提寺中讲经传法，与此同时，他还把中国的书法艺术、建筑艺术、医学知识等带到了日本，促进了中日文化的交流。日本人民为了纪念鉴真，就在唐招提寺中塑起了鉴真的塑像，还称他为"盲圣""日本律宗太祖""日本医学之祖""日本文化的恩人"等，表达了日本人民对鉴真的崇敬之情。

唐代除了鉴真东渡传播佛法和文化，还接受日本政府派来的一批又一批遣唐使、留学生。例如公元818年菅原清公任式部少辅时，就奏请朝廷规定男女服装都仿效唐代的。遣唐使团中的医师、画师、乐师等，回国后也都广泛传播唐朝的文化，为当时日本文化的繁荣做出了很大贡献。

四、古为今用

文明交融互鉴的六字箴言

习近平总书记访欧期间，提出了文明交流互鉴的六字箴言：多彩、平等、包容，这是对中国古代文明的历史感悟，是对改革开放、和平发展的中国的现实思考，是对全球化时代中国文明和世界文明交流融合的殷殷期待，这为书写文明交流互鉴新篇章提供了智慧之钥。

"中华文明是在中国大地上产生的文明，也是同其他文明不断交流互鉴而形成的文明"，习总书记在巴黎联合国教科文组织总部演讲时如是说，"中外交流史上，中国文明佳话不断：汉代张骞两度出使西域；明代郑和七下西洋……中华文明源远流长：从诸子哲学到古典文学，从中国医药到养生烹饪，从丝绸锦绣到瓷器茶叶……"习主席将中华文明比喻为花朵，说如果世界上只有一种花朵，就算这种花朵再美，那也是单调的。因此他强调"我们应该从不同文明中寻求智慧、汲取营养，为人们提供精神支撑和心灵慰藉，携手解决人类共同面临的各种挑战"。同时，习总书记也明确了世界文明进步的努力方向："推动文明交流互鉴，可以丰富人类文明的色彩，让各国人民享受更富内涵的精神生活、开创更有选择的未来。"

在联合国教科文组织总部大楼，习近平总书记指出："要通过跨国界、跨时空、跨文明的教育、科技、文化活动，让和平理念的种子在世界人民心中生根发芽，让我们共同生活的这个星球生长出一片又一片和平的森林。"在欧洲，习近平总书记以历史为师，发出真诚告诫："在文明问题上，生搬硬套、削足适履不仅是不可能的，而且是十分有害的。一切文明成果都值得尊重，一切文明成果都要珍惜""只有交流互鉴，一种文明才能充满生命力。只要秉持包容精神，就不存在什么'文明冲突'，就可以实现文明和谐"。习近平强调："文明相处需要和而不同的精神。只有在多样中相互尊重、彼此借鉴、和谐共存，这个世界才能丰富多彩、欣欣向荣。不同文明凝聚着不同民族的智慧和贡献，没有高低之别，更无优劣之分。文明之间要对话，不要排斥；要交流，不要取代。人类历史就是一幅不同文明相互交流、互鉴、融合的宏伟画卷。我们要尊重各种文明，平等相待，互学互鉴，兼收并蓄，推动人类文明实现创造性发展。"

习近平总书记的这些话，既表明了中国文明的多彩，也表达了中国愿以平等的态度与世界共享人类智慧，又表达了中国愿以包容的胸怀对待不同文明的现实关切。

人类文化的存在与发展，从来就不是一种文化如何吞并另一种文化，而是一种文化如何正确面对另一种文化，在相互的交融中各自取长补短，发展自己，并且从另一种文化的存在中，确定自己的存在理由。数千年来中国文化只因遵循了"和而不同"的法则，使得华夏文化不仅数千年文脉未断，而且历久弥新，成为人类文化史上的一颗明珠。人类文化的发生与发展，同样遵循这一自然法则。所以，我国尊重文化的多样性，尊重各国人民在历史进程中创造的多彩文明和生活方式，使不同文明相互借鉴、和平共处、共同发展，以促进世界文明的多样性，实现各种文明共同进步和人类社会全面进步。

五、知识链接

《西游记》其书与作者

《西游记》是中国古代第一部浪漫主义长篇神魔小说。该书以"唐僧取经"这一历史事件为蓝本,通过作者的艺术加工,深刻地描绘了当时的社会现实。主要描写了孙悟空出世后遇见了唐僧、猪八戒和沙和尚三人,一路降妖伏魔,保护唐僧西行取经,经历了九九八十一难,终于到达西天见到如来佛祖,最终五圣成真的故事。《西游记》与《三国演义》《水浒传》《红楼梦》并称为中国古典四大名著。

《西游记》是一部描写佛教取经故事的文学作品,《西游记》的题材本身就是来源于佛教的取经故事。在"西游"故事的流传过程中,取经的佛教性质一直没有改变。然而,《西游记》从性质来看是一部描写神魔之争的长篇小说。与道教相比,佛教更多地表现为一种哲学思想,更注意以其深邃的哲理来征服善男信女。其修禅成佛的途径,无非就是积德行善,念佛坐禅等等。

吴承恩(1500—1582),字汝忠,号射阳山人,汉族,淮安府山阳县(今江苏省淮安市淮安区)人。他自幼敏慧,博览群书,尤喜爱神话故事。在科举中屡遭挫折,嘉靖中补贡生。由于宦途困顿,他晚年绝意仕进,闭门著述。

据记载,他"性敏而多慧,博览群书,为诗文下笔立成,清雅流丽,有秦少游之风。复善谐谑,所著杂记几种,名震一时"。《长兴县志》曾记载:"性耽风雅,作为诗,缘情体物,习气悉除。其旨博而深,其辞微而显,张文潜后殆无其伦。"

第六章　俭以养德　廉以立身

导　读

　　中国是有着悠久历史的文明古国，百家争鸣时期的道家拥有内涵丰富的廉政精神。倡导无我、守柔、居下、退后、清虚，主张道法自然，无为而治，反对无止境的物欲追求，讲求思想境界的提升的老子思想对当今的廉政文明建设和精神文明建设有着重要影响。道家思想彰显出独特魅力，闪耀出威严的光芒，直透人心，观照社会。

一、经典阅读

《道德经》第四十五章

　　大成①若缺，其用不弊。大盈若冲②，其用不穷。大直若屈③，大巧若拙，大辩若讷④。静胜躁，寒胜热⑤。清静，为天下正⑥。

（选自《道德经》第四十五章，中华书局，2007 年出版）

【参考注释】

①大成：最为完满的东西。

②冲：虚，空虚。

155

③屈：曲。

④讷：拙嘴笨舌。

⑤静胜躁，寒胜热：清静克服扰动，寒冷克服暑热。

⑥正：通"政"。

二、鉴赏指津

最完满的东西，好似有残缺一样，但它的作用永远不会衰竭；最充盈的东西，好似是空虚一样，但是它的作用永远是不会穷尽的。最正直的东西，好似有弯曲一样；最灵巧的东西，好似最笨拙的；最卓越的辩才，好似不善言辞一样。清静克服扰动，寒冷克服暑热。清静无为才能统治天下。大器已成之人，返璞归真，与宇宙合一，面对浩瀚的宇宙，总感智慧不足。这种人生追求所产生的作用才是对自己、对社会没有危害的。浩然正气充盈体内却虚怀若谷，这种功夫的作用才是无穷的。

道学是探寻大道、强身健体、益寿延年、涵养品德、超越自我的学问。道德有成之人，虽有"大直"之德、"大巧"之能、"大辩"之才、"大赢"之获，却从不自我炫耀，留给别人的印象是"屈""拙""讷""绌"。这体现了有道即文明之人一切自我行为都要完全遵循客观规律，绝不盲从主观情感，妄作妄为。这正是自我的无为之德，不争之德。用"清静"二字作为治国的指导思想，清静无为是圣人之治。圣人之治就是施行"不言之教"和"无为之治"。无为之治可以发扬民主使政治清明，不言之教可以消除狂热、浮躁，使民心安宁。政通人和、人心思定，这才是人间正道。

有道者的文明人格体现了道德学的巨大功用，并运用阴阳生克原理证了治国策略。如果统治阶级热衷于功名利禄，搞专制主义，则劳动人民必然饥寒交迫。人民若要改变饥寒交迫的命运，就必须起来革命，变统治阶级的奴隶为国家的主人，实行民主法治，建设政治文明。政治文明建设的同时，必须加强精神文明建设，因为政治文明必然带来物质文明，而单纯的物质文明，又必然使人心浮躁、欲望无限、患得患失、内心茫然，这就需要用"不言之教"来加强人们的道德修养。人们有了正确的信仰，社会自然就会安定。

三、趣味故事

庄子借粮

庄周家贫，三天揭不开锅了，饿得庄周都快前胸贴后背了。庄周实在受不了了，便想到监河侯那里借粮米。监河侯一看面前这求米的小子瘦得跟竹竿似的，还面带菜色，心里不由得有些不乐意，只想把庄周赶紧打发走。他装作忙着手中的活，一副爱理不理的样子，悠然道："可以是可以，我也很想帮你一下，可是我现在手头也很紧张，这样吧，等过段时间我要收到封地的税金，再借给你三百金可以吗？"庄周感觉这监河侯在敷衍自己，忿然作色道："我昨天来的时候，路上听到呼喊的声音，四面张望，看见干涸的车辙中有一条鲫鱼。它在车辙里挣扎着，奄奄一息的样子，我问它说：'鲫鱼，你在这里做什么呢？'它回答说：'我是东海的波臣。你能给一升半斗的水救我的命吗？'我说：'可以，但我现在没有水，我去南方劝说吴、越的国王，引西江的水来迎接你，可以吗？'鲫鱼忿然作色说：'我失去了我不能离开的水，困在这里，我只要一升半斗的水就可以活，你却要我等西江的水，还不如趁早到卖干鱼的店铺去找我呢！'"

"涸辙之鲋"的故事告诉我们当别人有困难的时候，要诚心诚意尽自己的力量去施予帮助，决不能只说大话，开空头支票。"涸辙之鲋"后被拿来比喻处于困境、急待援助的人或物。

四、古为今用

俯首甘为孺子牛

作为 2004 年感动中国人物之一，牛玉儒以其勤勤恳恳、鞠躬尽瘁的品质，被称为新时代共产党员的榜样，成为中国政治文明廉政建设的模范代表人物。

牛玉儒同志于 1952 年 11 月出生在内蒙古自治区的一个革命干部家庭。生前担任内蒙古自治区呼和浩特市市委书记，2004 年 8 月因病逝世。在呼和浩特市工作期间，牛玉儒同志团结带领市委"一班人"，在 2003 年"非典"疫情期间，牛玉儒吃住在办公室，抢时间建成了占地 500 亩，拥有 480 个病房、800 张病床的 SARS 救治中心，为呼市"非典"疫情的控制起到了重要作用。尽管在住院治疗，牛玉儒同志仍心系事业，忘我工作，忍受着病痛的折磨，全身心地关注和牵挂着呼市的经济社会发展。住院治疗期间，他几乎每天都通过电话询问、指导和督促重点工程的进展情况，还两次带病考察城市建设和开发区的工作。在去世前不到一个月，他仍以顽强的毅力，主持召开市委九届六次全委会议，做了激情澎湃、鼓舞人心、催人奋进的工作报告，进一步描绘了呼市经济社会发展的宏伟蓝图。

他说："我希望能和百姓保持亲近、亲密的关系，而不是做一个高高在上的领导"，他还说，"群众既然找上门，千万不能冷了他们的心"。他是一个好干部，一个富于激情的好干部；他是一位好公仆，一位人民的好公仆；他以太阳的光燃烧自己，照亮别人；他以发动机的精神带动大家，感动他人。他的逝世，成了呼和浩特市的倾城之痛，成了全国人民的哀悼之声。

2004 年感动中国人物给予他的颁奖词："名叫牛玉儒，人像孺子牛，背负着草原人的幸福上路，这幸福是他的给养，也是他的方向。风雨人生、利弊得失，他兢兢业业地遵循着'位卑未敢忘忧国'的祖训。为官一任，他给我们留下激情燃烧的背影，让精神穿越时代常青。他让活着的人肃然起敬；他让天空成为雄鹰的故乡。"

穿越时空的价值印记

春蚕到死丝方尽，蜡炬成灰泪始干。牛玉儒把毕生精力奉献给了他所热爱的事业，奉献给了他所热爱的人民，奉献给了他深深眷恋的草原，直到生命的尽头。斯人已逝，他的精神却永垂不朽。

（故事来源于中国共产党新闻网）

五、知识链接

《道德经》

《道德经》是春秋时期老子（李耳）的哲学作品，又称《道德真经》《老子》《五千言》《老子五千文》，是中国古代先秦诸子分家前的一部著作，为其时诸子所共仰，是道家哲学思想的重要来源。《道德经》分上下两篇，原文上篇《德经》、下篇《道经》，不分章，后改为《道经》37章在前，第38章之后为《德经》，并分为81章。

《道德经》文本以哲学意义之"道德"为纲宗，论述修身、治国、用兵、养生之道，而其中文章多以政治为旨归，乃所谓"内圣外王"之学，文意深奥，包涵广博，被誉为"万经之王"。

《道德经》是中国历史上最伟大的名著之一，对传统哲学、科学、政治、宗教等产生了深刻的影响。据联合国教科文组织统计，《道德经》是除了《圣经》以外被译成外国文字发布量最多的文化名著。

司马迁在《史记》中说："道家无为，又曰无不为，其实易行，其辞难知。……凡人所生者神也，所托者形也。神大用则竭，形大劳则敝，形神离则死。死者不可复生，离者不可复返，故圣人重之。由是观之，神者生之本也，形者生之具也。"道家讲"无为"，又说"无不为"，其实际主张容易施行，其文辞则幽深微妙，难以明白通晓。大凡人活着是因为有精神，而精神又寄托于形体。精神过度使用就会衰竭，形体过度劳累就会疲惫，形、神分离就会死亡。死去的人不能复生，神、形分离便不能重新结合在一起，所以圣人重视这个问题。由此看来，精神是人生命的根本，形体是生命的依托。

第七章　山情水意　崇桑敬梓

导　读

　　许多国学经典都是从哲学层面上来思考人与自然的系统性的，其主要体现在生态之"和"这一古老的哲学命题之中。古代哲学中所描述的宇宙，天地万物，同出一处平等无争，完整无缺，各不相同却互相联系，相互独立却又是一个整体。我国自古以来的环境伦理——自然生态文明、自然美，对当代社会主义生态文明建设具有重要的指导作用。

一、经典阅读

归园田居（其一）

少无适俗韵①，性本爱丘山。误落尘网中②，一去三十年③。
羁鸟恋旧林，池鱼思故渊。④开荒南野际⑤，守拙归园田⑥。
方⑦宅十余亩，草屋八九间。榆柳荫后檐，桃李罗堂前。
暧暧远人村，依依墟里烟。⑧狗吠深巷中，鸡鸣桑树颠。
户庭无尘杂，虚室有余闲。⑨久在樊笼里，复得返自然。⑩

（选自陶渊明《陶渊明集》，中华书局，1979 年版）

【参考注释】

①适俗：适应世俗。韵：本性、气质。

②尘网：指尘世，官府生活污浊而又拘束，犹如网罗。这里指仕途。

③三十年：有人认为是"十三年"之误（陶渊明做官十三年）。

④羁鸟：笼中之鸟。池鱼：池塘之鱼。鸟恋旧林、鱼思故渊，借喻自己怀恋旧居。

⑤南野：一本作南亩。际：间。

⑥守拙：意思是不随波逐流，固守节操。

⑦方：读作"旁"。这句是说住宅周围有土地十余亩。

⑧暧暧：读作"哎哎"，昏暗，模糊。依依：轻柔而缓慢地飘升。墟里：村落。这两句全是化用汉乐府《鸡鸣》篇的"鸡鸣高树颠，犬吠深宫中"之意。

⑨户庭：门庭。尘杂：尘俗杂事。虚室：空室。余闲：闲暇。

⑩樊：栅栏。樊笼：蓄鸟工具，这里比喻官场生活。返自然：指归耕园田。这两句是说自己像笼中的鸟一样，重返大自然，获得自由。

二、鉴赏指津

少小时就没有随俗气韵，自己的天性是热爱自然。偶失足落入了仕途罗网，转眼间离田园已十余年。笼中鸟常依恋往日山林，池里鱼向往着从前深渊。我愿在南野际开垦荒地，保持着拙朴性归耕田园。绕房宅方圆有十余亩地，还有那茅屋草舍八九间。榆柳树荫盖着房屋后檐，争春的桃与李列满院前。远处的邻村舍依稀可见，村落里飘荡着袅袅炊烟。深巷中传来了几声狗吠，桑树顶有雄鸡不停啼唤。庭院内没有那尘杂干扰，静室里有的是安适悠闲。久困于樊笼里毫无自由，我今日总算又归返林山。

守拙与适俗，园田与尘网，两相对比之下，诗人归隐田园后感到无比愉悦。南野、草屋、榆柳、桃李、远村、近烟、鸡鸣、狗吠，眼之所见耳之所闻无不惬意，这一切经过陶渊明点化也都诗意盎然了。"暧暧远人村，依依墟里烟"，一远一近，"狗吠深巷中，鸡鸣桑树颠"，以动写静，简直达到了化境。陶渊明是中国文学史上第一位田园诗人，其以田园生活入诗，为中国文学增添了新的题材，他成为我国山水田园诗的开山鼻祖，对后世影响深远。这种新的诗歌题材的开拓，无疑是对我国长期形成的"天人合一"的传统自然观的继承。对田园生活的热爱，对自然美景的赞美，都流露出一种物我合一、人与自然和谐相处的自然之美。

三、趣味故事

竭泽而渔

从前，晋文公将要在城濮和楚人作战，召咎犯前来议事："楚国的兵多，我国的兵少，怎么办呢？"咎犯回答："臣听说礼仪繁冗的君主是不厌文采的；经常作战的君主是不厌欺诈的。您用欺诈就可以。"文公把咎犯的话告诉了雍季，雍季说："把池塘的水放干了再捕鱼。怎能捕不到鱼呢？但是明年这里就没有鱼了。焚烧水少草木又丰盛的沼泽地来打猎，怎能捕不到野兽呢？但是明年这里就没有野兽了。欺诈的办法，即使现在苟且使用了，以后就不可能再用了。因为这不是长久的办法。"文公使用了咎犯的计谋，在城濮把楚国打败了，回国后大加封赏。雍季的功劳却是居于首位的。左右就有人劝谏："城濮的战争，使用的是咎犯的谋略，国君用他的计谋取得了成功，封赏时却把他放在后边，这是不应该的吧！"文公说："雍季的观点事关百世的利益。咎犯的计谋只有一时之用，怎能把一时之用放在百世的利益前面呢？"这则故事也直接警醒了人们在面对大自然的时候，不能"竭泽而渔"，不能顾眼前利益，却不看长远利益，要树立可持续发展的理念，与大自然和谐相处。

四、古为今用

田园将芜，胡不归？

在中国古代，人民早已认识到人与天地合为一体的规律，人应遵守天时地利人和。孔子曾说："天地之性，人为贵。""大人者，与天地合其德。"庄子则说："天地与我并存，而万物与我为一。"荀子说："若是则万物得宜，事变得应，上得天时，下得地利，中得人和，则财贷浑浑如泉涌，涓涓如河海，暴暴如山丘，不时焚烧，无所藏之，夫天下何患乎不足也。若否则万物失宜，事变失应，上失天时，下失地利，中失人和，天地敖然，若烧若焦。"荀子还曾说过："草木荣华滋硕之时，则斧斤不入山林，不夭其生，不绝其长也；鱼鳖鳅鳝孕别之时，网罟毒药不入泽，不夭其生，不绝其长也。"可见，先哲们早已经预见到了违背自然规律的发展将会造成灾难，人与自然界应和谐相处，可持续发展。人类文明的历程便是人与自然协调的过程，当我们重新扫视中国兴衰的历史坐标时，会清晰地发现，中国古代可持续发展思想与当代提倡的可持续发展内涵是殊途同归的。

2007 年党的十七大报告提出，"要建设生态文明，基本形成节约能源资源和保护生态环境的产业结构、增长方式、消费模式。"党的十八大将"生态文明"提到一个前所未有的战略高度，从建设"美丽中国"的高度把生态文明置于贯穿五大文明建设的始终，号召全党全社会加快推进生态文明建设。

归去来兮，田园将芜，胡不归？五柳先生因为热爱生活而归隐田园，可是身处于时代变迁中的我们呢？随着现代化建设的不断推进，我们生活的家园正在被破坏殆尽，社会在经济发展中一定会付出特定的代价。回顾人们世代演绎着的"天人合一"的持续发展思想，祖先们早就在警醒我们如何与自然相处，但是，生态文明建设依然任重而道远，可持续发展需要我们共同去实现。

五、知识链接

山水田园诗

山水田园诗是古代汉族诗歌之一。它源于晋代陶渊明和南北朝的谢灵运,山水田园诗人以唐代王维、孟浩然为代表。这类诗以描写自然风光、农村景物以及安逸恬淡的隐居生活见长。诗境隽永优美,风格恬静淡雅,语言清丽洗练,多用白描手法。

田园诗和山水诗虽往往并称,却是两类不同的题材。田园诗会写到农村的风景,但其主体是写农村的生活、农夫和农耕。山水诗则主要是写自然风景,写诗人主体对自然客体的审美,往往和行旅联系在一起。

东晋陶渊明的诗严格说来,只有《游斜川》一首是山水诗,他写的多是田园诗。陶渊明以自己的田园生活为内容,真切地写出躬耕之甘苦,为中国文学增添了一种新的题材,成为中国文学史上的第一人。

继陶渊明田园诗之后,山水诗在南朝应运而兴。它的出现,不仅使山水成为独立的审美对象,为中国诗歌又增添了新的题材,而且开启了南朝新一代的诗歌风貌。这其中,做出最大贡献且真正大力创作山水诗,并对当时及后世产生巨大影响的山水诗人当属南朝谢灵运。田园诗和山水诗的相继出现,标志着一种新的自然审美观念和审美趣味的产生,标志着人与自然进一步的沟通与和谐。

山水田园诗在盛唐也取得了巨大发展,形成了以王维、孟浩然为代表的一批诗风相近的山水田园诗人。特别是王维和孟浩然在盛唐诗坛享有盛誉,影响很大,为我国山水田园诗的发展做出了巨大的贡献。

据刘勰《文心雕龙·明诗》记载:"宋初文咏,体有因革,庄老告退,而山水方滋。"这句话说明了南朝山水诗的产生与当时的社会环境是分不开的。山水诗的产生,与当时盛行的玄学和玄言诗有着密切的关系。当时的玄学把儒家提倡的"名教"与老庄提倡的"自然"结合在一起,引导士大夫从山水中寻求人生的哲理和趣味。

第八章　君子筑梦　家国满怀

导　　读

　　君子之"德"，以儒家树立的文明的人格为典范。君子之"德"是做人的标准和榜样，也是检讨人生得失的一面镜子。儒家"六经"乃是"君子模范"，塑造君子人格，直达圣人境界。在国学中，君子之"德"除了有儒家的君子人格外，还有道家的隐士人格、佛家的悲悯人格等等。大兴君子文化、大倡君子之风、大行君子之道，对社会主义政治文明、精神文明、社会文明建设具有古为今用的重大现实意义和深刻价值。

一、经典阅读

《论语·里仁》节选

　　（一）子曰："富与贵，是人之所欲也；不以其道①得之，不处②也。贫与贱，是人之所恶③也；不以其道得之，不去④也。君子去⑤仁，恶乎⑥成名？君子无终食之间违仁⑦，造次⑧必于是，颠沛⑨必于是。"

（选自《论语·里仁》，中华书局，2007年版）

【参考注释】

①不以其道：不用正当的手段。以，用。

②处：有的本子作"居"，安住的意思。

③恶(wù)：厌恶。

④去：摆脱。

⑤去：离开、抛弃。

⑥恶(wū)乎：于何处。恶，怎么、怎么样，表示疑问。

⑦违仁：意即违礼。

⑧违：违背、离开。造次：仓促匆忙之时。

⑨颠沛：倾覆，仆倒。引申为形容人事困顿、社会动乱。

(二)子曰："君子怀①德，小人怀土②；君子怀刑③，小人怀惠④。"

(选自《论语·里仁》，中华书局，2007年版)

【参考注释】

①怀：关心。

②土：乡土。

③刑：法制惩罚。

④实惠。

二、鉴赏指津

(一)孔子说："富有和尊贵，是人们所期望的；不用正当的方法获得它，君子不居有。贫穷和低贱，是人们所厌恶的；不用正当的方法抛弃它，君子不摆脱。君子离开了仁德，怎样还能成就自己的名声呢？君子不会在哪怕是一顿饭那么短的时间里远离仁德，紧急的时候也一定遵循仁德，困顿的时候也一定遵循仁德。"

这一段内容反映了孔子的理欲观。以往对孔子的研究中往往忽略了这一段内容，似乎孔子主张人们只要仁、义，不要利、欲。事实上并非如此。任何人都不会甘愿过贫穷困顿、流离失所的生活，都希望过富贵安逸的生活。但这必须通过正当的手段和途径去获取，否则宁守清贫而不去享受富贵。这种观念在今天仍有其不可低估的价值。这一章值得研究者们仔细推敲。

(二)孔子说："君子关心的是道德，小人关心的是土地；君子关心的是法度，小人关心的是好处。"

孔子在此处再次提到君子与小人这两种不同类型的人的人格形态，认为君子有高尚的道德，他们胸怀远大，视野开阔，考虑的是国家和社会的事情，而小人则只知道思念乡土，想着小恩小惠，考虑的只有个人和家庭的生计。这是君子与小人之间的区别点之一。

从《论语·里仁》中不难看出，孔子认为君子就必须重视仁德修养，无论在任何条件下，都不能离开仁德。君子在社会上为人做事，其道德表现更多体现在日常生活中，另外君子的境界是可以通过个人努力达到的，所以说："圣人吾不得而见之矣；得见君子者，斯可矣(《论语·述而》)。"孔子倡导君子修养的目的，就是为普通人建立人生的坐标，为全社会设置一个普遍可行的价值原则和文明追求。孔子的君子论强调人的行为应当是发自于内心的自觉的行为。这种理论对于培育文明人格具有重要的指导意义。

三、趣味故事

信陵君礼贤下士

公子闻赵有处士毛公隐于博徒(赌徒)之中，薛公隐于卖浆人家中。公子欲见二人，但二人都躲着不肯见。公子打听到他们的住所后，悄悄徒步前往，同两人郊游，甚欢。平原君对其夫人说："始吾闻夫人弟公子天下无双，今吾闻之，乃妄从博徒卖浆者游，公子妄人耳。"平原君的夫人把话告诉了公子，公子说："始吾闻平原君贤，故负魏王而救赵，以称平原君。平原君之游，徒豪举耳，不求士也。无忌自在大梁时，常闻此两人贤，至赵，恐不得见。以无忌从之游，尚恐其不我欲也，今平原君乃以为羞，其不足从游。"公子整顿行装要离去。平原君免冠谢罪，固留公子。平原君的门客听到这件事后，有一半离开平原君而跟随公子。公子留赵十年而未归。秦闻公子在赵，多次出兵伐魏，魏军数败。魏王因此甚为忧虑，派使者至赵请公子。公子怕魏王恨自己，不肯回魏，告诫门下说："有敢为魏王使通者，死"。于是门客都不敢劝公子归魏。毛公、薛公见公子说："公子所以重于赵，名闻诸侯者，徒以有魏也。今秦攻魏，魏急而公子不恤，使秦破大梁而夷先王之宗庙，公子当何面目立天下乎？"话未说完，公子脸色骤变，当即催促驾车回魏国。

四、古为今用

杨绛——低调内敛的隐士君子

"我和谁都不争、和谁争我都不屑；我爱大自然，其次就是艺术；我双手烤着生命之火取暖；火萎了，我也准备走了。"这是杨绛先生早年翻译的兰德的诗，也可以说是她对自己这漫长一生的自况。

自20世纪50年代，杨绛先生和钱钟书同时供职于中国社科院（被戏称为"翰林院"）开始，杨绛就一直以低姿态处世。在"翰林院"的后辈柳鸣九回忆道："在公众场合，季康先生从来是低姿态的，她脸上总是挂着一丝谦逊的微笑，像是在每一秒钟对每一个人都表示着她尊重对方，与人无争、谦虚礼让的善意，她对人不仅是彬彬有礼、和蔼可亲，而且有时近乎谦恭。"

君子，特指有学问有修养的人。孔子在《论语·八佾》中提到："君子无所争"，这反映了孔子和儒家思想的一个重要特点，即强调谦逊礼让。君子需要有何种品格？在温和坚定中实现理想，在知识之海中追求独立，在接受先进文化的同时保有自我认知，在低调内敛的同时谦谦有礼，在拥有财富的同时热衷慈善，在拼搏向上的同时保有赤子之心，在追求事业的同时用心生活。

杨绛先生正是这一处世态度的践行者，她是我们这个时代的隐士，是从容的智者。她被称为"君子"，绝不仅仅是因为她是社会名流贤达，更是因为她代表了中国人自古以来所推崇的理想人格。新时代的我们，可以通过提高自身修养，用君子的人格魅力和道德智慧去滋养人心，培育君子之德，涵育君子之风，提升个人修养。

五、知识链接

君子九思

孔子曰："君子有九思：视思明，听思聪，色思温，貌思恭，言思忠，事思敬，疑思问，忿思难，见得思义。"

孔子所谈的"君子有九思"，全面概括了人的言行举止的各个方面，他要求自己和学生们一言一行都要认真思考和自我反省，这里包括个人道德修养的各种规范，如温、良、恭、俭、让、忠、孝、仁、义、礼、智等等，所有这些构成了孔子的道德修养学说。

1. 视思明：考虑是否看得清楚

就算是眼睛看到的也不一定都是真实的，所以在看待一件事情时，要求每个角度都要仔细观察思考。只有看到事物的本质，才会看得清楚明白。

君子视思明，要分得清是非，辩得明真假，要把人和事看得通透。可往往人就是看不清是非曲直，不敢或不想看清真假虚实的。放弃了自我标准，换得一时安稳，良心却遭受煎熬。当然，如果看不清人和事，但是能够看清自己，愿意与世无争，逍遥自在，这样的君子，至少还能守住自己内心的净土。

2. 听思聪：考虑是否听得明白

一件事，一种观念，一个理论，一种言论，都不可人云亦云，而要以自己的智慧去判断，去取舍。所以要听逆耳之言，要听远方之言，逆耳之言可以

169

省思，远方之言可以攻错。

君子听思聪，不要听风则雨，要多听多想，要听得聪明。人多嘴杂，每个人的标准不同，思维方式不同，同一个事物在不同人那里千差万别，有的真实，有的夸张。光是听人说，安能辨它真伪？君子要多听，要善于听取不同的声音，还要听得聪明，要听得出什么是对的，什么是不对的。

3. 色思温：考虑是否温和

色，就是脸色，一个人的脸色，充分代表着他的内心情感。一个人的喜怒哀乐往往都是通过面部表情表现出来的。面对他人，自己的脸色，是和蔼可亲，还是拒人于千里之外？色思温，温者不冷不热，恰如其分。

君子色思温，谦谦君子，自古如是。君子应该有平和的心态，湿润的言语。君子要心怀宽广，有容乃大；要处变不惊，潇洒自如。有时候太激烈和明显的表情能瞬间转变周围的气氛，引起不必要的麻烦，君子应该有有比常人更大的气量，比常人更稳定的情绪。

4. 貌思恭：考虑是否庄重恭敬

貌者就是一个人的仪容、仪态。无论是言谈、服装还是态度，在任何场合都要给对方一种要谦虚、恭敬、尊重的感觉。

君子貌思恭，要真诚待人，无论贫富；君子懂得尊敬，也懂得谦卑，就像是一块玉，不如炭火那么炽热，也不像冰水那么寒冷，温温的，让人觉得舒服。只有尊敬别人，才能得到别人的尊敬，那些目空无人，总是高高在上，不懂得自己什么时候应该谦虚和恭敬的人，是不会有好结果的。

5. 言思忠：考虑是否忠诚老实

忠，首先要做到的是"忠于自己"，不做违背良心、违背道德的事。然后才能做到忠于人，忠于事。竭心尽力去做事就是忠，忠与信是不可分的，言而有信是做人的根本，诚实是最好的做人态度。

君子言思忠，要学会说话，什么时候该说话，什么时候该说什么话，要言行一致，说出的话，掷地在声。常言道：君子一言，驷马难追。说话时，要对自己的心忠诚；说出的话，要对自己的行为忠诚。只可惜，有的人阳奉阴违，心口不一，时间久了，让人生厌。

6. 事思敬：考虑是否认真谨慎

事无大小，也无贵贱，做好一件事，完成一件事，就是敬业。社会上有百行百业，所谓行行出状元，无论你选择做什么，就要尊重自己的选择，以负责、尽职的态度去做，自然就会出人头地。

君子事思敬，要懂得敬业，每一份事业都需要全心全意，都需要全情投入。没有随随便便就能做好的事情，只有仔细思考、周密准备，才有可能把事情做好。

7. 疑思问：考虑应该询问请教别人

有了疑难的问题，就要不耻下问。荀子《劝学篇》中说："吾尝终日而思矣，不如须臾之所学也。"韩愈的《师说》也说："人非生而知之者，孰能无惑？"学问之广之大，无人能通晓。知之为知之，不知为不知，不知就问，何耻之有？

君子疑思问，要好奇，要有疑问，要多问。只有不断发现问题，不断思考问题，不断解决问题，才能不断进步。学会提问，有了时间的积累和实践的经验，才能知道什么地方有问题。要有提问的好奇心，才能在别人没有发现的地方发现问题。

8. 忿思难：考虑是否会产生后患

当怒火满腔将要爆发时，先想一想如果怒气发完之后，会有什么后果？喜怒哀乐之未发谓之中，中而皆中节谓之和。所以当人不能掌握喜怒哀乐发而中节时，就要克制自己的情绪，以免招祸。

君子忿思难，君子要克制自己的情绪，学会三思而后行，学会忍让。当然，这些都是在自己的最大限度以内的，不能因为需要做君子就让那些小人们得寸进尺。首先是要忍让，其次才是反击。退一步海阔天空，有时候一时的忍耐，可以换来今后长久的平稳。

9. 见得思义：考虑是否合于仁义

面对唾手可得的利益时，是否应该先想到"义"字？义者，适不适宜，正不正当，合不合理之谓。适宜、正当、合理，得之可也。

君子见得思义，个人认为是在利益面前要知道自己所坚守的道义。有的人见利忘义，看见即得的好处，便甘愿牺牲别人的一切甚至生命。爱财要取之有道，切不能把道义放在两旁，把利字摆在中间。

（来源《论语》微信公号）

穿越时空的价值印记

第四篇

和 谐

主 题 简 述

和谐畅想，古已有之。

"和"者，和睦也，有和衷共济之意，包括和谐、和睦、和平、和善、中和等含义，蕴含着和以处众、内和外顺等深刻的人生理念；"谐"者，相合也，强调顺和、协调，力避抵触、冲突。中国古代的道家和儒家从一开始就重视对和谐的研究，并形成了各自独特的见地。

老子的《道德经》有云："万物负阴而抱阳，冲气以为和"。就是说，任何事物都存在阴阳两面，能够将这些对立面统一调和起来，就是至高的和谐境界。"和也者，天下之达道也。致中和，天地位焉，万物育焉。"子思的《中庸》更是把"和"看作是天道的追求，认为"和"是世界之所以成立的本源，如果达到适中的、和谐的状态，天地万物就能各自恰如其分、生发有序。其他诸子百家对和谐的强调，亦随处可见，不一而足。

作为拥有世界四大文明的中华文明，其源远流长，文化积淀深厚，其中最具代表性理念之一的和谐，无疑是中华民族几千年的信念所在。和谐的文化理念告诉我们：对于自我修养，要养性和情；对于同道中人，要和睦相处；对于存异之人，要和而不同；对于家庭整顿，要家和万事兴；对于社会秩序，要礼乐和谐；对于国家治理，要和合偕习；对于国际相处，要万邦同乐。总之，就是要守中致和，以和为贵。

和谐作为中国传统文化的基本理念，集中体现了学有所教、劳有所得、病有所医、老有所养、住有所居的生动局面。但历史上，由于制度的限制，和谐只能是先人的一种美好的愿望和追求。直到今天，在倡导全民构建和谐社会的旗帜下，在构建社会主义和谐社会的实践中，我国才有了真正实现和谐的根基。作为社会主义核心价值体系的重要组成部分，和谐是中国特色社会主义的本质属性，是社会主义现代化国家在社会建设领域的价值诉求，是经济社会和谐稳定、持续健康发展的重要保证，也是人类社会的发展方向。

我们要积极融入构建和谐社会的实践中，逐步实现个人自身的和谐、人与人之间的和谐、人与社会的和谐、人与自然的和谐，乃至世界的和谐。

个人自身的和谐，就是个人身心协调发展，生理健康、心理健康、精神健康。《大学》开篇即云："大学之道，在明明德，在亲民，在止于至善。知止而后有定；定而后能静；静而后能安；安而后能虑；虑而后能得。"又说："自天子以至于庶人，壹是皆以修身为本。其本乱，而末治者否矣。"上至天子，下到黎民，都是要把修身作为人生的根本，其他的事只是末节，如果个人人生的根本没修好，却想要把末梢的事情做好，那是不可能的，因为本末倒置了。古人提倡的"修德""修身""向善""改过"等，都是我们实现身心内外和谐的有益途径。

人与人之间的和谐，是人与人之间关系和谐，包括个体之间、个体与群体之间、群体与群体之间关系的和谐。人们在利益关系平衡基础上的互相尊重、平等互利、诚信友爱、互帮互助、融洽相处等，就是人与人之间和谐发展的重要体现。陈子昂说："兄弟敦和睦，朋友笃信诚";林逋说:"内睦者家道昌,外睦者人事济";王豫说"治家严,家乃兴;居乡恕,乡乃睦",都强调了人与人之间的和谐交往、和睦相处的重要性。《论语·子路》中云:"君子和而不同,小人同而不和。"《论语·为政第二》中云:"君子周而不比,小人比而不周。"和而不同、周而不比,只有尊重与他人的差异、保持恰当的距离,怀揣和善之心、生发和睦之情,才能维持和谐交往、促进和美之态。

　　人与社会关系和谐,就是人与社会组织、社会制度之间的相互作用、相互制约、相互促进。其表现为国家、集体、个人权益之间关系协调,整个社会安定有序,平稳运行,充满活力,人们心平气和、安居乐业。个人是社会的一部分,个人的成长离不开社会,个人只有与集体关系协调,才能更好地发展。《论语·学而》中说:"礼为用,和为贵,先王之道,斯为美。"礼的作用在于使人的关系和谐为可贵,先代圣王治国方法的可贵就在这里。《国语》中说:"众心成城,众口铄金";《淮南子》中说,"千人同心,则得千人之力;万人异心,则无一人之用",一个集体、组织乃至一个社会,只有团结和谐,才会有凝聚力。

　　人与自然的和谐,就是要尊重大自然、顺应大自然、保护大自然,追求人与自然的和谐共赢，这是建立在经济增长、社会发展和资源环境相协调基础上的一个新的人类文明形态。中国古代的"天人合一"思想就蕴含着人与自然应该和谐共处的道理，这一思想命题由北宋的张载第一次明确、系统地提出。张载在其名篇《正蒙·乾称》里说："因明致诚，因诚致明，故天人合一。"可见人与自然之间不是征服与被征服的角力，而是供养与建设之间的和谐共处。庄子说："天地与我并生，而万物与我为一。"李白有诗云："举杯邀明月，对影成三人。"想要人与自然"相看两不厌"，就要把自然当作人类的朋友去善待。

除了个人和社会层面的影响，和谐在国家层面上更能代表中国文化面对世界的精神。"如乐之和，无所不谐""和谐则太平之所兴也"。面对家国，中国人追求以和为贵，讲究地利人和；面对世界，中国人奉行"大道之行，天下为公"，倡导和衷共济、四海一家。我国目前实行的"一带一路"战略，就是在促进世界各国共同发展、共同繁荣的合作共赢之路，是在增进理解信任、加强全方位交流的和平友谊之路。这一战略有利于中国自身的繁荣，更有利于世界的和平、稳定和发展。

新时代的广大干部群众特别是青年学生应该自觉培育和践行"和谐"价值观，并与正确的人生观、世界观有机结合起来，在全面建成小康社会、实现中华民族的伟大复兴中，承担起应有的责任，进而对全球多极化、构建人类命运共同体的走势做出应有的贡献。

第一章　淡泊明志　旷达泰然

导　读

少一点功名利禄，多一份坦荡胸襟，洗濯心灵以显示人的志趣和志向，可谓之淡泊明志。淡泊明志是一种境界，也是人与自身的和谐相处。做人要不迎合、不迷失，于任何境遇都能处之坦然，于朗朗乾坤中彰显恬淡平和、旷达泰然。

一、经典阅读

（一）念奴娇·赤壁怀古①

大江东去②，浪淘尽、千古风流人物③。

故垒西边，人道是、三国周郎赤壁④。

乱石穿空，惊涛拍岸，卷起千堆雪⑤。

江山如画，一时多少豪杰。

遥想公瑾当年，小乔初嫁了⑥，雄姿英发。

羽扇纶巾⑦，谈笑间，樯橹灰飞烟灭⑧。

故国神游⑨，多情应笑我⑩，早生华发。

人生如梦，一樽还酹江月⑪。

（选自苏轼《东坡词注》，吕观仁注，岳麓书社，2005 年版）　177

【参考注释】

①赤壁：三国时赤壁之战处，本在今湖北嘉鱼县东北江滨。此词中赤壁，则在湖北黄冈，东坡不过借以抒怀，未暇考古。

②大江：长江。

③风流人物：历史上的著名人物。

④周郎：周瑜，字公瑾。庐江舒人。赤壁之战时为吴水军统帅。

⑤千堆雪：形容长江浪涛奔涌。

⑥小乔：周瑜之妻。

⑦羽扇纶巾：从容自若的样子。纶（guān）巾：一种丝制的头巾

⑧樯橹：樯，指船的桅杆；橹，一种大桨。灰飞烟灭，指曹操水军被火攻后全军覆灭。

⑨神游：指凭吊古迹，遥想往事。

⑩多情应笑我：即应笑我多情。

⑪酹：以酒洒浇地表示祭奠。

（二）水调歌头·黄州快哉亭赠张偓佺①

落日绣帘卷，亭下水连空②。知君为我新作，窗户湿青红③。
长记平山堂上④，欹枕江南烟雨⑤，渺渺没孤鸿⑥。
认得醉翁语⑦，山色有无中。
一千顷⑧，都镜净⑨，倒碧峰⑩。忽然浪起，掀舞一叶白头翁⑪。
堪笑兰台公子⑫，未解庄生天籁⑬，刚道有雌雄⑭。
一点浩然气⑮，千里快哉风⑯。

（选自苏轼《东坡词注》，吕观仁注，岳麓书社，2005年版）

【参考注释】

①张偓佺：张梦得，字偓佺，作者友人。

②水连空：水天一色，连为一体。

③青红：指红楼碧瓦。

④平山堂：在扬州城郊。

⑤欹枕江南烟雨：很随意地把江南美景当作枕头。

⑥渺渺：远貌。《管子·内业》："渺渺乎如穷无极。"

⑦醉翁：欧阳修。

⑧千顷：指长江。

⑨镜净：长江水明净如镜。

⑩倒碧峰：碧峰倒映在江水中。

⑪白头翁：鸟名，身间青，胸上晕深团，一点鲜白，故名。

⑫兰台公子：指宋玉。

⑬庄生：庄子。天籁：天地自然之声。

⑭刚道：如同硬说、偏偏说。

⑮浩然气：至大至刚的正气。语出《孟子》。

⑯快哉风：所谓"大王之雄风"。语出宋玉《风赋》

二、鉴赏指津

（一）《念奴娇·赤壁怀古》

这首词是公元 1082 年（宋神宗元丰五年）苏轼谪居黄州时所写，当时作者 47 岁，因"乌台诗案"被贬黄州已两年有余。本词以磅礴的气势、开阔的意境、豁达的心态尽显卓尔不凡的豪放词风。

上阕咏赤壁，寓情于景。起笔便是气势非凡的大场景，从长江着笔，"千古风流人物"，无数的英雄豪杰，经过历史长河的冲刷，"浪淘尽"，既是悲哀，也是一种通脱，体现了通古今而观之的气度，表达了对英雄的向往之情。假借"人道是"以引出所咏的人物。"乱""穿""惊""拍""卷"等词语的运用，精妙独到地勾画出了古战场的险要形势，写出了它的雄奇壮丽景象，从而为下阕所追怀的赤壁大战中的英雄人物渲染了环境气氛。

下阕着重写人，写"小乔"在于烘托周瑜才华横溢、意气风发，突出了人

179

物的风姿。与周瑜的谈笑论战相似，作者描写这么一场轰轰烈烈的战争也是举重若轻，闲笔纷出。写周瑜却不写其大智大勇，只写其儒雅风流的气度。“多情”后几句虽表达了伤感之情，但诗人是个旷达之人，尽管在政治上失意，却从未对生活失去信心。这首词就是他这种复杂心情的集中反映，词中虽然书写失意，然而格调却是豪壮的，正是不甘沉沦、积极进取、奋发向上的表现，用豪壮的情调书写胸中块垒，仍不失英雄豪迈本色。宏伟的气魄、阔大的视野、对壮丽河山的赞美和对历史英雄人物的歌颂及怀念，构成了本词豪放的基调。

胡仔《苕溪渔隐丛话》称其“语意高妙，真古今绝唱”。

（二）《水调歌头·黄州快哉亭赠张偓佺》

这首词是宋神宗元丰六年（1083）作者贬官于黄州（今湖北黄冈）时所作。1083 年 11 月，同样贬官黄州的张怀民在其新居西南筑亭，以观览长江胜景。苏轼钦佩张怀民的气度，为其所建的亭起名为“快哉亭”，并赠其这首《水调歌头》。

此词上片前四句以实笔写景，目光由远及近，描绘落日中远眺，亭下江水与碧空相接，夕阳与亭台相映，展现出一片空阔无际的境界，充满了苍茫阔远的情致。接着追想回忆登临平山堂之胜景，用“长记”二字，唤起他曾在扬州平山堂所领略的“江南烟雨”“杳杳没孤鸿”的那种若隐若现、若有若无、高远空濛的江南山色的美好回忆。平山堂乃欧阳修在扬州时所修建，欧阳修《朝中措》词即有“平山栏槛倚晴空，山色有无中”之句。欧阳修是苏轼的恩师，故苏轼此词以平山堂拟之快哉亭，二者风光一致，对欧阳修的思念更使此亭见得亲切。这种以忆景写实景的笔法，不但平添了曲折蕴藉的情致，而且加强了全词的空灵飞动。

过片五句再次转回到目前，又用高超的艺术手法展现了亭前广阔江面倏忽变化、涛澜汹涌、风云开阖、动心骇目的壮观场面。词人由此生发开来，抒发其江湖豪兴和人生追求。那位奋力搏击风涛的白发老翁，不正是东坡自身人格风貌的一种象征吗？

最后三句议论和两句抒情即由此生发出来，苏轼以“一点浩然气，千里快哉风"昭告世人：一个人只要具备了至大至刚的浩然之气，就能超凡脱俗、刚直不阿、坦然自适，享受使人感到无穷快意的千里雄风。

这种超然于万物之上的潇洒胸襟以及逆境中仍保持浩然之气的人生态度，正是苏轼对心性修养的不懈追求，是与自我的和谐相处之道。

三、趣味故事

东施效颦

话说春秋时候，越国有个名叫西施的姑娘，长得玲珑美丽，一举一动、一颦一笑都很动人。可她却有一个心口疼的疾病，每次犯病时，总忍不住用手按住胸口，紧皱眉头。可能是人们太喜欢她了，连她这副病态，在人们眼里也是妩媚可爱，楚楚动人。西施的同村有个丑姑娘叫东施，因为长得不好，更是想方设法打扮自己。有一次在路上东施恰巧碰到西施，只见西施削葱纤手轻捂胸口，紧皱眉头，愁容满面却显得异常美丽。爱美的东施仿佛瞬间找到了变美的良方：难怪人们说她漂亮，原来是因为做出了这种样子。如果我也做这个姿势，肯定就变漂亮了。于是她开始模仿西施的病态，手紧紧捂住胸口，深深皱眉，大口喘气，做痛苦状，在街上走过。结果，村里的富人看见她这副模样，都紧闭着大门不愿出来；穷人见了，都带着妻子儿女，远远避开。东施只看到西施皱眉的样子很美，却不明白她皱眉的样子为什么美。所以她不管怎样模仿，都不仅没有西施美，反而更失去了自我。

这个故事反映了内容与形式的关系，深刻地讽刺了那些不研究实质内容，不关照自我内在修养，不尊重自然规律，只知道盲目效仿表现形式的人。

四、古为今用

一蓑烟雨任平生

《中国诗词大会》第二季第九场上的那个一生坎坷却乐观淡然的白茹云大姐让所有人肃然起敬。她来自河北省邢台市南和县郝桥乡的一个小村子，她以务农为生，家境清贫，一生坎坷，负担沉重。她的弟弟从小脑中生瘤，一发作就拼命地抓头打头。为了照看和安抚弟弟，她就给弟弟唱诗背诗，由此与诗词结缘。2011年，她也生病了，得了淋巴癌，因为家里经济拮据，每天早上5点就得起床，再辗转换车5次，上午10点才能到医院做化疗。她买了一本诗词鉴赏，住院的一年多时间里就这么把书看完了。做完化疗以后，她的耳朵听不清了，眼睛老流泪，声带发音也不好。但她还是自信地站在了《中国诗词大会》的现场，当她淡定地念"千磨万击还坚劲，任尔东西南北风"时，郦波老师感叹道，白茹云在那么艰苦的环境下，虽然没有读多少书，却在生活的修炼中，成了这样一个淡定从容的人。是啊，风雨洗铅华，诗词沐清净。面对起起伏伏的人生，她终于能够风轻云淡地说出"也无风雨也无晴"。

修德、修智、修身乃是与自我达成和谐的重要途径，白茹云的故事让我们感受到了一种千百年来的精神修养：面对逆境乐观超然，完善自我达观自足。正如苏轼在《定风波》中所道："竹杖芒鞋轻胜马，谁怕？一蓑烟雨任平生。"何惧人生风雨，"坦荡之怀，任天而动"，古今同此真意。

五、知识链接

中国古代的贬官文化

中国有着两千多年封建统治的历史，历朝历代文人百出，而文人的文学创作往往又跟政治有着千丝万缕的联系，这就必定衍生出带有中国特色的一系列文化现象。"贬官文化"便是其中最具特色的文化现象之一。

在中国数千年的累累文化创造之中，有相当一部分是贬官创造的。文人被放逐，仍心系朝廷，兼济天下，"居庙堂之高则忧其民，处江湖之远则忧其君"；但为了排遣心中的郁愤，他们寄情山水，"妙手著文章"，冷清的山水遂成名迹，情绪的挥洒也成就了千古佳篇。

古代文人的贬谪史，也是文学的创作史，从屈原的被放逐到苏轼的三贬，贬官文人之多，促进了中国文化的发展。苏轼作为贬官文化中的典型代表，在被贬到黄州的 5 年里，仍继续关心国家大事，且闭门思过寻找出路，在此期间的创作也成为贬官文化的重要部分。

中国古代贬谪文化具有以下特点：

其一，山水之乐中蕴含内心之忧，被贬之人去到贬所，闲暇之时免不了游山玩水以得一时清静，游玩后所作山水之文难掩其被贬的抑郁之情。柳宗元被贬永州而创作的《永州八记》，其山水之中就蕴含着这些情绪。

其二，忠君爱国之心不变，被贬文人虽处江湖之远，但仍忧庙堂之高，忧国忧民之心，忠君爱国之情坚定不移。

其三，悲愤之中诞生佳作，满腹才华的被贬之人，他们的心灵往往更加敏感、丰富，因而，在贬斥之后的作品中情感常常表现得更加细腻、深刻、精彩。

第二章　宁静致远　慎独修身

导　读

　　君子的操守，应恬静以修山缮自身，俭朴以淳养品德，不宁静就不能高瞻远瞩。宁静是一种心态、一种性情、一种气质、一种处世风格，更是保持自我和谐的重要途径。让每一个人的心中都留下一方净土，把宁静当成一种习惯，在宁静中追求远方的梦想！

一、经典阅读

诫子书①

　　夫君子之行，静以修身，俭以养德。非澹泊无以明志，非宁静无以致远②。夫学须静也，才须学也，非学无以广才，非志无以成学③。淫慢则不能励精，险躁则不能治性④。年与时驰，意与日去，遂成枯落，多不接世，悲守穷庐，将复何及⑤！

　　（选自诸葛亮《诸葛亮集校注》，张连科、管淑珍校注，天津古籍出版社，2008年版）

【参考注释】

　　①诫：教令。《荀子·强国》："发诫布令而敌退，是主威也。"引申为嘱

附。《史记·项羽本纪》："（项）梁乃出，诚籍持剑居外侍。"诸葛亮的这篇文章高度地概括了他一生做人的准则：适度地内敛和严格地克己。他不仅用这种准则来要求自己，而且以此来教育自己的儿子。本文堪称教子的千古范文。《诸葛孔明全集》中本文的题目为《戒子》。

②君子：泛指有才德的人。《论语·子路》："故君子名之必可言也，言之必可行也。"《荀子·劝学》："故君子结于一也。"澹泊：亦称"淡泊"。恬淡。夫君子之行，《诸葛孔明全集》作"君子之行"。非澹泊无以明志，《汉魏六朝百三名家集》作"非澹薄无以明志"。

③广才：增长才干。夫学须静也，《汉魏六朝百三名家集》作"夫学欲静也"。才须学也，《汉魏六朝百三名家集》作"才欲学也"。非志无以成学，《汉魏六朝百三名家集》《诸葛孔明全集》作"非静无以成学"。

④淫慢：放纵怠慢。励精：磨炼自己，振奋精神。险躁：办事一味求快，性情急躁。治性：加强个人修养。淫慢则不能励精，险躁则不能治性，《汉魏六朝百三名家集》《诸葛孔明全集》作"慆慢则不能研精，险躁则不能理性"

⑤枯落：枯槁衰落。穷庐：本义是指游牧民族居住的毡帐。这里指穷困潦倒之人所居住的陋室。将复何及：哪里又能够比得上（那些君子）呢！意与日去，《诸葛孔明全集》作"意与岁去"。《诸葛孔明全集》在"遂成枯落"后无"多不接世"四个字。悲守穷庐，《诸葛孔明全集》作"悲叹穷庐"。将复何及，《诸葛孔明全集》作"将复何及也"。

二、鉴赏指津

这篇文章作于蜀汉建兴十二年（234），是诸葛亮晚年写给他 8 岁的儿子诸葛瞻的一封家书。诸葛亮是自古不争的忠臣楷模兼智慧的化身，世称其为"智圣"。一生为国，鞠躬尽瘁，死而后已。他为了蜀汉政治事业日夜操劳，顾不上亲自教育儿子，于是写下这篇书信告诫诸葛瞻，以尽自身为父之责，并望其子有所启发。《诫子书》的主旨是劝勉儿子勤学立志、修身养性，要从淡泊宁静中下功夫，最忌怠惰险躁。

在《诫子书》中，诸葛亮教育儿子，要"澹泊"自守，"宁静"自处，鼓励儿子勤学励志，从淡泊和宁静的自身修养上狠下功夫。要学得真知，要懂得让自己的身心处于宁静之中，宁静的心态就是一种有利条件，在这种有利条件之下，更要刻苦学习，不断增长与发扬自己的才干，坚定自己的意志；更要自律自持，切忌心浮气躁，举止荒唐。

要成大事者，必无杂念，不肆意攀比，要平静心态，专心致志，甘于寂寞，然后厚积薄发，或许寂寞就是个人人生中最美丽的财富。淡泊与宁静并不意味着一无所求，也不意味着甘于平庸，而是要懂得如何陶冶情操，如何修身养性，如何在宁静中等待时机的到来。

三、趣味故事

薛谭学讴

薛谭据传是战国时秦国人，善歌，他的嗓音格外甜美嘹亮。他在学习唱歌的时候拜当时唱歌唱得非常好的秦青为老师。秦老师是个很有耐心和修养的人，他不厌其烦地告诉薛谭应该怎样练音，怎样唱出节拍，怎样在唱歌时投入情感等。薛谭学了一段时间后，骄傲地认为自己唱歌的技巧达到了炉火纯青的程度，可以出师了，于是辞别老师，意图自己去独立演唱。

秦青意味深长地看了徒弟一眼，并没有劝阻他，决定在薛谭临行的这天，在城外的大路旁设酒为他践行。此时，阳光明媚，天朗气清，饮下最后一杯酒后，秦青对薛谭说："送君千里终须别，自此之后，我们二人不知何日才能相见。我当长歌一曲，为你送别"。说完，用扇子打着拍子，放声歌唱了起来。歌声时而慷慨悲壮，时而婉转抑扬，振动了林木，遏止了流云，森林发出嗡嗡的回响声，悠然的白云似乎也停了下来，伫立天空静静地倾听。薛谭也被秦青美妙的歌声所打动，如醉如痴，这才意识到自己还没有学到秦青老师的全部技术，自己唱歌远不及老师唱得好，内心感到非常惭愧。于是薛谭忙向秦青道歉，请求回到老师身边，继续学习深造。

正所谓"吾生也有涯，而知也无涯"，学无止境，虚心恒心不可缺，狭隘浮躁不可有。

四、古为今用

霍氏财富观

香港霍氏家族，是香港举足轻重的豪门，也是大家耳熟能详的跳水奥运冠军郭晶晶的婆家。霍氏家族的发家史和商业经营之道常常被作为成功的蓝本而为世人津津乐道。

霍英东，1923 年 5 月生。原名官泰，祖籍广东番禺，生于香港。1953 年创办霍兴业堂置业有限公司及有荣有限公司，任董事长。人们对于霍英东的印象，当然是名副其实的有钱人。事实上，霍英东也曾在政坛身居高位。他曾任香港特别行政区推选委员会副主任、连续三届任全国政协副主席（第八—十届）等职。

聚财有道的霍英东从白手起家到富裕腾达，在艰难的时刻，兢兢业业，脚踏实地，最终实现了自己的梦想——英姿勃发于世界的东方。功成名就之后，他克骄克躁，热心公益，散财有道。多年来，他努力帮助困境中的民众，捐钱捐物，单是在家乡番禺的捐助就超过 40 亿元，有报道称他是港澳地区为家乡捐赠最多的富豪。

家财万贯的他，不忘国家和人民，他曾说："我们在内地多方投资、捐赠，目的只有一个，就是希望国家兴旺、民族富强。我始终没有忘记自己是一个中国人，我愿尽我之所能，为国家的繁荣昌盛多办些实事。"

霍英东极其关注国家的体育事业和教育事业，中国能恢复在亚洲足球联合会中的席位，离不开他的大力奔走和积极努力。为鼓舞祖国体育健儿，他一方面多次为优秀的教练和运动员颁发奖金。另一方面，他为建设中国体育历史博物馆和中国武术研究院投入巨资。他为了提升我国的体育水平和培育后备力量，又积极投身于地方和学校兴建体育设施。对如广东韶关、江西赣州和湖南郴州等的革命老区，霍英东为实现这些区域的基础设施建设建成和促进各种交流活动捐钱捐物。此外，在"非典"的特殊时期，他也捐出巨资扶贫济困。

他一生不胜枚举的善举充分得到了国家和人民的肯定。2006年，霍英东被评为感动中国人物。颁奖词这样写道：生于忧患，以自强不息成就人生传奇。逝于安乐，用赤诚赢得生前身后名。有这样的财富观：民族大义高于金钱，赤子之心胜于财富。他有这样的境界：达则兼济天下。

霍英东先生身处富裕的环境之中，不忘初心，为人低调，生活简朴，始终保持赤子之心。时刻不忘百姓，不忘自身修养。不论身处何种环境下的我们，也应该像他那样怀着平衡的心态去正确看待顺逆境，既不要自怨自艾，也要戒骄戒躁，穷则独善其身，达则兼济天下，方为人间正途。

五、知识链接

中国古代的家训

制定家训和家规是中国家庭教育源远流长的特点。

早期的家规家训，源于长辈对晚辈的口头训诫，例如孔夫子庭训儿子孔鲤。中国历史上最早的、正规的、有文字记载的家训是西周初年周公的《戒子伯禽》："吾文王之子，武王之弟，成王之叔父也，又相天子，吾于天下亦不轻矣。然一沐三握发，一饭三吐哺，犹恐失天下之士。"后来出现了一批篇幅短小的家训，如三国魏嵇康和西晋杜预的《家诫》，东晋陶渊明的《责子》，南朝梁徐勉的《戒子书》，不过这些家训家规的影响不大。随着北齐颜之推的内容丰富、体例宏大的《颜氏家训》的出现，"家训"这两个字正式得名并被后世广泛认可并流传下来，家训、家规的书写蔚然成风。历史上有名的大儒留下了不少的家训，例如司马光、欧阳修、朱熹、王夫之、郑板桥、曾国藩等。清代的启蒙读本——李毓秀所作的《弟子规》又名《训蒙文》，集家训或家规之大成，可谓古代启蒙和教育子弟、养成忠厚家风的最佳读物，也是当今社会善念儿童耳熟能详的读物。

中国古代家训浩如烟海，包含的内容也比较广泛，主要包括修身、齐家、言行举止、出世从政、建功立业、处事、交友和家庭生活等。但它的精髓是重德修身，例如，宋代的朱熹曾在他的家训中这样写道："有德者，虽年下于我，我必尊之。不肖者，虽年高于我，我必远之"。这里可以看出朱熹对德的重视程度。家训中，位列其次的内容是齐家，"齐家"在某种程度上来说是妥善地处理父子、母子、夫妻、兄弟之间等关系。此外，勤俭节约的思想也在家训中得到很好的体现，《朱子家训》中说"一粥一饭，当思来之不易；半丝半缕，恒念物力维艰"当然，古人所说的勤俭，并不意味父辈要为子辈积累财富，子辈的人生需要他们自己去打拼。古代的圣人，在意的是给子孙留下美好的品德，而非取之不竭的财富。

或许中国古代的家训带有一些不合理的成分，但是，不可否认的是，中国古代的家训不仅为后世留下了一笔丰富的文化财富，还为现代家庭教育提供了借鉴，同时，也为广大读者尤其是青少年的成长提供了指导思想。

第三章　自由性灵　逍遥无待

导　读

"天地与我并生，而我与万物为一"，自由逍遥是一种生命态势，是一种无拘无束的忘我境界。天地、自然、万物尚有逍遥之形，人类当遇逍遥之境，身逍遥、心无待，身心与天地和谐相融，以超脱万物的姿态获得心灵的淡泊和宁静。

一、经典阅读

汤之问棘也是已①："穷发之北②，有冥海者，天池也。有鱼焉，其广数千里，未有知其修者③，其名曰鲲。有鸟焉，其名为鹏，背若太山④，翼若垂天之云；抟扶摇羊角而上⑤者九万里，绝云气⑥，负青天，然后图南，且适南冥也。斥鷃笑之曰⑦：'彼且奚适也？我腾跃而上，不过数仞而下⑧，翱翔蓬蒿⑩之间，此亦飞之至也⑨。而彼且奚适也？'"此小大之辩也⑩。

故夫知效一官，行比一乡，德合一君而征一国者⑪，其自视也，亦若此矣⑫。而宋荣子犹然笑之⑬。且举世而誉之而不加劝，举世而非之而不加沮，定乎内外之分，辩乎荣辱之境，斯已矣。彼其于世，未数数然也⑭。虽然，犹有未树也⑮。

夫列子御风而行⑯，泠然善也⑰，旬有五日而后反。彼于致福者⑱，未数数然也。此虽免乎行，犹有所待者也。

若夫乘天地之正⑲，而御六气之辩⑳，以游无穷者㉑，彼且恶乎待哉？故曰：至人无己，神人无功，圣人无名。

（选自孙通海译注《庄子》，中华书局，2010 年版）

【参考注释】

①汤：商汤，商朝第一代国君。棘：夏革，商朝大夫，为商汤的师。

②穷发：寸草不生的地方。

③修：长。

④太山：即泰山，今山东省境内。

⑤形似羊角的旋风。

⑥绝：超越，穿过。

⑦斥鷃（yàn）：池泽中的小雀。斥：池塘，小泽。

⑧仞：古代长度单位，八尺为一仞。

⑨至：极致，指最高的境界。

⑩辩：通"辨"，分别。

⑪"故夫"三句：知，同"智"，效，胜任。比、合，适合，符合。任：信。

⑫"其自视"二句：其，指上述三类人。此：指斥鷃、蜩、学鸠。

⑬宋荣子：宋钘，战国时期宋人。犹然：嗤笑的样子。

⑭数数然：汲汲追求名利的样子。

⑮未树：不曾树立的，指超越自我的境界。

⑯列子：列御寇，战国时期郑人。御风：乘风。

⑰泠（líng）然：轻妙的样子。

⑱彼：指列子。致：求，得。福：福报。

⑲乘：因循，随顺。正：规律，本性。

⑳御：与"乘"同义，顺从。六气：指阴、阳、风、雨、晦、明。辨，通"变"，变化。

㉑无穷者：虚指无穷的境界，实指无限的自然界。对主体的个人讲，达到绝对自由自在的境界。

二、鉴赏指津

"逍遥"指不受外物拘束、自由自在之情貌,"逍遥境"则是对世俗之物无所依赖,与自然化而为一,不受任何束缚地自由地游于世的最大的精神自由之境。

《逍遥游》集中体现了庄子追求绝对自由的哲学观和人生观。大到高飞九万里的鹏,小至蜩与学鸠,都是"有所待"而不自由的,只有消灭物我界限,无所待而游于无穷。要想真正达到自由自在的境界,必须"无己""无功""无名"。逍遥游想要达到的"道通为一"的境界,除了告诉人们天地万物是一个整体,即"道""道法自然",也要追求天地与我为一,保持自然本心。

三、趣味故事

庄子将死

人们都听过庄子"盆鼓而歌"的故事,对待妻子的死,他是坦然的。而当大限之期快至时,他又是如何对待的呢?

庄子快要死了的时候,弟子们打算厚葬他。庄子笑道:"你们看,我把天地当作棺椁,把日月星辰当作给我陪葬的珠宝,天下万物都是送给我的礼物。我陪葬的东西难道还不完备吗?哪里用得着再加上这些东西!"弟子无不担忧地说:"我们担心乌鸦和老鹰会啄食先生的遗体啊。"庄子轻轻扭过头来,坦然一笑,说:"把我直接丢在地上,你们怕被乌鸦和老鹰吃掉,那深埋地下也将会被蚂蚁吃掉呢。你们呀,夺过乌鸦老鹰的吃食再交给蚂蚁,怎么能如此偏心呢!"庄子最终悠然而去,他超越了死亡,忘却了生命,始终保持着精神上的愉快。庄子就是这样一个精神自由、无所待的真人。

诙谐的语言道出了庄子"物我同一""逍遥自由"的生死观。抛开一些消极局限思想，庄子视死生变迁如春夏秋冬四时更替，与天地为一体的开通旷达仍是他影响后世的生死观。庄子，真可谓天地第一逍遥之人啊。

四、古为今用

遇见"逍遥境"

《遇见未知的自己》是台湾作家张德芬创作的一本以小说为体裁，以心灵修行为主题的书籍。故事从"冬天的雨夜，在荒郊野外的山区，一个没有手机、没有汽油的孤单女人"开始，主要讲述了名校毕业的女白领若菱生活的起伏以及与老人的对话，借此来表达对人生课题与智慧的理解。该书的出炉，引起了广大书迷对人生的思考和对灵魂深处的拷问。

该书揭露出现代都市人的内心世界与外部世界那种喧嚣动荡、充满欺骗与背叛的生活方式所构成的巨大反差，它不在于生活经历的广度，而在内在体验思考探索的深度。真正洗净铅荣、褪去浮华并能够在这其中自由游走。

《遇见未知的自己》以故事的形式来分享张德芬多年的心灵成长感悟，其中一句"亲爱的，外面没有别人，只有你自己"给了我们以人生的启示，要学会从意识深处接纳自己，提升自己，做好自己，找回原本真实、快乐的自己。

庄子《逍遥游》也给人们创造了一种绝对自由的人生观——只有忘却物我的界限，达到无己、无功、无名的境界，无所依凭而游于无穷，才是真正的"逍遥游"。我们当然知道，这样的境界在现实社会中是不可能拥有的，但是人们却可以找到两者的共通之处，《遇见未知的自己》便是引导了人们积极地去认识"逍遥境"。

为什么"我"不能拥有想要的生活？为什么"我"不快乐？"我"该如何当自己生命的主人？尽管每个人都还是要受到社会活动的制约，但我们可以建立起强大的精神世界，学会去挣脱不必要的枷锁，获得灵魂的无所待，非淡泊无以明志，非宁静无以致远，要学会构造自己心中的理想国，努力寻找属于自己的"逍遥境"。

五、知识链接

"老庄"思想

老庄，是老子和庄子的并称（类似于孔孟），也指老学与庄学的合称，借而代指道家学说。道家主张"清静无为""顺应天道""逍遥齐物"等思想。

老子，姓李名耳，字聃，一字伯阳（或曰谥伯阳），华夏族，出生于周朝春秋时期陈国苦县厉乡曲仁里，是中国古代伟大的思想家、哲学家、文学家和史学家，道家学派创始人和主要代表人物。老子著有《道德经》（别名《老子》《老子五千言》），主张"无为"，以"道"解释宇宙万物的演变，认为"道"为客观自然规律，同时又具有"独立不改，周行而不殆"的永恒意义。老子被唐朝帝王追认为李姓始祖。老子故里鹿邑县亦因老子先后由苦县更名为真源县、卫真县、鹿邑县，并在鹿邑县境内留下了许多与老子息息相关的珍贵文物。老子乃世界文化名人，是世界百位历史名人之一。在道教中，老子被尊为道教始祖。老子与后世的庄子并称"老庄"。

庄子，姓庄，名周，字子休（亦说子沐），宋国蒙人，他是东周战国中期著名的思想家、哲学家和文学家，他创立了华夏重要的哲学学派庄学，是继老子之后，战国时期道家学派的代表人物，是道家学派的主要代表人物之一。代表作品为《庄子》，其中的名篇有《逍遥游》《齐物论》等。

道家主张"清静无为""顺应天道""逍遥齐物"等思想。老子著有《道德经》（别名《老子》《老子五千言》），庄子著有《庄子》（别名《南华经》），其核心思想是"人法地、地法天、天法道、道法自然"。庄子的思想实际上是继承发展并且阐释了老子的思想，带有自己个性的一种解读。庄子的看法精炼独到、积极遁世、卓尔不群，故而与老子并称，一并成为道家学说的代表人物。老庄学派不主张满口大慈悲、大智慧、大觉悟的假道德，认为这些不过是愚弄人的幌子。要德行合一，以己推人，自化、人人化则天下化。道家学派是以出世的精神做入世的事情的思想学派。

第四章 慈孝忠悌 仁爱无边

导　读

　　戴圣有言"父之笃，兄弟睦，夫妻和，家之肥也"。父慈子孝、兄弟和睦、夫妻和顺是一个家庭和顺发展的催化剂。家和万事兴，家齐国安宁。家庭的和谐乃国之和谐的基础，家庭和谐践行着推己及人的友善之举，互助互敬、讲信修睦，人得其所、各尽其力，想和谐、说和谐、谋和谐，全社会亲如一家，让仁爱之风弥漫人间。

一、经典阅读

（一）桃夭

桃之夭夭①，灼灼其华②。之子于归③，宜其室家④。

桃之夭夭，有蕡其实⑤。之子于归，宜其家室⑥。

桃之夭夭，其叶蓁蓁⑦。之子于归，宜其家人。

（选自程俊英译注，《诗经释注》，上海古籍出版社，2006 年版）

【参考注释】

①夭夭：茂盛的样子。

②灼灼：花鲜艳盛开的样子。华：同花。

③之子：这位姑娘。于归：古代称女子出嫁叫"于归"，或单称"归"，是往归夫家的意思。《毛传》："于，往也。"有人认为"于"和"曰""聿"通是语助词。亦通。

④宜：善。马瑞辰《通释》："宜与仪通。《尔雅》：'仪，善也'。凡诗言宜其室家，宜其家人者，皆谓善处其室家与家人耳。"朱熹《诗集传》："宜者，和顺之意。"

⑤蕡(fén)：肥大。有：用于形容词之间的语助词，和叠词的作用相似。有蕡：即蕡蕡。

实：果实，指桃子。

⑥家室：即室家；倒文协韵。

⑦蓁蓁(zhēn)：叶子茂盛的样子。

（二）狱中寄子由

苏轼

圣主如天万物春，小臣愚暗自亡身

百年未满先偿债，十口无归更累人。

是处青山可埋骨，他时夜雨独伤神。

与君今世为兄弟，又结来生未了因。

（选自苏轼著，王文诰辑注《苏轼诗集》，中华书局，1982 年版）

二、鉴赏指津

（一）《国风·周南·桃夭》

《桃夭》是《诗经》中较为耳熟能详的名篇，清代学者姚际恒曾经评价其为"开千古辞赋咏美人之祖"，作者用精炼的四字句，复沓的结构塑造了一个如盛开的桃花般正准备出嫁的美丽新娘的形象。鲜嫩的桃花，纷纷绽蕊，而经过打扮的新嫁娘此刻既兴奋又羞涩，两颊飞红，有人面桃花，两相辉映的韵味。这首诗用来祝贺新娘出嫁，也赞美了新娘与家人和睦的美好品德。美丽的新娘把祥和之气和和睦之风带到了婆家。"宜其室家""宜其家室""宜其家人"寄托了亲友对新娘的美好祝愿：夫妻和谐，家庭和睦。把婚姻和家庭看得十分重要，还不仅仅反映在《桃夭》篇中，可以说在整部《诗经》中都有所反映。在一定意义上说，《诗经》是把这方面的内容放在头等地位上的。自古以来，家庭的和谐关系就被人们所称赞，众人也"心向往之"。现在常见的成语"琴瑟之好""举案齐眉""相敬如宾"……都从古文中来，它们的流传被寄予了对和谐的期盼。夫妻关系和谐与否在一定程度上决定了一个家庭的幸福与否。

（二）《狱中寄子由》

在古代，一个家族出现多个著名作家的情况比比皆是，"三苏"（即苏洵、苏轼、苏辙）便是一段文学佳话。众所周知，"三苏"位列"唐宋八大家""三苏"的文化才华和文学地位已毋庸置疑。作为兄弟的苏轼和苏辙，除了文学才华为人们所熟知，他们的手足之情也被世人津津乐道。

《狱中寄子由》这首诗深切地反映了他们的兄弟情谊。此诗因苏轼深陷"乌台诗案"所作，本以为命不久矣（事实并非如此），无望之际，苏轼感怀与弟弟苏辙的深厚感情，即使自己中年殒命，他也不觉得遗憾，唯一感到忧伤与不忍的是一家十余人要连累弟弟苏辙来照顾。对于苏轼而言，死不足惧，他只盼来世再续兄弟情缘。作为弟弟的苏辙对哥哥苏轼情深似海，甘冒风险为哥哥求情，甚至愿意以自己削减官职作为代价来减轻哥哥的处罚。

俗语有云"血浓于水"，古来兄弟相亲相爱相知相念之者，未见有过"二苏"者。古人十分重视兄弟姐妹间的这种和谐关系，万事顺，合家欢。"父子笃（父子相亲），兄弟睦（兄弟相睦），夫妇和（夫妇相和）家之肥也。"（《礼记·礼运》）所谓"肥"即健康、和谐、融洽之意。家庭是社会的细胞，是社会的基层单位，只有家庭和谐才能构建社会的和谐。

三、趣味故事

怀橘遗亲

"怀橘遗亲"是古代"二十四孝"的故事之一，主人公陆绩是三国时期孙权麾下的官吏，他是一个博学多才、年轻有为并与人为善的人。他自幼表现出过人之处，懂孝悌，知礼仪，尊重长辈，孝顺父母。小小年纪的他就深谙孝敬父母之道。父亲陆康曾经在庐江当过太守，与将军袁术私交很好。陆绩6岁时，有一次父亲带着他去将军袁术家里做客。袁术见是好友前来，命仆人取出新摘的橘子招待客人。那橘子肉肥汁多，味道极美。陆绩吃得津津有味，不由想起庐江家中的母亲："母亲很少吃到这种鲜美味道的橘子，应该让她尝一尝呢"。于是，他在袁术和父亲交谈之时，拿了三只大橘子，揣在怀中。等到他们起身告辞时，陆绩颇懂礼貌，深深地向袁叔叔作了一个揖。谁知怀中一松，三个橘子一个个滚到了地上。袁术见了大笑说："你在我这里做客，怎么还怀藏起橘子来了呢？"陆绩落落大方，神色自若，跪在地上说："我在你家吃到了，我母亲也爱吃新鲜的橘子，可她没吃到，所以我想带几个回去给母亲尝尝。"袁术见这6岁小儿竟有如此孝心，不由大为称赞。

成年后的陆绩深受儒家孝道思想的影响，为官也广行孝道，这在他的为官的地区产生了重要影响，广大百姓纷纷学习他广泛践行孝道。后来，他的故事流传下来，有人作赞诗曰："孝顺皆天性，人间六岁儿。袖中怀绿橘，遗母事堪奇"。

自古以来，孝道备受推崇，它也是人之所以为人不可或缺的品行。古人对孝道的践行蔚然成风，一些践行孝道的故事也流芳百世。"二十四孝"便是它最好的见证。当然，或许在我们现在看来，古代人的愚孝被诟病，但是，不能否认的是，古人对孝道的重视是值得肯定和学习的。"父慈子孝""家庭和谐"不仅是一个家庭和谐的基础，也是一个国家、一个民族兴旺发达，源远流传的动力之一，同时它对构建社会主义和谐社会具有不容忽视的作用。在经济高度发达的今天，孝与感恩依然是中华民族的传统美德，理应被一代又一代华夏子孙传承。

四、古为今用

和谐家庭，祥和社会

党的十八大以来，习近平总书记在不同场合多次谈到要"注重家庭、注重家教、注重家风"，强调"家庭的前途命运同国家和民族的前途命运紧密相连"。

中华民族自古以来就重视家庭、重视亲情。家和万事兴、天伦之乐、尊老爱幼、贤妻良母、相夫教子、勤俭持家等，都体现了中国人的这种观念。"慈母手中线，游子身上衣。临行密密缝，意恐迟迟归。谁言寸草心，报得三春晖。"唐代诗人孟郊的这首《游子吟》，生动表达了中国人深厚的家庭情结。家庭是社会的基本细胞，是人生的第一所学校。不论时代发生多大变化，不论生活格局发生多大变化，我们都要重视家庭建设，注重家庭、注重家教、注重家风，紧密结合培育和弘扬社会主义核心价值观，发扬光大中华民族传统家庭美德，促进家庭和睦，促进亲人相亲相爱，促进下一代健康成长，促进老年人老有所养，使千千万万个家庭成为国家发展、民族进步、社会和谐的重要基点。

——习近平在 2015 年春节团拜会上的讲话（2015 年 2 月 17 日）

无论过去、现在还是将来，绝大多数人都生活在家庭之中。我们要重视家庭文明建设，努力使千千万万个家庭成为国家发展、民族进步、社会和谐的重要基点，成为人们梦想启航的地方。

　　　　　　——习近平在会见第一届全国文明家庭代表时的讲话（2016 年 12 月 12 日）

　　习近平总书记提到"家庭是社会的细胞"。在中国传统文化中，"家国天下"的情怀深入每一个中国人的骨髓，好家风好家训也本是传统文化的组成部分。包括《朱子家训》《颜氏家训》等在内的古训至理流传至今，这些充满人生智慧和哲学思想的家训，承载着一个家庭或家族，乃至一个国家的生活方式、文化氛围和价值追求，体现了中华民族的优秀传统，逐渐成为国人"修身、齐家、治国"的道德追求和做人的永恒标准。家训既属于某个家族，又属于整个民族。好的家训虽历经百年，甚至千年的风雨剥蚀，至今依然历久弥新。"家庭和睦则社会安定，家庭幸福则社会祥和，家庭文明则社会文明"，所以，在建设和谐社会的今天，家庭的和谐更是责任重大，意义深远。

五、知识链接

中国的敬称

中国——一个具有五千年历史的文明古国，历来被世界誉为礼仪之邦。中国的"敬称"本身的名字形态异常丰富，又称为"敬辞""美词""敬语"……它的内容更是浩如烟海，在此，仅列其要，以供参考。

其一，含有"令"的敬辞，如：

令尊、令堂：对别人父母的尊称

令兄、令妹：对别人兄妹的敬称

令郎、令爱：对别人儿女的敬称

令阃：尊称别人的妻子

令亲：尊称别人的亲人

其二，含有"惠"的敬辞，如：

惠临、惠顾：指对方到自己这里来

惠存：请别人保存自己的赠品

其三，含有"垂"的敬辞，如：

垂问、垂询：指对方询问自己

垂念：指别人想念自己

其四，含有"赐"的敬辞，如：

赐教：别人指教自己

赐膳：别人用饭食招待自己

赐复：请别人给自己回信

其五，含有"请"的敬辞，如：

请问：希望别人回答

请教：希望别人指教

其六，含有"高"：敬辞，如：

高见：指别人的见解

高论；别人见解高明的言论

高足：尊称别人的学生

高寿：用于问老人的年纪

高龄：用于称老人的年龄

高就：指人离开原来的职位就任较高的职位

其七，含有"华"的敬辞，如：

华翰：称别人的书信

华诞：别人的生日

华厦：别人的房屋

其八，含有"奉"的敬辞，如：

奉送：赠送

奉还：归还

奉劝：劝告

奉陪：陪同

中国人民创造的异彩纷呈的敬称与谦称，充分体现了中国人民的谦敬之风，更体现了中国人民在践行与人为善、和谐相处的生活理念。

第五章　睦邻为伴　兼爱非攻

〇导〇读〇

古语有云："远亲不如近邻。"

在生活中，与邻为善可抚顺人心；在国家外交上，与邻为伴可安邦利国。

让我们用以邻为伴之睦为音阶，来谱写世界和谐的华美乐章，让世人共享和平之乐。

一、经典阅读

子墨子言曰："仁人之所以为事者，必兴天下之利，除去天下之害，以此为事者也。"然则天下之利何也？天下之害何也？子墨子言曰："今若国之与国之相攻，家之与家之相篡①，人之与人之相贼②；君臣不惠忠，父子不慈孝，兄弟不和调，则此天下之害也。"然则崇此害亦何用生哉③？以不相爱生邪④？子墨子言："以不相爱生。今诸侯独知爱其国，不爱人之国，是以不惮举其国以攻人之国。今家主独知爱其家⑤，而不爱人之家，是以不惮举其家以篡人之家。今人独知爱其身，不爱人之身，是以不惮举其身以贼人之身。是故诸侯不相爱，则必野战；家主不相爱，则必相篡；人与人不相爱，则必相贼；君臣不相爱，则不惠忠；父子不相爱，则不慈孝；兄弟不相爱则不和调。天下之人皆不相爱，强必执弱，富必侮贫，贵必敖贱⑥，诈必欺愚。凡天下祸篡怨恨，其所以起者，以不相爱生也，是以仁者非之。"

既以非之，何以易之？子墨子言曰："以兼相爱、交相利之法易之。"然则兼相爱、交相利之法将奈何哉？子墨子言："视人之国若视其国，视人之家若视其家，视人之身若视其身。是故诸侯相爱，则不野战，家主相爱，则不相篡；人与人相爱，则不相贼；贵不敖贱，诈不欺愚。凡天下祸篡怨恨可使毋起者，以相爱生也，是以仁者誉之。"

（选自墨子《墨子》，李小龙译注，中华书局，2016 年版）

【参考注释】

①篡：用强力夺取。

②贼：杀害。

③祟：应为"祟"，通"察"。

④不想爱："不"字当删。

⑤家主：指公卿大夫。

⑥敖：同"傲"。

二、鉴赏指津

墨子，名翟，春秋末战国初的鲁国人，墨家学派的创始人。墨子比较重要的传世著作有《兼爱》《非攻》《尚贤》，其中以后二者较为有名。其学说思想主要包括：兼爱，非攻，天志明鬼，尚同尚贤，节用等。墨子的一生，都在不遗余力地宣扬并践行他心中"爱的哲学"，他希望达致和谐的崇高理想能够在现实中得到实现。

节选段落较为明显体现了墨家学派"兼爱""非攻"的思想。墨子认为社会混乱不堪是社会人"不相爱"造成的，国与国之间（与现代意义上国的概念有区别）不和谐，是因为现在的诸侯只知道爱自己的国家，而不爱别人的国家，所以毫无忌惮地发动他自己国家的力量，去攻伐别人的国家。而人与人之间，宗族之间的不和谐也由此而来——"不相爱"，鉴于此，他提出改变乱世的主张——"兼爱"，即视人身如其身、视人家如其家、视人国如其国的方法，引导国与国、人与人之间相爱互利。墨子期望天下达到一种和谐的境界，即：天下相爱、无欺凌、无压迫，并把这种和谐的信念永埋心中。"兼爱"的思想历经两千多年的洗礼，显示出历久弥新的魅力。

在构建社会主义和谐社会、和谐世界的今天，它所蕴含的价值倡导仍深深地影响着人们，为人们提供了精神根基和传统文化养料，同时也为我国现代化建设过程中的社会问题的解决提供了有力的借鉴。

如今，全球经济高速发展，全球化的进程日益推进：政治多极化、经济全球化、文化多元化的趋势日益明显。为实现各国和谐共处，在全球范围内建立国际政治伦理和合理的国际秩序变得尤为重要，墨子"兼爱""非攻"等思想为此提供了指引。

三、趣味故事

甘英出使大秦轶事

甘英是东汉时期著名的外交家，是当时的汉朝大将西域都户班超的属吏，后来跟随班超转战西域。公元 97 年的时候，班超派遣甘英出使大秦，也就是今天所说的罗马帝国。甘英领命之后就带着使团从鬼兹，也就是今天的新疆库车一带出发，一直往西走到了疏勒，大致就是今天的喀什一带。然后攀过了葱岭，葱岭就是今天的帕米尔高原，还经过了大宛国，大宛国在今天的乌兹别克斯坦费尔干纳盆地一带，然后还路过了大月氏国，到了安息，其实就是路过了波斯帕提亚王国，然后到了伊朗的境内。后来甘英又经过了阿蛮、斯宾、于罗，到达了条支，条支就在今天的伊拉克境内了。之后甘英一行人又抵达了安息西界的西海，也就是今天的波斯湾。甘英到了波斯湾准备渡河而过，当地的船工对他说，这里海域广大，如果顺风的话 3 个月也就能到，但是是逆风的话，可能就要一两年了，所以你至少要准备 3 年的粮食才行。

205

这个船工还声情并茂地向甘英讲述了当时颇为流行的"海妖说"：在波斯湾的一个海岛上，居住着一群海妖，这些海妖样子像鸟，却有女人一般的妩媚和风韵。每当有船经过，她们会展示自己的歌喉和美丽的身材，歌声能使船员着迷，船员们会不由自主地上岸听她们唱歌，听着听着，就会迷醉而死。古希腊有一个名叫奥得修斯的英雄凯旋，路上要经过这个神秘的海岛，为了阻止手下士兵受到海妖歌声的诱惑，他把每个士兵的耳朵都用东西堵上了，而他自己对海妖的歌声也充满好奇，于是命令士兵把他绑在船的桅杆上。他们划桨而行，经过海妖居住的海岛时，果然传来了美妙的歌声，这位英雄被歌声迷惑，大喊着让手下人给他松绑，送他到岛上听歌，但他的士兵根本听不到他在说什么，只顾一个劲地往前划，终于走过了这个可怕的地方。由于当时人的地理知识非常有限，安息人也确实看到许多船只入海而永远没有回来，便以为是被这种海妖迷走了。所以他们也许是出于好意，用这个传说劝阻了甘英一行。

其实，至于甘英没有到达大秦的原因到底是什么，众说纷纭，尚未形成一致的定论。有人认为是甘英等一行人缺乏勇往直前的精神，亦有人认为是当地人为了自身利益欺骗了甘英等人，还有人认为是战乱的历史环境中断了他们西行的脚步。甘英等人这次出使虽未到达大秦，但却增进了中国人当时对中亚各国的了解，也促进了友谊的发展。

四、古为今用

蓝盔英雄

一个英雄的诞生，总是由血性与生命铸就；一座丰碑的矗立，总是由忠诚与担当奠定。近两年来，一个英雄的名字传遍了祖国大地，震撼着莱芜山水——杨树朋，他是钢城区棋山国家森林公园八大庄村人，四级军士长，入伍15年，用33岁的生命演绎了一名蓝盔军人的生命绝唱。

中国维和部队是联合国维持和平部队的一个分支机构。中国派出的维和部队主要以医疗兵、工兵等为主。20 年来，中国派出的维和部队先后勘察、修筑道路 7300 多公里、桥梁 200 多座，接诊、收治病人 28000 多人次、实施手术 230 多例，运输人员、物资累计行程 348 万多公里，排除地雷等各种不明爆炸物 7500 多枚。

2016 年 7 月 10 日，我国赴南苏丹维和步兵营一辆装甲车在执行任务时被炮弹击中，导致李磊、杨树朋壮烈牺牲。

"我的儿子杨树朋，接受党和部队培养多年，他在家是个好儿子，孝敬父母，在部队是名好战士，积极参加抗震、抗洪救灾，多次立功受奖，他虽然是个独生子，但他响应国家号召，听从党和部队指挥，远赴南苏丹执行维和任务为国捐躯。我作为父亲，作为一名普通党员，我感觉孩子虽然走了，但他是为了维护世界和平，履行了一名中国军人的光荣使命，这是孩子的光荣，也是我家的骄傲。"这是维和战士杨树朋的父亲杨洪成在儿子牺牲后对儿子的评价。

勇敢的战士杨树朋是众多维和军人中的一员，他用自己的生命去维护世界和平，希望世界没有冲突，没有战争。杨树朋烈士也是千千万万中国民众的代表，中国人民自古以来都十分重视与其他国家的和平往来，以和谐思想为指导，互利互惠，并在实践中践行着和谐观。

就如杨树朋的牺牲而言，这世界上没有真正的岁月静好、现世安稳，我国人民活得坦然自如，也不过是有这样一群英雄在默默守护着人民，有人竭尽全力把黑暗挡住，有人为我国人民负重前行。

向英雄致敬。

（来源大众网莱芜频道）

五、知识链接

墨家思想及其评价

墨家是中国古代主要哲学派别之一，约产生于战国时期，创始人为墨翟。墨者多来自社会下层，以"兴天下之利，除天下之害"为教育目的。墨家思想的精华是：尚同尚贤、天志明鬼、节用节葬、兼爱非攻。

"尚同"是要求百姓与天子皆上同于天志，上下一心，实行义政。"尚贤"则包括选举贤者为官吏，选举贤者为天子国君等。墨子认为，国君必须选举国中贤者，而百姓理应在公共行政上对国君有所服从。"尚同尚贤"的思想在当今社会仍具有重要的借鉴作用，贤者为官，可以更好地体现其廉洁自律的品德。

宣扬天志鬼神是墨子思想中的重要组成部分。墨子认为天之有志——要学会兼爱天下的百姓。因"人不分幼长贵贱，皆天只臣也"，"天之爱民之厚"，君主若违天意就要受天之罚，反之，则会得天之赏。墨子不仅坚信鬼神其有，而且认为它们对于人间君主或贵族会赏善罚暴。"天之鬼神"的思想在现在看来，虽然带有一些不合理的因素，但其内涵中的积极因素，其规范君权，爱民之心是值得肯定的。

节用是墨家非常重要的观点之一，它有力地抨击了君主、贵族的奢侈浪费。对儒家看重的久丧厚葬之俗嗤之以鼻，他们认为不该把社会财富过多地浪费在过世者身上。君主、贵族都应过清廉俭朴的生活，反对铺张浪费。墨子要求墨者在这方面也能身体力行。节用节葬思想的现实意义不容小觑。在经济高速发展的今天，人民物质生活水平得到了极大的提高，同时，铺张浪费的恶习就出现了，浪费粮食的行为比比皆是。在一些地区，尤其是农村地区，葬礼的习俗变得尤为浓重，这是值得今人反思的地方。

第六章　师法自然　参天悟地

导　读

　　大自然的博大精深令人神往。自然乃人类的导师，以天地万物为师，万法归宗。师法自然成为现代人的追求：向天地万物学习，对待自然当取之有道，用之有节，与之和顺。

一、经典阅读

　　天行有常，不为尧存，不为桀亡①。应之以治则吉，应之以乱则凶②。强本而节用，则天不能贫③；养备而动时，则天不能病④；循道而不贰，则天不能祸⑤。故水旱不能使之饥，寒暑不能使之疾，袄怪不能使之凶⑥。本荒而用侈，则天不能使之富；养略而动罕，则天不能使之全；倍道而妄行，则天不能使之吉⑦。故水旱未至而饥，寒暑未薄而疾，袄怪未至而凶⑧。受时与治世同，而殃祸与治世异，不可以怨天，其道然也⑨。故明于天人之分，则可谓至人矣⑩。

　　……

　　天职既立，天功既成，形具而神生⑪。好恶、喜怒、哀乐藏焉，夫是之谓天情⑫；耳、目、鼻、口、形，能各有接而不相能也，夫是之谓天官⑬；心居中虚，以治五官，夫是之谓天君⑭；财非其类，以养其类，夫是之谓天养⑮；顺其类者谓之福，逆其类者谓之祸，夫是之谓天政⑯。暗其天君，乱其天官，弃其

209

天养，逆其天政⑰，背其天情，以丧天功，夫是之谓大凶⑱。圣人清其天君，正其天官，备其天养，顺其天政，养其天情，以全其天功⑲。如是，则知其所为，知其所不为矣，则天地官而万物役矣⑳。其行曲治，其养曲适，其生不伤，夫是之谓知天㉑。

（选自北京大学《荀子新注》注释组，荀子新注，中华书局，1979 年版）

【参考注释】

①天：这里指自然界，即人类社会以外的客观物质世界，它与唯心主义所宣扬的有意志的、神秘的天是对立的。行：运行、变化。常：常规，固定的次序。天行有常：自然界的运动变化是有固定的次序的。尧：传说中我国原始社会的部落首领。桀：夏朝最后的一个君主。

②应：适应，对待。之：代词，指"常"。治：合理的措施。应之以治：用合理的措施去对待它。

乱：不合理的措施。凶：灾难。

③本：这里指农业生产。

④养：供养，指衣食等生活资料。备：充足。动时：活动适时。

⑤循：遵循，原为"修"，据文义改。道：指治理自然和社会的原则。不贰：专一，坚定不移。

⑥使之饥："饥"字后原衍"渴"字，据上下文义删。袄，同"妖"。袄怪：指自灾害和自然界的变异情况。

⑦本荒：农业生产荒废。侈：浪费。略：简略，不足。罕：稀少。动罕：懒惰。一说"罕"当作"逆"；"动逆"，活动不适合的意思。全：健全。倍：通"背"，违背。

⑧薄：迫近，接触。疾：病。

⑨手时：遇到的天时。治世：社会安定时期。道：这里指"应之以乱则凶"的道理。然：使这样。

⑩天人之分：天和人的分别。至人：最高明的人。

⑪形：指人的形体。神：指人的精神活动。形具而形生：人的形体具备了，人的精神活动随而产生。

穿越时空的价值印记

⑫焉：于此，指人的形体。天情：人与自然具有的情感。

⑬接：接触。能各有接：耳、目、鼻、口、形各有不同的感触外物的能力。不相能：不能互相替代。天官：人和自然具有的感官。

⑭中虚：指胸腔。治：支配，管理。君：君主，古代人认为心是主宰五官的思维器官，所以拿君来比喻它。

⑮财：同"裁"，制裁，利用。非其类：人类以外的万物。其类：指人类。这句话的意思是：人们利用自然界的万物，来养育自己，这就叫作"天养"。

⑯天政：自然的规则。这句话的意思是：顺应人类的需要来供养人们就是福，反之则是祸，这种自然地规则，就叫作"天政"。

⑰暗其天君：意思是把心弄得昏暗不清。大凶：巨大的灾难。

⑱清：使纯净，使清明。正：端正。备：充分，完备。养其天情：使人的感情得到调养。

⑲所为：指人所能做和应该做的事。所不为：指人所不能做和不应该做的事。官：任用。役：役使。天地官而万物役：天地为人类服务，而万物供人类役使。

⑳行：行动。曲：委曲，各方面。曲治：各方面都治理得很好。曲适：各方面都恰当。生：生命。这句话的意思是：人们的行动各个方面都处理得很好，保养身体完全恰当，人的生命就不会被伤害，这就叫作"知天"。

二、鉴赏指津

《荀子》是战国末年著名思想家荀况的著作，它反映了唯物主义自然观、认识论思想以及荀况的伦理、政治和经济思想。在这段文字中荀子认为自然的运行是有规律的，这是不可否认的事实，顺应这个规律就会迎来吉祥，违背它就会遭受它的报复，给人来带来灾难。所以真正的智者、圣人只考虑世间之事，只考虑如何顺应自然，而不会去考虑怎样改变自然规律。

荀子认为自然运行法则不以人的意识为转移，它具有不可抗拒性，人类首先应该了解自然及其规律，其次应该尊重客观规律并在实践中按客观规律办事。不要企图为改变客观规律而去人为地破坏自然，影响它的正常运转。另一方面，人具有主观能动性，人们可以在尊重客观规律的前提下积极地发挥主观能动性，但不能肆意地夸大主观能动性，任意妄为。

尊重客观规律，合理地利用客观规律来改造世界，让人类和自然能和谐共处，创造出一片和谐安宁的环境。

三、趣味故事

王景治河

王景，字仲通，东汉时期著名的水利工程专家。一生治水数次，王景治河的历史贡献，长期以来得到了很高的评价，有"王景治河千年无患"之说。

汉朝时，黄河、汴渠决堤，水患持续60余年，皇上为此事伤透了脑筋。皇上思索再三，也没有合适的人选可以担此大任。这时，朝廷一个官员向皇上推荐了王景。皇上虽对其不甚相信，但进退维谷之际，何不试一试呢？于是皇上很快就召见了王景，并和他谈论治水之事，王景大胆地向皇上陈述哪种情况应该疏浚，哪种情况应该采取堵的方式，并详细地说明了原因。皇上听了王景的见解后很欣慰，也对其很欣赏。心想：看来我之前对他的不信任纯属杞人忧天了。又因为王景曾经有成功治水的先例，皇上对王景治水充满了信心，心情一好的皇上爽快地赐给了王景很多东西。

夏季的时候，皇上就让王景和王吴一起去治水，王景到达治水地之后，对当地的水流状况先进行了一番考察：查看地势，凿开该凿开的山石……经过一番努力，王景终于在第二年的夏天完成了治水的任务，修建了水渠。这个好消息很快就上报给了皇上，皇上知道后心花怒放，迫不及待地想赶往前线一览盛况。皇上到了视察地之后，对王景治水的结果非常满意，于是又下诏大力赏赐王景。王景也因为这次治水的成功而闻名天下。

节选部分主要讲述了王景永平十二年治水的事迹：奉诏和王吴共同主持了对汴渠和黄河的综合治理活动。

王景治水之所以卓有成效，一方面是因为他的聪明才智，另一方面则是因为他懂得合理地利用自然规律：测量地形，打通山岭，清除水中沙石，切断大沟深涧，在合适的地方筑起堤坝，又善于疏通引导阻塞积聚的水流。师法自然，遵循自然规律，方得与自然之和谐共处。

四、古为今用

仿生学在科研中的运用

大自然历经了亿万年的发展和进化，积累了无数"天机"，以大自然为师加以效法便是师法自然。现代科学家在研究时越来越认识到师法自然的重要性。他们受到大自然的启发，研究生物体的结构、功能和工作原理，并将这些原理移植于工程技术之中，发明了性能优越的仪器、装置和机器，创造了新技术。这种模仿生物建造技术装置的科学叫作仿生学。

在现代，人们模仿苍蝇的楫翅（又叫平衡棒）制成了"振动陀螺仪"。这种仪器目前已经应用在火箭和高速飞机上，实现了自动驾驶。

仿生学家仿照水母耳朵的结构和功能，设计了水母耳风暴预测仪，相当精确地模拟了水母感受次声波的器官。这种预测仪能提前 15 小时对风暴做出预报，对航海和渔业的安全问题具有重要意义。

生物学家通过研究蜻蜓翅膀，发现在它每个翅膀前缘的上方都有个翼眼。如果把翼眼去掉，蜻蜓的飞行就会变得荡来荡去。实验证明，正是翼眼的角质组织使蜻蜓飞行的翅膀消除了颤振的危害，这与飞机设计师们在飞机机翼前缘的远端上安放加重装置，从而解决了飞机飞行时有害的颤振的现象何等相似。

人类将斑马条纹应用到军事上也是一个很成功的仿生学例子。科学家从萤火虫的发光器中分离出了纯荧光素等元素，再掺和某些化学物质得到类似生物光的冷光，作为安全照明用。类似这样的例子还有很多。

老子说："人法地，地法天，天法道，道法自然。"在生态文明阶段，人与

213

自然的关系才能真正实现和谐共生，自然的美丽与人类社会的富强民主文明和谐才能交相辉映。向生物界索取蓝图，以天地万物为师的仿生学正是现代人与自然和谐共生的美好途径之一，它大大开阔了人们的眼界，愈来愈显示出极强的生命力。

五、知识链接

中国古代重要的自然观

（一）阴阳五行说：阳字本是指日光，阴字本是指没有日光。到后来，阴、阳发展成为两种宇宙势力或原理，也就是阴阳之道。阳代表阳性，主动、热、明、干、刚等等；阴代表阴性，表示被动、冷、暗、湿、柔等等。阴阳二道互相作用，产生宇宙一切现象。阴阳家认为，五行遵循一定的顺序，相生相克四季的顺序，与五行相生的顺序是一致的。木盛于春，木生火，火盛于夏；火生土，土盛于中央；土生金，金盛于秋；金生水，水盛于冬；水又生木，木盛于春。五行学说解释了宇宙的结构。

（二）八卦说：产生于殷周时期的著作《周易》之中的八卦说："易有太极，是生两仪，两仪生四象，四象生八卦"，可以看作是宇宙的生产过程。"太极"是宇宙的总根源，也就是指元气，古人从日常生活中选取了 8 种自然物或自然现象作为构成万物的本原。八卦中对立的卦象以刚柔相济表示事物的相互转化，蕴含着朴素的辩证法思想。

（三）天人合一：在看待人与自然的关系上，中国人采用的是"道法自然，天人合一"的思想。古人认为，人是天（自然界）的一部分，所以人的行为的根据，一定要在天的行为中寻找。

（四）唯物主义自然观：唯物主义自然观学派的人不相信鬼神之说，摒弃了所谓的"天人感应"。其中代表人物有汉代的王充、魏晋时期的哲学家杨泉、南朝宋时的思想家何承天、南朝齐梁时的无神论者范缜、唐朝时期的刘禹锡和柳宗元、明清之际的思想家王夫之等等。

第七章　田园守拙　趣雅情闲

导　读

当陶潜喊出那一句"田园将芜胡不归"时，绚丽的诗歌殿堂中又被增添了一抹最清新最恬淡的色彩，也多了一份属于田间地头、邻舍墟里的温馨。采菊东篱，把酒话桑麻，雅趣尽现；葛衣芒鞋，荷锄悠而归，闲情醉心。平和悠闲的心境与冲淡朴素的物境的融合，乃是与自然浑然天成的大和谐、大境界。

一、经典阅读

（一）四时田园杂兴·春日

范成大

土膏欲动雨频催，万草千花一饷开[①]。

舍后荒畦犹绿秀，邻家鞭笋[③]过墙来。

（选自周汝昌《范成大诗选》，人民文学出版社，1959 年版）

【参考注释】

①土膏：谓春来解冻，地脉已滋。饷，同"晌"，片时之间。鞭笋：竹根叫鞭，横行伸展；笋自鞭生，所以邻竹过墙而生笋于我家。

（二）归园田居·其三

种豆南山下，草盛豆苗稀。

晨兴理荒秽，带月荷锄归。

道狭草木长，夕露沾我衣。

衣沾不足惜，但使愿无违。

（选自陶渊明，逯钦立校注《陶渊明集》，中华书局，1979 年版）

二、鉴赏指津

（一）《四时田园杂兴·春日》

范成大（1126—1193），字致能，号石湖居士，吴郡（治所在今江苏省苏州市）人。绍兴进士，做过一些地方官，并做了两个月的参知政事（副宰相）。乾道六年（1170），范成大作为使节到金朝去谈判国事，抗争不屈，几乎被杀。淳熙九年（1182），范成大退隐到故乡石湖。范成大怀有报国大志却不能实现，同情人民苦难又无能为力，这种思想构成了他的诗歌创作的主题。特别是后半生，他创作了非常有特色的田园诗，洋溢着热爱生活的激情，是宋诗中的优秀篇章。他善写绝句，诗风清丽精致。

本篇是"春日田园杂兴十二绝"中的一绝。作者以自己的住宅为基点，将笔墨拓展开，含蓄而又生动地传达出春回大地、绿满人间的信息。"一饷开"三字，形象地描绘出了花草在春天生长迅速，使人眼花缭乱的景象。"催""开""过"等字更具动态之美。诗歌最后一句则巧借鞭笋来透露春天的气息，这充满了对田园春景的欣喜之情。

穿越时空的价值印记

（二）《归园田居·其三》

陶渊明 20 岁时为求生计踏入官场，但是功名利禄并没有使陶渊明随波逐流，他并没有像与官场上那些为了利益算计他人的那类人一样，只追求自己的利益而忘记自己的本心。陶渊明自幼就是喜好宁静悠闲的人，也因此，十几年的官场生涯并没有让他被利益蒙蔽双眼，反而使他更为厌恶充满利益倾轧的官场生活，以至于最终决定辞去官职，归隐田园。虽然生活在东晋末期战乱频繁的环境里，他仍长期隐居农村，也因此对农村的现实有了更深的了解，对人民的愿望更有了切身体会，于是他构想出心中的理想社会——世外桃源。《归园田居》是陶渊明的组诗作品，这是其中的第三首。这首诗细腻生动地描写了作者对农田劳动生活的体验，风格清淡而又不失典雅，洋溢着诗人心情的愉快和对归隐的自豪。日出而作、日落而息的田园生活让陶渊明感受到了生活的美好和内心的宁静。

种豆虽然辛苦，但内心的安宁足以幻化这一切，他看到了田园生活中的与谐和欢乐，体会到了随心而活的惬意，自由地做回了自己。

三、趣味故事

王弘和陶渊明"送酒"的故事

公元 405 年（东晋安帝义熙元年），陶渊明在江西彭泽做县令，上任不过 80 多天，便声称不愿"为五斗米折腰向乡里小儿"，挂印回家。从此，他结束了时隐时仕、身不由己的生活，终老田园。他也是洒脱率真之人。他在《五柳先生传》中也提到自己"性嗜酒"，每每亲旧置酒招之，他定"造饮辄尽，期在必醉。既醉而退，曾不吝情去留"。可见他对酒的酷爱。他遇酒便饮，无酒也能雅咏不辍。

和他同处时代的一个叫王弘的人对陶渊明很敬仰，多次登门拜访陶渊明，但是陶渊明都称疾不见。有一天，王弘忽然灵机一动，心想，何不以酒来接近陶渊明呢。于是，他先把陶渊明的好朋友庞通之找过来，打听好陶渊明哪天要上庐山，并认真地嘱咐庞通之备好上等的酒和酒具。在陶渊明上庐山这天，庞通之提前在半路上的一个亭子里摆好酒食等候陶渊明的出现。没过多久，陶渊明果然乘着竹轿出现了，他看见庞通之备好了酒和酒具，就下了轿和他一起欢饮。早在旁边树林里藏着的王弘看到他们饮酒正乐时，就悄然走了出来与陶渊明相见。正高兴着的陶渊明见王弘出现了，也和他一起畅饮。陶渊明因脚疾没有穿鞋，王弘就让身边的随从为陶渊明做一双鞋来，随从要去量陶渊明的脚以知道尺码。陶渊明就一边饮酒一边伸着脚让他量。鞋做好后，就送过来给了陶渊明。后来这个饮酒的亭子就被称为"酌野亭"。

饮酒过后，王弘趁机邀请陶渊明到州里去，陶渊明因脚疾一向乘竹轿，王弘就让陶渊明的一个门生和两个小童抬轿。两人坐在竹轿上一路畅谈，也都不羡慕那些高贵华丽的轿子。

从此以后，每当王弘想要见陶渊明时，就会在庐山的路上林间等他。他们也常常在那里相见。由于王弘知道陶渊明好喝酒，每当陶渊明家里缺酒的时候，就会派随从给陶渊明送酒过去。但是每次都只送到半路，再由陶渊明的小童取回家。后来这个送酒的地方就被称为"王弘冈"。

陶渊明追求的是淳朴真诚、淡泊高远的人生，而酒在一定程度上承载了他的追求。因此，他常常以酒入诗，真正守拙得真，从此酒和文学发生了更加密切的关系，对后世文人也产生了较大的影响。

四、古为今用

归农：田野里的中国才是真正的中国

"在殿堂和田垄之间，你选择了后者，脚踏泥泞，俯首躬行。在荆棘和贫穷中拓荒，洒下的汗水是青春，埋下的种子叫理想。守在细心耕耘的大地，静待收获的季节。"这是《感动中国》对 2016 年度人物秦玥飞的颁奖词。

秦玥飞，重庆人。托福满分，耶鲁全奖。2011 年，他以优异的成绩，完成了耶鲁大学经济学和政治学两个专业的学习，并获得了文科学士学位。这个享受着全额奖学金、获得双学士学位的城市高材生，却放弃了跨国公司的高薪，毅然选择回到祖国，来到湖南衡山脚下的一个小山村，做了一名大学生村官。

在衡山县的贺家山村，仅仅一年时间，无钱无背景的他，帮村民引进了80万元现金，为当地改善水利灌溉系统、硬化道路、安装路灯，修建现代化敬老院，为乡村师生配备平板电脑开展信息化教学……秦玥飞说，做任何一个项目前他都会做好详尽的预算和规划。他从不自作主张替村民做任何决定，但只要是村民要办的事，他绝不允许自己办不到。秦玥飞成了"贺家山的人"，村民们都亲切地叫他"耶鲁哥"。有朋友形容秦玥飞是理想主义者，他自己则更正为是"有理想的践行者"。2013年，秦玥飞被评为"最美村官"，立个人一等功一次。

2014年服务期满，秦玥飞放弃提拔机会，转至白云村续任大学生村官。他认为"输血"并非是最可持续的乡村发展模式，应转变用"造血"的模式建设乡村。秦玥飞带领村民创办农民专业合作社发展山茶油产业，通过创业创新为当地创造可持续发展的动力。

为吸引更多优秀人才服务乡村，秦玥飞与耶鲁的中国同学发起了"黑土麦田公益"项目，招募支持优秀毕业生到国家级贫困县从事精准扶贫和创业创新。近30名来自清华、北大、复旦、人大、中国社科院等院校的"乡村创客"在15所村庄开展了产业扶贫与创业创新，并得到了当地政府与村民好评。

当前世界进入了繁荣农村社会经济、城乡和谐发展的历史时期。从城市走向乡村，认识乡村，建设乡村，建设城乡和谐的世界已成为发展的主旋律。我国社会主义新农村的建设也已焕发勃勃生机。许多名校毕业的年轻怀抱理想，回到广袤的田野里，融入当地村民中，去发现各种机遇与希望。我们应该将"庙堂之高"与"江湖之远"这两者紧密也结合起来，投入田园，投身村野，感受田园之美，人情之善。

五、知识链接

中国古代的隐士

隐士也称"幽人""逸士""逸民""高士"等等。中国古代文人以出仕居多，但也不乏隐士。有为内心平静而隐居的隐士，也有为博名气而假意归隐的隐士，但无论他们为何而隐居，都可称为隐士。南京师范大学教授陈传席先生在相关研究中，把中国古代的隐士分成了十种类型。

隐仕类型一：完全归隐型

此类隐士是真正意义上的归隐，他们与为仕而隐完全没有关系，即使有时机、有环境、有条件，甚至朝廷派人来多次延请，他们也拒不出仕，如晋宋间的宗炳、元代的吴镇等人。

隐仕类型二：仕而后隐型

此类隐士在中国古代很多，当过官，却因为对官场不满而解冠归去。这其中，名气最大的是陶渊明，其隐逸名气甚至超过其诗文。陶渊明归隐之后就变成"真隐"了。

隐仕类型三：半仕半隐型

此类人先是做官，但后来不愿做了，但辞官又无保于生计，于是虽做官，却不问政事，过着实际的隐居生活，虽然不具有隐士的名分，但有隐逸思想。

隐仕类型四：忽仕忽隐型

有些隐士先做官，然后又隐居，待朝廷征召或形势有利时，又复出仕，之后再归去，如元明之交的王蒙、明末的董其昌等。这种人一点儿都不果断，拖泥带水。

隐仕类型五：隐于庙堂型

此类隐士，虽然做官，但不执着于政事，实为随波逐流，明哲保身，对国家危害最大。

隐仕类型六：似隐实假型

如明代隐士陈继儒，虽不做官，但好和官家打交道，有人写诗讥笑他"翩翩一只云间鹤，飞去飞来宰相家"。

隐仕类型七：名隐实官型

此类隐士虽然隐居山中，但朝中大事还要向他请教，被称为"山中宰相"。这种隐士实际上不具隐士思想，他不做官只是为了更自由而已。如南朝齐梁时的陶弘景。

隐仕类型八：以隐求仕型

通过隐逸来博得名声以引起朝廷的关注，然后出仕，即所谓的"终南捷径"。如唐代的卢藏用在考中进士后，先去长安南的终南山隐居，等待朝廷征召，后来果然以高士被聘，授官左拾遗，他曾对友人指着终南山说："此中大有嘉处。"

隐仕类型九：无奈而隐型

此类人实际上最热心于时局，如明末清初的顾炎武、黄宗羲等人，他们"隐居"只是为了表示不愿与清王朝合作，实际上从事着最激烈的反清斗争。这一批人也不是真正意义上的隐士。

隐仕类型十：真隐而仕型

此类隐士在隐居时基本上都是真隐，但当时机来临时就出山，没有时机就隐下去。如殷商时的伊尹、元末的刘基等，名气最大的是诸葛亮。

存在决定意识，环境改变人品，这是个普遍原理，要彻底摆脱或彻底超越，是极其困难的，所谓"小隐隐于野，中隐隐于市，大隐隐于朝"，是由外界对本心的干扰程度而言的，外界对本心干扰的程度越是大，就越能守住模糊心，"隐士"的量级也就越高，这有它的道理。

第八章　山水归真　境悠意远

导　读

"山川之美，古来共谈。"

王维山居的夜里"明月松间照，清泉石上流"；孟浩然远望的眼中"天边树若荠，江畔洲如月"；王观唤山水为美人，深情眺望"眉眼盈盈处"；李白把敬亭山当知己，面山而坐，"相看两不厌"；永州的青山绿潭抚慰着落寞的柳宗元，使他能独享宁静，"与自然相晤"；黄州的峻峭山水慰藉着失意的东坡，使他于躬耕垦荒中，开启了"谁道人生无再少？""一蓑烟雨任平生"的人生境界……

山水使人归真，境悠于是意远。

一、经典阅读

（一）钴𨧀潭西小丘记

得西山后八日，寻山口西北道二百步①，又得钴𨧀潭。西二十五步，当湍而浚者为鱼梁②。梁之上有丘焉③，生竹树。其石之突怒偃蹇④，负土而出⑤，争为奇状者，殆不可数⑥。其嵚然相累而下者⑦，若牛马之饮于溪；其冲然角列而上者⑧，若熊罴之登于山。

丘之小不能一亩⑨，可以笼而有之⑩。问其主，曰："唐氏之弃地，货而不售⑪。"问其价，曰："止四百。"余怜而售之⑫。李深源、元克己时同游⑬，皆大喜，出自意外。即更取器用⑭，铲刈秽草⑮，伐去恶木，烈火而焚之⑯。嘉木立，美竹露，奇石显。由其中以望，则山之高，云之浮，溪之流，鸟兽之遨游⑰，举熙熙然回巧献技⑱，以效兹丘之下⑲。枕席而卧⑳，则清泠之状与目谋㉑，潆潆之声与耳谋㉒，悠然而虚者与神谋㉓，渊然而静者与心谋㉔。不匝旬而得异地者二㉕，虽古好事之士，或未能至焉㉖。

噫㉗！以兹丘之胜㉘，致之沣、镐、鄠、杜㉙，则贵游之士争买者㉚，日增千金而愈不可得。今弃是州也㉛，农夫渔父过而陋之㉜，贾四百，连岁不能售㉞。而我与深源、克己独喜得之，是其果有遭乎㉟！书于石，所以贺兹丘之遭也㊱。

（选自胡士明《柳宗元诗文选注》，上海古籍出版社，1988年版）

【参考注释】

①寻：沿着。　道：步行。

②当湍（tuān）而浚（jùn）者：在水深急流的地方。湍，急流。浚：深。鱼梁：石砌的拦水坝，中间留有空洞，以便鱼往来。

③丘：小土堆。

④突怒：突出高起。偃蹇 yǎnjiǎn：屈曲俯伏。

⑤负土而出：背着土耸出土面。负：背。

⑥怠：几乎。

⑦嵚然：倾斜的样子。相累：重叠。下：其势向下。

⑧冲然：向前耸起的样子。角列：突出成行。上：其势向上。

⑨不能：不足。

⑩笼而有之：整方地占有它，形容其小。笼：包举。

⑪货而不售：出卖而卖不掉。货，卖。售：卖出。

⑫怜而售之：爱惜它而把它买下来。怜：爱惜。售：买进。

⑬李深源、元克己：作者友人。

⑭更取：轮换拿着。器用：指锄、镰一类的器具。

⑮刈：割去。秽草：杂草。

⑯焚之：烧掉。

⑰遨游：自由自在地飞翔走动。

⑱举：全都。熙熙然：和乐的样子。回巧献技：运用技巧，呈现绝技。回：运用。

⑲效：效力。

⑳枕席而卧：就着小丘枕石席地而卧。

㉑清泠之状：指清凉的景色。与目谋：与眼睛相接触。谋：合。

㉒潆潆之声：形容水流回旋的声音。

㉓悠然而虚者：广大而开阔的境界。

㉔渊然而静者：深邃而幽静的境界。

㉕不匝：不满十天。匝：经过一周。

㉖未能至：没有能达到这样理想的地步。指不到十天就得到两处胜地。

㉗噫：感叹词，相当于"唉"。

㉘以兹丘之胜：把这小丘的胜境。

㉙致：搬到，放到。沣（fēng）、镐、鄠（hù）、杜：均为地名，都是当时的名胜之地。

㉚贵游之士：指豪门贵族。

㉛今弃是州也：现在被弃置在永州。

㉜过而陋之：经过而不把它放在眼里。陋之：瞧不上它。

㉝贾：同"价"。

㉞连岁：连年。

㉟是其果有遭乎：这个小丘果真有机遇吗？指被人赏识。

㊱这两句：把此文章写在石上，用以祝贺这个小丘碰上了好运气。

二、鉴赏指津

柳宗元因参加王叔"文革新运动"，于唐宪宗元和元年(806)被贬到永州担任司马。到永州后，其母病故，王叔文被处死，女儿夭折，他自己也不断受到统治者的诽谤和攻击，心情非常压抑。永州山水幽奇雄险，给了柳宗元莫大的寄托，他于是搜奇探胜、四处游览。

《钴鉧潭西小丘记》是永州八记中的第三篇，属于山水游记。钴鉧潭是潇水的一条支流冉溪的一个深潭，"潭"就是"渊"，南方方言叫"潭"。"钴鉧"意为熨斗，钴鉧潭的形状是圆的，像一个钴(圆形的熨斗)，故取名为"钴鉧潭"。西山在今湖南零陵县西，是一座山。小丘，就是一个小山包。这个小山包没有名字，所以只用临近地区的名字或者方位来说明它的存在(钴鉧潭西面的那个小丘)。如此美好奇特的小丘却成为"唐氏之弃地，货而不售"，这是写小丘的遭遇，实际上也暗含着作者自身的遭遇；作者怀才不遇，贬谪永州，同样是被遗弃，和小丘的命运竟如此相似。柳子于是买下这个小丘，和朋友们一道取来工具，铲除杂草，并用大火烧掉秽草恶木，使小丘面貌焕然一新："嘉木立，美竹露，奇石显"。除秽去恶之后，一个横遭冷落的小丘终于展现了其固有的奇美本色。柳子心怀舒展，铺席设枕，沉醉于美景之中。清雅淳朴之景，恬淡空灵之境，使他的心神与四周的景物契合无间，和谐相容。

永州山水，抚慰了孤独的柳宗元，而这些"游山玩水"的生活，更是成就了游记文学史上伟大的柳宗元。在他的笔下，这些偏居荒芜的山水景致，幽深宜人、别具洞天，富有极强的艺术生命力。

三、趣味故事

柳宗元"以柳易播"的故事

柳宗元和刘禹锡的友谊是一段文坛佳话。他俩有着共同的志向，共同的趣味和共同的遭遇，他们不仅在顺境时相互支持，相互砥砺，而且处在天涯沦落，生死未卜的逆境当中，二人的真挚友谊也未见凋落反而愈加牢固。

唐代顺宗永贞年间，他们二人都参与了王叔文集团的政治改革，但不幸的是，这次改革遭遇了重大的失败。于是，他们二人面临被贬的厄运。柳宗元被贬职到邵州任刺史，赴任时还没走完一半路程，又被贬职到永州任司马。

元和十年，柳宗元又被调职任柳州刺史，刘禹锡则再次被贬谪到播州。柳宗元知道播州是个荒蛮偏远之地，条件极为艰苦，他也深知刘禹锡尚有老母亲需要赡养，此番贬谪对刘禹锡而言苦不堪言。若刘禹锡只身一人前往贬谪处，家中的老母亲无人照顾。或者带上老母亲一同前往贬谪处，可播州条件恶劣，而此番赴任，路途遥远，年老体弱的老母亲恐经受不住舟车劳顿。经历一番思索的柳宗元决定自己替刘禹锡赴任播州，以保全刘禹锡的忠孝之心。于是，他果断上书给皇帝，向皇上说明刘禹锡的艰难处境。他恳请皇上批准让他和刘禹锡交换，让自己去播州，刘禹锡去柳州。

后来皇上虽然没有批准柳宗元的奏请，但最终还是对刘禹锡网开一面，让他改去连州上任。

刘禹锡与柳宗元乃莫逆之交，柳宗元为了兄弟全然不顾自己利益，让人不禁想起他在贬谪永州岁月中可贵的"愚"。刘柳之间的这种死之交的挚友之情生，将永留于永州柳州的山水之间，留于世人心中。

四、古为今用

现代旅游对自然景观的向往

张家界市旅游部门统计显示，2017年"十一"国庆假期，张家界万福温泉国际度假村每天接待1000多名游客，加上公司的免票客人，"十一"假期累计接待游客1万多人次。

2017年10月7日，一批来自美国、俄罗斯、乌克兰等国家的客人来到张家界万福温泉国际度假村，体验森林温泉项目。来自俄罗斯的游客维克多介绍说："在森林氧吧里泡温泉的感觉太好了！特别是这里的水质特别清，环境非常好。真想能在大雪天来这里泡温泉。12月份，我妈妈来张家界，我一定会带她来这里泡温泉。"

位于张长高速"慈利东"出口的万福温泉浴火重生，这处资源储量居湖南省第二位、中国最大"氡"温泉重新焕发生机。依脱万福温泉，周边建设了五星级标准的山顶温泉酒店、半山温泉别墅、四合院，依山在森林中建设了九大温泉区、半山温泉玻璃桥、半山温泉观光电梯以及半山森林无边际温泉泳池。特别是融福文化和温泉养生文化于一体的199泓风格各异、功效不同的特色泉池，分布在茂密的森林之中，让人享受到了自然和生态之乐。

——稿源人民网（有删改）

"改革开放"以来，我国国内旅游发展迅速，覆盖面广，人民的旅游热情不断增长。在旅游中，人们对自然美景的向往表现出人们与自然的一种亲密关系。当然，在面对自然旅游景观的开发时，我们也应该清醒地认识到，绝不能眼中只有资源，没有自然，绝不能本末倒置。如何去亲近自然，在保持其原本状态的基础上，与其和谐相融，科学利用，才是生命最根本的需要，才能体会到人类自身和自然合为一体后的幸福感。

五、知识链接

古代游记

古代游记作为古代散文文体的一种，多被前人归入"杂记体"中。它是摹山泛水、专门记游的文章，以描绘山川自然、风景名胜为内容，写旅途的见闻和对大自然风光之美的感受。

梅新林教授认为我国古代游记文学大致上经历了五个阶段：魏晋的诞生期、唐代的成熟期、宋代的高峰期、元明的复兴期和清代的衰变期。

王立群先生在《中国古代山水游记研究》中就山水游记散文的要素提出："就山水游记的特质而言，一般应具有三个文体要素。第一，对游历途中的山川景物做了具体而真实的描绘；第二，有游踪的记述；第三，有作者的思想感情寄托：或者寄寓作者对秀丽山河的赞美，或者抒发作者个人的感受情思，或者借山水发表议论"。

写景记事简洁生动，是我国古代游记散文的特点之一。

这个特点在早期的写景散文中就已经出现了，如北朝郦道元的《水经注》。这篇散文著作虽然属于地理人文方面的专著，但其中许多记述山水名胜、风土人情的精彩篇章，则富有文学价值，对后来游记散文的发展影响深远。

唐以后的游记散文吸取并发展了这一写作特点，简洁精练、生动传神成为古代优秀游记散文的一个鲜明特色。如清代桐城派姚鼐的游记散文《登泰山记》，这篇文章在组织结构上就有主次分明、简繁得当的特点，描绘的一幅幅画面都异常逼真、生动。

融情于景，即事寄慨，是我国古代游记散文的又一大特点。

唐代柳宗元在贬官永州后所撰写的《永州八记》，既开创了独立完整的游记散文，又开创了游记散文以山水抒写怀抱的优良传统。宋代欧阳修的《醉翁亭记》也是寄情山水的名篇，作者在山水风景的描写和记录里，不声不响地

穿越时空的价值印记

寄寓抒发了作者的性情，作者的欣慰和悲苦都含蓄地蕴藏在风景的描绘与气氛的渲染当中。

记游说理，借景立论，是中国古代游记散文的再一特点。

游记散文发展到北宋时期，由于受当时思想界学术界比较注重务实和进取精神的影响，产生了说理性的游记，反映了宋代散文议论化的倾向。这类作品虽然大多记述了他们游览的山水名胜、文物古迹，但有的也发表游后的感触，记议结合，有的则立意于议论，借记游来说理。王安石的《游褒禅山记》和苏轼的《石钟山记》就是这类游记中的名篇。

宋代开创的说理性游记对后代产生了一定的影响，此后，记游说理的作品历代不绝。齐梁的刘勰在《文心雕龙·物色》里说："是以诗人感物，联系不穷。流连万象之际，沉吟视听之区，写气图貌，既随物以宛转；属采附声，亦与心而徘徊。"以"山川之美"作为基本描写对象的我国古代优秀的游记散文也深知其味。他们的创作往往不仅停留于对自然景物的单纯描摹，而是在简洁生动的写景过程中或融入感情、抒发感慨，或阐明道理、发表议论，从而使作品既具有景趣、理趣，达到写景与写心互相交融的艺术境界。

后　记

　　编写《穿越时空的价值印记——国学经典与社会主义核心价值观》一书的初衷是为培育社会主义核心价值观和弘扬中华优秀传统文化，找到一个契合点，尽绵薄之力。本书力求融国学经典与社会主义核心价值观于一体，深入挖掘经典古诗文中的正确价值取向，让广大干部群众尤其是青少年学生深入理解文化强国的意义，增强文化自信，主动承担弘扬中华优秀传统文化的重任，形成践行社会主义核心价值观的自觉。

　　本书编写人员有中南大学文学与新闻传播学院、第二附属中学和法学院的有关专业老师。编写工作耗时近两年，老师们查阅了大量的文献资料："经典阅读"精选了160余篇与社会主义核心价值观密切关联的经典古诗文；"鉴赏指津""趣味故事"和"古为今用"中相当一部分为原创；"知识链接"选取了120余篇相关的文学知识。编写过程中召开专题研讨会十余次，每一次会议，全体编写人员都认真讨论，各抒己见，仔细推敲，反复斟酌，力求精准。正因为大家齐心协力，才有了本书的出版。

　　在本书即将付梓之际，我们有太多感谢的话要说：感谢肖来荣、白寅、张武装、吴湘华等领导、教授的关心与支持！感谢刘贡求老师的指导与帮助！感谢彭辉丽、浦石编辑的辛勤与用心！感谢文学与新闻传播学院和法学院有关学生参与资料的查阅与整理！

　　感谢长沙市第一中学校长廖德泉、湖南师范大学附属中学校长谢永红、长沙市长郡中学校长李素洁和长沙市雅礼中学校长刘维朝等名校校长的联袂推荐！校长们作为青少年学生的领路人，对本书寄予的厚望让我们既感到了压力，也倍增了前行的动力。

穿越时空的价值印记

230

尤其要感谢的是张尧学院士和何继善院士！何继善院士欣题书名、张尧学院士慷慨赠序，关爱和期许之情难以备述，我们唯有更加努力，才能报答其万一。

"观今宜鉴古，无古不成今"。我们期望广大干部群众尤其是青少年学生在阅读时能真正从国学经典中探究出社会主义核心价值观的精髓，举一反三，古为今用。

愿社会主义核心价值观深深根植于国人心中，愿国学经典永远散发出熠熠夺目的光彩，瓜瓞绵绵，晖光日新。

编 者

2018 年 5 月

后

记

I

图书在版编目（ＣＩＰ）数据

穿越时空的价值印记：国学经典与社会主义核心价
值观：全3册／董龙云，杨雨主编. --长沙：中南
大学出版社，2018.5
　　ISBN 978 - 7 - 5487 - 3131 - 3

　　Ⅰ.①穿… Ⅱ.①董… ②杨… Ⅲ.①国学－青少年
读物 ②社会主义建设－价值论－中国－青少年读物 Ⅳ.
①GZ126－49 ②D616－49

中国版本图书馆 CIP 数据核字（2018）第 109510 号

穿越时空的价值印记
——国学经典与社会主义核心价值观
CHUANYUE SHIKONG DE JIAZHI YINJI
——GUOXUE JINGDIAN YU SHEHUIZHUYI HEXIN JIAZHIGUAN

董龙云　杨　雨　主编

□责任编辑	彭辉丽　浦　石	
□责任印制	易红卫	
□出版发行	中南大学出版社	
	社址：长沙市麓山南路	邮编：410083
	发行科电话：0731 - 88876770	传真：0731 - 88710482
□印　　装	长沙德三印刷有限公司	

□开　　本	710×1000　1/16	□印张 46.5	□字数 720 千字	□插页 2
□版　　次	2018 年 5 月第 1 版	□2018 年 10 月第 3 次印刷
□书　　号	ISBN 978 - 7 - 5487 - 3131 - 3
□定　　价	158.00 元

穿越时空的价值印记

何继善 善题

何继善

中南大学教授

中国工程院首批院士　地球物理学家

工程管理学家　书法家

《工程管理前沿（英文）》主编

《工程地球物理学报》主编

中国工程院书画社副社长

湖南省书法家协会顾问

原中南工业大学校长

原湖南省科学技术协会主席

穿越时空的价值印记

——国学经典与社会主义核心价值观(二)

董龙云　杨　雨　主编

中南大学出版社
www.csupress.com.cn
·长沙·

编 委 会

内容简介

    本书紧扣社会主义核心价值观，精选与之相关联的"蕴含着民族最根本的价值基因"的国学经典古诗文，旨在促进传承国学经典与培育社会主义核心价值观的有机融合，达到古为今用、以文化人的目的，充分彰显思想性、学术性、趣味性和实用性。本书的撰写，意欲深入挖掘和阐发中华优秀传统文化的时代价值，为培育和践行社会主义核心价值观提供有效的文化依据，同时试图引导广大干部群众尤其是青少年学生透过这些历久弥新的国学经典通晓社会主义核心价值观的文化来源，增强其文化自信和价值自信。

    本册围绕社会主义核心价值观之"社会层面的价值取向"，即倡导自由、平等、公正、法治四大主题展开。"虚空无障碍，来往任纵横"，享受精神自由；"吾道不遗贤，霄汉期芳馨"，昭示平等可贵；"持心如衡，以理为平"，彰显公正合理；"王子犯法，与庶民同罪"，明告法治可期。每个主题由"主题简述"开篇，续以八至九章。每章前面有"导读"，"导读"之后并列"经典阅读""鉴赏指津""趣味故事""古为今用"和"知识链接"五个部分。

序

中华文化绚丽千秋，历久弥新。"前有古人，星光灿烂；后有来者，群英堂堂。"一个国家、一个民族强大的根本就是文化兴盛。试想，没有深厚历史文化积淀、没有悠久文明传承的中国，怎么可能会有文化的创新、自信和文化的发展、繁荣？又怎么可能会有伟大"中国梦"的实现？

习近平总书记就曾指出："培育和弘扬社会主义核心价值观必须立足中华优秀传统文化。"① 他还说："认真汲取中华优秀传统文化的思想精华和道德精髓，大力弘扬以爱国主义为核心的民族精神和以改革创新为核心的时代精神，深入挖掘和阐发中华优秀传统文化讲仁爱、重民本、守诚信、崇正义、尚和合、求大同的时代价值，使中华优秀传统文化成为涵养社会主义核心价值观的重要源泉。"①

党的十八大更是把"建设社会主义核心价值体系"提到了前所未有的高度。2013 年 12 月 23 日，中共中央办公厅印发《关于培育和践行社会主义核心价值观的意见》，明确了社会主义核心价值观的基本内容，即 24 字核心价值观，涉及三个层面：国家层面的价值目标——富强、民主、文明、和谐；社会层面的价值取向——自由、平等、公正、法治；公民个人层面的价值准则——爱国、敬业、诚信、友善。党的十九大明确把"培育和践行社会主义核心价值观"写入了党章。

这部《穿越时空的价值印记——国学经典与社会主义

1

核心价值观》正是为了响应党中央的号召、为了适应中华文化伟大复兴的迫切需要而精心编撰的。我们的初心是希望国学经典所承载的精神营养在当代的中国仍然能够散发永恒的香味。因为，那是来自中华民族灵魂深处的馨香，是无数先贤披荆斩棘、筚路蓝缕的心路历程，是经过漫长的历史检验并且能够超越时空呈现出普遍性生命体验和经验的智慧结晶。这样的经典，必然会在新的时代与社会主义核心价值观产生共鸣，并氤氲于空气中，流淌在我们的血脉中！

"中国古代历来讲格物致知、诚意正心、修身齐家、治国平天下。从某种角度看，格物致知、诚意正心、修身是个人层面的要求，齐家是社会层面的要求，治国平天下是国家层面的要求。我们提出的社会主义核心价值观，把涉及国家、社会、公民的价值要求融为一体，既体现了社会主义本质要求，继承了中华优秀传统文化，也吸收了世界文明有益成果，体现了时代精神。"[②]

"中华文明绵延数千年，有其独特的价值体系。中华优秀传统文化已经成为中华民族的基因，植根在中国人内心，潜移默化影响着中国人的思想方式和行为方式。今天，我们提倡和弘扬社会主义核心价值观，必须从中汲取丰富营养，否则就不会有生命力和影响力。比如，中华文化强调'民惟邦本''天人合一''和而不同'；强调'天行健，君子以自强不息''大道之行也，天下为公'；强调'天下兴亡，匹夫有责'，主张以德治国、以文化人；强调'君子喻于义''君子坦荡荡''君子义以为质'；强调'言必信，行必果''人而无信，不知其可也'；强调'德不孤，必有邻''仁者爱人'、'与人为善''己所不欲，勿施于人''出入相友，守望相助''老吾老以及人之老，幼吾幼以及人之幼''扶贫济困''不患寡而患不均'，等等。像这样的

思想和理念，不论过去还是现在，都有其鲜明的民族特色，都有其永不褪色的时代价值。这些思想和理念，既随着时间推移和时代变迁而不断与时俱进，又有其自身的连续性和稳定性。我们生而为中国人，最根本的是我们有中国人的独特精神世界，有百姓日用而不觉的价值观。我们提倡的社会主义核心价值观，就充分体现了对中华优秀传统文化的传承和升华。"③

新时代呼唤我们培育和践行社会主义核心价值观，传承和弘扬中华优秀传统文化，肩负起中华民族伟大复兴的历史重任。宋了然先生曾在《五千年不死，有一种伟大叫做中华!》一文中说："一个民族、一个国家的伟大，不在其曾经创造过如何辉煌、灿烂的历史，不在其曾经有多么辽阔的版图和如山的财富，而在于是否能将其所代表的文化不断传承且发扬光大，能否在其民族面临危机时诞生出一批批有着极大历史自觉的志士，去承担民族救亡的责任，将其民族的血脉延续，使其国家的文脉流长。"放眼世界文明，有太多盛衰兴亡、陵谷变迁，唯有我们中华文明依然屹立在世界的东方，只因为有一批又一批志士仁人始终深深地爱着她，坚定地护佑着她。在泱泱大国多灾多难的振兴道路中，我们始终能看到先哲时贤上下求索、行走不息的身影，那是我们永远的指路明灯。

不管国家处于什么境遇，我们的先辈始终能铭记并践行"国家兴亡，匹夫有责"的神圣使命，生命不息，奋斗不止。也正是经历了一次次痛彻心扉的跌倒和一次次揩干血泪的不屈，中华民族不屈的灵魂才得以锻造，才能如凤凰涅槃，浴火重生。

当我们拂去历史的尘埃，那些泛黄的书页会让我们感受到历久弥新的魅力。让我们一起去经历"断竹、续

竹、飞土、逐肉"的劳动艰辛,去欣赏"三人操牛尾,投足以歌八阕"的休闲娱乐,去感受"丰年处处人家好,随意飘然得往还"的安居乐业,去桃花源中,去岐王宅里,去岳阳楼上……与先辈进行心灵的对话。让我们一起,沐浴着复兴中华民族伟大"中国梦"的春风,鉴古识今,迎接决胜全面建成小康社会的绚烂前景!

愿《穿越时空的价值印记——国学经典与社会主义核心价值观》能够温暖你我。在中华民族伟大复兴的道路上,我们不忘初心,砥砺前行!

2018 年 5 月

(张尧学,中国工程院院士、国务院学位委员会委员、《电子学报》英文版主编、中国作家协会会员,湖南省科协主席,中南大学、清华大学教授、博士生导师。曾任教育部科学技术司司长、高等教育司司长、学位管理与研究生司司长、国务院学位委员会办公室主任、中南大学校长等职务。)

注:

①《习近平在中共中央政治局第十三次集体学习时的讲话》(2014 年 2 月 24 日)。

②习近平《青年要自觉践行社会主义核心价值观》(2014 年 5 月 4 日)。

③习近平《青年要自觉践行社会主义核心价值观》(2014 年 5 月 4 日)。

目　录

1

穿越时空的价值印记

第五篇

自　由

主 题 简 述

　　党的十七大、十八大一再把"自由"确认为社会主义公民意识的基本要素之一。"自由"作为社会主义核心价值观"社会层面"的首位价值，兼具社会性和历史性，它是一种更真实、更广泛的自由。

　　中华民族伟大复兴的"中国梦"是要让每个人获得发展自我的机会，保证人民平等参与的权利，并让人民享受到发展的成果。近代中国因制度腐朽、积贫积弱而沦为半封建半殖民地国家，毫无独立、自由与尊严的屈辱历史，使中华民族早已产生自由精神。

　　放眼历史，"自由"并不是一个西方文化的"舶来品"，而是深深扎根于中国传统文化的本土思想。"自由"一词最早见于《史记》："言贫富自由，无予夺"。这里的"自由"是"由自"，即由自己的行为所致。此后，"自由"这一概念不断获得新的阐释。

　　中国的传统国学在"自由"维度上首要的追求指向"心性的自由"。

这种"心性的自由"常常表现为自在、自得、自适、自乐等个人的内心感受和心态，引发了古代诸子百家对于"自由"各抒己见。

儒家的自由观发轫于孔子。《论语》中有许多对于自由的形象表述，如"吾十有五而志于学，三十而立，四十而不惑，五十而知天命，六十而耳顺，七十而从心所欲不逾矩。"（《论语·为政》）"莫春者，春服既成，冠者五六人，童子六七人，浴乎沂，风乎舞雩，咏而归。"（《论语·先进》）从中可以窥知儒家所推崇的率真与率性是一种适应社会礼义规范的自由境界，以及内在自由与外在自由、自身自由与他人自由的高度统一。孟子所谓"养浩然之气"，提倡张扬个体精神力量与人格之美，享受"万物皆备于我，反身而诚"（《孟子·尽心上》）的人生乐趣，在这种人格气象的熏陶中，达到"富贵不能淫，贫贱不能移，威武不能屈"（《孟子·滕文公下》）的自由境界。以儒家的独立精神为追求的诗人、士人常常呼唤着自由人格，如杜甫"出门无所待，徒步觉自由"，白居易"行止辄自由，甚觉身潇洒"。严复指出"吾观韩退之《伯夷颂》，美其特立独行，虽天下非之不顾。王介甫亦谓圣贤必不徇流俗，此亦可谓自繇之至者矣"。甚至，自由更是一种自给自足、悠闲自乐的生活状态。魏晋时期，"人"的意识开始觉醒，遂有陶渊明欣然"采菊东篱下，悠然见南山"，嵇康"晨登箕山巅，日夕不知饥"，阮籍"驱马舍之去，去上西山趾"。

道家的自由意味集大成于老庄。老子讲"道法自然""虚心无为"，庄子强调"得至美而游乎至乐""无听之以耳而听之以心"的"心斋"，都反映了道家集体清心寡欲、自然而然的"自由观"。《逍遥游》中曾有对"自由"的具体描述："至人无己，神人无功，圣人无名"。这充分表达了道家思想者们意出尘外、不凝滞于物的心性，对人超越本体和外在束缚的绝对自由精神的追求。庄子主张通过"心斋""坐忘"来超越现实，达到"物物而不物于物"（《庄子·山木》）、"不以物害己"（《庄子·秋水》）的自由境界。他幻想自己可以"独与天地精神相往来""上与造物者游，下与外死生、无终始者为友"（《庄子·天下》），从内到外摆脱世俗的束缚，从而获得精神与心灵上的高度自由。这在一定意义上促成了中国式心性自由理念的形成，也使之解脱内心的枷锁，不断发现、塑造和完善自我，最终成为精神自由的人。

释家认为人要脱离世俗的苦海，解除世俗的烦恼，追求一种"任性逍遥，随缘放旷""虚空无障碍，来往任纵横"的自由生活。"自由"一词在佛教中出现的频率相当高，不少禅语所表达的都是人类对自由的追求与向往。小乘佛教的"自度"追求的是个体的自由；大乘佛教的"普度"则追求的是群体的自由。"自度"与"普度"启发人们断除烦恼，渡过苦海，超脱生死轮回，达到"涅槃"的境界———一种高度智慧的、自由的精神境界，因此佛家的自由理念也可以称之为一种"智慧的自由"。

在中国文化里，儒释道三家的生命理想都非常接近自由的状态，在精神层面，他们同样追求自由的灵魂，主张构建独立的人格，都可以因为心的独立自由而不以物喜、不以己悲。中华民族的自由精神传统，正来自于儒、道、释自由追求之汇通。

"自由"的积极含义就是一切行动都是它自身原则的泉源，而其消极含义则是行动不受外来作用的限制。古代中国的知识分子释放自我，依靠的就是"自由"精神。这种"自由"的生存在本质上讲的是一种审美的态度，是其憧憬与向往的一种高度艺术化的生活。

从哲学的角度来看，自由与必然密切相关，必然是指事物发展的客观规律，自由是指作为主体的人对于必然的认识和依照必然律对于客观世界的改造，即合目的性与合规律性的统一。自由突显秩序，在有形的层面，所有的自由必然都有其边界，法度之内是令行禁止，那么相对应的，法度之外就是行动自由。而有秩序的自由才是有保障的自在，无秩序的自由只是野蛮的乱象。所以法家的"明法度"，其实更好地规范了"享自由"。如果在现实社会的严格秩序之内，一个人的灵魂依然能够充分体会到自由，这样的灵魂才真正具有力度，甚至是具有艺术性的。这些内容构成了支撑中国古人陶冶身心的自由王国。

《共产党宣言》里有这样的一句话：以每个人的自由发展为条件的一切人的自由发展。自由并不单纯限于个人层面，集体、国家、民族乃至整个人类都为自由而奋斗，正如马克思所说"人的类特性恰恰就是自由和自觉的活动""自由是全部精神存在的类本质"。在这个意义上，人的本质精神就是自由，人的历史就是不断追求自由并且获得自由，并将自由精神积淀在文化传统之中的历史。

　　自由的意义在于开启创造。每一个创造者主体在完全排除了外在干扰，抛弃了世俗的束缚之后，进入了内心世界的"空空洞洞，无一点尘埃"（王昱《东庄画论》）的境界，获得了心灵的解放。这种自由激发了创造者超越现实、超越时空、超越自我的创造性想象与灵感，像"乘天地之正，而御六气之辩，以游无穷"（庄子《逍遥游》），像"有时意静神王，佳句纵横，若不可遏，宛如神助"（皎然《诗式·取境》），既追求群体的自由，又追求个体的自由；既不放弃现实的自由，又追求理想的自由；既向往人身的自由，又追求精神的自由。自由的意义在于开启创造。每一个创造者主体在完全排除了外在干扰，抛弃了世俗的束缚之后，进入了内心世界的"空空洞洞，无一点尘埃"（王昱《东庄画论》）的境界，获得了心灵的解放。这种自由激发了创造者超越现实、超越时空、超越自我的创造性想象与灵感，像"乘天地之正，而御六气之辩，以游无穷"（庄子《逍遥游》），像"有时意静神王，佳句纵横，若不可遏，宛如神助"（皎然《诗式·取境》），既追求群体的自由，又追求个体的自由；既不放弃现实的自由，又追求理想的自由；既向往人身的自由，又追求精神的自由。

　　中华民族的自由精神在不同的时代有不同的历史表现形式，而超越精神和创造精神却是一直贯彻于其中的。十九大报告指出：文化自信是一个国家、一个民族发展中更基本、更深沉、更持久的力量。中华文化是中华民族生生不息、团结奋进的不竭动力，要全面认识祖国传统文化，取其精华、去其糟粕，使之与当代社会相适应、与现代文明相协调，保持民族性，体现时代性。作为广大干部群众特别是青少年学生，我们要用踏实的脚步，坚强的意志，充满自信地插上青春的翅膀，为中华民族的伟大复兴展翅翱翔。但我们也要清醒地认识到，自由不是绝对的，人生有"格"，我们要树立"行己有耻""止于至善"的高尚品格，不断完善自我，既能独善其身，更要兼济天下。

第一章　自由生存　众生平等

导　读

　　生存自由是自由精神之第一要义。生命是自由的，生存也是自由的，万物有灵且美，有其自然生存之道，并得以生生不息、绵绵不绝。老子言"道法自然"。尊重生命平等，不将万物据为己有，花开花落，云卷云舒，自淡然处之，以通逍遥之境。

一、经典阅读

　　人生天地之间，若白驹之过隙，忽然而已①。注然勃然，莫不出焉；油然漻然，莫不入焉②。已化而生，又化而死。生物哀之，人类悲之。解其天弢，堕其天袠③，纷乎宛乎④，魂魄将往，乃身从之，乃大归乎！不形之形，形之不形⑤，是人之所同知也，非将至之所务也，此众人之所同论也。彼至则不论，论则不至。明见无值⑥，辩不若默。道不可闻，闻不若塞。此之谓大得。

　　　　　　（节选自《庄子·知北游》，王孝鱼点校《庄子集释》，中华书局 2013 版）

【参考注释】

　　①乃不足惜。白驹，骏马也，亦言日也。隙，孔也。夫人处世，俄顷之间，如驰骏驹之过孔隙，欻忽而已，何曾足云也！

5

②出入者，变化之谓耳，言天下未有不变也。注勃是生出之容，油漻是入死之状。言世间万物，相与无恒，莫不从变而生，顺化而死。

③独脱也。彀，囊藏也。帙（zhì），束囊也。言人执是竞非，欣生恶死，故为生死束缚也。今既一于是非，忘于生死，故堕解天然之彀袠也。

④无为用心于其间也。纷纶宛转，并适散之貌也。魂魄往天，骨肉归土，神气离散，纷宛任从，自有还无，乃大归也。

⑤夫人之未生也，本不有其形，故从无形；气聚而有其形气散而归于无形也。

⑥值，会遇也。夫能闭智塞聪，（故）冥契玄理，若显明闻见，则不会真也。

二、鉴赏指津

《知北游》是庄子"外篇"的最后一篇，以篇首的三个字作为篇名。"知"是寓托的人名，音同智，"北游"指向北方游历。"北"并非实指，而是指幽冥昏暗之地，即所谓不可知的地方。庄子认为"道"是不可知的，开篇便预示了主题。本篇内容主要是在讨论"道"，一方面指出了宇宙的本原和本性，另一方面也论述了人对于宇宙和外在事物应取的认识与态度。

通过老聃与孔子的谈话，本篇描述了大道存在的独特方式，借以说明大道的特点。人生于天地之间，犹如白驹过隙般短暂。世间万物莫不从变化而生，顺化而死。生死往来都是造化变化，从自然束缚中得以解脱，不需要为此悲伤。

宇宙万物源于"气"，包括人的生死也是出于气的聚散。从没有形体到有形体，又从有形体变为没有形体，这是人所共知的，也是人们所共同谈论的话题，绝不是体察大道的人所追求的道理。体悟大道的人就不会去议论，议论的人就没有真正体悟大道。用聪明智慧去识见大道就不能真正有所体察，宏辞巧辩不如闭口不言。"道"是不能闻知的，闻听不如闭塞，这就算得上真正懂得了玄妙之道。

《知北游》在"外篇"中具有重要地位，对于了解《庄子》的哲学思想体系也较为重要。"道"是指对于宇宙万物的本原和本性的基本认识。本文还认为"道"具有整体性,它无处不在,但又不存在具体形象,它贯穿于万物变化的始终。生与死、长寿与短命、光明与幽暗……都具有相对性,它们既是对立的,又是相生、相互转化的,这无疑是朴素的唯物辩证观。但基于宇宙万物的整体性和同一性认识,庄子认为"道"是不可知的,"知"反而不成其为"道",主张无为,顺其自然,一切都有其自身的规律,不可改变,也不必去加以改变。

三、趣味故事

神龟曳尾

楚威王得知庄子是一位贤达之士,想把国内的政事托付给他,就派了两位大夫带着玉帛前往庄子家里,传达这个任命。使者到庄子家里的时候,庄子正在濮水边钓鱼。他头戴一顶斗笠,身披一张蓑衣,在和风细雨中神态安闲,悠然自得。

听使者说明来意后,庄子头也不回,依旧手持钓竿,望着平静的水面。他缓缓地说:"我听说呀,楚国有一只活了三千年的神龟,它死了以后,大王用锦缎包好,把它珍藏在庙堂之上。那神龟是更愿意死去留下骨骸而显示尊贵,还是宁愿活在烂泥里拖着尾巴爬行呢?"使者们听了庄子这话,面面相觑,不知如何应答,随之恍然大悟道:"自然是情愿活着在烂泥里摇头摆尾。"庄子微微一笑,说:"我宁愿像龟一样在烂泥里拖着尾巴活着。"

庄子这么说的意思,就是不愿意接受楚王的任命。庄子是道家的代表人物,曾说过"道之真以治身",也就是道真正有价值的地方是用来修养自身的。这篇文章集中体现了庄子这一思想:拒绝到楚国做高官,宁可像一只乌龟拖着尾巴在泥浆中活着,也不愿让高官厚禄束缚了自己,不愿任凡俗政务让自己身心疲惫。他鄙弃富贵权势,不为官所累,坚持不受束缚,逍遥自在生活的超然物外的高尚品质,表现了他对人格独立、精神自由的追求。

(故事出自《庄子·秋水》)　7

四、古为今用

张充和：十分冷淡存知己，一曲微茫度此生

世界是参差百态的，每个生存者都能活出自己的样子，张充和就是一个自由舒展、活出了自己的姿态的人。

张充和被誉为"民国最后的才女"，她是真山真水之间的留白，一生淡泊。金安平说她喜欢保持单身女性的身份，自由自在，不在意社会对已婚女性的期待，她童年时便习惯独处，从不觉得人非要结婚，不受制于社会压力。

2006 年，米米·盖茨在外地给张充和举办过一次规模很大的展览，动用了私人飞机来接她。张充和有个木头做的容器，出门的时候，什么都往里面装，跟着飞机走。她说："这将来就是我的棺材。"2008 年，张充和被查出罹患癌症。她说："没有关系了，一个人要死总是要有个原因的。"她面对生活，尽是"不经意"；面对死亡，尽是"不在意"。

"十分冷淡存知己，一曲微茫度此生"，这是张充和最广为人知的诗句。正如诗句所言，张充和生性淡泊，不好名利。因此，尽管有着"民国最后的才女""民国最后的闺秀"的美誉，她却终其一生也未留下过一本传记。人们唯有从孙康宜的《曲人鸿爪：张充和曲友本事》和苏炜的《天涯晚笛：听张充和讲故事》中，才能窥得这位被章士钊比作蔡文姬的才情女子的人生一角。

张充和，1913 年生于上海，祖籍合肥，是晚清淮军主将、两广总督署直隶总督张树声的曾孙女，也是教育家张武龄的第四个女儿。她的三个姐姐分别是张元和、张允和、张兆和。出身名门的四姐妹个个兰心蕙质、才华横溢，有"合肥四姐妹"美称。叶圣陶曾说："九如巷张家的四个才女，谁娶了她们都会幸福一辈子。"

1933 年，张充和考北大时，数学拿了零分，国文却是满分，故而被破格录取。1948 年，张充和与美籍汉学家傅汉思结婚。她建议丈夫将原先的音译名"汉斯"改为"汉思"，虽为美籍人但"思汉"也。1949 年，张充和随夫赴美，

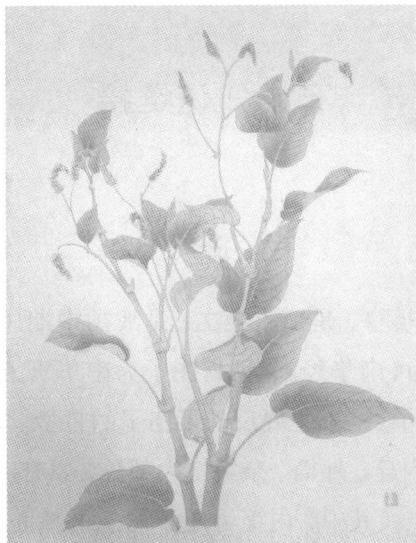

50 余年来，在哈佛、耶鲁等知名学府任教，她教的是书法与昆曲。

傅汉思曾在一本诗歌集的致谢中，这样形容妻子张充和：我的妻子体现着中国文化中那最美好精致的部分。而这些美好与精致，在张充和百岁之时依旧留存在她的身上。

晚辈们说，张充和"直爽""有话直说""喜恶分明""简朴""淡泊"，绝不"矫揉造作"。纵使去美国这么多年，她依然很"中国化"，喜欢穿布制的旗袍，接待客人时也永远是整洁礼貌的，绝不会衣冠不整、蓬头垢面。这是她的讲究，也是中国传统文化里对"礼"的讲究。

中国美术学院教授、著名书法家王冬龄，曾于 1991 年在美国与张充和先生有过一面之缘："她的书法，透出自然、安静、娴雅的感觉，格调非常高，令人敬佩……再加上她非常幽静的心境加修养，字写出来就非常儒雅，有书卷气。可以看出，她在魏碑上也下过功夫。包括她的钢笔字，也能感觉到书法的修养和臂力。"

这样的人无疑是强大的，因为她的内心有所寄托，自身形成了一个小宇宙，不会轻易受到外界的干扰和影响。对于诗词、书法、绘画、昆曲的喜好、痴迷，完全来自内心的渴求和需要，她不在乎别人的掌声和赞扬。做自己的事，走自己的路，活出自己的姿态，让自己真正乐在其中，获得真正的自由。

五、知识链接

《庄子》

《庄子》又名《南华经》，是道家经文，是战国中期庄子及其后学所著，到了汉代以后，便被尊为《南华经》，且封庄子为南华真人。其书与《老子》《周易》合称"三玄"。《庄子》一书主要反映了庄子的哲学、艺术、美学与人生观、政治观等等。郭象分内篇、外篇、杂篇三大部分，原有五十二篇，现存三十三篇，大小寓言二百多个。其中，内篇为庄子思想的核心，有七篇；外篇十五；杂篇十一。该书包罗万象，对宇宙、人与自然的关系、生命的价值等都有详尽的论述。

庄子的文章，想象奇幻、构思巧妙，描写了多彩的思想世界和文学意境，文笔汪洋恣肆，具有浪漫主义的艺术风格，瑰丽诡谲，意出尘外，乃先秦诸子文章的典范之作。庄子之语看似夸言万里，想象漫无边际，然而都有根基，重于史料议理。鲁迅先生评庄子文章"汪洋捭阖，仪态万方，晚周诸子之作，莫能先也"。被誉为"钳揵九流，括囊百氏"。

《庄子》不仅是一本哲学名作，更是文学上的寓言杰作典范，对中国文学的发展有着不可分割的深远影响。庄子寓言的出版和研究使得中国文化的优秀传统得以继承和发展，中华民族的精神得以发扬，在现实意义上，《庄子》更为社会主义文明的建设做出了不可忽视的精神铺垫。

穿越时空的价值印记

第二章　自由发展　渐入佳境

导　读

　　发展的自由是自我完善的自由。欲追求自由之境，要做到修身养性，知行合一，情理通达。古代文人在"进"与"退"的人生旅途中实现内外兼修，展现出人生智慧：身处逆境就潜心自修，不为外物所惑；身处顺境就福泽世人，以天下为己任。

一、经典阅读

　　孟子曰："尽其心者知其性也，知其性则知天矣①。存其心，养其性，所以事天也②。殀寿不贰③，修身以俟之，所以立命也。"

（《孟子·尽心上》，沈文倬点校《孟子正义》，中华书局 2015 年出版）

【参考注释】

　　①性有仁义礼智之端，心以制之。唯心为正。人能尽极其心，以思行善，则可谓知其性矣。知其性，则知天道之贵善者也。

　　②能存其心，养育其正性，可谓仁人。天道好生，仁人亦好生。天道无亲，惟仁是与，行与天合，故曰所以事天。

　　③贰，二也。仁人之行，一度而已。虽见前人或殀或寿，终无二心，改易其道。

11

二、鉴赏指津

孟子肯定自身修养的重要性，他认为竭尽人的本心就是知晓人之本性，就能知晓上天，保持本心，养育本性，以此侍奉上天。孟子也谈论上天和命运，但他不消极等待命运的安排，而是强调个体的道德自律——无论寿命长短都无二心，始终修养自身来等候上天的安排，以此安身立命。李泽厚在《中国古代思想史论·孔子在评价》中评道如此能"极大地突出了个体的人格价值及其所负的道德责任和历史使命"。

经由自修而臻于自由之境，是儒释道的共同追求。世界万物始终处于运动变化之中，顺应这种变化，通过修身养性挣脱生与死、苦与乐、善与恶、贫困与富有等两端困惑，经历"看山水是山水，看山水不是山水，看山水仍是山水"三境界，达到至真至善至美的自由境地。

中国文人历来立志于"穷则独善其身，达则兼济天下"，这是他们一直追求的政治目标和人生理念，这其中包含了儒家与道家入世和出世的态度。儒家讲究修身、齐家、治国、平天下，这几个目的层层递进。即使无力改变更多时，也至少要做到独善其身，有余力了就要兼济他人，一个人在显达的时候能以天下为己任，尽自己的能力帮助弱势群体，而在困窘之时还不放弃个人修养，还能胸怀天下。于是有颜回"一箪食，一瓢饮，在陋巷"（《论语·雍也第六》）而不改其乐；范仲淹"居庙堂之高则忧其民，处江湖之远则忧其君"（《岳阳楼记》）；杜甫"安得广厦千万间，大庇天下寒士俱欢颜"（《茅屋为秋风所破歌》）。

这是自我发展的正道，即无论进退，都不忘自我地追求与发展，意识到自己永远处于不断提升的路途中。有了这种意识，才能更自由地发展，也才能具有更大的发展潜能。

穿越时空的价值印记

三、趣味故事

东坡在杭州的故事

苏东坡曾经两次在杭州做官。

第二次与第一次相隔15年，他第二次来到杭州任太守。刚到任时就遇杭州大旱，荒年歉收，饥疫并发，苏东坡急百姓所急，一面申奏朝廷减免上供税赋三分之一，合计50多万石，获得批准；同时又减价出卖储备粮数十万石，用于救济灾民。而瘟疫使大街小巷挤满灾民和求医问药的穷百姓。杭州城里药材短缺，有的药家就乘机抬价，大发横财。苏轼亲自到灾民中去了解情况，使用"圣散子"救活无数病人。同时，苏东坡还创设医坊，供应粥、药，专门派官员和医生分赴各社区救治病人，救活了许多病人。苏东坡从这次灾害中感到杭州为"水陆之会，疫死比他处常多"，于是他从长远考虑，从官库中拨出银子二千贯，同时自己捐出黄金五十两，用作基金，设立杭州病坊，取名"安乐坊"，这也是我国历史上第一家公立医院。

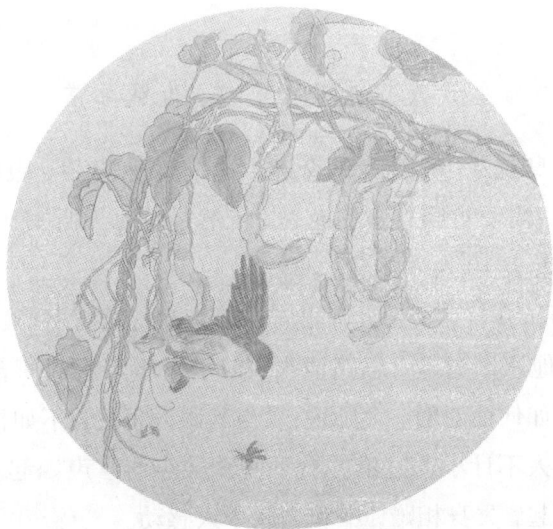

同时，相比 15 年前，那时西湖已被葑草湮没了大半，沼泽化已经十分惊人了。面临着这样的严重的情况，苏东坡立即着手制订疏浚西湖的方案，向朝廷上了《乞开杭州西湖状》的奏章。他主持的这次疏浚工程是规模空前的，发动数万民工除葑田，对全湖进行了挖深，疏湖港，把挖起来的泥堆筑了长堤，并建桥以畅通湖水，使西湖秀容重现，又可蓄水灌田。这条堆筑的长堤，改善了环境，既为群众带来水利之益，又增添了西湖景色。后来形成了被列为西湖十景之首的"苏堤春晓"。

当时，老百姓赞颂苏东坡为地方办了这件好事，听说他喜欢吃红烧肉，都不约而同地给他送猪肉，以表谢意。苏东坡收到猪肉后，觉得应该同数万疏浚西湖的百姓共同享用才好，于是叫家人把肉切成方块，按他《东坡肉经》里的烹调方法烧制，连酒一起送到百姓家里。这道菜被杭州百姓称之为"东坡肉"，流传至今，成为杭州传统的十大名菜之一。

人生总有"进""退"之际，倘能像东坡这样，既懂得造福百姓，又懂得与民同乐，不管遭遇何种境遇，都不忘自我的完善与发展，知行合一，如此，方能实现真自由。

四、古为今用

星云大师：安贫乐道，生死如常

星云大师本身就是一个生命的奇迹。这位年近 90 岁，眼底钙化、腿脚不便、心脏开过刀、需要打胰岛素的老人，依然坚持每天听书、写作、会客、演讲等工作，直到晚上 10 点才休息。

2015 年 10 月 30 日，星云大师出席在北京举行的新书《贫僧有话要说》发布式。言谈间，他诙谐逗趣、思路清晰，似乎全不为病痛所苦。有人问佛教徒遭遇毁谤时该如何面对时，大师说："与其跟人争论，不如把谩骂化成自己修行的动力。大人不计小人过嘛。"台下听众笑声与掌声四起。赠书环节，他努力从轮椅上站起，欠身相赠，谦和之风令人感动。

这一次大陆之行，星云大师的行程排得很密集。2015年10月17日，他从南京赶往宜兴大觉寺。第二天，多家媒体闻讯赶来，对星云大师进行采访。本以为他如此疲劳，可能会推迟晚上7点与《环球人物》记者的会面。怎料他不仅没有推迟，还提前5分钟到达会客大厅。他的脸上不但没有倦意，反而神采奕奕。大厅的灯光倾泻在他的黑色挂珠上，给每颗晶莹的珠子点上一个亮点，像是一只只炯炯有神的眼睛。

　　星云大师虽然在南京栖霞寺出家，但大觉寺才是他的祖庭。"76年前，大觉寺很简陋，但我很荣幸它在战争年代收留我，给我口饭吃。"2015年10月18日，他在大觉寺大雄宝殿开光仪式上说："10年前江苏省宗教局前局长翁振进问我可否回来复兴祖庭，我心里像触电一样。"于是，他复建了这片佛国净土。10月24日，他又赶赴无锡灵山，参加第四届世界佛教论坛。

　　星云大师在世界各地建了200多个道场，是公认的一代高僧，是海峡两岸的一座精神桥梁。与星云大师相识多年的《环球人物》记者感到，他虽然越来越年长，却散发出越来越多的活力。他向读者分享了近90年的人生感悟，把生死、名利、欲望这些世人参不透的话题剖析得异常透彻。

　　星云大师一生的历练和智慧都凝聚在"节制欲望、看淡生死"中。无论多么敏感的问题，生死也好，"政治和尚"也好，他始终平静如水，温和如故。访谈结束后，他主动站起来，要求跟《环球人物》记者合影并握手。他的腿不好，现在已经很少站立。但他的手大而温厚，就像深秋的早上起床时带着身体余温的被子。就是靠这双手和这双腿，星云大师建起佛光山，复兴大觉寺，践行了"人间佛教"之路，增进了海峡两岸的友好。

　　有的人虽然戴了许多光环，金光四闪，特别耀目，但金玉其外，败絮其中。有的人虽然没有辉煌的标记，但他们却成绩卓著，能力超凡，品质优秀，且不事声张。"佛走过的道路，我都不一定要走，我要走自己的道路。"虽然已经难以行走，但星云大师依然执着于"自己的道路"。这句话，是他人间佛教之路最好的注脚。

五、知识链接

胡适：老子、孔子、孟子的自由精神

2000 多年前有记载的历史，与 3000 多年前所记载的历史，对于自由这种权力，自由这种意义，也可说明了中国人对于自由的崇拜与这种意义的推动。世界的自由主义运动也是爱自由、争取自由、崇拜自由。世界的历史中，对这一运动的努力与贡献，有早有晚，有多有少，但对此运动都有所贡献。中国对于言论自由、宗教自由、批评政府的自由，在历史上都有记载。

中国自古以来便有信仰、思想、宗教等自由。在中国古代有一种很奇怪的制度，就是谏官制度，它相当于现在的检察院。这种谏官制度，成立在中国政治思想、哲学思想之前。这种谏官为的是监督政府、批评政府，谏官们都是冒了很大的危险，甚至坐监，牺牲生命。古时还有人借宗教来批评君主。在《孝经》中就有一章《谏诤章》，要人为"争臣""争子"。《孝经》本是教人以服从孝顺，但是君王父亲有错时，做臣子的不得不力争。古代这种谏官制度，可以说是自由主义的一种传统，就是批评政治的自由。此外，在中国古代还有一种史官，就是记载君王的行动，记载君王所行所为以留给千千万万年后的人知道。古代齐国有一个史官，为了记载事实写下"崔杼弑其君"，连其父母也被君主所杀，但到了晋国，事实真相依然为史官写出，留传后世。所以古代的史官，正如现在的记者，批评政治，使为政者有所畏惧，这却充分显示了言论的自由。

以上所说的一种谏官御史，与史官制度，都可以说明在中国政治思想与哲学思想尚未成立时，就非常尊重批评自由与思想自由。

中国思想的先锋老子与孔子，也可以说是自由主义者。老子说："民不畏死，奈何以死惧之？"孔子说："三军可夺帅也，匹夫不可夺志也。"老子"无为政治"的代表思想，有人说这就是无政府主义，反对政府干涉人民，让人民自然发展，这与孔子所代表的思想都是自由主义者。孔子所说的中庸之道，实际是一个中间偏左的态度，这可从孔子批评当时为政人的态度可以知道。孔子当时提出的"有教无类"，可解释为"有了教育就没有阶级，没有界限"。这与后来的科举制度，都能说明"教育的平等"。这种意见，都可以说是一种自由主义者的思想。

孟子说："民为贵，君为轻"。这种思想在两三千年前就被提出，实在是一个重要的自由主义者的传统。孟子说："富贵不能淫，贫贱不能移，威武不能屈。"这是孟子给读书人一种宝贵的自由主义的精神。

在春秋时代，因为国家多，"自由"的思想与精神比较发达。秦朝统一以后，定思想于一尊，自由因此受到限制，追求自由的人，处于这"无所逃于天地之间"的环境中，要想自由实在困难，而依然有人在万难中不断追求。在东汉时，王充著过一部《论衡》，共八十篇，主要的用意可以用一句"疾虚妄"说明。全书都以说老实话的态度，对当时儒教"灾异"迷信的态度予以严格的批评，对孔子与孟子都有所批评，可说是从帝国时代中开辟了自由批评的传统。再举一个例子：在东汉到南北朝佛教极盛的时候，其中的一位君王梁武帝也迷信佛教。当时有个范缜，他著述几篇重要文章，其中一篇《神灭论》，就是驳斥当时盛行的灵魂不灭，认为"身体"与"灵魂"，有如"刀"之与"利"。假如刀不存在，则无所谓利不利。当时君王命70位大学士反驳，君王自己也有反驳，他都不屈服，可说是一种思想自由的一个表现。再如唐朝的韩愈，他反抗当时疯狂的迷信。写了一篇《谏迎佛骨表》，痛骂当时举国为佛骨而疯狂的事，从而被充军到东南边区。后又作《原道》，依然反对佛教。在当时佛教如此极盛，他依然敢反对，这正是自由主义的精神。再以后如王阳明的批评《朱熹》，批评政治，而受到很多苦痛。清朝有"颜李学派"，反对当时皇帝提倡的"朱子学派"，都是在一种极不自由的时代，而争取思想自由的例子。

中国这两千多年的政治思想史、哲学思想史、宗教思想史，都可以说明中国自由思想的传统。

第三章　个性自由　不拘时俗

导　读

　　思想的自由在个体的体现，则是独立的精神与独立的品格。庄子言："独与天地精神往来。"魏晋士人在苦难的现实中寻找精神的自由，纵心肆志。不拘于现实，不流于世俗，不受外物束缚，精神独立，个性自由。

一、经典阅读

《兄秀才公穆入军赠诗十九首》其十八
嵇康

　　流俗难悟，逐物不还。至人远鉴，归之自然。万物为一，四海同宅。与彼共之，予何所惜。生若浮寄，暂见忽终。世故纷纭，弃之八成。泽雉虽饥[①]，不愿园林。安能服御，劳形苦心[②]。身贵名贱，荣辱何在。贵得肆志，纵心无悔。

　　　　　　　　　　　　（选自戴明扬校《嵇康集校注》，中华书局2015年版）

【参考注释】

①雉：野鸡。泽雉：沼泽中的野鸡。
②形：身体。

二、鉴赏指津

《兄秀才公穆入军赠诗十九首》乃是嵇康为送兄长嵇喜入司马氏军幕所作，他构想兄长行军时的生活：许是纵马驰骋，顾盼生姿，白日登高远望，晚上在兰草地上休息；许是打马涉江，驱车山林，目送南归的鸿雁，在河边悠闲垂钓；许是在信手抚琴，诗与乐和，朗月微风中饮下一杯浊酒。

这组四言诗各自成篇而又相互联系，从白昼到黑夜，按时间顺序将所观与所思相穿插，既抒发了兄弟分离的不舍之情，又表达了对嵇喜陷入世俗的劝阻以及对自由烂漫生活的追求。魏晋易代，司马氏篡政夺权，迫害异己，他不愿兄长身陷泥沼，成为朝廷鹰犬，这些诗歌既是送别，亦是规劝。

这首诗包含了嵇康对人生深沉的思考与感悟，他主张"越名教而任自然"，一生都在追求洒脱自由。俗世之人多纠缠于名利荣耀等身外之物，相对于那些被圈养而衣食丰足的富贵鸟儿，诗人更愿意做一只生长在沼泽里的野鸡，纵使饥肠辘辘，也好过在牢笼中不得自由、损耗心神。诗人唯愿纵心自然，遨游天地，与万物合一，忘却荣辱，做到精神上的超脱自由。

三、趣味故事

阮籍的青白眼

阮籍，字嗣宗，曹魏后期名士，竹林七贤之一。他非常孝顺，但行事怪诞，与常人不同。有一次，阮籍正在和别人下棋，突然有人跑来告诉他，他的母亲过世了。听到这个噩耗，大家都以为他会大惊失色，悲痛难以自禁。谁知他依旧保持原来的坐姿，连眉毛都不动一下，一摆手说："来，接着把这盘棋下完。"对弈者都有点把持不住了，他却一再坚持，直到分出胜负以后，他开始痛饮哭嚎，吐血数升。在母丧期间，阮籍照旧喝酒吃肉，毫不避讳，母亲下葬时，他悲泣啼血。旁人已经分不清他究竟是孝还是不孝了。

阮籍看不起热衷功名利禄的人，而在他眼里，嵇喜就是这样的人。因此当嵇喜前来吊丧的时候，阮籍翻着白眼对他，不屑于看此人一眼，气得嵇喜一个倒仰。嵇喜走了以后，嵇康带着一坛酒一张琴前来吊唁。阮籍素来喜爱嵇康的高雅尚洁，听说嵇康来了，他连忙赶出来相迎，而之前翻着白眼看嵇喜的眼神，也转变成了青眼相待，亲切有礼，与先前嵇喜在时判若两人。后世以青眼表示对人尊重或喜爱，白眼表示对人轻视或憎恶。由此也可以看出阮籍旷达不羁、不拘礼俗的真性情。

魏晋时期的名士，多率真任诞、清俊脱俗。他们厌恶礼教俗常，崇尚饮酒、服药、清谈、纵情山水的生活方式。彼时社会动荡、朝堂昏暗，司马氏争势篡位，士大夫生存环境十分险恶，他们纷纷逃离世俗名利，追求意志自由，精神独立。

（故事出自《晋书·阮籍传》）

四、古为今用

独立之精神，自由之思想

"独立之精神，自由之思想"，这是陈寅恪先生题写在清华大学王观堂先生纪念碑铭上的十个大字，也永远铭刻在包括许倬云先生在内的中国知识分子的心中。

第一是耻不如人。清华起初是用美国退还给中国的庚子赔款建立起来的，美国政府的本意是在中国知识分子当中培养一批"追随美国的精神领袖"，而学校偏又建在了被英法联军洗劫过的清华园和近春园。学生整天面对着被焚毁的断壁残垣，民族耻辱时时袭上心头。当时在学的吴宓曾有"热肠频洒伤时泪，妙手难施救国方"之叹。"五四"时，北京大学已高举"科学"与"民主"的大旗，而清华的闻一多贴出的岳飞《满江红》，主题还是雪耻。清华是留美预备学校，学生受着美国式的教育，而在出洋后却非常敏感于西方人对黄种人的歧视（可参阅吴宓、朱自清、闻一多的日记与书信），他们远较其他大学的学生蕴积着更深重的对于民族耻辱的痛感；改成大学后，如何摆脱美国的控制实现学术独立便成为清华建设的主题，而其深处的情感动因仍是雪耻。到了 20 世纪 30 年代，民族矛盾激化，梅贻琦任校长第一次讲话没讲学术自由却讲了莫忘国难，到了 1935 年一二·九运动发生之时，清华成为抗日救亡的中心堡垒。这种为民族雪耻的激情，在中华人民共和国成立后转化为建设祖国的献身意志。1978 年后，这种耻辱感重新化为清华大学办世界第一流大学的强大动力。"明耻"是清华精神的重要表征：耻中国科技与文明不如西方发达国家；耻清华不如西方的一流大学；耻清华某些方面不如国内兄弟院校；耻本学科水准不如校内先进学科；耻个人学习或科研不如其他同班同学或教研室出国人。"知耻而后勇"，清华人的耻辱感是民族耻辱感与个人耻辱感的综合，不同于西方基督教的纯个人罪感。它显得更加博大，也更加充实。

第二是讲究科学。清华改大是在"科学与玄学"论战之后，科学优势上扬。清华国学院一建立，主任吴宓就宣称本院与其他大学不同处在于重视"科学方法"（参见吴宓在国学院开学日的讲话），四大导师王、梁、陈、赵及吴宓、李济的研究成果证明此言不虚。梅贻琦到任后，办校重自由，更重"科学家的眼光和态度"，强调理性和纪律，主张一切以事实为出发点。这一点，构成清华与北大办学的不同风格，除上面提到的社会因素外，还同梅贻琦在美受的理工科教育背景有关。这种科学精神不仅贯彻于理工科建设而且旁及人文学科。冯友兰说清华文科的共同风格是追求"所以然""比较有科学精神"。中华人民共和国成立后，清华校长明确提出继承发扬严谨、科学的传统，并且在广度和深度上大大超越从前。

第三是重视实干。早在 20 世纪 30 年代，朱自清先生就说"清华的精神是实干"。直到现在，在校园的中心位置还树立着一块碑，上面写着"行胜于言"，如果再加上韩愈的"行成于思"，便可以很好地概括清华"实干"的特点。20世纪以前西方近代大学精神与此相反，强调大学精神在"思"，不在"行"，但进入20世纪，西方的大学也在变，变得更加重视"实用"。中华人民共和国成立后，清华被改造成为一所以工科为主的大学，"实干"的传统进一步充实了工科的操作型特点。每一重大决定的形成，都必有细密的操作程序和系统，以保证其能够获得实现。从培养计划、科研战略到校园管理都是如此。清华的毕业生中有多人进入中央、省部担任领导，这在很大程度上得益于实干作风。清华每年招生高居龙首，无可匹敌，也是因为它给学生家长与学生本人一个扎实可靠、稳定有序的信任感。从根本上说，"实干"同"后现代"时期相契合，它在某种程度上代表着大学教育从"思"向"行"转变的趋势。中华人民共和国成立后清华改为工科学校，工科的研究需要集体操作，与文科不同。罗素说："技术给予人的能力是社会性能力，不是个人的能力。科学技术需要有在单一的指导下组织起来的大量个人进行协作，所以它的趋向是反无政府主义、甚至是反个人主义的。"工程训培养个人形成了很强的团队意识，长期受清华精神熏陶的人在工作中比较重视人际关系，重视一班人的团结。这也是清华人同中国的现行社会制度比较契合之处。

高扬"独立之精神，自由之思想"，并且在各种情况下始终能在能坚持这一原则，乃是大师留给我们最可宝贵的精神遗产。

五、知识链接

竹林七贤

"竹林七贤"指的是三国魏正始年间（240—250），嵇康、阮籍、山涛、向秀、刘伶、王戎及阮咸7人，因他们常在当时的山阳县（今河南省焦作市修武县一带）竹林之下，喝酒、纵歌，肆意酣畅，世谓"七贤"，后与地名竹林合称。

《晋书·嵇康传》："嵇康居山阳，所与神交者惟陈留阮籍、河内山涛，豫其流者河内向秀、沛国刘伶、籍兄子咸、琅琊王戎，遂为竹林之游，世所谓

'竹林七贤'也。"南朝宋刘义庆《世说新语·任诞》说他们"陈留阮籍、谯国嵇康、河内山涛，三人年皆相比，康年少亚之。预此契者：沛国刘伶、陈留阮咸、河内向秀。琅琊王戎。七人常集于竹林之下，肆意酣畅，故世谓竹林七贤"。

"竹林七贤"是当时玄学的代表人物，虽然他们的思想倾向不同。嵇康、阮籍、刘伶、阮咸始终主张老庄之学，"越名教而任自然"；山涛、王戎则好老庄而杂以儒术；向秀则主张名教与自然合一。他们在生活上不拘礼法，清静无为，聚众在竹林喝酒、纵歌。其作品揭露和讽刺了司马朝廷的虚伪。

"竹林七贤"在政治态度上的分歧比较明显。嵇康、阮籍、刘伶等仕魏而对执掌大权、已成取代之势的司马氏集团持不合作态度；向秀在嵇康被害后被迫出仕；阮咸入晋曾为散骑侍郎，但不为司马炎所重；山涛起先"隐身自晦"，但40岁后出仕，投靠司马师，历任尚书吏部郎、侍中、司徒等，成为司马氏政权的高官；王戎为人鄙吝，功名心最盛，入晋后长期为侍中、吏部尚书、司徒等，历仕晋武帝、晋惠帝两朝，在"八王之乱"中，仍优游暇豫，不失其位，这在当时年代不失为明哲保身的无奈之举。

"竹林七贤"的不合作态度为司马氏朝廷所不容，最后分崩离析：嵇康被杀害，阮籍佯狂避世；王戎、山涛则投靠司马朝廷。

第四章 思想自觉 不失童心

导　读

意志的自由还表现于自我意识的觉醒、自由思想的自觉。"天没有我的灵明，谁去仰他高？地没有我的灵明，谁去俯他深？鬼神没有我的灵明，谁去辨他吉？"心学认为感应万物和主宰自己身体的是人的灵明，即心体，具有认识作用。心学的灵明自觉，与佛家的澄怀静观与顿悟，都是一种自我觉醒，体现了意志的自由。

一、经典阅读

龙洞山农②叙《西厢》③，末语云："知者勿谓我尚有童心可也。"夫童心者，真心也。若以童心为不可，是以真心为不可也。夫童心者，绝假纯真，最初一念之本心也。若失却童心，便失却真心；失却真心，便失却真人。人而非真，全不复有初矣。童子者，人之初也；童心者，心之初也。夫心之初，曷④可失也？然童心胡然而遽失⑤也。

【参考注释】

①童心：孩子气；儿童般的心性。这里引申为本性；真心。
②龙洞山农：或认为是李贽别号，或认为颜钧，字山农。

③《西厢》：指元代王实甫的《西厢记》。

④曷（hé）：何，什么。

⑤胡然而遽（jù）失：为什么很快就失去。遽：急；突然。

（选自张建业，《焚书·续焚书》，《焚书》，北京：中华书局，2011 年版）

二、鉴赏指津

龙洞山农，即李贽在为《西厢记》写的序文末尾说"知者勿谓我尚有童心可也"。这里的童心，实质上是指真心，也就是人在最初未受外界任何干扰时的毫无造作、不假修饰的本心。如果失掉童心，便是失掉真心；失去真心，也就失去了做一个真人的资格。而人一旦不以真诚为本，就永远丧失了本来应该具备的完整的人格。

当昔日丰富深刻的程朱理学，逐渐取得学术思想统治地位而走向僵化与沦为封建专制主义统治工具时，作为"异端"的李贽大胆抨击，揭露道学及其教育的反动性和虚伪性，以自由主义教育反对封建教育的桎梏，追求个性自由及精神解放。以一颗继承和发挥"性善论"的无暇"童心"呼唤真诚，瞻望淡泊名利、去伪存真的自由世界。天下至文，出自真心，"非独贤者有是心也"，人皆有之，不忘初心，方得始终。

李贽的《童心说》通过阐释文学创作的主张表达的是深层次个性解放的诉求。其心性情感的自觉、张扬更接近人的本质，"吐其心之所有"的人之自由发展足以让人热泪盈眶而心向往之。

今天我们呼唤童心，就是呼唤源自物质之自然的真实的人性。教育旨在追求生命的真实，高扬人的主体性和人的自由本质。这样的一种人，是能保持生命的张力，拥有自己独特的文化创造，同时又与世界和谐相处、优游自在的人。

三、趣味故事

东坡夜归

一日深夜，东坡先生饮醉回来，守门的家童早已经鼾声如雷，先生的叫门声也掩其不过，更别提叫醒入梦的家童了。每每夜深人静的时候，人最是清醒。因此，东坡先生并未感到困意，于是，借着家童贪睡之际，拄杖伫立在江边，聆听那江水奔流的声音。此时已经过了每日的涨潮时分，夜阑风静，水波不兴。迎面袭来的清风，使东坡先生忽然感到酒醒了不少，又望见江面如此平静，白日里那些无处排遣的愁闷，不禁又漫上心头。来到这里已经有一段日子了，要说自己的平生功业，不过就是"黄州惠州儋州"，如不能忘却追逐功名，不以世事萦怀的恬淡。安于布衣芒履，出入于阡陌之上，而徒困轩冕，又如何能真正拥有自身？更何谈雅致？想到这里，先生不禁想，如若此时拥有一支小船，顺水而下，从此消逝在烟波江湖中了却余生，或许才是自己心向往之的归宿吧。

东坡先生月夜泛舟，放浪于山水之间，顾盼江景，留给我们的不是落寞的背影，而是襟怀旷达遗世独立的幽人形象，风神潇洒之处，方显个性真情。"小舟从此逝，江海寄余生"，这种对世俗的不满，让理想的彼岸增添美感，无限的希冀赋予自由与解脱以震撼人心的力量。这也启示我们在纷繁复杂的世俗之中，叹息与鼻息更易通向苟且，而真性真情真心，即脱离被束缚的肉身，而关注自由精神才会通向真正的乐园。生活给人的重担，实际上正是人生思辨的契机，是追求精神自由与灵魂解脱的反向推动力。

（故事出自苏轼《临江仙·夜归临皋》）

穿越时空的价值印记

四、古为今用

近代以来民族意识的觉醒

中华民族作为客观存在很早便已形成，但其民族意识却较为淡薄，借用费孝通先生的话说，古代的中华民族是一个"自在"的民族实体，而不是一个"自觉"的民族实体。这也是一些人认为中国古代没有形成民族和民族主义的重要原因。然而，1840年的鸦片战争后，尤其是1895年的甲午战争后，随着中华民族危机的日益加深，西方近代民族主义开始传入中国，并促进了中国近代民族主义的兴起、发展和高涨，又进一步促进了中华民族自我意识的觉醒。

自鸦片战争以来，帝国主义列强一再欺侮中国，民族灾难深重，人民饥寒交迫。时代呼唤东方"睡狮"醒来。

《马关条约》签订后不久的1895年5月，严复在天津《直报》上发表了轰动一时的《救亡决论》，第一次响亮地喊出了"救亡"的口号。这是中国近代发展史上一个有着标志性意义的变化。

如果说，鸦片战争是民族觉醒的启蒙发轫，"甲午战争"便是民族觉醒的重大转折，"抗日战争"则是民族觉醒的总爆发。

1931年9月18日，日本侵略者悍然发动了"九一八事变"，迅即强占了中国的东北全境。东北各族人民面临的是被奴役的共同命运，而南京国民政府却实行"不抵抗"政策，并荒唐地提出"彼有强权，我有公理""暂取逆来顺受态度，以待国际社会干预"。

当时驻国际联盟的中国代表顾维钧曾有悲痛的回忆：当他向各国代表逐个求援时，得到的最令其无地自容的回答是："你们自己都不抵抗，怎么能期望别人代劳？"

在强权和实力主导国际舞台的状态下，中国在反侵略时只有自己表现出意志和力量，才有可能争得尊严，否则自己的命运只能掌握在他人手中。

日本的侵华野心并不因南京政府的妥协退让而有所收敛，反而益发膨胀起来。

1932年，日本为侵略上海发动"一二八事变"，燃起了广大民众与爱国人士的反抗烈焰。

1935年，日本制造所谓"华北五省自治运动"，激起了"一二九运动"的爱国救亡热潮。

1937年，日本又蓄意制造"七七事变"，挑起了全面侵华战争。卢沟桥畔的枪炮声，彻底唤醒了沉睡已久的东方"睡狮"。

"每个人被迫着发出最后的吼声。"在中国共产党倡导建立的以国共合作为基础的抗日民族统一战线旗帜下，地不分南北，人不分老幼，全国人民义无反顾投身到抗击日寇的洪流之中，中华大地到处燃起了抗日烽火。

殷忧启圣，多难兴邦。回顾百年来的历史可以看出，中华民族的觉醒，是以近代百年的屈辱史换来的，是被列强的侵略战争逼迫出来的。尽管民族意识的觉醒艰难曲折，但经过一代又一代人的努力而逐步深化。

正如朱自清在《这一天》一文中所写的："东亚病夫居然奋起了，睡狮果然醒了。从前只是一块沃土，一大盘散沙的死中国，现在是有血有肉的活中国了！"

如今这条盘旋在东方的巨龙觉醒了，她有着自己的梦想与希冀。我国增强自卫防御和国防力量，不是为了"国强必霸"这种陈旧逻辑，而是为捍卫她合法权益，不惹事也不怕事，向世界展现一个意志独立而自由的大国和她身上的自尊、自信及自强！

五、知识链接

王实甫《西厢记》

《西厢记》全名《崔莺莺待月西厢记》，又称"北西厢"，是元代中国戏曲剧本，王实甫撰。全书讲述了"书剑飘零"穷苦书生张生与"如花美眷"相国千金崔莺莺这一对情人在聪明爽朗的丫鬟红娘的帮助下，冲破封建礼教等重重困阻，终成眷属的故事。该书被后世列入"中国十大古典喜剧"之一。

《西厢记》中无不体现出素朴之美、追求自由的思想，它的曲词华艳优美，富于诗的意境，是我国古典戏剧的现实主义杰作，对后来以爱情为题材的小说、戏剧创作影响很大。

故事最早的出处是唐代元稹写的传奇文短篇小说《莺莺传》，亦名《会真记》。其中张生对崔莺莺始乱终弃，而作者却以借张生之口，反诬莺莺为"尤物""妖孽""不妖其身，必妖于人"，甚至以"予之德不足以胜妖孽，是用忍情""时人多许张为善补过者"美化张生无耻的行径。流传过程中令许多人感到遗憾不满，金代董解元改编为《西厢记诸宫调》，人称《董西厢》。到元代王实甫改编为多人演出的戏剧剧本《西厢记》，故事情节更加紧凑，融合了古典诗词，文学性大大提高，同时将原结局改为大团圆结局。其正面提出了"愿天下有情人都成了眷属"的主张，具有更鲜明的反封建礼教和封建婚姻制度的主题。

清朝金圣叹将王实甫的《西厢记》评为第六才子书；中国灯谜常将《西厢记》里的句子作为底来猜射，谜目就叫"六才"。

作者王实甫，名德信，元代著名杂剧作家，河北省保定市定兴（今定兴县）人。他一生写了 14 部剧本，著有杂剧十四种，现存《西厢记》《丽春堂》《破窑记》三种。另有《贩茶船》《芙蓉亭》二种，各传有曲文一折。《西厢记》大约写于元贞、大德年间，是他的代表作。这个剧一上舞台就惊倒四座，博得了男女青年的喜爱，被誉为"西厢记天下夺魁"。

第五章　自由选择　山水怡情

导　读

　　听从心灵的需要，选择符合心意的人生姿态，也是心灵自由的一种表现。选择寄情山水，皈依自然，也是一种倾听内心的声音、探求生命本质的方式，追寻自然而然的状态，看山是山，看水是水。无劳形案牍，无乱耳丝竹。山水之乐，乐在自由舒展。

一、经典阅读

朱敦儒《鹧鸪天·西都作》

　　我是清都山水郎①，天教散漫与疏狂②。曾批给露支风券③，累奏留云借月章④。

　　诗万卷，酒千觞⑤，几曾着眼看侯王？玉楼金阙慵归去⑥，且插梅花醉洛阳。

【参考注释】

　　①清都山水郎：在天上掌管山水的官员。清都，传说中天帝的居所，指与红尘相对的仙境。

30

②疏狂：狂放，不受礼法约束。

③支风券：支配风雨的手令。

④章：写给帝王的奏章

⑤觞（shāng）：酒器

⑥玉楼金阙慵（yōng）归去：不愿到那琼楼玉宇之中，表示作者不愿到朝廷里做官。

（选自唐圭璋，《全宋词》，中华书局，1999 年版）

二、鉴赏指津

据《宋史·文苑传》记载，朱敦儒"志行高洁，虽为布衣而有朝野之望"。靖康年间，钦宗召朱敦儒至京师，欲授以学官，朱敦儒固辞道："麋鹿之性，自乐闲旷，爵禄非所愿也。"后终因鄙弃世俗和权贵，拂衣还山。此词即为朱敦儒从京师返回洛阳后途中作，故题为"西都作"。自称为狂放不羁的天宫里掌管山水的郎官。多次批过支配风雨的手令，承办天帝诏书的批示，向天帝献上奏章，留住彩云，借走月亮。自由自在，吟诗过万，喝酒千杯不堪醉，王侯将相难入眼。"富贵非吾愿，帝乡不可期"，插梅醉卧洛阳城，才是诗人高洁志。

该首小令，曾在北宋末年风行汴洛。词中所塑造的"斜插梅花，傲视侯王"的山水郎形象便是作者的自画像，"麋鹿之性，自乐闲旷，爵禄非所愿也"是词人前半生人生态度和襟怀抱负的集中反映，可见其"疏狂"，放任不羁之谓也。全词既是对陶渊明"少无适俗韵，性本爱丘山"隐逸之志的继承，又是对李白"仰天大笑出门去，我辈岂是蓬蒿人"谪仙之态的发展，在浪漫与超现实的"我是清都山水郎"之戏语中吐露"几曾着眼看侯王"的真情，在狂放与潇洒中展露"且插梅花醉洛阳"的高洁。崇尚自然、不受拘束的名士之风扑面而来，此篇令词也成为热爱自由、摒弃功名的宣言。

自古文人多傲骨，从来饮者少矫情。中华民族的文人从不乏词中所体现的鄙夷权贵、傲视王侯的风骨，弗摧眉，毋折腰，诗万卷，酒千觞，将万般醉意寄托于山水田园，挑兮达兮，在自然悠游中乐然凝望，在心灵中筑起民族的脊梁。

三、趣味故事

梅妻鹤子林隐士

宋代著名的隐士林逋一生都没有娶妻生子，而是隐居在杭州西湖的孤山中，与仙鹤生活在一起，相互为伴。他的仙鹤很通人性，外出在云霄中盘旋后仍会自己回到笼中。因此，在闲暇时，林逋常常划着小船游览西湖的各个寺院，这时如果有客人来登门造访，童子就以鹤为信使，告诉先生家里有来客。

林逋不但隐居养鹤，怡然自得，更有山园小梅，含波带情。有一天，仙鹤飞出去了，直到傍晚时分还是没有归来，林逋于是走到园子里去守望。这时恰好一缕梅香袭来，寻着款款无形之香望去，只见梅花翩若惊鸿、迎风蹈舞，飘然而动，不禁吟咏出"疏影横斜水清浅，暗香浮动月黄昏"一句，后来成为了流传千古的经典。当时林逋吟着吟着，只听到一声悠长的鹤唳，远远的，他的白鹤飞回来了。大约是回得太晚了，仙鹤也心生歉意。仙鹤停下来，跟着林逋，寸步不移。林逋心想，此生得此世间最美之物——仙鹤与梅花相伴，足矣。

林逋终生无妻无子，以种梅养鹤来依偎相伴，所以人们称他"梅妻鹤子"，后来又常常用这个来指代隐士，或者归隐的行为。

正如辛弃疾《念奴娇·西湖和人韵》所说"遥想处士风流，鹤随人去，已作飞仙伯。"如今"鹤随人去"，很少有人"梅妻鹤子"了，但"处士风流"仍然留存，植梅养鹤也可以有新的表达，只要心存寄托，在忙碌中不忘记寻找休憩之所，那么就自由永远有栖息之地，就永远有归真之乐。

（故事出自宋代沈括《梦溪笔谈·人事二》）

四、古为今用

向往的生活

人们常说"科技在发展，生活在进步"，然而在当今时代生活的人们却日益感受到生活节奏加快所带来的压力与烦闷，心灵也仿佛并没有那么自由。一幢幢钢筋混凝土的城市建筑下，栖居的只是我们的身体，却并不是全部的灵魂。

《向往的生活》是由湖南卫视、合心传媒联手推出的大型生活服务纪实节目。节目记录了何炅、黄磊、刘宪华三位主持人一起守拙归园田"蘑菇屋"，为观众带来一幅"自力更生，自给自足，温情待客，完美生态"的生活画面。

事实上，一档成功的电视节目大都是围绕着某种社会现象和社会价值观而诞生的。《2016 职场人生活状态调查报告》显示，随着中国城市化迅速发展，十年间城市人口平均每年增长了 2096 万人，但随之而来的却是压力、浮躁这些名词。其中，有近 40.4% 的人希望远离喧嚣，避开拥挤，向往着从城市搬到农村，向往着呼吸自然的空气，寻找内心的声音。而这则报告直接激发了《向往的生活》节目组想要制作一档完全只和生活有关的节目的想法，希望通过让嘉宾们回归生活本身，来讲述一些简单的朴实的道理。比如，要珍惜一顿饭的价值，讲讲中国人的待客之道，以及要过上某种理想的生活所需要做出的付出，如果偷懒则必然会付出代价。

节目力求表现出生活中最真实的一面，其清新的风格、纯朴的自然环境、真实不做作的劳动场景、纯粹无心机的人物关系给观众留下了深刻印象。节目中也一直在传达一种正能量——以劳动来换取食物，按劳所得。这更是《向往的生活》的一大亮点，人们向往的生活不是不劳而获，而是要在劳动中陶冶情操，自力更生最重要。

《向往的生活》用食物传递温情，发现细小生活中的美好。不像其他主流的综艺节目，这是一次全新的尝试，并没有游戏，没有分队比拼，因为生活本身就是最好的节目，它有意外，有惊喜，更有感动。不同客人来到蘑菇屋会产生不同的化学反应。除此之外，节目力求表现出生活中最真实的一面，其清新的风格、纯朴的自然环境、真实不做作的劳动场景、纯粹无心机的人物关系也引发众多网友感慨："蘑菇屋空气新鲜、自然健康，真的好想远离城市的喧嚣，去过一次他们那样的生活……"节目中也一直在传达一种正能量——以劳动来换取食物，按劳所得。这更是《向往的生活》一大亮点，我们向往的生活不是不劳而获，而是要在劳动中陶冶情操，自力更生最重要。

当我们灼灼于压力，汲汲于功名时，不妨试着走出官场，脱离商场，搬出都市，回归田园。君不见，那"开荒南野际，守拙归园田"的喜悦，那"白日掩荆扉，对酒绝尘想"的潇洒，那"晨兴理荒秽，带月荷锄归"的知足，以及"山涧清且浅，遇以濯吾足"的写意。云卷云舒，花开花落，从古至今的人们都将山水自然当作最终的心灵归所，在憧憬与体验中寻找本真的自我，寻求那向往的生活。

五、知识链接

《归去来兮辞》

《归去来兮辞》是晋宋之际文学家陶渊明创作的抒情小赋，也是一篇脱离仕途回归田园的宣言。据《晋书·陶潜传》，东晋安帝义熙元年（405），陶渊明弃官归田，当时郡里一位督邮来彭泽巡视，官员要他束带迎接以示敬意。他气愤地说："我不愿为五斗米向乡里小儿折腰！"即日挂冠去职，并赋《归去来兮辞》，以明心志。

这篇文章由"序"和"辞"两部分构成，序文交代了本文写作时间背景以及自己辞去彭泽令的原因，正文将生动可感的生活情境与自己对社会生活的观察体验联系在一起，抒发了作者决定离开官场、回归田园后，流露出的自然真实的情感。

全文语言朴素，辞意畅达，匠心独运而又通脱自然，感情真挚，意境深远，有很强的感染力。全文结构安排得严谨周密，融散体序文重叙述和韵文辞赋重抒情于一体，二者又各司其职，呈"双美"之势。

第六章　超越逆境　寻求自胜

导　读

　　轻松调整心态，从容应对变化，也是一种心灵自由的表现。"人生如逆旅，我亦是行人"。人生在世，有顺境，也有逆境。面对现实生活的不如意，不要在内心中造成难以逾越的困境，而是积极寻求解脱之道，不拘一格，化悲为开。"行到水穷处，坐看云起时""长恨春归无觅处，不知转入此中来"。当你转换观照世界的角度，事情就会出现转机，人生就会变得别有洞天。而超越逆境的力量来自我们的内心，不坠青云之志，积极寻求制胜之道。

一、经典阅读

苏舜钦《沧浪亭记①》

　　予时榜②小舟，幅巾以往③，至则洒然忘其归。觞而浩歌，踞而仰啸，野老不至，鱼鸟共④乐。形骸既适则神不烦，观听无邪则道以明。返思向之汩汩荣辱之场，日与锱铢利害相磨戛，隔此真趣，不亦鄙哉！

　　噫！人固动物耳⑤。情横于内而性伏，必外寓于物而后遣⑥。寓久则溺，以为当然；非胜是而易之，则悲而不开⑦。惟仕宦溺人为至深。古之才哲君

35

子，有一失而至于死者多矣；是未知所以自胜之道⑧。予既废而获斯境，安于冲旷⑨，不与众驱，因之复能见乎内外失得之原，沃然有得，笑闵万古⑩。尚未能

忘其所寓目，用是以为胜焉！

【参考注释】

①沧浪亭，在今江苏苏州城南三元坊附近，原为五代时吴越国广陵王钱元璙的花园。五代末此处为吴军节度使孙承祐的别墅。北宋庆历年间为诗人苏舜钦购得，在园内建沧浪亭，后以亭名为园名。后代人在它的遗址上修建了大云庵。本文作者用朴素简洁的语言，自然流畅的笔调，记述了沧浪亭演变的始末。

②榜：船桨，借指船，这里作动词用，意为驾船。

③幅巾：古代男子以一幅绢束头发，称为幅巾，这里表示闲散者的装束。

④锱铢：比喻极其微小的数量。

⑤动物：受外物所感而动。

⑥"情横"两句：意即感情充塞在内心而天性抑伏，必定要寓寄于外物而后得到排遣。

⑦"寓久"四句：意为感情寄寓于某事物一长久，就会认为理所当然，如果没有胜过它的事物去替换，就会悲哀而无法排解。

⑧自胜之道：克制自己、战胜自己的办法。

⑨冲旷：冲淡旷远，这里既指沧浪亭的空旷辽阔的环境，也兼指淡泊旷适的心境。

⑩"因之"三句：意即对于内外失得的本源，内心深有所得，因而对万古以来久溺仕宦者感到可笑可悯。内，指情性。外，指情所寓之物。失，指前文所言"寓久则溺"的情况。得，指能"胜是而易之"。闵，同"悯"，悲悯。用是以为胜焉：意即把沧浪亭作为战胜仕宦之物，使自己从所溺之中解脱出来。

（节选自：苏舜钦《苏学士集》，北京：中华书局，2012 年版）

穿越时空的价值印记

二、鉴赏指津

苏舜钦青年时便以其文章著名，主张"原于古，致于用"的诗文革新，对许多作家产生积极影响。政治上倾向于以范仲淹为首的改革派，后值进奏院祀神，按照惯例，用所拆奏封的废纸换钱置酒饮宴，而被王拱辰诬奏监主自盗，被削籍为民，离开开封，于苏州修建沧浪亭，隐居不仕。然塞翁失马，因祸得福，苏翁失官，得其"沧浪"。他常常衣着轻便，乘船游亭，率性玩乐，流连忘返。或把酒赋诗，或仰天长啸，与鱼、鸟同乐。一个人的形体安适之后，神思中也就没有了烦恼；所听所闻皆是至纯，人生的道理得以明了。相比之下，名利场上的利害得失，计较之中，无限庸俗。而自古以来，不知有多少有才有德之士因政治上的失意忧闷致死，可见情感充塞在内心而性情压抑，一定要借外物来排遣，停留时间久了就会沉溺，认为这是当然；不超越这种失意而换一种心境，那么悲愁就化解不开。子美虽已经被贬，却获得这样的胜境，安于冲淡旷远，不与众人一道钻营，悟出主宰自己、超越自我的方法，心有所得，笑悯万古，实在是难得的超脱。

对于传统制度下的文人政客们来说，出世还是入世也许就像哈姆雷特的"生存还是毁灭"一样，一直是一个矛盾纠结的人生大问题。很多时候，儒家积极入世的教化仍敌不过现实官场上的尔虞我诈，深厌于此文人们极力逃离这种不安分的氛围，去追求心中所向往的那一份不受任何约束的自由天地。先秦民歌《沧浪歌》言"沧浪之水清兮，可以濯吾缨，沧浪之水浊兮，可以濯吾足，"苏舜钦的"沧浪亭"便是洗涤自身心灵的地方，"觞而浩歌，踞而仰啸，野老不至，鱼鸟共乐"。形体安适，深思无恼，所听所闻皆是至纯，雅致如此，何畏悲愁难解？可知才哲君子未知自胜之道者，溺于仕宦，不尽悲矣。

个体人的生命是有限的，整体人的生命是无限的，有限与无限之中包含着无数的选择。"人生寄一世，奄忽若飘尘"，在人生的逆旅之中，人们都是过客，出世与入世，如意与失意，都是这一路避不开的风景。但唯有赢取个体人格的独立和心灵的自由，才能雅致自胜，为人类整体邻于理想故地种下慧根。

三、趣味故事

苏子美"汉书下酒"

大概性格豪放的人都喜欢饮酒，北宋的苏舜钦也不例外，可以说是更有甚者。他在岳父杜衍(曾任宰相)的家里时，边读边饮酒，并以喝完一斗为限度。杜衍对此深表怀疑，这后生别是疯了吧？于是派家中年轻的晚辈去偷偷察看并及时禀报情况。晚辈去时正巧听到子美在读《汉书·张良传》，读到张良与刺客偷袭行刺秦始皇，刺客抛出的大铁锥只砸在秦始皇的副车上，他突然拍手说："哎呀呀！可惜呀！没有打中。"于是满满喝了一大杯酒以示惋惜。又读到张良说："自从我在下邳起义后与皇上在陈留相遇，这是天将我送给陛下呀。"又拍桌子说："唔！君臣相遇，竟如此艰难呀。"又喝下一大杯深慰感叹。杜衍听说此情此景之后，大笑说："有这样的下酒物，一斗不算多啊！"

古人云"书中自有黄金屋书"，到子美那里怕是得改成"书中自有千杯酒"了，照这个性情和读法，那可真是"酒逢好书千杯少，多喝一盅是一盅"了，简直可爱到没朋友！

（故事出自《读书佐酒》）

四、古为今用

史铁生：产生于逆境的诗意与哲学

史铁生(1951—2010)，河北涿县人，出生于北京。他 1967 年毕业于清华附属初中，1969 年去延安地区插队落户。1972 年，史铁生因双腿瘫痪回北京，在街道工厂工作，后又患急性肾损伤，回家疗养。1979 年以后，他相继有《我的遥远的清平湾》《命若琴弦》《我与地坛》《务虚笔记》等小说与散文发表。1998年患尿毒症。后著有散文集《病隙碎笔》（2004年获得第三届鲁迅文学奖）、《记忆与印象》等。他的作品被翻译成多国文字在海外出版。2010年12月31日，史铁生因突发脑溢血而逝世。他的作品多完成于病榻，自称"职业是生病，业余在写作"。生与死、残缺与爱情、生活与创作是他常探讨的问题，平淡朴拙，却又意蕴深沉。散文《我与地坛》鼓励了无数的人。

史铁生是当代中国最令人敬佩的作家之一。他的写作与他的生命完全连在了一起，在自己的《写作之夜》，史铁生用残缺的身体，说出了最为健全而丰满的思想。每个读过他作品的人都不得不拜服他的执着。从他双腿瘫痪走上写作之路起，无论遭遇多么艰难的境遇，他都坚持他的《写作之夜》。他体验到的是生命的苦难，表达出的却是存在的明朗和欢乐，他睿智的言辞，照亮的反而是我们日益幽暗的内心。他的《病隙碎笔》作为2002年度中国文学最为重要的收获，一如既往地思考着生与死、残缺与爱情、苦难与信仰、写作与艺术等重大问题，并解答了"我"如何在场、如何活出意义来这些普遍性的精神难题。在我们还对生死懵里懵懂的时候，史铁生的作品就教会了我们"死是一件无须乎着急去做的事，是一件无论怎样耽搁也不会错过了的事，一个必然会降临的节日。"

当多数作家在消费主义时代里放弃面对人的基本状况时，史铁生却居住在自己的内心，仍旧苦苦追索人之为人的价值和光辉，仍旧坚定地向存在的荒凉地带进发，一边向命运发问一边用生命解答。他坚定地与未明事物做斗争，这种勇气和执着，深深地唤起了人们对自身所处境遇的警醒和关怀：命运并不受贿，但希望与你同在，这才是信仰的真意，是信者的路。诚如他所说的，皈依无处，天堂是在路上。

五、知识链接

宋代亭台记

中国古典建筑的亭台堂阁是中国文化不可或缺的一部分。早在《山海经》中就有关于轩辕台、帝尧台、帝舜台的记载。最初它们只是帝王举行重大仪式的场所，以显示帝王的伟大巨丽。直到魏晋时期，随着人园林的兴起，清谈名士的交游使得亭台堂阁与文人士子的关系更为密切。他们诗酒风流、赋诗作文。发展至唐代后，士人盛行宴游之风。游宦士人新到一地，喜欢修筑亭台堂阁，作为自己驿居、宴饮、眺览、游息的场所，并撰写记文，以记叙其建造修葺的过程、地理位置、自然环境、历史沿革等等，遂成一式。入宋之后，这类亭台堂阁记更是蔚为大观，成为了宋代散文的一种重要形式，体现了宋代文人士子独特的精神面貌，承载了宋代文化独具特色的底蕴。

亭台堂阁记是宋人最擅长的题式，在唐人的基础上有了长足的发展，它以"人"为中心，将个人强烈的主观意识放到作品之中。如范仲淹的《岳阳楼记》用"前人之述备矣"掠过景色的描写，用浓笔泼墨铺写登楼"人"临景时的情感变化，写出了饱含强烈社会意识的"先天下之忧而忧，后天下之乐而乐"；欧阳修用《醉翁亭记》表现了人回归自然的乐趣；苏舜钦以《沧浪亭记》揭示了人与自然、社会的关系。另外灵活运用多种表现手法，打破了先叙事、次写景、后议论的传统三段论模式，表达理趣，加重"万世不可磨灭"的议论成分。欧阳修、范仲淹、苏舜钦、三苏、曾巩、王安石、黄庭坚、杨万里、陆游等一众文人进行的大量创作，名篇迭起，将宋代亭台堂阁记推向繁盛。

可以说，作为宋代散文中一种重要的体式，亭台堂阁早已超越了它们作为建筑的实用价值，体现了宋代文人士子独特的精神面貌，承载了宋代文化独具特色的底蕴。

（摘自徐烨《宋代亭台堂阁记略论》）

第七章　随缘自适　随遇而安

导　读

　　随遇而安，超越现实，也是一种心灵的自由。选择随缘自适，不惧流转，是一种旷达洒脱。心安即是繁华，自适更在平淡。要保持心灵轻松与自由的状态，唯有放弃过度的物质追求，放弃超出自我能力的人生重负，尊重物理与人生规律，积极追求而不苛求，重视实质，而不拘泥于形式，珍惜过程而不纠结于结果。

一、经典阅读

苏轼《定风波》

　　常羡人间琢玉郎①，天教分付点酥娘②。自作清歌传皓齿③，风起，雪飞炎海变清凉④。

　　万里归来颜愈少，微笑，笑时犹带岭梅香。试问岭南应不好，却道，此心安处是吾乡⑤。

【参考注释】

　　①琢玉郎：卢仝(tóng)《与马异结交诗》："白玉璞里琢出相思心，黄金矿　　41

里铸出相思泪。"可知"琢玉郎"应指善于相思的多情男子，词中当用于形容王巩(王巩，字定国，宰相王旦之孙，与苏轼交密)。

②点酥娘：此处指王定国歌妓柔奴(别名寓娘)。

③清歌传皓齿：意指美妙的歌声从唇齿间传出。杜甫《听杨氏歌》"佳人绝代歌，独立发皓齿"。

④"雪飞"句：意指柔奴的歌能使人的心境归于恬适安静。

⑤"此心"句：只要心安，便是家乡。此处也代表了苏轼的人生态度、价值观念。白居易《初出城留别》："我生本无乡，心安是归处。"苏轼当是受其启发。

(选自刘石《苏轼词集》，上海古籍出版社，2009 年版)

二、鉴赏指津

苏轼一生，被贬无数次，却超乎寻常的旷达洒脱，他将"黄州惠州儋州"自嘲为平生功业的境界，常人难及。寓娘之言实为"夫子自道"也，因此上天怜惜这世间如玉雕琢般丰神俊朗的男子(指王定国)，而赠予柔美聪慧的佳人(指寓娘)与之相伴，我国能得苏轼这样的"精神领袖"实在是幸运，"歌声轻妙"如雪片飞过炎热的夏日使世界变得清凉。穿越历史，清香仍在，带来"此心安处是吾乡"的慰藉与坚守。

苏轼的好友王巩(字定国)因为受到使苏轼遭杀身之祸的"乌台诗案"牵连，被贬谪到地处岭南荒僻之地的宾州。王定国受贬时，其歌妓柔奴毅然随行到岭南。元丰六年(1083)，王巩北归，出柔奴(别名寓娘)为苏轼劝酒。苏问及广南风土，柔奴答以"此心安处，便是吾乡"。苏轼听后，大受感动，作此词以赞。词中以明洁流畅的语言，简练而又传神地刻画了柔奴外表与内心相统一的美好品性，通过歌颂柔奴身处逆境而安之若素的可贵品格，抒发了作者在政治逆境中随遇而安、无往不快的旷达襟怀。

白居易曾有"心泰身宁是归处，故乡何独在长安?""我生本无乡，心安是归处""无论海角与天涯，大抵心安是归处"等语，将内心平静之所当作故乡，

穿越时空的价值印记

追求身心合一、身心安泰的生命境界。苏轼的"此心安处是吾乡"化用前人诗句，同时又打上了自己独特的个性烙印，将故乡等同于人心，使得即使外在条件变化，人生依旧旷达泰然，随缘自适、随遇而安，心灵繁华而不荒凉。这也是留给后世最为珍贵的人生态度和处世哲学。

三、趣味故事

味美不过"东坡肉"

在中国古代文化名人里，能叫得上名号的美食大家，苏东坡若称第二，那恐怕没人敢称第一。苏东坡可以称得上是一个真正意义上乐观热爱生活的专业"吃货"。

自西晋灭亡以后，大量北方游牧民族南下，不断胡化的皇族贵族及官僚偏爱羊肉，而摒弃猪肉，加之历代医学家的恶评"凡肉有补，唯猪肉无补"等等，致使猪肉饲量与食量趋于没落，直至明后才得以复兴。而苏轼却始终对猪肉爱得深沉。据传，他曾向朋友们赞叹猪肉的美味，他的朋友范祖禹说："吃猪肉引发风病怎么办？"苏轼马上说："范祖禹诬告猪肉。"

那么怎样才能做出美味的猪肉呢？东坡大厨有言："首先，准备一口干净的锅；然后，放水少许，燃上柴木，虚火煨炖，抑制火势；最后，耐下心来，不催不急，味道自然是极美的。这样的猪肉，好吃还不贵，奈何富人不爱，贫人不会。唯有东坡，打上两碗，自顾自享受，这世间美味。"

苏轼是怎么发明出这样的美味的呢？原来，在他遭遇"乌台诗案"被贬谪到黄州的时候。那时候黄州是一个偏僻的地方，比较贫穷，也没有特别的美食。而苏轼当时也很窘迫，没有钱去购买昂贵食品。可是"吃货"苏轼并没有就此放弃对美食的追求。据他观察，黄州一地盛产猪，百姓家家户户都养猪，猪肉价格低廉。而黄州的百姓也因此很不喜欢吃猪肉。苏轼暗自高兴，仔细琢磨，创制了一道以猪肉为食材的美味，这就是著名的"东坡肉"了。

当他和朋友分享自己做东坡肉的经验的时候，还得意地说："黄州的猪肉本是上好的食材，可惜本地百姓不懂得做猪肉的美食之道，而我却把猪肉的美味充分发掘出来了！"

东坡是否怀有独家秘方后来的人们不得而知，唯有这流传至今的"东坡肉"三字，闻之不禁令人"垂涎欲滴"。

（故事根据苏轼《猪肉赋》改编）

四、古为今用

孟非与他的《随遇而安》

每个人的生活经历，细细回味，都是一段动情的岁月。孟非的《随遇而安》回顾了他40年的人生岁月，从"脑残"的童年，到严重偏科的中学时代，再到辛酸艰苦的临时工岁月，还有今天"风光体面"的主持人生涯，用"随遇而安"四个字做了总结。

人都是历史的人、社会的人，很多时候看起来是被"自己"选择了的人生，实际上是被社会选择了人生中的"自己"。"遇"具有随意性，往往不以自己的意志为转移，因此最好的选择就是"安"，但问题是如何"安"，不同的"安"又会导致不同的"遇"。

孟非说："人是那么复杂的，社会是这么复杂的，每个人来自不同的地域、不同的家庭、不同的生长环境和教育背景以及不同的人生经历。他（名人、成功人士）身上或许有某些点滴，有一些个案的东西或许会给你一些启示，但是作为人的成功，参照他的轨迹，这是挺不靠谱的一件事。"是的，每个人的道路不一样，问题是能否真正做到"随遇而安"。

生活的本质终究是平淡的，平凡本身就是一种生活方式。在现实社会中，如果我们能够看清这一点，有自知之明，摆正自己的位置，把平淡当作一种生活态度，又何尝不是一种走向成功、走向不平凡的选择呢？孟非在书的自序中说："如果有人肯读完它并由衷地认为它很有意思，我只能认为，这是个奇迹。"

有位哲人说过："愿意的人，命运领着走；不愿意的人，命运拖着走。"也许孟非想在书中表达的也是这样一种态度，就如他的书名《随遇而安》一样，他并没有赶在命运前头，也没有被命运拖着走，他跟随着命运的每个脚步，然后付出比常人更多的努力，因而赢得了人生的成功与辉煌，也知晓了生活的真义。

五、知识链接

乌台诗案

文字狱是中国封建社会的专制统治在思想文化领域的集中而残酷的体现。发生于北宋时期的"乌台诗案"当属文字狱的典型代表。

北宋元丰二年（1079），苏轼由徐州移至湖州，进《湖州谢上表》称："知其愚不适时，难以追陪新进；察其老不生事，或能牧养小民。"李定等人抓住把柄，以为"生事"是针对熙宁变法，"新进"则针对因变法而被擢用的官员，御使台官员搬出苏轼以前所写"托事以讽"的诗文，群起攻击陷害，弹劾苏轼，滥加罪名。经过苏辙、欧阳修、皇后等人的劝谏搭救，苏轼最终在因于狱中130天后，被贬谪至黄州。当时案中受牵连的大批官员大都遭贬或被罚铜。因此案先由监察御史告发，后在御史台狱受审。而御史台因官署内遍植柏树，又称"柏台"。柏树上常有乌鸦栖息筑巢，乃称乌台。所以此案称为"乌台诗案"。

乌台一狱对苏轼精神和文学创作都产生了很大影响，使其文、赋、诗、词在内容与风格上都发生了较大的变化。特别是被贬黄州期间，他不再像以前那样大量写作诗文批评时政，他曾对秦观说"但得罪以来，不复作文字"，他开始把精力放在研究佛学和经学上，以排遣心中苦闷。然而苏轼还是具有超然旷达心胸的，孤独郁闷的生活持续一段时间之后，他耕地劳作、饮酒赋诗、寄情山水，不拘一格，逐渐摆脱心灵的阴影，在有常与无常、变和不变的相对性思考和体验中，展开人生意义的对话。人生劫难的真切体验和悲哀情愫凝结的再排遣，使苏轼乐天的精神境界更趋旷远。同时在"致君尧舜，此事何难"淑世精神的影响下，他依旧心系现实，置身于民，这体现了为国为民的文人士大夫的高尚情怀。

（摘自周克勤《乌台诗案研究》）

第八章　自律自如　无法之法

导　读

　　人们常说："自律即自由。"循规蹈矩是每个人都不愿意的，然而脱离了规则，自由也无法得到保证。自由的获得是建立在尊重规律与规则的前提之上的，是建立在对他人自由的尊重之上的。没有绝对的自由，只有相对的自由。唯有加强自律，才能获得更大的自由。而既自律又自由的极致状态，则接近儒家所谓随心所欲不逾矩的境界。

一、经典阅读

　　子曰："吾十有五而志于学①，三十而立②，四十而不惑③，五十而知天命④，六十而耳顺⑤，七十而从心所欲，不逾矩⑥。"

【参考注释】

①有：通"又"。而：表修饰。

②立：有所成就。

③惑：迷惑，疑惑。

④天命：上天的意旨，指自然的规律、法则。

⑤耳顺：听到别人的话，就能深刻理解其中的意思。

⑥不逾（yú）矩（jǔ）：不超出规矩、法度。

（选自张燕婴《论语·为政》，中华书局，2007 年版）

二、鉴赏指津

这是孔子对自身学习和修养过程的自述。这一过程是思想境界随着年龄的增长不断提高的过程。就思想境界来讲，整个过程分为三个阶段：15 至 40 岁是学习领会阶段；50 至 60 岁是安心立命阶段，也就是不受环境左右的阶段；70 岁是主观意识和做人的规则融合为一体的阶段。孔子的人生历程道出了人只有立志修炼才能完善自己的道理。后人从孔子的一生中可以领悟到：第一，人的道德修养不是一朝一夕的事，不能一下子完成，要经过长时间的学习和锻炼，要有一个循序渐进的过程。第二，道德的最高境界是思想和言行的融合，要自觉地遵守道德规范，而不是勉强去做。这两点对任何人都是适用的。

另外，有学者认为这段话是指孔子学习、理解和运用周礼的一个过程。十五岁志学，到七十岁才能从心所欲不逾矩。孔子是个非常谦虚的人，他的一生极力推行的就是周礼。而这段话就很好地契合了孔子的为人和理想。所谓"志于学"，就是自觉地意识到了学习的意义，这里所说的"学"，不仅仅包括读书，更主要的是指习礼；"三十而立"，是说在前面阶段的学习和充实自己修养的基础上，确立自己在为人处事，对待生活的态度和原则；"四十而不惑"，是三十而立的下一个阶段，是说在经历许多的人和事后，知道了为什么要遵循礼仪，对自己的原则不惑，而不是对什么都不惑；"五十而知天命"，不是所谓的宿命论，而是明白所谓命运都是自己造就的，因此就不怨天尤人了；"六十而耳顺"，是说这个时候能明白是非，好的坏的自己都能辨别；"七十而从心所欲，不逾矩"，是说到了七十岁的时候，在为人处事的方方面面都很成熟，做事的时候就不会犯错了，而不是说随心所欲，想做什么就做什么。这也正是儒家在人格建构方面的最高理想——天人合一和知行合一的境界，而达到了此种境界，人也就能够获得最高的自由了。

虽然不是人人都能做孔圣人，但后人往往把孔子的这些自我评语作为人生不同阶段所对应的理想生活状态。孔子的自述反映了他学而不倦的精神，实际上也是他教导弟子们要致力于学习和修养，不可懈怠。

三、趣味故事

三豕涉河

春秋时期，孔子的学生子夏到晋国去游历，路经卫国的时候，听到一个人正在读史书："晋国的军队三豕涉河。"子夏于是上去纠正他："你读错了，不是三豕是己亥，说的是晋国的军队在己亥的时候渡河。因为己与三、亥与豕字形相像，所以你会弄错。"那人将信将疑，后来到晋国的时候核对，晋国军队果然是己亥年过的河。其实，古人用"天干"（即甲、乙、丙、丁……十干）和"地支"（即子、丑、寅、卯……十二支），顺序搭配成甲子、乙丑、丙寅、丁卯……"六十甲子"来记日。这个故事里的"己亥"二字，也就是记的某一个日子。"晋师己亥涉河"就是说晋国军队在己亥那一天渡过黄河。只因"己亥"二字的古文写法和"三豕"很相像，所以很容易弄混，才闹了这个笑话。后来人们就往往用"三豕涉河"或"三豕渡河"来形容文字上出现错别字而且错得很可笑的情况。

（故事出自《吕氏春秋·察传》）

四、古为今用

自律带来自由

故事一：自律，能够带来精神上的自由。

在自律这件事情上，我非常佩服我的老婆。生完孩子之后，为了恢复身材，她一直都在坚持跳瘦身操。不管晚上下班多晚、带娃多苦，她都能坚持下来。

之前，我曾设想过老婆生完孩子后那臃肿的身材，并且下定决心，无论她多么胖，我都要像以前那样好好对待她。

事实证明，是我多想了。现在，她早已瘦身成功，而且她现在的体重比她读大学的时候还要轻。

在我们家，晚上通常都是这种场景：她在客厅跳操，我在卧室写作。

当然，我经常会偷个懒，玩玩手机什么的。然而，在玩手机的过程中，我却感觉不到任何精神上的放松。坦白说，我感觉非常糟糕，心中始终有一股内疚感和负罪感。

在偷懒的时候，我最害怕听到老婆在客厅里坚持跳操的脚步声。

于是，受到刺激的我，又会强逼着自己再次坐在电脑桌前，坚持去完成当天的写作任务。

在完成写作任务的那一刻，我才真正地感受到了精神上的自由。这时再躺在床上玩手机，心里就感觉舒坦多了。

故事二：自律，能够带来时间上的自由。

我的一位朋友——小米，订阅号有十几万的粉丝，基本上保持着每天更新一篇文章的节奏。当时我就问她，你又要上班，又要每天写一篇文章，哪里会有那么多的时间？难道你不会感觉累吗？

小米告诉我说："大部分人看我每天更新文章，都会觉得我很累。但是我依然能够找出时间去放松，比如说，和朋友去吃个晚饭、喝个下午茶什么的。"在接下来的对话中，我发现：她之所以能够很好地平衡自己的工作和生活，是因为她具有很强的自律精神。

她通常会在周末的时间里集中去写稿，心无旁骛，连续几个小时都不间断。这样，她就会在周末把下一周的稿子提前都给写好——至少是框架都搭得差不多了，后面只需要完善一下细节就可以了。

反观自己，写稿子的时候拖拖拉拉。经常写一会儿，休息一会儿。中间还经常去看会儿手机，结果一天下来，连一篇稿子都写不完，还总是抱怨时间都不够用。

马克·吐温曾经说过："如果你每天早上醒来之后所做的第一件事是吃掉一只青蛙的话，那么你就会欣喜地发现，在接下来的这一天里，再没有什么比这个更糟糕的事情了。"

也就是说，要想得到时间上的自由，就必须具备很强的自律精神。

你需要一鼓作气，先集中精力去吃掉那只青蛙——去做完那件难度最大的事情。这样，在接下来的时间里，你就不必再去忍受拖延的折磨，从而就可以拿出更多的时间去享受生活了。

故事三：自律，能够带来财务上的自由。

我的一位朋友小 D，每月的收入和我差不多。我们几乎是同一时间在上海买的房子。当时，为了买房子，我们俩都向亲戚家借了不少钱。

因此，我们俩聊天的时候，会有很多的共同语言。因为我们经常会一起感叹："生活不易啊，如果能够早一天还清亲戚家的债就好了。"

直到有一天，当我再一次探讨起"还债"这个话题的时候，小 D 笑眯眯地告诉我说："以后我就不和你聊这类话题了，因为我已经把亲戚家的债给还清了。接下来，我要考虑买车的事情了。"

听到这个消息后，我非常震惊，我的第一反应就是："你买股票了吗？你出去做兼职了吗？"

小 D 说："都没有啊，和你相比，我只是过得比较节省而已。这几年来，我一直都在坚持记账，没有必要的花费，我坚决不会浪费一分钱。”

小 D 在财务上的自律精神，的确值得我好好学习。不过，我一直都感觉自己过得挺节省的，不舍得出去旅游，不舍得买名牌衣服。

那么，我的钱都花在哪里了呢？

认真反省了一下，我的钱原来都花在一些不起眼的小事情上面了。例如，由于在学校工作，我本来可以到学校餐厅去吃便宜而又实惠的饭，结果我经常跑到学校对面的购物商场去吃更贵一点的套餐，还美其名曰“对自己好一点”。

吃完饭后，我还经常去喝一杯鲜榨的水果汁。还美其名曰“要学会享受生活”。这些钱都是小钱，也就几十块钱。但是合计下来，每个月都是一笔不小的花费。

你一定听说过这样一个理财小故事吧。一对夫妻，每天早上必定要喝一杯拿铁咖啡。这个看似很小的花费，30 年累积算下来花钱竟达到了 70 万元。

后来，一位有名的作家兼金融顾问大卫·巴赫受这个故事启发，提出了一个有名的概念“拿铁因子”。

简单来讲，“拿铁因子”就是指日常生活中不必要的开销。例如每天饭后的甜点，随手能买到的咖啡、零食和香烟。这些看似小钱的消费，却足以掏空你的钱包。

所以说，只有具备很强的自律精神，才能更好地去实现财务自由。

总之，强大的自律精神，能够为你带来精神上、时间上，甚至是财务上的自由。如果你想要得到更多的自由，那就别为自己的懒惰找太多的借口。多一点自律的精神，对自己狠一点吧。

（来源 简书《小宋老师的幸福课》http://www.jianshu.com/p/fb36e1ec73d1）

穿越时空的价值印记

五、知识链接

《论语》

《论语》是由孔子弟子及再传弟子编写而成的，至汉代成书。主要记录了孔子及其弟子的言行，较为集中地反映了孔子的思想，是儒家的经典著作之一。以语录体为主，叙事体为辅，集中体现了孔子的政治主张、伦理思想、道德观念及教育原则等。与《大学》《中庸》《孟子》并称"四书"，与《诗》《书》《礼》《易》《春秋》等"五经"，总称"四书五经"。全书共 20 篇、492 章，首创"语录体"，虽多为语录，但辞约义富，语句、篇章形象生动。

孔子的思想影响了中国的礼乐文化、政治文化、制度文化、伦理道德、思维方式、价值观念、风俗习惯等众多方面，是中国古代思想的精髓。这些思想在千年的传承中已融入到了中华民族的血脉当中，成了国民性格塑造的宝贵思想文化传统，对中华民族的思维方式、价值取向、道德规范、教育理念、审美情趣等，都有着极其深远的影响。

《论语》中名句列举：

学而时习之，不亦说乎？有朋自远方来，不亦乐乎？人不知而不愠，不亦君子乎？

温故而知新，可以为师矣。

知之为知之，不知为不知，是知也。

学而不思则罔，思而不学则殆。

第九章　自由之境　物我两忘

导　读

内在自由是人的存在状态的最高境界。真正的自由不是无限制的，而是孔子所谓的"从心所欲不逾矩"，是大自由、大自在，它达到的"超我"的状态，既是自由自觉、又是自然而然的物我合一、圆融无碍的状态。人生境界的提升过程，即人的自我觉悟过程。

一、经典阅读

有有我之境，有无我之境。"泪眼问花花不语，乱红飞过秋千去[①]。""可堪孤馆闭春寒，杜鹃声里斜阳暮[②]。"有我之境也。"采菊东篱下，悠然见南山[③]。""寒波澹澹起，白鸟悠悠下[④]。"无我之境也。有我之境，以我观物，故物我皆著我之色彩。无我之境，以物观物，故不知何者为我，何者为物。古人为词，写有我之境者为多，然未始不能写无我之境，此在豪杰之士能自树立耳。

【参考注释】

①"泪眼"二句：欧阳修词句。欧阳修《蝶恋花》："庭院深深深几许，杨柳堆烟，帘幕无重数。玉勒雕鞍游冶处，楼高不见章台路。雨横风狂三月暮，门掩黄昏，无计留春住。泪眼问花花不语，乱红飞过秋千去。"

②"可堪"二句：秦观词句。秦观《踏莎行》："雾失楼台，月迷津渡。桃源望断无寻处。可堪孤馆闭春寒，杜鹃声里斜阳暮。驿寄梅花，鱼传尺素。砌成此恨无重数。郴江幸自绕郴山，为谁流下潇湘去。"

③"采菊"二句：陶渊明诗句。陶渊明《饮酒》："结庐在人境，而无车马喧。问君何能尔？心远地自偏。采菊东篱下，悠然见南山。山气日夕佳，飞鸟相与还。此中有真意，欲辨已忘言。"

④"寒波"二句：元好问诗句。元好问《颍亭留别》："故人重分携，临流驻归驾。乾坤展清眺，万景若相借。北风三日雪，太素秉元化。九山郁峥嵘，了不受陵跨。寒波澹澹起，白鸟悠悠下。怀归人自急，物态本闲暇。壶觞负吟啸，尘土足悲咤。回首亭中人，平林淡如画。

（选自王国维《人间词话》，中华书局，2011 年版）

二、鉴赏指津

王国维《人间词话》首倡以"境界"论词："词以境界为最上。有境界则自成高格，自有名句。""境界"是王国维文学思想体系中极为重要的艺术概念，是王国维文学批评理论的核心。

"有我之境"和"无我之境"是两种不同的境界。有我之境，就是用我的内在意识去观察外界事物，所以外界事物都有着我的主观色彩。无我之境，就是用物化了的我去观察外界事物，所以分不清哪个是主观的"我"，哪个是客观的"物"。王国维又说："无我之境，人惟于静中得之；有我之境，于由动之静时得之。故一优美一宏壮也。"所以说，"有我""无我"主要是从主体的情感状态表达的显性和隐性来区分的。"有我之境"中主体的情感状态调动得较为充分，表达得也比较情绪化，具有丰富的情感色彩和渲染意味，所以一般呈现为"宏壮"的境界，而"无我之境"则主体的情感表达得较为深曲，心态较为平和，所以一般呈现为"优美"的境界。

周振甫《诗词例话》中解释"无我之境"为"触景生情"，"这时受到外界景物的刺激，激起感情，由于这种感情是从外物引起的，好像是从外物那里传过来的，所以说'不知何者为我，何者为物'"。"有我之境"指的是诗人的心情比较激动，把这种激动的心情加到景物上去，高兴时看到的一切景物也都高兴，悲哀时看到一切景物也都在悲哀，所谓"物我皆著我之色彩"。王国维的"有我""无我"之境虽然常用于文学批评，却也具有哲学价值，能启发人们对物我关系，精神与存在、自由等问题展开思考。诗歌中的"境界"，需要诗人摒弃世俗的欲念，用心去投入情感，把握自然之理，方能获得。人生之"境界"，自然也需要摆脱世俗的羁绊，没有了功利性的隔膜，便获得了极大的心灵自由，用心去聆听与体悟，方能达到这种境界。

三、趣味故事

鼓盆而歌

这一天，庄子的妻子去世了，在外人看来，失去了相依为命的伴侣是一件十分悲伤的事，但他却化内心的悲痛为对生死的达观和对世俗礼制的蔑视，敲着盆子而歌唱："生死本有命，气形变化中。天地如巨室，歌哭作大通。"他的友人惠子见他鼓盆而歌，指责他说："爱妻去世，还在这儿唱歌，这不是寡情吗？"庄子说："妻子刚刚去世的时候，我何尝不难过得要流泪！只是细细想来，妻子最初是没有生命的，不仅没有生命，而且也没有形体，不仅没有形体，而且也没有气息。在若有若无恍恍惚惚之间，那最原始的东西经过变化而产生气息，又经过变化而产生形体，又经过变化而产生生命。如今又变化为死。这种变化，就像春夏秋冬四季那样运行不止。现在她静静地安息在天地之间，而我却还要哭哭啼啼，这不是太不通达了吗？"惠子总算明白了，庄子和他看待事物的角度不一样。在庄子的哲理中，生与死同为自然现象，就好像春夏秋冬四时运行一般，人"生"从无到有，人"死"从有到无，也都是自然的变化。如此道来，生不足以喜，死不足以悲，人只有做到坦然地随顺生死之化，才算是真正领悟了生命的真谛。

56

（故事出自《庄子·至乐》）

四、古为今用

致未来的你

在飞速发展的现今社会，对物质生活的过度追求使得越来越多的人迷失了自我，人们的心像空中飘浮的尘埃一般无所着落，于是刮起了浮躁之风。想要摆脱"生活之欲"所带来的痛苦，就要学会积淀，学会沉潜，学会不"以心为形役"。认真聆听内心的声音，不被外界过多主导，做自己想做的事。以下是台湾诗人余光中写给孩子的一封信《给未来的孩子》：

孩子，我希望你自始至终都是一个理想主义者。你可以是农民，可以是工程师，可以是演员，可以是流浪汉，但你必须是个理想主义者。

童年，我们讲英雄故事给你听，并不是一定要你成为英雄，而是希望你具有纯正的品格。少年，我们让你接触诗歌、绘画、音乐，是为了让你的心灵填满高尚的情趣。这些高尚的情趣会支撑你的一生，使你在最严酷的冬天也不会忘记玫瑰的芳香。理想会使人出众。孩子，不要为自己的外形担忧。理想纯洁你的气质，而最美貌的女人也会因为庸俗而令人生厌。通向理想的途径往往不尽如人意，而你亦会为此受尽磨难。但是，孩子，你尽管去争取，理想主义者的结局悲壮而绝不可怜。在貌似坎坷的人生里，你会结识许多智者和君子，你会见到许多旁人无法遇到的风景和奇迹。选择平庸虽然稳妥，但绝无色彩。不要为蝇头小利放弃自己的理想，不要为某种潮流而改换自己的信念。物质世界的外表太过复杂，你要懂得如何去拒绝虚荣的诱惑。理想不是实惠的东西，它往往不能带给你尘世的享受。因此你必须习惯无人欣赏，学会精神享受，学会与他人不同。

其次，孩子，我希望你是个踏实的人。人生太过短促，而虚的东西又太多，你很容易眼花缭乱，最终一事无成。如果你是个美貌的女孩，年轻的时候会有许多男性宠你，你得到的东西太过容易，这会使你流于浅薄和虚浮；如果你是个极聪明的男孩，又会以为自己能够成就许多大事而流于轻佻。记

57

住，每个人的能力有限，我们活在世上能做好一件事足矣。写好一本书，做好一个主妇。不要轻视平凡的人，不要投机取巧，不要攻击自己做不到的事。你长大后会知道，做好一件事太难，但绝不要放弃。

你要懂得和珍惜感情。不管男人女人，不管墙内墙外，相交一场实在不易。交友的过程会有误会和摩擦，但想一想，偌大世界，有缘结伴而行的能有几人？你要明白朋友终会离去，生活中能有人伴在身边，听你倾谈，倾谈给你听，就应该感激。要爱自己和爱他人，要懂自己和懂他人。你的心要如溪水般柔软，你的眼波要像春天般明媚。你要会流泪，会孤身一人坐在黑暗中听伤感的音乐。你要懂得欣赏悲剧，悲剧能丰富你的心灵。

希望你不要媚俗。你是个独立的人，无人能抹杀你的独立性，除非你向世俗妥协。要学会欣赏真，要在重重面具下看到真。世上圆滑标准的人很多，但出类拔萃的人极少。而往往出类拔萃又隐藏在卑琐狂荡之下。在形式上我们无法与既定的世俗争斗，而在内心我们都是自己的国王。如果你的脸上出现谄媚的笑容，我将会羞愧地掩面而去。世俗的许多东西虽耀眼却无价值，不要把自己置于大众的天平上，不然你会因此无所适从，人云亦云。

在具体的做人上，我希望你不要打断别人的谈话，不要娇气十足。你每天至少要拿出两小时来读书，要回信写信给你的朋友。不要老是想着别人应该为你做些什么，而要想着怎么去帮助他人。借他人的东西要还，不要随便接受别人的恩惠。要记住，别人的东西，再好也是别人的；自己的东西，再差也是自己的。孩子，还有一件事，虽然做起来很难，但相当重要，这就是要有勇气正视自己的缺点。你会一年年地长大，会渐渐遇到比你强、比你优秀的人，会发现自己身上有许多你所厌恶的缺点。这会使你沮丧和自卑。但你一定要正视它，不要躲避，要一点点地加以改正。战胜自己比征服他人还要艰巨和有意义。不管世界潮流如何变化，但人的优秀品质却是永恒的：正直、勇敢、独立。

我希望你是一个优秀的人。

五、知识链接

王国维及其《人间词话》

《人间词话》是近代学者王国维所著的一部文学批评著作，作于1908—1909年，最初发表于《国粹学报》。

王国维（1877—1927），中国近现代学贯中西的大师，字静安，号观堂，浙江海宁人。幼年时接受私塾教育，青年时受到康有为思想影响，曾在梁启超的《时务报》中工作。后来到日本留学，回国后从事美学、文学理论和戏曲艺术史的研究工作，著有《人间词话》和《宋元戏曲考》等。辛亥革命后东渡日本，埋头著述。

王国维早年追求新学，受到资产阶级改良主义思想的影响，把西方哲学、美学思想与中国古典哲学、美学相融合，研究哲学与美学，形成了独特的美学思想体系，继而攻词曲戏剧，后又治史学、古文字学、考古学。郭沫若称他为新史学的开山鼻祖。不止如此，他平生学无专师，自辟户牖，成就卓越，贡献突出，在教育、哲学、文学、戏曲、美学、史学、古文学等方面均有深意和创新，为中华民族文化宝库留下了广博精深的学术遗产。

《人间词话》是中国美学史上融通中西、承前启后的理论巨著。王国维用传统的辞话形式及传统的概念、术语和思维逻辑，较为自然地融进了一些新的观念和方法，总结出了具有普遍意义的理论问题，在中国近代文学批评史上占有相当重要的地位。内容主要包括王国维的"境界说"及其对众词的境界的分析评定，词的发展历程以及词人词作风格，诗词的特点、诗人及词人，还有后人学填词的弊端和近人对词的看法等。虽然，《人间词话》在理论上达到了很高的水平，但是它带有强烈的主观色彩，在一些问题上难免存在偏见。

《人间词话》论诗列举：

其一：古今之成大事业、大学问者，必经过三种之境界。"昨夜西风凋碧树，独上高楼，望尽天涯路"，此第一境也；"衣带渐宽终不悔，为伊消得人憔悴",此第二境也;"众里寻他千百度,蓦然回首,那人正在灯火阑珊处",此第三境也。

其二:有有我之境,有无我之境。"泪眼问花花不语,乱红飞过秋千去","可堪孤馆闭春寒,杜鹃声里斜阳暮",有我之境也;"采菊东篱下,悠然见南山""寒波澹澹起,白鸟悠悠下",无我之境也。有我之境,以我观物,故物皆着我之色彩;无我之境,以物观物,故不知何者为我,何者为物。

第六篇

平 等

主 题 简 述

　　平等，即公平等同。中华文明中蕴含的平等思想尊重客观存在与个体发展，有利于和谐社会的构建，对人们的世界观产生了深刻的影响。墨子的"使天下兼相爱"反映了朴素的人与人之间平等相处的思想；孔子的"有国有家者，不患寡而患不均"认为社会稳定与否取决于分配的均匀与否，包含了构建平等社会的理想；庄子的"以道观之，物无贵贱"又是从自然常理的角度认识到万物本无贵贱之分，蕴藏着朴素的众生平等思想。

　　现世的人们读过《诗经·伐檀》后会深深感受到劳动者对当时社会不平等的吼声："坎坎伐檀兮，置之河之干兮。河水清且涟猗。不稼不穑，胡取禾三百廛兮？不狩不猎，胡瞻尔庭有县貆兮？彼君子兮，不素餐兮……"诗歌采用重章叠句的手法，再三追问那些贵族老爷们，为什么你们既不耕种也不收割，却要取稻三百束？你们从不上山打猎，却能

61

看得到庭中挂满貉肉？中国历史上第一次大规模的农民起义爆发时，陈胜、吴广发出了"王侯将相宁有种乎"的怒吼。事实上，历史上一次又一次的反抗和斗争，无不寄予着人们对平等的追求和抗争。

苦于历史的局限性，古人对平等的种种设想只能是空想，对平等的追求并没有变成现实。直到今天，因为有了优越的社会主义制度作保证，有了人民当家做主的政治基础，有了以宪法为核心的法律保障体制，有了社会与经济发展的物质保障，华夏儿女五千年来为之向往和奋斗的平等才得以实现。正如习近平总书记所说的："生活在我们伟大祖国和伟大时代的中国人民，共同享有人生出彩的机会，共同享有梦想成真的机会，共同享有同祖国和时代一起成长与进步的机会。"作为新时代的公民，我们应该深刻理解时代赋予"平等"的全新内涵，学会尊重他人、尊重社会、尊重自然，实践人的平等、社会平等和众生平等。

所谓人的平等，即人与人之间的平等，它不是指物质上的"相等"或"平均"，而是指人与人之间在精神上没有高低、贵贱、优劣之分，能够互相理解、互相尊重，把对方当成和自己一样的人来看待。所谓"人生来平等"即是如此。人与人之间的平等，更重要的是平等地尊重人的主体地位、平等地发挥人的主体作用、平等地释放人的智慧才能、平等地维护人的主人权利。人与人之间平等的集中表现是人格上的平等和法律地位上的平等。

人格上的平等，就是说在人格上，每个人都是具有独立意识的个体，都有做人的尊严。尽管每个人在境遇和条件上都会存在智力、体力、相貌、金钱、地位等方面的差异，但人与人之间的差异不能超越人格尊严，没有人可以在人格上高人一等，也没有人会在人格上低人一等。正由于人与人之间存在差异和人格上平等的要求，才有了人类对平等的不懈追求，才突显出了平等的可贵；也正是这种差异和人格上平等的要求，才成为了我们尊重人、平等待人、取人长补己短的现实基础。或者说，人格平等源于人与人之间彼此的尊重，只有做到彼此尊重，才能实现人格上的平等。正如墨子所言："若使天下兼相爱，爱人若爱其身，犹有不孝者乎？视父兄与君若其身，恶施不孝，犹有不慈者乎？视弟子与臣若其身，恶施不慈？故不孝不慈亡有。犹有盗贼乎？故视人之室若其室，谁窃？视人身若其身，谁贼？故盗贼亡有。"假若天下人都能相亲相爱，爱别人就像爱自己一样，还能有不孝、不慈和盗贼现象吗？

　　法律地位上的平等，指的是在法律地位上，每个人都应平等地享有法定的权利，平等地履行法定的义务，任何人都没有超越法律以上的特权。即任何公民都平等地享有宪法和法律规定的权利，同时平等地履行宪法和法律所规定的义务；公民的合法权益都一律平等地受到保护，对违法行为一律依法予以追究；在法律面前，不允许任何公民享有法律以外的特权。秦代商鞅所说的"所谓壹刑者，刑无等级"，即所谓统一刑罚，就是量刑不论人们的等级；《史记》中所言"王子犯法，庶民同罪"，即使王子违背了法律，也会和老百姓一样被惩罚，没有特殊对待。这些都体现了法律地位上的平等思想。今天，习近平总书记提出的"坚持'老虎''苍蝇'一起打""把权力关进制度的笼子里"，就是对依法治国和平等理念的生动阐释。

　　社会平等，就是要构建一个平等的社会，要求在制度上保障每个人平等生存与发展的权利。诸子百家对这种社会，曾有过各自的设想：如儒家天下为公的"大同社会"，道家清静无为的"小国寡民社会"，法家刑罚统一、法度严明的"秩序社会"，墨家兼爱非攻的"和平社会"等。《礼记·礼运》中这样描述"大同社会"："大道之行也，天下为公，选贤与能，讲信修睦。故人不独亲其亲，不独子其子，使老有所终，壮有所用，幼有所长，矜、寡、孤、独、废疾者皆有所养，男有分，女有归。货恶其弃于地也，不必藏于己；力恶其不出于身也，不必为己。是故谋闭而不兴，盗窃乱贼而不作，故外户而不闭，是谓大同。"在大道施行的时候，天下是人们所共有的，把品德高尚的人、能干的人选拔出来，讲求诚信，培养和睦，人们各尽己责，互为关爱，公私分明，一切危害个人和社会的事件就不会发生，这就是理想社会。

　　众生平等，是指人类与自然、人类与其他层面生命的平等。即人与自然、人与生灵平等相处，共生共荣，要尊重自然，关爱生灵。老子的

63

"天地不仁，以万物为刍狗"，说的是天地本无所谓仁慈偏爱的，它对待万物像对待祭品一样平等。也就是说，天地看待万物是一样的，一切顺其自然。宋代程颢的"仁者，浑然与物同体"也揭示了人和万事万物共生共荣，不是谁征服谁的道理。苏轼《赤壁赋》中更是提到"惟江上之清风，与山间之明月，耳得之而为声，目遇之而成色，取之无禁，用之不竭，是造物者之无尽藏也，而吾与子之所共适"。可见，自然无私地馈赠人类，人类更当尊重和关爱自然。社会发展到今天，国家确定了节约资源和保护环境的基本国策，坚持科学发展，统筹经济社会发展，统筹人与自然和谐发展，转变增长方式，提高发展质量，推进节约发展、清洁发展、安全发展，实现经济社会全面协调可持续发展，等等。所有的一切，都是对众生平等的有效实践。

墨子云："夫爱人者，人必从而爱之；利人者，人必从而利之；恶人者，人必从而恶之；害人者，人必从而害之。"平等的社会往往可以塑造平等的人格，而只有社会人拥有了平等的人格才会形成一个平等的社会。我们生活在伟大的中国和伟大的时代，肩负着建立平等、和谐社会的历史重任，要牢固树立起平等意识，学会相互尊重，相互包容，努力创造平等的学习环境、生活环境和社会环境，坚定自信，不断提升，大胆超越，以跨上更高的台阶。只要常以尊重之心看待世界，秉着敬畏关爱之心面对自然、社会与生灵，始终怀抱平等之心与人交往，那么平等、和谐社会的构建必将事半功倍。

第一章　巾帼花开　男女平等

导　读

　　性别平等是身份平等，也是起点上的平等之一。它是西方女权运动的中心理念，但在中国传统文化中并非找寻不到生存土壤。在中华民族相当漫长的历史时期内，尽管以"男尊女卑"为核心的性别文化在社会生活中居主导地位，却不乏巾帼英雄不遑多让，在政权、族权、夫权、神权的多重压迫下聚力反抗，以不亚髦杰的才情、不附匹夫的气节、不逊须眉的功绩发出追求平等地位的最强音。

一、经典阅读

　　氓之蚩蚩①，抱布贸丝②。匪来贸丝，来即我谋③。送子涉淇，至于顿丘④。匪我愆期⑤，子无良媒。将子无怒⑥，秋以为期。

　　乘彼垝垣⑦，以望复关⑧。不见复关，泣涕涟涟。既见复关，载笑载言⑨。尔卜尔筮⑩，体无咎言⑪。以尔车来，以我贿迁⑫。

　　桑之未落，其叶沃若。于嗟鸠兮，无食桑葚⑬。于嗟女兮，无与士耽！士之耽兮，犹可说也⑭。女之耽兮，不可说也。

　　桑之落矣，其黄而陨。自我徂尔，三岁食贫⑮。淇水汤汤，渐车帷裳⑯。女也不爽，士贰其行⑰。士也罔极，二三其德⑱。

三岁为妇，靡室劳矣。夙兴夜寐，靡有朝矣。言既遂矣，至于暴矣⑲。兄弟不知，咥其笑矣⑳。静言思之，躬自悼矣。

及尔偕老，老使我怨。淇则有岸，隰则有泮㉑。总角之宴，言笑晏晏㉒。信誓旦旦，不思其反㉓。反是不思，亦已焉哉㉔。

（选自程俊英、蒋见元《诗经注析》，中华书局，1991 年版）

【参考注释】

①氓(méng)：流亡的人民。诗中指一个丧失田地而流亡到卫国的人。蚩蚩，嬉笑貌。

②布：布匹。贸：交易，交换。

③匪：非，不是。即：就，接近。谋：谋划，指商量婚事。

④顿丘：地名，在今河南清丰县。

⑤愆(qiān)：拖延。期：日期。

⑥将(qiāng)：请求。

⑦乘：登上。垝(guǐ)：毁坏残缺。垣(yuán)：土墙。

⑧复关：地名。以复关代氓，是借代的修辞，代指男子之所居也。

⑨载：则、就，语首助词。

⑩卜：卜卦，用火灼龟甲，看甲上的裂纹来判断吉凶。筮(shì)：用蓍(shī)草排比推算来占卦。

⑪体：卦体，即用龟蓍占卜所显示的卦象。咎言：不吉利的话。

⑫贿：财物，这里指嫁妆。迁：搬走。

⑬于：同吁，叹词。鸠：斑鸠。桑葚：桑树的果实。这二句以鸠借喻女子，以桑葚借喻男子，告诫女子不要沉溺在爱情里。

⑭耽：迷恋。说：同"脱"，摆脱、解脱。

⑮徂尔：到你家。徂，往、到。三岁：多年。食贫：过贫苦生活。

⑯汤汤(shāng)：水势盛大貌。渐(jiān)：浸湿。帷裳：本义为车厢两旁的饰物，借指女子所乘之车。

⑰爽：差错。贰：忒(tè)的同音假借字，与"爽"同义。行(háng)：行为。

⑱罔极：无常。罔：无。极：中，准则。二三其德：三心二意，指男子变

心，前后感情不专一。

⑲言：语首助词。既：已经。遂：安，指生活安定。暴：凶暴。

⑳咥（xì）：哈哈大笑貌。

㉑隰（xí）：低湿的地。泮（pàn）：通"畔"，涯岸。

㉒总角：孩子童年时，把头发扎起成两角状，代指童年。宴：安乐。晏晏：和悦温柔貌。

㉓信誓：真挚的誓言。旦旦：诚恳貌。不思：想不到。反：反复、变心。

㉔是：这，指誓言。反是：违反了这誓言。不思：不再顾及。已焉：到此为止。

二、鉴赏指津

奴隶社会初期，贞节观念开始出现。秦始皇统一全国后，为巩固专制主义中央集权，对女子贞节提出了苛刻的要求。到了汉代社会等级犹如一座层次分明的宝塔，《诗经·小雅》中就有"乃生男子，载寝之床，载衣之裳，载弄之璋，其泣喤喤，朱芾斯皇，室家君王。乃生女子，载寝之地，载衣之裼，载弄之瓦，无非无仪"，揭示了男女地位的极不平等。

《卫风·氓》出自《诗经》，是一首上古民间歌谣，以一个大胆追求爱情与自由的女子之口，率真地述说了其情变经历和深切体验，诗中女子情深意笃，爱得坦荡，爱得热烈。当爱情不再，她就主动与男人毅然决然地分手。在劝导女人对男人无条件服从的古代社会，诗中女子的言行实在难得：

我和他从小在一起嬉戏玩耍，留下许多愉悦美好的回忆。一天，他"抱布贸丝""来即我谋"。他从小忠厚善良，正是我的意中人啊。送他回家，一程又一程。见他闷闷不乐的样子，真让人心疼。我也顾不得矜持了，最后干脆说："看把你着急得！你容我做些婚嫁准备，到秋凉了来迎娶我吧。"他这一来，唤起了我的情思。他走后，没有一时不想念他。多少次，我登到高处眺望，期待他的到来，却总是一次次地失望，一次次地落泪。那天，他终于来了。我远远地跑过去接到他，说笑着一起回家。

他又是龟板又是蓍草地占卦卜算，大吉大利，一切如愿。还等什么呢？我让他赶快驾车来带上我的嫁妆举办婚事。婚后，我没有哪天不是早起晚睡，辛勤操劳家务，就是再苦也没有怨言。我不知道我有什么过错，但他待我远没有从前那么好了。未嫁时他信誓旦旦地说要爱我一辈子，嫁过来才几年我却被当牛马般使用，甚至被打被弃。

原想和他白头到老啊，可这个样子白头到老又有什么意思呢？我也明白了：在以男子为中心的社会里，只有痴心女子负心汉。为了摆脱这些痛苦，我下决心与他割断感情上的联系"反是不思，亦已焉哉"。既然他违背誓言不念旧情，这样的婚姻就让它终结吧！

在古代基本只有男人可以休妻之说，而没有女子休夫之说。本诗中主人公是女性，她以直率的口气回忆自己对爱情与幸福的大胆追求，以沉痛、愤怒的口气抒发了婚后被丈夫虐待和遗弃的痛苦，表达了她悔恨的心情和决绝的态度。她在诗歌末尾主动与丈夫决裂即是最初争取男女平等的一种体现。

三、趣味故事

胆识过人的平阳公主

平阳公主是唐高祖李渊的第三个女儿，为太穆皇后所生，她是中国古代历史上一个真正的巾帼英雄，才识胆略丝毫不逊色于她的兄弟们。

隋末民不聊生，天下大乱，李渊决定起兵。而当时李渊胜出的机会并没有多大，同时李渊的动机瞒不过长安的隋朝官员，长安方面立即下令拘捕李渊的家人。起义前，公主和她丈夫柴绍都在长安，高祖立即派人秘密通知他们前去太原。形势危急，平阳公主和丈夫紧急商议，决定分头行动。公主对柴绍说："你快去。我是一个妇女，到时容易隐藏，自己另想办法。"柴绍立即秘密赶到太原，而平阳公主很快动身回到鄠县的李氏庄园，女扮男装，自称李公子，将产业变卖，招兵买马，公开与朝廷对抗，起兵以响应高祖。

她到处联络反隋的义军。在 3 个多月的时间里，就招纳了四五支在江湖上已有相当规模的起义军。其中最大的一支就是土匪首领胡商何潘仁领导的，当时他们手下有几万人。

平阳公主联络何潘仁花了很大的力气。一开始，何潘仁对平阳公主和她的娘子军不以为然，认为其不足以成大事；娘子军不断壮大后，他又疑忌平阳公主另有所图，因而不愿联合。平阳公主作为一个女性，她特有的耐心和锲而不舍的精神在此时发挥了作用。她几次派能言善道的家人马三宝去司竹园，向何潘仁陈述"唇亡齿寒"的利害关系，同时申之以推翻隋统治的大义。经过反复劝说，何潘仁终为平阳公主的诚意所感动，答应和娘子军联合反隋。

平阳公主收编了何潘仁后，又连续收编了李仲文、向善志、丘师利等义军，势力大增。在此期间，朝廷不断派兵攻打平阳公主。平阳公主率领的义军不但打败了每一次进攻，而且势如破竹，连续攻占了户县、周至、武功、始平等地。每到一地都宣传法纪，平阳公主严禁士卒抢劫民众财物，因此各地投奔她的人很多，队伍很快发展到了7万人。

义军渡过黄河后，高祖派遣柴绍率领几百骑兵赶到华阴县，靠近终南山迎接公主的队伍。这时公主带领一万多精兵跟太宗李世民的部队在渭北会合，与柴绍各自分设将帅营帐，一起包围京城长安，军队里把她的队伍叫作"娘子军"，其中相当多人是女性。长安平定后，高祖封她为"平阳公主"，由于她有独特战功，每回赏赐规格都比其他公主高。

胡商何潘仁本是贼帅，李仲文、向善志、丘师利等本是"群盗"，平阳公主能够在短时间内将收编的乌合之众变为一支百战百胜的劲旅，并取得如此大的战绩，足见平阳公主的组织能力和指挥能力实在是出类拔萃的。

高祖武德六年（623），平阳公主逝世。准备安葬时，高祖命令增加40人组成的羽葆、鼓吹、大车、旌旗、班剑仪仗队伍作为前导，全副武装的勇士作为后卫举行送葬仪式，来表彰她的特殊功业；依惯例叫有关部门按照"明德有功曰昭"的规则，给予平阳公主的谥号为昭。

（故事出自"360doc个人图书馆"）

四、古为今用

就业性别歧视

2014年9月，"90后"女大学生邓某某在同城网站上看到一劳务公司发布的标有"任职资格：男"的招聘速递员信息，但依然在线投递简历申请该职位，并通过了面试和试用。没想到最终，速递公司以其是女性为由拒绝签约。在遭受性别歧视和排挤的不公待遇后，邓某某用一纸诉书将速递公司、劳务公司告上法庭。北京市顺义区人民法院于2015年10月30日做出终审判决，认为速递公司在答辩意见中所援引的相关规定并不能证明快递员属于国家规定的不适合妇女的工种或者岗位，且公司代表在邓某某询问丧失应聘机会的原因是否因其为女性时做了肯定的答复，能够证明速递公司损害了女性应聘者的就业平等权，构成就业歧视中的性别歧视。法院判令被告赔偿其入职体检费用120元、精神损害抚慰金2000元、鉴定费6450元。

我国法律明确规定，妇女在政治、经济、文化、社会和家庭的生活等各方面都享有同男子平等的权利。对实施就业性别歧视的单位通过判决使其承担民事责任，不仅是对全体劳动者的保护，营造平等、和谐的就业环境，更是对企图实施就业性别歧视的单位予以威慑，让平等就业的法律法规落到实处，起到规范、引导的良好作用。我们身在一个最好的时代，平等的社会和平等的人格想要互相造就，就要需要我们消除歧视，使这个社会更加和谐平等。

穿越时空的价值印记

五、知识链接

男尊女卑

提到"男尊女卑"这个概念，现代人一般认为这是孔子主张的男人天生高贵，女人天生卑贱的思想，是传统文化中的糟粕。其实，这是对孔子"男尊女卑"思想的误解。

"男尊女卑"源自《易经·系辞》中："天尊地卑，乾坤定矣。卑高以陈，贵贱位矣……乾道成男，坤道成女。"

《易经》是中国传统文化中探讨宇宙天体运行规律的经典，在传统文化中占有重要的地位。其中干类像：天，男人，老父，君王等，坤类像：地，女人，老母，妃妾等。女人要想合乎"道"，必须像大地一样谦卑、包容，厚德载物，无私无怨。同理男人要想合乎"道"，必须像天一样，高远正直，自强不息。

天尊是说天空高远、公正无私，不是说天自己尊贵。地卑是说大地踏实亲切，不分净污贵贱，易经中有"地势坤，君子以厚德载物。""卑"是使人感到亲切的意思。男尊女卑的含义是男人有男人的特质，女人有女人的特质，这决定了男女在家庭中社会上分工的不同，男女恪守其位，家道自然兴隆。"男尊"是男的要做到品格高尚、正直，做到让人尊敬、尊重。女的要做到谦和、包容，使人容易亲近，"卑"在古语中有谦虚，接近，亲近的意思。

"男尊女卑"的思想倡导自然和谐，阴阳各安其位。所以"男尊女卑"是讲男女在人生与婚姻中应该如何和谐生活的道理，并不包含男女不平等的意思。一个男人品格高尚，女人自然就尊重他、尊敬他、亲近他。男人正直高尚，女人谦和宽容的家庭没有不和谐的道理，在这样的家庭和社会里，女人也自然拥有相应的地位而不会被歧视。试问举案齐眉故事里的梁鸿会歧视他的妻子孟光吗？

孔子写《易经·系辞上下传》时，着重引述此句"天尊地卑，乾坤定矣。卑高以陈，贵贱位矣"，"乾道成男，坤道成女"，这说明孔子非常明白万事万物各安其位的重要性。所以孔子提出来的"君君，臣臣，父父，子子"反映的就是这个"位"的关系，意思是作为君就得像君，臣子要像臣子，父亲要像父亲，孩子要像孩子，各司其职，各安其位。同样，这里的贵贱和我们现在所说的贵贱也不同，这里的贵贱指的是人在人生不同阶段中，社会中所处位置的不同，并不代表能力和身份的高下，更不是思想和地位上的尊卑，这和中国传统文化里的"贵贱平等，天下大同"的主张是一致的。

第二章　亲疏无别　去私立公

导　读

　　亲疏平等是身份平等，也是起点上的平等之一。人人相亲，人人平等，天下为公，世界"大同"，是千百年来中国人民心向往之的理想生活，一代代先哲为之摹绘蓝图，儒家致力于"鳏寡孤独废疾者皆有所养"，墨家振臂呼号"无等差之爱"，法家则一身凛然维护"无别亲疏，一法断之"的正义。诸子所做的努力都是为了割断以血缘关系和阶级秩序维系的封建社会束缚，探寻出一方充满真正的自由、平等和博爱的乐土。

一、经典阅读

墨子·兼爱上①

　　圣人以治天下为事者也，必知乱之所自起，焉能治之；不知乱之所自起，则不能治。譬之如医之攻②人之疾者然，必知疾之所自起，焉能攻之；不知疾之所自起，则弗能攻。治乱者何独不然，必知乱之所自起，焉能治之；不知乱之所自起，则弗能治。

　　圣人以治天下为事者也，不可不察乱之所自起。当③察乱何自起？起不

73

相爱。臣子之不孝君父，所谓乱也。子自爱不爱父，故亏父而自利；弟自爱不爱兄，故亏兄而自利；臣自爱不爱君，故亏君而自利，此所谓乱也。虽父之不慈子，兄之不慈弟，君之不慈臣，此亦天下之所谓乱也。父自爱也不爱子，故亏子而自利；兄自爱也不爱弟，故亏弟而自利；君自爱也不爱臣，故亏臣而自利。是何也？皆起不相爱。

虽至天下之为盗贼者亦然，盗爱其室，不爱其异室，故窃异室以利其室；贼爱其身，不爱人，故贼人以利其身。此何也？皆起不相爱。虽至大夫之相乱家、诸侯之相攻国者，亦然。大夫各爱其家，不爱异家，故乱异家以利其家；诸侯各爱其国，不爱异国，故攻异国以利其国，天下之乱物具此而已矣。察此何自起？皆起不相爱。

若使天下兼相爱，爱人若爱其身，犹有不孝者乎？视父兄与君若其身，恶施不孝？犹有不慈者乎？视弟子与臣若其身，恶施不慈？故不孝不慈亡有。犹有盗贼乎？故视人之室若其室，谁窃？视人身若其身，谁贼？故盗贼亡有。犹有大夫之相乱家、诸侯之相攻国者乎？视人家若其家，谁乱？视人国若其国，谁攻？故大夫之相乱家、诸侯之相攻国者亡有。若使天下兼相爱，国与国不相攻，家与家不相乱，盗贼无有，君臣父子皆能孝慈，若此则天下治。故圣人以治天下为事者，恶得不禁恶而劝爱？故天下兼相爱则治，交相恶则乱。故子墨子曰："不可以不劝爱人者，此也。"

（选自孙诒让《墨子间诂》，中华书局，2001 年版）

【参考注释】

①兼爱是墨家学派最有代表性的理论之一。所谓兼爱，其本质是要求人们爱人如己，彼此之间不要存在血缘与等级差别的观念。

②攻：治。

③当：读为"尝"。

二、鉴赏指津

所谓兼爱，是春秋战国之际的思想家墨子，针对儒家"爱有等差"的理念反驳所提出的新主张，即提倡爱无差别等级，不分厚薄亲疏。墨子所倡导的"兼爱"，即平等地爱一切人，不论血缘上的亲疏还是感情上的亲疏，都应相互尊重，兼相爱，才能实现"交相利"。

墨子认为，人类的一切罪恶的根源是"不相爱"，先秦社会之所以失范，在于人与人之间不能相爱。文章从圣人治天下说起，认为圣人治天下"不可不察乱之所自起"，而后指出乱起"不相爱"，接着用君臣、父子、兄弟之间的利己与亏人为例予以证明；再以盗贼爱其身、不爱人身，大夫各爱其家、不爱异家，诸侯各爱其国、不爱异国的事实加强论证；又以假设继续推理得出结论——"若使天下兼相爱，国与国不相攻，家与家不相乱，盗贼亡有，君臣父子皆能孝慈，若此则天下治"。最后强调"故天下兼相爱则治，交相恶则乱""不可以不劝爱人"。

墨子言："视人之国若视其国，视人之家若视其家，视人之身若视其身。"意思是，看待别人的国家就像看待自己的国家，看待别人的家族就像看自己的家族，看待别人的身体就像看待自己的身体一样。其实墨子在此告诉我们的就是"以人为本，视人若己"，要尊重对方，多从对方的角度考虑问题。人人相爱不再互相残害，父子因相爱而慈爱孝顺，兄弟因相爱而和谐协调，这样祸害、埋怨、愤恨等就不会产生了。

墨子的"兼相爱交相利"思想之实质，是一种柔性管理，它通过人们之间互动的相爱来改善人际关系，消除破坏性冲突，创造良好的社会环境，使人们既能自爱又能爱人，从而每个人的利益都能得到满足，这既符合人自然性的需要，又符合社会道德法律规范。

三、趣味故事

吕蒙正去私

宋朝时，河南有个叫吕蒙正的书生，寒窗苦读，在太平举国二年被录取为进士第一名，被任命为将作监丞，通判升州。不久，被擢升为左谏议大夫、参知政事。因为出身一介寒士，他认为在人才的选拔上就应该任人唯贤、亲疏平等。

在家天下时代，任人唯亲是再正常不过的事情。当时有一个宰相卢多逊，他的儿子刚成年便被封为水部员外郎（六品官），此后，宰相儿子荫补封六品官便成了惯例。到吕蒙正任宰相的时候，皇帝要给他儿子封官了，他深觉不妥，惶恐地对皇帝说："我十年寒窗考中进士，封的也不过九品京官，如今犬子刚刚成人，就受如此恩宠，我担心会遭到阴间的惩罚。况且，天下人才，因为没有背景而老于岩穴、得不到半点皇恩的太多了。"在他的坚持下，皇帝同意了他的要求，只给他儿子授给了九品官。从此，宰相的儿子荫补只授九品官便成了定制。

在人才选拔过程中，吕蒙正从来不考虑人才的亲疏远近，也不会为了私利而顾及皇帝的好恶，他只在乎是否对国家有利。宋太宗期间，需要派一使者出使辽国，问到吕蒙正意见时，吕蒙正推荐了一位，皇帝不同意；第二次，皇帝又问，他又以最初的人上奏，皇帝还是不同意；第三次，他还是执意推荐此人。皇帝很恼火，龙颜大怒，吕蒙正毫无惧色，据理力争："派遣此人出使，一定不辱使命，因为从能力上来说，他是最合适的人选，其他无人可及，我不希望为了私利讨好您而影响国家的利益"。四座屏息，都被吕蒙正的大胆直言所震惊。出人意料的是，宋太祖舒展眉头，不但没有妄加指责，而且同意了他推荐的人选，甚至还在退朝后对左右说："蒙正气量，我不如。"而那位被推荐的人正如吕蒙正所料，出使辽国，出色地完成了任务。吕蒙正的不为私心、知人之明可见一斑。

吕蒙正告老还乡后，宋真宗曾反复问他儿子们中有谁能担大任。"虎父无犬子"，吕蒙正七个儿子，个个品学兼优，但他却无半分私心，舍亲救疏，推举了堂侄吕夷简。后来，吕夷简果然成为一代名相。

再三推荐皇帝不喜欢的人、拒绝按惯例享受待遇、皇帝真心示好却舍亲就疏，吕蒙正这种把是否有利于国家作为选拔和任用人才的唯一标准，甚至不惜牺牲个人利益的行为，即使在今天看来，也是一种难能可贵的品质。

四、古为今用

亲疏平等　大爱无疆

2012 感动中国人物、第四届全国道德模范高淑珍，以幼吾幼以及人之幼的心怀，十几年间收教了近百名残疾孩子，谱写出亲疏平等、大爱无疆的动人心曲。

她爱自己残疾的儿子，也爱别人家残疾的孩子。高淑珍的儿子 4 岁时因害类风湿，双腿残疾，而不良于行，直至学龄也无法正常入学。高淑珍为满足儿子对读书的渴望，决心在家里办个小课堂。而后，她发现附近村庄像儿子一样因肢残无法入学却渴望读书的孩子们还有很多，为了让孩子们圆梦，她决心在家里办学校，一办就是十几年。期间，她接收了近百年名残疾孩子，不仅让女儿王国光带领孩子们读书学习，还让孩子们免费吃住，默默承受着来自几十口人生活带来的经济负担和劳心劳力。高淑珍一天的忙碌总是从凌晨 4 点多开始，在孩子们熟睡时，她要准备所有人的饭菜；孩子们吃饭时，她要操心饭够不够吃；孩子们读书时，她要去侍弄二十多亩水田、骑百里地去集市上卖日用品来换取全家人的口粮和生活费；孩子们睡前，她要轮流给孩子按摩哄睡；孩子们入睡后，她又要操心冬日的炉火够不够暖。前路再艰难，她也始终践行着最初的信念"孩子们肢残心不残，让他们学点知识，长大了有个一技之长，也不至于成为社会的负担"。

先秦墨子极力推崇"兼爱"，认为人应不分贵贱亲疏地待人，但他同时也承认"天下之物难于故也"，真正的兼爱是天下最难实现的事。高淑珍，一位普通的农村妇女实实在在地将圣人之训践行了。如今，她的善心感召着更多的人加入其中，严文杰、王利忠、任丽华等来自各地的一批批志愿者走进了高淑珍的家中投入到关爱残疾孩子的行动当中，义务教授孩子们知识，和孩子们同吃同睡，像高淑珍一样，无私奉献着爱与青春。用粗糙的手支起课桌，用宽厚的背挡住风雨。

"老吾老以及人之老，幼吾幼以及人之幼。"她的心和泥土一样质朴，洒下辛苦的种子，善良会生长成参天大树，有了爱，小院里的孩子们就会一天天茁壮起来。十几年如一日的亲疏皆等的无私奉献让这个普通的农村妇女成为了最伟大的母亲。

五、知识链接

曹操唯才是举

三国时期，曹操《求贤令》说："二三子其佐我仄陋，唯才是举，吾得而用之。"

东汉末年，军阀混战群雄并举，曹操能白手起家滚雪球般地发展壮大，最终平定北方，统一中原，终成大业，主要靠的就是其唯才是举的用人方略。

为广纳天下人杰俊才，曹操曾三次颁发"求贤令"："今天下尚未定，此特求贤之急时也……二三子其佐我明扬仄陋，唯才是举，吾得而用之。"他摒弃汉代选拔官吏需恪守的封建道德——讲究门第出身的世俗，对于虽有劣迹或出身卑微，但确有文韬武略的人才破格提拔重用，形成了英才云集、兵多将广的人才群体。史家陈寿在《魏书武帝纪》评说曹操："官方授材，各因其器，矫情任算，不念旧恶，终能总御皇机，克成洪业者，唯其明略最优也。"

在小说《三国演义》中，曹操初识关羽是在十八路诸侯联合讨伐董卓的阵前。那时的关羽仅仅是小诸侯公孙瓒的马弓手。当时董军先锋华雄连伤联军的几员大将，仍叫骂挑战。众诸侯面面相觑，无人敢于派将出阵。袁绍叹道：吾之大将颜良、文丑一人在此何惧华雄！言未毕，帐前站出关羽要求出战。关羽报出姓名职务，乃一无名小辈，袁绍忙挥手命人赶出帐去。身为副盟主的曹操也并不识得关羽身手，但却斟满一碗热酒为关羽壮行。好个关羽，寄下酒碗提刀出阵，只一个回合，立斩华雄于马下，回到帐中，那碗酒还未凉。《三国演义》"酒尚温时斩华雄"一节，用袁绍的鼠目反衬了曹操的远见卓识，曹操不拘一格选将用人的能力跃然纸上。后来，关羽流落曹营，曹更是"上马金下马银"款待有加，使得那"忠义千秋"的关羽异常感动，以致后来发生了"华容道取义放曹"的不顾有掉脑袋之祸的故事。

曹操赤壁大败逃回，大哭数日不思茶饭，对众人说：郭嘉若还活着，我何至于兵败如此呀！郭嘉号称三国第一谋士，投曹后出谋划策屡建奇功。可惜英年早逝，曹操亲设灵棚恸哭。宛城之战中，典韦以自己血肉之躯确保曹操性命，曹操不哭同时阵亡的儿子侄儿，却为失去典韦这员虎将而大哭。汉末名士徐庶原事刘备，曹操将徐母软禁模仿其字迹将徐庶骗来曹营，虽然手段不雅，却也聚才有方。大将于禁和乐进是从士兵提拔的；张辽和徐晃是从战俘中招降的；就连曹操的青州兵也是从黄巾军俘虏改编而来。

一介女流蔡文姬，其父蔡邕是汉末大文学家书法家，通音律善制琴。曹操在京时与蔡府过往甚密，深知其父女的才华。匈奴南侵时将文姬掳去，由左贤王纳妃。已当上汉相的曹操用重金将文姬赎回，书写了文姬归汉的史篇。后文姬用汉族宫商音律为胡人曲调谱写了《胡笳十八拍》，在汉胡文化交流史上留下了精彩的一笔。曹操惜才，力举一个女流，这在汉末的封建时代绝无仅有！

第三章　师生平等　教学相长

导　　读

　　师生平等即指身份平等，这是起点上的平等之一。师生之间，不啻限于知识层面上的传道授业解惑，而更贵于精神层面上的平等交流。"尊师"固然是中华传统美德，可"重道"更为重要，任何权威、圣哲的先定之论都不应成为"真理"诞生的阻碍。在真理面前，为师者应有虚怀若谷、不愧下学的德行，为徒者则须有敢疑师贤、不惧权威的魄力。师生之间只有建立平等信任、亦师亦友的关系，才能实现教学相长，从而推动社会的发展进步。

一、经典阅读

师　说

　　古之学者①必有师。师者，所以传道授业解惑也②。人非生而知之者③，孰能无惑？惑而不从师，其为惑也终不解矣。生乎吾前，其闻道④也固先乎吾，吾从而师之；生乎吾后，其闻道也亦先乎吾，吾从而师之。吾师道⑤也，夫庸知其⑥年之先后生于吾乎？是故无贵无贱，无长无少，道之所存，师之所存也。

嗟乎！师道⑦之不传也久矣，欲人之无惑也难矣。古之圣人，其出人也远矣，犹且从师而问焉；今之众人，其下圣人也亦远矣，而耻学于师。是故圣益圣，愚益愚。圣人之所以为圣，愚人之所以为愚，其皆出于此乎？

爱其子，择师而教之；于其身也，则耻师焉，惑矣。彼童子之师，授之书而习其句读者也⑧，非吾所谓传其道、解其惑者也。句读之不知，惑之不解，或师焉，或不⑨焉。小学而大遗，吾未见其明也。

巫医乐师百工之人，不耻相师⑩。士大夫之族，曰师曰弟子云者，则群聚而笑之。问之，则曰："彼与彼年相若⑪也，道相似也。位卑则足羞，官盛则近谀。"呜呼！师道之不复可知矣。巫医乐师百工之人，君子不齿。今其智乃反不能及，其可怪也欤！

圣人无常师⑫。孔子师郯子、苌弘、师襄、老聃⑬。郯子之徒，其贤不及孔子。孔子曰："三人行，则必有我师。"是故弟子不必不如师，师不必贤于弟子。闻道有先后，术业有专攻，如是而已。

李氏子蟠，年十七，好古文，六艺经传皆通习之，不拘于时，请学于余。余嘉其能行古道，作《师说》以贻之。

（选自[清]吴楚材，吴调侯《古文观止译注》，上海古籍出版社，2006年版）

【参考注释】

①学者：指求学的人。

②所以，表示用来做某事的。传道：传授道理。韩愈说的道，是《原道》所说的儒家之道。受业：教授学业。受，通"授"。

③生而知之者：生下来就懂道理，有知识的。

④闻道：懂得道理。

⑤师道：学习道理。师，学。

⑥庸知其：哪管他。庸，岂，哪里。

⑦师道：从师学习的风尚。

⑧句读(dòu)：文章中不足一句但是念起来要停顿之处。古书没有标点，所以老师教学时要教断句，句用小圈，读用小点，也写作"逗"。

⑨不(fǒu)：同"否"。这里指不从师学习。

⑩相师：互相从师，意即互相学习。

⑪年相若：年龄差不多。若，似。

⑫常师：固定的老师。《论语·子张》："夫子焉不学？而亦何常师之有？"

⑬郯（tán）子：郯国国君，子爵，故称。孔子曾向郯子请教关于官名之事。见《左传·昭公十七年》。苌（cháng）弘：周敬王时大夫。孔子曾向他请教关于音乐的问题。见《孔子家语·观周》。师襄：春秋鲁乐官，名襄。孔子曾向他学弹琴。见《史记·孔子世家》。老聃（dān）：即老子。孔子曾向他问礼。见《孔子家语·观周》。

二、鉴赏指津

《师说》是韩愈的一篇著名论文。在文中，韩愈提出以"道"为师，"道"在即师在，并从"古之学者必有师"的教育传统、老师能够"传道授业解惑"的辅助作用以及"人非生而知之者，孰能无惑"的个人内在需求三个方面证明了从师学习的必要性和重要性。

韩愈认为"无贵无贱，无长无少，道之所存，师之所存也。"一方面，他针对一些上层士大夫之族的门第观念，提出择师应不管其门第、出身、年龄、相貌等，只要有"道"，即可向其求教。另一方面，韩愈又从此择师标准出发，推论出"弟子不必不如师，师不必贤于弟子，闻道有先后，术业有专攻，如是而已"的论断，表达出对教学相长这种理想师生关系的蓝图摹绘。他认为："弟子不必不如师。"学生所接触的知识面越来越广，内容难度越来越大，他们必然能超越老师。即"青出于蓝而胜于蓝""师不必贤于弟子"，教师不可能事事精通，学生向教师学习主要是学其所长，而教师也应该继续学习补充完善自己；"闻道有先后，术业有专攻"，闻道在先，学有专长是教师之所以成为教师的前提。而学生在教师的启发下不断进步，在某些方面甚至超过老师，因此，教师也应该虚心向学生学习。

在《师说》中，他明确提出师生关系不是绝对的，而是相对的、平等的关系。他既肯定了教师在教学过程中的主导作用，又强调了教师应该尊敬学生，向学生学习；既要求学生虚心向教师学习，又鼓励学生要勇于超越教师。韩愈主张建立一种平等的师生关系，双方可以相互学习、相互促进。

先哲孔子尚且先后追随郯子、苌弘、师襄、老聃等人学习请教，诗圣杜甫也曾振臂高呼"转益多师是汝师"，强调学无定师，不要囿于一家之学，更不能因此妨碍自己的创造性。先贤尚且如此精进于学，我们普通人有何理由不更努力地追随呢？

三、趣味故事

孔子项橐相问书

一天，孔子率领着学生驾车外游，在路上遇到一些孩子在那里游玩戏耍，其中有一个叫作项橐的小孩在一边低下头用石块瓦片建筑城堡。

孔子责备他说："我的车从这儿过，你为什么不避车让路呢？"那小孩子回答说："从古至今，都是行车应该避绕开城池，而不能让城池躲避车马呀！"孔子听了，只得勒马转车从旁边斜行绕过孩子和他所堆建的城池。

孔子毫不客气地问："你知道天下什么山上没有石头？什么样的水没有鱼？什么样的火没有烟？什么树上没有枝叶？什么样的男人没有妻子？什么样的女子没有丈夫？什么样的牛不生犊？什么样的马不生驹？什么样的雄性没有雌性相伴？什么样的人可称君子？什么样的人算作小人？怎么样算不足？怎么样算有余？什么城池无人把守？什么人没有表字？"孩子毫不犹豫地回答："萤火虫身上发出的萤火没有烟，井中的水里没有鱼，土山上没有石头，枯死的树上没有枝叶，神仙没有妻子，仙女没有丈夫，石雕的牛不生牛犊，木刻的马不生马驹，失牝的孤雄没有雌性相伴，失牡的孤雌没有雄性相随。贤德之士称为君子，愚妄之辈当称小人。冬季万物凋零亏损不足，夏季万物丰茂富富有余。空城无人把守，小子我没有表字。"

孔子追问："你说一说父母亲还是夫妇亲？"小孩子回答说："父母最亲，

夫妇之间不如父母亲。"孔子说："夫妇活着的时候同床共枕，死后则同墓合葬，怎么能说不亲呢？"小孩子立马回答说："男人生下来本没有妻子，就像车本来并没有轮子一样。没有轮子而造一个轮子安装上去，正像娶妻而必然会得到新的一样。如果妻子死后再娶，必须要得到父母的依允。贤德人家的女子，必然应该配一个高贵的丈夫（这正是由于她的父母贤德才带来的好处啊）。"孔子听了，无比慨叹地说："说得好，说得好啊！"

这时小孩子向孔子发问了："刚才您问了我许多问题，我都一一做了回答。现在我也想向您求教一个问题。"于是，小孩子便问道："鹅和鸭子为什么能够浮在水面上呢？鸿鹄大雁为什么能够鸣叫？松树柏树为什么能够冬夏常青？"孔子回答："鹅鸭能浮在水面上，是由于他们脚上的蹼都是方形的。鸿雁能够鸣叫，是因为它们的脖子都很长。松柏冬夏常青是因为它们的树心都很坚实。"小孩子反口驳斥道："不对！蛤蟆会叫，难道也是由于它的脖子长吗？鱼鳖能浮上水面难道也是由于它们有方形的脚吗？竹子也是冬夏常青，难道也是由于它的心坚实吗？"孔子实在回答不出项橐的问题，只能默默无言，惭愧地用双手掩面，带领着他的那些徒弟们大败而归。

孔子虽为一代至圣，弟子三千，但在与项橐的对话中败下阵来。宇宙何其大，知识何其广，虽智者也不能事事尽知。孔子虽被小孩所笑，但他没有

"强不知以为知"，而是本着"知之为知之，不知为不知"的实事求是的态度来对待这件事情。孔子确实为圣人，敢于承认自己的无知，那我们呢？"三人行，必有我师焉。"师生平等，谦虚、谨慎、博采众长、取长补短，是我们这些普通人本就该有的态度呀。

（故事来源：黄征、张涌泉《敦煌变文校注》，中华书局，1997 年版）

四、古为今用

打造师生平等参与的交流论坛

在湖南农业大学东方科技学院读过书的学生都知道，学校有个"师生论坛"，在这个已经举办了 8 年的论坛上，没有大家和大师，只有东方科技学院普通的老师，师生自由交流的主题往往无关学术，交流的话题上关乎成长，关乎爱……8 年来，参与过论坛的两万多名学生见过讲坛上出现过的四十多名主讲人。

论坛的设计者李晶作为一名思政课兼职教师，在努力做好思政课程教学的同时深深感受到，高校传统的授课内容和方式能传授知识赋予技能，但要真正做到立德树人，让教育润化进学生的心灵，高校的教育工作者们还要花更多的心思，还要有更加柔软的身段，才能走进"90 后"大学生的内心。正是在这样一种认知下，她觉得守旧意味着失去学生，改变才是唯一的出路。她开始思考该用怎么样的方式去影响她的学生，打造一个师生平等参与的平台，给学生就他们关心的话题与老师平等交流的论坛的想法就此产生。

论坛创立之初，没有品牌力，没有组织形式，没有人打头阵……一切都要从零开始，为此，李晶挨个动员部门的青年教师，反复沟通，消除老师们关于不知如何选择话题、担心参与的学生过少、无法掌控自由交流的局面等顾虑。当年 3 月，在李晶的动员和鼓励下，就业指导教师王金吉老师的《大学毕业的选择——考研？就业？》一炮打响，反响热烈，论坛的局面一下子打开了，青年教师踊跃报名，许多学生甚至在论坛结束后就开始期待着下一个的论坛日。

站上了这个论坛，就没有了师生之分。教师在这种平等的交流中得到了极大的自由表达的机会，学生们也从新奇的视角重新认识了老师，在观点交互中收获了新知，在潜移默化中荡涤了心灵。

五、知识链接

青出于蓝而胜于蓝

"青出于蓝而胜于蓝"一语出自荀子《劝学》："学不可以已。青，取之于蓝，而青于蓝；冰，水为之，而寒于水。"青为"靛青"，青色颜料。蓝为"蓼蓝"，一种可以提炼颜料的草。靛青是从蓼蓝里提炼出来的，但是颜色比蓼蓝更深。意思是青色从蓝色的染料里提取出来，但它比蓝色还要青。荀子用靛青比喻在学术上有所建树的后起之秀，而用蓝草比喻他们的老师或前辈。后常比喻人经过学习或教育之后可以得到提高。也用以比喻学生超过老师或后人胜过前人。

北魏有个文人叫李谧，学习很用功，在文学博士孔璠门下做学生，勤奋刻苦，虚心好学，提高很快。几年后，李谧的学问超过了他的老师孔璠，孔璠反过来向李谧求教。同学们做歌："青成蓝，蓝谢青，师何常，在明经。"

意大利文艺复兴时期的著名画家、科学家达·芬奇，早年求学于著名画家佛罗基奥。在老师的指导下，他从画蛋开始，稳步攀登绘画艺术高峰。他虚心向老师学习，但也注意摒弃老师错误的绘画技巧和方法，不到 4 年时间，就超过了名扬四海的业师佛罗基奥。一次，佛罗基奥被邀请为一个教堂画壁画，他画完了基督和两个天使，让达·芬奇画第三个天使。达·芬奇从容不迫地拿起画笔，只用了半天时间，一个雍容典雅、栩栩如生的天使便飘然降落在教堂中。佛罗基奥大为惊讶，自叹弗如。从此，这位威震画坛的一代宗师再也没有拿起画笔，转而研究雕塑了。

第四章　休戚与共　与民平等

导　读

　　官民平等即身份上的平等，这也是起点上的平等之一。"民为邦本，本固邦宁"，自古王朝兴衰，政权更迭，无不验证着这一古训。以民为本、政治清明的国家能够持续安定昌盛，而草菅百姓、涂炭生灵的政权则会因被人民抛弃而迅速陨亡。如今，我们的政府官员与民休戚与共，正在认真践行这至古真言，以民为本，官民平等，集中智慧建设美丽中国。

一、经典阅读

　　庄暴见孟子，曰："暴见于王，王语暴以好乐①，暴未有以对也。"曰："好乐何如？"

　　孟子曰："王之好乐甚，则齐国其庶几②乎！"

　　他日，见于王曰："王尝语庄子以好乐，有诸？"

　　王变乎色，曰："寡人非能好先王之乐也，直好世俗之乐耳。"

　　曰："王之好乐甚，则齐其庶几乎！今之乐犹古之乐也。"

　　曰："可得闻与？"

　　曰："独乐乐，与人乐乐，孰乐？"

曰："不若与人。"

曰："与少乐乐，与众乐乐，孰乐？"

曰："不若与众。"

"臣请为王言乐。今王鼓乐于此，百姓闻王钟鼓之声，管龠③之音，举④疾首蹙頞⑤而相告曰：'吾王之好鼓乐，夫何使我至于此极也？父子不相见，兄弟妻子离散。'今王田猎⑥于此，百姓闻王车马之音，见羽旄之美，举疾首蹙頞而相告曰：'吾王之好田猎，夫何使我至于此极也？父子不相见，兄弟妻子离散。'此无他，不与民同乐也。今王鼓乐于此，百姓闻王钟鼓之声，管龠之音，举欣欣然有喜色而相告曰：'吾王庶几无疾病与，何以能鼓乐也？'今王田猎于此，百姓闻王车马之音，见羽旄之美，举欣欣然有喜色而相告曰：'吾王庶几无疾病与，何以能田猎也？'此无他，与民同乐也。今王与百姓同乐，则王矣。"

（选自杨伯峻《孟子译注》，中华书局，2005 年版）

【参考注释】

①乐，音乐。

②庶几：差不多。

③龠（yuè）：管龠，古代吹奏乐器，如今天萧笙之类的东西。

④举：皆，俱，全都。

⑤頞（è）：鼻梁。

⑥田猎：打猎。

⑦羽旄（máo）：旗帜，译为"仪仗"。

二、鉴赏指津

"上有好之者，下必甚焉。"一个君王有了偏好，比如音乐，往往会影响到政治，庄暴知道这个问题的严重性，所以特别向孟子提出来请教。

孟子对于这个问题持的态度与庄暴不同，他始终是用诱导的方法，希望君主们能行王道，施仁政。他告诉庄暴说，齐宣王好乐有什么关系？如果他对音乐喜好到推之于民，那么齐国差不多可以被治理得国泰民安了。

过了几天，孟子和齐宣王见面，提起上次和庄暴谈的那件事。孟子说，大王如果非常喜好音乐，那齐国恐怕就治理得很不错了！他问宣王："独自一人娱乐，与和他人一起娱乐，哪个更快乐？""和少数人一起娱乐，与和多数人一起娱乐，哪个更快乐？"宣王都给予了正确的回答："不如与他人一起娱乐更快乐，不如与多数人一起娱乐更快乐。"所以，快乐的前提来源于与人分享，而作为君王或官员，其与人分享快乐的前提又是与民平等。

在孟子看来，君王爱好音乐没什么不好，只要他可以把爱好音乐的快乐与百姓分享，与民同乐，才可以治理好国家，齐国就有希望了。反之，如果统治者只知享乐而对百姓施行暴政，导致百姓生出怨恨之心，即使有音乐也无法安心享受。

古往今来，从孟子"民贵君轻"到荀子"君舟民水"，再到晏子非常推崇管仲的"欲修改以平时于天下"必须"始于爱民"，坚持"意莫高于爱民，行莫厚于乐民"，黄宗羲"天下为主，君为客"，一句句振聋发聩之语强调着稳固的君权是建立在人民安乐的基础之上的，决定顺昌逆亡的并非王权，而是民心。君与民，本就命脉同系，休戚与共。尊重民意，与民同乐当是为君者的无上圭臬。不仅君民间须此，官民间亦如是。春秋名臣、齐国大夫晏婴辅佐齐国三公，劳苦功高，享万世称誉，最根本之处在于，他以管仲的"欲修改以平时于天下"必须"始于爱民"理念为核心，始终坚持"意莫高于爱民，行莫厚于乐民"，始终牵挂百姓的喜怒哀乐。与民同乐，古来圣君贤臣莫不如是。

三、趣味故事

青文胜为民请命

在夔州有个叫青文胜的人，为龙阳典史。他为人正直，关心百姓疾苦。龙阳坐落在洞庭湖畔，虽是个好地方，但年年水灾却让老百姓痛苦不堪。水灾一旦发生，洪水漫灌，千里沃野一片汪洋，老百姓损失惨重，导致拖欠赋税达数十万，甚至饿殍遍野。身着官服的青文胜神情凝重地望着悲惨死去的灾民和处于苦难之中的父老乡亲，他痛心疾首。在这块小小的土地上，父老乡亲们竟遭受着如此深重的磨难！为民请命，势在必行！

为了尽快救老百姓于苦难中，他决定甘冒越级上诉的罪名，向太祖朱元璋连上三疏，大声疾呼："地本弹丸，赋同大邑""民命难堪，天鉴惟聪"！然而，三道奏章却牛泥入海。青文胜心急如焚，心想他身上承载着龙阳乡亲们的无数生命和深沉的希望。他不忍坐视民困，慨然"诣阙"，拟面奏皇上。风雨兼程、一路尘土，但到京城后，疲惫的文胜却被毫不客气地阻拦在殿外，他根本就见不到皇帝。尽管他又想办法借早朝之机，提前跪拜在上朝的必经之路上，请求官员们代奏，也都被无情拒绝。他痛苦万分，脑海中无数次出现龙阳百姓的惨状，不禁慨然叹息："半途而废，有何面目见龙阳父老！"他想，若是舍我一人性命可换龙阳百姓的安康，我万死不辞。他决心舍身为民。公元洪武二十四年（1391）五月初一那一天，青文胜悲壮地将奏疏系在发髻里，缓步来到金銮大殿前的登闻鼓下，饱含泪水、念叨着龙阳百姓悬梁自尽。

青文胜为民请命悬梁自尽的消息立即轰动了朝廷，而他字字珠玑的绝命书感动了朱元璋，即刻遣使赶赴龙阳。实地勘察的结果与青文胜所诉有过之而无不及。皇帝感悯于青文胜为民献身，诏谕减免龙阳赋税三分之二，年纳稻谷减至1.3万担，永为定额；特赐御葬，以彰其德。

青文胜作为一朝官吏，始终视自己为百姓中的一员，将自己置身于民众之中，痛苦着百姓的痛苦，劳累着百姓的劳累。"有何面目见龙阳父老！"多么感人的话语，作为官员的他，始终认为自己就是龙阳父老的子民。

青文胜的悲壮故事，彪炳史册，万民敬仰，千秋缅怀。有一首无名诗这样歌颂他：

击鼓鸣冤天下闻，为民请命舍百身。

典史投缳自尽日，拼将丹碧拯苍生。

（故事来源于《明史》一百四十卷）

四、古为今用

周总理的措辞

周恩来总理身居党和国家最高领导岗位数十年，率先垂范，体恤民心，时刻不忘自己人民公仆的身份，对人民群众平等以待，从不以领导自居。这一点，仅从总理在新闻与发言中的措辞中即可足见。

有一次，周总理就国内外形势做了重要报告。记者采写时，稿子上有一句"周恩来总理做了重要讲话"，交给总理审阅时，别的地方都没改动，他就把那个"重要"二字圈掉了。有一次开座谈会，大家发言完了，主持会议的人说："现在请周总理做指示。"他说："不是，不是'指示'，我个人发言就是个人意见。我今天这个发言并不是中央通过了，可能对，也可能不对。我说错了，大家可以批评。"他会见外宾，新闻稿中写的是"周恩来总理今天接见了×××"。他把记者找过去，说："不要用这个'接见'，应该用'会见'。中国封建社会时代，皇帝老子都是接见外国大臣，接见下属官员。他是高高在上，老子天下第一。他接见你，你是在下面，他是在上面。这也是一种封建观念。我是社会主义国家的总理，不管会见什么人，中国人还是外国人，都处在平等的地位。你们要用'会见'，不要用'接见'。"

周总理作为大国的总理，工作繁忙，日理万机，却几次三番地要求修改一些看起来"无关紧要"的新闻稿措辞，揪住"细枝末节"不放，总理这样做难道是"多此一举""轻重不分"吗？当然不是。细细品味之下，不难发现周总理在这三次修改新闻稿中，都是为了消除突显其身份的"特殊化"，把自己和普通大众放到一起，"一碗水端平"。周总理这么做，正是因为他无时无刻不心怀人民，感同身受；周总理这么做，正是因为时刻牢记自己是人民公仆，甘当孺子牛。在周总理的眼中，官不仅不是高高在上的，反而应当是人民公仆，应始终立足于人民大众的队伍之中。他这种平等的思想是一贯的、真诚的，绝非作秀式的平易近人，因此深受人民真心的爱戴追思。

（来源胡祥鸿《周恩来怎样改新闻稿》，《北京日报》）

五、知识链接

古代民告官

民告官，古代叫"上控"，凡是上控的人，多半都是被逼无奈、走投无路，不得不如此，因为只要踏上上控之途，就开弓没有回头箭，就算最后皇帝做主，官司打赢了，结局也不一定好。

没有哪个朝代规定民不许告官，更没有哪个朝代准许官员打击报复举报他的百姓，所有的法律规定似乎都向着弱势的老百姓。但现实中的百姓，很难通过官司获得自己的利益。下面两例倒是让我们看到了法律面前的平等。

《周书·寇俊传》里就记载道："永安初，华州民史底与司徒杨椿田讼。"说的是约北魏孝庄帝永安初年(529)，华州有个叫史底的农民因为自己的田被高官(三公之一的司徒)杨椿所夺，就和他打起了争田地的官司。

面对这个官司，长史(辅佐三公，即太尉、司徒和司空所设的官职，颇有权力)以下的官僚，"以椿势贵，皆言椿直，欲以田给椿"。接这个案子的是时任主簿的寇俊，为人正直，当即表态："史底贫民，杨公横夺其地。若欲损不足给有余，见使雷同，未敢闻命。"意思是说史底是个贫民，杨司徒以权势夺了人家的地，要是打算杀贫济富，就如同把不该做的当成该做的了，断难将史底的田断给杨公。最终史底打赢了官司，争回了本属于自己的那块田。当然，此案史底能赢，关键还在于受理的主簿寇俊。

《汉书·薛宣传》记载了汉代郡守薛宣掌握下属被"吏民"揭发贪污受贿的材料，他通过不同的方式进行了巧妙处理。他的这两个下属是高陵县令杨湛和栎(音历)阳县令谢游，此二县令贪婪狡诈，又自大不逊，手里握有前郡守的短处，常用此行挟制以自保。待新郡守薛宣上任后，杨、谢二人自要登门拜访，薛亦备酒饭款待。不久薛太守完全了解了他们收受钱财的问题，但发现高陵县令杨湛有悔过之心，"乃手自牒书，条其奸臧，封与湛曰：'吏民条言君如牒，或议以疑于主守盗……不忍相暴章。故密以手书相晓，欲君自图进退，可复伸眉于后。既无其事，复封还记得为君分明之"果然，"湛即时解印绶付吏，为记谢宣，终无怨言"。薛郡守对另一个奸诈傲慢的贪官就另用一套办法，发书指责县令谢游的贪赃枉法，先迫其辞官再说。

可见，严格执法既要有法可依，又要秉公办案，还要重视民告官，"王子犯法，与庶民同罪"。于古于今，道理皆然。

第五章　将相无种　富贵无根

导　读

　　人格平等，是权利平等之一，是一切平等的基础。人生而平等，却难免因性别、智力、体力、相貌及社会角色的不同而存在差异，但人与人之间的差异不能超越人格的尊严和价值。人格平等是最基本、本质的平等，也是人被赋予的最基本的权利。因此，在人与人的交往中最重要的是实现人格上的平等互动，这就需做到自尊而不自傲，谦己而不卑人，不过分关注外物施予的身份标签，而以诚善之心相待。

一、经典阅读

写怀二首（其一）

杜甫

劳生①共乾坤，何处异风俗？冉冉②自趋竞，行行见羁束③。

无贵贱不悲，无富贫亦足。万古一骸骨，邻家递歌哭④。

鄙夫⑤到巫峡，三岁如转烛⑥。全命甘留滞⑦，忘情任荣辱⑧。

朝班及暮齿⑨，日给还脱粟⑩。编蓬⑪石城⑫东，采药山北谷。

用心霜雪间，不必条蔓绿。非关故安排，曾是顺幽独⑬。

达士如弦直，小人似钩曲。曲直吾不知，负暄候樵牧。

（选自萧涤非《杜甫诗选注》，人民文学出版社，1979 年版）

【参考注释】

①劳生：本《庄子》："大块载我以形，劳我以生。"这里指所有的人。

②冉冉：行貌。

③见羁束：指不自由。

④递：更递。递歌哭：一会儿歌，一会儿哭。

⑤鄙夫：杜甫自谓。

⑥转烛：言生活不安定，兼形容时间的迅速。

⑦留滞：指漂泊他乡。

⑧荣辱：指世俗的贵贱。

⑨朝班：封建时代百官上朝站班。暮齿：诗人暮年还挂了一个工部员外郎的名。

⑩脱粟：仅脱去秤壳的粗米。

⑪编蓬，即结茅屋。

⑫石城：即夔州城。

⑬曾是：犹乃是。幽独：指性情。

二、鉴赏指津

　　此诗是大历二年(676)冬杜甫在夔州时所作。在封建等级制度中长期痛苦的生活实践使杜甫认识到人民痛苦的根源在于身份的不平等以及贫富的悬殊差距。这种与当时的社会形态不相融合的平等意识殊为可贵。

　　"无贵贱不悲，无富贫亦足。"如果没有贵人，那么贱人也不会感到悲痛；如果没有富人，那么贫人也不会感到不足，因为大家都一样。正因为社会有贵贱贫富的不同，所以也就有悲有喜，有趋竞和羁束。杜甫认为，众生在地位和财富上保持大体的均衡，则人生才有兴味，社会才可称道。他认为地位的差距、贫富的悬殊，是人生悲剧的根源。出于这种理念，他向社会各个阶层发出追求平等的呼声。这些呼声同样体现在他的其他作品中，首先是君臣与百姓之间的物质生活距离应缩小，做法是君臣厉行节约，不得铺张浪费："君臣节俭足，朝野欢呼同""天王日俭德，俊人始盈庭""不过行俭德，盗贼本王臣"，只要君臣能行俭德，则不唯盗贼不起，英杰归附，还能博得百姓欢呼，这是他以平等求治世的政治蓝图。

"鄙夫到巫峡，三岁如转烛""编蓬石城东，采药山北谷。用心霜雪间，不必条蔓绿。"由以上诗句可以看出杜甫的生活缺衣少食，年老无凭，饥走荒山，以致后来陷入生活的绝境。他虽然不慕荣利，但一生都在为捍卫个人的尊严而斗争，也在为争求百姓的人格尊严而做出不懈的努力。杜甫出身"奉儒守官"家庭，也是"诗成觉有神"的天才诗人，但《茅屋为秋风所破歌》中"安得广厦千万间，大庇天下寒士俱欢颜"，这固然表现了杜甫怜悯天下苍生的博大胸襟，同时也在说明，他是把自己与黎民百姓同等看待的。

"劳生共乾坤"，众生本平等。将相本无种，富贵本无根。杜甫对百姓生存权被剥夺极为痛心。在呼吁众生享有平等生存权的同时，杜甫还在精神领域提出众生人格尊严同重的主张。

"万古一骸骨，邻家递歌哭。"这两句是愤激的话。意思是，凡人都有一死，即便"贵为天子，富有天下"，也难逃一死，万古都如此，没有一个例外，所以悼死之声，不是发生在这一家，便是在那一家，络绎不绝。这反映出杜甫对生存权的呼唤和平权平重的意识。

杜甫通过作品指出，人世间所有的生命个体，都应享有平等的生存权；所有的生命个体都有其人格尊严，应该得到承认，受到保护。杜甫对众生的生存权和被尊重权的执着呼唤，不仅在当时具有进步意义，而且在中华民族的发展史上具有深远意义。

三、趣味故事

晏子使楚

在史家笔下，晏婴不仅是一位机智聪慧的外交使者，更是一位勇于捍卫自己的人格尊严，并且捍卫国家的国格尊严的勇士。

春秋末期，诸侯都害怕强大的楚国，小国们都争先恐后地前来朝拜，大国也不敢不与之结盟，楚国简直成了诸侯国中的霸主。齐景公的身边有一批忠贞之臣，齐相国晏婴就是其一，他奉齐景公之命出使楚国。

楚灵王一听说齐使是相国晏婴后，哈哈大笑，他对左右说："晏平仲身高不足五尺，认为楚强齐弱，应该好好羞辱齐国一番，以扬楚国之威，如何？"太宰一旁附言道："晏平仲善于应对问答，一件事不足以使其受辱，必须如此这般方可。"楚王非常高兴，依计而行。

晏子到达楚国后，楚人请他从大门旁边的一个小洞进去。很明显，是在嘲笑晏子个子不高，想在城门口就给晏子个下马威。而对于晏子来说，钻洞入城，正中了楚王的圈套：于私，侮辱了自己的人格；于公，自己贵为一国使臣，也羞辱了齐国的国格。然而城是必须要进的。于是，他不紧不慢地说道："出使到狗国的人从狗洞进去，今天我出使到楚国来，不应该从这个洞进去。"迎接的人听罢一愣，忙带着晏子改从大门进去。

晏子拜见楚王。楚王傲慢地说："齐国恐怕没有人可派吗？竟然派您做使臣。"晏子严肃地回答说："齐国都城临淄有七千五百户人家，人挨人，肩并肩，展开衣袖可以遮天蔽日，挥洒汗水汇成大雨，怎么能说没有人呢？"楚王的侮辱，晏子怎能不知？楚王说："既然这样，那么为什么会打发你来呢？"晏子回答说："齐国派遣使臣，贤能的人被派遣出使到贤能的国王那里去，不肖的人被派遣出使到不肖的国王那里去。我是最不肖的人，所以只好出使到楚国来了。"晏子正气凛然，以极强的自尊心捍卫了个人的人格和国家的国格。

楚王赏赐晏子喝酒。当酒喝得正高兴的时候，两个公差绑着一个人从楚王面前走过。楚王喝道："绑着的人是干什么的？"公差回答："是齐国人，犯了偷窃罪。"楚王瞟着晏子轻蔑地说："齐国人都善于偷窃吗？"晏子离开座位，不卑不亢地说："我听说这样的一件事，橘子长在淮河以南结出的果实就是橘，长在淮河以北结出的果实就是酸枳，（橘和枳）它们只是叶子的形状相似，果实的味道却完全不同。这是什么原因呢？原来是水土不同啊。现在百姓生活在齐国不偷盗，来到楚国就偷盗，难道楚国的水土会使百姓善盗吗？"楚王尴尬地笑着说："圣人是不能同他开玩笑的，我反而是自讨没趣了。"

晏子的话不但消解了问题，而且维护了自己和国家的尊严。楚王不仅没有达到侮辱齐国的目的，反而搬起石头砸了自己的脚。面对晏子不卑不亢的态度、彬彬有礼的回答，楚王只能甘拜下风。

尊严是人格的重要组成部分，是做人的基本要素。尊严是建立在自尊和尊人的基础上的，建立在人与人平等的基础上的。人不能妄自尊大，自以为了不起，以侮辱他人为乐。过高地估价自己，结果只能得一个自取其辱的下场！

（故事来源于《晏子春秋·内篇杂天下》）

四、古为今用

杭州市图书馆"不拒乞丐"

从 2003 年起，杭州市图书馆开始实行对所有读者免费开放，包括乞丐和拾荒者，图书馆对这些特殊读者的唯一要求，就是把手洗干净再阅读。14 年过去了，杭州图书馆的全面开放从未停止。而当越来越多的乞丐涌入之后，有些市民表示无法接受。对此，馆长褚树青说："我无权拒绝他们来读书，但您有权离开""对于弱势群体而言，图书馆可能是唯一可以消弭与富裕阶层之间在知识获取上鸿沟的重要机构"。褚馆长的肺腑之言一夕之间走红网络。

图书馆是社会公益性的场所，本来就应当免费平等地面向所有市民读者开放，不应该设置任何不平等的门槛。图书馆作为杭州这座人文城市的一个文化标志，势必能够更加凸显出特有的社会公共人文关怀。杭州图书馆的走红反而说明这样一个现状：很多地方图书馆尚存有对读者准入的不平等限制。难以想象，这种不平等仍存在于我们今天这样一个文明、进步的社会中，尤其是发生在以追求文明知识为旨的图书馆中。杭州市图书馆"不拒乞丐"的做法，真正体现出了公共图书馆的公益性，也体现了所有公民在获取知识上的平等权利，更体现对公民平等人格的尊重。

五、知识链接

杜甫的思想境界

杜甫，唐代伟大的现实主义诗人，其政治思想核心是儒家的仁政，他有"致君尧舜上，再使风俗淳"的宏伟抱负。他热爱生活，热爱人民，热爱祖国的大好河山。他嫉恶如仇，对朝廷的腐败、社会生活中的黑暗现象都给予揭露和批评。他同情人民，甚至情愿为解救人民的苦难而做出牺牲。所以他的诗歌创作，始终以最普通的老百姓为主角，贯穿着忧国忧民这条主线。

杜甫的一生，无论是"达"是"穷"，是定居一处，还是漂泊四方，他念念不忘的都是"兼济天下"的抱负。《自京赴奉先咏怀五百字》是诗人长安十年生活的总结，表现了作者"穷年忧黎元，叹息肠内热"的炽烈感情，揭露了"朱门酒肉臭，路有冻死骨"这样尖锐对立的阶级矛盾。"默思失业徒，因念远戍卒"，自家亲人饥寒交迫，甚至小儿子饿死时，他仍替处境不如自己的"失业徒"和"远戍卒"们忧虑呐喊；"呜呼！何时眼前突兀见此屋，吾庐独破受冻死亦足。"自家屋漏夜不成眠，想的却是"天下寒士"能够住进"风雨不动安如山"的广厦；"有吏夜捉人""夜久语声绝，如闻泣幽咽"如实描绘了官吏乘夜捉人情景，表现了战乱时代人民的悲惨遭遇，诗人的批判态度十分鲜明；"已诉征求贫到骨，正思戎马泪盈巾"，诗人由一个贫穷的寡妇，由一件扑枣的小事，联想到整个国家的大局，以至泪流满面。可见诗人热爱祖国、热爱人民的思想感情多么深厚。他时时刻刻悲天悯人的情怀，心系天下、矢志不渝的境界，让后人仰之弥高。

第六章　有教无类　教育公平

导　读

　　教育平等是权利平等之一。百年大计，教育为本。中华文明能够几千年薪火相传、弦歌不辍，正是世世代代尊师重教、追求教育公平的善果。对国家来说，践行教育公平，必须实现有教无类、不殊贵贱、无别聪愚，使每个人都有平等接受教育的权利。而对个人来说，则要坚信若能付出焚膏继晷、勤学不懈的苦修，寒门可出高士，草泽亦可诞雄才。

一、经典阅读

　　孔子曰"受业身通者七十有七人"，皆异能之士也。德行：颜渊，闵子骞，冉伯牛，仲弓。政事：冉有，季路。言语：宰我，子贡。文学：子游，子夏。师也辟①，参也鲁②，柴也愚③，由也喭④，回也屡空⑤。赐不受命而货殖焉⑥，亿则屡中⑦。

　　颜回者，鲁人也，字子渊。少孔子三十岁。孔子曰："贤哉回也！一箪食，一瓢饮，在陋巷，人不堪其忧，回也不改其乐。""回也如愚；退而省其私，亦足以发，回也不愚⑧。""用之则行，舍之则藏，唯我与尔有是夫！"回年二十九，发尽白，蚤⑨死。孔子哭之恸，曰："自吾有回，门人益亲。"

闵损，字子骞，少孔子十五岁。孔子曰："孝哉闵子骞！人不间于其父母昆弟之言⑩。"不仕大夫，不食污君之禄。"如有复我者，必在汶上矣⑪。"

孔子以仲弓为有德行，曰："雍也可使南面⑫。"仲弓父，贱人⑬。孔子曰："犁牛之子骍且角⑭，虽欲勿用，山川其舍诸⑮？"

子路性鄙，好勇力，志伉直，冠雄鸡，佩豭豚⑯，陵暴孔子。孔子设礼稍诱子路，子路后儒服委质⑰，因门人请为弟子。孔子曰："片言可以折狱者⑱，其由也与！""由也好勇过我，无所取材⑲。""若由也，不得其死然⑳。""衣敝缊袍与衣狐貉者立而不耻者，其由也与！""由也升堂矣，未入于室也。"

宰予字子我，利口辩辞。子曰："予之不仁也！子生三年然后免于父母之怀。夫三年之丧，天下之通义也。"宰予昼寝。子曰："朽木不可雕也，粪土之墙不可圬㉑也。"子贡既已受业，问曰："赐何人也？"孔子曰："汝器也。"曰："何器也？"曰："瑚琏也。"

曾参，南武城人，字子舆，少孔子四十六岁。孔子以为能通孝道，故授之业。作《孝经》。死于鲁。

澹台灭明，武城人，字子羽。少孔子三十九岁。状貌甚恶。欲事孔子，孔子以为材薄。既已受业，退而修行，行不由径㉒，非公事不见卿大夫。

宓不齐字子贱，少孔子三十岁。孔子谓子贱："君子哉！鲁无君子，斯焉取斯？"

公冶长，齐人，字子长。孔子曰："长可妻也，虽在缧绁㉓之中，非其罪也。"以其子妻之。

高柴字子羔。少孔子三十岁。子羔长不盈五尺，受业孔子，孔子以为愚。

（节选自《史记·仲尼弟子列传》，韩兆琦评注《史记评注本》，岳麓书社2012年版）

【参考注释】

①师：即子张，名师。僻：偏也，犹今之所谓"片面"。

②参：即曾子，名参。鲁：钝也，即今所谓"迟钝"。

③柴：即高柴，字子羔。愚：笨拙。

④由：即子路，名由。喭：刚猛，鲁莽。

⑤回：即颜渊，名回。屡空：屡屡穷得一无所有。

⑥赐：即子贡，名赐。不受命：不安分，不受"天命"束缚。货殖：做买卖。

⑦亿则屡中：猜测行情，每每猜对。亿：猜测。

⑧颜回听课时没有反应，像个傻子。（孔子）事后细察颜回的思想、实践，发现他也能够发挥阐释自己所讲的东西。

⑨蚤：通"早"。

⑩意谓闵子骞上事父母，下顺兄弟，动静尽善，故人不得有非间之言。昆弟：兄弟。

⑪复我：再来叫我。必在汶上矣：必将逃隐到汶水上去。二句见《论语·雍也》。原文为"季氏使闵子骞为费宰，闵子骞曰：'善为我辞焉，如有复我者，我必在汶上矣。'"费宰：费邑（季氏的都城）的行政官。

⑫可使南面：可任一邦之君主。

⑬贱人：地位卑微的人。

⑭犁牛之子骍（xīng）且角：犹今之俗话之"鸡窝里出了凤凰"。犁牛：毛色驳杂的老牛。骍且角：指毛色纯赤、角又端正的小牛，这样的牛适合于充当牺牲，用作供品。

⑮即使你会因为生它的老牛不好而不想用它做供品，但享受祭祀的山川神灵喜欢它，愿意要它。

⑯性鄙：性情粗鲁、浅陋。冠雄鸡：戴着状如雄鸡的帽子。佩豭豚：取豭豚之皮以为剑饰。

⑰稍诱：逐渐地加以诱导。稍：逐渐。委质：犹言"委身"，委身受人支配。

⑱片言：只听一方面的诉讼。折狱：判案。

⑲无所取材：孔子说子路勇有余，但不能裁度事理以适于义。材：通"裁"。

⑳不得其死然：不得以寿终。

㉑圬：以泥抹墙。

㉒行不由径：从不抄近走小道。

㉓累绁：绳索，这里指刑具、监狱。

二、鉴赏指津

孔子教育思想中最具先进性与时代性的当是"有教无类"。即人不分部族国家、等级贵贱、贫富老幼以及资质优劣等，均有平等受教育的权利。

他认为，人不论出身贵贱，都可以接受教育。孔子的学生来自不同的家庭，身份也很复杂，有贵族子弟，如孟懿子、南宫敬叔、司马牛等；有商人子弟（如子贡）；也有很多出身贫贱，如颜回、曾参、子路。颜回的生活状态是"一箪食，一瓢饮，在陋巷"，子路是"卞之野人"，仲弓是"贱人"之子，闵子骞冬天没有御寒的衣服，原先住的房子"蓬户不全""上漏下湿"。孔子并不因为他们的贫困而稍加轻视，而是更看重他们的学问品行。

不仅如此，孔子招收学生也是不分智愚的，其学生的知识智能、学习态度都不尽相同。如颜回、子贡的接受能力较强，"回也闻一以知十，赐也闻一以知二"；高柴、曾参的智力却较差，"柴也愚，参也鲁"；但经孔子教诲，最终都成了高才生。在学习态度上，"有颜回者好学"，"宰予昼寝"，但孔子都收之为徒，从来不因智力愚笨而将其拒之门外，相反，他对这些人却给予了更多的启发诱导和鼓励，使他们通过自身的努力最终学有所成。

从地域上说，孔子是鲁国人，但其学生不限于鲁国，还有来自卫、齐、蔡、秦、宋等国的。从种族来说，属华夏族的学生占多数，但也有蛮夷族和戎狄族的。这不仅打破了当时的国界，也打破了当时的夷夏之分。孔子当时甚至吸收被中原人视为"蛮夷之邦"的楚国人公孙龙和秦商入学，还欲居"九夷"施教。

孔子接收的学生还不分职业尊卑。如子贡是一个成功的商人，子张是农民，颜涿是梁父的一个"大盗"。齐国大夫南郭惠子奇怪发问："夫子之门，何其杂也？"子贡回答："君子端正品行以等待四方之士，而且一定要做到来者不拒，正如良医之门多病人一样。所以夫子门下的人品十分复杂，各种各样的人物都有。"

"有教无类"思想的实施，扩大了教育的社会基础和人才来源，对全体社会成员素质的提高起到了积极的推动作用。因此，孔子"有教无类"的思想在教育发展史上具有划时代的意义。

三、趣味故事

匡衡勤学

匡衡，字稚圭。其父"世农夫，至衡好学，家贫，庸作以供资用"。过了几年，匡衡长大了，成了家里的主要劳动力。他一天到晚在地里干活，只有中午歇晌的时候，才有工夫看一点书，所以一卷书常常要十天半个月才能够读完。匡衡很着急，心里想：白天种庄稼，没有时间看书，我多么希望可以多利用一些晚上的时间来看书啊！可是匡衡家里很穷，买不起点灯的油，怎么办呢？

一天晚上，风轻起，星点点，屋内一片漆黑。匡衡轻抚书卷斜倚床头，他多么渴望能将白天没看完的内容继续看完啊，他实在太喜欢读书了。但在这漆黑的屋子里他一筹莫展，于是他静下来开始一遍又一遍地低声背着白天读过的书卷……突然，他眼前一亮！角落里从东边的墙壁上透过来一线亮光。他"嚯"地站起来，跑到墙边一看，啊！原来从壁缝里透过来的是邻居的灯光，他喜上眉梢。可是光线太小怎么办？他激动得双唇微张、双手微颤，他的脑子在快速地转动着。很快，一个办法蹦了出来：他拿了一把小刀，把墙缝挖大了一些。这样，透过来的光亮也大了，他立马搬来凳子在破洞边借着透进来的灯光，如饥似渴地读起书来。

当时，县里有一大户人家，姓文名不识，家里很有钱，而且有很多藏书，为了读到他家的书，匡衡主动要求去他家做工而不要报酬。文不识感到很奇怪，心想：他又不傻，平白帮我做事怎会不要报酬？就问他原因。他说："只要能遍读你家的藏书就行了。"主人被他的好学精神所感动，就把书借给他读。

由于学习勤奋，他对《诗》的理解十分独特透彻，所以当时儒学之士曾传有"无说《诗》，匡鼎来。匡说《诗》，解人颐"之语。这句话是说听匡衡解说《诗经》，能使人眉头舒展，心情舒畅，可见匡衡对《诗经》理解之深。

匡衡对《诗经》理解之深，已为当时经学家们所推崇。汉元帝就十分喜好儒术文辞，尤其喜爱《诗经》，曾多次亲自听匡衡讲《诗经》，对匡衡的才学十分赞赏。元帝即位后，任用匡衡为郎中，迁为博士，给事中，后匡衡又代为丞相，封乐安侯，辅佐皇帝，总理全国政务。

匡衡作为寒门学子，勤奋刻苦，酷爱读书，成就自己，终成西汉经学家。

实际上，封建社会的学校教育既具有鲜明的阶级性，又具有严格的等级性。农民和手工业者的子弟大都不能入校学习。在中国，私学在表面上虽然人人都可进入，但由于大多数劳动人民子弟交不起"束修"，所以经常被排斥在学校大门之外。封建社会教育的等级性，在中国主要表现在中央官学的招生对象上："殊其士庶，异其贵贱"。这类学校不仅劳动人民子弟不能进入，就连统治阶层的子弟入哪一等级学校也要按其父兄官位品级的大小而定。这样的不平等的教育，导致很多优秀的寒门人才被埋没。

（故事来源于《西京杂记·凿壁借光》）

四、古为今用

教育平等　有爱不孤

山东省潍坊市高新区清平小学是一所由 4 个农村小学合并而成的普通村小，学校仅有最普通的教学条件和平凡的教育环境，却有着世界最新的教育理念——全纳教育，即给有特殊教育需求的学生提供学习机会，对于具备随班就读条件的残障儿童，实行"零拒绝"，为残障儿童正常建立学籍，使之和其他学生共同编班，让身体有残疾的孩子享受正常的教育。从 2012 年 9 月开始，清平小学启动"健残一体化教育"计划，每年从毗邻的潍坊市儿童福利院接收残障学生，致力于培养一批"残而有为"的小公民。

在清平小学，平等是最基本的校园文化。无论是老师、家长还是学生自己，都努力地忽视健康与孤残的身份标签，将平等的爱和温暖注入每一个孩子的成长中。尤其是清平小学的老师们，会根据学生的身体情况、活动能力来制订对应的培养方案，而不是以学生身份作区别对待。在清平小学，孤残儿童也可以是主持人、小画家、小发明家甚至是运动员。

　　教育家陶行知说过，"教育不能没有爱，没有爱就没有教育"。圣人先哲推崇的有教无类的教育理念在清平小学得到了最切实温馨的践行，爱在清平校园里传递，生生不息，奔腾流淌。

　　（材料来源《光明日报》，王玲《有爱不孤 有教无类——山东清平小学"健残一体教育"实践记》）

五、知识链接

中国古代教育的起源

　　中国古代文献中，"教育"一词最早见于《孟子·尽心上》，"得天下英才而教育之"。《说文解字》释："教，上所施下所效""育，养子使作善也"。教育就是教诲培育的意思，是人类文化传播的首要手段。

　　我国教育起源于商代中后期。商代奴隶主贵族为了培养自己的子弟，巩固奴隶制国家的统治，建立了序、庠、学、瞽宗等学校，教师由国家职官兼任，教学内容以宗教和军事为主，此外还有伦理和一般文化知识。

　　序是讲武习礼的场所。学有"左学""右学"之分，左学即下庠、小学，位于国中王宫之中；右学为大学，设于西郊。殷商卜辞中的"大学"是指献俘祭祖的场所，与宗庙的神坛连在一起，以祭祖、献俘、讯馘、养老为主要职能，以教授有关宗教祭典等礼仪知识为主要内容，但不是具有完整意义的现代高等教育机构。瞽宗本是乐师的宗庙，是用作祭祀的场所。祭祀中礼乐相附，瞽宗便逐步变成对贵族子弟传授礼乐知识的机构。

　　序、庠、学和瞽宗表明商代出现了比较完备的学校机制。甲骨文还表明商代学校已进行了读、写、算教学，出现了作为教材的典册。《尚书·多士》中有"唯殷先人，有典有册"的句子，说明商代学校具有读书写字的教学条件。同时，"六艺"教育也初露端倪，为西周时期的教育发展开辟了道路。

第七章　问责平等　纠风正俗

导　读

很多人认为"法律面前人人平等"这一原则是清末从西方传入中国的，但事实上，早在《韩非子·有度》中就已有人明确提出"法不阿贵，绳不挠曲。法之所加，智者弗能辞，勇者弗敢争。刑过不避大臣，赏善不遗匹夫"的立法执法思想。问责平等是实现法律平等的关键一环，对公共权力的制约与监督具有重大意义。这在古代亦有经典范例可资借鉴。

一、经典阅读

孝公曰"善。"以卫鞅为左庶长，卒定变法之令。

令民为什伍①，而相牧司连坐②。不告奸者腰斩，告奸者与斩敌首同赏，匿奸者与降敌同罚。民有二男以上不分异者，倍其赋。有军功者，各以率受上爵③；为私斗者，各以轻重被刑大小。僇力本业④，耕织致粟帛多者复其身⑤。事末利及怠而贫者，举以为收孥⑥。宗室非有军功论，不得为属籍。明尊卑爵秩等级，各以差次名田宅⑦，臣妾衣服以家次⑧。有功者显荣，无功者虽富无所芬华。

令既具，未布，恐民之不信，已乃立三丈之木于国都市南门，募民有能徙

107

置北门者予十金。民怪之，莫敢徙。复曰"能徙者予五十金"。有一人徙之，辄予五十金，以明不期。卒下令。

令行于民期年，秦民之国都⑨言初令之不便者以千数。于是太子犯法。卫鞅曰："法之不行，自上犯之。"将法太子。太子，君嗣也，不可施刑；刑其傅公子虔，黥其师公孙贾。明日，秦人皆趋令⑩。行之十年，秦民大说，道不拾遗，山无盗贼，家给人足。民勇于公战，怯于私斗，乡邑大治。秦民初言令不便者有来言令便者，卫鞅曰："此皆乱化之民也"尽迁之于边城。其后民莫敢议令。

于是以鞅为大良造。将兵围魏安邑，降之。居三年，作为筑冀阙宫庭于咸阳，秦自雍徙都之。而令民父子兄弟同室内息⑪者为禁。而集小都乡邑聚为县，置令、丞，凡三十一县。为田开阡陌封疆而赋税平。平斗桶权衡丈尺。行之四年，公子虔复犯约，劓⑫之。居五年，秦人富强，天子致胙⑬于孝公，诸侯毕贺。

（《史记·商君列传》，韩兆琦评注《史记评注本》岳麓书社 2012 年版）

【参考注释】

①什伍：把居民五家为一"伍"，十家为一"什"地编制起来。

②牧司：监督、窥伺。连坐：一家犯罪，同什伍的其他各家如不告发，就与犯罪者一同受罚。

③以率(lǜ)：按照规定。率：标准，规定。上爵：升爵。

④僇力：并力，尽力。僇：同"戮"。本业：指农业。

⑤复其身：免除其自身的劳役负担。复：免除。

⑥意谓凡是由于经商和由于懒惰而变穷了的人，一律把他们没为奴隶。事末利：指经商求利。举：尽，全部。收孥：指奴隶。

⑦差次：差别次序，即指等级。名：占有。

⑧意谓奴婢们的衣服样式随着主人家的地位高低而定。家次：家族的等级。

⑨之国都：谓其到京城来言于朝廷。

⑩趋：归依，这里指服从。

⑪同室内息：指同住一间屋。禁止父子兄弟同住一间屋是为了鼓励分家、增殖，同时也是为了整顿风纪。

⑫劓（yì）：古代刑罚的一种，即割掉鼻子。

⑬致胙：送来祭肉。古时天子祭祀鬼神后，常把用过的祭肉分送给某个诸侯大臣，以表示对他的格外尊宠。

二、鉴赏指津

秦孝公当政时已进入七雄争霸的战国时期，周室衰微诸侯相互攻伐，斗争异常激烈，谁想立于不败之地就得寻求自强的途径。这时商鞅应运而生。

商鞅事秦变法革新，太史公在《史记》中表明了对商鞅刻薄少恩的批评态度。然而商鞅变法却是我国历史上成功的一例。在诸多法律条文中，其问责制显得格外突出。

商鞅变法的问责制表现在下令把十家编成一什，五家编成一伍，互相监视检举，一家犯法十家连带治罪。不告发奸恶的处以拦腰斩断的刑罚，告发奸恶的与斩敌首级的同样受赏，隐藏奸恶的人与投降敌人同样的惩罚。商鞅强制推行一夫一妻小家庭政策，规定凡一户之中有两个以上儿子到立户年龄而不分居的，加倍征收户口税。有军功的人各按标准升爵受赏，为私事斗殴的按情节轻重分别处以大小不同的刑罚。致力于农业生产让粮食丰收、布帛增产的免除自身的劳役或赋税。因从事工商业及懒惰而贫穷的把他们的妻子全都收为官奴。王族里没有军功的不能列入家族的名册。有军功的显赫荣耀，没有军功的即使很富有也不能显荣等。

新法在民间施行了整一年，秦国老百姓到国都说新法不方便的人数以千计。正当这时太子触犯了新法。卫鞅说："新法不能顺利推行是因为上层人触犯它。"因此要依新法处罚太子。太子是国君的继承人又不能施以刑罚，于是就处罚监督他行为的老师公子虔，并以墨刑处罚了给他传授知识的老师公孙贾。

正如太史公所认为的，商鞅之法刻薄少恩。但是新法推行后秦国百姓都非常高兴，路上没有人拾别人丢的东西据为己有，山林里也没了盗贼，家家富裕充足。人民勇于为国家打仗，不敢为私利争斗，乡村、城镇社会秩序安定。

多年后，秦国富强，周天子把祭肉赐给秦孝公，各国诸侯都来祝贺。

商鞅变法确实有它的弊端，但是其问责制带来的正面效果确实是比较明显的。秦国的经济得到发展，军队的战斗力不断增强，逐渐成为战国后期最富强的封建国家。变法使秦国达到了富国强兵的目的，出现了"家给人足"的繁荣景象。

实际上，问责制在中国古代并不少见。《周礼·地官》认为，司徒之职在保息万民。《尚书·大传》曰："百姓不亲，五品不训，则责司徒。"再如司空《韩诗外传》曰："山陵崩陁，川谷不通，五谷不殖，草木不茂，则责之司空。"又如司马《孔子家语》曰："贤能而失官爵，功劳而失赏禄，士卒疾怨，兵弱不用曰不平，不平则饬司马。"上述诸例，均为先秦时代的问责内容。职责要求必须做好的事不去做或没有尽心尽力，乃是负面政绩，问责就是追问这种负面政绩。

《隋书》记载，隋文帝杨坚让亲信"密查百官"，发现贪腐行为便严惩不贷，曾一次就罢免河北52州贪官污吏200人。

三、趣味故事

唐太宗不庇功臣秉公执法

贞观九年，盐泽道行军总管、岷州都督高甑生违反上级将领李靖的指挥，又诬告李靖谋逆，情节很恶劣，按他的罪行应判死刑，减轻改判后流放边疆。这时，有人给唐太宗进言："高甑生过去是秦王府的功臣，请从宽处理他的罪过。"太宗说："高甑生虽是当年的老部下，其功劳的确不应忘记，但是绝不能因此而目无法纪。治国守法必须有个统一的标准，现在如果赦免了他，就开了犯罪而不判刑的侥幸之路。况且我们从太原起义建国以来，最初追随我以及在征战中立下功劳的人很多，如果甄生这次获得赦免，那么今后谁不存觊觎之心呢？那些有功之人恐怕就都要犯法了。反之，对高甄生依法惩办，对有功之臣是一个深刻的教育，可以促使他们不居功自傲，严格遵守法纪，再立新功；对老百姓也会产生震慑效果。我之所以坚持不赦免甄生，道理就在这里。"这番话令人心服口服，从中也可见出唐太宗依法治国、公正执法的态度和决心。

（故事来源于《贞观政要·卷八·论刑法》）

四、古为今用

血性网友给警察开"人民罚单"

2011 年 4 月 13 日，有市民在长沙梓园路口看到停放在"禁止机动车停放区域"内的汽车都收到了交警开出的罚单，但是唯独一辆警车的挡风玻璃上没有罚单。于是，他现场手写了一份《违法停车告知单》贴在该警车的挡风玻璃上。随后，该网友的图片和帖文《血性网友给警察开"罚单"》在网上热传，而他那张手写的《违法停车告知单》被网友们称为"人民罚单"。

帖子发布后，引起了长沙市公安局交通警察支队领导的高度重视，他们经核对、调查后对公众做出回复：当日该车正在执行巡逻任务，之所以临时将车停放在大队门口，是由于工作需要前来队部临时办理相关公务。支队表示，将进一步加强对警车的使用管理，并在全市交警系统严格强调非执行任务时，警车不得享有任何道路使用优先权，如有违反，一律依法给予处罚。

警车违章，既损害了部门形象，也是"知法犯法"和执法犯法，性质更加严重。法律面前人人平等，警察违规违法应一视同仁受到处罚。市民面对不平等现象，手写"违法行为告知单"，敢于质疑执法部门，这是一种正义的检举和呼唤，是法律意识和公民自主意识的体现。

警方在事后表达出的"警方犯法与庶民同罪"的处理态度虽然值得肯定，但更重要的是要在接下来的工作中落实监管体制，避免警务督察的缺位和

"选择性执法"的再次出现，并且要明确法律面前无特权，加强律己教育。人民国家，全体人民共同管理。否则，只管人民，不管专职管理者，人民性就要大大减弱。

（红网：刘灿《长沙警车停在禁停区 网友为其贴上"人民罚单"》）

五、知识链接

古代的冤假错案问责

《明律·刑律·断狱》"原告人事毕不放回"条规定："若无故稽留三日不放，笞二十，每三日加一等，罪止笞四十。"

《尚书·周书·吕刑》提到，"五过之疵：惟官，惟反，惟内，惟货，惟来。其罪惟均，其审克之！"若法官在这五方面有失检点，判罚不公，"其罪惟均"，其罪过与犯人相同。

《史记·循吏列传》记载，因为误听误信，错杀了人，李离十分自责，拘禁了自己，判了自己死刑，伏剑自刎。

《周礼·秋官》中便记载了"禁杀戮"的官职，其主要负责纠察法官擅用斩杀刑罚的行为，对故意不受理案件、阻挠他人投诉的法官，一经查出，呈报后即严惩，"以告而诛之"。

万一案子判错了，中国古代主要有同职公坐、援法断罪、违法宣判、出入人罪、淹禁不决五种情况处理，分别论罪。其中，最突出的是"同职公坐"责任，指的是所有参与具体办案的人员，均要在判决书上签字，如果将案件错判了，均负有连带责任，即过去常说的"连坐"。如果非工作失误，采取虚构事实、增减案情的办法，将案子错判，即所谓"出入人罪"，其惩罚会更重，法官要遭"反坐"：判处和犯人相同的罪行，即误判犯人死刑的，出事法官也犯死罪，且"死罪不减"。

第八章　民族平等　修睦合群

导　读

　　民族平等是民族团结的前提，尊重民族差异，对一个国家和地区实现社会稳定、经济发展、文化繁荣具有重要意义。中国自古以来就是一个统一的多民族国家，历朝历代对民族问题都高度重视，并始终积极寻求措施，推进各个民族和睦共处、友好往来，确保国家的和平统一，实现国家富强。唐朝实行开明的民族政策，使其能够人尽其才、物尽其用，最终崛起为世界上最富足、辉煌的帝国，成为后世典范。

一、经典阅读

　　丙申，诏以回纥部为瀚海府，仆骨为金微府，多滥葛为燕然府，拔野古为幽陵府，同罗为龟林府，思结为卢山府，浑为皋兰州，斛薛为高阙州，奚结为鸡鹿州，阿跌为鸡田州，契为榆溪州，思结别部为林州，白为置颜州；各以其酋长为都督、刺史，各赐金银缯帛及锦袍。敕勒大喜，捧戴欢呼拜舞，宛转尘中。及①还，上御②天成殿宴，设十部乐而遣之。诸酋长奏称："臣等既为唐民，往来天至尊所，如诣父母，请于回纥以南、突厥以北开一道，谓之参天可汗道，置六十八驿，各有马及酒肉以供过使，岁贡貂皮以充租赋，仍请能属文

113

人，使为③表疏。"上皆许之。于是北荒悉平④，然回纥吐迷度已私自称可汗，官号皆如突厥故⑤事。

......

十二月，壬申，西赵酋长赵磨帅万余户内附，以其地为明州。

（《资治通鉴·卷一百九十八·唐纪十四·太宗贞观二十一年》，司马光《资治通鉴》中华书局 1956 年版）

【参考注释】

①及：等到。
②御：亲临。
③为：写。
④平：安定。
⑤故：过去。

二、鉴赏指津

李唐王朝立国不久，尚处在外夷包围之中，北有东突厥，西北有高昌、西突厥，西有吐谷浑、吐蕃，东北有契丹、奚、高丽等。如何妥善地处理好李唐王朝与周边这些民族政权之间的关系，始终困惑着唐太宗。在他继位第三年，东吐厥首领颉利拥众犯边，唐太宗本着"不战而屈人之兵者，上也；百战百胜者，中也；深沟高垒者，下也"（答李卫公问答）的原则，以"突厥灾异相仍，颉利不惧而修德，暴虐滋甚，骨肉相攻，亡在朝夕"（《资治通鉴》）为理由，一口拒绝了群臣劳民伤财在大漠边缘修一道长城的请求。后来他冷静地总结隋炀帝失败的经验和教训，认为不能善待胡人是其中一个重要原因。他说："隋炀帝劳百姓，筑长城以备突厥，卒无所益"（《资治通鉴》），"隋炀帝性好猜防，专信邪道，大忌胡人，乃至谓胡床为交床，胡瓜为黄瓜，筑长城以比避胡，终被宇文化及使令狐行达杀之"（贞观政要）。他表明，自己决不能步其后尘。在对外政治、外交经济交往及军事斗争的过程中，唐太宗创造性地总结出一种全新的"华夷一体"的安边理念，即在政治和外交上坚决摒弃历代封建统治者贵中华、贱夷狄的传统偏见，不是武断地修一道长城将华夷隔绝开来，而是广泛竭诚地团结周边各民族部落国家。为实现这一目标，唐太宗采取了茶马互市、联姻和亲、结盟纳降、因俗而治等一系列措施，取得了巨大成功。这可从李白描写长安城"胡姬招素手，延客醉金樽"的诗句中，推及当时不修长城的大唐帝国各民族交流融合之盛况。

贞观二十一年，太宗诏令以回纥部为瀚海府，仆骨为金微府，多滥葛为燕然府，拔野古为幽陵府，同罗为龟林府，思结部为卢山府，浑为皋兰州，斛薛为高阙州，奚结为鸡鹿府，阿跌为鸡田州，契为榆溪州，思结别部为林州，白为颜州；各以其部落首领为都督、刺史，各自赐予金银绢帛以及锦袍若干。敕勒族大为高兴，相互欢呼跳跃，拜谢朝廷，辗转尘土之中。等到各部首领要回本部时，太宗亲临天成殿摆下酒宴，设十部乐队招待，而后让他们回本部。各位首领都称："我等既然作为大唐顺民，往来到京城皇宫，便如同拜望父母一样，请求在回纥南部与突厥以北地区开辟一条通道，起名为参天可汗道，设置六十八驿，各有马匹及酒肉以供过路人享用，我们每年进贡貂皮以充作租赋，仍然延请能做文章的人，让他们写上表奏疏。"太宗一并答应其请求，从此北部边疆全部安定。十二月，西赵蛮族首领赵磨率领一万多户归附唐朝，唐朝将其所居地改为明州。

唐太宗认为"自古皆贵中华，贱夷狄，朕独爱如一，故其种落皆依朕如父母"（《资治通鉴》），又表示"我在，天下四夷有不安安之，不乐乐之，如骥尾受苍蝇，可使日千里也"（《新唐书》）。唐太宗在安边问题上突破了传统思路，不拘泥于以长城限定南北的旧有模式，积极进取、大胆创新、勇于开拓，不修长城，胜修长城，表现了一代"天可汗"所具有的"容纳百川"的博大胸怀和风范，实在是可圈可点、可钦可佩、可歌可颂！

在处理外国关系方面，贞观时期的唐王朝是中国历史上少有的完全开放的时代，以至于各国各地的普通老百姓都可以来唐朝一睹唐帝国的风采。唐朝政府还设立了流所，并开放边境和关口，极尽吸收外来文化和物质文明。唐帝国尤其是贞观时期的唐朝更是当时世界上唯一的文明最为强盛的大一统帝国。那时的唐帝国是世界各国仁人志士心目中的"阳光地带"，各国的杰才俊士冒着生命危险也要往唐帝国跑。唐太宗放宽外国外族人的相关政策，并给予许多优惠政策，如允许外国考察团来华访问、允许外国人做官等。

来自世界各国的外交使节纷纷赞叹唐朝的盛世、唐朝高度发展的文化，来到唐朝的各国人大多以成为大唐人为荣。不仅首都长安，全国各地都有来自国外的"侨民"在当地定居，尤其是新兴的商业城市，仅广州一城的西洋侨民就有二十万人以上。

唐帝国除了接受大批的外国移民外，还接收一批又一批的外国留学生来中国学习先进文化，仅日本的官派留学生就有七批，每批都有几百人。民间自费留学生则远远超过此数。

《新唐书·太宗本纪·赞》载"呜呼，可谓难得也！唐有天下，传世二十，其可称者三君，玄宗、宪宗皆不克其终，盛哉，太宗之烈也！"确实如此！

三、趣味故事

苏代说赵

战国时期，群雄争霸。燕赵关系日益紧张，赵国正紧锣密鼓地为攻打燕国做准备。就在燕国处于生死存亡之际，苏代为燕国去游说赵惠王，跟他讲了"鹬蚌相争"的故事：我来的时候，经过易水，看到岸上一只河蚌正张开外壳晒太阳，露出了嫩嫩的蚌肉。突然，一只鹬以迅雷不及掩耳之势猛冲过来用喙咬住了蚌肉，而蚌毫不示弱，迅速合拢外壳狠狠夹住了鹬的嘴。两者相持不下。鹬洋洋得意地对蚌说："今天不下雨，明天不下雨，那我就会有死蚌肉吃了。"河蚌针锋相对地说："今天不放你，明天不放你，就会有只死鹬鸟留在沙滩上。"双方互不相让。太阳毒辣地烤着大地，蚌和鹬早已热得体力虚脱，可是谁也不肯先让步。就在这时，一个渔夫乐呵呵走过来，将它们一起丢到鱼篓里了。

苏代讲的是鹬与蚌相互钳制、互不相让，却让渔人从中获利的故事。鹬蚌相争，都想置对方于死地，却没有考虑这样做的后果。一味地相互钳制，往往顾此失彼，最终必然自取灭亡。

苏代接着对赵王说，现在赵国将要讨伐燕国，实际上两个国家已经相持很久，双方都已经疲敝了，他担心那个强大的秦国就是渔夫呀。他希望大王能好好考虑考虑，不要攻打燕国。确实，在各种纷繁复杂的矛盾斗争中，如果对立的双方相持不下，就会两败俱伤，要懂得将双方放在平等的位置，相互尊重，互相谦让，修睦合群，精诚博爱。

赵惠王也明白了赵燕相争，对两者都没好处，于是停止了攻打燕国的计划。

四、古为今用

铸牢中华民族共同体意识

在刚刚召开的党的十九大上，习近平总书记站在中华民族伟大复兴的时代高度，部署了决胜全面建成小康社会的民族工作战略，提出深化民族团结进步教育，铸牢中华民族共同体意识，加强各民族交往交流交融，促进各民族像石榴籽一样紧紧抱在一起，共同团结奋斗，共同繁荣发展。"铸牢中华民族共同体意识"，第一次写入党代会工作报告，写入新修订的《党章》，赋予民族工作新的内涵和重大历史使命，是习近平新时代中国特色社会主义思想在民族工作领域的具体体现。

党的十八大以来，习近平总书记多次指出，"我国56个民族都是中华民族大家庭的平等一员，共同构成了你中有我、我中有你、谁也离不开谁的中华民族命运共同体"。一部厚重的中国史，就是一部中国各民族诞育、发展、交融并共同缔造统一多民族国家的历史，也是中华民族逐渐形成、发展壮大的历史，更是中华民族命运共同体意识理性升华的历史。"历史演进的这个特点，造就了我国各民族在分布上的交错杂居、经济上的相互依存、文化上的兼收并蓄、情感上的相互亲近，形成了你中有我、我中有你、谁也离不开谁的多元一体格局"。中华民族共同体意识是对历史上中华各民族在政治、经济、文化方面交往交流交融的认同，是对 56 个民族同呼吸、共患难，"你中有我，我中有你，谁也离不开谁"的命运共同体认同，其核心是"你中有我，我中有你"。团结统一的大一统价值观内化为中华各民族共同的心理认同，使维护国家统一成为中华民族意识中最高层次的认同。

新中国成立 60 多年的实践表明，坚持党的领导，坚持民族区域自治，坚持各民族共同团结奋斗、共同繁荣发展的中国特色解决民族问题的道路是成功的。改革开放以来，我国进入各民族跨区域流动的历史活跃期，越来越多的各民族同胞走出传统聚居地，在全国各地流动，越来越多的地方成为多个民族共同居住、共同学习、共同工作、共同生活的地方。各民族在政治、经济、文化领域内广泛交往交流交融，大大深化了"你中有我，我中有你，谁也离不开谁"的命运共同体关系。

党的十九大强调要铸牢中华民族共同体意识，就是要顺应这种形势，把加强各民族交往交流交融作为实现各民族大团结的金钥匙。我们既不能忽视民族差异用行政手段去推进，也不能无视民族共性不加引导。通过扩大各民族间的交往交流交融，努力创造各族同胞共居、共学、共事、共乐的社会条件，让祖国每一寸土地都能成为各民族同胞共居的家园，让各民族同胞在中华民族大家庭中手足相亲、守望相助，让中华民族一家亲，同心共铸中国梦。

首先，坚持和完善民族区域自治制度，铸牢中华民族共同体认同的政治基础。民族区域自治是中国特色解决民族问题的基本形式。截至 2003 年，我国 44 个少数民族建立了 155 个民族区域自治地方，新中国成立 60 多年来的民族区域自治实践证明，实行民族区域自治有利于维护国家统一和政令畅通，有利于发挥各民族主人翁作用，有利于凝聚各族人民的智慧和力量，同心同德为实现中华民族伟大复兴共同奋斗。坚持和完善民族区域自治，就是在中国共产党的集中领导下，坚持统一与自治、民族与区域相结合的原则，依法保障各民族公民合法权益，保障各民族公民当家做主的权利，确保国家政令畅通，扩大各族同胞有序政治参与，加强各民族交往交流交融，造就政治过硬、敢于担当、群众信任和明辨大是大非的各族干部队伍，使各族人民心往一处想，劲往一处使，汇聚起维护国家统一、民族团结的正能量。

其次，加快发展，铸牢中华民族共同体认同的经济基础。民族地区能不能如期实现全面建成小康社会目标，直接关系我国全面建成小康社会的大局。习近平总书记多次强调，没有民族地区的小康，就没有全国的全面小康，全面建成小康社会，"一个民族都不能少"。党的十八大以来，以习近平同志为核心的党中央，以时不我待的担当精神，创新工作思路，通过优化转移支付、对口支援、扶贫攻坚等措施，加快民族地区发展，改善各族人民生活；通过西部民族地区富余劳动力向东部地区转移流动，向城市融入，深化各民族经济共同体联系。党的十九大，再次要求各地区因地制宜，精准发力，加快发展，确保如期全面建成小康社会，确保各民族同胞都能与祖国经济社会发展节奏同频共振，铸牢各民族同胞共建社会主义现代化国家意识、共享现代化发展成就意识，为中华民族共同体认同打下经济基础。

第三，建设各民族共有精神家园，铸牢中华民族共同体认同的思想基础。中华文化是由古往今来生活在中华大地上的各民族共同创造的，是各民族文化的集大成，是各民族共有的精神家园。加强中华民族大团结，长远和根本的是要增强文化认同，建设各民族共有的精神家园，积极培养中华民族共同体意识。要在社会主义核心价值观引领下，弘扬各民族优秀传统文化，建设各民族共享现代文化，加强各民族文化交往交流，在交流中取长补短，在交融中相互认同，在借鉴中实现创新性发展，铸牢各民族共创、共享、共传中华文化意识，从中凝练出中华民族共同体的团结和归属意识，铸牢中华民族共同体认同的思想基础。

第四，构建各民族互相嵌入式的社会结构和社区环境，铸牢中华民族共同体认同的社会基础。随着越来越多的各民族同胞在全国各地流动，民族工作已经从边疆发展到内地，从农村延伸到城市，从发展经济、改善民生扩大到保障各民族公民合法权益，实现区域公共服务均等化。要推动构建各民族互相嵌入式从业结构、嵌入式文化教育结构、嵌入式社区环境，推动各民族混居杂居，为各民族同胞聚聚聊聊、说说唱唱、来来往往创造条件。让各民族同胞做得了和睦邻居，交得成知心朋友，结得成美满姻缘，"各民族要像石榴籽那样紧紧抱在一起"，铸牢中华民族共同体认同的社会基础。

第五，依法处理民族事务，铸牢中华民族共同体认同的法治基础。中华民族共同体认同的根本是中国公民共同体认同，是各民族公民对国家法律法

119

规一体遵循的法治认同，要始终用法治思维和法治方式处理民族事务，用法律来保障民族团结，依法保障各民族公民合法权益，大力推进民族事务治理法治化，引导各族同胞牢固树立遵纪守法的公民意识，坚持一般法律法规统摄民族因素，依法行政，不断提高各级党和政府依法处理民族事务的能力。通过各方面的法治化建设，铸牢中华民族共同体认同的法治基础。

第六，深化民族团结进步教育，铸牢中华民族共同体认同的舆论基础。民族团结是我国各族人民的生命线，做好民族工作，最关键的是搞好民族团结，最管用的是争取人心，"无论是过去、现在还是将来，民族大团结都是我们进行社会主义建设必不可少的保证"。要把加强民族团结作为战略性、基础性、长远性工作来做，要面向全体社会成员开展国家认同、中华民族认同、中华文化认同、社会主义认同、中国共产党认同的"五个认同教育"，引导人们树立正确的历史观、民族观、国家观、文化观，大力弘扬爱国主义精神，牢固树立汉族离不开少数民族、少数民族离不开汉族、各少数民族之间也相互离不开的思想观念，促进各民族同呼吸、共命运、心连心，铸牢中华民族共同体认同的舆论纽带。

总之，历经几千年发展变化，中华各民族同胞在共同开拓祖国疆域、共同捍卫祖国统一、共同推动祖国经济文化发展的过程中，形成了生死相依、休戚与共、"你中有我，我中有你，谁也离不开谁"的关系。铸牢中华民族共同体意识，就是铸牢56个民族"你中有我，我中有你，谁也离不开谁"的命运共同体意识，就是铸牢维护国家统一、民族团结、社会和谐、共同繁荣发展意识，就是铸牢共同致力于中华民族伟大复兴意识。只有56个民族同心同德，携手并肩，团结奋斗，中华民族才能焕发出无比磅礴的伟大力量。让我们紧密团结在以习近平同志为核心的党中央周围，在习近平新时代中国特色社会主义思想指引下，为实现中华民族伟大复兴的中国梦共同团结奋斗。

（沈桂萍，中国西藏网 http://www.jiathis.com/share，2018 年 1 月 4 日）

五、知识链接

四　邻

四邻，含义多元，主要如下：

"四邻"犹四辅，也就是天子左右的大臣。《书·益稷》："予违汝弼，汝无面从，退有后言，钦四邻。"孔传："四近前后左右之臣。"《尚书大传》卷二："古者天子必有四邻，前曰疑，后曰承，左曰辅，右曰弼……《书》曰'钦四邻'，此之谓也。"《管子·四称》："寡人幼弱惛愚，不通诸侯四邻之义，仲父不当尽语我昔者有道之君乎？"

"四邻"指四方邻国。"四邻"犹相邻诸侯国。《书·蔡仲之命》："懋乃攸绩，睦乃四邻，以蕃王室，以和兄弟，康济小民。"《吴子·料敌》："四邻之助，大国之援。"汉代董仲舒《春秋繁露·楚庄王》："国家治，则四邻贺；国家乱，则四邻散。"

"四邻"指周围邻居。汉代刘向《列女传·周主忠妾》："主闻之乃厚币而嫁之，四邻争娶之。"杜甫《无家别》诗："四邻何所有，一二老寡妻。"《老残游记》第十五回写道："火起之时，四邻人等及河上夫役，都寻觅了水桶水盆之类，赶来救火。"鲁迅《书信集·致曹靖华》说："前一些时这里颇多谣言，现在安静了。我们一动也没有动，不过四邻搬掉的多，冷静而已。"

"四邻"指四方、周围。《汉书·礼乐志》："五神相，包四邻。"颜师古注："包，含也。四邻，四方。"唐人裴度《夏日对雨》诗中有："吟罢清风起，荷香满四邻。"宋代苏轼《雨晴后步至四望亭下鱼池上》诗："雨过浮萍合，蛙声满四邻。"

"四邻"指周围邻近的人。唐代韩愈《徐泗豪三州节度掌书记厅石记》云："书记之任亦难……赞天子施教化，而又外与宾客四邻交。"

第七篇

公 正

主 题 简 述

公正即社会公平和正义，是古往今来人们对社会生活追求的一个重要主题，是人类幸福生活的基础。公正是衡量理想社会的标准之一，也是人类社会发展进步的重要价值取向。它以人的解放、人的自由平等权利的获得为前提，是国家、社会应然的根本价值理念。公正包括政治公正、法律公正、人心公正等。

政治公正即制度公正、管理公正。《礼记·礼运》中说："大道之行也，天下为公。"在政治上的最高理想得以施行的时候，天下就是人们所共有的。公正观念的建立，源于"天下为公"的理念，即天下是天下人的天下，不是一个人或者少数人的私产。荀子告诫人们"公生明，偏生暗"，公正则政治清明，偏私则政治黑暗。唐吴兢《贞观政要·公平篇》中记载了唐代"房谋杜断"中的"房谋"房玄龄所说的一段话："玄龄对曰：臣闻理国要道，在于公平正直，故《尚书》云：'无偏无党，王道荡荡。无党无偏，王道平平。'又孔子称'举直错诸枉，则民服'。"其意思就是说，治理国家、处理政务最要紧的，就是保持政令、措施的公平与正直。正所谓："吏不畏我严，而畏我廉；民不服我能，而服我公；公则明，廉则威。"

自古及今，百姓向往和拥护的社会，总是政治清明的社会；百姓爱戴和拥护的好官，必然是廉洁正直的好官。政治清明意味着制度公正，廉洁正直意味着管理公正，公正是治国之要、兴国之道。孔子说，"政者，正也"，就是这个道理。习近平总书记指出，理国要道，在于公平正直，"要把促进社会公平正义、增进人民福祉作为一面镜子，审视我们各方面的体制机制和政策规定，哪里有不符合促进社会公平正义的问题，哪里就需要改革；哪个领域哪个环节问题突出，哪个领域哪个环节就是改革的重点"，就是说的政治公正。

法律公正是政治公正的保障，包括立法公正、执法公正、司法公正等。党的十八大提出要"科学立法、严格执法、公正司法、全民守法"，习近平总书记进一步指出："全面推进依法治国，必须坚持公正司法。公正司法是维护社会公平正义的最后一道防线。"这就是说的法律公正。《韩非子·有度》中说："法不阿贵，绳不挠曲。法之所加，智者弗能辞，勇者弗敢争。刑过不避大臣，赏善不遗匹夫。"这与商鞅"所谓壹刑者，刑无等级"思想一脉相承。韩非子主张"以法治国"，反复强调"治国者，不可失平也"。《韩非子·问辩》中是这样说的："明主之国，令者，言最贵者也；法者，事最适者也。言无二贵，法不两适，故言行而不轨于法令者必禁。"在英明君主统治的国家里，命令是最尊贵的言辞；法律是处理政事的唯一准绳。除命令外，没有第二种尊贵的言辞；除法律外，没有第二种行事的准绳，所以言论和行动如果不符合法律就必须禁止。《韩非子·有度》又说："国无常强，无常弱。奉法者强，则国强；奉法者弱，则国弱。"他还提出执法必须"去私心行公义""去私曲行公法"，用我们今天的话来说，就是要坚持法治，坚持"法律面前人人平等"，做到立法公正、司法公正、执法公正，任何人都不得有超越法律以上的特权。

对于执法公正,《韩非子·二柄》记载了这样一个故事:"昔者,韩昭侯醉而寝,典冠者见君之寒也,故加衣于君之上。觉寝而说,问左右曰:'谁加衣者?',左右对曰:'典冠。'君因兼罪典衣与典冠。其罪典衣,以为失其事也;其罪典冠,以为越其职也。非不恶寒也,以为侵官之害甚于寒。故明主之畜臣,臣不得越官而有功,不得陈言而不当,越官则死,不当则罪。"韩昭侯喝醉酒睡着了,掌管帽子的侍从见其受凉,就拿衣服给其盖上。韩昭侯醒后很高兴,就问身边的侍从:"给我盖衣服的是谁?"侍从回答说:"是掌管帽子的侍从。"韩昭侯却同时惩处了掌管衣服的侍从和掌管帽子的侍从。他惩处掌管衣服的侍从,是他没有尽到职责;惩处掌管帽子的侍从,是他超越了他的职责范围。

人心公正即民心向正、人心要正,既是人们对公正的慕求,也是道德对个人修养的要求。所谓"公道自在人心",就是这个道理。

《论语·为政》记载:"哀公问曰:'何为则民服?'孔子对曰:'举直错诸枉,则民服;举枉错诸直,则民不服。'"鲁哀公问:"孔子怎样做才能使百姓服从?"孔子说:"把正直无私的人提拔起来,把邪恶不正的人置于一旁,老百姓就会服从了;提拔邪恶不正的人,而把正直无私的人置于一旁,老百姓就不会服从。"在孔子看来,民众并不是服从权势,而是服从公平正义。把不公正的东西强加到他们头上,他们不会服从。孟子云:"桀纣之失天下也,失其民也;失其民者,失其心也。得天下之道,得其民,斯得天下矣。得其民有道,得其心,斯得民矣。得其心有道,所欲与之聚之,所恶勿施尔也。"夏桀和商纣之所以丢掉天下,是因为民众不再支持他们;民众之所以不再支持,是由于失去民心。要得到天下就要获得民众的支持,做到了才能得到天下。要获得民众认可就要做民众期望的,不要做他们反感的。这就是所谓的"得人心者得天下"。人心天然向往公正,天下不得人心必然崩毁,企业不得人心必然灭亡,个人不得人心必然受到社会舆论谴责。

民心向正,所以做人也要公正。公正是一个人的立身之本和不可或缺的精神内核,"公正无私""公平正直"是为人、处事、治世的高尚道德。孟子说:"我善养吾浩然之气……其为气也,至大至刚,以直养而无害，则塞于天地之间。其为气也，配义与道；无是，馁也。是集义所生者，非义袭而取之也。"孟子说他善于培养他的浩然之气。浩然之气宏大刚强，需要用正义去培养而不用邪恶去伤害，这样就可以使其充满天地之间。浩然之气要与仁义和道德相配合，否则就会疲软衰竭。而浩然之气是由正义在内心长期积累而成的，并不是通过偶然的正义行为来获取的。可见，古人也是把公正作为道德的至高标准来看待的，认为一个人要有宏大刚强、正直无畏的浩然之气，就要有公正的道德品质和公正的行为，并经过长期积累形成公正之心。

"大其牖，天光入；公其心，万善出。"窗户开得大，享受的阳光就多；凡事秉持公心，各种善念善举就会出来。正所谓"正人易，正己难"，公正的修养需要不断学习与历练。新时代的我们要努力培育自己的正义观，形成秉公道、去私心、先公后私、公而忘私、大公无私的道德素养，以公正的态度面对生活，以无私的精神投入社会，以公为先，以公为上，不为私心所扰、不为物欲所惑，从我做起，从点滴小事做起，为实现社会公正做出自己应有的贡献。

第一章　公平正直　民心所向

导　读

公正一直是古往今来人民大众的心理诉求，中国劳动人民很早就在《诗经》中表达了对遇到公正贤明君主的迫切希望。《尚书》中记载："民惟邦本，本固邦宁。"民众是国家的根本，只有民心稳定了，国家才能安宁，而只有顺应民心，坚持公平正义，才能确保民心稳定。

红尘冷暖，岁月清浅，十五国风轻漫过身边，在《诗经》的千古传响之中，让我们侧耳倾听公正的悠扬回声。

一、经典阅读

卷阿，召康公戒成王也。言求贤用吉士也。

凤皇于飞，翙翙其羽①，亦集爰止。蔼蔼王多吉士②。维君子使，媚于天子③。

凤皇于飞，翙翙其羽，亦傅于天④。蔼蔼王多吉人。维君子命，媚于庶人。

凤皇鸣矣，于彼高冈。梧桐生矣，于彼朝阳⑤。菶菶萋萋⑥，雝雝喈喈⑦。君子之车，既庶且多。君子之马，既闲且驰⑧。矢诗不多⑨，维以遂歌。

【参考注释】

①翙翙(huì)：羽声也。郑氏以为时凤凰至，故以为喻，理或然也。

②蔼蔼：众多也。

③媚：爱戴也。

④傅：薄，迫近。

⑤朝阳：山之东曰朝阳。

⑥菶菶(péng)："蓬蓬"，梧桐生之盛也。

⑦雝(yōng)雝喈(jiē)喈：鸟鸣声。

⑧闲：娴熟。

⑨不多：很多。

二、鉴赏指津

西周晚期的《诗经·大雅·卷阿》表达了民众对于贤明之君与本固邦宁的渴求。诗人以凤凰比周王，以百鸟比贤臣，以凤凰展翅高飞、百鸟紧紧相随比喻贤臣对周王的拥戴，即所谓"媚于天子"。

"凤凰鸣矣，于彼高冈。梧桐生矣，于彼朝阳。"传说周文王在岐山时，有凤凰在附近的山上栖息鸣叫。人们认为，凤凰是由于文王的德政才来的，是周兴盛的吉兆。周室版图广大，疆域辽阔，周王恩泽，遍于海内。周王膺受天命，既长且久，福禄安康，样样齐备，因而能够尽情娱游，闲暇自得。高冈梧桐郁郁苍苍，朝阳鸣凤宛转悠扬，衬托了周成王的贤德，也渲染出一种君臣相得的和谐气氛。

辞章古朴，想象丰富，情感奔放。作者把自己对公平的殷殷诉求寄托到周成王的身上。穿越历史长河，感受春秋时代的岁月往事，我们依然能够领略到芸芸众生对公平世界的孜孜渴求。

三、趣味故事

田登避讳

北宋时，有个州的太守名叫田登，为人专制蛮横，因为他的名字里有个"登"字，所以不许州内的百姓在谈话时说到任何一个与"登"字同音的字。于是，只要是与"登"字同音的，都要用其他字来代替。谁要是触犯了他这个忌讳，便要被加上"侮辱地方长官"的罪名，重则判刑，轻则挨板子。不少吏卒因为说到与"登"同音的字，遭到了鞭打。

一年一度的元宵佳节即将到来。依照惯例，州城里都要放三天焰火、点三天花灯表示庆祝。州府衙门要提前贴出告示，让老百姓到时前来观灯。可是这次，却让出告示的官员感到左右为难。怎么写呢？用上"灯"字，要触犯太守；不用"灯"字，意思又表达不明白。想了好久，写告示的小官员只能把"灯"字改成"火"字。这样，告示上就写成了"本州依例放火三日"。

告示贴出后，老百姓看了都惊吵喧闹起来。尤其是一些外地来的客人，更是丈二和尚摸不着头脑，还真的以为官府要在城里放三天火呢！大家纷纷收拾行李，争相离开这是非之地。

当地的老百姓，平时对于田登的专制蛮横无理已是非常不满，这次看了官府贴出的这张告示，更是气愤万分，都忿忿地说："只许州官放火，不许百姓点灯，这是什么世道！"

权力，尤其是专制下的权力，有着一俊遮百丑的奇效，它可以让"红肿之处"看起来"艳若桃李"。一则避讳的小故事，嘲讽了那些践踏百姓权益的封建统治者，将他们的丑恶嘴脸揭露得淋漓尽致，体现了百姓们要求被公正对待的心理诉求。

（故事出自南宋陆游《老学庵笔记》）

四、古为今用

以法制人，以情动人

2014 年 12 月 21 日，山东青岛某仪表厂厂长老李走出潍坊高密市看守所大门。他因为使用伪造、变造机动车号牌，被处以 2000 元罚款、一次记满 12 分、行政拘留三天的处罚。不过，面对如此严厉的处罚，老李不但心服口服，甚至对交警还有点"小感激"。

原来，由于山东省对"黄标车"限行，老李便把已被认定为"黄标"的"鲁 BC"牌照越野车的车牌号贴上一块不干胶，变造成"鲁 BO"，以此蒙混电子警察拍照。2014 年 12 月 3 日下午，他驾车来到高密市送货，不料被执勤交警一眼识破。

由于车上装有客户急需的仪表，老李急得如热锅上的蚂蚁。交警在了解实际情况后，为了不耽误老李的生意和客户需要，立即调来车辆帮助他将仪表送到客户手中，同时请示上级领导批准后，准许老李先回家处理完手头工作，再到交警大队接受处罚。

老李专程从青岛到高密交警大队接受了处罚。"要不是这事有点丢人，我还真想给交警送面锦旗呢！"他深有感触地说，"潍坊交警规范化人性化执法，我心服口服，以后这些违法的事我再也不干了。"

正如大自然不能没有春华和秋实，社会也不可缺少公平和正义。公正，为人民赢得尊严，为社会激发活力，为民族创造未来。中国共产党自诞生之日起，就始终以促进社会公正为己任，为公正而忘我，为公正而奋进。

我们如今挖掘中国传统文化中公正无私的传统美德和执政理念，就是挖掘中国古代劳动人民的闪光点，昌明国粹，融化新知，以国学的力量重建道德信仰和社会标榜。公正的实现是漫漫的征程，绝非一蹴而就，但不能因此而放慢前进的步伐。公正的实现如高山的攀登，需一步步走上去、一点点往前行。每一个新的高度，都是历史的一个进步，民众的一份愉悦。

（来源于《光明日报》）

五、知识链接

凤　凰

《淮南子》："羽嘉生飞龙，飞龙生凤皇，凤皇生鸾鸟，鸾鸟生庶鸟，凡羽者生于庶鸟。"凤凰，亦作"凤皇"，古代传说中的百鸟之王。雄的叫"凤"，雌的叫"凰"，总称为凤凰，亦称丹鸟、火鸟、鹍鸡、威凤等，常用来象征祥瑞。凤凰齐飞，是吉祥和谐、公正廉洁的象征。

凤凰和龙的形象一样，愈往后愈复杂，最初在《山海经》中的记载仅是"有鸟焉，其状如鸡，五采而文，名曰凤皇"。甚至还有食用的记载，《大荒西经》："沃之野，凤鸟之卵是食，甘露是饮"。而到最后却有了麟前鹿后，蛇头鱼尾，龙文龟背，燕颌鸡喙，成了多种鸟兽集合而成的一种神物。

"凤皇鸣矣，于彼高冈。梧桐生矣，于彼朝阳。"凤凰性格高洁，非晨露不饮，非嫩竹不食，非千年梧桐不栖。梧桐为树中之王，相传是灵树，能知时知令。《闻见录》："梧桐百鸟不敢栖，止避凤凰也。"作为百鸟之王的凤凰身怀宇宙，非梧桐不栖。《国语·周语上》就有周朝兴起之时，有凤凰一类的鸟在陕西宝鸡岐山上鸣叫的记载。西周时将凤鸟视为神奇的吉祥生物，器物之上颇重凤鸟纹。

传说凤凰死后还会再生，能知天下治乱兴衰，是中国历史上王道仁政的最好体现，是乱世兴衰的晴雨表和具有政治寓意的图腾。历代帝王都把凤鸣朝阳、百鸟朝凤当成盛世太平的象征。《诗经》里面用凤凰来衬托明君，表达对公正大同世界的追求，也是全体劳动人民对于君主的凤盼。如今我们进入科技高速发展的文明时代，创建与维护世界公正，依然是我们不可推卸的历史职责。

第二章　人人为公　天下大同

导　读

社会公平和正义的根源在于人心的公正，而人心公正的起点是人人为公，即普遍具有公德，以公德来约束个人的私欲，这样就会形成良好的社会秩序与和谐的社会环境。人人为公，法制和学术才可以真正成为天下之公器，国家才能真正成为天下之共有。这也是为什么古代的君王在考核臣子的时候，非常重视为公思想的原因。

一、经典阅读

呜呼！邦伯、师长、百执事之人①，尚皆隐哉②！予其懋简相尔③，念敬我众。朕不肩好货④，敢共生生⑤，鞠人谋人之保居叙钦⑥。今我既羞告尔⑦，于朕志若否⑧，罔有弗钦⑨。无总于货宝⑩，生生自庸⑪。式敷民德⑫，永肩一心⑬。

（《尚书·商书·盘庚》，慕平译注，中华书局2009年版）

【参考注释】

①邦伯：也叫方伯，指四方诸侯。师长：武官之长。百执事之人：王朝的各官吏。

132

②尚：心中所希望。隐（yìn）：依，依靠占卜的灵验。

③其：将。懋：勉。简：选择。相：考察。

④肩：通"屑"。

⑤生生：从事营生的事。

⑥鞠：养。叙钦：进用。

⑦羞告：同"献告"，即告。

⑧若：顺从。

⑨罔：勿。钦：敬。

⑩无：勿。总：聚集。

⑪庸：通"封"，厚也。

⑫式：语助词。敷：散布。

⑬肩：通"洁"。

二、鉴赏指津

　　这段选文出自《尚书》，是商朝国君盘庚对臣子的劝诫。盘庚迁都是商朝的重要事件。盘庚为何力主迁都呢？在他迁都之前，商王朝频繁遭遇天灾人祸，黄河下游洪水泛滥，曾淹没当时的都城亳（商丘）。而且当时王权内部的争斗也非常激烈，常常祸及百姓。正是为了挽救政治危机、安定百姓，盘庚才决定克服重重困难迁都。

　　《尚书》中记录了盘庚在迁都前后对官员和百姓所说的话，从中可以看出盘庚的远见卓识和以天下为己任的责任感。这段选文记录的是盘庚针对部分诸侯、官吏出于对自己利益的考虑而不配合迁都的行为，发表了自己考核官员的标准，这个标准就是重视、照顾民众。其思想的根本出发点就是以天下为公，具有公德心。盘庚明确表示他鄙视那种只知道聚敛财富、孜孜于自己家业的人，而尊敬和任用那些养育百姓、为百姓谋安居的人。倘若人人为公，则百姓可以得实惠，也有利于人们保持心灵的洁净，这是盘庚的政治理想，也是启人深思的社会理念。

虽然《尚书》所录的盘庚言论还显得较为朴拙，但是其思想内核却具有深远意义。选贤与能，是实现社会公平的手段，但社会公平的最终实现，即达到所谓天下大同的高度，还有赖人人为公理念的普及。

三、趣味故事

楚弓楚得

春秋时候，楚国国君楚共王喜爱打猎。有一次，他骑着马拼命追逐几头野兽，跑了很多路，眼看快要追上了，就想拿出弓箭，射杀野兽。哪知道他往腰间一摸，弓已不知去向，原来他跑得太快，在马上颠来颠去，那张弓早就丢失了。这是一张制作得非常精美的好弓，随从人员都觉得丢了十分可惜，向楚共王请命说："让我们回头沿路去寻找吧。"

楚共王却阻止说："不要去寻找了。我是一个楚国人，这弓让楚国人拾去了，还是在楚国人手里。楚国人丢失了弓，仍旧由楚国人得到，有什么必要去寻找呢？"

孔子听说了此事，评价道："楚共王所讲的确表现了他胸怀广大，但还不够广大。应该这样说，一个人丢失了弓，另一个人得到了，所以不必去寻找，为什么一定要是楚国人呢？"

人们都称赞说："孔子的话，才真正达到大公的地步。"

（故事出自《说苑·至公》）

四、古为今用

中国无偿献血事业

无偿献血是指为拯救他人生命，志愿将自身的血液无私奉献给社会公益事业，而献血者不向采血单位和献血者单位领取任何报酬的行为。

近半个世纪以来，世界卫生组织和国际红十字与红新月运动一直向世界各国呼吁"医疗用血采用无偿献血"的原则。献血是爱心奉献的体现，可解除病员病痛甚至抢救他们的生命，其价值是无法用金钱来衡量的。在中国，无偿献血事业不断发展，其保障也日益完善。无偿献血是无私奉献、救死扶伤的崇高行为，是我国血液事业发展的总方向。我国鼓励无偿献血的年龄是18至55周岁。为保证献血的充足，有专家呼吁放宽至17至60周岁。

国家也出台了相关的法律和政策，以保障献血事业的顺利推进。

如北京街头的无偿献血车。根据北京市政府的相关政策，参加北京市无偿献血的公民，自献血之日起5年内可免费使用献血量5倍的血液；5年之后可免费使用献血量等量的血液。参加北京市无偿献血公民的配偶和直系亲属，不符合献血条件的，自公民献血之日起5年内可免费使用献血量等量的血液。

又如《福建省公民献血条例》规定：献血者累计献血800毫升以下的，自献血之日起5年内临床用血，可以累计按其献血量的3倍免费用血；自献血之日起5年后临床用血，可以累计按其献血量等量免费用血。献血者累计献血800毫升以上的，可以终生免费临床用血。除献血者本人按上款规定享受的用血优惠外，献血者的配偶和直系亲属临床用血时，可以累计按献血者的献血量等量免费用血。

无偿献血体现了天下为公的观念，只有我为人人，才能人人为我。无偿献血是终身的荣誉，无偿献血者都应得到社会的尊重和爱戴。

五、知识链接

獬　豸

獬豸又称獬廌、解豸（xiè zhì），是中国古代神话传说中的神兽，体形大者如牛，小者如羊，形似麒麟，全身覆盖着浓密黝黑的毛，双目明亮有神，额上长一角，俗称独角兽。

獬豸有很高的智慧，懂人言知人性。它怒目圆睁，能辨是非曲直，能识善恶忠奸，发现奸邪的官员，就用角把他触倒，然后吃进肚子。它能辨曲直，又有神羊之称，是勇猛、公正的象征，是司法"正大光明""清平公正""光明天下"的象征。

獬豸还有"中国司法鼻祖"之称，"法"字中文古体字是个"灋"。据我国历史上最早的一部字典《说文解字》解释："灋"（法）的左偏旁是三点水，"平之若水"，含有公平的意思；"灋"（法）的右偏旁由"廌"（zhì）和"去"组成。"廌"又名"解廌"，或"解豸。传说古代县长在审案时就用"廌"裁决。因为廌有用其独角"触不直者"的特性，谁有罪它就会用角去触谁，被触者即为"有罪"。"灋"（法）字便含"正直""公平""惩恶"这三层意思。

古代还有用獬豸治狱的传说。"獬豸，一角之羊也，性知有罪。皋陶治狱，其罪疑者，令羊触之，有罪则触，无罪则不触。故皋陶敬羊。"皋陶治狱明白，执法公正。遇到曲直难断的情况，便放出独角神羊，依据獬豸是否顶触来判定是否有罪。

《艾子杂说》中也曾讲过"獬豸辨好"的寓言故事。一次，齐宣王问艾子："听说古时候有一种动物叫獬豸，你熟悉吗?"艾子答："尧做皇帝时，将一种叫做獬豸的猛兽养在宫廷里。它能分辨好坏，发现奸邪的官员，就用角把他触倒，然后吃进肚子。"艾子停了停，又说："如今朝廷里还有这种猛兽的话，我想它不用再寻找其他的食物了!"听了此话，齐宣王更是感慨万分。艾子将獬豸的能辨是非引申到官场，是讽刺当时奸臣和贪官太多了。

第三章　法律公正　引导向善

导　读

治国无法必乱，有法可依，才能约束人们的行为，形成共同准则。但是法律的制定应当体恤民情，体现公平与正义，并引导人们向善，而不应只是惩戒手段，这也是法律的根本意义所在。因此，良好的法律具有公正的特点，但是在执行法律的时候，也需要量刑得当，维护公正。

一、经典阅读

十二月，上曰："法者，治之正也①，所以禁暴而率善人也②。今犯法已论③，而使毋罪之父母妻子同产坐之④，及为收帑⑤，朕甚不取。其议之。"有司皆曰⑥："民不能自治，故为法以禁之。相坐坐收⑦，所以累其心⑧，使重犯法⑨，所从来远矣。如故便⑩。"上曰："朕闻法正则民悫⑪，罪当则民从⑫。且夫牧民而导之善者⑬，吏也。其既不能导，又以不正之法罪之，是反害于民为暴者也⑭。"

（《史记》之《十二本纪·孝文本纪》）

【参考注释】

①正：通"证"，凭证、依据。

137

②率：率领。这里是引导的意思。

③论：判罪，论处。

④同产：指同胞的兄弟姐妹。坐之：因之而定罪。坐，指定罪。

⑤收帑（nú）：把罪犯的妻子儿女抓来，收为官府奴婢。帑，通"孥"，妻子儿女。

⑥有司：官吏。古代设官分职，事各有专司，故称有司。

⑦相坐：即连坐。一人犯法，株连他人同时治罪。坐收：因犯罪而被逮捕。

⑧累：牵累，牵制。

⑨重：以为重大，感到严重。

⑩便：便利，适宜。

⑪悫（què）：忠厚，谨慎。

⑫罪：判罪，惩处。当：得当。

⑬牧民：即统治人民。

⑭为暴：干凶恶残暴的事。

二、鉴赏指津

我国的刑罚体系在过去相当长的时间里，一直是世界上最文明的刑罚体系，只是自明代以来，随着封建社会的逐步腐朽而走向黑暗。这个最文明的刑罚体系，出自一位伟大的皇帝之手，他就是史上著名的盛世"文景之治"的奠基者——汉文帝刘恒。

汉文帝是一个脚踏实地的改革家，一个西汉王朝的忠实维护者。"文景之治"就是对他政绩的充分肯定，在"妖言诽谤罪"这个冤杀了无数生民罪恶法律条文的废除上，就体现了汉文帝这颗体恤民情之心。

在夏、商、周三代，"诽谤"一词，原是个褒义词，意指民众对于国家政事的自由议论。然而，据《史记·秦始皇本纪》记载，秦始皇得天下后，听从丞相李斯的上书增加了诽谤罪。依秦法，犯诽谤罪者，在斩首之前，还要先割掉舌头。"诽谤"一词，也就从此成了贬义词。

汉承秦制，汉王朝建国伊始，诸事草创，基本上都是模仿秦代朝廷制度。相国萧何将秦法稍加删节成为汉法，所以秦代若干严刑峻法，包括诽谤罪，在汉初都得以保留。

秦律和汉律均规定，对于皇帝不能随便议论，更不能有所怨恨，否则就是犯了"诽谤妖言罪"。即使有人不高兴时诅咒天地，若事关"天子"，也是犯"民诅上罪"。汉文帝认为，如果要推行开明政治，这些阻塞言路的罪名都必须废除。

法律公正则百姓忠厚，论罪量刑得当则百姓顺从。况且管理百姓而引导他们向善是官吏的职责。官吏若既不能加以引导，又采用不公正的法律去论罪，就会反而有害于百姓，使他们为暴作乱，法律怎么能禁止得了呢？

只有人民的合法权益得到法律的保护，社会才能更加公平、公正、公开，人民生活才能更加健康、快乐、幸福。

三、趣味故事

曹操"割发代首"

曹操是三国时期人。他虽然野心很大，却在自己统领的军队中留下了诚信的美名。

当年，曹操率大军讨伐张绣，正值麦熟时节，沿途的老百姓因为害怕士兵，纷纷躲到村外，没有一个敢回家收割小麦的。曹操得知后，立即派人挨家挨户告诉老百姓和各处看守边境的官吏，他是奉皇上旨意出兵讨伐逆贼为民除害的，请父老乡亲们不要害怕，并发布军令：无论职位高低，凡践踏麦地者，一律斩首。军令刚出时，老百姓压根就不相信，都躲在暗处观察曹操军队的行动。

曹操大部队的官兵在经过麦田时，都下马用手扶着麦秆，小心地踏过麦田，这样一个接一个，相互传递着走过麦地，没一个敢践踏麦子的。老百姓看见了，无不称颂。大家望着官军远去的背影，眼里充满敬意。

天有不测风云，曹操骑马正在走路，忽然，田野里惊起一只鸟儿，顿时惊吓了他的马，他的马一下子蹿入田地，踏坏了一片麦田。

于是，曹操立即叫来随行的行军主簿，要求治自己践踏麦田的罪行。主簿害怕极了，他哪敢治曹操的罪，只好十分忐忑地回答："丞相是军中首脑，怎么可以治罪？"曹操正色道："我自己制定的法律，如果我都不遵守，还会有谁心甘情愿地遵守呢？一个不守信用的人，又怎么能统领成千上万的士兵呢？如果不对我治罪，怎么能取信于天下？"随即抽出腰间的佩剑要自刎，众人连忙拦住。

这时，大臣郭嘉走上前说："古书《春秋》上说，法不加于尊。丞相统领大军，重任在身，怎么能自杀呢？"

曹操沉思良久，仰天长叹道："既然古书《春秋》上有'法不加于尊'的说法，我又肩负着天子交给我的重要任务，那就暂且免去一死吧。但是，我不能说话不算话。我犯了错误也应该受罚。"于是，他就用剑割断自己的头发说："那么，我就割掉头发代替我的头吧。"之后他又派人传令三军：丞相践踏麦田，本该斩首示众，因为肩负重任，所以割掉头发替罪。全军上下见主帅执行纪律这样严明，都很佩服。从此，军队更加遵守法纪。

如今，人们觉得剪头发是件很正常的事。可古人却认为："身体发肤，受之父母，不敢毁伤，孝至始也"。头发是从父母那里继承来的，随便割掉不仅大逆不道，而且还是不孝的表现。因此，"割发"也成了古代的一种刑罚，叫

"髡刑"。古人都是长发，用簪子固定住，而短发的只有一种人：奴隶。古代越国人都是短发，所以被说是野蛮人，在中原人看来，短发是低贱的象征。曹操作为全军统帅，能割发代首，严于律己，实在是难能可贵。

（故事出自《三国演义》）

四、古为今用

法治守护公正

"法者，天下之公器。"公平正义是中国特色社会主义的内在要求，也是法治的生命线。习近平总书记指出，公平正义是我们党追求的一个非常崇高的价值目标，全心全意为人民服务的宗旨决定了我们必须追求公平正义，保护人民权益、伸张正义。全面依法治国，必须紧紧围绕保障和促进社会公平正义来进行。我们要深入领会这一思想，在社会主义法治建设实践中，实现科学立法、严格执法、公正司法、全民守法，真正以法治守护社会公平正义。

法治是治国理政的基本方式，也是促进社会和谐稳定、维护社会公平正义的重要途径。随着社会主义民主政治的发展和依法治国方略的实施，人民群众的权利意识不断增强，对公平正义的追求更加强烈，一些群众有时对争得一分公平甚至比争得几分利益还要执着。正确处理各种社会矛盾，维护社会公平正义，要求我们善于运用法治的权利义务机制和权力责任机制，科学合理地调整和规范各种利益关系、社会关系，在法治框架内、在法治轨道上解决各种社会问题。要切实做到科学立法、严格执法、公正司法和全民守法，做到良法善治和保障人权，实现权利、机会、规则、过程和程序的公正，以法治守护社会公平正义。

以法治守护社会公平正义，全民守法是基础。"法令既行，纪律自正，则无不治之国，无不化之民。"依法治国是一个系统工程，首先要抓好领导干部这个"关键少数"。领导干部是全面推进依法治国的重要组织者、推动者、实践者，要把树立法治观念的第一粒扣子扣好，做遵法、学法、守法、用法的模范。推进全民守法，还要在着力增强全民法治观念上下功夫，坚持法制教育与法治实践相结合，把全民普法和守法作为依法治国的长期基础性工作来抓。既要弘扬社会主义法治精神，建设社会主义法治文化，把法治教育纳入国民教育体系和精神文明创建内容，还要以实际行动树立法律权威，健全公民和组织守法信用记录，形成守法光荣、违法可耻的社会氛围，使遵法守法成为全体人民的共同追求和自觉行动。

"理国要道，在于公平正直。"促进社会公正，需要全社会推动法治文化建设，更需要我们在内心养成一种公正的观念。一位哲人曾说："最重要的法律既不是铭刻在大理石上，也不是铭刻在铜柱表上，而是铭刻在公民的内心里。"全民法治观念、法治思维、法治习惯的养成，是实现社会公平正义的基质和土壤，要努力使全体人民成为社会主义法治的忠实崇尚者、自觉遵守者、坚定捍卫者。

五、知识链接

古代帝王的谥号、年号、庙号

谥号

帝王死后，掌管朝廷礼仪的官员会依照先帝生前事迹给予称号，交由继位的君主定夺，称"谥号"。谥号含有褒贬的意思，最高的褒扬是"文""武"；"炀""幽"则含有贬义，而"哀""愍""殇"除含有贬义外，兼有同情的意思。西周时，周王没庙号、年号，只有谥号，文王、武王是谥号，周朝皇帝一般纪年写作"周文王××年""武王×年"。西汉除第一个皇帝刘邦我们喜欢以庙号称呼他外，其他一般以谥号称呼。汉代标榜以孝治天下，皇帝谥号都带有"孝"字，史学家嫌麻烦，都省去"孝"字，如我们熟悉的汉武帝，其谥号就是"孝武"。

庙号

帝王死后，在太庙设置牌位供奉，后继的帝王追尊以某祖、某宗的名号，称"庙号"。一般开国皇帝均称为祖，继位皇帝称为宗，如汉高祖、唐高祖、宋太祖、明太祖、清太祖，唐太宗、宋真宗、明仁宗等。从唐朝开始，皇帝的谥号变得越来越长，称呼起来非常不方便，比如宋朝第一个皇帝赵匡胤的庙号为太祖，谥号为"启运立极英武睿文神德圣功至明大孝皇帝"（谥号变得越来越长了，谁也记不住），我们就习惯以庙号称呼他们。如唐太宗、唐玄宗，唐太宗、唐玄宗、宋太祖、宋太宗。庙号是君主独有，而谥号则大臣亲贵后妃都可能有。

年号

汉武帝即位后，以"建元"作为年号。这是中国古代帝王采用年号之始，后世君主都仿效汉武帝的做法，即位后改用新的年号。有些君主在位时，不止采用一个年号，明清两代，皇帝一般只有一个年号，后人因此以年号作为皇帝的代称，如万历、崇祯、乾隆，有一本书的名字就叫《万历十五年》。我们习惯以庙号称唐朝皇帝，不过唐朝有几个年号对我们来讲也十分熟悉，如贞观、开元等。历史上有很多大的事件或时期，就是以年号来命名的。例如"贞观之治"就是指唐太宗李世民当政期间的繁荣昌盛，"靖康之耻"就是指靖康年间宋徽宗和宋钦宗被金兵俘虏。

第四章　秉公执法　不偏不倚

导　读

　　公正执法，关乎社会公平正义，关乎国计民生。法不阿贵，绳不挠曲。法之所加，智者不能辞，勇者不敢争。刑过不避大臣，赏善不遗匹夫。法不偏袒权贵，法律的准绳绝不能屈从于邪恶，就像木匠用的墨线绝不会就弯曲的木料一样。应该受到法律制裁的人，即使他有才智也不能用言辞来辩解、搪塞，即使他英勇无比也不敢用武力来抗争。惩罚非过，不可回避权贵大臣；而奖赏善行，则不可遗漏普通百姓。唯有执法不偏不倚，才能维护法律的尊严，从而维护社会的公平正义。

一、经典阅读

释之执法

　　县人来上①行出中渭桥②，有一人从桥下走，乘舆马惊③。于是使骑④捕之，属廷尉⑤。释之治问⑥。曰："县人来，闻跸，匿桥下。久之，以为行已过，即出，见车行，即走耳。"廷尉奏当，此人犯跸⑦，当罚金。上怒曰："此人亲惊吾马，马赖和柔，令他马，固不败伤我乎！而廷尉乃当⑧之罚金！"释之曰："法者天子所与天下公共也。今法如此，而更⑨重之，是法不信于民也。且方其时，上使立诛之则已。今已下廷尉，廷尉，天下之平也。一倾，天下用法皆为之轻重，民安所措其手足？惟陛下察之。"良久，上曰："廷尉当是也。"

（节选自《史记》）

【参考注释】

①上：指汉文帝。
②中渭桥：桥名，建在长安渭水上。
③乘舆马惊：皇帝坐的车子所驾的马受到惊吓。
④骑：骑马的兵士。
⑤廷尉：汉朝中央最高执法官。
⑥释之治问：由张释之查究考问。
⑦跸(bì)：皇帝出行的车马。此处指发出警告，禁止行人通行。
⑧当：判决。
⑨更：改为。

二、鉴赏指津

张释之是西汉文、景两个皇帝统治时期的司法官。他执法威严公正，不含私心，在当时很有名望。

汉文帝经过中渭桥，有一个人从桥下跑出，使文帝坐车所驾的马受到惊吓。于是文帝派骑兵逮捕他，并且把这件事交给廷尉衙门处置。皇帝认为廷尉判得太轻了，而张释之认为廷尉量刑适当。皇帝考虑问题不是以法律为准绳，而是以对自己影响的大小来判决；张释之则认为法律是公正的，不该因人而异，有所偏差。

当时的张释之只是一个小小的公车令，官职很低微，却敢于弹劾太子与梁王，这无疑是在太岁头上动土。好在汉文帝是很开明的君主，并没有因此而心怀不快，反而认为张释之的敢作敢为是好样的，对朝廷有利，并下令提升他为中大夫。

对权贵的无情，正是对黎民的有情。张释之对法律的理解，恰好符合《商君书》的主张，因为他严守法律公正，不以权势而动摇。从汉文帝那方面来说，正是他对法律公正的尊重，才能宽容乃至赏识张释之。

法律是皇帝和天下人共同遵守的。法不阿贵，也不曲贵，如果改变律法来重罚他，这律法将不被百姓所信任。廷尉是最好的执法官，应当公平执法，一旦有偏颇，天下使用法律就会随他或轻或重，百姓岂不是会手足无措？

三、趣味故事

李离伏剑

春秋时期，晋国有个掌管刑狱的官员，叫李离。据《史记·循吏列传》记载，有一次他在审理一宗疑难案件时，错误地听取了下级的汇报，把一个不该判死罪的人判了死刑。事情发生后，李离自认为断案有错，枉杀人命，责任重大，罪不可赦，就自己戴上枷锁上朝，向晋文公请求以死偿命。一时间，满朝文武官员议论纷纷，有人在一旁冷眼看笑话，甚至说风凉话；也有人忧心忡忡，心想：李离此去一定是凶多吉少，但同时也对他的举动敬佩不已。

晋文公面对一向秉公办事的李离，内心颇有几分敬意，有心偏袒他，便为他开脱说："官阶有高低，处罚也有轻重，这案子是下面人弄错了，并不是你的罪责啊！"那些为李离担心的人，听闻此言，心中千斤的石头落了地，都欣慰地看着李离，心想：这是多好的机会啊！顺着杆子往下爬，不就没事了吗？

出乎意料的是，李离却长跪于殿前说："我是掌管刑狱的长官，从来没有把权力让给手下的僚属；我受国家的俸禄待遇最丰厚，也从来没有分给下属一分一厘。如今出现错判枉杀案件，我怎么能把责任推给自己的下级呢？"晋文公不解，于是就问："要是说你作为长官就有罪，那么作为国君我也应该有罪吗？"李离回答说："司法者必须守法，用错了什么刑罚就应该受什么刑罚，枉法杀人就应该以命抵偿。您认为我有能力能够察微断疑，才任命我掌管刑狱。我错杀无辜，更应该以命抵罪。"晋文公无言以对，只好颁旨免其一死。但李离拒绝了晋文公的赦令，挺身伏剑而死，以身殉法。司马迁在卷尾评价李离的行为时说，李离错杀人命而自责伏剑，晋文公以此为楷模整肃了国家法治。这就是历史上有名的"李离伏剑"。

李离确实可敬可佩，可能在有些人看来，他还有点"傻"，但实际上他必须这么做。古代法官断案，就是讲"责任制"和"追究制"的——统治阶级为使体现自己意志的法律得以实施，对惩治司法官吏断案中的"枉、纵"行为均有明确规定，李离任职的晋国，就明文规定法官错判者，如同对待诬告者一样，实行"反坐"原则。李离"伏剑而死"，其实正是对自己的误听错判主动承担责任，履行了"失刑则刑，失死则死"的法律规定。李离的时代应该是"刑不上大夫"的时代，但他却以"王子犯法，与庶民同罪"的精神来挑战奴隶主的等级特权制度，这也说明，早在春秋时期，"法律面前人人平等"的思想种子就已经悄然萌芽。这也体现了"公平正义"的司法精神，其做法难能可贵，足以启迪后世，传颂千古。

（故事出自《史记·循吏列传》）

四、古为今用

执法必严，违法必究

善持法者，亲疏如一。《资治通鉴·汉纪》中记载，汉文帝的国舅薄昭杀死了汉文帝的使者，汉文帝既不忍心下令杀死母舅，又不愿别人说自己执法不一。最后他想了一个办法，让薄昭自己认罪、伏罪。他首先安排一些公卿大臣上薄昭家里喝酒，在酒席上劝薄昭自杀；但薄昭不干，大臣们无可奈何地回来了。汉文帝又派他们去薄昭家"吊孝"，大臣们穿上丧服、戴着孝，来到薄昭家，一齐向薄昭号丧。薄昭没有办法，只好自杀了。古代贤君在执法方面，往往都力求公平，以维护廉政。

古人说"公生明，廉生威"，一个崇尚廉洁的政府，能够有效维护和提升自身权威，以此夯实执政根基。群众的不支持、不拥护，可以说是执政面临的最大挑战。长此以往，必生事端。由此可见，塑造一个廉洁、透明的政府，直接关系到人民群众的信任，关系到道路还能走多远。

"心底无私天地宽"，这是前人的自我勉励，也是为人为官的至高境界。推进公正司法建设，的确需要加大对各级官员的教育力度，通过提高认识、净化观念来主动规范自我行为，实现人人公正、官官廉洁。

然而，在思想观念日益多元、多样、多变的今天，将廉政建设完全寄托于个体自觉也是不现实的。这就需要坚实的法规制度保障，要用强制力约束官员行为，用法律法规"掐灭"官员不良观念的火苗，用各项制度严惩"触雷"官员的不法之举。

（来源于 http://bbs. tianya. cn/post－no110－298378－1. shtml）

五、知识链接

中国法官的始祖

皋陶，偃姓，又作咎陶、咎繇，亦作"皋陶""皋繇"或"皋繇"，是我国古代传说中的人物。传说他是我国上古"五帝"之首黄帝的长子少昊（玄嚣）的后裔，东夷部落的首领。皋陶是舜帝和夏朝初期的一位贤臣，传说生于尧帝统治的时候，曾经被舜任命为掌管刑法的"理官"，以正直闻名天下。他还被奉为中国司法鼻祖、上古中华第一任司法部长和首席大法官，后常为狱官或狱神的代称。皋陶的墓冢遗存至今，在今安徽省六安市经济技术开发区皖西大道北侧。

皋陶是中国神话中公正的法官，清脸鸟嘴，铁面无私，生活在原始社会末期和奴隶社会初期，当时在晋南一带的尧、舜、禹等部落与皋陶在山东的东夷部落联盟结成强大的联盟，形成了华夏诸国的核心。皋陶卓有成效地辅佐尧、舜、禹三代君主，是我国先秦史中深远影响的人物。其创刑、造狱、倡导明刑弼教以化万民的思想为我国各个时期制定、完善、充实各项法律制度奠定了坚实的基础。

　　皋陶，与尧、舜、禹同为"上古四圣"，是舜帝执政时期的士师，相当于国家司法长官。皋陶又是上古时期伟大的政治家、思想家、教育家，是史学界和司法界公认为"司法鼻祖"，他的"法治""德治"思想，与今天的"依法治国"和"以德治国"有着历史渊源关系。皋陶文化中的司法活动与法律思想对中国古代法律文化有着重要影响。皋陶还被后人神话为狱神，他辅佐夏禹理政、治水和发展生产，并为融合夷夏和中华民族的形成做出了巨大贡献。禹根据皋陶的品德和功劳而举他为继承人，并授政于他。

第五章　执法公正　廉洁无私

导　读

　　"清廉"是执政者的传统美德，历史上的许多名臣都是廉洁奉公、一身正气、两袖清风的形象。唯有以天下为己任，抛弃私欲，才能真正做到公正与廉洁。

一、经典阅读

　　宋人或①得玉，献诸②子罕③，子罕弗④受。献玉者曰："以示⑤玉人⑥，玉人以为宝也，故敢献之。"子罕曰："我以不贪为宝，尔以玉为宝，若以与我，皆丧宝也，不若人有⑦其宝。"稽首而告曰："小人怀璧，不可以越乡，纳此以请死也。"

　　子罕置诸其里，使玉人为之攻之，富而后使复其所。

——《左传·襄公十五年》

【参考注释】

①或：有人。

②诸，兼词，"之于"。

③子罕：宋国大夫。

④弗：不。

⑤示：给……看。

⑥玉人：雕琢玉器的匠人。

⑦有：保有，拥有。

二、鉴赏指津

这个故事虽然比较简单，但它表达的思想却是多方面的。宋国人向子罕献玉，表现了这位宋国人阿谀权贵、溜须拍马的形象；子罕拒绝贿赂的行为，又彰显了贵族子罕"以不贪为宝"的可贵品质。

子罕的形象和"以不贪为宝"的思想，在今天仍有着十分重要的教育意义。子罕算得上是一个"清官"。说他是"清官"，是因为他是一个贵族，作为一个官，他不贪财、不受贿。在贪污受贿成风的贵族官僚中，子罕公正廉洁，无私如灯，并把不贪的精神看得比宝玉还可贵，这一点是难能可贵的，这种"清官"是应该受到称赞的。

宋人视玉为宝，而子罕则把严以律己、不贪污受贿视作珍宝，这是由于他们的价值观不同。

三、趣味故事

赵广汉廉洁终身

汉宣帝年间发生过一件大事，长安城里数万名百姓以及官员自发聚集在皇家宫殿前，齐齐跪下，他们有的神情肃穆，有的情不自禁地低泣，有的则抑制不住地大哭……这数万人是因为听说了赵广汉即将被腰斩的消息，前来送别赵广汉的。他为什么被腰斩，长安的官民又为何对他的死感到如此悲伤呢？

赵广汉是西汉的一代名臣。他执法不避权贵。《汉书》说："广汉为人强力，天性慧于孝职。"赵广汉任京兆尹期间，为官廉洁清明，威制豪强，深得百姓赞颂。《资治通鉴》所记"京兆政清，吏民称不容口"，就是对赵广汉最好的评价。

中国最早的举报箱，是赵广汉出任颖川太守时发明的。他到任颖州后，发现豪族大姓通婚姻，势力交结庞大；官员也有与地方富豪结为朋党的，社会乌烟瘴气。恶名昭著的原氏、褚氏两大家族更是结为姻亲，蓄养门客，横行乡里，胡作非为。为了打击犯罪，为民除害，赵广汉受存钱罐的启发，令手下人制成形状像瓶子，口很小，可入不可出的器具，并"受吏民投书"。有了这些举报箱，官吏和群众纷纷写信告密。赵广汉根据得到的线索，组织力量打击犯罪，使奸党散落，盗贼不敢发，稳定了社会。赵广汉因此名声大振，升迁为京兆尹。

四、古为今用

两袖清风孔繁森

清朝人张聪贤的为官箴言为"吏不畏吾严，而畏吾廉；民不服吾能，而服吾公；公则民不敢慢，廉则吏不敢欺。公生明，廉生威"。无欲则刚，只有廉洁才能秉公办事，秉公办事才能得到老百姓的拥护。廉洁奉公最主要的收益就是赢得民心。民心不可违，百姓不可欺，不如此，何以代表最广大人民的根本利益？为官之道在于廉洁奉公。新时期共产党员的楷模孔繁森，便是一位一尘不染、两袖清风的好干部。

这位模范干部收留了三个赈灾中认识的孤儿。由于生活拮据，他到血库要求献血。在外人眼里，一个共产党的中高级干部生活如此清贫真的难以想象。1993 年，妻子到西藏探亲，去的路费由自己筹措。由于看病，妻子将返程的路费花光，只好向孔繁森要钱，他东挪西借才勉强凑了 500 元，而回程机票当时是每个人 800 元。妻子不忍心让丈夫为难，就自己找熟人借了一些。

回到济南后，他妻子去看上大学的女儿，女儿一见面就对妈妈说："学校让交学杂费，我写信给爸爸，爸爸让我跟您要。"他妻子一听，眼泪刷刷地流了下来——自己身上剩下的钱，连回家乡聊城的车票钱都不够，哪里还有钱给女儿交学费！孔繁森把工资的相当大一部分用于帮助有困难的群众，平时根本就没有攒下几个钱。他给群众买药，扶贫济困时出手大方，少则百十元，多则上千元。他因车祸牺牲后，人们在他的遗体上找到的现金只有8元6角，在场的每个人都流下了泪水。

"公生明，廉生威"是为殷鉴，也是我们应该从小就努力培养的精神和意识。

五、知识链接

诗词话廉洁，字字系公正

公正廉洁，古已有之。中国古代廉洁公正的官员，不仅在奉公执法方面凸显了自己的公德，也留下了一系列脍炙人口的公廉诗篇。他们淡泊名利，清心直道；关心民瘼，体恤民疾；公正廉洁，励精图治，深受老百姓的拥戴和推崇。他们或在诗篇中表明心迹，或在诗篇中警示自身，传诵千古、流芳百世。

酌贪泉

吴隐之

古人云此水，一歃怀千金。

试使夷齐饮，终当不易心。

吴隐之，字处默，生于东晋后期，曾任中书侍郎等职。在任职途中他遇到了一处山泉，当地人皆说喝了此泉之水就会变得贪婪无比，故名"贪泉"。隐之不信此说，对家人说："如果压根儿没有贪污的欲望，就不会见钱眼开，说什么过了岭南就丧失了廉洁，纯属一派胡言！"说完，他又亲临泉边酌水而饮，饮后写诗《酌贪泉》。

上任后，他廉洁奉公，清简勤苦，始终不渝，所食不过是稻米、蔬菜和干鱼，穿的是粗布衣衫，住处的帐帷摆设均交到库房，有人说他故意摆样子，隐之笑而不语，一如既往。部下送鱼，每每剔去鱼骨，隐之对这种媚上作风非常厌烦，总是呵斥惩罚后将其赶出帐外。经过他惩贪官、禁贿赂，当地官风有所好转。

拒礼诗

况钟

清风两袖朝天去，不带江南一寸棉。

惭愧士民相饯送，马前洒泪注如泉。

况钟是明代廉洁公正的官员。他自幼家境贫寒，做官以后"秉心方直，律己清严，习知理义，处事明敏"。他深得当地知县俞益的赏识，被称赞为干练通敏，廉价无私。况钟在礼部任职十五年，官声很好，得到大学士杨士奇等大臣的器重。

况钟不仅刚正廉洁，而且孜孜爱民。前后各届苏州知府都不能与他相比。在任期间，他先后为人民办了许多好事。贪官污吏动不动对百姓处以酷刑，他则先后酌情减免近一千四百人。同时，他还协同巡抚周忱，悉心筹划，为百姓奏免赋税粮七十余万石。他兴利除弊，不遗余力，锄豪强，扶良善，是明代著名的清官。因此，百姓对他奉之若神。他曾为了表明自己的心迹，写下了这首《拒礼诗》。

题贿金

吴讷

萧萧行李向东还，要过前途最险滩。

若有赃私并土物，任他沉在碧波间。

明代仁宗洪熙初年，吴讷累官南京左副都监察御史，为人清廉，敢拒贿赂。一次他奉命去贵州巡察，巡察完毕返回京都时，贵州地方官员期望他回朝廷后向圣上多言好事，多加包涵，于是派人从府库中取出黄金百两，并沿着吴讷返京的路线辗转数百里，追到三峡入口处的夔门，恭请吴御史无论如何要将百两黄金收下。吴讷看了用红色封包包着的百两金元宝，毫不动心，连封包也不开启，便取笔墨在封包皮面上题写了上面这首诗，连同百两黄金一并请贵州来人退还原主。这一美事被后世代代传诵，还在《寓浦杂记》中有记载，南京、贵州还有后人刻碑记传。

吴讷发毒誓的方式，即"如有赃物携回，过险滩时就会翻船"，不仅表明了自己心志坚定的态度，也使送礼金的人惭愧知退，而且诗人把"土物"也列在贿物之列，值得今日一些自以为收点土特产无可厚非的官员深思。

第六章　铁肩道义　邪不压正

导　读

公生明，偏生暗，端悫生道，诈伪生塞。治民先治吏，是历代王朝共同的政治经验。因为官吏的管理与权力的运用相伴而行，所以官吏既要具备普通社会道德和基本职业道德，如忠于国家、忠于职守、勤于政事、扬清激浊、办事公道、救危助困等，又应在权力运行的过程中养成公正的官德，清正廉洁、诚实无私、遵纪守法。当今的执法与执政者同样需要具备这样的素质，以增加道德修养。

一、经典阅读

强项令董宣

后特征为洛阳令①，时湖阳公主②苍头③白日杀人，因匿主家，吏不能得。及主出行，而以奴骖乘④。宣于夏门亭候之，乃驻车叩马，以刀画地，大言数主之失，叱奴下车，因格杀⑤之。

主即还宫诉帝，帝大怒，召宣，欲箠杀之。宣叩头曰："愿乞一言而死。"帝曰："欲何言？"宣曰："陛下圣德中兴，而纵奴杀良人，将何以理天下乎？臣不须箠，请得自杀。"即以头击楹⑥，流血被面。帝令小黄门⑦持之，使宣叩头谢主。宣不从，强使顿⑧之，宣两手据地，终不肯俯。主曰："文叔为白衣⑨时，藏亡⑩匿死，吏不敢至门。今为天子，威不能行一令乎?"帝笑曰："天子不与白衣同。"因敕强项令⑪出。赐钱三十万，宣悉以班诸吏。由是搏击豪强，莫不震栗。京师号为"卧虎"。歌之曰："枹鼓不鸣董少平。"

在县五年。年七十四，卒于官。诏遣使者临视，唯见布被覆尸，妻子对哭，有大麦数斛、敝车一乘。帝伤之，曰："董宣廉洁，死乃知之!"以宣尝为二千石，赐艾绶，葬以大夫礼。拜子并为郎中，后官至齐相。

(选自《后汉书·酷吏列)传》

【参考注释】

①洛阳令：洛阳的行政长官。
②湖阳公主：东汉光武帝刘秀的姐姐的封号。下文的"主"都是指湖阳公主。
③苍头：仆人，汉代奴仆以青色头巾包头，故称。
④骖乘：陪乘。
⑤格杀：击杀。
⑥楹：柱子。
⑦黄门：太监。
⑧顿：磕头。
⑨白衣：平民。
⑩亡：指因犯罪而逃亡的人。
⑪强项令：倔强的县令。

二、鉴赏指津

起绰号的习俗，不知始于何时。然而长期以来，绰号给人们的日常生活增添了不少趣味。绰号可既概括又形象地突出人物个性，加以渲染、夸张、定型，并赋予生命活力。它犹如漫画，寥寥几笔，即勾画出人物的特征，令人忍俊不禁。

文中的洛阳令董宣，前面冠以绰号"强项令"的三个字是皇帝给的，十分形象地勾画出董宣不畏权势、敢于执法的刚毅性格。如闻其声，如见其人。在我们眼前展现出一幅有趣画面：上头坐着至高无上权威者汉光武帝，紧挨着坐的是帝姐湖阳公主，满面怒气，下面跪着董宣。他的双手撑住地面，旁边两个小黄门按他的头，他则倔强地不肯低头。这是一场情与理、罪与法、正义与邪恶的斗争。董宣在画面上位置最低，但却是真正的胜利者。

湖阳公主倚仗皇族特权，公然包庇杀人犯，说明京城之内类似事件很多。董宣是地方官，其职责是保一方安宁，必须打击这股邪恶势力。湖阳公主是这股恶势力的后台人物，纵奴杀人是最典型的恶迹。董宣抓住这一典型事件，狠刹歪风邪气，可谓抓到点子上了，然而更重要的是要有勇气。董宣不畏强暴，迎难而上，两强相遇，公正者胜。

三、趣味故事

公孙仪不受鱼

汉公孙仪是鲁国的宰相，他严于律己、清正廉洁、为官公正，一直奉行做人德为本，做事民为先，做官法为上。

公孙仪特别喜欢吃鱼，可以说"无鱼不欢"。许多想巴结他的人得知后想：这可是多么难得的走近他的机会啊！

国人纷纷投其所好，争相献鱼给他。一时间，公孙仪家门庭若市。

可令大家没想到的是，面对自己心仪的美味，公孙仪却采取了一并回绝的态度。他的弟子在旁边看不下去了，劝他说："您喜欢吃鱼却不接受别人的鱼，这是为什么？"他回答："我正因为爱吃鱼，所以才不接受。如果我接受了他们献给我的鱼，我就必定要迁就他们。正所谓'拿人家的手短，吃人家的嘴软'，迁就他们，就必定会歪曲法律，歪曲法律，就会导致犯罪，官也会丢掉，想自己买鱼吃都不行了。如果不收别人给的鱼，就不会被罢免宰相。这样我也就能够长期自己供给自己鱼。"

还有一次，他回到家见妻子在织帛，愤怒地把她赶出家门。他在家里吃葵，就把菜园里种的葵全部拔掉，并说："我已经有国家的俸禄了，应该把赚钱的机会留给老百姓，怎么能和老百姓争织帛种葵之利呢?"

公孙仪为相期间，能够做到依法办事，杜绝肆意妄为的违法行为。他下令吃国家俸禄的官吏不许跟百姓争夺利益。

所以公孙仪任职期间，政治清明，统治稳固，也深得民心。他的才能和品格为后人称道，有关他的许多小故事被人们津津乐道，成为后世传颂的佳话。

（故事出自《初潭集·廉勤相》）

四、古为今用

信访参政

"上访"是一种历史悠久的民意表述方式。古史记载，尧舜时，朝前树立旌幡，民众对政务有所建言，都可来旌下陈述。此外，各交通要道都竖立"谤木"，让大家在上面书写情况反映或对施政者的批评。"谤"就是指责过失。到了国家制度已臻完备的西周，谤木古制依旧，又添了肺石：在朝门外挂一块形状如肺的石头，凡"穷民""孤独老幼"等弱势者有所申诉的，都可以到肺石下投诉。悬石如肺，是因为肺乃支配发声的器官，声音发出来，才能传达民众的呼吁。他们用贫乏的物质，充实着自己的生命，犹如春蚕，用自然的绿叶，抽取出灵魂的火种，照亮人类公正的路。

"知屋漏者在宇下，知政失者在草野"，听取上访不仅可以使朝廷直接获取真实的社情民意，还可以借此加强对地方的控制，提升中央集权，所以历朝各代多重视民众上访。比如，唐代除了设置匦使院专门受理信访外，还有尚书省可接待民众赴京陈告，《唐会要》中还载有唐肃宗时的宰相戴至德亲自接待上访、当面听取老妪陈词的故事。假使有关部门不受理陈告或拖延不办，民众还可以到御史台投诉。

现代科技日益进步，中国百姓上访也越来越方便。上访，或信访，是中华人民共和国特有的政治表达形式，意指向上级政府反映意见，或对官方的不足之处、冤情、民意等提出要求。

信访制度是中国国情的具体体现之一，人民群众通过信访渠道来反映自己的要求和意见是法律所赋予的权利之一，也是社会主义民主的具体体现和人民意志的表达。同时，信访制度还体现了中国特色社会主义制度下的民主，尤其是在目前国家法律体系不健全的情况下，国家更应该注重人民通过信访来表达自己的意见，因为这也是普通老百姓参与政治的一种方式。

五、知识链接

击鼓鸣冤

击鼓鸣冤中的鸣冤鼓是古代衙门中的设施，又叫喊冤鼓，供老百姓鸣冤报官之用。

传说汉高祖刘邦登基不久，他的一个侄儿依仗皇威，胡作非为，欺压百姓。一天，他的侄儿在街上碰见了美貌的少女苏小娥，就上前调戏。一个男子见状，仗义救助弱女。皇侄大为恼怒，指使家奴大打出手。打斗中，一打手举剑刺向男子，不料失手，宝剑刺向皇侄，并致他当场丧命。打手们诬陷男子刺死皇侄，将他关进了监牢。

苏小娥和妹妹各持一面小鼓和小锣，边走边敲来到皇宫，一边击鼓敲锣，一边高喊"冤枉"。鼓声和喊声惊动了皇帝刘邦。刘邦垂问："有什么冤情，向朕道来。"于是苏小娥讲述了皇侄胡作非为的许多情况，并说明了打手陷害救助自己的男子的实情。刘邦立即提审男子和打手，并最终处死了打手，释放了男子。

鉴于此，刘邦传旨，令各级衙门必须在衙门口设一鼓一钟，方便百姓喊冤鸣屈，并规定钟鼓一响，官必上堂问案，以显示他的爱民德政。从此，击鼓鸣冤的制度就流传了下来。

据史料记载，我国在先秦时就设有专供黎民向国君申冤与谏言的路鼓。后封建帝王为了听取官民谏议之言或冤抑之情，特别在皇宫大门外设登闻鼓，并规定若有认为审判不公的，可以击登闻鼓诉冤。我国古代典籍对登闻鼓的记载最早见于西晋《晋书·武帝纪》，曰："西平人曲路，伐登闻鼓"。《晋书·范坚传》也载：永嘉年间，殿中帐吏邵广因盗宫幔三张被处以死刑。他的两个儿子认为判决太重，于是"黄幡挝登闻鼓乞恩"。上述事例说明，西晋建立之初，司马炎便令人设置了登闻鼓，其主要用途是官民击之诉冤。

第七章　任人唯贤　至公无狭

导　读

　　人才是国家发展的重要驱动力，而对于人才的选拔则要体现公平与公正，这样才能实现人尽其才，才尽其能。《尚书·咸有一德》中记载"任官惟贤才，左右惟其人"，即任人唯贤、唯才是举；人尽其才、量职录用，用其所长、避其所短，信任为本、明责授权。直到现在，这也应该是我们举荐官员的根本标准。举荐官员者公正无私才能发掘真正的人才，创造良好的社会环境，形成人才发展的良性循环，推动社会进步。

一、经典阅读

　　晋平公问于祁黄羊①曰："南阳无令②，其③谁可而④为之?"祁黄羊对曰："解狐可。"平公问："解狐非子之仇耶?"对曰："君问可，非问臣之仇也。"平公曰："善。"遂用之。国人称善焉。居有间⑤，平公又问祁黄羊曰："国无尉⑥，其谁而为之⑦?"对曰："午可。"平公曰："善。"又遂用之。国人称善焉。孔子闻之，曰："善哉，祁黄羊之论也! 外举⑧不避仇，内举不避子，祁黄羊可谓公矣。"

【参考注释】

①祁黄羊：名奚，字黄羊，晋国大夫。于：向。

②令：县官。

③其：语气词，无义。

④而：同"以"。

⑤居有间：过了些时日。

⑥尉：军事长官。

⑦其谁可而为之：哪一个是担任这官职的合适人选呢？可，合适；其，语气词，无义。

⑧外举：推荐外面的人。"外举"二句：对外人，不因为和他有仇而避不举荐；对自己，不因为他是自己的亲戚而避不推荐。

二、鉴赏指津

晋国大夫祁黄羊一心为百姓着想，不记个人得失，做人正直，不徇私情，不怕别人说他什么，这样的人永远值得我们尊敬和学习。

举贤与能，对外不避仇人，对内不避亲人，的确称得上公正，而之所以能达到这种至公至正的境界，是因为他内心的大公无私，在于他永远以家国之业为己任，以群体之利益为追求，以国治民安为旨归，在此前提之下，个人之恩怨是非，皆不足道也。

由祁黄羊平静而坚定的回答，我们可以感受到大公无私之心带来的精神愉悦。大公无私令人无比坦荡，无比自由。当一个人摆脱了个人的利欲，人生空间也会变得无比宽广。

三、趣味故事

管鲍之交

"管鲍",指的是中国春秋时期的政治家管仲和鲍叔牙。春秋时,齐人管仲和鲍叔牙相知最深。管鲍之交这个成语,起源于管仲和鲍叔牙之间友谊深厚的故事,最初见于《列子·力命》:"生我者也,知我者鲍叔也"。管仲比较穷,而鲍叔牙富有。他俩早年合伙做生意,管仲只出很少的本钱,分红的时候却拿很多钱。鲍叔牙毫不计较,他知道管仲的家庭负担大,反而问管仲:"这些钱够不够?"

有好几次,管仲帮鲍叔牙出主意办事,反而把事情办砸了,管仲很是愧疚,鲍叔牙也不生气,还安慰管仲说:"事情办不成,不是因为你的主意不好,而是因为时机不好,你别介意。"管仲曾经做了三次官,但是每次都被罢免,鲍叔牙认为不是管仲没有才能,而是因为管仲没有碰到赏识他的人。管仲参军作战,临阵却逃跑了,鲍叔牙也没有嘲笑管仲怕死,他知道管仲是因为牵挂家里年老的母亲。面对如此信任自己的朋友,管仲由衷地感激:"生我的是父母,了解我的是鲍叔牙啊!"鲍叔牙推荐了管仲以后,情愿把自身置于管仲之下。天下的人不称赞管仲的才干,反而赞美鲍叔能够识别人才。管仲和鲍叔牙之间的深厚友情,已成为中国代代流传的佳话。所以后来,人们常用"管鲍之交"来形容自己与好朋友之间彼此信任的关系。

鲍叔牙能任人唯贤,不仅真诚对待自己的朋友,而且能够从国家集体的角度考量事情的重要性,这不仅体现了他大公无私,而且彰显了他光辉的人格魅力。

四、古为今用

新时代选人用人新理念

"为政之要，莫先于用人。"选人用人问题是党和人民事业成败的关键问题。党的十八大以来，以习近平同志为总书记的党中央面对新形势新任务，为实现"两个一百年"奋斗目标和中华民族的伟大复兴，提出了一系列选人用人的新理念。党的十九大报告指出，要坚持党管干部原则，坚持德才兼备、以德为先，坚持五湖四海、任人唯贤，坚持事业为上、公道正派，把好干部标准落到实处。

一、坚持德才兼备以德为先

"惟贤惟德，能服于人。"坚持德才兼备、以德为先，是我们党选人用人的根本标准，目的是要把政治上靠得住、工作上有本事、作风上过得硬、人民群众信得过的干部选拔到各级领导岗位上来。德，主要体现在理想信念、党性修养、道德品质、思想作风等方面；才，就是干事业的才能。坚持德才兼备、以德为先，凝练而科学地概括了党的干部应当具备的基本条件，既要求德与才缺一不可，又突出德的主导作用，强调选人用人要坚持以德为前提、以德为基础、以德为先决条件。

二、坚持五湖四海任人唯贤

"山不厌高，海不厌深；周公吐哺，天下归心。"坚持五湖四海、任人唯贤是我们党选人用人的一个重要原则，是党的先进性的本质要求。在选人用人上，是坚持五湖四海、任人唯贤，还是任人唯亲，拉山头，搞小圈子、小团体，是区分马克思主义政党与非马克思主义政党的重要标准。中国共产党除了人民利益，没有自己的特殊利益。党的性质和宗旨，决定了我们党在选人用人上能够做到五湖四海、任人唯贤，用崇高的事业感召人才、培养人才、造就人才，为一切忠于人民、扎根人民、奉献人民的人提供施展才华的宽广舞台。

三、坚持事业为上公道正派

"天行健，君子以自强不息；地势坤，君子以厚德载物。"坚持事业为上、公道正派是党对组织工作的根本要求，是坚持正确用人导向的源头保证。所谓事业为上，就是要从党的事业出发选拔干部，选用那些真正有事业心、能干事创业的干部，像习近平总书记所说的，"坚持党的原则第一、党的事业第一、人民利益第一，敢于旗帜鲜明，敢于较真碰硬，对工作任劳任怨、尽心竭力、善始善终、善作善成。"所谓公道正派，就是选人用人要讲党性、讲原则，不讲关系，不徇私情。毛泽东同志说过："在干部政策上要坚持正派的公道的作风，反对不正派的不公道的作风，借此巩固党的统一团结。"组织部门改进作风，最核心的是坚持公道正派。实践告诉我们，一个地方、一个单位，组织人事部门公道正派用人，投机钻营者就无机可乘，搞歪门邪道的人就难有市场，否则，各种用人上的不正之风就会泛起和蔓延。

坚持事业为上、公道正派，要严格、准确、全面地把握中央提出的选人用人标准，坚决防止选人用人的片面化。组织工作是为党和人民的事业选人，必须始终坚持"德才兼备、以德为先"，坚持"五湖四海、任人唯贤"，坚持"信念坚定、为民服务、勤政务实、敢于担当、清正廉洁"的好干部标准，做到全面准确把握，努力为党的事业负责。

"尚贤者，政之本也。"治国之要，首在用人。习近平指出："用一贤人则群贤毕至，见贤思齐就蔚然成风。选什么人就是风向标，就有什么样的干部作风，乃至就有什么样的党风。"我们要坚持正确的选人用人原则，真正把优秀人才聚集到党和人民的事业中来。

（摘自《学习中国》，2016 年 8 月 19 日）

五、知识链接

曹操"唯才是举"

三国时期，曹操讲求"唯才是举"，哪怕"负污辱之名，见笑之行，或不仁不孝而有治国用兵之术"的人才，也"其各举所知，勿有所遗"地网罗，即使在当今社会，有如此识见和气度的领导也不多见。可以设想，当时，在许都，是一个多么人才济济的兴旺局面。就以文学来说，我们所讲的建安时期文学的繁荣景象，大部分作家也都在曹氏父子周围。至于那些政治上、军事上的谋士，则更是曹营中的骨干力量。

汉代以来的人才录用主要是"举孝廉"，这个衡量标准弹性很大，最后的结果就是"举孝廉，父别居；举秀才，不识书"。于是进入东汉末期及三国之后，曹操针对特定的历史时期发出《求贤令》，提出"唯才是举，以备录用"的人才选拔口号，其意图就是为了网罗天下人才。

魏汉末，社会中的世家大族（魏晋时称为士族）影响很大，名士多出于这个阶层，或者在政治上站在这个阶层一边。曹操由于其宦官家族的身世，一般来说不会为名士所尊重，也不具备战胜出身世家大族的割据者的政治优势。曹操杀戮讥议自己的名士边让，引起兖州士大夫的激烈反抗，其势力几乎覆没。东汉世家大族的代表人物袁绍，实力和影响远胜曹操，在讨曹檄文中曾辱骂曹操是"赘阉遗丑"。官渡之战时，曹操的文武官员多与袁绍通谋。曹操不得不度外用人，发布"唯才是举"的教令，选拔任用那些不齿于名教但有治国用兵之术的人。但曹操选官的真正准则并不是"唯才是举"，而是"治平尚德行，有事赏功能"。曹操不但不曾否定世家大族所强调的德行标准，而且很重视对名士的争取。在其帷幄中有许多名士。官渡之战前，徐州混乱，曹操曾派出名士陈群、何夔等人出宰诸县，以图稳定局势。曹操得邺城后，立即辟用绍原来辖区内的名士；破荆州，也尽力搜罗本地的和北方逃来的士人。在不拘一格选拔人才上，曹操为后世师表。

第八章　身正令从　公正在心

　　法律与制度上的公正是社会公正的保障，整个环境的公正是社会公正的重要条件，但公正理念的确立与追求，归根结底源自人的内心。古人讲求身正与心正。子曰："其身正，不令而行；其身不正，虽令不从。"曾子强调：欲修其身，先正其心。心不正则行为必然偏狭。心正，才能严格要求自己，才能自觉律己。自我完善而成为君子，这是任何人都应追求的。"求木之长者，必固其根本。"推而广之，处理事情，也要遵循公正、实事求是的原则，习近平在《中共十八届四中全会第二次全体会议上的讲话》中指出："治理一个国家、一个社会，关键是要立规矩、讲规矩、守规矩"。由此可见，公正规范的准则在国家的治理和个人的修为上有着重要的作用。

一、经典阅读

　　欧阳公修《唐书》，最后至局①，专任纪志而已，列传则宋尚书祁所修。朝廷以一书出两手，体不能一，遂命公看详列传，全删革一体.公虽受命，退而叹曰："宋公子于我为前辈，且人所见多不同，岂可悉如己意。"于是一无所易，及书成奏御，御史曰："旧例修书，只列局内官高者一人姓名，公官高宜书。"公曰："宋公于列传亦功深者，为日且久，岂可掩而夺其功乎？"于是纪志书公姓名，列传书宋姓名。宋公闻而喜曰："自古文人不相让而好相陵[2]，此事前所未闻也。"

（选自周勋初主编《宋人轶事汇编》，上海古籍出版社 2014 年版）

【参考注释】

①最后至局：最后在开局纂修。
②陵：同"凌"，凌驾。

二、鉴赏指津

　　欧阳修修篆唐书，最后到了要完成的时候，专注于《纪》和《志》的修篆。《列传》则是由宋尚书祁修篆，朝廷认为一本书如果由两个人来编篆，体格上不能统一，所以令欧阳公详细地查看《列传》这一部分，并且要删改成一体。欧阳公虽然领命，回家却叹息："宋公对我来说是前辈，并且每个人的观点大多有不同的地方，不可能都和自己的意思相同。"于是他一点也没有改。书写好后，他将书送给皇帝看时，御史说："修书的老惯例，只能写修书人中官职最高的人的名字，你的官位高，就写上你的名字吧。"欧阳修说："宋公在《列传》这本书上也有很大的功劳，并且在这上面花费了大量的时间，难道能够掩盖他的功劳吗？"于是他在《纪》和《传》上面写了欧阳修的名字，在《列传》上面写了宋公的名字。宋公听到这件事情，高兴地说："自古文人之间互不相让，并且喜欢相互攻击，这种事情听都没听说过。"

　　欧阳修和宋祁共同编撰《新唐书》，按照史书署名的旧例，署名只署其中职位较高的，当时欧阳修是枢密副史、参政知事，而宋祁是翰林学士，当然应该署欧阳修的名。但欧阳修不愿这样，尽管他与宋祁性情差异很大，文风不合，但是他深知宋祁在修《新唐书》的过程中花费的心血也非常多，怎么能凭借自己的高位，贪他人之功呢？于是，他便向皇上奏明，主张同署二人之名。而《新唐书》也成了二十四史中唯一双署名的著作。尊重事实，持有一颗纯洁

169

公正的赤子之心，既是欧阳修让世人景仰的原因，也是他高尚人格的体现。能够挡住名利的诱惑，能不以要职获取利益，关键时刻不居功、不抢功，这该是多么难得的境界呀！

三、趣味故事

岳飞治军公正

有人问岳飞："天下什么时候可以称为太平?"岳飞回答："当文官不爱钱财专心为民谋利，武官不惧牺牲奋勇为国效力的时候，天下就太平了。"

岳飞严整军纪，士兵只要夺取老百姓的一根麻绳绑草料，就立刻斩首示众。士兵夜里宿营，老百姓开门表示愿意接纳，可是没有敢擅入的。岳家号称："宁可冻死也不拆老百姓的屋子烧火取暖，宁可饿死也不抢老百姓的粮食充饥。"岳飞爱兵如子，深得士兵及家属的敬重，朝廷有赏赐犒劳，都分给手下官兵，一丝一毫也不占有。岳飞善于以少击众，凡是有所行动，就召集手下军官，商议确定然后作战，所以兵锋所向都能取胜，突然遇到敌军袭击也毫不慌乱。敌人评论岳家军说："动摇山容易，动摇岳家军难。"张俊问岳飞用兵的方法，岳飞回答："仁义、信用、智慧、勇敢、严厉，缺一不可。"每次调运军粮，岳飞一定皱起眉头忧虑地说："东南地区的民力快用尽了啊!"岳飞尊重贤能，礼遇士人，平时唱唱雅诗，玩玩投壶游戏，谦逊谨慎得像个读书人。岳飞每次辞谢立功后朝廷给他加官时，一定会说："这是将士们贡献的力量，我岳飞又有什么功劳呢?"

岳飞赏罚公正，号令严明，严肃纪律，与士兵同甘共苦。除了自己俭朴淡泊、刻苦励志外，岳飞对子女的教育也很严格，要求他们每天做完功课后，必须下地劳作，除非节日，不得饮酒。宋时有"任子恩例"，官员品级越高，子女可享受的官阶越高，次数越多。岳飞勉励儿子们"自立勋劳"，仅用了一次"恩例"，还是为张所之子张宗本而用。而岳云屡立殊勋，岳飞却多次隐瞒不报。为此张浚说："岳侯避宠荣一至此，廉则廉也，然未得为公也!"岳飞答道："父之教子，怎可责以近功？"又说："正己而后可以正物，自治而后可以治人，若使臣男受无功之赏，则是臣已不能正己而自治，何以率人乎？"

历史被悲壮打磨得锃亮，辉煌了岳飞的一生。他不与秦桧同流合污，驰骋"八千里路云和月"，然而无奈于十二道金牌的催逼，最终被害于风波亭。面对恶势力的威逼，他选择了国家，这是心灵的选择，虽然要付出代价，然而他无悔，他用自己的生命谱写了一曲高昂的旋律，射在历史的回音壁上，筝音四射。

"先正己，后正物；自治而后治人。"岳飞无论是治军还是治家，都堪称公正严明。他虽没有军事论著传于世，但依然称得上是中国古代治军的楷模。他的为人与家庭教育，也给后人留下了一笔宝贵的精神财富！"

（节选自《续资治通鉴·宋纪》）

四、古为今用

瞿秋白的实事求是

瞿秋白，江苏常州人，中国共产党早期领导人之一，无产阶级革命家。

他29岁就当选中共中央政治局负责人，文章写得漂亮，讲话极有鼓动性，不用讲稿，一讲就是两三个小时。他身上有着一股正气，面对自己的缺点，从不掩饰。

他常常和鲁迅一起谈论国家大事，讨论写文章。鲁迅常赞其文章写得好，要向他学习，而瞿秋白则认为自己有很多不足之处，这让鲁迅极为赞赏。

他诚实地评价自己："搞农民运动，我不如湖南的毛泽东、广东的彭湃；搞工人运动，我不如广东的邓中夏；搞军事运动，我不如湖南的贺龙、广东的叶挺。他们才是专家，我不过是一介书生罢了。"

他的同学知道后对他说："你现在是共产党的负责人，谦虚也这么过分，以后谁听你指挥呢！"

他说："你知道共产党最讲的是什么吗？就是实事求是。我在这些方面确实不如他们呀。如果说自己是一个完人，大家反而不信任我了。"

"人贵在有自知之明。"如此低调地评价自己，尊重事实，不说假话，敢于在别人面前解剖自己，是多么难得的品质啊。而唯有如此，方可进步。能够正确地认识自己，敢于承认自己的不足，才能维持好自己内心的秩序，这就是一种高贵。

五、知识链接

正己修身参古训

"瓜田不纳履，李下不整冠。"这句古训出自三国曹植《君子行》："君子防未然，不处嫌疑间，瓜田不纳履，李下不整冠。"经过瓜田，不要弯下身来提鞋，免得人家怀疑你摘瓜；走过李树下面，不要举起手来整理帽子，免得人家怀疑你摘李子。"瓜田李下"告诉我们：一要懂得避嫌，二要注重小节。

"治官事则不营私家，在公家则不言利。"这句话出自汉刘向《说苑·至公》。当官，给公家办事，就不能以权谋私，不能结党营私，不能考虑个人或自己家庭的利益。"举事以为公者，众人助之；举事以为私者，众人去之"，讲的也是这个道理。

"天知、神知、我知、子知，何谓无知！"这句话出自汉代杨震，说的是昌邑令王密，本是由杨震在荆州刺史任内举出来的孝廉。当杨震做东莱太守的时候，王密为了感谢他的举荐之恩，便在深夜偷偷地拿了10斤黄金送给他。杨震不肯接受，并责备王密说："故人知君，君不知故人，何也？"他的意思是说我知道你，所以我才举你为孝廉；你却不知道我是个清廉的官员。这是为什么？可是王密却说："三更半夜，不会有人知道的，请收下吧！"杨震很严肃地说："你这是什么话，天知，神知，我知，子知！你怎么可以说，没有人知道的呢？"王密听了，便非常羞惭地谢罪走了。这个典故告诉我们，要戒除侥幸心理。蚁穴失察必崩大坝，小贿不拒定成大贪。

"为官之法，惟有三事：曰清、曰慎、曰勤。"这句话出自南宋吕本中《官箴》。"知此三者，可以保禄位，可以远耻辱，可以得上之知，可以得下之援。"清，指的是清廉，公正廉洁，两袖清风；慎，指的是慎重，周密考虑，谨言慎行；勤，指的是勤勉，勤奋好学，刻苦上进。纪检监察干部"为官"，不仅要做到清、慎、廉，而且其境界还应该更高，即现在所说的"立党为公、执政为民"。正己，是一种修炼。身正才能影不斜，身正才能正气兴。

第八篇

法　治

主　题　简　述

"法治"是社会主义核心价值观的社会层面的价值取向要求，与"自由""平等""公平"处于同一层面，共同构成对美好社会的生动描述。

法治思想，在中国古已有之，最早可追溯到夏商时期的理官。春秋战国时期，即形成了以管仲、韩非子、李悝、商鞅等为代表的法家学派。法家以法治为核心思想，提倡富国强兵、以法治国，强调"不别亲疏，不殊贵贱，一断于法"。如管子有言："凡民莫不恶罚畏罪，是以人君严教以示之，明刑罚以致之。"韩非子说："矫上之失，诘家下之邪，治乱决缪……莫如法；属官威民，退淫殆，止诈伪，莫如刑。"秦汉以下各朝各代，虽然治国策略各有差异，但都没有忽视法治，都把法治作为治国的车轮之一。但中国古代法治思想，更多地局限于刑罚。

法治，即依法治国，是治国理政的基本方式。我国宪法第五条规定，"中华人民共和国实行依法治国，建设社会主义法治国家。"党的十八届四中全会通过的《中共中央关于全面推进依法治国若干重大问题的决定》指出，"依法治国，是坚持和发展中国特色社会主义的本质要求和重要保障，是实现国家治理体系和治理能力现代化的必然要求。"可见，党和国家非常重视依法治国，建设社会主义法治国家已经成为我国现代化建设中的重要目标之一。

法治，是当今世界各国共同追求的价值。中国的法治思想有着几千年的发展过程，西方法治思想也经历了很长的历程。古希腊的思想家毕达库斯最早提出"人治不如法治"的主张。柏拉图在其名著《法律篇》中描述了一种新的国家统治形式，即"法治国"，在这样的国家里，政府信奉"法律至上"，统治者和臣民都服从法律。亚里士多德在其名著《政治学》中明确指出，"法治优于人治"，并且指明了"法治"一词的基本要素："法治应包含两重意义：已成立的法律获得普遍的服从，而大家所服从的法律又应该本身就是制定得良好的法律。"古罗马人一方面通过依法治国的实践来体现法治精神，另一方面也有不少思想家论述过法治思想。例如，西塞罗指出，法律能够保证正义，法律是正义与非正义事物之间的界限，但是，并非所有法律都是正义的，有些法律是非正义的法律，而非正义的法律不配称为法律。在近代欧洲，也有不少思想家继续阐述法治的含义和重要性。英国的洛克指出，法治的侧重点在于个人自由权利，而不在于权威或安全，政府和民众都要积极执行和遵守法律。英国的戴雪主张"法律主治"。法国的孟德斯鸠也对"法治主义"进行过深入的论述。而卢梭则提出"法治共和国"的概念，并归纳了它具有的四个基本要素：自由、平等、人民主权、合法政府及法律至上。

西方思想家在阐述法治主张时，一般是通过对"法治"和"人治"进行比较来揭示法治内涵的，其核心点主要有以下四个：

第一，法治坚持法律至上，政府和民众都要服从法律；人治坚持权力至上，以统治者尤其是最高统治者的意见为基准，最高统治者可以不受法律限制，而且可以随意修改废立法律。

第二，法治坚持"法律面前人人平等"，而人治则区分社会等级并区别性地适用法律。

第三，法治要求法律必须是正义的，法律必须是良法、善法，而不能是恶法，"恶法非法"；而人治不追求法律的正义性，"恶法亦法"。

第四，法治体现为国家的各项具体制度，这些制度要以法治为准绳，限制权力，保障自由、民主和权利；而人治社会的各项具体制度以方便统治者的统治为出发点。

如果一个国家实行法治，坚持依法治国，这就是一个法治国家。如果一个社会，从政府到民众都信仰法治，人人都坚持按照法治原则办事，这就是一个法治社会。相对来讲，建设法治社会比建设法治国家更重要，因为只有一个社会具备浓厚的法治氛围，才有可能真正实现建设法治国家的目标。正因为如此，"法治"一词被放于我国社会主义核心价值观的社会价值取向之中。

我们要准确地理解法治，应当弄清楚它与"法制"的不同。"法制"表明一个国家的法律制度建设达到较高的水准，基本做到了"有法可依，有法必依，执法必严，违法必究"。但是，这样的水准并不一定符合"法治"的标准，因为，在"法制"条件下，可能仍然存在非正义的法律，可能没有坚持法律至上，而是信奉权力至上。同时，我们也有必要弄清楚"依法治国"与"以法治国"的不同。"以法治国"是使用法律这个工具来治理国家，或者说仅仅把法律当成一种工具，而不看重法律的正义性，也不看重法律应当追求的正义、公平、民主、自由等崇高价值。

我国漫长的封建社会基本上实行人治，而非法治，无论是在实践中，还是在思想层面，都没有提出和使用"法治"这个概念。但是，这并不代表我国古代不存在法治思想，相反，有不少思想家就提出过体现法治精神和原则的主张和观点，这是中华法律文化宝库中的重要内容之一，也是我国当今推行依法治国的重要文化基础。可以说，我国提出建设社会主义法治国家的目标，既借鉴了西方国家的法治思想和实践经验，也吸收了我国传统法律文化中的有益成分。

我国当代的法治，虽与西方国家的法治有共同点，但绝不是照抄西方国家的理论和实践，而是有自己的特色。我们的目标是建设社会主义法治国家，构建社会主义法治社会。习近平总书记指出，全面依法治国，必须走对路，这条路，就是中国特色社会主义法治道路。"全面依法治国，必须从我国实际出发，同推进国家治理体系和治理能力现代化相适应，突出中国特色、实践特色、时代特色，既不能罔顾国情、超越阶段，也不能因循守旧、墨守成规。坚持从我国实际出发，不等于关起门来搞法治。要学习借鉴世界上优秀的法治文明成果，但必须坚持以我为主、为我所用，认真鉴别、合理吸收，不能搞'全盘西化'，不能搞'全面移植'，不能照搬照抄。"社会主义法治的核心点主要包括：必须坚持中国共产党的领导；必须坚持人民主体地位；必须坚持法律面前人人平等；必须坚持依法治国和以德治国相结合；必须坚持从中国实际出发。

法治是治国理政的基本方式，依法治国是社会主义民主政治的基本要求。它通过法制建设来维护和保障公民的根本利益，是实现自由平等、公平正义的制度保证。我们要自觉接受法治教育，树立法治观念，养成自觉守法、遇事找法、解决问题靠法的思维习惯和行为方式，促进自身健康成长、全面发展。

穿越时空的价值印记

第一章　依法治国　国泰民安

导　读

　　法治，即依法治国。在我国，法治被党和国家确定为治国基本方略，表明其在国家治理中具有特殊的重要性。相比于人治，法治具有显著的正能量，对于一个国家十分重要，法治可以实现国家的长治久安，可以保证社会的公平正义，可以增进人民的幸福安康。

一、经典阅读

1. 故治国无其法则乱。

（《慎子·逸文》，华东师大出版社 2010 年版）

2. 治国使众莫如法，禁淫止暴莫如刑。威不两措，政不二门，以法治国。

（《管子·明法解》，中信出版社 2014 年版）

3. 故有明主、忠臣产于今世。而能领其国者，不可须臾忘于法。破胜党任，节去言谈，任法而治矣……臣故曰：法任而国治。

（《商君书·慎法》，中华书局 2011 年版）

4. 明法者强，慢法者弱。

（《韩非子·饰邪》，山西古籍出版社 2003 年版）

5. 法，国之权衡也，时之准绳也，权衡所以定轻重，准绳所以正曲直。

（吴兢：《贞观政要·公平》，中国商业出版社 2010 年版）

6. 夫专制国，则治乱续于贤愚者也。而立宪国，则遭贤与遭愚均者也。必遭贤与遭愚均，然后可以厝国于不敝。若此者非法治无以得之。"

（梁启超：《先秦政治思想史》，东方出版社 2012 年版）

二、鉴赏指津

1. 慎子（慎到）是早期法家的代表人物。这句话从反面揭示了法律对于治理国家的重要性。确实，如果治理国家不依靠法律，而是依靠最高统治者的个人指示，必然导致混乱。因为最高统治者是人，考虑问题不可能面面俱到，在不同的环境会有不同的判断，而且最高统治者总会更替，不同的人对同样的事情也会有不同的看法和判断。通过最高统治者发布指示来治理国家，必然造成国家无所依归、民众无所适从，就会造成社会混乱。

2. 管子（管仲）这句话明确提出法律是治理国家和统治臣民的最好手段，是制止恶性的最好武器。这就从正面肯定了法律的独特功能，肯定了法律在治理国家和社会中的优越地位。同时，管仲也提出，一个国家应该统一政权的行使，统一法令的制定。这也隐含着对依靠法律治理国家的高度认可。因为，如果实行人治，政权和政令就不可能统一，而是会出现政出多门的现象。所以，管仲明确主张必须依靠法律来治理国家。

3. 商鞅的这句话从另一个较为具体的角度肯定了法律的作用，即通过法律可以禁止结党营私行为，杜绝虚妄言谈等恶习。同时，商鞅也指出，即使是明主忠臣统治他们的国家，也不能片刻忘掉法律。这既凸显了法律的重要性，又凸显了依靠法律治理国家的重要性，从而否定了人治。

4. 韩非子是法家的标杆性代表人物，他极力宣传法律的重要性，宣扬通过法律治理国家的重要性。韩非子的这句话从建立强大国家的高度来论述法律的重要性，指明重视法律的国家才会变得强大，不重视法律的国家就会变得衰弱，这对当时各国的统治者具有很强的说服力。

5. 商鞅曾经提出过"法者，国之权衡也"的论断。唐朝的史官吴兢总结历史，进一步阐述了类似的思想，而且有所发展。吴兢的这句话表面上看是用了比喻的手法，实际上客观地揭示了法律在治理国家和社会中的独特作用。因为法律代表社会的正义，且又体现公平，所以是社会的称和绳。秤和绳都是用来作标准的，用它们来比喻法治，非常形象地说明了法律是规范人们行动的准则。

6. 梁启超是清末民初的著名思想家，已经有条件接触到西方现代法治理论，而西方现代法治理论的核心是反对专制和人治，肯定法治。法治优于人治的表现之一就是：在法治条件下国家的治理不依赖于所谓的贤主明君，而是依赖于完善的法律。贤主明君是不可靠的，一是因为贤主明君出现的概率很低，二是因为即使贤主明君也有其局限性，其个人偏好和情绪会决定国家决策，从而造成决策的失误。一个国家要做到稳定，就不能依靠贤主明君，而是要依靠好的法律制度。依法治国是众人决策，因此更为可靠。

三、趣味故事

1. 梁武帝乱法失国

梁武帝萧衍(464—549)原为南北朝时期齐朝的雍州刺史，镇守襄阳。于公元 501 年起兵反齐，不久建立梁朝。他一共做了 48 年皇帝。

萧衍出身世家贵族，博学多才，好为筹略。他在做皇帝的前期，有清醒的政治头脑，用人得当，而且在政治、经济、文化等诸方面采取了一些积极措施，取得了较好的效果，使南北朝出现了一段少见的社会稳定、经济发展、民生富足的时期。

梁武帝的个人品行较为正面。他孝顺、慈爱、谦恭、节俭、学问渊博、会写文章；对于阴阳玄学、卜卦、骑马、射箭、音乐、书法、围棋等，都有很深的造诣。他勤于公务，在严寒的冬季，凌晨三四点就起床处理事务，拿笔的手因寒冷而被冻裂。他生活节俭，每天一餐，只吃蔬菜粗饭，穿的是布质衣服，一顶帽子戴了三年，一条被子盖了两年。贵妃以下，长裙都不能拖到地面。他天性不爱饮酒，也不好丝竹之声，以清规戒律自我约束，不好声色犬马。

然而，梁武帝在其统治的后半段，出现了种种失误，最突出的有两点：一是信仰佛教，多次舍身事佛，使得社会也跟着大兴佛教，浪费了大量的社会财富，阻碍了社会经济的发展；二是过于仁慈，视法律如无物。后者的危害更甚。梁武帝待手下官员过于宽容，即使官员有了过失也不忍追究，结果使州长、郡长放肆搜括，朝廷的钦差使节对郡县百般压榨、刁难和勒索。贵族横暴凶残，以至于光天化日之下在闹市杀人，或趁着黑夜公开抢劫掠夺。犯罪的恶徒隐匿在亲王家里，官府就不再追究。梁武帝也知道这种种弊端，但仍听之任之，甚至叛国谋反的阴谋被发觉之后，也不处罚主事者和参与者，而是哭泣忏悔，下令赦免。

梁武帝自己带头乱法，终于带来恶果。他的手下大将侯景在公元548年起兵反梁，在549年攻克都城建康。梁武帝被囚于义德殿，最后活活饿死。侯景之乱也给江南人民带来了一次大劫难。梁朝遭此浩劫，很快就被陈朝取代了。

（故事出自姚察、姚思廉撰《梁书·本纪》）

2. 狄仁杰巧劝唐高宗守法

唐朝著名大臣狄仁杰，仕宦历经唐高宗与武则天两个朝代。狄仁杰为官，以百姓为重。为了拯救无辜，他敢于拂逆君主之意，始终保持体恤百姓、不畏权势的本色，可谓居庙堂之高而忧其民。他任大理丞时，一年之中断滞狱一万七千人，时称平恕。有一次，武卫大将权善才误砍昭陵柏树，唐高宗勃然大怒，下令立即处死权善才。狄仁杰立马奏明皇上，称权善才罪当免职，罪不至死。唐高宗很生气地说："权善才误砍昭陵柏树，这是陷我于不孝，不杀他难解我心头之恨。"狄仁杰镇定地应道："自古以来，敢于犯险逆龙鳞、忤人主者，世人皆称豪杰，我认为并非如此。桀纣时期的百姓要这样做确实困难，要冒很大风险，而生活在尧舜时期的百姓则容易得多。我现在正处于堪比尧舜的时代，自然也不怕落得像比干挖心那样的悲惨遭遇。国家制定好的法律早已公布，徒、流、死等不同等级的刑罚，是与犯罪行为的严重性相适应的。如果对不构成死罪的行为处以死刑，法律变幻无常，百姓何以适从？即使陛下想改变法律，那么也请从改变之日开始施行，请勿溯及既往。"经狄仁杰婉言相劝，唐高宗最终免了权善才一死，法律的严肃性也得以保障。

四、古为今用

依法治国的基本方略

党的十八届四中全会专题研究依法治国问题，并做出我们党历史上第一个关于加强法治建设的决定，即《中共中央关于全面推进依法治国若干重大问题的决定》，显示我们党建设社会主义法治国家的决心，开启了中国法治新时代。

全面依法治国，是深刻总结我国社会主义法治建设成功经验和深刻教训做出的重大抉择。

新中国成立初期，我们党在废除旧法统的同时，积极运用新民主主义革命时期根据地法制建设的成功经验，抓紧建设社会主义法治，初步奠定了社会主义法治的基础。尤其是1954年颁布的《中华人民共和国宪法》被认为是我国社会主义法制建设的重要成果。

1966年至1976年，我国社会主义法制建设走过了一段弯路，付出了沉重代价，形成了深刻教训。关于其中的原因，我们党在《关于建国以来党的若干历史问题的决议》中总结道："种种历史原因又使我们没有能把党内民主和国家政治社会生活的民主加以制度化、法律化，或者虽然制定了法律，却没有应有的权威。"在某种程度上，可以说，正是因为没有坚持法治，轻视法律，才造成了如此严重的局面。在这种局面下，国家经济建设严重滑坡，国民经济处于崩溃的边沿。这段弯路，恰好证明慎子提出的"治国无其法则乱"的观点是成立的。

十一届三中全会以来，我们党把依法治国确定为党领导人民治理国家的基本方略，把依法执政确定为党治国理政的基本方式，始终把法治放在党和国家工作大局中来考虑、来谋划、来推进，依法治国取得了重大成就。与此同时，我国出现了政治稳定、经济快速发展、人民生活水平显著提高的大好局面。

创造了灿烂文化的中华民族，有着丰富的治国理政经验。从战国时代的"万事皆归于一，百度皆准于法"，到今天中国共产党人全面推进依法治国，绵延数千年的法治实践推动我们这个伟大民族不断砥砺前行。我们坚信，随着党做出全面推进依法治国若干重大问题的决定，一幅中国迈上法治新时代的宏伟蓝图即将展开。我们坚信，中华民族必将在现代化征程上拓出更加广阔的法治天空，让民族复兴的伟大梦想振翅高飞。

五、知识链接

法　家

法家是先秦诸子中颇具影响的一个学派，其核心主张是重视法律的作用，依靠法律治理国家。

法家思想萌芽于春秋时期。萌芽期的法家思想，基本上还处于人治阶段。这一时期的代表人物是管仲和子产。封建关系确立的标志——鲁国初税亩制度，就是以管仲对私田的处理方式为蓝本的。子产则在中国历史上开辟了公布成文法的先河。

战国初年，法家初步形成。这一时期的代表人物是李悝、吴起。李悝被认为是法家真正意义上的开山祖师。其在法制建设上的最大成就是编撰制定了我国第一部封建的刑法和刑事诉讼法法典——《法经》。吴起在法治理论上没有引人注目的成就，他的主要成就是加大执法的力度，发扬了我国古代法治与兵刑合一的传统。

战国中期是法家思想的发展期。这一阶段的代表人物是慎到、申不害和商鞅。慎到的法治思想主要是重势尚法。势就是权势，强调的是法治的推行必须以国家政权为后盾。尚法是重势的目的，就是要严格依法办事。但是法令再细也不可能密不容针，否则会降低效率，在这种情况下就需要用申不害的术了。申不害重视术，术就是权术。尽管君主有形形色色的个人品质，但是运用权术夺取和保护自己的权利这一点是不以个人意志为转移的。商鞅是中国历史上杰出的改革家，他对法治思想的贡献主要体现在理论与实践的结合上。他首先提出了"法者，国之权衡也"的理念，把法律作为国家政治的度量衡和社会评价体系的最高准则，改变了以往仅仅把法律看作工具的观点。商鞅"一断于法"的政治理念能够维护国家的稳定，也能够更好地维护民众的权益，因此得到了最广大下层民众的心理认同。

战国末年是法家思想的成熟期。韩非是这一时期的代表人物，而且是法家思想的集大成者。韩非在批判继承前期法家慎到、申不害和商鞅的思想的前提下，提出了以法为中心，法、术、势相结合的法治思想体系。法是指健全的法制；势是君主的权势，指君主要独掌军政大权；术是指驾驭群臣、掌握政权、推行法令的策略和手段。在韩非看来，只有做到了法、术、势相结合，才能实现天下大治。否则，天下将大乱。

汉代以后法家的影响力有所减弱，但也出现了一些推崇法家思想的人物。例如，南北朝时期统一北方的北魏道武帝拓跋珪就在政治上推崇法家。博士公孙表献上《韩非子》一书，劝拓跋珪用法制管理臣下。拓跋珪对韩非的集权思想非常赞赏。晚清时期的章太炎、梁启超、沈家本等人反对传统上对法家的不合理批评与抨击，大力为法家平反正名，称赞法家的历史功绩，用"法治"或"法治主义"来认知和解读法家思想，并在此基础上提出了"新法治主义"。因此，章太炎、梁启超、沈家本等人也被归入"新法家"之列。

第二章 法治重法 人治重人

导读

　　人类社会有史以来存在两种基本治国方略，一是人治，一是法治，二者存在本质的区别。人治强调人的重要性，主张依靠贤主良吏来治理国家，主张通过道德教化来提高统治者和被统治者的道德水准，从而实现国家的良好治理。法治强调法律的重要性，主张树立法律的权威，任何人都要服从法律，遵守法律。法治论者认为，如果法律都是良法、善法，法律又都能得到良好实施，那么国家就会得到良好的治理。

一、经典阅读

　　1. 君人者，舍法而以身治，则诛赏予夺，从君心出矣，然则受赏者虽当，望多无穷，受罚者虽当，望轻无已。君舍法，而以心裁轻重，则同功殊赏，同罪殊罚矣，怨之所由生也……故曰，大君任法而弗躬，则事断于法矣。法之所加，各以其分，蒙其赏罚而无望于君也。是以怨不生而上下和矣。

（《慎子·君人》，华东师大出版社 2010 年版）

　　2. 释法术而任心治，尧不能正一国；去规矩而妄意度，奚仲不能成一轮；

废尺寸而差短长，王尔不能半中。

（《韩非子·用人篇》，山西古籍出版社 2003 年版）

3.有乱君，无乱国；有治人，无治法。羿之法非亡也，而羿不世中；禹之法犹存也，而夏不世王。故法不能独立，类不能自行，得其人则存，失其人则亡。法者，治之端也；君子者，法之原也。故有君子，则法虽省，足以遍矣；无君子，则法虽具，失先后之施，不能应事之变，足以乱矣。不知法之义而正法之数者，虽博，临事必乱。故明主急得其人，而暗主急得其势。急得其人，则身佚而国治，功大而名美，上可以王，下可以霸；不急得其人，而急得其势，则身劳则国乱，功废而名辱，社稷必危。故君人者，劳于索之，而休于使之。

（《荀子·君道》，山西古籍出版社 2003 年版）

4.圣人之治，独治者也；圣法之治，则无不治矣。

（《尹文子·大道下》，上海人民出版社 1977 年版）

二、鉴赏指津

1.慎子这段话深刻地揭示了依靠贤明的君主来治理国家是不可靠的，其实质就是反对人治，推崇法治。作为一个君主，放弃法治而凭借自己的指示去治理国家，诛杀封赏给予索取都由君主一个人决定，是存在巨大的风险的。即使是贤明的君主，这样做也有显著的负面效果。因为，即使君主的赏赐很公平，但因为赏赐的决定是君主一个人做出的，得到赏赐的人总希望得到更多的赏赐。同理，受到处罚的人总希望对自己的处罚能有所减轻。而希望赏更多罚更轻的欲望没有止境，这就隐含了臣民怨恨君主的可能性。更何况，君主舍弃法治，而凭借自己的内心去裁决轻重，很可能造成"同功不同赏，同罪不同罚"的状况，这更有可能遭人怨恨。再加上，很难保证每个君主都是贤明的，如果遇到愚蛮凶残的君主，人治就更不可行。所以，英明的君主应该凭借法治而不是自己亲力亲为地发号施令来治理国家，这样，国家的大小事情都由法律而不是君主的指示来决定。如此，臣民承受赏罚就不会再寄希望于君主的个人意见，就不会导致怨恨的产生。在法律的规定下，君臣各守其分，国家也就安定了。

2. 韩非子这句话的核心意思也是反对依靠君主治理国家，与前面慎子那段话的基本观点是一致的。只不过，韩非子讲得更加明确。韩非子主张结合使用法、术、势来统治国家，尤其是重视法律的作用。因此，在韩非子看来，如果一个国家的统治者放弃法与术而仅凭个人的决断来治理国家，即使像尧一样地贤明勤政，也不能治理好一个国家。为说明法律规则的重要性，韩非子在这里还使用了比喻的手法来加以深入阐述。奚仲和王尔都是我国古代有名的能工巧匠，其中奚仲是木匠，尤其擅长制造车轮，王尔则发明了量长短的工具。韩非子拿他们来做比喻，说哪怕是奚仲，如果不使用规矩（画圆和方的工具），也不能做出好的车轮，王尔若不使用丈量长短的工具，只靠经验来确定长短，其准确度也会很低。这都是说明规则的重要性。

3. 儒家主张依靠贤德的人才来治理国家，把发现和培养贤德的人才看作是治理国家的首要任务。与法家相比，儒家较不重视法律的作用，所以一般认为，儒家是主张人治的。在儒家人治论的影响下，我国封建社会历朝历代都选择将人治作为基本的治国方略。荀子是儒家的代表人物之一，他的这段话很好地阐述了儒家的人治观。这段话的核心观点主要包括：法律与人才相比，人才更重要；法治不可能自动实施，而要靠人才来制定和实施；如果有优秀的治理人才，法律不完备也没有多大关系，如果没有治理人才，法律再完备，社会依然会陷入混乱；优秀的治理人才应当懂得法律的精髓，而不是仅仅懂得法律的形式；君主应以发现优秀的治理人才为要务。从荀子的这些观点可以看出，儒家的人治观与当今的法治思想存在明显的差别，某些方面还存在较大的冲突。当今世界，法治是主流，因此，儒家的人治论在大方向上是不可取的。但是，儒家的人治论强调优秀人才在治理国家中的作用，有其合理性。依法治国，首先要重视法律的作用，但法律的制定和实施也需要依靠优秀的人才来承担，两者不是舍此留彼的关系。只不过，奉行法治需要确立法律的优先地位，优秀人才也要通过法律的制定和实施来发挥作用，而不能脱离法律来谈人的作用。

4. 尹文子，即尹文，战国时代著名的哲学家，属稷下道家学派，是稷下学派的代表人物。其思想以道家为主，广收并纳各派学说。《尹文子》一书是其唯一流传于世的作品，是先秦时代论法术和形名的专著。尹文子的这句话高度地概括了法治相对于人治的优越性。圣人治理国家，是圣人一个人治理国家，力量有限，范围有限，用好的法律来治理国家，则可以将更多的人纳入治理国家的事业中，可以使国家的各个方面都协调有序，当然更值得推崇。

三、趣味故事

1. 戴胄断案依法不依言

贞观元年，唐太宗在全国公开选拔，广纳贤才。不少人趁此机会，冒充名门望族骗取官职。唐太宗知道后龙颜大怒，继而下令让弄虚作假者自首，并宣布如不自首，抓到后将被处以死刑。不久之后，大理寺便查出假冒而未自首者，大理寺少卿戴胄依法将其判处流刑。唐太宗知道后特别生气，他怒斥戴胄："朕早已下令，对不自首者要处以死刑，你却只判处流刑。你公然违背朕的旨意，不是在向全天下表示天子的命令不足为信么？朕今后还如何取信于民？"戴胄不慌不忙地答道："如果当初一查出人犯，陛下便要求立即将其处死，那我确实无能为力。而今我是代表大理寺在查办案件，那么我就必须依法办事。"唐太宗反问："你依法办事，难道可以不顾及天子的威信么？"戴胄说："陛下之前是一时发怒才下令要处死未自首者，然而严守法律才是国家树立威信的应有之道。既然依照法律只应判处流刑而非死刑，那么严格遵照规定办事，才是维护国家法律的尊严。"唐太宗恍然大悟："朕的命令确实有失妥当，你能坚持自己的立场，帮助朕改正错误，朕很是欣慰！治理国家，法律的威信的确比君主个人的威信更加重要。"

（故事出自《资治通鉴》）

2. 三尺法

西汉酷吏杜周，持重少言、内心阴刻，曾任廷尉、御史大夫等职。杜周判案断刑，皆以皇帝的旨意为准，汉武帝对他欣赏有加。对于皇帝讨厌的人，杜周就故意栽赃陷害，枉法裁判，而对于皇帝想要开释的人，在审判时他就会找各种理由，网开一面将其释放。因而有人指责杜周："国家有写在三尺长竹简上的法律条文，你代表国家审理案件，却视三尺法为无物，专以皇帝的好恶和旨意来判案，这怎么能行？"杜周不以为然，辩称："以前皇帝的旨意都被编成了律，而现在皇帝的旨意则被编成令，这些都是法律，都是各个时期的判案依据和标准。哪有什么三尺法？哪有一成不变的法律？"不得不说，杜周的振振有词，恰恰披露了部分古代判案实情，这也是封建社会相当普遍的执法现象的真实写照。

四、古为今用

把权力关进制度的笼子

党的十八届三中全会通过的《关于全面深化改革若干重大问题的决定》提出，"坚持用制度管权管事管人，让人民监督权力，让权力在阳光下运行，是把权力关进制度笼子的根本之策"。这段话充分体现了法治精神，再一次否定了人治思维。

由于我国传统文化中人治色彩较为浓厚，使得在当今时代有些人仍然主张通过提高各级官员的道德素养来实现国家的良好治理目标，他们相信只要坚持教育，各级官员就会做到大公无私，自觉地抵制腐败，自觉地用好手中的权力。这是典型的人治思维。人治论者主张靠教化来引导人，靠提高官员的道德水准来防止官员滥用权力，这其实是靠不住的。韩非子所言"释法术而任心治，尧不能正一国"已经很精辟地表达了这个道理。十八届三中全会的决定明确提出"坚持用制度管权管事管人"，就是对这种人治思维的否定。

根据法治原则，权力应当靠法律制度来制约，官员应当靠法律制度来约束。依靠法律制度来管权管人管事，才会实现权不逾矩、人不贪墨、事不偏废的理想目标。为此，制定出切实可行的法律制度是其中的关键所在。习近平总书记指出，"把权力关进制度的笼子里，首先要建好笼子。"我们党从十八大以来，大力加强制度建设，为依靠制度管权管人管事创造了良好的先决条件。从制定中央八项规定，到修订《中国共产党巡视工作条例》；从修订出台《中国共产党廉洁自律准则》和《中国共产党纪律处分条例》，到出台《中国共产党问责条例》……在近 4 年的时间里，中央出台或修订的党内法规超过 50 部，超过现行 150 多部中央党内法规的三分之一。

制度建设是公平公正的保障。用制度管权管人管事是正确处理利益关系，妥善解决利益矛盾，促进和保障公平正义的最直接、最现实、最有效的途径。同样，遵循公平正义原则，制度就能得到公众认同和支持，社会矛盾就能得到有效调解，不同社会群体就能各得其所、和谐相处，社会就能安定有序。

五、知识链接

儒家的人治论

自西汉武帝采纳董仲舒的建议"罢黜百家，独尊儒术"后，儒家思想成为我国封建社会长期尊奉的统治思想。儒家主张人治，因而人治也成为我国封建社会国家和社会治理的基本方略。

儒家不像法家那样在人的因素之外找治国方略，而是把治国方略放在人的因素方面，笃信"为政在人"理念。孔子认为：其一，人是道的体现者和运作者，因为"人能弘道，非道弘人"；其二，作为最高统治者的君主一言可兴邦，一言可丧邦，"其人存，则其政举；其人亡，则其政息"；其三，政治统治是一种由己及人的过程，"修己以安人"，可见人的影响很大。荀子也说"有治人，无治法"，即使有良法，那也要靠人来掌握和贯彻，因此他得出结论：国家"得其人则存，失其人则亡"。

儒家认为，人治的基础在人，而人的基础在德，因此，特别强调通过道德教化来治理国家，尤其是君主，要养成良好的道德品质。孔子曾多次指出君主要以身作则，行仁义之德。他说："上好礼，民莫敢不敬；上好义，则民莫敢不服。"就是要求君主施礼义仁德。孔子又说："政者，正也，子帅以正，孰敢不正？"孔子还说："其身正，不令而行；其身不正，虽令不从。"孟子也说："君仁莫不仁，君义莫不义，君正莫不正，一正君而国定矣。"孟子甚至很激进地说："君有大过则谏，反复之而不听，则易位。"

总之，儒家的代表人物都主张君主首先要自正，以身作则，带头行仁义之德，才能构建一个上至君主，下至文武百官、黎民百姓的安定协调的理想社会。

第三章　法治德治　相得益彰

导　读

　　德治，即以德治国。在儒家思想的主导下，我国封建社会各朝代基本上都实行人治，与此同时，强调"德主刑辅"，反对"不教而诛"，这其实都是强调道德教化在治理国家中的重要性和优先性。在实行社会主义法治的当今时代，"人治"已经遭到否定，因为它与法治相背离，但"德治"与"法治"则不存在根本的冲突，反而存在相辅相成的关系。建设社会主义法治国家，也必须强调道德教化的重要性。

一、经典阅读

1. 道之以政，齐之以刑，民免而无耻；道之以德，齐之以礼，有耻且格。

（《论语·为政》，浙江大学出版社 2012 年版）

2. 故不教而诛，则刑繁而邪不胜；教而不诛，则奸民不惩。

（《荀子·富国》，山西古籍出版社 2003 年版）

3. 治世之民，从善者多，上立德而下服其化，故先礼而后刑也。乱世之民，从善者少，上不能以德化之，故先刑而后礼也。

（《傅子·法刑》，出自《傅子评注》，天津古籍出版社 2010 年版）

4.朕惟至治之世，不专以法令为务，而以教化为先……盖法令禁于一时，而教化维于长久。若徒恃法令而教化不先，是舍本而务末也。

（康熙皇帝玄烨，道光本《观城县志·典谟志》）

5.夫圣人之治国，不恃人之为吾善也，而用其不得为非也。恃人之为吾善也，境内不什数；用人不得为非，一国可使齐。为治者用众而舍寡，故不务德而务法。

（《韩非子·显学》，山西古籍出版社 2003 年版）

二、鉴赏指津

1.孔子主张人治和德治，这句话是孔子德治观的集中体现。孔子认为，用行政命令和刑罚可以使人民畏惧而不犯罪，但人民并没有真正认识到为什么不能犯罪，也不理解罪与非罪的界限，因而并不能消除人民犯罪的念头；如果用德、礼对民众加以教育感化，提高人民的道德水准，就可使人民自觉地消除犯罪欲念，一心向善。

2.荀子这句话表达了他对治国方略的选择，主张将德治与法治结合使用。荀子反对将德治和法治对立看待，认为统治者不应该在德治和法治两者之间进行舍此存彼的选择，而应该对二者综合运用。道德感化有其独特功能，法律制裁也有其独特功能，它们既不互相排斥，也不相互替代，在国家治理中对二者不可偏废。

3.傅子即傅玄，西晋时期文学家、思想家，《傅子》是其传世著作，其思想以儒家为主，间杂有道家思想。这句话表达了傅子的治国主张。傅子认为要根据时代特征选择根本的治国方略：在社会安定的和平时期，治理国家应该以道德教化为主，以刑法制裁为辅，因为在这样的社会里，民众之中善良者居多，无须严苛制裁即可很好地规范民众的行为；而在乱世时期，由于民众之中善良者是少数，靠道德教化不能有效地统辖民众，因此治理国家应以刑法制裁为主，以道德教化为辅。傅子的这句话一方面较符合辩证法的观点，值得肯定，另一方面又具有唯心主义倾向，需要批判性看待。治世善民多，乱世善民少，这种看法是没有客观依据的。

4. 清朝的康熙皇帝玄烨主张治理国家以道德教化为根本，以法律制裁为辅助，这符合儒家"德主刑辅"的传统观点。康熙皇帝认为道德教化是本，法律制裁是末。具体而言，道德教化的效果更长久，因为道德教化能够帮助民众形成牢固的道德认知，从而使民众自觉地从善而行。而法律制裁具有强制性，即使民众因为畏惧制裁而选择不违法，效果也不牢固，因为法律的强制性没有转化为民众的道德认同。

5. 作为法家代表人物的韩非子坚决地认同法治，反对德治。他的理由是：民众之中能够自觉地从善而行的总是少数，因此不能依靠民众的善良来治理国家。统辖民众的最好办法是通过法律制裁使民众不敢违法犯罪，通过发挥法律制裁的威慑效果可以使一国的民众统一在法律规则的尺度内。因此，韩非子提出，统治者应当重视法律而不是道德，应当通过法治而不是德治来治理国家。

三、趣味故事

1. 唐太宗以赏化人

唐太宗李世民做皇帝时很重视利用法律来治理国家。他继位后不久，于贞观元年就命令房玄龄、长孙无忌等人修订唐高祖李渊时期制定的《武德律》，历经十年，于贞观十一年完成了《贞观律》的制定工作，共 12 篇，500条。《贞观律》是《唐律》的核心组成部分，而《唐律》是我国封建社会最重要的法典之一。

与此同时，在儒家思想的影响下，唐太宗并不单纯地依靠法律来治理国家，而是强调道德教化的作用，将以法治国与以德治国结合起来，在一定程度上，甚至将以德治国放在首要位置。

一方面，他吸取隋朝灭亡的教训，反对严刑峻法，并在"先存百姓"的思想指导下，提出了"安人宁国"的治国方针。根据上述思想与方针，他在立法上提出宽简、划一、稳定、易知的立法原则。《贞观律》与隋代旧律相比，减大辟者92条，减流入徒者71条。与唐高祖时期制定的《武德律》相比，其在刑罚上也大为减轻。

另一方面，唐太宗注重对官员进行道德教化，而不是一味地对犯罪官员予以法律制裁。唐太宗赐麸陈万福的故事就能很好地说明这一点。

唐太宗贞观六年(632)，右卫将军陈万福从陕西九成宫去京城长安，途经某处驿站时，把驿站中的数石麦麸子拿走了。消息很快传到了京城长安，尽管事不算大，却是违法侵占公共财物，影响恶劣。唐太宗知道后非常恼火，立刻召见陈万福。陈万福心里发虚，诚惶诚恐地等候皇帝的处罚。谁知唐太宗非但不罚，反而赏赐数石麦麸，命令他当众背回家去。侍臣们随即搬来一袋袋麦麸，堆放在陈万福面前。满朝文武窃笑，指指戳戳，陈万福满面羞惭，悔恨不迭，却也只得谢恩领赏，低头弯腰，一趟一趟地在众目睽睽之下背着麦麸往返。

唐代史官吴兢在《贞观政要》里对此评论说："太宗赏赐麦麸给陈万福，命令他自己背回家，这是为了让陈万福知耻。"

无独有偶，唐太宗也曾经对长孙顺德使用过类似的教化手段。长孙顺德是唐太宗的妻子长孙皇后的叔父，时任右骁卫大将军。在负责"监奴"时，长孙顺德发现几名奴仆偷盗宫中财宝，本该依法将这几个偷盗者处斩，但是却收受了这些案犯贿赂的数十匹绸缎，并瞒天过海，私了此事。事发后，唐太宗召见长孙顺德，质问道："论身份，你是外戚；论功劳，你是开国元勋。地位高，爵禄厚，可以说富贵到家了吧，怎么不守气节不顾名誉，搞出贪污受贿的丑闻呢？"说罢，命人搬来绸缎，一摞一摞地搭在他的背上，说："这是朕给你的奖赏，统统背回家吧！"长孙顺德顿时羞得满面通红，深悔自己不该因贪小利而失大节。有个大理寺少卿不理解太宗的做法，向太宗提问："顺德贪赃枉法，罪不可恕，怎么又赐给他丝绢呢？"太宗回答说："人生来是懂道理的，赏赐绸缎比刑戮效果更佳，其目的是为了让他知耻；如果他不知道羞愧，不过是一禽兽，杀了他又有什么用呢？"

以上两个故事显示唐太宗比较重视对犯错官员的道德教化，而不是简单地予以惩罚了事。这当然有违现代的法治原则，在当今的法治社会里不值得

穿越时空的价值印记

效仿。但是，唐太宗重视对官员的道德教化，在当今社会仍然有一定的借鉴意义。

2.房景伯以身化人

五代时期，清河太守房景伯生于桑乾，自幼丧父，以孝闻名。他的母亲不仅颇有学问，还极为通情达理。有一天，一位妇人向房景伯告状，称其儿子不孝。房景伯的母亲得知此事后，就跟房景伯说："老百姓未能通晓礼仪，你应该以身作则感化他们，不宜过分责备。"于是，房景伯的母亲将告状的妇人请到太守府来和她一起吃饭，并且让妇人的儿子站在旁边，跟太守房景伯学习如何侍奉母亲。每次吃饭的时候，房景伯都非常谦恭有礼，亲自将饭菜奉给母亲以及告状的妇人，且耐心等妇人用餐完毕才退下。就这样连续过了不到十天，妇人的儿子便恳求妇人："娘亲，儿子知错了，我们回家吧。我以后定将改过自新，好好孝敬您。"房景伯见状便对妇人说："虽然您的儿子表面看起来有愧疚之意，但其内心还未真正悔过，您且等等。"在房景伯的挽留之下，妇人母子在太守府又待了近一个月。终于，妇人的儿子向妇人下跪，叩头认错，直到额头流血。妇人见状，心疼儿子，于是请求太守准许其母子回家。后来听说妇人的儿子真心改过，变得特别孝顺。

在中国古代，"百行孝为先"，子女不孝顺父母，应以犯罪论，依法严惩。而法治之外有德治，房景伯没有直接严惩不孝之徒，而是以自身的孝心去感化他，以自己孝敬母亲的行动去引导他，最后使其自觉尽孝，这便是道德教化的力量。

四、古为今用

依法治国与以德治国相结合

自改革开放以来，我国逐步确立了建设社会主义法治国家的目标，并将依法治国确立为基本治国方略，法治在我国得到了前所未有的重视。但是，这并不意味着我国就不再重视道德教育的作用。我们党在强调依法治国的同时，也明确提出了以德治国的方针。

习近平总书记在十八届中央政治局第三十七次集体学习时强调，要坚持依法治国和以德治国相结合。他指出，法律是成文的道德，道德是内心的法律。法律和道德都具有规范社会行为、调节社会关系、维护社会秩序的作用，在国家治理中都有其地位和功能。法安天下，德润人心。法律有效实施有赖于道德支持，道德践行也离不开法律约束。法治和德治不可分离、不可偏废，国家治理需要法律和道德协同发力。为此，要强化道德对法治的支撑作用，要把道德要求贯彻到法治建设中，要提高全民法治意识和道德自觉，要发挥领导干部在依法治国和以德治国中的关键作用。

十八届四中全会通过的《中共中央关于全面推进依法治国若干重大问题的决定》明确指出，要坚持依法治国和以德治国相结合。国家和社会治理需要法律和道德共同发挥作用。必须坚持一手抓法治、一手抓德治，大力弘扬社会主义核心价值观，弘扬中华传统美德，培育社会公德、职业道德、家庭美德、个人品德，实现法律和道德相辅相成、法治和德治相得益彰。在实践中，我们党既注重制定完善各类规章制度，坚持制度管人管事管权，将权力放进制度的笼子，也重视对党员干部开展多种教育活动，着力提高广大党员干部的道德水准。十八大以来，党中央部署开展了三大针对党员干部的教育活动，包括党的群众路线教育实践活动、"三严三实"实践教育活动、"两学一做"学习教育活动。这些活动都取得了显著的成效。

将"德治"和"法治"结合起来，提出"把依法治国与以德治国紧密结合起来"的治国方略，是社会进步、社会文明的一个重要标志，也是建设社会主义现代化国家的必然要求。

五、知识链接

清代乡约朔望讲读制度

清朝为了落实以德治国的治国方略，在农村设立乡约所，选择有知识有名望的乡民担任约正，每个月的初一和十五将乡民集合起来，由约正负责向乡民讲解儒家思想和法律规则。这就是清朝实行的乡约朔望讲读制度。

清朝统治者对汉族地区的统治刚刚确立时，就一再颁诏要求各地推行乡约；康熙统一台湾之后，即在台湾各地设置乡约；对西南少数民族进行改土归流之后，也在当地少数民族聚居地区推行了乡约。清朝在西北地区的每一次军事行动之后，伴随着对西北少数民族控制的加强，乡约在这一地区即得到进一步的推广；而随着大批移民不断涌入东北，清朝在东北地区也及时推行乡约，以加强对移民的控制。由于朝廷和地方政府的强力推动，乡约在清朝绝大多数地区和大多数少数民族间得到普及，成为清代最重要的基层社会组织之一。

清朝对乡约的组织、人员、经费、场所和朔望讲读的内容都做了统一规定。比如，顺治九年，清廷颁行《圣谕六条》。顺治十六年，清朝正式命令各州县设立乡约，专司教化，负责朔望宣讲圣谕，并规定乡约的负责人应当由六十岁以上、品行优良的秀才担任。如果该地没有秀才，即由道德素养好、威望高的高龄平民担任负责人。康熙九年，清朝颁布《圣谕十六条》，令八旗及各州县大乡、大村朔望切实宣讲圣谕。雍正年间，清廷颁布《圣谕广训》，明确规定各州县的乡、村要设立乡约所，并在当地的举人、秀才等有功名的读书人中选择一位老成持重者担任约正，负责讲读。

清朝乡约讲读的内容主要是儒家的观点主张，并对照儒家的观点主张来表扬行为优良者，批评行为恶劣者。另外，清代的乡约教化还往往与法律、政策的宣传相结合。

清朝大力推行乡约讲读制度的目的，是为了对乡村民众进行道德教化，提高广大民众的道德素质，从而实现治理国家的目标。很显然，乡约讲读制度是以德治国原则的一种具体化。

第四章　兴功惧暴　定纷止争

导　读

本章主要讲法律的独特功能。法治之所以优越于人治，就是因为法律具有独特的功能。法律具有规范人们行为的功能，法律具有教育引导民众向善的功能，法律具有解决社会纠纷的功能，法律具有实现社会公平正义的功能。

一、经典阅读

1.故其治国也，正明法，陈严刑，将以救群生之乱，去天下之祸，使强不凌弱，众不暴寡，耆老得遂，幼孤得长，边境不侵，君臣相关，父子相保，而无死亡系虏之患，此亦功之至厚者也！愚人不知，顾以为暴。

（《韩非子·奸劫弑臣》，山西古籍出版社2003年版）

2.法者，天下之仪也，所以决疑而明是非也，百姓所悬命也。

（《管子·禁藏》，中信出版社2014年版）

3.法者，所以兴功惧暴也；律者，所以定纷止争也；令者，所以令人知事也。

（《管子·七臣七主》，中信出版社2014年版）

4.一兔走，百人逐之，非以兔可以分为百也，由名分之未定也。夫卖者

201

满市，而盗不敢取，由名分已定也。”

（《商君书·定分》，中华书局2011年版）

5. 法立于上则俗成于下。

（苏辙：《河南府进士策问三首》，出自《栾城集》，上海古籍出版社2009年版）

二、鉴赏指津

1. 韩非子，战国末期著名思想家、法家代表人物。这句话表述的核心是通过发挥法的功能，能够解决社会矛盾，避免激烈的冲突，从而更加有效地保障自身权利（比如健康权），更好地营造一个和谐的社会环境。确实，如果法的功能无法得到发挥，那么社会对法将无法认知。如果无法树立法的权威性，社会成员之间的矛盾将不断激发，并且找不到合适的解决办法，社会的抱怨也会越积越深，甚至危害社会的稳定。这也就是韩非子大力提倡的只有以法为本才能真正建立法治国家，才能真正实现国家的强大的观点。

2. 管子这句话明确提出按照法来办事，天下就有秩序，法是天下的准则，是用来解决疑难、判明是非的，百姓的命运系于法。通过法对权利和义务的规定，可以明确人的行为模式和后果。人们可以基于法律的规定，预测到他人的行为向度和安排自己的活动。通过法的预测他人行为的功能可以减少主体行为的盲目性，提高行为的效力，避免冲突，从而营造更加和谐的社会氛围，建立有序的社会秩序。

3. 管子这句话提出通过发挥法的兴功惧暴、定分止争、令人知事的功能可以维护秩序和统治。通过发挥法的行为规范功能可让人知晓行为的边界以及行为的后果，发挥法的行为预测功能可让人了解他人的行为向度并合理安排自己的行为活动，发挥法的权利保障功能可确定权利的归属问题。总之，通过法的功能可以规范人们的行为，保障人们的合法权利，降低社会风险，化解矛盾纠纷，从而更好地维护社会秩序。

4. 商鞅是法家的代表人物，这句话主要说明了法的权利保障功能，明确了权利的归属。通过运用众人逐兔的比方来强调法的明确性，强调权利的保

穿越时空的价值印记

障功能，一旦确立了权利的归属，任何人都不能随意侵犯。通过法令确定权利的归属，避免了社会成员之间的争抢，使得矛盾解决有法可依，更加有利于有序社会的建立。

5.苏辙作为北宋文学家、诗人、宰相，在政治上有自己独到的看法。这句话主要说明了法令给百姓规定了哪些事可行，哪些事不可行，其本来就具有强制的性质，久而久之，在民间就形成了相应的风俗习惯，执法的自觉性也因之提高，强调的是法的行为规范功能。法的行为规范功能意味着法能够为人们的行为提供正当理由，规定了人们可以行为、应该行为、不得行为的行为方式以及行为后果，从而能够更好地维护社会秩序，同时也给人们提供了行动的自由空间。通过了解行为规范的边界，可以使人们在边界的限度范围内更好地进行自由活动，可以更好地引导人们的行为，维护社会秩序。

三、趣味故事

子产铸刑书于鼎

春秋时期，"刑不可知，则威不可测"的思想根深蒂固。在那时，老百姓不清楚国家的刑罚，统治者也认为不将刑罚公之于众是一种有效的统治方式。在这样的背景之下，郑国的子产却反其道而行之。当时的郑国，身处内忧外患之境，国势衰微。为了振兴国家，子产着手进行改革。在改革的过程中，他处罚了一些违背法令的人。此间，贵族们因既得利益受到损害，极力反对改革继续推进，甚至开始威胁子产的人身安全。对此，子产并不害怕，因为他知道自己做的事情于国家有利，万不可放弃！

为了保证当时的郑国做到"有法可依"，子产牵头制定了著名的《刑书》。最初的时候，《刑书》是刻于竹简或者木简之上的。后来，为了方便普通百姓了解和认识《刑书》，子产令人将《刑书》的内容全部刻于一口大鼎之上，并将鼎置于王宫门口。这便是闻名于后世的"刑鼎"。

子产的这一举动，引起了轩然大波。晋国大夫叔向写信给子产说："英明的君王治理国家，是不会制定刑法的。让老百姓获知法律的内容，对上则会变得不恭敬，对下则滋生争夺之心，凭借着刑法，字句都要辩个明白，纠纷只会与日俱增，国家治理也将难上加难。"

叔向在这封信中还嘲笑子产："夏朝的《禹刑》，商朝的《汤刑》，周朝的《九刑》，皆诞生于王朝的晚期。这么看来，国家快要走到头的时候，才会着急制定如此多的法令。郑国在这个时候忙着制定刑法，公之于众，莫不是也要走向衰亡了吧？"

对此，子产非常礼貌地回信道："如您所言，我没有什么大的才干，子孙后代那么遥远的事情是难以顾及了。之所以现在铸刑鼎，是为了挽救当下的局面呀！"子产执政的第三年，改革开始给百姓带来实惠，郑国又流传着一首歌谣："我们有子弟啊，子产来教导；我们有田地啊，子产帮我们把产量提高；要是子产死了呀，有谁还能像他这样好？"

四、古为今用

推进司法公正

习近平总书记在十八届中央政治局就全面推进依法治国进行第四次集体学习上指出，要努力让人民群众在每一个司法案件中都感受到公平正义，所有司法机关都要紧紧围绕这个目标来改进工作，重点解决影响司法公正和制约司法能力的深层次问题。习近平总书记的这一重要论断，体现了社会主义本质，丰富和发展了社会主义理论，对司法工作提出了新的、更高的要求。

法国思想家卢梭曾说："一切法律中最重要的法律，既不是刻在大理石上，也不是刻在铜表上，而是铭刻在公民的内心。"判断一个国家的法治道路的对与错，并不是看它是否符合国际惯例，而是看它是否植根于这个国家的土壤，是否受益于这个国家的公民。

1954年，我国颁布了《中华人民共和国宪法》，其中明确规定了公民的权利，使得公民能够通过法律维护自己的权利，这是我国让人民感受到公平正义的第一步，也是我国社会主义法制建设的重要成果。

党的十八大明确提出，要全面推进依法治国，加快建设社会主义法治国家，并且对法治建设进行了系统全面的阐述，特别是多次着重强调"让人民群众在每个司法案件中都感受到公平正义"。关于司法工作宗旨，要求要坚持司法为民，改进司法作风，重点解决影响司法公正和制约司法能力的深层次问题，切实解决好老百姓打官司难的问题。关于司法体制改革，要求要支持审判机关、检察机关依照宪法和法律独立负责、协调一致地开展工作，确保审判机关、检察机关依法独立公正行使审判权、检察权。关于提升司法公信力，提出要加强公正司法，严格遵守法律程序制度，规范司法行为，加大司法公开力度，回应人民群众对司法公正公开的关注和期待，坚守防止冤假错案底线等。这些要求都是让公平正义渗透到司法案件的每一个环节，维护社会的公平正义，让人民群众切身感受到公平正义，进一步提升法律的公信力，从而更好地建设社会主义和谐社会，实现中华民族的伟大复兴。

五、知识链接

韩非及其法治主张

韩非（约280—233），战国时期韩国都城新郑人，杰出的思想家、哲学家和散文家，韩王之子，荀子学生，李斯同学，被誉为最得老子思想精髓的两个人之一。他创立的法家学说，为中国第一个统一专制的中央集权制国家的诞生提供了理论依据。韩非子最重要的法律思想是"以法为本"。

如何有效地在一个国家建立起真正的法治环境，韩非子认为首要前提是必须要有法可依，且重要的是要做到"以法为本"。按照韩非子的理论，统治者的立法行为必须要体现国家的整体利益，制定出来的法律必须得到每个人的遵守。法律一旦施行以后，就应当成为判断人们行为合法与否的标准；应当作为衡量是非与功过的依据；应当作为君主赏罚的标准。如果法律在现实的社会生活中能够这样被执行和被人民普遍地遵守，那么法治国家就能建立。其具体要求如下：

（1）"编著之图籍，布之于百姓"——制定并公布法令

根据韩非子的观点，君主的法令想要得到民众的遵守，就必须以成文法的形式公布出来，力争每家每户的百姓都知晓公布成文法的目的，除"使万民皆知所避就"以外，还在于使"吏不敢以非法遇民，民不敢犯法以干法官"。公布法律既可有效地遏制官吏凭借其主观意图随意处断案件，又可有效地阻止犯罪嫌疑人的法外求情或刁难。这样一来，便完全打破了"刑不可知则威不可测"这一秘密法律传统。

（2）"法莫如一而固"——保持法令的统一与稳定

韩非子法治理论要求法令必须在全国范围内统一与稳定，这样有利于全民的遵守与执行。既要保证立法权的统一，也要求君主在制定法令时要做到使法令具有相对的稳定性，不能朝令夕改。只有这样才有利于法令在全国范围内的实行，才更加有利于改革的成功。

（3）"法不阿贵，绳不挠曲"——树立法律绝对权威

法令是民众的行为准则。因此，法令必须具备最高的效力，使其成为民众普遍遵守的行为准则。一方面，要使法令高于一切；另一方面，法令一出所有人都必须无条件地遵守。同时韩非也主张，"法"是判断言行是非和进行赏罚的唯一标准。通过这些措施，可以树立法律的绝对权威。

（4）执"赏""罚"二柄，推动法令的实施

韩非子认为赏与罚是推动法令实施的两种有效工具，称为"二柄"。一是"信赏必罚"与"厚赏重罚"。"信赏必罚"是指符合法令标准的奖赏与处罚都必须严格地执行，只有使法令在民众中树立起权威，民众才会信仰法令。"厚赏重罚"的主要作用就在于通过严厉的处罚与奖赏来防止违法犯罪行为的发生。二是"赏誉同轨，非诛俱行"。根据韩非子的观点，依据法令做出的赏罚行为要与民众的普遍道德评价标准相符合。三是重刑主义。通过这三个具体举措，来执"赏""罚"二柄，从而推动法令的实施。

第五章　有法可依　良法为基

导　读

依法治国的基础是国家制定出完善的法律。只有施行善法、良法，才可能实现"国泰民安"，在恶法的基础上是不可能实现法治的。良法的评判标准有二：一是法律在形式、技术上很完备，法律体系完整，社会需要的法律都已制定出来；二是在实质上，所有制定出来的法律都是公平正义的法律。

一、经典阅读

1.观其刑政，顺天之意谓之善刑政，反天之意谓之不善刑政。

（《墨子·天志中》，中国长安出版社2009年版）

2.君子之为政，立善法于天下，则天下治，立善法于一国，则一国治。如其不能立法，而欲人人悦之，则日亦不足矣。

（《王安石全集·周公》，复旦大学出版社2016年版）

3.国家法令，惟需简约，不可一罪作数种条。格式既多，官人不能尽记，更生奸诈。

（唐李世民《敕令》）

207

4.法苟不善，古先吾以斥之，法苟善，虽蛮貊吾师之。

（冯桂芬：《校邠庐抗议》，中州古籍出版社 1998 年版）

5.国不可无法，有法而不善与无法等。

（沈家本：《历代刑法考》，商务印书馆 2011 年版）

6.治人未具，而得良法以相维系，则污暴有所闻而不能自恣，贤良有所籍而徐展其长技。

（梁启超：《宪法之三大精神》，出自《梁启超法学文集》，中国政法大学出版社 2004年版）

二、鉴赏指津

1.墨子是墨家的代表人物。其出身较为贫苦，按照现在的话来讲，应当属于平民阶层。这样的一个出身，使其深知底层人民的苦难，故而穷其一生为底层人民而奔走，其对法律良善问题的关注也是基于此而发生的。墨子的这段话阐述了他对法律良善问题的看法：顺应天意的法律就是好的法律，反之，违背天意的法律就是不好的法律。这里的"天意"，就成了评判法律是否良善的一个标准。墨子的这一观点，与西方的"自然法"观念有着异曲同工之妙。西方的"自然法"观念认为，在现世实行的法律之外，还存在一个"自然法"，可用以评判现世实行的法律的"善""恶"。此处的"自然法"可略同于墨子所言的"天意"。

2.王安石的这句话较为明确地指出了法律的良善品质对于国家治理的重要性。在王安石看来，一个国家如果建立了良善的法律，这个国家就会实现良好的治理；如果所立之法难称良善，则于国于民有害无利，自然不会得到人们的支持。这是极具眼光的论断。好的法律加以实施，则能够带来整个社会的秩序井然；恶的法律大行其道，只会让百姓苦不堪言，甚至危及整个社会的安定。王安石的这一观点，对于今时建立社会主义法治国家有着十分重要的借鉴意义。

3.李世民是唐朝第二位皇帝，人称唐太宗，其在位期间开创了为后人所盛赞的"贞观之治"。太宗皇帝之所以有如此的国家治理业绩，全因其十分注重汲取历代之教训，尤其是前朝（隋朝）的教训。他在总结隋朝败亡的教训时，曾明确表示：有隋一朝如昙花一现，部分的原因当归结于后期法律的繁杂严苛。故而，他指出：国家的法律格令最好简单准确，不能一个罪在好多法律行事中做出规定；格式复杂了，官员们不可能都记住，便会滋生奸诈之事。李世民的这一论断，在当时看来，或许仅仅是为维护其统治而做出的一种考虑；可以现代的眼光来看，其无意间提出了法律良善的外在标准：言之简约、立法技术上的讲究。确实，法律是否良善，不能仅仅从其内容上来判断，还应关注法律的外在形式，此即要求实质内容和形式标准的统一。

4.郑观应，是近代中国较早"睁眼看世界"的人，其一生秉持"改良主义"理念。他的这句话的大概含义是：法如果不是善法，就算是我们先辈制定的也要排斥之；如果是善法，即使是蛮貊（泛指四方其他民族的小国）的法律也要学习之。在郑观应所处的那个时代，天朝上国危机四伏，向西方列强学习器物与制度，成了郑观应心目中可以救国于危难的重要路径。在他看来，先辈法律所体现出来的"恶"已经严重阻碍了国家的进步与发展，必须引入西方法律"善"的因素对之加以改造和完善，才能真正强大民族与国家，才能抵御外侮。

5.沈家本，清末著名法学家，修律大臣。在沈家本的主持下，清末的变法修律活动取得了一定的成就，《大清民律》《大清新刑律》等一系列初显现代法治光辉的法律文本也因此诞生。沈家本的这句话告诉我们：一个国家不可以没有法律；有了法律却没有良善的本质，这样的情况等同于没有法律。如此论断，将法律应保有良善品质的重要性阐述得一览无余。作为清末学贯中西的法学大家，沈家本深知：大清国也有法律，很多情况下也是依律行事，可在这种情况下百姓的权益仍然无法得到保障，法律的内容并不良善，这不是他心目中所认为的那种"法律"，即护民、保民之法。故而他认为，法不善则与无法等。面对这样的情况，沈家本积极投身到修律活动中，以制定出真正的"法"。

6.梁启超的这句话，直截了当地指出了良法的一众好处。首先，有了良法，官吏的贪暴可以得到有效抑制。其次，在良法的保护之下，贤良的人往往能够大展拳脚而无后顾之忧。这是在另一个角度对良法的重要性作的解读。确实，良善的法律，以约束权力、控制权力为己任，将权力的猛兽关在制度的笼子里，自然可以有效抑制贪暴之行；良善的法律也以保护百姓的权利为使命，可以权利的盾牌保护贤良者不受无理由的侵害。

三、趣味故事

1.约法三章

公元前206年，刘邦率领大军攻入关中，到达离秦都咸阳只有几十里路的霸上。子婴在仅当了46天的秦王后，向刘邦投降。刘邦进咸阳后，本想住在豪华的王宫里，但他的心腹樊哙和张良告诫他别这样做，免得失掉人心。刘邦接受他们的意见，下令封闭王宫，并留下少数士兵保护王宫和藏有大量财宝的库房，随即还军霸上。为了取得民心，刘邦把关中各县父老、豪杰召集起来，郑重地向他们宣布："秦朝的严刑苛法，把众位害苦了，应该全部废除。现在我和众位约定，不论是谁，都要遵守三条法律。这三条是：杀人者要处死，伤人者要抵罪，盗窃者也要判罪！"父老、豪杰们都表示拥护约法三章。接着，刘邦又派出大批人员，到各县各乡去宣传约法三章。百姓们听了，都热烈拥护，纷纷取了牛羊酒食来慰劳刘邦的军队。由于坚决执行约法三章，刘邦得到了百姓的信任、拥护和支持，最后取得了天下，建立了西汉王朝。

2.缇萦救父

缇萦救父的故事发生在汉文帝四年。当时，民间有个叫淳于意的人。一次，淳于意错治了病，紧接着被人告发。当地的司法官员依据汉朝律法判他切断肢体的"肉刑"，还要把他送到长安城去接受刑罚。淳于意有五个孩子，都是女儿。他被官差押送离家之际，远远地望着女儿们，叹着气说："唉，没有一个男孩，遇到这样的危难时，想找个帮手也找不到。"几个女儿原本就很伤心了，听到这样的话，都低着头哭得更加伤心了。此刻，淳于意最小的女儿缇萦对此既悲伤，又气愤。她想：谁说女儿就一定没有用呢？于是，她向家人提议要与父亲同上长安，面对家人的一再劝阻也没有放弃。来到长安之后，缇萦立即找人代写了一封奏章，亲自到宫门口将奏章递给守卫。汉文帝拿到这份奏章，发现上书的竟然是一个小姑娘，看得就更加认真了。只见那奏章上写道："我叫淳于缇萦，是太仓令淳于意的小女儿。我的父亲向来廉洁正直，如今他触犯了国家律令，按照大汉律法理应处以肉刑。可是这样做了，我却为我的父亲感到难过，也为所有被处以肉刑的人感到伤心。残酷的肉刑会使人残废，那么以后如何改过自新呢？我愿意代父受过，好让他能够改过自新，请求陛下体会民女的一片苦心。"汉文帝读完奏章，内心深深地同情这个勇敢的小姑娘，随后，便正式下令废除了肉刑。

四、古为今用

法律体制的完善

1978 年 12 月，十一届三中全会召开，纠正了我国关于法治建设的认识。根据邓小平的指示，党中央得出重要结论，即应加强我国法制建设，必须由原来完全依靠政策治理国家转变为同时依靠政策与法律治理国家，"做到有法可依，有法必依，执法必严，违法必究"。

于是，我国开始了近 40 年的法制重建与完善的历程：1979 年，全国人民代表大会对 1978 年宪法进行了第一次修正，使之更符合国家法制化的精神。1982 年，新中国第四部宪法获得通过，这是针对 1978 年宪法进行修正的成果，较多地汲取了 1954 年宪法以及国际制宪经验，故而在内容和形式上可以算得上是一部良善的宪法。在这部良善宪法的统领之下，我国开展了大规模立法活动，社会主义法制建设进入全面发展阶段，形成了我国法律体系的基本框架。1998 至 2003 年，我国相继出台立法法、合同法、信托法、证券法、行政复议法等法律，并对宪法、著作权法、专利法、商标法等一批法律进行修改，共审议法律、法律解释以及相关法律问题的决定草案 124 件。2003 年至 2008 年，全国人大及其常委会共完成审议 106 件，并通过其中 100 件宪法修正案草案、法律草案、法律解释草案和有关法律问题的决定草案。2011 年 3 月 10 日，吴邦国委员长在第十一届全国人民代表大会第四次会议上宣布：中国特色社会主义法律体系已经形成。此后，全国人大主要专注于已有法律的修改和完善，修改了刑事诉讼法、预算法、保险法、安全生产法等重要部门法律，同时也对刑法以修正案的方式进行了多次修正，近几年修正的次数较为集中。最近，全国人大及其常委会更是针对我国民事实践的新情况着手制定了一部民法典，以系统化、体系化民事法律。在全国人大及其常委会所公布的最新的立法修改规划里，还有一批法律将进行修改和完善。

　　以上便是我国 1978 年以来法制重建和完善的大致历程。在这一过程中，法制得到恢复，法律在内容和形式上不断完善，社会主义法律体系更是初步建成。与之相随的，就是近四十年的经济高速增长，这不得不归功于十一届三中全会以来的法治战略。正如王安石言："立善法于天下，则天下治，立善法于一国，则一国治。"在天下设立好法制，天下就会太平；在一国制定好法制，一国就会太平。国家的进步需要法治的权威，伟大的时代呼唤法治的风尚。"法治中国"的时代航船，正在提速破浪。

五、知识链接

王安石的法律思想

　　王安石，是北宋时期著名的改革家，熙宁变法就是在他的主持下进行的。他曾两次担任宰相，并积极推进新法，进行政治改革。熙宁变法虽然在守旧派的反对下以失败告终，但是他的政治法律思想却没有因此败没，反倒流传至今。

　　为了给变法找一个强有力的理由，王安石提出了"因时变法"的理论。在王安石看来：祖宗之法，不必尽善，可革则革，不足循守。随着时势的变化，为了合乎仁政，方便民众，即便是"祖宗之法"也应适时而变更。如果时势已变，仍对"祖宗之法"循守不变，则是"迹同而实异"，早已不符合原先的立法精神。一味因循守旧，势必不利于国家，又会危害百姓。"因世就民"，进行"权时之变"，是历史规律的要求。所谓"时移世易，变法谊矣"。王安石主张变法、讲求法度、改革弊政的思想，就是适应社会现实的要求提出的。

除此之外，王安石还提出了"立善法，则天下治"的法律观点。王安石认为，北宋想要改变积弱积贫的状况，必须"立善法"。善法应当包括形式和内容两个方面。就形式而言，"善法"必须是简而易行。法网过于严密不一定能够做到令行禁止。宋朝"法严令具"，可谓十分严密，然而，法令却"滋而不行"，犯者诛不胜诛。相反，法令如果简易，百姓反倒更容易去遵守。在内容上，所谓的"善法"则是指"便民之法"。王安石说："朝廷之法，当内断以义，而要久远便民而已。"立法要立便民之法，这是他在变旧法创新法过程中所遵循的一项立法原则。

王安石不仅强调要创制"善法"，而且十分重视执法问题。他主张执法者在执法过程中要严格依法办事。针对当时有许多司法人员在处理案件时贪赃枉法、任意出入罪的现象，他给皇帝赵顼上书说："臣以为有司论罪，惟当守法，情理轻重，则敕许奏裁。若有司辄得守法以论罪，则法乱于天下，人无所措手足矣。"

与此同时，王安石对司法人员的素质问题也很重视。他认为，"吏不良，则有法而莫守"。他说："光有善法不足以治理好国家，还必须有良好的执法官吏保证善法可以贯彻执行。"北宋后期，政治腐败，贪官污吏不可胜数。对此，王安石一再强调人才的重要性，主张整饬吏治，选拔人才，这也是王安石法律思想的重要组成部分。

总之，王安石是中国法律思想史上一位有重大贡献的人物。他主张"因时变法"，以变风俗；主张创立善法，以抑制兼并，利国利民；主张贤良执法，认为"吏不良则有法而莫守"。他的这些法律思想，不仅在当时的历史条件下具有进步意义，就是在当前，也没有失去借鉴价值。

第六章 法之不行 等同无法

导 读

　　法律的生命在于实施，法治的根本在于法律的实施。法律再完备，如果不能有效实施，仍然只是纸面上的法律，不能发挥其应有功能。要很好地实施法律，一方面要使法律具有可实施性，即法律的规定要明确具体；另一方面，也要为实施法律配备必要的制度和高素质的人员。

一、经典阅读

1.法立而不行，与无法等。

（沈家本《历代刑法考》）

2.有其法者，尤贵有其人矣。大抵用法者得其人，法即严厉亦能施其仁于法之中。用法者失其人，法即宽平亦能逞其暴于法之外也。

（沈家本《历代刑法考》）

3.法正则民悫，罪当则民从。

（汉文帝刘恒《议除连坐诏》，出自《汉书》，中华书局 2007 年版）

4.法制以遵行为要，能遵行而后有法制。

（洪仁玕《资政新编》，出自《太平天国》，上海人民出版社 2000 年版）

5.赏者必当其功，不可以恩进；罚者必当其罪，不可以幸免。

（《包拯集·上殿札子》）

二、鉴赏指津

1.沈家本是我国清朝末期的法学泰斗和公认的律学专家。沈家本在总结了长期司法工作经验的基础上认识到，在某种意义上，执法工作要比立法工作更为复杂，也更为重要。他的这句话精炼而准确地揭示了法的实施的重要性。治国不可无法，但如果单有立法而不去执行，则等同于无法，在我们推行依法治国的今天亦是如此。法的生命在于实施，制定得再完美的法律，如果从不付诸实施，那么也是形同虚设。

2.沈家本的这句话从崭新的角度解剖了法的实施的问题，强调了用法者在推动法的有效实施的过程中的重要作用。他反复阐明"法贵得人""用法在人"的道理，提出法制执行的好坏关键在于执法之人是否贤能，有善法而执法者不善，则善法也形同虚文，这事实上在"法立而不行"的层面上推进了一步。一案之误，动累数人；一例之差，贻害数世。用法者未能胜任其职，或者执法不善，事实上会造成更大的危害。至于如何"得其人"，沈家本也做了诸多努力。面对封建顽固派对新法的重重阻挠，沈家本深感法律人才的缺乏，故其不厌其烦地提醒统治者培育"法律人"的重要性与急迫性，同时呼吁国人重视法学、研究法律，并认为学习法律关键是要掌握法律的原理和精神，才能实现法律的重要作用，否则就容易造成严重的后果。他创建、主持京师法律学堂以培育优秀裁判人才；同时，建议仿古制设立律博士教习法律，使国家的中枢以至地方官吏都了解法、熟习法，以便更好地适用法，促进法的实施，同时避免法的实施不当。

3.刘恒，即汉文帝，汉朝的第三位皇帝，汉高祖刘邦第四子。吕后死后，吕产、吕禄企图发动政变夺取帝位。刘恒在周勃、陈平支持下诛灭了诸吕势力，登上皇帝宝座，在位23年。汉文帝在位期间，是汉朝从国家初定走向繁荣昌盛的过渡时期。他和他的儿子汉景帝统治时期，政治稳定，经济生产得

215

到显著发展，被史家誉为"文景之治"。汉文帝是难得的贤君，吕产作乱被平息后，其家族都被抓起来论罪，司衙门的官员认为宗族连坐可以有效威慑犯罪，能通过严刑峻法防止百姓为非作歹。汉文帝对此表示反对，他提出法律本身是正义的、善良的，执法严厉公正，人民就会遵纪守法；定罪量刑适当，百姓就会接受，就会服判息诉。他的这句话所蕴含的道理在建设社会主义法治国家的今天也依然适用。社会群众自觉遵纪守法，执法公正严明，司法罚当其罪，才是法律有效实施的应有之义。

4.法制建设的达成以遵守和执行为关键，法律能被很好地遵守和执行之后才会有法治。作为太平天国天王洪秀全的族弟，洪仁玕一度总理朝政，他不仅强调立法的重要性，而且认为执法和守法都是法治的重要环节，法律制定以后，关键问题在于"遵行"，换言之，必须重视法的有效实施。

5.包拯，北宋名臣，因为官清廉，不附权贵，铁面无私，有"包青天"之称。包拯在其政治生涯中，勇于替百姓申不平，深受百姓爱戴。包拯在开封时，开官府正门，使讼者得以直至堂前自诉曲直，杜绝奸吏。立朝刚毅，贵戚、宦官为之敛手，京师有"关节不到，有阎罗包老"之语。包拯的这句话正是其秉公处置、赏罚分明的执法特点的真实写照。严明执法、公正执法既是法的有效实施的重要内容，也是法的有效实施的必然要求。包拯断狱英明刚直、执法不避亲党，对当今法治中国司法和执法人员仍起着重要的模范作用。

三、趣味故事

1. 李朝隐力劝唐玄宗守法

唐代的裴景仙在武强县做县令时，经常向辖区的老百姓索要金钱财物，获得赃物的价值高达五千多匹。裴景仙离任之后，有人向官府告发他的罪行。裴景仙因此而下狱。唐玄宗知悉这件案子之后，大发雷霆，表示应当召集所有的官员，并当着他们的面杖杀裴景仙。掌管刑事案件审理的大理卿李朝隐则反对玄宗的做法，他上书玄宗道："裴景仙所犯之罪是'监临主守乞取'，在性质上而言是律法上的'受所监临赃罪，按照大唐律法，并不能对其处以死刑。除此之外，裴景仙还是前朝功臣裴寂之后，裴氏家族因武后的迫害只剩裴景仙一人在世，根据我朝律法纵使是死罪也能获得宽大的处置，以保存该族的血脉。故臣请求陛下改判裴景仙流刑。"唐玄宗看了奏章后并没有听从建议，还是下了一份要处死裴景仙的亲笔"手诏"。于是，李朝隐再次上书玄宗："我们做臣子的本来无权干预陛下行使生杀之权，可作为臣下却不得不严格遵守我大唐律法。按照法律的规定，枉法赃达到十五匹就得处以绞刑，而像裴景仙这样的乞取赃最重也只是流刑。现在我们对犯了乞取赃罪的裴景仙处以死罪，那往后再有人犯了枉法赃罪，我们该如何加重处罚呢?"经过李朝隐的多次劝说，玄宗皇帝终于接受了他的建议，将裴景仙的处罚改成了杖一百，流放岭外。

四、古为今用

完善执法监督机制

法的实施，是指法在社会生活中被人们实际施行，包括法的执行、法的适用、法的遵守和法律监督等诸多方面，而只有在这些环节中配备相应的制度设计和落实机制，法才有可能被有效地实施。就法的有效实施而言，监督意义重大。合理而完善的执法监督机制是促使执法机关严格执法、公正执法的重要保障。

行政执法是行政机关及行政人员实施法律的过程。在这个过程中，如果行政机关及行政人员不遵循立法规定的程序，肆意做出超越自己的职权范围的决定、命令，或者迟滞执法等，势必会侵犯公民权益，影响法治建设的进程，阻碍法的有效实施。如果权力没有得到有效监督，就很容易滋生腐败。推进社会主义法治建设，贯彻"依法行政"的要求，必须加强执法监督。

自 20 世纪 80 年代初期起，我国便开始探索行政执法监督模式，尝试建立了一些检查机制。依法治国推行以来，执法监督也成了各级政府法制工作的重要内容，目前诸多政府门户网站上都设置了执法监督专栏。行政执法监督涉及面广，从食品药品监督，到医疗卫生服务，到教育资源的分配，再到公共安全的保障和自然资源的开发利用等，不一而足。由于行政执法内容触及人民生活的方方面面，执法监督机制的设立和完善是一项浩大的工程。而从我国目前在这方面的积极作为不难看出，构建一个全方位、宽领域、多层次的执法监督体系的工作一直在不断推进。2016年修订的《中华人民共和国水法》第六章专门规定水事纠纷处理与执法监督检查，《中华人民共和国海关法》《中华人民共和国农业法》《中华人民共和国治安管理处罚法》《中华人民共和国人民警察法》以及《中华人民共和国道路交通安全法》中也都有专章规定执法监督。以2012年修订的《中华人民共和国人民警察法》为例，其第六章"执法监督"中特别指出"人民警察执行职务，依法接受人民检察院、行政监察机关、社会和公民的监督。人民警察的上级机关对下级机关的执法活动进行监督。公安机关建立督察制度，对公安机关的人民警察执行法律、法规、遵守纪律的情况进行监督。"由此可见，我国在立法层面上就凸显了对执法监督工作的重视，并且在监督主体、监督内容上也做出了相应的制度安排，通过赋予不同主体监督权利以及要求其履行监督职责，行政执法队伍受到进一步约束，执法的规范性也有望提高。

另外，我国还不断加强权力机关、司法机关、舆论对执法行为的监督；同时，健全行政执法公开制度，要求在行政执法监督过程中注重监督过程的公开和监督结果的公开。而无论是立法上的专章规定，还是相关的加强监督的制度设计，都是为了保证执法工作的合法有效开展和促进法律的有效实施。

总体而言，由于长期以来社会各界对法治工作的高度重视，在政府法制部门和其他国家机关的共同努力下，执法监督不断得到加强。然而，在行政执法中权大于法、情重于法的现象依然存在，完善执法监督体制任重而道远。而值得坚信的是，坚持"有法可依，有法必依，执法必严，违法必究"的法治原则，加强执法监督，法治的春天终将降临中华大地。

五、知识链接

沈家本及其法治思想

沈家本(1840—1913)，清末官吏、法学家。历任天津、保定知府、刑部右侍郎、修订法律大臣、大理院正卿、法部右侍郎、资政院副总裁等。作为中国近代法律学的先驱，沈家本博闻强记，遍览历代法制典章。同时，他参考古今，博稽中外，是中国传统法律向近代法律转型时期的标杆式人物。

沈家本十分重视执法问题，主张持平执法。在长期司法工作实践中，他充分感受到执法较之立法的复杂性和重要性。他指出，"为国家者，非立法之难，而用法之难也；法善而不循法，法亦虚器而已。"在沈家本看来，治理国家的困难不在于法律的制定，而在于法律的实施，空有完备的法律而不去遵循、不去实施，法律也就形同虚设。法律制定以后，关键的问题就是如何持平执法。如果法律严苛而执法平允，则能去立法之弊。

"一代之法，不徒在立法之善，而在用法得其平。"从这一认识出发，沈家本强调要以仁恕之心执法，指出"用法而行之一仁恕之心，法何尝有弊？"他谴责商鞅、李斯执法刻薄造成人心背离，认为这是"用法之过，而岂法之过哉？"赞赏汉郭躬"平刑审断"。另外，沈家本重视执法者的作用，强调有其法者，尤贵有其人矣。用法得其平的前提在于执法者得其人。大抵用法者得其人，法只有得其人才能以仁恕之心执法。由此，沈家本十分重视培养法律人才，提倡执法者知法。沈家本还奏请拨款设立法律学堂，并且亲自赴日本请知名之士担任主讲。

处于半殖民地半封建社会的特定历史条件下，沈家本的法学思想表现出鲜明的时代特色。他建议废止凌迟、枭首、戮尸、刺字等酷刑，积极改良清代律制。他向专制主义展开了尖锐批判，也表达了对中国贫弱落后、备受欺凌的悲惨处境的强烈不满。他关于法律作用和意义的论述，表明他想通过法的颁布和实施扭转当时政治腐败、危机四伏的严重局面。他之所以强调道德教化和持平执法，更是针对封建末世滥杀无辜、刑狱黑暗的极端封建专制统治而发的。他主持制定的民法和商法草案，虽未实施，却掀开了近代中国法治历史的第一页，对后世产生了深远的影响。

　　总体而言，沈家本对我国法律现代化做出了重要贡献，他希望以法救国，以法强国，通过法的颁布和实施来挽救国家和民族于危难之际的思路，对我国目前的法治建设仍具有重大启发意义。

第七章　法律面前　人人平等

导　读

在法治社会，人人都要遵守法律，服从法律，在法律面前没有特殊公民，凡是违反法律都要同等地受法律制裁。这是法治的本质要求。否则，法律的权威就会受到侵害，法治就会变成一句空话。

一、经典阅读

1. 法家不别亲疏，不殊贵贱，一断于法。

（《史记·太史公自序》，中华书局 2014 年版）

2. 诛不避贵，赏不遗贱。举事不私，听狱不阿。

（《晏子春秋·内篇》，选自《晏子春秋全译》，贵州人民出版社 2009 年版）

3. 所谓壹刑者，刑无等级，自卿相将军以至大夫、庶人，有不从王令、犯国禁、乱上制者，罪死不赦。

（《商君书·赏刑》）

4. 法不阿贵，绳不绕曲。法之所加，智者弗能辞，勇者弗敢争。刑过不避大夫，赏善不遗匹夫。

（《韩非子·有度》）

5. 不知亲疏、远近、贵贱、美恶，以度量断之。其杀戮人者不怨也，其赏

221

赐人者不德也。以法制行之，如天地之无私也。是以官无私论，士无私议，民无私说，皆虚其匈以听其上。上以公正论，以法制断，故任天下而不重也。

（《管子·任法》）

二、鉴赏指津

1. 西汉司马迁在评价法家思想时谈道：法家不分亲疏，不分贵贱的差别，一切用法律来判断。可见，法家主张在法律面前对君臣百姓一视同仁，即对法律的适用对象坚持统一的标准，平等地适用法律。并且，"一断于法"的主张在某种程度上是一种基于理性的价值判断，在中国的法律思想史上具有重要意义。

2. 晏子是春秋后期齐国著名的政治家、思想家、外交家，主张公平持法，不欺压百姓，不袒护权贵。晏子认为在执法之时，不能区分人的贵贱，更不能有私心，治国应当大公无私，照章行事。在法律的实施过程中，应秉承不偏向、不倾斜、不屈从的原则，坚持法律面前人皆平等。

3. 商鞅是战国时期的政治家、改革家、思想家，法家代表人物。商鞅在《赏刑》一文中提出了三个政治主张，即壹赏、壹刑、壹教。商鞅主张，圣明的君主治理国家，应该统一奖赏、统一刑法、统一教化。他提出的"壹刑"主张，要求在适用刑罚时不分等级亲疏，实行平等。所谓统一刑罚，就是刑罚不分人的等级，从卿相将军到大夫平民，有不服从国君命令、违犯国家禁令、破坏国家制度者，就判处死刑，决不赦免。商鞅提出的"刑无等级"思想，是对"刑不上大夫"的大胆挑战，具有非常重要的进步意义。

4. 韩非子是战国末期法家的代表人物。他认为，法律应当公平公正，一视同仁，不应因人的地位等级不同而在法律上差别对待。法律不得偏袒权贵之士，就好像木匠的墨线不会向弯曲的地方倾斜。法律该制裁的，即使是智者也推辞不了，即使是勇者也不敢抗争。惩罚罪过不避让大臣，赏赐善行不遗忘百姓。韩非子的法治思想无疑是对特权阶层的打击，治国当以法律为准绳，坚持法律面前人人平等，使得权势者不敢随意以身试法，平民百姓也不敢轻易触法。

5.从古至今，"特权思想""等级思想"一直都是影响法律公正的重要因素，管仲认为，治世之君应该以公平正直原则来处理政务，不论亲疏远近，也不管贵贱美恶，有功则赏，有罪必罚，一律以法令制度为准绳，用法度来判断。同时，管仲还主张，君主若秉承公平公正的精神治国理政，在定罪杀人之时，百姓就不会怨恨；在按功行赏之时，百姓也不必感激。全凭法制办事，就像天地对万物那样没有私心。所以，官吏没有私人的政见，士人没有私人的议论，民间没有私人的主张，大家都虚心听从君主。君主凭公正原则来考论政事，以法制来裁断是非，即使担负治理天下的大任也不感到沉重。管仲认为，法令面前，人人平等，法令不能迁就少数亲戚权贵，且必须赏罚分明，不允许任何人有超越法律的特权。

三、趣味故事

隋文帝不赦子

开创隋朝的第一个皇帝是隋文帝杨坚，被称为"高祖"，是一代明君。他的第三个儿子——俊，在开皇元年被奉为秦王。后来，秦王出任并州总管一职。一开始，秦王恪尽职守、严格要求自己，名声不错，隋文帝听到后很高兴，立马写信给他，对他进行了褒奖鼓励。可自此之后，秦王得意忘形，渐渐变得奢侈浪费了，为了聚敛钱财，竟然违反制度，放债求取利息，老百姓和下级官吏因此蒙受了不少的困苦。隋文帝生气了，决定对他严惩，受牵连而被治罪的就多达百人。但是治罪后的俊仍然不思悔改，反而大修宫室，所修宫室豪华绝顶。隋文帝更加生气，一怒之下免了他的官职，只让他住在府第中。左武卫将军刘升为秦王求情，他说："秦王并没有其他过错，只不过是动用官家财物营建官署的房舍罢了。我认为可以宽恕。"文帝毫不犹豫地说："法令不可违背。"刘升固执地继续进谏，惹得文帝非常生气，刘升便只好放弃。后来，重臣杨素又为杨俊的事向文帝进谏说："秦王的过失，不应当处罚得这么重，希望陛下详细考虑考虑。"杨坚面色严肃地解释道："没有人可以随意触犯法律，如果因为他是秦王就不追究他的罪过，那么我就只是一个人的父亲，而不是天下百姓的皇上了。如果是这样的话，就应该另外制定针对王室的律法了。以圣人周公旦那样的为人，尚且惩罚管叔、蔡叔，我远不如周公，我怎么可以用你说的方法去让隋朝的律法受到怀疑呢?"结果，杨坚没有答应下臣的请求，而是依法处置了他的儿子。

问责需猛力，纠风正俗方平等，人有信才立，国有法才兴

四、古为今用

法制面前人人平等

党的十八届四中全会通过了《中共中央关于全面推进依法治国若干重大问题的决定》，该文件在深刻总结我国社会主义法治建设经验的基础上，提出了实现全面推进依法治国总目标的五项原则，即"五个坚持"，其中一项原则便是"坚持法律面前人人平等"。准确理解法律面前人人平等的含义并在现实生活中切实做到法律面前人人平等，对于全面推进依法治国、加快建设中国特色社会主义法治体系和社会主义法治国家具有重要意义。

作为一种思想追求，法律面前人人平等的理念由来已久，从制度设计层面回溯，1954年制定通过的《中华人民共和国宪法》具有里程碑式的意义。其中第85条明确宣告，"中华人民共和国公民在法律上一律平等"。

1978年，邓小平在中央工作会议闭幕会上发表《解放思想，实事求是，团结一致向前看》的重要讲话，他在讲话中要求，"为了保障人民民主，必须加强法制。必须使民主制度化、法律化，使这种制度和法律不因领导人的改变而改变，不因领导人的看法和注意力的改变而改变"。叶剑英在闭幕会上就领导班子、民主与法制、解放思想三个方面发表讲话说："我们一定要有一批大无畏的不惜以身殉职的检察官和法官，这样才能维护社会主义法制的威严。在人民自己的法律面前，一定要实行人人平等，不允许任何人有超于法

律之上的特权。"随后在 12 月 22 日通过的《中国共产党第十一届中央委员会第三次全体会议公报》明确提出，"宪法规定的公民权利，必须坚决保障，任何人不得侵犯"。

1980 年 1 月 16 日，邓小平在中央召集的干部会议上指出："我们要在全国坚决实行这样一些原则：有法必依，执法必严，违法必究，在法律面前人人平等。"1980 年 8 月 18 日，邓小平在中央政治局扩大会议上发表《党和国家领导制度的改革》重要讲话，其中明确提出："公民在法律和制度面前人人平等，党员在党章和党纪面前人人平等。"1982 年宪法对上述观点给予了充分肯定，第 33 条规定："凡具有中华人民共和国国籍的人都是中华人民共和国公民。中华人民共和国公民在法律面前一律平等。"

平等地适用法律，就要反对特权。一批批高官相继落马，反映了在法律面前没有特殊公民，任何践踏法律的行为必将受到法律的制裁。从制度上加强对权力的监督制约，贯彻"法律面前人人平等"原则，是推进反腐倡廉建设的有效途径之一。虽然近年来我国在反腐倡廉工作上虽取得了巨大成果，但是我们应清醒地看到，我国目前的廉政建设仍然存在不少问题，一些损害国家利益、群众利益的腐败问题仍然很突出，反腐倡廉的工作十分艰巨。就我国目前的法治现状来说，要实现事实上的"法律面前人人平等"仍然是一个长期而艰巨的任务，需要我们一代代人的努力与奋斗。

五、知识链接

管子的法律平等观

管子（约前 723—前 645），名夷吾，字仲，谥敬，春秋时期法家代表人物，是中国古代著名的经济学家、哲学家、政治家、军事家。管子被誉为"法家先驱""圣人之师""华夏文明的保护者""华夏第一相"。

法是判定行为对错的标准，是衡量事实是非的准则，坚持贯彻法律面前人人平等，必须一切按照法律的要求进行裁决。管子认为，虽然法自君出，但是必须要做到"不为君欲变其令，令尊于君"（《管子·法法》），维护法的尊严，做到人人皆从法。相反，如果在法律上将人分成三六九等，对待臣民贵贱有别，就很难推行法律政令，会间接地影响国家的治理。"有私视也，故有不见也；有私听也，故有不闻也；有私虑也，故有不知也。"（《管子·任法》）管子指出，有私见、私听、私心，就会蒙蔽自己的视听和判断，君主也会受到蒙蔽以致丧失国家。"上舍公法而听私说，故群臣百姓皆设私立方以教于国，群党比周以立其私，请谒任举以乱公法，人用其心以幸于上。上无度量以禁之，是以私说日益，而公法日损，国之不治，从此产矣。"（《管子·任法》）这句话的意思就是说，君上舍弃公平法制而听从私下的议说，那么，群臣百姓都将创立自己的一套学说和主张在国内到处宣扬，还将勾结徒党，来建立私人势力，并请托保举来扰乱公共法纪。人人都会用尽心机，希望能被君上宠幸。君上若没有法度来禁止这些现象，私情之说便会日益增多，而公共法制会日益减损，由此国家就会产生难以治理的境况。

"法制不议，则民不相私。"（《管子·法禁》）在法治的各方面只有公平，百姓才会守法遵法，因此维护法的公平正义是实施法治的前提。"夫生法者，君也，守法者，臣也；法于法者，民也。君臣上下贵贱皆从法，此谓为大治。"（《管子·任法》）这是对周朝"刑不上大夫""刑有等级"制度的巨大挑战，他要求君主和官吏在适用法律上要"不知亲疏、远近、贵贱、美恶，以度量断之"。（《管子·任法》）管子将法律称为"公法"，认为法具有最高权威，具有普遍适用的价值功能，任何社会成员都不能置于法外或者凌驾于法律之上。虽然法自君出，但是法律高于意欲，君主应带头遵守法律，不得随意更改法律。

第八章　依法治国　变法图强

导　读

　　法治，是具体的法治。法治要符合各国的国情。同时期国家与国家之间的法治既有相同点，也有不同之处。法治要适应时代的变化。即使是同一个国家，不同时期的法治也有不同的内容。当旧的法律制度不能适应新的社会环境时，必须及时变革法律，以保持法律的生命力，维持法治的效能。

一、经典阅读

1. 法古则后于时，修（循）今则塞于势。

（《商君书·开塞》）

2. 故治民无常，唯治为法。法与时转则治，治与世宜则有功。故民朴，而禁之以名，则治；世知，维之以刑，则从。时移而治不易者乱，能治众而禁不变者削。故圣人之治民，治法与时移，而禁与能变。

（《韩非子·心度第五十四》）

3. 天变不足畏，祖宗不足法，人言不足恤。

（《宋史·王安石传》，上海人民出版社 2003 年版）

4. 天下无数百年不敝之法，亦无穷极不变之法，亦无不除弊而能兴利之

227

法，亦无不易简而能变通之法。

（《魏源集·淮南盐法轻本敌私议自叙》，中华书局 1976 年版）

5. 治国有常，而利民为本。政教有经，而令行为上。苟利于民，不必法古。苟周于事，不必循旧。

（刘安《淮南子·泛论训》，中华书局 2009 年版）

6. 法者天下之公器也，变者天下之公理也……变亦变，不变亦变。变而变者，变之权操诸己，可以保国，可以保种，可以保教。不变而变者，变之权让诸人，束缚之，驰骤之。呜呼，则非吾之所敢言矣。

（梁启超《变法通议·论不变法之害》，华夏出版社 2002 年版）

二、鉴赏指津

1. 这句话是商鞅与当时秦国保守派代表甘龙、杜挚进行一场是否要变法的论争时，明确提出的变法主张。他认为效法古代则落后于时代，保守现状则跟不上形势的发展，主张改革创新，每一个时代都应当制定出适合当代需要的政治法律制度，即"因世而为之治，度俗而为之法"。这种强调从改革中求生路的思想是可贵的。他认为只有跟随时代前进，不断根据社会发展的需要及时改革，才能实现一个时代的兴盛和繁荣。

2. 韩非子作为法家集大成者，继承了管仲"以法治国，则举措而已"与商鞅"任法而治国"的依法治国的方略，提出了"治民无常，唯治为法"的观点。他认为时代变化了，治理社会的方法也要相应地发生改变。韩非子敏锐地察觉到，战国末期的社会急剧变化，原有的法令制度已经无法适应新的形势。而法令制度的制定，应适合人群之需要，应考虑大势所趋、人心所向，所以必须随着时代及社会需要做出相应调整。这种与时俱进的社会进化史观，成为后世论证变法顺应时代要求的上好注解。

3. 王安石于嘉祐三年（1058），调为度支判官，在其进京述职时，作长达万言的《上仁宗皇帝言事书》，系统地提出了变法主张。他结合自己多年的地方官经历，指出国家积弱积贫的根源在于为政者不懂得法度，遂主张对宋初以来的

穿越时空的价值印记

法度进行全盘改革,其中"天不变不足为"的思想是他主张变法革新的重要理论基础。他认为法律制度若不适应当前的需要并且阻碍社会进步,就要修改甚至废除,不能盲目继承,制定法律的宗旨应当是天下安宁、国富民强,因此要因时制法,要随客观情况的变化而变化法律,不必固守祖宗成法。如果要坚持祖宗之法,则只能法其意即效法其制定法律的宗旨。这是对传统儒家陈腐观念的有力冲击,突破了以古今论是非、以时间前后取代价值判断的旧模式。

4. 魏源是清代启蒙思想家、政治家,一个坚决反对外国侵略的爱国学者。他积极要求清政府进行改革,认为国家的法律及政治制度,实行久了都会出现弊端,都必须进行改革。魏源变法思想具有初步的资本主义色彩,其中一个重要原因在于其变法理论是以进化历史观和民主主义思想为基础的。他提出了进化历史观,认为历史变化不以人的意志为转移,人们只能顺应历史潮流发展;他还看到了人民的重要性,在前人的基础上提出了庶人与天子在人格上的平等性,把古代思想家"民贵君轻"的民本主义思想精华上升到了与封建专制相制衡的民主主义高度。

5. 刘安的治国思想是对道家思想加以改进,不循先法,不守旧章。他认为执政者要想建立和谐安宁的社会秩序,就必须顺应时代发展的要求进行社会变革。这些观点明显地带有先秦法家思想的烙印,不同的是,《淮南子》明确主张一切变革必须以"利民"为目的。刘安在主张因时变法的同时,并不否认要学习和继承前人合理的东西。

6. 梁启超作为中国近代重要的启蒙思想家,用饱满的热情、犀利的文笔宣扬爱国救国的理论。他早年接受儒家思想的教育,对中国传统文化有着深入的了解。此后,梁启超接受了康有为对孟子和荀子的看法,指出宋代新儒学的局限是未能"将修身与更广泛的社会和国家问题联系起来"。于是,他立足于救亡图存的社会需要,提出中国社会必须实施变法以求得生存,并且结合中国文化与西方文化的长处,积极地倡导变法改革。《变法通议》作为梁启超在戊戌变法时期的重要著作,通过对中学、西学的解读与诠释,论述变革维新的必要,宣扬对平等、自由、民主的追求。《变法通议》之独特性在于,既有对传统中学的继承,又有对传统教育培育方式的反思;既有对西学精华的借鉴,又有西学源于中学的坚守。

229

三、趣味故事

范仲淹不惮人哭

北宋前期，冗官现象日益严重，社会积贫积弱，军队无力保家卫国，老百姓不得不承担对西夏、辽国的巨额赔款，饱受政府的剥削，被压迫得喘不过气来。面对这样的局面，有识之士开始思考变法图强。特别是那些以天下为己任的士大夫们，再也坐不住了。

仁宗朝的时候，范仲淹、富弼等人获得任用，推行"庆历新政"，主要针对财政匮乏、吏治腐败的现象，发动一系列改革。其中范仲淹的决心特别大，行动也大刀阔斧。他在仔细阅读了各路转运使的名册之后，直接用笔把那些碌碌无为的庸官从名册上划掉，同时，还派出可信的精干之人到各地去考察吏治。

这样一来，触动面很广，一时朝野震动。范仲淹也受到了很大的压力，就连他的好友、一起发动改革的富弼都心生不安。有一天，富弼找了个机会，半开玩笑半认真地对范仲淹表达了自己的疑虑："您这大笔一勾，可真要让一家人都哭了！"没想到范仲淹"呵呵"一笑，目光坚定地看着他说："宁可让他一家人哭，也不能让一路人都哭呐！"受到他的感染，富弼也不再犹豫。

然而敌对的势力还是很强，他们因循守旧，为了维护自己的利益，弹劾改革派是结党营私，图谋不轨，甚至采取卑劣的手段诬陷范仲淹和富弼，导致两人都被外放，使持续了一年的"庆历新政"宣告结束。

尽管如此，范仲淹作为北宋政治改革的先驱，他和他发动的庆历新政仍对后世产生了深远的影响。

（故事来自《宋史》范仲淹本传）

四、古为今用

司法改革

"改革"意味着大胆突破当时的法律，破除旧体制的藩篱，从而为中国改革开放破冰。它对当时法律的冲击表现在原有法律制度已经不适合国情，严重背离民意，打破原有法律、改革原有法律势在必行。

以 1978 年 12 月中国共产党十一届三中全会宣布建立社会主义民主和法制为起点，到 1991 年为止，国家制定了一系列重要法律，推进了一系列法律制度变革，并以制定《中华人民共和国刑法》《中华人民共和国刑事诉讼法》和修改宪法，恢复秩序、保障人权、民主法律化、制度化为标志。

中国法制建设从 1978 年十一届三中全会正式起步，仅 1979 年一次就制定和颁布了刑法、刑事诉讼法、人民法院组织法、人民检察院组织法等七部法律，1982 年又制定了新宪法。邓小平明确提出，社会主义民主必须制度化、法律化，并且要使这种制度和法律具有稳定性、连续性和极大的权威，不因领导人的改变而改变，不因领导人的看法改变而改变。显而易见，人民群众对基本人权和秩序安定的强烈要求是这一波法制改革的巨大动力，国家顺应了人民的这一需求，恢复重建人民法院和人民检察院，建立和完善刑法、刑事诉讼法，为改革开放的顺利开展奠定了政治和法律基础。虽然以今天的眼光审视，1979 年的刑法和刑事诉讼法也很不完善，部分规定还很不成熟，但在当时能制定出这样水平的法律是很不简单的。

20 世纪 90 年代，我国以建立社会主义市场经济法律体系、张扬现代法律精神为标志，极大地推进和深化了中国特色社会主义法治改革。为此，在观念更新、理论飞跃的推动下，很快抛弃了体现计划经济的那一套法律观念和法律政策，先后进行了三次宪法修改，每次修改的中心都集中在经济问题上：突出了市场经济问题，突出了国有经济的实现形式多样化问题，以及私有经济、非国有制经济都是社会主义经济重要组成部分等问题。在宪法修改的同时，也加快了市场经济立法，特别是民商法的制定和修改，在短短几年之内就比较全面地制定和修改了公司法、合同法、担保法、票据法、反不正当竞争法、专利法等一系列体现市场经济、为市场经济服务的法律。在司法领域，提出了司法改革的基本路线图：强调当事人举证责任——庭审方式改革——审判方式改革——诉讼制度改革——司法体制改革——相关领导制度和政治体制改革。

之后，我国以1997年党的十五大正式提出"依法治国，建设社会主义法治国家"的治国基本方略和奋斗目标为标志，开启了全球化条件下中国特色社会主义法制的深层改革。以中国加入WTO(世界贸易组织)为契机，加快相关立法和法律清理，按照国际通行规则全面推进中国的法制改革。在整体推进司法改革方面，实施统一司法考试和庭审制度、羁押制度以及证据认定等项改革。党的十五大明确提出"推进司法改革，从制度上保证司法机关依法独立公正地行使审判权和检察权"。

以党的十八大和十八届三中全会、四中全会为标志，当代中国法治改革进入了一个崭新的历史阶段。习近平总书记明确指出："坚定不移推进法治领域改革，坚决破除束缚全面推进依法治国的体制机制障碍。"在当下，法治中国、法治政府、法治社会建设与全面深化改革同步进行。它内在地蕴含着全面深化改革要在法治的框架内进行。它内含着这样的逻辑法律的框架不变，变化的是法律的局部。党的十八大在考虑中国特色社会主义法律体系已经形成、社会主义法治建设的重点已由立法转向宪法法律实施实际的基础上，明确提出了由"法律体系"到"法治体系"转变的重大战略任务。

随着改革实践的深入，我国取得了一系列司法政策与理论的重大突破，使中国特色社会主义道路不断拓展，为实现中国梦注入了不竭动力。

五、知识链接

张居正变法

张居正(1525—1582)字叔大,号太岳,湖广江陵(今属湖北)人。隆庆元年(1567)张居正任吏部左侍郎兼东阁大学士,后迁任内阁次辅,为吏部尚书、建极殿大学士。隆庆六年(1572),万历皇帝登基,张居正代高拱为首辅。张居正在任内阁首辅的十年时间里,实施了一系列改革措施:财政上清仗田地,推行"一条鞭法",总括赋、役,皆以银缴,"太仓粟可支十年,周寺积金,至四百余万"。

万历年间,正值明朝统治由盛转衰,土地兼并日益严重,吏治逐渐走向腐败。为维持明王朝的长远统治,统治阶级内部的一些当权人物认为必须改革政治,寻求一条自救的道路。张居正针对当时的现实状况,尖锐地指出,明王朝已是积弊丛生,只有通过大的整顿改革,才能挽救当时全面的政治危机。

为了减少改革的阻力,张居正在担任会试主考时撰写了《辛未会试程策》,其中第二部分"法先王与法后王"体现了他的变法思想。他认为"法制无常,近民为要,古今异势,便俗为宜",主张变法应以顺应民心为要,即应"法后王"。但他又说"法后王",即变法并不是更改明太祖所制定的各种制度;相反,对于唐宋以前的君主而言,明太祖是"后王",因此"法后王"就是要恢复太祖之制中的本来面貌,革除正德以来的弊政。而对于明中叶诸帝来说,太祖又是"先王",这样,改革就没有违背先贤所主张的"法先王"之旨。张居正任首辅后,在被明神宗召见时表示"方今国家要务,惟在遵守祖宗旧制,不必纷纷更改";然后又在谢恩疏中说自己要"为祖宗谨守成宪,不敢以臆见纷更"。这样,张居正便在改革中始终打着"恪守祖制"的旗帜,从而堵住了守旧派之口。

政治改革方面,张居正认为"治理之道莫急于安民生,安民之要,惟在于核吏治"，否则吏风不正，一切政令都会流于形式。"上泽虽布而不得下疏，下情虽苦而不得上达"，即是当时官僚作风的写照。正德、嘉靖年间的改革之所以不了了之，正是吏治腐败所致，张居正对此深有体会。因此，虽然面临严重的财政危机，他却没有一上来就贸然整顿财政，而是先行改革吏治。万历元年（1573），他提出"考成法"，要求根据"功实"来任用官吏，裁汰冗官并奏请对官吏随时考成。其具体办法是，"抚、按考成奏章，每县二册，一送内阁，一送六科。抚、按延迟则部臣纠之，六部隐蔽则科臣纠之，六科隐蔽则内阁纠之"。这样使每件事情都要有结果，谁办不好就追究谁的责任。张居正身为内阁首辅，以内阁来控制六科，又以六科来控制六部。"考成法"提高了内阁的实权，进而加强了中央集权。张居正在推行"考成法"的过程中，一方面大力裁汰不称职的冗官，节省了不少财政开支；另一方面则注意选拔人才，使办事效率大为提高。在推行"考成法"时，张居正针对明中叶以来权势地主兼并土地隐匿税粮而形成的"私门日富，公室日贫；国匮民穷"的局面，提出了"私门闭，则公室强，故惩贪吏者，所以足民也"的改革措施，对各级官员规定了征赋的定额，征不足者"以新令从事"。这一措施增加了国库收入，至万历十年，形成明代财赋"最称富庶"的局面。"考成法"的施行，大大提高了官僚机构的行政效率，史称"自是，一切不敢饰非，政体为肃"，"虽万里外，朝下而夕奉行"。由此，张居正在获得了一个得心应手的政治工具后，再运用这个经过改造的工具去推行经济、军事诸方面的改革，使新法一以贯之地推行了十年之久，产生了积极的社会影响。

经济改革方面，张居正把理财作为重点。他认为财政问题是"邦本"。万历九年（1581），他通过国家法令的形式，把"一条鞭法"作为赋役制度在全国推行。"一条鞭法"的内容是把各州县的田赋、徭役以及其他杂征总为一条，合并征收银两，按亩折算缴纳。这大大简化了税制，方便征收税款。同时使地方官员难于作弊，进而增加了财政收入。"一条鞭法"是中国田赋制度史上继唐代两税法之后的又一次重大改革。它简化了赋役的项目和征收手续，使赋役合一，并出现了"摊丁入亩"的趋势。后来清代的地丁合一制度就是"一条鞭法"的运用和发展。

但改革不免触动相当数量的官僚、缙绅和既得利益者的利益，因此很自然地遭到了保守派的强烈对抗。加之历史积弊太深，已是积重难返。万历十年（1582），张居正积劳成疾，迅即病死，反对派立即群起攻讦，疯狂地进行反攻倒算。他们攻击张居正改革"务为烦碎"，清仗土地是"增税害民"，实行"一条鞭法"是乱了"祖制"，进而下令撤销了张居正死时特加的官爵和封号，并查抄了其家产。

后　记

　　编写《穿越时空的价值印记——国学经典与社会主义核心价值观》一书的初衷是为培育社会主义核心价值观和弘扬中华优秀传统文化，找到一个契合点，尽绵薄之力。本书力求融国学经典与社会主义核心价值观于一体，深入挖掘经典古诗文中的正确价值取向，让广大干部群众尤其是青少年学生深入理解文化强国的意义，增强文化自信，主动承担弘扬中华优秀传统文化的重任，形成践行社会主义核心价值观的自觉。

　　本书编写人员有中南大学文学与新闻传播学院、第二附属中学和法学院的有关专业老师。编写工作耗时近两年，老师们查阅了大量的文献资料："经典阅读"精选了 160 余篇与社会主义核心价值观密切关联的经典古诗文；"鉴赏指津""趣味故事"和"古为今用"中相当一部分为原创；"知识链接"选取了120 余篇相关的文学知识。编写过程中召开专题研讨会十余次，每一次会议，全体编写人员都认真讨论，各抒己见，仔细推敲，反复斟酌，力求精准。正因为大家齐心协力，才有了本书的出版。

　　在本书即将付梓之际，我们有太多感谢的话要说：感谢肖来荣、白寅、张武装、吴湘华等领导、教授的关心与支持！感谢刘贡求老师的指导与帮助！感谢彭辉丽、浦石编辑的辛勤与用心！感谢文学与新闻传播学院和法学院有关学生参与资料的查阅与整理！

　　感谢长沙市第一中学校长廖德泉、湖南师范大学附属中学校长谢永红、长沙市长郡中学校长李素洁和长沙市雅礼中学校长刘维朝等名校校长的联袂推荐！校长们作为青少年学生的领路人，对本书寄予的厚望让我们既感到了压力，也倍增了前行的动力。

穿越时空的价值印记

尤其要感谢的是张尧学院士和何继善院士！何继善院士欣题书名、张尧学院士慷慨赠序，关爱和期许之情难以备述，我们唯有更加努力，才能报答其万一。

"观今宜鉴古，无古不成今"。我们期望广大干部群众尤其是青少年学生在阅读时能真正从国学经典中探究出社会主义核心价值观的精髓，举一反三，古为今用。

愿社会主义核心价值观深深根植于国人心中，愿国学经典永远散发出熠熠夺目的光彩，瓜瓞绵绵，晖光日新。

编　者

2018 年 5 月

后记

图书在版编目（CIP）数据

穿越时空的价值印记：国学经典与社会主义核心价
值观：全3册／董龙云，杨雨主编. --长沙：中南
大学出版社，2018.5
　ISBN 978 - 7 - 5487 - 3131 - 3

Ⅰ.①穿…　Ⅱ.①董…　②杨…　Ⅲ.①国学－青少年
读物②社会主义建设－价值论－中国－青少年读物　Ⅳ.
①GZ126 - 49 ②D616 - 49

中国版本图书馆 CIP 数据核字（2018）第 109510 号

穿越时空的价值印记
——国学经典与社会主义核心价值观
CHUANYUE SHIKONG DE JIAZHI YINJI
——GUOXUE JINGDIAN YU SHEHUIZHUYI HEXIN JIAZHIGUAN

董龙云　杨　雨　主编

□责任编辑	彭辉丽　浦　石
□责任印制	易红卫
□出版发行	中南大学出版社
	社址：长沙市麓山南路　　　邮编：410083
	发行科电话：0731 - 88876770　　传真：0731 - 88710482
□印　　装	长沙德三印刷有限公司

□开　　本	710×1000　1/16	□印张 46.5	□字数 720 千字	□插页 2
□版　　次	2018 年 5 月第 1 版　　□2018 年 10 月第 3 次印刷			
□书　　号	ISBN 978 - 7 - 5487 - 3131 - 3			
□定　　价	158.00 元			

穿越时空的价值印记

何继善 题

何继善

中南大学教授
中国工程院首批院士　地球物理学家
工程管理学家　书法家
《工程管理前沿（英文）》主编
《工程地球物理学报》主编
中国工程院书画社副社长
湖南省书法家协会顾问
原中南工业大学校长
原湖南省科学技术协会主席

穿越时空的价值印记

——国学经典与社会主义核心价值观(三)

董龙云　杨　雨　主编

中南大学出版社
www.csupress.com.cn
·长沙·

编 委 会

内容简介

　　本书紧扣社会主义核心价值观，精选与之相关联的"蕴含着民族最根本的价值基因"的国学经典古诗文，旨在促进传承国学经典与培育社会主义核心价值观的有机融合，达到古为今用、以文化人的目的，充分彰显思想性、学术性、趣味性和实用性。本书的撰写，意欲深入挖掘和阐发中华优秀传统文化的时代价值，为培育和践行社会主义核心价值观提供有效的文化依据，同时试图引导广大干部群众尤其是青少年学生透过这些历久弥新的国学经典通晓社会主义核心价值观的文化来源，增强其文化自信和价值自信。

　　本册围绕社会主义核心价值观之"公民个人层面的价值准则"，即爱国、敬业、诚信、友善四大主题展开。"苟利国家生死以，岂因祸福避趋之"，是爱国的宣示；"春蚕到死丝方尽，蜡炬成灰泪始干"，是敬业的宣言；"言必信，行必果"，是诚信的宣弘；"邻居友善长相问，仁里安康永莫移"，是友善的宣扬。每个主题由"主题简述"开篇，续以八章。每章前面有"导读"，"导读"之后并列"经典阅读""鉴赏指津""趣味故事""古为今用"和"知识链接"五个部分。

序

　　中华文化绚丽千秋，历久弥新。"前有古人，星光灿烂；后有来者，群英堂堂。"一个国家、一个民族强大的根本就是文化兴盛。试想，没有深厚历史文化积淀、没有悠久文明传承的中国，怎么可能会有文化的创新、自信和文化的发展、繁荣？又怎么可能会有伟大"中国梦"的实现？

　　习近平总书记就曾指出："培育和弘扬社会主义核心价值观必须立足中华优秀传统文化。"① 他还说："认真汲取中华优秀传统文化的思想精华和道德精髓，大力弘扬以爱国主义为核心的民族精神和以改革创新为核心的时代精神，深入挖掘和阐发中华优秀传统文化讲仁爱、重民本、守诚信、崇正义、尚和合、求大同的时代价值，使中华优秀传统文化成为涵养社会主义核心价值观的重要源泉。"①

　　党的十八大更是把"建设社会主义核心价值体系"提到了前所未有的高度。2013 年 12 月 23 日，中共中央办公厅印发《关于培育和践行社会主义核心价值观的意见》，明确了社会主义核心价值观的基本内容，即 24 字核心价值观，涉及三个层面：国家层面的价值目标——富强、民主、文明、和谐；社会层面的价值取向——自由、平等、公正、法治；公民个人层面的价值准则——爱国、敬业、诚信、友善。党的十九大明确把"培育和践行社会主义核心价值观"写入了党章。

　　这部《穿越时空的价值印记——国学经典与社会主义

核心价值观》正是为了响应党中央的号召、为了适应中华文化伟大复兴的迫切需要而精心编撰的。我们的初心是希望国学经典所承载的精神营养在当代的中国仍然能够散发永恒的香味。因为，那是来自中华民族灵魂深处的馨香，是无数先贤披荆斩棘、筚路蓝缕的心路历程，是经过漫长的历史检验并且能够超越时空呈现出普遍性生命体验和经验的智慧结晶。这样的经典，必然会在新的时代与社会主义核心价值观产生共鸣，并氤氲于空气中，流淌在我们的血脉中！

"中国古代历来讲格物致知、诚意正心、修身齐家、治国平天下。从某种角度看，格物致知、诚意正心、修身是个人层面的要求，齐家是社会层面的要求，治国平天下是国家层面的要求。我们提出的社会主义核心价值观，把涉及国家、社会、公民的价值要求融为一体，既体现了社会主义本质要求，继承了中华优秀传统文化，也吸收了世界文明有益成果，体现了时代精神。"[②]

"中华文明绵延数千年，有其独特的价值体系。中华优秀传统文化已经成为中华民族的基因，植根在中国人内心，潜移默化影响着中国人的思想方式和行为方式。今天，我们提倡和弘扬社会主义核心价值观，必须从中汲取丰富营养，否则就不会有生命力和影响力。比如，中华文化强调'民惟邦本''天人合一''和而不同'；强调'天行健，君子以自强不息''大道之行也，天下为公'；强调'天下兴亡，匹夫有责'，主张以德治国、以文化人；强调'君子喻于义''君子坦荡荡''君子义以为质'；强调'言必信，行必果''人而无信，不知其可也'；强调'德不孤，必有邻''仁者爱人'、'与人为善''己所不欲，勿施于人''出入相友，守望相助''老吾老以及人之老，幼吾幼以及人之幼''扶贫济困''不患寡而患不均'，等等。像这样的

思想和理念，不论过去还是现在，都有其鲜明的民族特色，都有其永不褪色的时代价值。这些思想和理念，既随着时间推移和时代变迁而不断与时俱进，又有其自身的连续性和稳定性。我们生而为中国人，最根本的是我们有中国人的独特精神世界，有百姓日用而不觉的价值观。我们提倡的社会主义核心价值观，就充分体现了对中华优秀传统文化的传承和升华。"③

　　新时代呼唤我们培育和践行社会主义核心价值观，传承和弘扬中华优秀传统文化，肩负起中华民族伟大复兴的历史重任。宋了然先生曾在《五千年不死，有一种伟大叫做中华！》一文中说："一个民族、一个国家的伟大，不在其曾经创造过如何辉煌、灿烂的历史，不在其曾经有多么辽阔的版图和如山的财富，而在于是否能将其所代表的文化不断传承且发扬光大，能否在其民族面临危机时诞生出一批批有着极大历史自觉的志士，去承担民族救亡的责任，将其民族的血脉延续，使其国家的文脉流长。"放眼世界文明，有太多盛衰兴亡、陵谷变迁，唯有我们中华文明依然屹立在世界的东方，只因为有一批又一批志士仁人始终深深地爱着她，坚定地护佑着她。在泱泱大国多灾多难的振兴道路中，我们始终能看到先哲时贤上下求索、行走不息的身影，那是我们永远的指路明灯。

　　不管国家处于什么境遇，我们的先辈始终能铭记并践行"国家兴亡，匹夫有责"的神圣使命，生命不息，奋斗不止。也正是经历了一次次痛彻心扉的跌倒和一次次揩干血泪的不屈，中华民族不屈的灵魂才得以锻造，才能如凤凰涅槃，浴火重生。

　　当我们拂去历史的尘埃，那些泛黄的书页会让我们感受到历久弥新的魅力。让我们一起去经历"断竹、续

竹、飞土、逐肉"的劳动艰辛，去欣赏"三人操牛尾，投足以歌八阕"的休闲娱乐，去感受"丰年处处人家好，随意飘然得往还"的安居乐业，去桃花源中，去岐王宅里，去岳阳楼上……与先辈进行心灵的对话。让我们一起，沐浴着复兴中华民族伟大"中国梦"的春风，鉴古识今，迎接决胜全面建成小康社会的绚烂前景！

愿《穿越时空的价值印记——国学经典与社会主义核心价值观》能够温暖你我。在中华民族伟大复兴的道路上，我们不忘初心，砥砺前行！

2018 年 5 月

（张尧学，中国工程院院士、国务院学位委员会委员、《电子学报》英文版主编、中国作家协会会员，湖南省科协主席，中南大学、清华大学教授、博士生导师。曾任教育部科学技术司司长、高等教育司司长、学位管理与研究生司司长、国务院学位委员会办公室主任、中南大学校长等职务。）

注：

①《习近平在中共中央政治局第十三次集体学习时的讲话》（2014 年 2 月 24 日）。

② 习近平《青年要自觉践行社会主义核心价值观》（2014 年 5 月 4 日）。

③ 习近平《青年要自觉践行社会主义核心价值观》（2014 年 5 月 4 日）。

目　录

目
录

1

穿越时空的价值印记

第九篇

爱 国

主 题 简 述

爱国是人类共有的感情，是我们民族精神的核心内容和各族人民共同的精神支柱，是中华民族传承了五千年的传统美德。

《忠经·报国章》有云："报国之道有四：一曰贡贤，二曰献猷，三曰立功，四曰兴利。贤者国之干，猷者国之规，功者国之将，利者国之用，是皆报国之道，惟其能而行之。"这告诉我们，报国之道就是不管什么岗位或条件，都要努力为国家做出应有的贡献。

新时代，爱国是基于个人对自己祖国依赖关系的深厚情感，也是调节个人与祖国关系的行为准则。它同社会主义紧密结合在一起，要求人们以振兴中华为己任，促进民族团结、维护祖国统一、自觉报效祖国。处于新时代，广大读者尤其是青少年应该胸怀祖国、公忠祖国、守护祖国、传承文化、坚定祖国的发展道路。

爱国是胸怀祖国。顾炎武《日知录》中说："保天下者，匹夫之贱，

1

与有责焉耳矣。"对此，梁启超概括为"天下兴亡，匹夫有责"，并进而在《爱国论》中高呼国民应当"以国为己之国，以国事为己事，以国权为己权，以国耻为己耻，以国荣为己荣"，指出"欲观其国民之有爱国心与否，必当于其民之自居子弟欤自居奴隶欤验之"。国民有没有爱国心，关键还在于国民是把自己看成国家这个大家族中的一员，还是只把自己当成为大家族当牛做马的奴隶！陆游《病起书怀》中的"位卑未敢忘忧国"，说的是虽然自己地位低微，但从不敢忘掉忧国忧民的责任，同样揭示了人民与国家的血肉关系。历史上，屈原流放中仍眷恋楚国，苏武牧羊数十年心志不变，都是炎黄子孙心系祖国的写照。爱国要把自己同国家与民族的命运、前途结合在一起，与祖国同呼吸、共患难，对祖国和人民高度负责。这是中华民族几千年来始终屹立于世界东方的基石。

爱国是公忠祖国。《左传·昭公四年》中说："苟利社稷，死生以之。"只要有利于国家，个人的生死不在话下。正如林则徐因此而阐发的胸怀："苟利国家生死以，岂能祸福趋避之。"趋利避害，人之本性，但只要对国家有利，即使牺牲生命也应当心甘情愿，又岂能因为自己可能受到祸害而躲避！晋代葛洪在《抱朴子·广譬》中言："烈士之爱国也如家。"有抱负、有气节的人热爱祖国，犹如热爱自己的家，在国家有难时舍弃小家，为国尽忠。曹植在《白马篇》中说得轻松直白："捐躯赴国难，视死忽如归。"王昌龄《出塞》中的"但使龙城飞将在，不教胡马度阴山"，文天祥《过零丁洋》中的"人生自古谁无死，留取丹青照汗青"，更是荡气回肠。近代无数仁人志士为中华民族独立和解放的奋斗史诗，则是无数先烈用生命诠释的为国家和民族敢于流血牺牲的中华民族的灵魂之歌。爱国要忠于祖国、以身许国、报效祖国，在家国之间不能有私心杂念，必须始终坚持国家和民族的利益高于一切。这是中华民族薪火相传、绵延不绝的灵魂。

爱国是守护祖国。中华民族是一个由56个民族共同组成的大家庭，经过祖辈几千年的励精图治，才有了今天各民族平等团结、和谐相处、共同发展的统一和繁荣。《诗经》中说："邦畿千里，惟民所止。"中华民族世代栖息繁衍在幅员辽阔、山水秀丽、物产丰富、人杰地灵的大好河山上，国土是我们的根基，祖国统一、民族团结是我们的根本。为保卫祖国的河山，维护祖国的统一和领土完整，中华几千年来无数的先烈们更是不惜牺牲和抗争。《诗经·无衣》曰："岂曰无衣？与子同袍！王于兴师，修我戈矛。与子同仇！岂曰无衣？与子同泽！王于兴师，修我矛戟。与子偕作！岂曰无衣？与子同裳！王于兴师，修我甲兵。与子偕行！"这是一首战歌，表达了将士共赴国殇的豪迈。西汉名将甘延寿、陈汤那封流传千古的疏奏："……宜悬头槁于蛮夷邸间，以示万里，明犯强汉者，虽远必诛！"今天读来依然让人扬眉吐气。清代黄遵宪的"寸寸河山寸寸金"，则蕴涵着对祖国大好河山的珍爱、珍惜之情和国土被列强瓜分的痛楚之心。爱国要以振兴中华为己任，要始终维护祖国统一，维护民族团结，维护人民利益。这是中华民族的根本利益所在。

爱国是传承文化。中华文化是世界上持续时间最长的文化和文明。从先秦诸子百家到汉魏六朝歌赋，从唐诗宋词元曲到明清小说，中华文化经历了几千年的沉淀和发展，源远流长，博大精深。"慈母手中线，游子身上衣。临行密密缝，意恐迟迟归。谁言寸草心，报得三春晖。"孟郊感叹亲情之可贵，发于肺腑、感人至深。"栖栖失群鸟，日暮犹独飞……托身已得所，千载不相违。"陶渊明从周围的事物中，看到了种种人生妙趣。范仲淹的"先天下之忧而忧，后天下之乐而乐"，则是超越自我、忧国忧民的家国情怀。老子《道德经》中的"天下皆知美之为美，斯恶已。皆知善之为善，斯不善已。故有无相生，难易相成，长短相形，高下相倾，音声相和，前后相随"，饱含的是朴素的辩证法思想。孔子"诲人不倦""循循善诱""因材施教""举一反三""温故而知新""学而不思则罔，思而不学则殆""三人行必有我师"等教育思想，至今仍对我们有重要的启发和意义。文化是民族的血脉，是人民的精神家园。爱国要热爱中华民族的优秀文化，要有文化自信和文化自觉，要以敬重的态度继承和弘扬中华民族的优秀传统文化、传统美德、民族精神。

3

爱国是坚定祖国的发展道路。在当代中国，爱国主义与社会主义本质上是统一的。社会主义制度的确立，巩固和发展了新民主主义革命的成果，为我国社会生产力的发展和社会进步提供了可靠的保证，集中体现着国家、民族、人民的根本利益。半个多世纪的社会主义建设，已经使我国改变了旧时代的落后面貌，并成长为一个初步繁荣昌盛的国家。社会主义是中国人民的历史选择，是中国走向现代化的必由之路。爱国要坚定地走建设有中国特色社会主义的正确道路。

"天下兴亡，匹夫有责。"我们不能忘记中华民族几千年为统一、发展、富强抗争的沧桑岁月，更不能忘记近代中国百年屈辱的历史。我们生活在一个幸福和谐的社会中，正奋进在全面建设小康社会、实现中华民族伟大复兴的征途中。我们肩负着建设富强、民主、文明、和谐、美丽的社会主义现代化强国的历史重任，要继承和发扬中华民族爱国主义的光荣传统和自强不息的奋斗精神，以天下兴亡、国家富强、人民安康为己任，胸怀天下，公忠为国，自觉报效祖国，为国家统一、民族团结、中华振兴做出最大的贡献。

第一章 同仇敌忾 守我疆土

导 读

中华文明绵延至今，经历了五千年的沧桑巨变。回望历史，华夏民族经历了大大小小的战争，甚至面临过国破家亡的险境……而在深重的民族苦难面前，勇敢的民族不曾低头。他们一起生也一起死，一起兴也一起亡；他们唱起战歌，举起火炬，为护国救国开辟道路；他们始终站在一起，就像是一棵棵橡树，肩并着肩，枝叶互相碰触，而根茎深深扎进祖国大地。他们似乎在对一切狂风暴雨宣誓：来吧，来得更猛烈些吧，我们在一起，从不畏惧！

一、经典阅读

无 衣

岂曰无衣？与子同袍①。王于兴师②，修我戈矛③，与子同仇！

岂曰无衣？与子同泽④。王于兴师，修我矛戟⑤，与子偕作⑥！

岂曰无衣？与子同裳⑦。王于兴师，修我甲兵⑧，与子偕行⑨！

（选自《诗经·秦风》）

【参考注释】

①袍：战袍。

②于：作"往"；兴师：出兵。

③戈矛：兵器名。戈：平头戟，长六尺六寸；矛：长二丈。

④泽：通"襗"，裹衣，即内衣。

⑤戟：将戈、矛合成一体的兵器，能直刺，又能横击。

⑥作：起，起来。

⑦裳：战裙。

⑧甲兵：指甲胄及兵器。

⑨偕行：同行。

二、鉴赏指津

谁说没有征衣？我和你同穿战袍。君王下达了出兵的命令，赶快修整好戈矛，我们一起奔向战场！谁说没有征衣？我与你共穿裹衣。君王下达了出兵的命令，赶快修整好武器，我们一起并肩上战场！谁说没有征衣？我和你共穿战裙。君王下达了出兵的命令，赶快修整好兵器，我与你共同杀敌前进！

该诗是一首战歌。据考证，秦襄公七年(周幽王十一年，公元前771年)，周王室内讧，导致戎族入侵，攻进镐京，周王朝土地大部沦陷，秦国靠近王畿，与周王室休戚相关，遂奋起反抗。此诗似在这一背景下产生。全诗表现出了秦国士兵团结互助、一致对外、同仇敌忾的高昂士气和爱国精神。诗总体分为三个段落，采用重章叠句的形式，每个段落字数相同，结构相同但感情色彩层层递进，不断把爱国主义情怀推向高潮。诗歌每个段落的开头都采用问答的形式，三句"岂曰无衣"后面紧跟着三句回答，似乎给我们展示了这样的画面：出兵的号角响彻大地，战士们队列整齐手举火把，大漠狼烟四起。在寒风之中他们怒喊着"与子同袍""与子同泽""与子同裳"，磨刀擦枪，挥舞戈戟，共同进退，共赴战场。复沓的诗歌结构，高昂的情感色彩使人不禁为诗中那似火一样的激情所感染。正所谓"长言之不足，故嗟叹之。嗟叹之不足，故不知手之舞之足之蹈之也。"

（《礼记·乐记》）

三、趣味故事

负荆请罪

廉颇，战国末期赵国的名将，因为勇猛果敢而闻名。蔺相如，战国时期著名的政治家、外交家。两者同为赵国人才，一将一相，一文一武，一静一动，还发生过一段趣事。

渑池之会结束之后，蔺相如功劳大，被封为上卿，位居廉颇之上。廉颇对此颇为不服，说："我可是赵国将军，有攻城野战的大功，而蔺相如只不过凭着嘴上功夫立了点功，可是他的地位却在我之上，况且他本是一介布衣，这让我感到羞耻。"廉颇还扬言若撞见蔺相如一定要羞辱他一番。蔺相如得知此事，便不肯与廉颇相会。要上朝时，他常常告病，在街上远远撞见，就马上调转方向回避。蔺相如的门客见此状况不平道："先生，我们之所以离开亲人来侍奉您，是仰慕您高尚的气节。如今您比廉颇官位还高，他口出恶言，而您却因害怕而处处躲避，我们这些平庸的人尚且因此感到羞耻，何况是身为将相的人呢？请原谅我们这些人没出息，让我们请辞吧！"蔺相如挽留他们说："你们认为廉颇将军和秦王相比谁更厉害？""廉将军比不了秦王"，门客答道。"秦王威严，我却敢在朝廷上与他对抗，羞辱他的群臣，我虽然无能，但我会怕廉将军吗？我是想到，秦国强大，却不敢轻易攻打我们赵国，就是因为有我和廉将军在啊。若我们两虎相争，势必会影响赵国，让秦国乘虚而入。我之所以忍让，是因为把国家的危难摆在私人恩怨前面啊。"

蔺相如的话传到了廉颇的耳朵里，廉颇静下来想了想，觉得自己为了一己之私而将国家利益置若罔闻，真是不应该。于是，他脱下战袍，背上荆条，到蔺相如府上请罪。蔺相如见此状，热情迎接。两人冰释前嫌，遂成刎颈之交，同心协力保卫赵国。

将相和，国家兴。将相不和，国家败！这个故事启示我们，人民之间要和谐相处，同仇敌忾，一致对外，千万不可内讧而自乱阵脚，让他国有机可趁。同时，我们要时刻以国家利益为重，不应该为了一己私利而不顾国家安危。

四、古为今用

李文波——中国南海"守礁王"

我国面积宽广，有着绵长的边界线和诸多邻国，为了保护国界安全，维护边防地区的稳定，大量的战士被派遣至边疆地区守卫国土。他们远离自己的家乡与亲人，面对着祖国大地，忍受着寂寞与艰苦，一去就是好多年。正是有了他们的牺牲，我们才能享受宁静，国家才能长治久安，谋求发展。

在2012年感动中国人物的评选中，涌现了一位英雄。他叫李文波，是中国海军南海守礁士兵。入伍三年之后他便赴南沙永暑礁守礁，20多年来，先后29次赴南沙执行守礁任务，累计守礁97个月，向联合国教科文组织和军内外气象部门提供水文气象数据140多万组，创造了国内守礁次数最多、时间最长、成果最丰的纪录，受到了联合国教科文组织的高度评价。在海上长期的恶劣环境之下，他的身体受到了摧残，但他仍然坚持一次不落地守礁，还经常顶替战友。除了坚守岗位，他还不断创新，为守礁工作总结经验，编写教材。他设计了南沙第一套水文气象月报表程序，还编撰完成了《海洋水文气象观测教材》。为了守礁，李文波亏欠家里太多。他在新婚5天后便回到南沙，20多年来，与妻子真正在一起的时间不到3年。2003年4月，李文波第一次回到老家，才知道母亲已经卧病在床3年，2005年9月，母亲病危，李文波回到老家仅陪伴母亲10天，就接到执行南沙守礁的命令。在前往南沙的舰艇上他接到了母亲病逝的消息，一个人长跪在甲板上向北方失声痛哭。李文波说："南沙守礁是我一生的荣耀，就算下辈子坐轮椅，也没什么后悔的！作为一名军人，守土有责，南沙是我们的固有领土，我们一定要在那里坚守下去。"

为了这份南沙情，李文波从 20 出头的小伙子熬成年近半百、两鬓斑白的"小老头"。从 1991 年上礁到今天，他累计守礁近 3000 天，成为名副其实的"守礁王"。二十年的坚守，他站成了一块礁石，任凭风吹浪打。他也有爱，却只能愧对青丝白发。他也有梦，可更知肩上的责任比天大。他的心中自有一片海，在那里，祖国的风帆从不曾落下。

（来源于《中国教育报》）

五、知识链接

《诗　经》

子曰："诗三百，一言以蔽之，曰：思无邪。"

——《论语·为政》

《诗经》是我国第一部诗歌总集，原名"诗"或"诗三百"，共收录诗歌 305 篇。《诗经》的成书时间大约在公元前 6 世纪，主要收集了周初至春秋中叶五百多年间的作品。关于《诗经》的整理成书，历史上有"献诗""采诗""删诗"之说，但具体由何人编订现今已无法考证。

《诗经》中的作品大概有三个来源。一为民间创作。相传周代设有采诗官，他们深入民间收集民间歌谣，把能够反映民间疾苦与风俗的作品整理后交给乐官谱曲并演唱给周天子听，以此作为施政的参考。这些没有记录姓名的民间作者的作品，占据诗经的大部分。二为贵族给周王朝的献诗。三为周王朝乐官制作的乐歌。由于年代相隔久远，且最初诗歌多为口头创作等原因，现今大部分作者已经不可考证。

《诗经》分为"风""雅""颂"三类。鲁迅先生说："以性质言，风者，闾巷之情诗；雅者，朝廷之乐歌；颂者，宗庙之乐歌也。"可见，"风"是音乐曲调，"国风"即周王朝时期各个地区的音乐曲调，包括周南、召南、邶风、鄘风、卫风、王风、郑风、齐风、魏风、唐风、秦风、陈风、桧风、曹风、豳风共十五国风。"雅"是指朝廷正乐，又分为"大雅"和"小雅"，其作者多为贵族。"颂"则是宗庙祭祀之乐。在风格上，由于"风"多是地方民歌，因此所包含的作品类型多样，风格轻松活泼，而"雅""颂"则多庄重威严。

《诗经》作为我国历史上第一部诗歌总集，其作品涵盖的内容与艺术特点颇为人称道。《诗经》中的作品，内容十分广泛，包括祭祀赞颂、时政批评、战争徭役、日常生活、婚姻爱情等，深刻地反映了西周至春秋时期社会生活的方方面面。而《诗经》的艺术特点可概括为"赋""比""兴"。"赋"即"敷陈其事而直言之也"，就是铺陈直叙，直接表达作者的思想感情。"比"即"以此物比彼物也"，就是打比方，借物比喻。"兴"即"先言他物以引起所咏之词也"，就是起兴，欲言此物先言他物，由他物来引出此物，从而抒发思想感情。"赋""比""兴"的艺术手法是我国诗歌艺术手法的最早源头，为后世诗歌创作留下了宝贵的财富与经验。

孔子曰："不学诗，无以言。"《诗经》在我国文学史上具有崇高的地位并产生了深远的影响，其自身的艺术成就不言而喻。此外，它还奠定了我国诗歌抒情言志的优良传统，是我国诗歌艺术的发端，更影响了一代又一代文人，为其提供了源源不断的艺术借鉴与思想源泉。

《诗经》里的"女曰士曰"

男女对答在人类产生的那一天就有了，但我们却很难知道他们曾有过哪些对话，《诗经》则为我们真实而艺术地留下了一些几千年前男女交谈的情景。

记载在这部诗集里的对话通常以"女曰""士曰"来表达和进行，有直接描写对话内容的，还有面对心爱之人的独白。比如《诗经·齐风·鸡鸣》："鸡既鸣矣，朝既盈矣。匪鸡则鸣，苍蝇之声。东方明矣，朝既昌矣。匪东方则明，月出之光。虫飞薨薨，甘与子同梦。会且归矣，无庶予子憎。"妻子说："鸡已经叫了，早朝的人很多了。"丈夫说："不是鸡叫，是苍蝇叫。"妻子说："东方亮了，早朝的人齐了。"丈夫说："不是东方天亮，是月光。虫子嗡嗡叫，我要和你温好梦。"妻子说："早朝散了，你不去，岂不让人憎恶我们。"看来，这个女主人是不溺于儿女私情的,男主人则比较贪恋温柔乡。这和李商隐笔下那个"无端嫁得金龟婿,辜负香衾事早朝"的女子正相反。

同时期的郑国,有个女子也在闻鸡催夫。《郑风·女曰鸡鸣》记录现了这一幕,"女曰鸡鸣,士曰昧旦。子兴视夜,明星有烂。将翱将翔,弋凫与雁。"弋言加之,与子宜之。宜言饮酒,与子偕老。琴瑟在御,莫不静好。知子之来之,杂佩以赠之。知子之顺之,杂佩以问之。知子之好之,杂佩以报之。女子说:"鸡叫了。"男子说:"天还没亮,不信你看星星还在闪光。"女子知道他在为懒惰找借口,就哄他说:"鸟儿要起飞了,你赶紧去芦苇荡里射野鸭大雁,回来做成美味佳肴,我们一起饮酒,过夫唱妇随、白头偕老的生活岂不很好。"丈夫一听激动了,忙说:"我知道你是真心对我好呀,我要送你美丽的杂佩来回敬你的爱。"瞧,这对夫妻显然比那对要理想得多,女的会哄,男的懂事,相信他们的理想一定能实现。

以上是已婚夫妻间的对话,恋爱中的男女都说些什么呢?《诗经·郑风·溱与洧》写道:"溱与洧,方涣涣兮。士与女,方秉蕑兮。女曰观乎?士曰既且。且往观乎?洧之外,洵吁且乐。维士与女,伊其相谑,赠之以芍药。"意思是:溱水洧水,波流汤汤,男女之士,手握兰香。女子问:"去玩赏过了吗?"男子说:"刚玩过。你也要去看看吗?那就一起再走走。"洧水对岸,地

11

广人多，春游的人真快乐。男男女女，说说笑笑，相互赠芍药。

踏青春游的习俗上古已有之。诗中女子见到这个男子后，正如后人所云，"陌上谁家年少，足风流，妾拟将身嫁与，一生休。纵被无情弃，不能羞。"男子虽然来得早，已游览了一圈，但没找到合适对象，正想回去，不承想，"众里寻他千百度，蓦然回首，那人却在灯火阑珊处"。于是又"取次花丛'再'回顾，半缘修道半缘君"。

当时的人比较开放，男女授受不亲是后来才有的事儿。据《周礼·地官·媒氏》载："中春之月，令会男女，于是时也，奔者不禁。"郑国溱洧河边，卫国桑间濮上，不知发生了多少浪漫的事儿。

《国风·召南·野有死麕》中有这样一个场景："野有死麕，白茅包之。有女怀春，吉士诱之。林有朴樕，野有死鹿。白茅纯束，有女如玉。舒而脱脱兮！无感我帨兮！无使尨也吠！"这段话是讲野外有只被打死的獐子，用茅草包着。有位少女情窦初开，一个少年与她搭讪并追求她。这位少女对少年说："慢慢来呀不要急，不要动我的裙子，不要把狗惊动了。"

除了现实中男欢女爱的对话外，也有单相思的独白，著名的《蒹葭》一诗就写了一个少年爱慕一位住在水边的少女的内心感受："蒹葭苍苍，白露为霜。所谓伊人，在水一方，溯洄从之，道阻且长。溯游从之，宛在水中央。"他爱慕的人就在飘摇如幕的芦苇后面，他想接近她，无奈道路曲折，既远又难，只能望穿秋水，无法亲近，给人留下无尽的忧伤和怅惘。

孔子删诗，删完后，他总结道："《诗》三百，一言以蔽之，曰：思无邪。"确实，上古是人类最纯朴真挚的时期，这时人们的吟唱自然率真，朴实无华，而这些恋人间的相互对答和内心独白更是感人，于平凡中见大美，于自然中见真诚，并且不失情趣和义理，难怪两三千年过去了，魅力丝毫不减。

第二章　誓死卫国　捐躯赴难

导　读

"风萧萧兮易水寒，壮士一去兮不复还。"战场的号角吹响，狼烟点燃，出征的队伍渐行渐远。他们豪情壮志，披铠甲以护江山；他们肝胆衷肠，执干戈以卫社稷；他们舍己救国，面临强权而从未退缩。他们以一己之身躯构筑起不倒的长城，用鲜血和生命践行保家卫国！

一、经典阅读

唐雎不辱使命①

秦王使人谓安陵君②曰："寡人欲以五百里之地易安陵，安陵君其许寡人！"安陵君曰："大王加惠，以大易小，甚善；虽然，受地于先王，愿终守之，弗敢易！"秦王不说。安陵君因使唐雎使于秦。

秦王谓唐雎曰："寡人欲以五百里之地易安陵，安陵君不听寡人，何也？且秦灭韩亡魏，而君以五十里之地存者，以君为长者，故不错意也。今吾以十倍之地，请广于君，而君逆寡人者，轻寡人与？"唐雎对曰："否，非若是也。安陵君受地于先王而守之，虽千里不敢易也，岂直五百里哉？"

13

　　秦王怫然③怒，谓唐雎曰："公亦尝闻天子之怒乎？"唐雎对曰："臣未尝闻也。"秦王曰："天子之怒，伏尸百万，流血千里。"唐雎曰："大王尝闻布衣之怒乎？"秦王曰："布衣之怒，亦免冠徒跣，以头抢地耳④。"唐雎曰："此庸夫⑤之怒也，非士之怒也。夫专诸之刺王僚也，彗星袭月⑥；聂政之刺韩傀也，白虹贯日⑦；要离之刺庆忌也，仓鹰击于殿上⑧。此三子者，皆布衣之士也，怀怒未发，休祲降于天，与臣而将四矣⑨。若士必怒，伏尸二人，流血五步，天下缟素，今日是也。"挺剑而起。

　　秦王色挠⑩，长跪而谢之⑪曰："先生坐！何至于此！寡人谕矣：夫韩、魏灭亡，而安陵以五十里之地存者，徒以有先生也。"

（选自《战国策·魏国策》）

【参考注释】

①唐雎（jū）：也作唐且，人名。不辱使命，意思是完成了出使的任务。辱，辱没、辜负。

②安陵君：安陵国的国君。安陵是当时的一个小国，在河南鄢（yān）陵西北，原是魏国的附属国。战国时魏襄王封其弟为安陵君。

③怫然：盛怒的样子。

④亦免冠徒跣（xiǎn），以头抢（qiāng）地耳：也不过是摘掉帽子，光着脚，把头往地上撞罢了。抢，撞。徒，光着。

⑤庸夫：平庸无能的人。

⑥专诸之刺王僚也，彗星袭月：专诸刺杀吴王僚（的时候），彗星的尾巴扫过月亮。

⑦聂政之刺韩傀（guī）也，白虹贯日：聂政刺杀韩傀（的时候），一道白光直冲上太阳。

⑧要离之刺庆忌也，仓鹰击于殿上：要离刺杀庆忌（的时候），苍鹰扑到宫殿上。仓，通"苍"，苍鹰。

⑨怀怒未发，休祲（jìn）降于天，与臣而将（jiāng）四矣：心里的愤怒还没发作出来，上天就降示了征兆。（专诸、聂政、要离）加上我，将成为四个人了。这是唐雎暗示秦王，他将效仿专诸、聂政、要离三人，刺杀秦王。休祲，

吉凶的征兆。休，吉祥。祲，不祥。于，从。

⑩秦王色挠：秦王变了脸色。挠，屈服。

⑪长跪而谢之：长跪，古人席地而坐，两膝着地，臀部压在脚跟上。如果跪着则耸身挺腰，身体就显得高（长）起来，所以叫"长跪"。谢，认错，道歉。

二、鉴赏指津

本文记叙了唐雎在国家存亡的危急关头出使秦国，与秦王针锋相对地进行斗争，终于折服秦王，保存国家，完成使命的经过；歌颂了他不畏强暴、敢于斗争、誓死卫国的爱国精神。

秦王派人对安陵君（安陵国的国君）说："我打算要用方圆五百里的土地交换安陵，安陵君一定要答应我！"安陵君说："大王给以恩惠，用大的地盘交换我们小的地盘，实在是善事；即使这样，但我从先王那里接受了封地，愿意始终守卫它，不敢交换！"秦王知道后（很）不高兴。因此安陵君就派遣唐雎出使秦国。

秦王对唐雎说："我用方圆五百里的土地交换安陵，安陵君却不听从我，为什么？况且秦国使韩国魏国灭亡，但安陵却凭借方圆五十里的土地幸存下来的原因，就是因为我把安陵君看作忠厚的长者，所以不打他的主意。现在我用安陵十倍的土地，让安陵君扩大自己的领土，但是他违背我的意愿，这不是看不起我吗？"唐雎回答说："不，并不是这样的。安陵君从先王那里继承了封地所以守护它，即使是方圆千里的土地也不敢交换，更何况只是五百里的土地呢？"

秦王勃然大怒，对唐雎说："先生也曾听说过天子发怒的情景吗？"唐雎回答说："我未曾听说过。"秦王说："天子发怒的时候，会倒下数百万人的尸体，鲜血流淌数千里。"唐雎说："大王曾经听说过百姓发怒吗？"秦王说："百姓发怒，也不过就是摘掉帽子，光着脚，把头往地上撞罢了。"唐雎说："这是平庸无能的人发怒，不是有才能有胆识的人发怒。专诸刺杀吴王僚的时候，彗星的尾巴扫过月亮；聂政刺杀韩傀的时候，一道白光直冲太阳；要离刺杀庆忌

15

的时候，苍鹰扑在宫殿上。他们三个人，都是平民中有才能有胆识的人，心里的愤怒还没发作出来，上天就降示了吉凶的征兆。现在专诸、聂政、要离连同我，将成为四个人了。假若有胆识有能力的人被逼得一定要发怒，那么就让两个人的尸体倒下，五步之内淌满鲜血，天下百姓将要穿丧服，现在就是这个时候。"说完，拔剑出鞘立起。

秦王变了脸色，直身而跪，向唐雎道歉说："先生请坐！怎么会到这种地步！我明白了：韩国、魏国灭亡，但安陵却凭借方圆五十里的地方幸存下来，就是因为有先生您啊！"

三、趣味故事

图穷匕见

战国末期，秦国实力强盛，攻灭了韩、赵两国后，又向燕国进军。为此，燕太子丹决定派人去行刺秦王，以扭转局势。太子丹物色到一位勇士，名叫荆轲。他擅长剑术，是行刺秦王的最好人选。为了使荆轲能接近秦王，丹特地为他准备了两样秦王急于获得的东西：一是从秦国叛逃到燕国的将领樊於期的头颅，二是燕国督亢地区的地图。这两样东西分别被放在匣子里。行刺秦王的匕首，就放在卷着的地图的最里面。此外，丹还为荆轲配了一名助手，名叫秦武阳。公元前227年，荆轲带燕督亢地图和樊於期首级，前往秦国刺杀秦王嬴政。临行前，燕太子丹等人着白衣白帽，在易水边为荆轲送行，好友高渐离击筑，荆轲和着拍节唱道："风萧萧兮易水寒，壮士一去兮不复还"，场面悲壮万分。

秦王得知燕国派人来献两样他最需要的东西，以为燕国惧怕秦国势力，派使者来讲和，因此在咸阳宫盛装召见了荆轲。荆轲捧着装有樊於期头颅的匣子走在前面，秦武阳捧着装有地图的匣子跟在后面。秦武阳在上台阶时，紧张得双手颤抖，脸色变白。荆轲赶紧做了解释，并按秦王的要求，接过秦武阳手里装有地图的匣子，当场打开，取出地图，双手捧给秦王。秦王慢慢展开卷着的地图，细细观看。快展到尽头时，突然露出一把匕首。荆轲见匕首露现，刺之目的暴露，便以左手抓住秦王的衣袖，右手拿着匕首刺向秦王。但是，荆轲并未刺中秦王。秦王急忙拔剑自卫，一时却又拔不出来。于是两人绕着柱子转。卫兵因没有秦王命令，不敢擅自上前。就在这紧张的时刻，秦王的侍臣突然用医袋抽打荆轲，并提醒秦王把剑推到背后拔出。秦王顿时醒悟过来，迅速拔出剑来，一剑砍断了荆轲的左腿。荆轲倒地后，将匕首投向秦王，未中。最终，这场行刺以失败告终，荆轲被秦王侍卫所杀。

出使异国行刺他国君王，本身就是一项极其危险的任务，"风萧萧兮易水寒，壮士一去兮不复还"也充分说明了此行的危险性极高，很有可能无法生还，但在国家存亡面前，一切的牺牲似乎都值得。荆轲以自己的生命做了一次卫国的尝试，尽管路途多险，他也没有改变过卫国报君的决心。

（故事出自《战国策·燕荣三》）

四、古为今用

天下兴亡，匹夫有责

在战争年代涌现过无数英雄，他们为维护国家领土完整，争取独立解放奉献自己的一生，用生命践行着誓死卫国的精神理念。英雄虽死，但其光辉形象与无畏精神值得我们铭记、瞻仰一生。

董存瑞（1929—1948），河北省张家口市怀来县人，出身于贫苦农民家庭，当过儿童团长，1945年8月参加八路军，1947年3月加入中国共产党。1948年初春担任中国人民解放军东北野战军第11纵队32师96团2营6连2排6班班长。

1948年5月25日，进攻隆化县城的战斗打响。在战斗中，敌人在桥上筑起一座碉堡，火力压制我军。面对相继倒下的战友，董存瑞决心炸掉敌人碉堡。他跃出战壕，向敌人的碉堡匍匐前行，在距离碉堡十几米处，毅然用身体做支架，左手托起炸药包，右手拉燃导火索……随着天崩地裂的一声巨响，敌人的暗堡被炸毁，红旗插进了隆化中学。董存瑞用自己年轻的生命为部队的胜利开辟了道路，牺牲时年仅19岁。

如今，"和平"是世界的主流趋势，少了战争，也少了流血牺牲，我们不再需要以牺牲生命为代价来保护祖国，但这并不意味"誓死卫国"的精神在当下已经过时。相反，居安思危，或许我们不再需要这样的行动，但这样的精神值得我们铭记于心！"天下兴亡，匹夫有责"，这是中华民族自古以来就有的家国情怀和以天下为己任的优良传统。虽然不用像董存瑞一般舍生取义，但历史无数次证明，个人的前途与国家和民族的前途息息相关，只有国家富强、民族振兴，才有个人的幸福。

五、知识链接

中国古代的士

《战国策·赵策》："嗟乎！士为知己者死，女为悦己者容。吾其报智氏之雠（chóu）矣。"

《说文解字》曰："士，事也。数始于一，终于十，从十一。"孔子曰："推十合一为士"。段玉裁注曰："引申之，凡能事其事者称士。"这是古书对"士"的解释。最初"士"的定义很广泛，可分为文士与武士，文士出智，武士出力，两者从事着不同的社会事务，但有着共同的精神信仰，遵循智信仁义。

春秋战国时期，社会动乱，政权分裂，诸侯国互相争抢利益，谋求自身发展。他们广泛招揽门客，文士武士并用，形成了诸多小集团。至秦汉时期，"士"的内涵逐渐发生变化。其中，"武士"的色彩渐渐褪去，更偏于指向有文化知识的人，或者为官的"士大夫"。唐宋之后，"士"的意义渐趋定型，多指一般的读书人。

可以看到，"士"的内涵包罗万象，且随着朝代的变迁不断变化更新。如今我们说起"士"，大抵是指古代知识分子，其中也潜藏着经过漫长历史而形成的我国特殊的"士文化"。"士"通过和不同的词组合，也可以衍生多种意义，如隐士表示隐居的人，寒士表示贫苦的人，学士表示学者，硕士现今表示一种学位。

第三章　济世匡国　竭诚尽忠

导　读

　　"长太息以掩涕兮，哀民生之多艰"，几千年前屈子行河畔，心系祖国，忧从中来。数千年已过，一代代仁人志士为国家之兴盛辗转反侧，上下求索，他们沿着历史长河寻觅救国兴国之路，他们竭尽自身之全力，奉献、付出、改变……

一、经典阅读

屈原投江

　　屈原至于江滨，被①发行吟泽畔，颜色憔悴，形容枯槁。渔父见而问之曰："子非三闾大夫②欤？何故而至此？"屈原曰："举世皆浊而我独清，众人皆醉而我独醒，是以见放。"渔父曰："夫圣人者，不凝滞于物，而能与世推移。举世皆浊，何不随其流而扬其波？众人皆醉，何不哺其糟而啜其醨③？何故怀瑾握瑜，而自令见放为④？"屈原曰："吾闻之，新沐者必弹冠，新浴者必振衣。人又谁能以身之察察，受物之汶汶者乎⑤？宁赴常流而葬乎江鱼腹中耳。又安能以皓皓之白，而蒙世之温蠖乎⑥？"乃作《怀沙》⑦之赋。于是怀石，遂自投汨罗⑧以死。

（选自《史记·屈原列传》）

【参考注释】

①被：通"披"。披发，指头发散乱，不梳不束。

②三闾大夫：楚国掌管王族昭、屈、景三姓事务的官。

③哺(bū)：吃，食。糟：酒渣。啜(chuò)：喝。醨(lí)：薄酒。

④瑾、瑜：都是美玉。为：表示疑问的语气词。

⑤察察：洁白的样子。汶(mén)汶：浑浊的样子。

⑥皓皓：莹洁的样子。温蠖(huò)：尘滓重积的样子。

⑦《怀沙》：在今本《楚辞》中，是《九章》的一篇。今人多以为系屈原怀念长沙的诗。

⑧汨(mì)罗：江名，在湖南东北部，流经汨罗县入洞庭湖。

二、鉴赏指津

屈原到了江滨，披散头发，在水泽边一边走，一边吟咏着，脸色憔悴，形体面貌像枯死的树木一样毫无生气。渔父看见他，便问道："您不是三闾大夫吗？为什么来到这儿？"屈原说："整个世界都是混浊的，只有我一人清白；众人都沉醉，只有我一人清醒。因此被放逐。"渔父说："聪明贤哲的人，不受外界事物的束缚，能够随着世俗而变化。整个世界都混浊，为什么不随大流而且推波助澜呢？众人都沉醉，为什么不吃点酒糟，喝点薄酒？为什么要怀抱美玉一般的品质，却使自己被放逐呢？"屈原说："我听说，刚洗过头的一定要弹去帽上的灰沙，刚洗过澡的一定要抖掉衣上的尘土。谁能让自己清白的身躯，蒙受外物的污染呢？宁可投入长流的大江而葬身于江鱼的腹中。又哪能使自己高洁的品质，去蒙受世俗的尘垢呢？"于是他写了《怀沙》赋，并抱着石头自投汨罗江而死，以身殉道。

该故事以屈原与渔夫的问答方式，抒发屈原矢志不渝的信念。屈原以生命抗争混乱黑暗的朝政，其强烈的济世爱国情怀和正直高尚的品德，令后世景仰和赞颂！

穿越时空的价值印记

三、趣味故事

周亚夫军细柳

汉文帝后元六年，匈奴大规模入侵汉朝边境。于是，朝廷委派宗正官刘礼为将军，驻军霸陵；委派祝兹侯徐厉为将军，驻军棘门；委派河内郡太守周亚夫为将军，驻军细柳，以防备匈奴的侵略。皇上亲自去慰劳军队。到了霸上和棘门的军营，皇上一直骑马进去，将领们则用下马的礼节来欢迎欢送。旋即来到细柳军营，只见官兵都披戴盔甲，兵器锐利，开弓搭箭，弓拉满月。皇上的先行卫队到了营前，却不准进入。先行的卫队说："皇上即将驾到。"镇守军营的将官回答："将军有令：'军中只听从将军的命令，不听从天子的诏令。'"没过多久，皇上驾到，镇守军营的将官也不让他入军营。于是皇上就派使者拿着节牌通告将军："我要进营慰劳军队。"周亚夫这才传令打开军营大门。守卫营门的官兵对跟从皇上的武官说："将军规定，军营中不准纵马奔驰。"于是皇上也只好放松了缰绳，让马慢慢行走。到了大营，将军亚夫手持兵器，长揖到地，说："我是盔甲在身的将士，不能跪拜，请允许我以军礼参见（皇上）。"皇上为之动容，马上神情严肃地俯身靠在车前横木上，派人致意说："皇帝敬重地慰劳将军。"

出了营门，许多大臣都深感惊诧。文帝说："啊！这才是真正的将军了。之前霸上、棘门的军营，简直就像儿戏一样，那里的将军是完全可以通过偷袭而俘虏的，至于周亚夫，岂是能够侵犯他的？"文帝很长时间都对周亚夫赞叹不已。过了一个多月，三支军队都撤防了，文帝又任命周亚夫做中尉。

周亚夫乃真将军也。他忠于职守，治军严明，令行禁止，即使天子也不得不遵从。正因为他的刚正不阿，竭力维护军纪的威严，才守卫了边疆，也匡扶了朝廷乃至国家的作风。"细柳"也成了后人诗文中形容军中常备不懈、军纪森严的常用典故。

（故事出自《史记》）

四、古为今用

鲁迅弃医从文

鲁迅是我国著名思想家、文学家、批评家，也是一个极富爱国情怀的人。青年时期的鲁迅，深深地为祖国的命运担忧。

1902 年，21 岁的他留学日本，渴望以知识来谋求救国出路。1904 年 9 月，鲁迅进入仙台医学院学习，希望借助医术来拯救患病的中国人。在仙台学医期间发生了一件事情，给了鲁迅很大的刺激：学校在一次课堂之后放映纪录片，内容是日本战胜俄国的情形。影片中更是有中国人被日本侵略者枪杀的镜头，而当看到这一幕时，鲁迅周围的人都在拍手、欢呼。这样的情形，深深刺痛着鲁迅，于是，他的思想开始发生变化，他认识到医学并非一件紧要事，凡是愚弱的国民，即使体格如何健全、如何茁壮，也只能做毫无意义的示众材料和看客，病死多少是不必以为不幸的。第一要着，是在改变他们的精神。医学，能救治人的身体疾病，而在当时的社会，更重要的是救治精神疾病，唤醒麻木的中国人。由此，鲁迅毅然选择弃医从文，决心用笔尖传递思想，拯救国民的精神世界。正是对祖国、对人民深挚的爱，促使鲁迅做出了弃医从文的选择。

从此，鲁迅把文学作为自己的目标，用手中的笔做武器，写出了《呐喊》《狂人日记》等作品，向黑暗的旧社会发起了挑战，唤醒了数以万计的中华儿女起来同反动派进行英勇斗争。直到生命的最后一刻，他仍夜以继日地写作。鲁迅以其锋利的笔触直指社会弊病，促人警醒，至今，鲁迅的作品仍被称为是国民性的一面镜子。

"鉴湖越台名士乡，忧忡为国痛断肠。"他敢于直面惨淡的人生，敢于正视淋漓的鲜血，他敢爱、敢憎，因为爱得忘我，所以憎得深切，谁能说他不是"奋然前行"呢？他将个人的志愿与祖国的前途命运紧密结合在一起的精神，正是强烈的爱国主义精神的体现。

五、知识链接

屈原与汨罗江

屈原(前339—前278),战国时期楚国诗人、政治家。出生于楚国丹阳(今湖北宜昌)。芈姓,屈氏,名平,字原;又自云名正则,字灵均。战国时期楚武王熊通之子屈瑕的后代。

屈原少年时受过良好的教育,博闻强识,志向远大。早年受楚怀王信任,任左徒、三闾大夫,兼管内政外交大事。他提倡"美政",主张对内举贤任能,修明法度,对外联齐抗秦。因遭贵族排挤毁谤,被先后流放至汉北和沅湘流域。秦将白起攻破楚都郢(今湖北江陵)后,屈原自沉于汨罗江,以身殉国。

屈原是中国历史上第一位伟大的爱国诗人,中国浪漫主义文学的奠基人、"楚辞"的创立者和代表作者,开辟了"香草美人"的传统,被誉为"中华诗祖""辞赋之祖"。屈原的出现,标志着中国诗歌进入一个由集体歌唱到个人独创的新时代。

屈原的作品主要有《离骚》《九歌》《九章》《天问》等。以屈原作品为主体的《楚辞》是中国浪漫主义文学的源头之一,与《诗经》中的"国风"并称"风骚",对后世诗歌产生了深远影响。

如今,汨罗江两岸粉墙村舍,桃红柳绿,水草肥美,民风淳朴,汨罗江畔留存有屈子祠、骚坛、屈原墓群等古迹和遗迹。每逢农历五月初五,汨罗江畔的百姓总要举行盛大的龙舟竞赛活动,以纪念伟大的爱国主义诗人屈原,屈原美好的品格与爱国精神成为世世代代歌颂与效仿的典范。

第四章　以身许国　巾帼建功

导　读

中华民族的历史书页上，写满了忠与义，写满了爱国爱家的伟大情怀。抗金名将岳飞说："以身许国，何事不可为；以身许国，何事不敢为。"这是一代将领的英勇威猛。禁烟英雄林则徐说："盖以身许国，但求福利民，与民除害。"这是为官的心系国家人民。以身许国，就是要有家国情怀，有责任担当，就是要走出小我，将个人有限的生命奉献到爱国爱家的无限事业中去。自古至今，既有无数热血男儿为国捐躯，亦涌现了不少巾帼不让须眉、以身许国的奇女子。

一、经典阅读

木兰辞

唧唧复唧唧，木兰当户织。不闻机杼声①，唯闻女叹息。问女何所思，问女何所忆。女亦无所思，女亦无所忆。昨夜见军帖②，可汗③大点兵；军书十二卷④，卷卷有爷⑤名。阿爷无大儿，木兰无长兄；愿为市鞍马⑥，从此替爷征。

东市买骏马，西市买鞍鞯，南市买辔头，北市买长鞭。旦辞爷娘去，暮宿

24

黄河边。不闻爷娘唤女声，但闻黄河流水鸣溅溅。旦辞黄河去，暮至黑山头，不闻爷娘唤女声，但闻燕山胡骑鸣啾啾。

万里赴戎机，关山度若飞。朔气传金柝⑦，寒光照铁衣。将军百战死，壮士十年归。归来见天子，天子坐明堂。策勋十二转⑧，赏赐百千强⑨。可汗问所欲，木兰不用⑩尚书郎；愿驰千里足，送儿还故乡。

爷娘闻女来，出郭⑪相扶将；阿姊闻妹来，当户理红妆；小弟闻姊来，磨刀霍霍⑫向猪羊。开我东阁门，坐我西阁床；脱我战时袍，著⑬我旧时裳；当窗理云鬓，对镜贴花黄。出门看火伴，火伴皆惊惶：同行十二年，不知木兰是女郎。雄兔脚扑朔，雌兔眼迷离；双兔傍地走，安能辨我是雄雌？

（选自郭茂倩编《乐府诗集》）

【参考注释】

①机杼（zhù）声：织布机发出的声音。机：指织布机。杼：织布梭（suō）子。

②军帖：征兵的文书。

③可汗（kè hán）：古代西北地区民族对君主的称呼。

④军书十二卷：征兵的名册很多卷。十二，表示很多，不是确指。下文的"十年""十二年"，用法与此相同。

⑤爷：和下文的"阿爷"同，都指父亲。

⑥愿为市鞍马：为，为此。市，买。鞍马，泛指马和马具。

⑦朔气传金柝：北方的寒气传送着打更的声音。朔，北方。金柝（tuò），古时军中守夜打更用的器具。

⑧策勋十二转：记很大的功。策勋，记功。十二转：不是确数，形容功大极高。

⑨赏赐百千强：赏赐很多的财物。百千：形容数量多。强，有余。

⑩不用：不愿做。

⑪郭：外城。

⑫霍（huò）霍：磨刀的声音。

⑬著：同"着"，穿。

二、鉴赏指津

《木兰诗》是我国南北朝时期北方的一首长篇叙事民歌，讲述了木兰代父从军，征战沙场，得胜回朝，辞官还家的故事。

诗的第一段写木兰代父从军的事由。天子征兵，父亲年迈衰老无法上战场，但圣意不可违，木兰决心替父从军。在集市上买好一切用品之后，木兰马不停蹄地踏上了征程，家乡渐行渐远，一路陪伴着的只有溅溅的流水和啾啾的马蹄。第三段"万里赴戎机，关山度若飞。朔气传金柝，寒光照铁衣"，言简意赅地描写了木兰十多年的征战生活。"将军百战死，壮士十年归"，向我们展示出战争的激烈悲壮。十年征战，木兰凯旋，面对天子的赏赐，木兰辞官不就，只求能够返还故乡。最后，木兰与家人团聚，回到自己最熟悉的地方，也终于恢复自己的女儿身。

全诗重点不在描述战场生活，而是从一些小细节入手，从侧面塑造木兰这一不朽的人物形象。她既是平民女子，也是不让须眉的巾帼英雄；她代父从军，表现出对父母的十分孝心；她征战沙场，建功立业，更是将自己的青春奉献给了祖国，展现了一颗炽热的爱国之心。

三、趣味故事

昭君出塞

汉朝时，呼韩邪单于在汉朝的帮助下将北方匈奴近三十年的内乱平息。为使匈奴与汉朝关系友好，呼韩邪单于于公元前 33 年亲自入汉，请求和亲，以结永久之好。汉元帝欣然应允，并召后宫妃嫔议亲。

可是诏令下达后，迟迟没有人应征。有个宫女叫王昭君，长得十分美丽。她毅然报名，自愿与匈奴和亲。管事的大臣正在为没人应征焦急，听到王昭君肯去，就把她的名字上报汉元帝。汉元帝吩咐办事的大臣择个日子，并赐她锦帛及黄金美玉等贵重物品若干，亲自送出长安十余里。

昭君出长安，历经一年多，于第二年初夏到达漠北，受到匈奴人民的盛大欢迎，被封为"宁胡瘀氏"。昭君出塞后，汉匈两族团结和睦，边境安宁。不幸的是，王昭君与呼韩邪单于结婚仅两年，单于就去世了，两人仅有一子名伊屠智牙师。依俗王昭君必须下嫁呼韩邪单于第一瘀氏所生的长子雕陶莫皋单于。尽管王昭君不能接受，但她还是依胡俗下嫁，又生了两女，即须卜公主与当于公主。公元前 20 年，雕陶莫皋又死，昭君自此寡居。一年后，年仅 33 岁的王昭君郁郁而终，厚葬于归化（今呼和浩特市南郊），依大青山，傍黄河水，后人称之为"青冢"。

王昭君与匈奴和亲，是为了两国之间和平相处。她为了国家安宁的长远大计而远离自己的家乡。即便是在他乡，她仍然心念祖国的和平、人民的安乐，规劝呼韩邪单于不要发动战争，还把中原的文化传给匈奴。自古以来，中华民族不乏巾帼不让须眉的女英雄，从花木兰的亲上战场，到王昭君的以身许国，她们都以行动向我们诠释了什么是爱国。

四、古为今用

感动中国 2017 候选人物——卓嘎和央宗

卓嘎和央宗姐妹俩是西藏自治区山南市隆子县玉麦乡村民。玉麦乡地处祖国西南边陲，1964 年至 1996 年的 34 年间，桑杰曲巴家是这片土地上仅有的一户人家。一个爸爸，两个女儿，一栋房子，既是乡政府，也是他们的家。

父亲桑杰曲巴是个老民兵，放牧守边 34 年，从未离开过这片土地。卓嘎、央宗姐妹俩在父亲的带领下，加入了中国共产党，半个多世纪来，父女三人以放牧为生，守护着祖国数千平方公里的国土。父亲桑杰曲巴常对卓嘎和央宗说："如果我们走了，这块国土上就没有人了！"这句话，两个女儿记了一辈子。他们知道，守护土地，就是守护国家。

近年来，随着西藏边境小康村建设的开展，如今的玉麦乡有 9 户 32 人，已是"人丁兴旺"，建立起完备的乡级基层组织，人烟稀少的广袤土地也有了公安边防部队驻守。卓嘎、央宗姐妹从乡领导岗位退下来，仍然心系边防。越来越多的人守望着中华人民共和国玉麦乡方圆 1976 平方公里的这片土地，他们都跟卓嘎和央宗两姐妹一般有一种发自内心的神圣责任感。

10 月 29 日上午，习近平总书记忙里抽空给年过半百的两姐妹回信，并向两人表示了崇高的敬意和真挚的感谢。

（央视网，2017 年 12 月 21 日）

五、知识链接

古代的"符节"

符节，是中国古代朝廷传达命令、征调兵将以及用于各项事务的一种凭证，用金、铜、玉、角、竹、木、铅等不同原料制成，用时双方各执一半，合之以验真假，如兵符、虎符等。符是古代政治和军事的凭证信物，可以用于身份证明和出入国境、关卡、军营、要塞的凭证，也可以作为传达命令、调遣兵将的信物。节是君主派出的使节所持的凭信，用于代表君主出征、监察、办理重大案件、出使外国等重大事务的证明。

先秦符节的种类甚多，形状各异，用途有别。有的用以征免税收，如作竹节状的错金"鄂君启"铜节；有的用以发兵作战，如作虎状的"辟大夫"铜虎节、"韩将庶"铜虎节和错金"杜"铜虎符；有的用以驿传邮递，如作马状的"骑传"铜马节；有的用以供给食宿，如作龙首状的"王命传"铜龙节等。此外，还有作牛形、鸾形、燕形和凫形者。现存战国时期的符节，除陕西长安出土的错金"杜"铜虎符称符外，其他大都称为节而不称符。错金"杜"虎符是秦器，可能当时秦国有特殊规定，所以与战国时齐国、楚国等称节者有所区别。秦虎符存世者还有"阳陵""新郪"等名品。

关于先秦符节的种类和用途，古文献中也有不少记载，如《周礼·地官·

掌节》："掌守邦节，而辨其用，以辅王命，守邦国者用玉节，守都鄙者用角节，凡邦国之使节，山国用虎节，土国用人节，译国用龙节，皆金也，以英荡辅之，门关用符节，货贿用玺节，道路用旌节，皆有期以反节，凡通达于天下者，必有节，以传辅之，无节者，有几则不达。"

汉代亦用虎符，大体沿袭秦制。秦虎符文字错金，汉虎符多错银。西晋虎符通体有虎斑条纹，不能容字，故于背缝处凸起长条形窄台刻背文，肋间之字移于胸前或符阴。西晋男符亦错银，唯太守符凿款，东晋以后则皆凿款。唐代改用鱼符，为符制上的一大变化。武周时一度用龟符。鱼符与龟符皆可系佩，与后世的牌区别不大。宋以后已皆用牌。

历代符节种类繁多，其铭文能反映当时的政治、军事制度，是一种重要的历史文物。

第五章 安邦兴国 蓄势待发

导　读

"僵卧孤村不自哀，尚思为国戍轮台。夜阑卧听风吹雨，铁马冰河入梦来。"著名爱国诗人陆游以笔墨倾诉自己的爱国之心，心虽老，而志不老，即便卧病在床，尚牵挂祖国，尚思戍守边疆。在经过历史筛选而流传下来的经典文学作品中，我们看到许多仁人志士，他们或是渴望上阵杀敌、以求安定边疆；或是建言献策，以求国家兴旺。他们的爱国精神伴随着文学作品，感染着我们，启示着我们。

一、经典阅读

寡人之于国也

梁惠王曰："寡人之于国也，尽心焉耳矣。河内①凶，则移其民于河东②，移其粟于河内；河东凶亦然。察邻国之政，无如寡人之用心者。邻国之民不加少，寡人之民不加多，何也？

孟子对曰："王好战，请以战喻。填③然鼓之④，兵刃既接⑤，弃甲曳兵而走。或百步而后止，或五十步而后止。以五十步笑百步，则何如？"曰："不可，直不百步耳，是亦走也。"曰："王如知此，则无望民之多于邻国也。"

"不违农时，谷不可胜食也；数罟不入洿池⑥，鱼鳖不可胜食也；斧斤⑦以时入山林，材木不可胜用也。谷与鱼鳖不可胜食，材木不可胜用，是使民养生丧死无憾也。养生丧死无憾，王道⑧之始也。"五亩之宅，树之以桑，五十者可以衣帛矣。鸡豚狗彘之畜，无失其时，七十者可以食肉矣。百亩之田，勿夺其时，数口之家，可以无饥矣；谨庠序⑨之教，申之以孝悌之义，颁白者不负戴于道路矣。七十者衣帛食肉，黎民不饥不寒，然而不王者，未之有也。

　　"狗彘食人食⑩而不知检，涂有饿莩而不知发，人死，则曰：'非我也，岁也。'是何异于刺人而杀之，曰'非我也，兵也'？王无罪岁，斯天下之民至焉。"

（选自《孟子·梁惠王上》）

【参考注释】

　　①河内：今河南境内黄河以北的地方。古人以中原地区为中心，所以黄河以北称河内，黄河以南称河外。

　　②河东：黄河以东的地方。在今山西西南部。黄河流经山西省境，自北而南，故称山西境内黄河以东的地区为河东。

　　③填：拟声词，模拟鼓声。

　　④鼓之：敲起鼓来，发动进攻。古人击鼓进攻，鸣锣退兵。鼓，动词。之，没有实在意义的衬字。

　　⑤兵刃既接：两军的兵器已经接触，指战斗已经开始。兵，兵器、武器。既，已经。接，接触，交锋。

　　⑥数（cù）罟（gǔ）不入洿（wū）池：这是为了防止破坏鱼的生长和繁殖。数，密。罟，网。洿，深。

　　⑦斤：与斧相似，比斧小而刃横。

　　⑧王道：以仁义治天下，这是儒家的政治主张。与当时诸侯奉行的以武力统一天下的"霸道"相对。

　　⑨庠（xiáng）序：古代的乡学。《礼记·学记》："古之教者，家有塾，党有庠，术有序，国有学。"家"，这里指"闾"，二十五户人共住一巷称为闾。塾，闾中的学校。党，五百户为党。庠，设在党中的学校。术，同"遂"，一万

二千五百家为遂。序，设在遂中的学校。国，京城。学，大学。

⑩食人食：前一个"食"，动词，吃；后一个"食"，名词，指食物。

二、鉴赏指津

《寡人之于国也》是表现孟子"仁政"思想的文章之一，文章论述了孟子的治国主张，即如何实行"仁政"使国家兴盛的问题。

文章伊始，提出"民不加多"的疑问。梁惠王作为一国君主，他希望国家能够繁荣昌盛，国泰民安。同时他也认为自己对国家已经是尽心尽力，鞠躬尽瘁，但"邻国之民不加少，寡人之民不加多"，对此他很不理解，于是就此向孟子追问原因。

孟子并没有直接回答梁惠王的问题，而是以战争来比喻国家治理：两军开始交战，扔掉盔甲拖着武器逃跑。有的人跑了一百步然后停下来，有的人跑了五十步然后停下来。凭自己只跑了五十步而耻笑别人跑了一百步，那怎么样呢？实际上，这里是说，梁惠王所认为的自己对国家尽心尽力实际上和邻国比起来，也只是以"五十步笑百步"而已。孟子以一个简单的比喻说明了"民不加多"的原因。

随后，孟子分三个方面阐述了自己安邦兴国的理论。不违背农时，不用密网捕鱼，按照季节砍伐树木，那么粮食、鱼鳖、木材等资源就会取之不尽用之不竭；在住宅旁种上桑树，遵循动物繁殖的时节，不耽误耕地生产的季节，这样人民就可以自给自足，衣食无忧；认真兴办教育，教会百姓孝敬父母、兄长的道理，这样社会就会井然有序，人民就会得到精神上的富足。由此，才能使民心归附，国家兴盛。

三、趣味故事

卧薪尝胆

公元前496年，吴王阖闾派兵攻打越国，被越国击败，阖闾伤重身亡。两年之后，阖闾的儿子夫差率兵攻打越国，越国兵败，越王勾践成了吴国俘虏，被押送到吴国做奴隶。勾践忍辱负重伺候吴王，三年后，吴王夫差才对他消除戒心并准许他回越国。回到越国之后，勾践一心想要复国报仇，表面上对吴王服从，暗地里却训练军队，励精图治，准备伺机反攻。在这些日子里，他害怕自己会贪图眼前的安逸，消磨报仇雪耻的意志，所以为自己安排艰苦的生活环境，提醒自己不忘国耻。他晚上睡觉不用褥，只铺些柴草，又在屋里挂了一只苦胆，不时抬头尝尝苦胆的味道，为的就是不忘过去的耻辱。他还和王后一起参与劳动，与百姓同甘共苦，鼓励民众齐心协力，一起恢复越国。最后，他们终于迎来了机会，打败了吴国。

勾践身为一国君主，时时不忘耻辱，心系国家，一直将振兴国事作为目标，期间卧薪尝胆，万般忍耐，只为光复越国。他不懈努力，并最终带领越国人民取得了胜利。清代蒲松龄曰："有志者事竟成，破釜沉舟，百二秦关终属楚。苦心人天不负，卧薪尝胆，三千越甲可吞吴。"

四、古为今用

民族区域自治制度

我国幅员辽阔，民族众多，长期以来，各民族以"大杂居、小聚居"的态势分布。由于一系列历史原因、地理因素等，我国人口、资源分布和经济文化发展极不平衡。为了解决以上问题，维护国家团结和平，我国实行民族区

33

域自治制度。

1949 年《中国人民政治协商会议共同纲领》明确规定："各少数民族聚居的地区，实行民族区域自治，按照民族聚居的人口多少和区域大小，分别建立各种民族自治机关。"

民族区域自治制度，是指在国家统一领导下，各少数民族聚居的地方实行区域自治，设立自治机关，行使自治权的制度。民族区域自治制度是我国的基本政治制度之一，是建设中国特色社会主义政治的重要内容。事实证明，民族区域自治制度有利于实现少数民族人民当家做主的权利，有利于增强民族凝聚力，发展平等团结互助和谐的社会主义民族关系，有利于充分发挥各民族进行社会主义现代化建设的积极性和创造性，促进各民族共同繁荣进步。有利于维护国家统一和安全，从而促进社会主义现代化事业的蓬勃发展。

五、知识链接

孟子的"仁政"

"君行仁政，斯民亲其上，死其长矣。"（《孟子·梁惠王章句下》）

"仁"是儒家学说的核心思想，最早由孔子提出。关于"仁"，孔子有诸多阐释，如"夫仁者，己欲立而立人，己欲达而达人"，又如"克己复礼为仁"。"仁"的核心在于爱人。

孟子在孔子"仁"的基础上，进一步提出"仁政"说，要求把仁的学说落实到具体的政治治理中，实行王道，反对霸道政治，使政治清平，人民安居乐业。孟子的仁政思想可以概括为以下几点：

政治上，主张"以民为本"，反对暴政。孟子提出"民为贵，社稷次之，君为轻"的民本思想。他总结历代王朝兴废存亡的经验和教训，明确地提出："得天下有道：得其民，斯得天下矣；得其民有道：得其心，斯得民矣；得其心有道：所欲与之聚之，所恶勿施尔也。"他还一再告诫统治者要与民同忧共乐，

"乐以天下，忧以天下，然而不王者，未之有也"。

经济上，提出"民有恒产"。孟子强调保护小农经济，以此来维持和改善老百姓的生计，在《孟子·梁惠王上》中，就有相关的详细论述。另外，他还主张减轻赋税，给予农民土地使用权，让老百姓有生活上的基本保障，这是政治稳定的基石。

军事上，要兴仁义之师。春秋战国时期，各诸侯国之间战争不断，人民苦不堪言。孟子严厉批评当时的统治者"今夫天下之人牧，未有不嗜杀人者也"。但是，孟子清醒地认识到，中国的大一统已经是大势所趋，所以，他并不反对战争，而是主张兴仁义之师，认为国君若能使人民有"恒产"，又爱民如子，就可以"以天下之至仁伐至不仁"，被征伐国家的人民也翘首以待，这样就可以轻而易举地统一中国。

法律方面，孟子针对当时刑罚严苛的局面，提出"省刑罚"的主张。特别值得一提的是，孟子反对株连，提出"罪人不孥"，这一主张贯彻了儒家的仁爱思想，对中国历史和民族文化性格的形成具有重大影响。

孟子的"仁政"学说在古代社会具有重要影响，其中某些方面对于现今社会也存在不少可借鉴之处。

第六章　忘家忧国　心系社稷

导　读

　　潜心治水，三过家门而不入，大禹公而忘私的精神千古传颂；"先天下之忧而忧，后天下之乐而乐"，范仲淹登岳阳楼发出的感慨振聋发聩；"位卑未敢忘忧国，事定犹须待阖棺"，陆游的铮铮诗句更是代表了爱国文人的共同心声……历朝历代，涌现了无数心怀天下、忧国忧民的仁人志士，他们身体力行，将人民、国家永存心中。

一、经典阅读

赵威后问齐使

　　齐王使使者问赵威后①。书未发，威后问使者曰："岁亦无恙耶？民亦无恙耶？王亦无恙耶？"使者不说②，曰："臣奉使使威后，今不问王而先问岁与民，岂先贱而后尊贵者乎？"威后曰："不然，苟无岁，何以有民？苟无民，何以有君？故有舍本而问末者耶？"

　　乃进而问之曰："齐有处士曰钟离子③，无恙耶？是其为人也，有粮者亦食，无粮者亦食；有衣者亦衣，无衣者亦衣。是助王养其民也，何以至今不业也？叶阳子④无恙乎？是其为人，哀鳏寡，恤孤独，振困穷，补不足。是助王

36

息⑤其民者也，何以至今不业也？北宫之女婴儿子无恙耶？彻其环瑱⑥，至老不嫁，以养父母。是皆率民而出于孝情者也，胡为至今不朝也⑦？此二士弗业，一女不朝，何以王齐国，子万民乎⑧？於陵子仲⑨尚存乎？是其为人也，上不臣于王，下不治其家，中不索⑩交诸侯。此率民而出于无用者，何为至今不杀乎？"

（选自《战国策·齐策》）

①齐王：战国时齐王建，齐襄王之子。赵威后：战国时赵惠文王妻。惠文王死，其子孝成王立，因年幼由威后执政。

②说：通"悦"，高兴。

③处士：有才能、有道德而隐居不仕的人。钟离子：齐国处士。钟离，复姓。子，古时对男子的尊称。

④叶（shè）阳子：齐国处士，叶阳，复姓。

⑤息：繁育。

⑥彻：通"撤"，除去。环：指耳环、臂环一类的饰物。瑱：一种玉制的耳饰。

⑦不朝：不使她上朝。古时夫人受封而有封号者为"命妇"，命妇即可入朝。此句意即，为什么至今不封婴儿子为命妇，使她得以上朝见君呢？

⑧子万民：以万民为子女，犹言"为民父母"。

⑨於（wū）陵子仲：齐国的隐士。於陵：齐邑名，故城在今山东省长山县西南。

⑩索：求。

二、鉴赏指津

王使者问候赵威后，信函还没有拆开，威后就连续发问："年成还好吧？百姓安乐吧？齐王安康吧？"她把收成放在第一位，因为"仓廪实而知礼节""国以民为本，民以食为天"。接着，她问到百姓，而把国君齐王放在末位，这明显地反映了她的民本位思想。收成好自然百姓安乐，百姓安乐自然国君无恙，逐步推理，简明而正确，却使"使者不悦"，他诘问赵威后"先贱后尊"，威后的回答清晰明了：民为国之本，没有民哪来国王？

接下来威后问："帮助君王抚养百姓的至贤至德的钟离子为什么没有被任用，没有成就功业呢？帮助君王使百姓得到生息繁衍的叶阳子为什么也得不到重用呢？带动百姓奉行孝道的婴儿子为什么得不到封号呢？"这三位贤士孝女是帮助齐王治理国家的有德之人，故以"无恙乎"热情发问。弦外之音即是对齐王昏庸无道的指责。与对贤士孝女的关爱热情形成鲜明对比的是对不贤不孝、带领百姓无所事事、无益于国的于陵子的愤恨，她问道："尚存乎？何为至今不杀乎？"对比和连续发问表现了赵威后豪爽坦率的个性。

据《史记·赵世家》记载，赵惠文王十年娶齐湣王女儿为妻，是为赵后。赵威后是赵惠文王之妻、赵孝成王之母。公元前266年，惠文王卒，孝成王立，其年幼，故赵威后执政。赵威后清正廉明、洞悉政治民情、明察愚贤是非，是一位优秀的女政治家。齐使是赵威后的娘家派来问候她的，她心里惦念的不是个人亲情，而是苍生社稷，她关心的是百姓和国家兴亡大计，她与齐国使者的对话，可见她将祖国人民放在首位，忘家忧国。

三、趣味故事

大禹治水

传说在帝尧时期,黄河流域经常发洪水。为了制止洪水泛滥,鲧被推荐来负责治理洪水的工作。鲧接受任务后,一直没有成功,最后被放逐羽山而死。舜帝继位以后,任用鲧的儿子禹治水。禹总结父亲的治水经验,历尽千辛万苦,走遍千山万水,仔细地察看水流和地形。他带领老百姓挖通了九条大河,劈开了九座大山,引导洪水流入了大海,最终平息了水患。禹在外治水 13 年,曾经三次路过自己的家门,但一次也没有进去,他的儿子十多岁了,却还没有和父亲见过面。

大禹治水,三过家门而不入。禹时刻将人民、将国家放在心中,舍弃了自己的小家,却换来了国家的安宁和黎民百姓的幸福。

后来,人们用"三过家门而不入"来表示舍小家为大家的精神。

四、古为今用

华罗庚爱国情深

华罗庚出生于江苏常州金坛,是著名的国际数学大师,"中国解析数论学派"创始人,被誉为"中国现代数学之父"。

华罗庚在数学学科上十分有天分。小时候,因为家里拿不出学费,华罗庚自学成才。1936 年,他前往英国剑桥大学,后多次被邀约至外国进行访问。1947 年,他的《堆垒素数论》在国外出版,并先后被翻译成德、英、日语等多种语言。因为成就突出,1948 年,他被美国伊利诺依大学聘为正教授,享有良好的生活待遇和学术条件。那一年,华罗庚把夫人和孩子们也接到美国团聚，潦倒奔波了半生，这是他第一次过上恬静的生活。然而对于漂泊海外报国无门的游子来说，国外恬静安逸的生活无法抚慰内心时常涌动的报国之情。

1949年10月2日，华罗庚听到一个振奋人心的大好消息，中华人民共和国于10月1日宣告成立了！华罗庚手捧报纸，欣喜若狂，一遍遍地读着建国大典的消息。新中国的成立使他振奋，他渴望着及早回到祖国的怀抱。美国数学界深知华罗庚的价值，不愿意放华罗庚走，还提出了十分优厚的条件，试图挽留华罗庚。华罗庚丝毫不为所动，他的一颗心早已飞向了大洋彼岸的祖国。于是，1950年2月，他悄然离开了生活4年的西半球，乘上一只不大的邮轮，举家回国。

他发表了一篇公开信，信中说："为了抉择真理，我们应当回去；为了国家民族，我们应当回去；为了为人民服务，我们也应当回去；就是为了个人出路，也应当早日回去，建立我们工作的基础，为我们伟大祖国的建设和发展而奋斗！"从初中毕业到人民数学家，华罗庚走过了一条曲折而辉煌的人生道路，为祖国争得了极大的荣誉。虽远居国外，生活无忧，但他始终将国家、将人民放在心中，他的拳拳的爱国之心实在是令人动容。

五、知识链接

《廉颇蔺相如列传》中赵惠文王形象简析

一提起《廉颇蔺相如列传》，人们往往对勇武率直、知错必改的廉颇和智勇双全、宽宏大量的蔺相如赞赏有加，却忽视了一个重要人物——赵惠文王。虽然文中对赵惠文王的描写不多，但正是他的知人善任成就了这两位名将贤相。

首先，赵惠文王不计出身、唯才是举。这是贤明君主的突出体现。蔺相如本来是赵国宦者令（宦官的头目）缪贤的门客，可谓地位卑微，后来与之同殿为官的廉颇鄙视他"素贱人"，并且"不忍为之下"。而赵惠文王却不计较蔺相如的出身，当得知蔺相如是"勇士""有智谋"以后，马上召见。当确信蔺相如有勇有谋、能不辱使命时，当即委以重任，"遣相如奉璧西入秦"。最后还封蔺相如为"上卿"（战国时最高的官阶）。

其次，赵惠文王善纳忠言、从谏如流。这也是贤明君主的必备条件。赵惠文王正在为秦王要以城换璧而左右为难之际，能听取宦者令缪贤的推荐，召见蔺相如，并接受蔺相如的建议，"宁许以负秦曲"，争取了主动。在渑池会前，赵惠文王"畏秦"，不想去参加。廉颇、蔺相如进谏说："王不行，示赵弱且怯也。"赵惠文王听完便不顾安危，去赴渑池会了。

第三，赵惠文王赏罚严明、有理有节。廉颇"伐齐，大破之，取阳晋"，有战功，赵惠文王就封他为上卿。蔺相如完璧归赵，不辱使命，赵惠文王就封他为上大夫。在渑池会上，蔺相如与秦王针锋相对，维护了赵国的尊严，赵惠文王又封他为上卿。而宦者令缪贤有罪，想叛赵投燕，这本是杀头之罪，当缪贤知错悔改而"肉袒伏斧质请罪"时，赵惠文王又赦免了他。如此赏罚严明，确实表现了一代明君的风范。

由此可见，战国后期赵国之所以能和秦国长期抗衡，不仅是因为有廉颇、蔺相如这样的勇将和贤相，更是因为有赵惠文王这样一位以国家、社稷强大兴盛为重的明君。正是他继承了赵武灵王的基业，广招天下有才之士，从谏如流，赏罚严明，才使得赵国在相当长的时期内，能与强秦较量并立于不败之地。

第七章　精忠报国　气贯长虹

导　读

　　"狼烟起，江山北望，龙起卷，马长嘶，剑气如霜，心似黄河水茫茫，二十年，纵横间，谁能相抗，恨欲狂，长刀所向，多少手足忠魂埋骨他乡，何惜百死报家国，忍叹惜，更无语，血泪满眶，马蹄南去，人北望，人北望，草青黄，尘飞扬，我愿守土复开疆，堂堂中国要让四方，来贺。"一首《精忠报国》慷慨悲壮，唱尽了世代志士仁人的拳拳爱国之心，唱出了中华民族不变的爱国主旋律。

一、经典阅读

岳飞精忠报国

　　飞至孝，母留河北，遣人求访①，迎归。母有痼疾，药饵必亲②。母卒，水浆不入口者三日。家无姬侍。吴玠素服飞，愿与交欢③，饰④名姝⑤遗之。飞曰："主上宵旰⑥，岂大将安乐时？"却不受，玠益敬服。少豪饮，帝戒之曰："卿异时到河朔，乃可饮。"遂绝不饮。帝初为飞营第⑦，飞辞曰："敌未灭，何以家为？"或问天下何时太平，飞曰："文臣不爱钱，武臣不惜死，天下太平矣。"师每休舍，课将士注坡跳壕⑧，皆重铠习之。子云尝习注坡，马踬，怒而

42

鞭之。辛有取民麻一缕以束刍⑨者，立斩以徇。辛夜宿，民开门愿纳，无敢入者。军号"冻死不拆屋，饿死不掳掠⑩"。

善以少击众。欲有所举，尽召诸统制与谋，谋定而后战，故有胜无败。猝遇敌不动。故敌为之语曰："撼山易，撼岳家军难。"张俊尝问用兵之术，飞曰："仁、智、信、勇、严，阙一不可。"每调军食，必蹙额曰："东南民力，耗敝极矣。"荆湖平，募民营田，又为屯田，岁省漕运之半。帝手书曹操、诸葛亮、羊祜三事赐之。飞跋其后⑪，独指操为奸贼而鄙之，尤桧所恶也。李宝自楚来归，韩世忠留之，宝痛哭愿归飞。世忠以书来诒⑫，飞复曰："均为国家，何分彼此？"世忠叹服。好贤礼士，览经史，雅歌投壶，恂恂如儒生。每辞官，必曰："将士效力，飞何功之有！"然忠愤激烈，议论持正，不挫于人，卒以此得祸。

桧遣使⑬捕飞父子证⑭张宪事，使者至，飞笑曰："皇天后土，可表此心。"初命何铸鞫之，飞裂裳以背示铸，有"尽忠报国"四大字，深入肤理。

（选自《宋史·岳飞传》，有删减）

【参考注释】

①求访：寻找。

②药饵(ěr)必亲：一定亲自给母亲喂药。

③交欢：结友。

④饰：打扮。

⑤名姝：有名的女子。

⑥宵旰(gàn)：宵衣旰食，即天不亮起床，天晚了才吃饭歇息，形容终日操劳国事，这里指皇上昼夜烦忧。

⑦营第：建造住宅。

⑧注坡跳壕：爬斜坡，跳壕沟。

⑨束刍：捆扎喂牲口的草料。

⑩卤掠：卤通掳，抢。

⑪跋其后：在文章后题跋。

⑫以书来诒：写书信来告诉(岳飞)。

⑬使：名词作动词，派使者。

⑭证：查证。

二、鉴赏指津

在《宋史·岳飞传》中有这样的记载：秦桧派使臣逮捕岳飞父子，来查证张宪事件。使臣到来后，岳飞大笑说："天地神祇，可以证明我的心迹。"最初，秦桧命令何铸审问岳飞，岳飞撕开衣裳，把后背给何铸看，有"精忠报国"四个大字，深深地印入肌肤里。

相传，岳飞小时候家里很穷，母亲用树枝在沙地上教他写字，还鼓励他好好锻炼身体。岳飞勤奋好学，不但知识渊博，还练就了一身好武艺，成为文武双全的人才。岳飞十五六岁时，北方的金人南侵，宋朝当权者腐败无能，节节败退，国家处在生死存亡的关头。岳飞投军抗金。不久因父丧，退伍还乡守孝。过了几年，金兵大举入侵中原，岳飞再次投军。临行前，岳母把岳飞叫到跟前，说："现在国难当头，你有什么打算？"岳飞说："到前线杀敌，精忠报国！"岳母听了儿子的回答，十分满意，"精忠报国"正是母亲对儿子的希望。她决定把这四个字刺在儿子的背上，让他永远铭记在心。岳飞解开上衣，露出瘦瘦的脊背，请母亲下针。岳母问："孩子，针刺是很痛的，你怕吗？"岳飞说："母亲，小小钢针算不了什么，如果连针都怕，怎么去前线打仗！"岳母先在岳飞背上写了字，然后用绣花针刺了起来。但"国"字没有一点，象征国内无首。刺完之后，岳母又涂上醋墨。从此，"精忠报国"四个字就永不褪色地留在了岳飞的后背上。母亲的鼓舞激励着岳飞，那四个字成为岳飞终生遵奉的信条。岳飞投军后，由于他勇猛善战，取得了很多战役的胜利，立下了不少功劳，很快便升秉义郎。这时宋都开封被金军围困，岳飞随副元帅宗泽前去救援，多次打败金军，受到宗泽的赏识，称赞他"智勇才艺，古良将不能过"。岳飞后来成为著名的抗金英雄，受历代人民所敬仰。

岳飞"精忠报国"的英雄之志，表现了一种浩然正气、英雄气质，表现了报国立功的信心、乐观主义精神和忧国报国的壮志胸怀，也表现了中华民族不甘屈辱、奋发图强的传统精神。

三、趣味故事

去留肝胆两昆仑

1898 年 6 月 11 日，光绪皇帝颁布"明定国是"诏书，宣布变法。1898 年 9 月 21 日，慈禧太后发动政变，囚禁光绪皇帝并大肆搜捕和屠杀维新派人物。谭嗣同早年曾在家乡湖南倡办时务学堂、南学会等，主办《湘报》，又倡导开矿山、修铁路，宣传变法维新，推行新政。公元 1898 年（光绪二十四年）谭嗣同参加领导戊戌变法，失败后别人请他逃走（"戊戌六君子"中的康有为经上海逃往香港，梁启超经天津逃往日本）。谭嗣同当场拒绝了，决心一死，表示愿以身殉法来唤醒和警策国人。他说："各国变法，无不从流血而成，今中国未闻有因变法而流血者，此国之所以不昌也。有之，请自嗣同始。"谭嗣同就义前在狱中壁上题绝命诗：望门投止思张俭，忍死须臾待杜根。我自横刀向天笑，去留肝胆两昆仑。

谭嗣同（1865—1898），男，字复生，号壮飞，湖南浏阳人，中国近代著名政治家、思想家，维新派人士。其所著的《仁学》，是维新派的第一部哲学著作，也是中国近代思想史上的重要著作。他被杀时年仅 33 岁，其绝命诗表达的恰恰是他精忠报国、气贯长虹的英雄豪气：一些人"望门投止"地匆忙避难出走，使人想起高风亮节的张俭；一些人"忍死须臾"地自愿留下，并不畏一死，为的是能有更多的人如高风亮节的杜根那样，坚贞不屈地效命于国家的兴亡大业。自赴一死，慷慨激昂；仰笑苍天，凛然刑场！而留下的，将是那如莽莽昆仑一样的浩然肝胆之气！

四、古为今用

詹天佑为国争光

清朝末年，我国派出了第一批出国留学生。他们都是少年。有个才12岁的少年叫詹天佑，十分聪明好学，又立志为国效力。在国外学习的日子里，他亲眼看到一日千里的火车，心中暗暗发誓要让中国也有自己的铁路和火车。后来他学习工程技术，毕业后回到了国内。

1905年，修建从北京到张家口铁路的消息传开。为了掌控中国，英国和俄国都争修这条铁路线，争执不下，最后达成"协议"，说中国如果不让他们修，他们就什么也不提供。他们以为中国人离开他们肯定修不成这条铁路。清朝政府这才让詹天佑担任总工程师。面对帝国主义列强的阻挠，面对外国对中国人的嘲笑，他在重压之下毅然接受了修筑京张铁路的任务。在修筑过程中遇到困难，他总是想"这是中国人自己修筑的第一条铁路，一定要把它修好"。他把对祖国深深的热爱化为战胜困难的动力，克服重重困难，凭借杰出的才能完成了京张铁路的修建，给了藐视中国的帝国主义一个有力回击，为国家争得了荣誉。

京张铁路从北京到张家口，全长二百多公里，中间要经过层峦叠嶂、峭壁耸立的燕山山脉，特别是居庸关、青龙桥、八达岭等地区，地形十分险恶，工程量很大。为了给中国人争口气，詹天佑把自己的全部精力都投了进去。他成天奔走在崎岖的荒山野地，背着重重的仪器，实地勘测线路，他白天测量、赶路，晚上还要伏在油灯下绘图计算，一遍又一遍地勘察定线。其间，詹天佑还面临着无数地理条件和仪器设备所带来的困难，更受到来自多方面势力的阻挠。但为了为国争光，他以顽强的毅力，想方设法克服了重重难关。

1909年7月，京张铁路全线通车。这个原来计划要用六年时间才能完工的工程，实际上只用了四年，还节省了二十八万两银子的费用。这是中国人自己设计施工的第一条铁路，开创了中国人自己造铁路的先例。他是一个既杰出又爱国的人，不仅极大地鼓舞了全国人民的志气，而且为祖国争了光。"勿屈己而徇人，勿沽名而钓誉。"詹天佑出所学，尽所能，使国家富强不受外侮，他的生命已化成匍匐在华夏大地上的一根根铁轨，值得我们尊敬。

五、知识链接

岳飞论马

高宗问岳飞曰："卿得良马否？"对曰："臣有二马。日啖刍豆数升，饮泉一斛，然非精洁不受。介而驰，初不甚疾，比行百里，始奋迅。自午至酉，尤可百里。褫甲而不息不汗，若无事然。此其受大而不苟取，力裕而不求逞，致远之材也。不幸相继以死。今所乘者，日不过数升，而秣不择粟，饮不择泉，揽辔未安，踊跃疾驱，甫百里，力渴汗喘，殆欲毙然，此其寡取易盈，好逞易穷，驽钝之材也。"高宗称善。

不难看出，岳飞表面上是论马，实则是讽劝宋高宗要识别人才、善待人才。识人虽难，但亦有法可识：一要察其本质。在实际工作中，某些优秀的人才在试用之初，可能也会像那两匹良驹一样，"其初若不甚疾"，但切不可以此就"一眚掩大德"，妄下论断，将其错判为庸才，而将那些没有后劲却喜欢逞能的"劣马"误判为良才。二要试其才能。其是人才还是庸才，一试即见分晓，正可谓"路遥知马力，日久见人心"。三要观其操守。岳飞之所以断定早年骑的那两匹马为良驹，就是因为它们不仅体质优良，善于长跑，而且不故作姿态，不逞强好胜，称得上是"德才兼备"。相比之下，他现在所骑的马"缆辔未安，踊跃疾驱"，俨然一副力气十足、胜利在握的样子，但是跑不了多远，就"力竭汗喘，殆欲毙然"，将其归为劣马也就理所当然了。

第八章　忠贞侍国　名垂青史

导　读

　　文天祥被俘狱中，却一身傲骨，对元廷的招揽誓死不从；苏武困居异乡，却心向祖国，对匈奴单于的讲和不屑一顾。忠贞，是一种气骨，是一种节操，是我们每个人都应该有的底线。有国才有家，国强则家强，在思想文化多元的现代社会，我们要坚守底线，忠于祖国，誓死捍卫祖国利益。

一、经典阅读

过零丁洋①

辛苦遭逢②起一经，干戈寥落四周星③。
山河破碎风飘絮④，身世浮沉雨打萍⑤。
惶恐滩⑥头说惶恐，零丁洋里叹零丁⑦。
人生自古谁无死，留取丹心⑧照汗青⑨。

（宋文天祥，选自《文山先生全集》）

【参考注释】

①零丁洋：零丁洋即"伶丁洋"。现在广东省珠江口外。1278年底，文天祥率军在广东五坡岭与元军激战，兵败被俘，囚禁船上曾经过零丁洋。

②遭逢：遭遇。起一经，因为精通一种经书，通过科举考试而被朝廷起用。文天祥二十岁考中状元。

③干戈：指抗元战争。寥（liáo）落：荒凉冷落。一作"落落"。四周星：四周年。文天祥从1275年起兵抗元，到1278年被俘，一共四年。

④絮：柳絮。

⑤萍：浮萍。

⑥惶恐滩：在今江西省万安县，是赣江中的险滩。1277年，文天祥在江西被元军打败，所率军队死伤惨重，妻子儿女也被元军俘虏。他经惶恐滩撤到福建。

⑦零丁：孤苦无依的样子。

⑧丹心：红心，比喻忠心。

⑨汗青：同汗竹，史册。古代用简写字，先用火烤干其中的水分，干后易写而且不受虫蛀。

二、鉴赏指津

回想我早年由科举入仕历尽辛苦，如今战火消歇已熬过四个年头。国家危在旦夕恰如狂风中的柳絮，个人又哪堪言说似骤雨里的浮萍。惶恐滩的惨败让我至今依然惶恐，零丁洋身陷元虏可叹我孤苦伶仃。人生自古以来有谁能够长生不死？我要留一片爱国的丹心映照史册。

首联"辛苦遭逢起一经，干戈寥落四周星，""起一经"当指天祥二十岁中进士，四周星即四年。天祥于德祐元年（1275），起兵勤王，至祥兴元年（1278）被俘，恰为四个年头。此处自叙生平，思今忆昔。从时间上说，拈出"入世"和"勤王"，一关个人出处，一关国家危亡，两件大事，一片忠心。唐宋时期，一个人要想替国家做出一番事业，必须入仕，要入仕，作为知识分子必须通过科举考选，考选就得读经，文天祥遇难时，衣带中留有个自赞文说："读圣贤书，所学何事，而今而后，庶几无愧"，就是把这两件事拴在一起的。圣人著作就叫经，经是治国安邦的。这两句诗，讲两件事，似可分开，实质上却是连在一起的。干戈寥落一作干戈落落，意思相近。《后汉书·耿弇传》"落落难合"注云："落落犹疏阔也。"疏阔即稀疏、疏散，与寥落义同。《宋史》说当时谢后下勤王诏，响应的人很少，这里所讲情况正合史实。

颔联接着说"山河破碎风飘絮，身世浮沉雨打萍"，还是从国家和个人两方面展开和深入铺叙。宋朝自临安弃守，恭帝赵㬎被俘，事实上已经灭亡。剩下的只是各地方军民自动组织起来抵抗。文天祥、张世杰等人拥立的端宗赵昰在逃难中惊悸而死，陆秀夫复立八岁的赵昺建行宫于崖山。用山河破碎形容这种局面，再加上"风飘絮"，形象生动，而心情沉郁。这时文天祥自己老母被俘，妻妾被囚，大儿丧亡，就像水上浮萍，无依无附，景象凄凉。

颈联继续追述今昔不同的处境和心情，昔日惶恐滩边，忧国忧民，诚惶诚恐；今天零丁洋上孤独一人，自叹伶仃。皇恐滩是赣江十八滩之一，水流湍急，令人惊恐，也叫惶恐滩。原名黄公滩，因读音相近，讹为皇恐滩。滩在今江西省万安县境内赣江中，文天祥起兵勤王时曾路过这里。零丁洋在今广东省珠江 15 里外的崖山外面，现名伶丁洋，文天祥兵败被俘，押送过此。前者为追忆，后者乃当前实况，两者均为亲身经历。一为战将，一为阶下囚。故作战将，面对强大敌人，恐不能完成守土复国的使命，惶恐不安。今为阶下囚，孤苦伶仃，只有一人。这里"风飘絮""雨打萍""惶恐滩""零丁洋"都是眼前景物，信手拈来，对仗工整，出语自然，形象生动，流露出一腔悲愤和盈渥血泪。

尾联笔势一转，忽然宕进，由现在渡到将来，拨开现实，露出理想，如此结语，犹如撞钟，清音绕梁。全诗格调，顿然一变，由沉郁转为开拓、豪放、洒脱。"人生自古谁无死，留取丹心照汗青。"让赤诚的心如一团火，照耀史册，照亮世界，照暖人生。用一"照"字，显示光芒四射，英气逼人。据说张弘范看到文天祥这首诗，尤其是尾联两句时，连称："好人，好诗!"文天祥把作诗与做人，诗格与人格，浑然地融为一体。这首千秋绝唱，情调高昂，激励和感召古往今来无数志士仁人为正义事业英勇献身。

公元 1278 年(宋祥兴元年),文天祥在广东海丰北五坡岭兵败被俘,押到船上,次年过零丁洋时作此诗。随后又被押解至崖山,张弘范逼他写信招降固守崖山的张世杰、陆秀夫等人,文天祥不从,出示此诗以明志。

三、趣味故事

苏武牧羊

苏武,字子卿,西汉大臣。天汉元年(公元前 100 年)苏武奉命以中郎将持节出使匈奴,不料其间出现意外,匈奴扣留苏武,欲使苏武降服。于是匈奴单于就让卫律来处理这件事。卫律见到苏武就让他投降,苏武一听,不禁勃然大怒道:"我是汉朝的使者,若辱没了使命,还有何面目活着回国啊!"说罢,就拔出佩刀向脖子抹去。卫律大惊,急忙抱住苏武,但苏武还是受了重伤,经过抢救才保住性命。单于知道后,也赞赏苏武是条好汉,更想招降他。苏武痊愈之后,单于又用尽各种办法,威逼利诱欲降服苏武。卫律对苏武说:"你只要投降,咱们就是兄弟,如果你错过了这次机会,以后就是想见我也没机会了!"听到此,苏武已是忍无可忍,他厉声说道:"卫律,你是汉人的儿子,曾是汉朝的大臣,你不思为国尽忠,却背叛了自己的国家、亲人,投降了匈奴,做了单于的走狗。我知道你不过是想挑拨汉匈之间的关系,坐观成败罢了。我苏武既然已经知道了你的用心,又怎么会向你这个汉奸投降!"单于对苏武更加敬佩了。他把苏武囚禁在一个大窖里面,断绝了粮食供应。大雪天,没食物,苏武就将雪和衣服上的羊皮搅和在一起吃掉,一连几天过去了,苏武居然挺过来了。这让匈奴人觉得非常神奇,于是他们把苏武押到北海没有人的地方,让他在这里放牧公羊,并说等到公羊生下小羊之后,再放苏武回去。

一年又一年,苏武就在这苦寒之地艰难度日,虽然艰苦到这种地步,可他仍始终拿着那杆汉武帝赐给他的汉节,不忘自己汉使的身份。

苏武的故事向我们展现了一个拥有爱国之忠心与高洁之气骨的形象。他出使西域，为的是国家利益。他独在异乡，却心系祖国。不管处于什么样的境况，面临怎样的危险，他都没有改变那颗炙热的爱国之心，始终对国家忠心耿耿。历经劫难，再归来时已是两鬓斑白，他将生命的黄金时段奉献给了他一心一意爱着的祖国，却从不后悔。

四、古为今用

革命烈士吕惠生

吕惠生出生于 1903 年，安徽无为人，20 岁时考入当时的北京农业大学，毕业后回到故乡，成为富有正义感的地方知名人士。"七七事变"，吕惠生投身抗日救亡运动。在新四军参谋长张云逸组建新四军江北游击纵队后，粮弹两缺之际，他以地方领袖的身份四处奔走，筹划募捐，为江北游击纵队的组建和发展做出了很大贡献。

1941 年 5 月 1 日，皖中地区成立中国共产党领导的第一个县级抗日民主政权——无为县抗日民主政权，吕惠生任县长。1942 年 7 月，他担任皖中行政公署主任，同年底加入中国共产党。他坚持走群众路线，经常轻装简从，深入农家做细致的调查研究，并注重文教工作，领导创办了皖江各县联立中学。他还领导完成了皖江抗日根据地最大的水利工程——无为长江大堤黄丝滩江堤的建设。

1945 年 9 月，吕惠生在北撤途中不幸被捕。在狱中，敌人用尽了种种手段来威胁、折磨他，但他大义凛然，视死如归，于 11 月 13 日被杀害于南京郊外的六郎桥边。

"忍看山河碎，愿将赤血流。烟尘开敌后，扰攘展民猷。八载坚心志，忠贞为国酬。且喜天破晓，竟死我何求？"这是共产党员吕惠生牺牲前在狱中写的一首诗，其诚挚的爱国之心、大无畏的革命斗志，至今都令人深深动容。我们之所以能取得胜利，就是因为有千千万万的革命先烈付出了他们的生命。我们应该珍惜一切，也真心地付出自己的努力，来为今天的祖国贡献自己的力量，像烈士一样，热爱祖国、热爱人民、热爱党。

五、知识链接

文天祥就义前的无数次劝降

崖山海战后，文天祥被押回广州。之后，元世祖忽必烈下诏以"谁家无忠臣"的理由，命张弘范善待文天祥，并将其押解至大都（今北京）。不过，文天祥却开始绝食。他计划七八天后行至家乡吉州时，自己就可以饿死尽节、归葬故里了。但绝食八天后，文天祥依然未死，而故乡已过。此时，他才打消了绝食的念头。

从至元十六年（1279）十月初一至至元十九年（1282）十二月初九，文天祥在大都度过了3年2个月的囚禁生涯。起初，元朝以上宾之礼接待文天祥，劝降者络绎不绝。

第一个来劝降的是留梦炎。他也是个状元宰相，德祐元年十一月听到元军破独松关，就私自逃跑，不久又投降元军。文天祥对此人无比鄙夷，提笔赋诗"龙首黄扉真一梦，梦回何面见江东"。龙首指的是状元，黄扉是宰相的办公场所。

第二个出马的是已被降封为瀛国公的宋恭帝。此时，他也仅是一个9岁的孩童。元朝统治者只是想利用旧日的君臣关系，逼迫文天祥就范。文天祥让瀛国公坐下，自己背面跪拜不起，连声说"圣驾请回"。瀛国公无话可说，怏怏而返。

第三个出马的是元朝重臣平章政事阿合马。他命文天祥下跪，文天祥却不示弱，并回答道："南朝宰相见北朝宰相，岂能下跪？"阿合马故意问："你何以至此？"文天祥回答："南朝早用我为宰相，北人到不了南方，南人也到不了北方。"面对阿合马的生死威胁，文天祥则直言："亡国之人，要杀便杀！"阿合马见奈何不得，只好起身而退。劝降不成，文天祥被带上木枷，关入土牢。

至元十七年(1280)春，他突然接到女儿的来信，才知道 3 年多杳无音讯的妻子、女儿都在大都。文天祥知道这是元朝打出的感情牌，只要自己投降便可与家人团聚。他强忍着悲痛，拒绝给女儿回信。在给自己妹妹的信中，文天祥谈及此事："人谁无妻儿骨肉之情，但今日事到这里，于义当死，乃是命也。"

（来源于人民网）

穿越时空的价值印记

第十篇

敬 业

主 题 简 述

　　敬业即专心致力于学业或工作，但其内涵远不止如此。它不仅是个人不断改善所从事工作及学习的方法的总和，还是不断实现与超越自我的源源动力，更是一种达到了视"有为"为人生理想原则的哲学境界。

　　孔子说："饱食终日，无所用心，难矣哉！"又说："群居终日，言不及义，好行小慧，难矣哉！"作为教育大家，孔子主张"有教无类"，但对于饱食终日、无所事事、用心不专之人，大圣人也没有好办法。孔子提倡人的一生始终要勤奋、刻苦，为事业尽心尽力，指出要"执事敬""事思敬""修己以敬"等。《论语·学而》云："敬事而信。"朱熹解释说："敬者主一无适之谓。"说的是我们但凡做一件事，便要忠于一件事，要集中精力专注于这件事，一点都不旁骛，这便是敬。北宋程颐更进一步说："所谓敬者，主之一谓敬；所谓一者，无适（心不外向）之谓一。"可见，敬是指一种思想专一、不涣散的精神状态。朱熹说："敬者何？不急慢、不放荡之谓也。"对工作抱有认真的态度、尊重的态度，就是敬业的态度。孟子说："天将降大任于斯人也，必先苦其心智，劳其筋骨，饿其体肤，空乏其身，行拂乱其所为，所以动心忍性，增益其所不能。"干一番事业，必定要呕心沥血。意志坚强，甘于吃苦，勇于奉献，才能有所成就。用现代的话来讲，就是要有敬业精神。这正如习近平总书记所说的，要"时刻具备强烈的事业心和高度的责任感，想干事，肯干事，能干事，干成事，为工作尽心尽力，尽职尽责，忘我奉献"。

自古以来，中华民族推崇的敬业精神，就要求人们对自己所从事的职业、劳动、学习等，要严肃认真、尽职尽责、兢兢业业、一丝不苟。作为社会主义核心价值观的主要内容之一，敬业是对公民职业行为准则的价值评价，它要求公民忠于职守、克己奉公、服务人民、服务社会，充分体现了社会主义职业精神。具体来说，敬业包括爱岗、尽责、专注、进取、奉献等方面。

敬业必须爱岗。所谓爱岗，就是要热爱本职工作，忠于职守，持之以恒。《庄子》云："虽天地之大，万物之多，而惟吾蜩翼之知。"虽然天地很大，万物品类很多，我一心只注意蝉的翅膀。孔子说："知之者不如好之者，好之者不如乐之者。"老子在《道德经》中说："慎终如始，则无败事。"荀子说："凡百事之成也，必在敬之；其败也，必在慢之。"我们常说的"干一行，爱一行""人贵持之以恒"，就是这个意思。《史记·鲁周公世家》中说周公"然我一沐三捉发，一饭三吐哺，起以待士，犹恐失天下之贤人"；诸葛亮一生不辞辛苦，兢兢业业，为国为民，呕心沥血，"鞠躬尽瘁，死而后已"；周恩来总理日理万机，终其一生操劳；焦裕禄身患绝症，勤政为民，恪尽职守，都是爱岗敬业的卓越表现。

敬业必须尽责。尽责就是要有强烈的事业心，有勤勉的工作态度，脚踏实地，尽职尽责，恪尽职守，也就是我们通常所说的做老实人、说老实话、干老实事。《尚书·周书》说："功崇惟志，业广惟勤。"取得伟大的功业，是由于有伟大的志向；完成伟大的功业，在于辛勤不懈地工作。《史记·夏本纪》载："禹伤先人父鲧功之不成受诛，乃劳身焦思，居外十三年，过家门不敢入。薄衣食，致孝于鬼神。"大禹治水，三过家门而不入，事业心和责任感就是对他个人品行的最好诠释。"路漫漫其修远兮，吾将上下而求索"，我们一定要有对事业的求索之心，脚踏实地，尽职尽责。

敬业必须专注。朱熹说："敬业者，专心致志，以事其业也。"敬业的人，会专心致志、严肃认真、勤奋努力地对待自己的事业。《论语·述而》说："叶公问孔子于子路，子路不对。子曰：女奚不曰，其为人也，发愤忘食，乐以忘忧，不知老之将至云尔。"叶公向子路问孔子是个什么样的人，子路不答。孔子对子路说："你为什么不这样说，他这个人，发愤用功，连吃饭都忘了，快乐得把一切忧虑都忘了，连自己快要老了都不知道，如此而已。"《庄子·达生》讲了这样一个故事：孔子到楚国去，看见一个驼背老人在树林中用竿子粘蝉，就好像在地上拾取一样。之所以能如此，是因为驼背老人"用志不分，乃凝于神"。凡事只要专心致志，排除外界的一切干扰，艰苦努力，集中精力，勤学苦练，并持之以恒，就一定能有所成就，即使先天条件不足也不例外。王安石说："人之才，成于专而毁于杂"说的就是这个道理。

敬业必须进取。进取就是要有旺盛的进取意识和钻研精神，不断创新，自强不息，精益求精。韩愈《进学解》中说："业精于勤荒于嬉，行成于思毁于随。"西汉戴圣《礼记·中庸》中说："人一能之，己百之；人十能之，己千之。果能此道矣，虽愚必明，虽柔必强。"别人学一次就会了，如果我还不会，我就学一百次；别人学十次就会了，如果我还不会，我就学一千次。如果果真能照这样去做，那么即使再笨的人也一定会变得聪明，即使再柔弱的人也一定会变得坚强。《论语·卫灵公第十五》中说："子曰：吾尝终日不食，终夜不寝，以思，无益，不如学也！"我们的痛苦，很多时候都来自想得太多、说得太多、怕得太多，但做得太少。敬业要求我们要有旺盛的进取之心，正如《周易》中所说的："天行健君子以自强不息，地势坤君子以厚德载物！"

敬业必须奉献。奉献就是要任劳任怨，克己奉公，公而忘私，忘我工作，清清白白做人，坦坦荡荡做事。《论语·泰伯》中曾子说过这样一句话："士不可以不弘毅，任重而道远。仁以为己任，不亦重乎？死而后已，不亦远乎？"读书人不可以不弘大刚强而有毅力，因为他责任重大，道路遥远。把实现仁作为自己的责任，难道还不重大吗？奋斗终生，死而后已，难道路程还不遥远吗？清代颜光敏《颜氏家藏尺牍》有云："唯存一矢公矢慎之心，无愧屋漏，而闱中任劳任怨，种种非笔所尽。"汉代桓宽《盐铁论·刺权》亦云："夫食万人之力者，蒙其忧，任其怨劳。"正如毛泽东所说："大公无私，积极努力，克己奉公，埋头苦干的精神，才是可尊敬的。"

敬业精神是中华民族普及最广、传播最久的传统美德之一。以勤劳著称的中华民族正是靠着敬业乐群、克勤克俭、奋斗不息的精神，创造了上下五千年的灿烂中华文明，使中国巍然屹立于世界的东方。广大干部群众尤其是青少年应当继承和弘扬中华民族的传统美德，发扬敬业精神，积极投身到国家振兴、民族复兴的伟大事业之中，克己奉公、敬业奉献、艰苦奋斗，书写辉煌的人生。

第一章　勤奋好学　奠定基础

导　　读

梁启超在他的《饮冰室合集》中曾对"敬业"这样论述："一个人对于自己的职业不敬，从学理方面说，便亵渎职业之神圣；从事实方面说，一定把事情做糟了，结果自己害自己。所以敬业主义，于人生最为必要，又于人生最为有利。"韩愈曾说："业精于勤荒于嬉，行成于思毁于随。"为了使自己的学习或工作更加出色，我们要勤奋好学，奠定良好的基础。

一、经典阅读

余幼时即嗜①学。家贫，无从②致书③以观，每假借④于藏书之家，手自笔录，计日以还。天大寒，观冰坚，手指不可屈伸，弗之怠⑤。录毕，走⑥送之，不敢稍逾约⑦。以是⑧人多以书假余，余因得遍观群书。既加冠⑨，益慕圣贤之道。又患⑩无硕师⑪名人与游，尝⑫趋⑬百里外从乡之先达⑭执经叩问⑮。先达德隆望尊⑯，门人弟子填其室⑰，未尝稍降辞色⑱。余立侍左右，援疑质理⑲，俯身倾耳以请⑳；或遇其叱咄㉑，色愈恭，礼愈至㉒，不敢出一言以复㉓；俟㉔其欣悦，则又请焉。故余虽愚，卒获有所闻。

当余之从师也，负箧曳屣㉕，行深山巨谷中，穷冬㉖烈风，大雪深数尺，足

59

肤皲裂㉗而不知。至舍㉘，四支㉙僵劲不能动，媵人㉚持汤沃灌，以衾㉛拥覆，久而乃和。寓逆旅主人，日再食，无鲜肥滋味之享。同舍生皆被㉜绮绣，戴朱缨宝饰之帽，腰㉝白玉之环，左佩刀，右备容臭㉞，烨然㉟若神人；余则缊袍敝衣㊱处其间，略无慕艳意㊲，以中有足乐者，不知口体之奉㊳不若人也。盖余之勤且艰若此。

（宋濂《送东阳马生序》）

【参考注释】

①嗜：特别爱好。

②无从：没有办法。

③致书：得到书，这里是买书的意思。致：得到。

④假借：借。"假"也是借的意思。

⑤弗之怠：不懈怠，不放松抄写。弗，不。"之"是"怠"的宾语，指"笔录"这件事。

⑥走：跑。

⑦逾约：超过约定的期限。

⑧以是：因此。

⑨加冠(guān)：古时男子二十岁举行加冠(束发戴帽)礼，表示已经成年。这里即指二十岁。

⑩患：担心，忧虑。

⑪硕师：才学渊博的老师。硕，大。

⑫尝：曾经。

⑬趋：奔向。

⑭先达：有道德，有学问的前辈。

⑮叩问：求教。叩，问。

⑯德隆望尊：道德高，声望重。

⑰门人弟子填其室：学生挤满了他的屋子。门人、弟子，学生。填，塞。这里是拥挤的意思。

⑱辞色：言语和脸色。

⑲援疑质理：提出疑难问题，询问道理。援，引，提出。质，询问。

⑳俯身倾耳以请：弯下身子，侧着耳朵（表现尊敬而专心）请教。

㉑叱（chì）咄（duō）：训斥，呵责。

㉒至：周到。

㉓复：这里指辩解。

㉔俟（sì）：等待。

㉕负箧（qiè）曳屣（xǐ）：背着书箱，趿拉着鞋子（表示鞋破）。

㉖穷冬：严冬，隆冬。

㉗皲（jūn）裂：皮肤因寒冷干燥而破裂。

㉘舍：这里指学舍，学校。

㉙支：同"肢"。

㉚媵（yìng）人：这里指女仆。汤：热水。沃灌：烧洗，即盥洗。

㉛衾（qīn）：被子。

㉜被：通"披"，这里是穿的意思。

㉝腰：腰佩。腰，用作动词。

㉞容臭（xiù）：指香囊。臭，气味，这里指香气。

㉟烨（yè）然：光彩闪耀的样子。

㊱缊袍敝衣：以乱麻、旧絮衬于其中破旧的衣服。缊，旧絮。敝，破。

㊲略无慕艳意：毫无羡慕的意思。慕艳，羡慕。

㊳口体之奉：指吃的穿的。

二、鉴赏指津

这是元末明初文学家宋濂送给他的同乡晚辈马君则的一篇赠言，他以自己的亲身经历，娓娓道来，勉励青年人珍惜良好的读书环境，勤奋学习，学有所成。

宋濂年轻的时候，家境贫寒，想读书，家里却没有书，只好向别人借。借来书后，他便废寝忘食地阅读，还不厌其烦地抄写。遇上天寒地冻，他就长时间地伏案疾书，手指都冻僵了，不能弯曲，依然毫不懈怠，如饥似渴地获取精神食粮。作家林海音在《窃读记》中写道："一页，两页，我如饥饿的瘦狼，贪婪地读下去"，"当书店的日光灯忽地亮了起来，我才觉出站在这里读了两个钟点了。我合上了最后一页——咽了一口唾沫，好像所有的智慧都被我吞食下去了。"

宋濂能够虚心地向老师学习。他不顾路途遥远，跑到百里之外，向学识渊博的老师学习。老师的弟子很多，他就耐心地等候；他有疑问，便锲而不舍地请教老师；老师的态度不友好，他也洗耳恭听。

为了学到知识，他冒着大雪，长途跋涉，皮肤冻裂了也浑然不知。在学校，他吃的是粗茶淡饭，穿的是破旧衣裳。其他人却是美味佳肴，绫罗绸缎。在这些人中，宋濂显得非常寒酸。但他没有羡慕他人的富有，而是沉浸在知识的海洋中，不断地提升自己，最终他与刘基、高启成了明初诗文三大家。

文章描述了自己借书之难、求师之艰、求学之苦，并从衣、食、住、学等方面与太学生优越的条件加以对比，有力地说明学业能否有所成就，主要在于主观努力，不在于天资的高下和条件的优劣。其中的种种艰辛，令人慨叹；刻苦、勤奋的精神、虚心的学习态度，令人肃然起敬。

三、趣味故事

程门立雪

程颢程颐是洛阳伊川人，同是宋代著名儒学家。二程学说，后来为朱熹继承和发展，世称"程朱学派"。"程门立雪"这个成语，讲的是著名理学家将乐县人杨时求学的故事。

北宋大学问家杨时，自幼天资聪颖，七岁就能写诗，八岁就能作赋，人称神童，写出来的文章令人惊叹不已。但他没有恃才放旷，而是勤奋学习，饱览诗书，考中了进士，后来又拜当时著名的学者程颢为师，师生相处得很好，深得老师喜爱。程颢认为杨时能将自己的学说传承和发扬光大。几年以后，程颢去世了，杨时悲痛不已。

　　四十岁时，杨时又拜程颢的弟弟程颐为师。有一天，杨时又与好友游酢一起到洛阳，两个人对某个问题有不同看法，争得面红耳赤，谁也不服谁，最后只好去向程颐请教。当时正赶上程颐在屋中打盹儿。游酢急匆匆地想叫醒老师，杨时赶紧拉住他，轻声地对他说："老师太累了，好不容易休息一下，我们不要惊醒老师。"于是两人静立门口，等老师醒来。一会儿下起了鹅毛大雪，越下越急，杨时和游酢却还立在雪中，游酢实在冻得受不了，几次想叫醒程颐，都被杨时拦住了。这时，雪纷纷扬扬，天地间白茫茫一片，"千树万树梨花开"，树林如银妆，房屋也披上了洁白的素装。杨时的一只脚冻僵了，冷得发抖，但依然恭敬等待。游酢劝杨时回去，以后再来。杨时斩钉截铁地拒绝了。过了很久，程颐一觉醒来，从窗口发现侍立在风雪中的杨时，只见他全身落满了雪，已变成了一个"雪人"，脚下的积雪已一尺多厚了。程颐被他们的执着深深地打动，赶忙起身迎他俩进屋，热心地解答他们的问题，还很高兴地教给了他们很多其他知识。

　　为了学得知识，杨时甘愿冒着严寒，耐心等待。就像刘备三顾茅庐时，得知诸葛亮在午睡，为了不打扰他，便恭敬地在台阶下等候，最终得到了卧龙先生的鼎力相助。

　　《师旷劝学》中师旷说："少而好学，如日出之阳；壮而好学，如日中之光；老而好学，如秉烛之明。"这句话讲的是只要愿意学习，什么年龄都不晚。杨时四十岁时，还虚心求教，功夫不负有心人，最终成了大学问家。

（选自《宋史·杨时传》）

四、古为今用

李嘉诚独辟蹊径推销

香港首富李嘉诚就是靠勤奋好学和对工作的热忱，为自己的辉煌事业奠定基础的。

他在最初当推销员的时候，推销的对象都是卖日用杂货的店铺，推销员多，而店铺有限，竞争非常激烈。他在做了一番调查研究之后，决定迈过经销商，直接向用户销售产品。在当时用直销的方式做推销并不多见。就拿卖铁桶来说，经过分析，李嘉诚发现酒楼和旅店是购买铁桶的大户。于是他便集中精力向酒楼旅店推销。这样，一旦联系上一家酒店或者旅馆，他一次就能推销出一百多只铁桶，这在推销员中当然是惊人的业绩。

铁桶经久耐用，成交一次，要隔很长的时间才能再次购买。李嘉诚又把销售的对象集中到家庭散户上。他发现，高级住宅区的住户大多使用铝铜，而很少有人购买铁桶。于是他把销售目标锁定在中下层居民区。如果选择上门推销，势必事半功倍。通过观察，他又发现，很多老太太喜欢在住房附近择菜聊天，李嘉诚认为，在老太太中，如果卖掉一只，就等于卖掉一批，于是又把老太太发展为自己的义务推销员。这样，他的销售业绩一路飙升。

他独辟蹊径，使自己在短时间内从推销员中脱颖而出，为以后事业的成功打下了基础。任何人的成功都不是偶然的，在成功光鲜的表面背后，他们自有其成功所必需的职业素质。就像李嘉诚一样，这些成功的人能够做出不同寻常的成绩，是因为他们对工作充满责任感，对自己严格要求，遇到困难不推脱不畏惧，总是积极主动地去努力，去寻找解决问题的办法，并最终让问题终结在自己的手上。

穿越时空的价值印记

五、知识链接

中国古代的太学

太学是中国古代的国立大学。太学之名始于西周。夏、商、周时，大学的称谓各有不同，五帝时期的大学名为成均，夏为东序，商为右学，周代为上庠。

汉武帝时，采纳董仲舒"天人三策"，即"愿陛下兴太学，置明师，以养天下之士"的建议，在京师长安设立太学。王莽时天下散乱"礼乐分崩，典文残落"，"四方学士多怀协图书，遁逃林薮"，太学零落。

东汉光武帝刘秀称帝后，戎马未歇，即先兴文教。东汉太学始创于建武五年十月（公元 29 年），汉光武帝起营太学，访雅儒，采求经典阙文，四方学士云会京师洛阳，于是立五经博士。建武二十七年，建造的太学讲堂"十（丈）丈，宽三丈"。永建六年（130），汉顺帝诏修赶学，"凡所造构二百四十房，千八百五十室"。每年用工徒竟达 11.2 万人，营建规模达到了空前的水平。至汉质帝时，太学生人数已有 3 万余人。

"博士弟子"有免除赋役的特权。"博士弟子入选"，内由太常负责选择，外由郡国察举。武帝还下令天下郡国设立学校官，初步建立了地方教育系统。太学和郡国学主要是培养统治人民的封建官僚，但是在传播文化方面，也起了重要作用。魏晋至明清或设太学，或设国子学，或两者同时设立，均为传授儒家经典的最高学府。

第二章　积极思考　精益求精

导　读

　　子曰"学而不思则罔，思而不学则殆"，学习到的知识若不加思考，则必会迷茫而不知所措；成天空思考而不学习知识，便是毫无依据的瞎想。学习和思考是统一的，当我们遇到疑惑时，要善于总结与归纳，善于探索与实践。

一、经典阅读

　　君子①曰：学不可以已②。

　　青，取之于蓝③，而青于蓝④；冰，水为之，而寒于水。木直中绳⑤，𫐓⑥以为轮，其曲中规⑦。虽有槁暴(pù)⑧，不复挺⑨者，𫐓使之然也。故木受绳⑩则直，金⑪就砺⑫则利，君子博学而日参省乎己⑬，则知明而行无过矣。

　　故不登高山，不知天之高也；不临深溪，不知地之厚也；不闻先王之遗言⑭，不知学问之大也。干、越、夷、貉之子，生而同声，长而异俗，教使之然也。诗曰："嗟尔君子，无恒安息。靖共尔位，好是正直。神之听之，介尔景福。"神莫大于化道，福莫长于无祸。

　　吾尝终日而思矣⑮，不如须臾之所学⑯也；吾尝跂⑰而望矣，不如登高之博见⑱也。登高而招⑲，臂非加长也，而见者远⑳；顺风而呼，声非加疾㉑也，

66

而闻者彰㉒。假舆马者㉓，非利足也㉔，而致㉕千里；假舟楫㉖者，非能水㉗也，而绝㉘江河。君子生(xìng)㉙非异也，善假于物也㉚。

南方有鸟焉，名曰蒙鸠，以㉛羽为㉜巢，而编之以发，系之苇苕(tiáo)㉝，风至苕折㉞，卵破子死。巢非㉟不完也，所系者然㊱也。西方有木焉，名曰射干，茎长四寸，生于高山之上，而临百仞之渊，木茎非能长也，所立者然也。蓬生麻中，不扶而直；白沙在涅，与之俱黑㊲。兰槐之根是为芷，其渐之滫㊳，君子不近，庶人不服㊴。其质㊵非不美也，所渐者然也㊶。故君子居必择乡，游必就士，所以防邪辟㊷而近中正㊸也。

物类之起，必有所始。荣辱之来，必象其德。肉腐出虫，鱼枯生蠹㊹。怠慢忘身，祸灾乃作。强自取柱㊺，柔自取束㊻。邪秽在身，怨之所构。施薪若一，火就燥也，平地若一，水就湿也。草木畴生，禽兽群焉，物各从其类也。是故质的张，而弓矢至焉；林木茂，而斧斤至焉；树成荫，而众鸟息焉。醯酸，而蚋聚焉。故言有招祸也，行有招辱也，君子慎其所立乎！

积土成山，风雨兴焉；积水成渊，蛟龙生焉；积善成德，而神明自得，圣心备焉。故不积跬㊼步，无以至千里；不积小流，无以成江海。骐骥㊽一跃，不能十步；驽马十驾，功在不舍。锲㊾而舍之，朽木不折；锲而不舍，金石可镂㊿。蚓无爪牙之利，筋骨之强，上食埃土，下饮黄泉，用心一也。蟹六跪而二螯，非蛇鳝之穴无可寄托者，用心躁也。

（选自荀子《劝学》）

【参考注释】

①君子：指有学问有修养的人。

②学不可以已(yǐ)：学习不能停止；"可以"是古今异义，可：可以；以：用来。

③取之于蓝：靛青，从蓝草中取得。青，靛青，一种染料。蓝，蓼蓝。蓼(liǎo)蓝：一年生草本植物，茎红紫色，叶子长椭圆形，干时暗蓝色。花淡红色，穗状花序，结瘦果，黑褐色。叶子含蓝汁，可以做蓝色染料。于：从。

④青于蓝：比蓼蓝(更)深。于：比。

⑤中绳：(木材)合乎拉直的墨线。绳：墨线。

⑥糅以为轮/糅使之然：糅：通"煣"，使……煣，煣：古代用火烤使木条弯曲的一种工艺。以为：把……当作。然：这样。

⑦规：圆规，画圆的工具。

⑧虽有槁暴（pù）：即使又晒干了。有，通"又"。槁，枯。暴，同"曝"，晒干。槁暴，枯干。

⑨挺：直。

⑩受绳：用墨线量过。

⑪金：指金属制的刀剑等。

⑫就砺：拿到磨刀石上去磨。砺，磨刀石。就，动词，接近，靠近。

⑬日参省（xǐng）乎己：每天对照反省自己。博学：广泛地学习。知（zhì）：通"智"，智慧。明：明达。行无过：行为没有过错。

⑭遗言：犹古训。

⑮吾尝终日而思矣：我曾经整日的思考。尝：曾经。

⑯须臾之所学也：在极短的时间内所学到的东西。须臾（yú）：片刻，一会儿。

⑰跂：踮起脚后跟。

⑱博见：看见的范围广，见得广。

⑲招：招手。

⑳而见者远：意思是远处的人也能看见。而，表转折。

㉑疾：声音宏大。

㉒彰：明显，清楚。这里指听得更清楚。

㉓假：凭借，利用。舆：车厢，这里指车。

㉔利足：脚走得快。

㉕致：达到。

㉖楫：桨。

㉗水：游泳。

㉘绝：横渡。

㉙生（xìng）非异：本性（同一般人）没有差别。生，通"性"，天赋，资质。

㉚善假于物也：善于借助外物。于：向。物：外物，指各种客观条件。

㉛以：用。

㉜为：作为。

㉝苕（tiáo）：芦苇的穗。

㉞折：折断。

㉟非：并非。

㊱然：表原因。

㊲蓬生麻中：草长在麻地里，不用扶持也能挺立住，白沙混进了黑土里，就会变得和土一样黑。蓬：蓬草。麻：麻丛。涅：黑色染料。比喻生活在好的环境里，也能成为好人。

㊳潘：泔水，酸臭的淘米水。

㊴服：穿戴。

㊵质：本质。

㊶所渐者然也：被熏陶、影响的情况就是这样的。然：这样。

㊷邪辟：品行不端的人。

㊸中正：正直之士。

㊹蠹（dù）：蛀蚀器物的虫子。

㊺强自取柱：谓物性过硬则反易折断。

㊻柔自取束：柔弱的东西自己导致约束。

㊼跬（kuǐ）：古代的半步。古代称跨出一脚为"跬"，跨两脚为"步"。

㊽骐骥：骏马，千里马。

㊾锲（qiè）：用刀雕刻。

㊿金石可镂：金：金属。石：石头。镂：原指在金属上雕刻，泛指雕刻。

二、鉴赏指津

书山有路勤为径，学海无涯苦作舟。学习是不可以停止的，俗话说活到老，学到老，学无止境。

同样材质的东西，经过加工，就会有很大的改变。靛青是从蓝草里提取

69

的，却比蓝草的颜色更深。冰是水凝结而成的，却比水还要寒冷。木材本来很直，用煣的工艺把它弯曲成车轮，就合乎圆的标准了，即使又被风吹日晒而干枯了，也会持久不变。刀剑等金属制品在磨刀石上磨过就能变得锋利。所以，君子如果广泛地学习，积极思考，就会聪明机智，不容易犯过错了。

无限风光在险峰，杜甫说："会当凌绝顶，一览众山小"。不登上高山，就不知天多么高。不面临深涧，就不知道地多么厚。不去尝试，就会囿于一方天地。不懂得先代帝王的遗教，就不知道学问的博大。《三字经》说："人之初，性本善，性相近，习相远。"人们刚生下来本性是善良的，啼哭的声音是一样的，而长大后风俗习性却不相同，这是教育的作用。《诗经》说："你这个君子啊，不要总是贪图安逸。恭谨对待你的本职，爱好正直的德行。神明听到这一切，就会赐给你洪福祥瑞。"

孔子说："学而不思则罔，思而不学则殆。"学习要有良好的方法，要劳逸结合，要善于借助外物的力量，才能事半功倍。牛顿曾说："我看得比别人远，是因为我站在巨人的肩膀上。"拼尽全力踮起脚远望，却不如登到高处看得广阔。登到高处招手，胳膊没有比原来加长，可是别人在远处也能看见；顺着风呼叫，声音没有变洪亮，可是听的人听得很清楚。借助车马的人，"春风得意马蹄疾，一日看尽长安花"，并不是脚走得快，却可以一日之内遍赏美景。借助舟船的人，并不善于游泳，却可以迅速地到达目的地，"朝辞白帝彩云间，千里江陵一日还"。

冰冻三尺非一日之寒，滴水石穿非一日之功。土石不断堆积，便成了高山，风雨就从这里兴起了；汇积水流成为深渊，蛟龙就从这儿产生了；不积累一步半步的行程，就没有办法达到千里之远；不积累细小的流水，就没有办法汇成江河大海。骏马一跃，也不足十步远；劣马拉车走十天，也能走得很远，它的成功就在于不停地走。如果雕刻几下就停下来，连腐烂的木头也刻不断。如果持之以恒不停地刻下去，金石也能雕刻成功。"宝剑锋从磨砺出，梅花香自苦寒来。"

这篇文章语言生动，运用了比喻、排比、对比等修辞手法，论述了学习贵在找准方向，要善于借助外物，要坚持不懈。

三、趣味故事

沈括错评唐诗

有一年，唐代大诗人白居易去江西庐山游玩，在山上看到了很多桃花，一朵朵，一簇簇，妖艳欲滴，分外妖娆。白居易诗兴大发，大笔一挥，一气呵成，写下了一首《大林寺桃花》："人间四月芳菲尽，山寺桃花始盛开。长恨春归无觅处，不知转入此中来"。过了很多年，北宋的沈括读到这首诗的时候，非常惊讶，眉头一皱，带着讥讽的口吻评论道：桃花是三月开花的，妇孺皆知。白居易还是大名鼎鼎的诗人，把桃花写成了四月才开花，怎么这么没有生活常识呢？既然"四月芳菲尽"了，怎么会"桃花始盛开"呢？大诗人也写出这样自相矛盾的句子，太有失水准，觉得他是徒有虚名，对他的崇拜之情，一下子降到了冰点。

后来，沈括到山上去采药，正好看到山上桃花开得红艳艳的，像小孩红红的脸颊，特别好看，体会到了山上桃花盛开带来的惊喜，而当时已经是四月，这才想起了白居易的那首诗。原来桃花真的有在四月才盛开的。而他平时看到的桃花在三月就开花了，为什么会相差一个月呢？他积极思考，多地考察，终于找到了答案，原来山上的气温比山下的气温低，春天来得晚些，桃花也就开得晚些，是自己缺少经验，错怪了白居易。他再次去读白居易的诗，发现前面有一篇序，序中写道："（大林寺）山高地深，时节绝晚，于时孟夏月，如正二月天，梨桃始华（花），涧草犹短。人物风候，与平地聚落不同。"沈括读了，很有感慨地说："都怪我读书不细心，经验太少啊！"

后来，沈括看问题时，就能从多个角度去思考。他认为，采草药的最佳时间，不是固定在某个月，不同的时间，不同的地点，草药的药性是不一样的；晚稻成熟的时间也不一样，有七月成熟的，有八九月成熟的，这是物性不同。从那以后，他实事求是，反复思考，勤于实践，精益求精，成了一个精通历法、天文、音乐等的科学家，并写出了举世瞩目的科学名著《梦溪笔谈》。文学家韩愈在《进学解》中写道："业精于勤，荒于嬉；行成于思，毁于随。"

（选自沈括《梦溪笔谈》卷二十六《药议》）

四、古为今用

阎肃著作等身

1986年由杨洁担任总导演、总制片人的电视剧《西游记》，是永恒的经典，特别是主题曲《敢问路在何方》家喻户晓。当我们唱着歌曲，"你挑着担，我牵着马，迎来日出送走晚霞……一番番春秋冬夏，一场场酸甜苦辣。敢问路在何方，路在脚下……"就会信念坚定，自信满满。这首风靡华夏的歌就是著名艺术家阎肃创作的。俗话说"文如其人"，其实歌也如其人。写出这等磅礴大气的歌词的他，在不断地思考"路在何方"，他在不断地探索，与时俱进。他多次参加春晚等大型晚会的设计、策划、撰稿工作，一生创作了1000多部作品。其歌剧《红岩》《红梅赞》《小白杨》等也是妇孺皆知，影响了一代又一代人。他的作品，感情真挚，蕴含着对广大官兵的深情。他把创作当作自己毕生的事业，永不知疲倦，年逾古稀，依然像年轻人一样，大放异彩。他担任了《星光大道》、青歌赛、《我要上春晚》等大型赛事的评委。他神采奕奕，妙语连珠。正如评委会颁奖词所写的："唱红岩，唱蓝天，你一生都在唱，你的心一直和人民相连。"

从艺65载，无论是创作实践，还是为人做事，他都"一片丹心、一腔热血、一身正气，不愧为文艺工作者学习的楷模。"上至国家领导人，下至普通群众，都给予他高度评价。

铁马秋风，战地黄花，楼船夜雪，边关冷月，这是一个战士的风花雪月。唱红岩，唱蓝天，他一生都在唱，他的心一直和人民相连。他把自己化成一滴水，溶入大海；把自己当作一树梅，开在悬崖。

五、知识链接

"性善"与"性恶"莫非真的水火不容？

荀子是战国时期儒家思想家，荀子不看重关于宇宙的玄想，而建立彻底的人本哲学。他与孟子是儒家两大派的首领，其性恶论与孟子的性善论一直被许多人误当作完全对立的两种人性假设，可是事实并非如此。

不管性善也好，性恶也罢，你是否问过自己，"性"究竟是什么呢？孟子之"性"，乃"人之所以为人者"之意，也就是说孟子之"性"指的是人和禽兽的区别，即人之共相。孟子认为性中有仁义礼智四端，仁义礼智四种根本善，在性中已具其端，乃性固有，非本来无有而勉强练成的。但是这仅仅是萌芽，所以孟子称之为"端"，故而孟子认为人后天的学习要扩充异于禽兽的要素，也就是"拓善"之说。

那么荀子之性恶论中的性又是什么呢？荀子之"性"指的是生而就完成的性质或行为，是"天之就""生之所已然""不事而自然"的。"性"不是像孟子说的，只有一点萌芽，尚须扩充而后完成的，这在荀子看来不叫做"性"。荀子认为，生而不论有萌芽与否，待习而后完成者，都是伪，所以荀子所认为的人性都是好色、好利的，故而荀子认为人应该通过后天的学习"化性而起伪"，从而达到圣人的境界。

综上所述，孟子性善论中的"性"与荀子性恶论中的"性"根本不是同一个概念，因此也就不存在二者水火不相容一说。相反，他俩恰恰从两个迥然不同的层面揭示了对人性的认知，也引申出了人性和认识的关系问题。

第三章　聚精会神　心无旁骛

导　读

　　孔子把学习传道和克己复礼当作自己毕生的事业，所以老来回味的时候，觉得自己纵然这一生有过颠沛流离之苦，有过政坛失意不得不远走他乡寻道远方的艰难，但是仍然度过了充实快乐的一生，而且是连岁月忽已晚、人生忽已老都没有察觉的欣然一生。专注于自己的事业，心无旁骛，将带给我们更多的快乐和回报。

一、经典阅读

　　子曰："默而识①之，学而不厌，诲②人不倦，何有于我哉③？"

　　子曰："志于道，据于德④，依于仁，游于艺⑤。"

　　子曰："不愤⑥不启，不悱⑦不发。举一隅⑧不以三隅反，则不复也。"

　　子谓颜渊曰："用之则行，舍之则藏⑨，惟我与尔有是夫⑩！"子路曰："子行三军⑪，则谁与⑫？"子曰："暴虎⑬冯河⑭，死而无悔者，吾不与也。必也临事而惧⑮，好谋而成者也。"

　　子曰："富⑯而可求⑰也；虽执鞭之士⑱，吾亦为之。如不可求，从吾所好。"

　　子在齐闻《韶》⑲，三月不知肉味，曰："不图为乐之至于斯也。"

子曰："饭疏食⑳饮水，曲肱㉑而枕之，乐亦在其中矣。不义而富且贵，于我如浮云。"

叶公㉒问孔子于子路，子路不对。子曰："女奚不曰，其为人也，发愤忘食，乐以忘忧，不知老之将至云尔㉓。"

（《论语·述而》节选）

【参考注释】

①识（zhì）：记住的意思。

②诲：教诲。

③何有于我哉：对我而言，做到了哪一样呢?

④德：旧注云：德者，得也。能把道贯彻到自己心中而不失掉就叫德。

⑤艺：艺指孔子教授学生的礼、乐、射、御、书、数等六艺，都是日常所用。

⑥愤：苦思冥想而仍然领会不了的样子。

⑦悱（fěi）：想说又不能明确说出来的样子。

⑧隅：角落。

⑨舍之则藏：舍，舍弃，不用。藏，隐藏。

⑩夫：语气词，相当于"吧"。

⑪三军：是当时大国所有的军队，每军约一万二千五百人。

⑫与：在一起的意思。

⑬暴虎：空拳赤手与老虎进行搏斗。

⑭冯河：无船而徒步过河。

⑮临事而惧：惧是谨慎、警惕的意思。遇到事情便格外小心谨慎。

⑯富：指升官发财。

⑰求：指合于道，可以去求。

⑱执鞭之士：古代为天子、诸侯和官员出入时手执皮鞭开路的人。意思指地位低下的职事。

⑲《韶》：舜时古乐曲名。

⑳饭疏食，饭，这里是"吃"的意思，作动词。疏食即粗粮。

75

㉑曲肱：肱（gōng），胳膊，由肩至肘的部位。曲肱，即弯着胳膊。

㉒叶公：叶公姓沈名诸梁，楚国的大夫，封地在叶城（今河南叶县南），所以叫叶公。

㉓云尔：云，代词，如此的意思。尔同耳，而已，罢了。

二、鉴赏指津

孔子是著名的教育家，他提出的很多理念如"因材施教""知之为知之，不知为不知"的实事求是的态度、"学而不厌"的精神，对中国教育思想的形成与发展产生了很大的影响。

孔子注重学生的全面均衡发展，要求学习礼、乐、射、御、书、数等六艺，就像我们现在常说的"琴棋书画样样精通"，认为这样能提升人的素质。

孔子提出了"启发式"教学的思想。从教学方面而言，他强调学生的自主性，反对"填鸭式""满堂灌"的做法，要求学生能够"举一反三"，在充分进行独立思考的基础上，再对他们进行启发、开导。这是符合教学基本规律的，而且具有深远的影响，在今天教学中仍可以加以借鉴。

孔子认为有勇无谋，是不能成就大事的。历史上的吕布、项羽，都是有勇无谋的人，最终都失败了。

孔子不反对做官，不反对发财，但必须符合于道，这是原则问题，孔子表明自己不会违背原则去追求富贵荣华。孔子认为吃粗粮，喝白水，弯着胳膊当枕头，乐趣也就在这中间了。用不正当的手段得来的富贵，对于他来说就像是天上的浮云一样。孟子《鱼，我所欲也》中有一句："万钟则不辨礼义而受之，万钟于我何加焉！"陶渊明在《五柳先生传》中也写道："不戚戚于贫贱，不汲汲于富贵。"

当叶公向子路问孔子是个什么样的人时，子路没有回答。孔子（对子路）说："你为什么不这样说：他这个人，发愤用功，连吃饭都忘了，快乐得把一切忧虑都忘了，连自己快要老了都不知道，如此而已。"

孔子不知老之将至，是日日夜夜对事业的崇敬和热爱让他悠然忽略了年华的劳损、人生的劳苦。这正是"知之者不如好之者，好之者不如乐之者"的敬业精神。

三、趣味故事

佝偻承蜩

孔子去楚国的时候，途经一片茂密的树林，郁郁葱葱，风景迷人。他们沉醉其中，闲庭信步，不经意中看见一个驼背的老人，手里拿着一根长长的竹竿，在聚精会神地粘知了，连有路人经过也毫无察觉。孔子和他的弟子便屏气凝神，饶有兴致地在一旁观看。只见老人出手又快又准，像从地上捡东西一样简单，百无一失。孔子被他炉火纯青的技术迷住了，不禁连连赞叹："您的技艺实在太高超了！"老人听到声音，才回过头来看。孔子虚心地向他请教："老人家，你真是太厉害了，出手又快又准，有什么秘诀吗？"

老人看了看孔子，谦虚地回答："其实也没什么。我也是练习了很长时间，才能做到这样。起初，我在竹竿顶端放两个小球，手持竹竿努力不让它们掉下来。做到这一点大约用了半年的时间，之后再去粘知了就很少失手了。我继续练习，能放三个小球的时候，成功率便可达到90%以上。我的练习从来没有停止过，如今能在竿顶放五个小球而不滑落，粘知了就像在地上捡东西一样简单。粘知了的时候，我的身体就像木桩一样稳，伸出的手臂就像枯树枝一动不动。虽然天地很大，万物品类很多，但我的眼里只有知了，我一心只注意知了的翅膀。这个时候不管你把什么好的东西放在我面前，我都不会动心。做到了这一点，粘知了还有什么难的呢？"

孔子听了以后感慨地对弟子说："专一就能够静心，就能使自己聚精会神，技术自然高妙，这位驼背老人的经验值得我们学习啊！"

这个故事让我们想到了《卖油翁》中的老翁，他"取一葫芦置于地，以钱覆其口，徐以杓酌油沥之，自钱孔入，而钱不湿。"鲁迅先生说过："伟大的成绩和辛勤的劳动是成正比例的，有一分劳动就有一分收获，日积月累，从少到多，奇迹就可以创造出来。"

就像会下棋的弈秋收的两个徒弟，在学棋时，窗外有大雁飞来，一个徒弟专心致志地下棋，听老师讲解，另一个徒弟三心二意，想着用剑将鸟射下后吃肉。最终认真听讲的徒弟学有所成，心不在焉的徒弟没有学到下棋的本领。心无旁骛，不断地练习，就能熟能生巧，使自己技艺精湛。

（选自《庄子·达生》）

四、古为今用

"杂交水稻之父"袁隆平

中国"杂交水稻之父"袁隆平，是一个地道的农民的儿子，为了杂交水稻事业，他几十年如一日，心无旁骛，不断地在农田里进行实验。刚开始研究时，许多人说他是自讨苦吃，他坦然回答："为了大家不再饿肚子，我心甘情愿吃这个苦。"研究条件简陋艰苦，滇南育种遭遇大地震的威胁，上千次的实验失败，都动摇不了袁隆平研究杂交水稻的决心。美国作家马克·吐温说："人的思想是了不起的，只要专注于某一项事业，就一定会做出使自己感到吃惊的成绩来。"几十年来，袁隆平像候鸟一样，追赶着太阳南来北往育种，在攻关的前 10 年有 7 个春节是在海南岛度过的。袁隆平注重实践。他说："书本上、电脑里种不出水稻。"他始终坚信真正的权威来自实践。"我不在家，就在试验田；不在试验田，就在去试验田的路上。"第一线的坚守，使他抓住了科学的灵感，锻造出了战略性眼光。从一般杂交稻的成功到超级杂交稻一期、二期再到三期，他将水稻产量从平均亩产 300 公斤左右提高到 800 公斤。到 2006 年，我国累计推广种植杂交稻 56 亿多亩，每年增产的稻谷可以多养活 7000 多万人，相当于全世界每年新出生人口的总和。不仅如此，杂交水稻还被推广到全球 30 多个国家和地区，种植面积达 3000 多万亩。

"我们把袁隆平先生称为'杂交水稻之父'，因为他的成就不仅是中国的骄傲，也是世界的骄傲，他的成就给人类带来了福音。"袁隆平，这个从湖南省偏僻的安江农校里走出来，从一个山村中等农校的青年教师，成长为举世瞩目的名人，登上了"杂交水稻之父"的宝座。他是一位真正的耕耘者。当他还是一个乡村教师的时候，就已经具有颠覆世界权威的胆识；当他名满天下的时候，却仍然只是专注于田畴。淡泊名利，一介农夫，播撒智慧，收获富足。他毕生的梦想，就是让所有人远离饥饿。喜看稻菽千重浪，最是风流袁隆平！

五、知识链接

孔子周游列国

孔子是春秋时期鲁国人，为了实现自己的政治理想——"仁"，曾带着一批学生周游列国。

那个时代，各诸侯国都忙着扩充势力范围，争霸战争从没停息，整个社会发生着巨大的变革。孔子宣传的一套恢复周朝初年礼乐制度的主张，自然没有人接受。他先后到过卫国、曹国、宋国、郑国、陈国、蔡国、楚国。这些国家的国君都没有用他。

有一回，孔子在陈、蔡一带，楚昭王打发人请他。陈、蔡的大夫怕孔子到了楚国，对他们不利，发兵在半路上把孔子截住。孔子被围困在那里，断了粮，几天都没吃上饭。后来，楚国派了兵来，才给他解了围。

孔子周游列国，历时十余年，行程数千里，历经艰难险阻，四处碰壁，可他依然自信极坚，毫不动摇。他说："知者之不如好之者，好之者不如乐之者。"他学六艺、知天命，进而形成了自己的政治理想和道德人格，这是"知之"；他四处寻求推行主张的机会，这是"好之"；在求索过程中，他虽处处碰壁也不气馁，这就是"乐之"。这也是当时人所说的"明知不可为而为之"。

孔子在列国碰了许多钉子，年纪也老了。最终，他还是回到鲁国，把精力放到整理古代文化典籍和教育学生上面。

第四章 思绪通达 灵活应变

导　　读

在工作中，经常会出现一些意想不到的困难局面。面对困境，我们应该积极思考，主动想办法解决。既要脚踏实地，认真做事，也要认清形势，能言善辩，凭着对他人、对国家的责任心，灵活应变，完成任务。

一、经典阅读

鸿门宴

沛公军①霸上，未得与项羽相见。沛公左司马曹无伤使人言于项羽曰："沛公欲王②关中，使子婴为相，珍宝尽有之。"项羽大怒曰："旦日飨士卒③，为击破沛公军！"当是时，项羽兵四十万，在新丰鸿门；沛公兵十万，在霸上。范增说项羽曰："沛公居山东时，贪于财货，好美姬。今入关，财物无所取，妇女无所幸，此其志不在小。吾令人望其气，皆为龙虎，成五彩，此天子气也。急击勿失！"

楚左尹项伯者，项羽季父也，素善④留侯张良。张良是时从⑤沛公，项伯乃夜驰之沛公军，私见张良，具告以事，欲呼张良与俱去，曰："毋从俱死也。"张良曰："臣为韩王送沛公，沛公今事有急，亡⑥去不义，不可不语。"

良乃入，具告沛公。沛公大惊，曰："为之奈何？"张良曰："谁为大王为此计者？"曰："鲰生说我曰：'距⑦关，毋内⑧诸侯，秦地可尽王也。'故听之。"良曰："料大王士卒足以当⑨项王乎？"沛公默然，曰："固不如也。且为之奈何？"张良曰："请往谓项伯，言沛公不敢背项王也。"沛公曰："君安与项伯有故？"张良曰："秦时与臣游，项伯杀人，臣活之；今事有急，故幸来告良。"沛公曰："孰与君少长？"良曰："长于臣。"沛公曰："君为我呼入，吾得兄事之。"张良出，要项伯。项伯即入见沛公。沛公奉卮酒为寿，约为婚姻，曰："吾入关，秋毫不敢有所近，籍吏民封府库，而待将军。所以遣将守关者，备他盗之出入与非常也。日夜望将军至，岂敢反乎！愿伯具言臣之不敢倍德也。"项伯许诺，谓沛公曰："旦日不可不蚤⑩自来谢项王。"沛公曰："诺。"于是项伯复夜去，至军中，具以沛公言报项王，因言曰："沛公不先破关中，公岂敢入乎？今人有大功而击之，不义也。不如因善遇之。"项王许诺。

沛公旦日从百余骑来见项王，至鸿门，谢曰："臣与将军戮力⑪而攻秦，将军战河北，臣战河南，然不自意能先入关破秦，得复见将军于此。今者有小人之言，令将军与臣有郤⑫。"项王曰："此沛公左司马曹无伤言之；不然，籍何以至此。"项王即日因留沛公与饮。项王、项伯东向坐，亚父南向坐。亚父者，范增也。沛公北向坐，张良西向侍。范增数目项王，举所佩玉玦以示之者三，项王默然不应。范增起，出召项庄，谓曰："君王为人不忍。若入前为寿，寿毕，请以剑舞，因击沛公于坐，杀之。不者，若属皆且为所虏。"庄则入为寿。寿毕，曰："君王与沛公饮，军中无以为乐，请以剑舞。"项王曰："诺。"项庄拔剑起舞，项伯亦拔剑起舞，常以身翼蔽⑬沛公，庄不得击。

于是张良至军门见樊哙。樊哙曰："今日之事何如？"良曰："甚急！今者项庄拔剑舞，其意⑭常在沛公也。"哙曰："此迫矣！臣请入，与之同命。"哙即带剑拥盾入军门。交戟之卫士欲止不内，樊哙侧其盾以撞，卫士仆地，哙遂入，披帷西向立，瞋目视项王，头发上指，目眦尽裂。项王按剑而跽⑮曰："客何为者？"张良曰："沛公之参乘樊哙者也。"项王曰："壮士，赐之卮酒。"则与斗卮酒。哙拜谢，起，立而饮之。项王曰："赐之彘肩。"则与一生彘肩。樊哙覆其盾于地，加彘肩上，拔剑切而啖之。项王曰："壮士！能复饮乎？"樊哙

81

曰："臣死且不避，卮酒安足辞！夫秦王有虎狼之心，杀人如不能举，刑人如恐不胜，天下皆叛之。怀王与诸将约曰：'先破秦入咸阳者王之。'今沛公先破秦入咸阳，毫毛不敢有所近，封闭宫室，还军霸上，以待大王来。故遣将守关者，备他盗出入与非常也。劳苦而功高如此，未有封侯之赏，而听细说，欲诛有功之人。此亡秦之续耳，窃为大王不取也！"项王未有以应，曰："坐。"樊哙从良坐。

坐须臾，沛公起如厕，因招樊哙出。沛公已出，项王使都尉陈平召沛公。沛公曰："今者出，未辞⑯也，为之奈何？"樊哙曰："大行不顾细谨，大礼不辞小让。如今人方为刀俎⑰，我为鱼肉，何辞为？"于是遂去。乃令张良留谢。良问曰："大王来何操？"曰："我持白璧一双，欲献项王，玉斗一双，欲与亚父。会其怒，不敢献。公为我献之。"张良曰："谨诺。"当是时，项王军在鸿门下，沛公军在霸上，相去⑱四十里。沛公则置车骑，脱身独骑，与樊哙、夏侯婴、靳强、纪信等四人持剑盾步走，从郦山下，道⑲）芷阳间行⑳。沛公谓张良曰："从此道至吾军，不过二十里耳。度㉑我至军中，公乃入。"

沛公已去，间至军中。张良入谢，曰："沛公不胜杯杓㉒，不能辞。谨使臣良奉白璧一双，再拜献大王足下，玉斗一双，再拜奉大将军足下。"项王曰："沛公安在？"良曰："闻大王有意督过之，脱身独去，已至军矣。"项王则受璧，置之坐上。亚父受玉斗，置之地，拔剑撞而破之，曰："唉！竖子不足与谋。夺项王天下者，必沛公也。吾属今为之虏矣！"。

【参考注释】

①军：驻军。

②王：称王。

③飨士卒：犒劳士兵。

④素善：素，一向。善，与……交好。

⑤从：跟随。

⑥亡：逃跑。

⑦距：通"拒"，守住。

⑧内：使……进入。

⑨当：抵挡。

⑩蚤：早些。

⑪戮力：合力。

⑫有郤：有误会。

⑬以身翼蔽沛公：张开双臂像鸟儿张开翅膀那样用身体掩护刘邦。

⑭意：意图。

⑮按剑而跽：握着剑挺起身。

⑯辞：告辞。

⑰刀俎：菜刀和砧板。

⑱去：距离。

⑲道：取道。

⑳间行：抄小路走。

㉑度：估计。

㉒不胜杯杓：禁受不起酒力。

二、鉴赏指津

在"楚汉相争"中，一开始项羽是占绝对优势的，他有四十万大军，而刘邦只有十万兵力。项羽听说"沛公欲王关中"，认为这冒犯了他的尊严，当即决定进攻刘邦。他的主要谋士范增乘机揭露刘邦的野心，也力主进攻。

战争似乎已经迫在眉睫，却忽然出现了转机。项伯为报私恩，夜访张良，劝他逃走。张良对刘邦忠心耿耿，反以"为韩王送沛公"为借口，将消息告诉了刘邦，并当机立断，想出良策。

节奏发展得快，气氛的变化也快。开始很平和，刘邦很虚伪地谢罪，项羽说出告密人，可见怒气全消，有和解意，且设宴招待刘邦。范增蓄意杀死刘邦，多次向项羽示意，要他趁机杀了刘邦，但项羽犹豫不决。于是范增命项庄舞剑，想趁机杀了刘邦。

张良善于察言观色，审时度势，在这千钧一发之际，出去叫来樊哙保护刘邦。气氛又进一步缓和，但危机仍未解除。

三十六计，走为上策。刘邦以上厕所为借口，决定逃离虎口。当刘邦还顾虑到不辞而别不合乎礼节时，樊哙劝说其应该不拘小节。在这危急关头，刘邦先逃跑，留下张良来处理棘手的事情。这时的张良，留下来是有风险的，但作为臣子，他没有多想，一心一意想的是君王的安全，他是多么敬业！他知己知彼，知道项羽是一个贪财的人，便投其所好，问刘邦带了什么礼物给项羽，刘邦这才想起，给项羽带来了一对玉璧，给范增带来了一双玉斗。

估计刘邦他们几个人已跑得比较远，脱离了危险时，张良一人独自面对项羽。他能言善辩，说刘邦不胜酒力，先回去了，并把刘邦准备的礼物送给项羽。

在这场剑拔弩张的斗争中，张良及时把危险告诉刘邦，并巧妙安排樊哙保驾护航，机智地回答项羽的追问，最终化险为夷。

三、趣味故事

诸葛亮舌战群儒（节选）

鲁肃引诸葛亮见了东吴的一群谋士，这些人并非泛泛之辈，个个都是有学问的人。他们人多势众，诸葛亮见了他们后，特意挺直了身子，昂起了头，气宇轩昂。虽然是只身一人，但他仍镇定自若，胸有成竹。

东吴第一大谋士张昭首先发难，一开口就咄咄逼人，讥笑刘备打了败仗，嘲讽诸葛亮说："刘备以为有了你就如同鱼得了水，想夺取荆襄九郡做根据地。但荆襄已被曹操得到，你还有什么主意呢？"

诸葛亮心里想：如果不先难倒张昭，不来个下马威，其他人也会纷纷效仿张昭，就没办法说服孙权联刘抗曹了。诸葛亮反唇相讥说："刘备取荆襄这块地盘，易如反掌，只是不忍心夺取同宗的基业，才被曹操捡了便宜。现在屯兵江夏，养精蓄锐，另有宏图大计，等闲之辈哪懂得这个。"张昭一听到诸葛亮说自己是等闲之辈，是平庸之才，脸色大变，便怒气冲冲地说："你在隆中，未效劳刘备时，刘备还能经常打胜仗，威震海内。自从你辅助他以后，他连连败退，大不如前。你自称有管仲、乐毅的才能，是不是徒有虚名？"

看到张昭的不怀好意，诸葛亮没有火冒三丈，而是旁征博引地说："刘备当阳兵败，是因为不忍心丢下老弱残兵，是大仁大义。胜败乃兵家常事，汉高祖刘邦也有很多兵败的时候，最后在垓下一战，是因为有了韩信的好谋略，让项羽觉得穷途末路，高祖才能取得胜利的。国家大事，社稷安危，都要有真才实学的人拿出好主意。而口舌之徒，坐而论道，碰上大事，却拿不出一个办法来，只能为天下人耻笑。"这一番话说得张昭哑口无言。

之后，虞翻问："现在曹操屯兵百万，人才济济，对中原地区虎视眈眈，你说不怕，是吹牛吧？"诸葛亮回答说："曹操虽然号称百万，但都是乌合之众，一旦亲临战场，就会惊慌失措，逃之夭夭。刘备退守夏口，是等待时机，不鸣则已，一鸣就要惊人。而东吴兵精粮足，还有长江天险可守，完全可以与曹操抗衡，但你们却胆小如鼠，劝孙权投降曹操，不觉得羞耻吗？"

在座的另一个人步骘问道："孔明想要效仿张仪、苏秦两个说客，到东吴来游说吗？"孔明耐心地说："你只知道张仪、苏秦两个人是说客，却不知道他们两个人也是豪杰。苏秦佩六国相印，张仪两次相秦，他们都是为国分忧、出谋划策的勇士。你们这些人，一听说曹操有八十万大军，就觉得和他力量悬殊，和他交手是以卵击石，便害怕得立马投降，你们有资格嘲笑张仪、苏秦吗？"步骘听了默不作声了。

后来薛综又说："曹操兵强马壮，深得民心，天下有三分之二的地盘都是他的了，要和他抗衡，就是不自量力。"诸葛亮回答说："曹操是汉世臣子，怀有篡位之心，不是深得民心，而应是天下之所共愤，应当群起而攻之。"

后来严畯又说："孔明所讲的，都是强词夺理，均非正论，不必再说。请问孔明写过哪些有名的经典？"孔明曰："历史上的姜子牙、张良、陈平这些人，都没有什么著作，但他们都是君王的好帮手，都能带兵打仗，建功立业。"严峻低头丧气而不能回答。

东吴的谋士一个接一个地向诸葛亮发难，先后有七人之多，都被诸葛亮反驳得有口难辩。

舌战群儒，其实是诸葛亮说服孙权抗击曹操的一个序曲。当时曹操派人

85

送信给东吴，要联合孙权抵抗刘备。蜀国偏居一隅，处境非常危险，只有联合孙权抗曹，才能化险为夷。要说服孙权，就要说服投降派的张昭、虞翻、薛综等人。诸葛亮凭着他的博学多闻、随机应变和赤胆忠心，出色地完成了任务。在他的游说下，孙权愿意联刘抗曹。后来经过赤壁之战，曹操伤亡惨重，蜀国和吴国得以保全和发展，三国鼎立的局面才没有被打破。

（节选自《三国演义》）

四、古为今用

周总理的外交智慧

美国代表团访华时，曾有一名官员当着周总理的面说："中国人很喜欢低着头走路，而我们美国人却总是抬着头走路。"此语一出，话惊四座。周总理不慌不忙，脸带微笑地说："这并不奇怪。因为我们中国人喜欢走上坡路，而你们美国人喜欢走下坡路。"

周总理的回答让美国人领教了什么是柔中带刚，最终尴尬、窘迫的是美国人自己。

一位美国记者在采访周总理的过程中，无意中看到总理桌子上有一支美国产的派克钢笔。那记者便以带有几分讥讽的口吻问道："请问总理阁下，你们堂堂的中国人，为什么还要用我们美国产的钢笔呢？"周总理听后，风趣地说："谈起这支钢笔，说来话长，这是一位朝鲜朋友的抗美战利品，他是作为礼物赠送给我的。我无功受禄，就拒收。朝鲜朋友说，留下做个纪念吧。我觉得有意义，就留下了这支贵国的钢笔。"这位记者的本意是想挖苦周总理：你们中国人怎么连好一点的钢笔都不能生产，还要从我们美国进口？结果周总理说这是朝鲜战场的战利品，反而使这位记者丢尽颜面。他不仅为中国人民所敬仰，同样赢得了世界人民的尊敬。他的敏捷机智和人格魅力可以说无处不在。

五、知识链接

张良——侠士、谋圣、智者

说张良是侠士，是因为张良少时变卖家产，出重金聘大力士仓海君刺杀秦王。秦二十九年（前218），始皇东游至博浪沙，仓海君从路边草丛中抛出120斤重的铁锤击中副车，未及始皇。张良成为通缉的要犯。张良请人刺杀秦王跟荆轲刺秦一样，明知没有把握，却能置个人生死于度外，显示出侠肝义胆、英雄气魄，是勇者，也是侠士。

说张良是谋圣，是因为张良逃到下邳，在下邳桥巧遇黄石公授《太公兵法》。张良悉心研读，结识豪杰，聚集百人抗秦，路遇沛公率数千人反秦，张良向沛公讲《太公兵法》，沛公言听计从。沛公采纳张良之策取得10多座城池，打败秦将杨熊，攻下宛城，西入武关，使用张良之计大破山尧山秦军到蓝田，占领了咸阳，使秦王子婴投降。沛公到秦王宫见到宫里的财物珠宝、数千美女，便贪图坐享其成，在樊哙张良力劝下，沛公才出宫驻于霸上。

项王想在鸿门宴中杀害沛公，利用同项伯的私交予以斡旋，并把沛公赏给自己的黄金珍珠全部送予项伯。项伯一次次劝说项王，为沛公争取到了统巴蜀、汉中的王位。

张良随汉王率领的 3 万军士到达汉中，给汉王献了"明修栈道、暗度陈仓"之计，在返回关中的途中，烧毁了褒斜以北的栈道，以示汉王无返心。张良到楚营把齐王欲谋反的意图告知项王，项王率军向北去攻打齐王。沛公令韩信按张良之计"暗出陈仓"，占领了三秦之地。张良又献计于汉王，去游说楚军猛将黥布、彭越、齐王田荣归顺汉王，后又利用这三位将领所率兵力，汉王攻占了燕、代、齐、赵等地。在以后的荥阳之围、垓下之战、分封功臣、迁都关中、平叛黥布、改立太子等重大国事中，张良一次次奇谋独运，扭转乾坤，辅佑汉王刘邦一统天下，建立了大汉王朝。张良不愧是大智大勇的谋圣。

张良是智者，是因为高祖大封功臣时赞赏张良："运筹策帷帐中，决胜千里之外，子房功也，自择齐三万户。"良曰："愿弃人间事，欲从赤松子游耳。"张良能在功成后不居，弃官辞爵，不图名利，急流勇退，避免了"敌国破、谋臣亡"韩信、萧何那样的悲惨下场，平安落地，保住了自己及子孙后代的安宁。这种淡泊名利的明哲高风，足以让今人深思，给人以启迪！

（此文来源于新浪陕西网：http://sx. sina. com. cn/hanzhong/travel/2014 - 08 - 27/105713332. html，作者王立群）

第五章　恪尽职守　无私奉献

导　读

　　俄国著名作家列夫·托尔斯泰曾说："一个人若是没有热情，他将一事无成，而热情的基点正是责任心。"敬业就是要对自己的事情尽职尽忠，将其扎扎实实做好，并充满热情，享受奋斗的过程，甚至是达到无私奉献的境界。

一、经典阅读

出师表

　　先帝创业未半而中道崩殂①，今天下三分，益州疲敝②，此诚危急存亡之秋也③！然侍卫之臣不懈于内，忠志之士忘身于外者，盖追先帝之殊遇④，欲报之于陛下也。诚宜开张圣听⑤，以光先帝遗德，恢弘⑥志士之气；不宜妄自菲薄⑦，引喻失义⑧，以塞忠谏之路也。

　　宫中府中，俱为一体，陟罚臧否⑨，不宜异同。若有作奸犯科⑩，及为忠善者，宜付有司论其刑赏⑪，以昭陛下平明之理；不宜偏私，使内外异法也。

　　侍中、侍郎郭攸之、费祎、董允等，此皆良实，志虑忠纯，是以先帝简拔以遗陛下。愚以为宫中之事，事无大小，悉以咨之，然后施行，必能裨补缺

89

漏⑫，有所广益。

将军向宠，性行淑均⑬，晓畅军事，试用于昔日，先帝称之曰能，是以众议举宠为督。愚以为营中之事，事无大小，悉以咨之，必能使行阵⑭和睦，优劣得所。

亲贤臣，远小人，此先汉所以兴隆也⑮；亲小人，远贤臣，此后汉所以倾颓也⑯。先帝在时，每与臣论此事，未尝不叹息痛恨于桓、灵也！侍中、尚书、长史、参军，此悉贞亮死节之臣⑰，愿陛下亲之信之，则汉室之隆，可计日而待也。

臣本布衣，躬耕于南阳，苟全性命于乱世，不求闻达⑱于诸侯。先帝不以臣卑鄙⑲，猥自枉屈⑳，三顾臣于草庐之中，咨臣以当世之事。由是感激，遂许先帝以驱驰㉑。后值倾覆㉒，受任于败军之际，奉命于危难之间㉓，尔来二十有一年矣！先帝知臣谨慎，故临崩寄臣以大事也㉔。

受命以来，夙夜忧叹，恐托付不效，以伤㉕先帝之明；故五月渡泸，深入不毛。今南方已定，兵甲已足，当奖率三军，北定中原；庶竭驽钝㉖，攘除奸凶㉗，兴复汉室，还于旧都。此臣之所以报先帝而忠陛下之职分也。至于斟酌损益，进尽忠言，则攸之、祎、允之任也。

愿陛下托臣以讨贼兴复之效，不效，则治臣之罪，以告先帝之灵。若无兴德之言，则责攸之、祎、允等之慢㉘，以彰其咎。陛下亦宜自谋，以咨诹善道，察纳雅言，深追先帝遗诏，臣不胜受恩感激！

今当远离，临表涕零，不知所言。

【参考注释】

①先帝：指蜀昭烈帝刘备。崩殂：天子之死曰"崩"；殂，也是死的意思。

②疲敝：贫弱。

③诚：确实是。秋：时候，日子。古人多以"秋"称多事之时。

④殊遇：特殊的待遇。

⑤开张圣听：广泛地听取大家的意见。

⑥恢弘：发扬使之扩大。

⑦妄自菲薄：轻率地自己看轻自己。

⑧失义：失当，不合大义。

⑨陟罚臧否（zāng pǐ）：奖励惩罚好坏、善恶。

⑩犯科：触犯法律中的科条。

⑪论其刑赏：评审应受什么处罚或受什么赏赐。

⑫ 裨补缺漏：弥补缺点和疏漏之处

⑬淑均：善良公平。

⑭行阵：指部队。

⑮兴隆：兴旺发达。

⑯倾颓：衰败。

⑰贞良死节之臣：忠贞诚实、能够以死报国的人。

⑱闻达：有名声。

⑲卑鄙：身份卑微，见识短浅。

⑳猥自枉屈：降低身份，委屈自己。

㉑驱驰：奔走效劳。

㉒后值倾覆：后来遇上兵败。倾覆：指建安十三年（208），曹操南侵荆州时，刘备在当阳长坂被击破一事。

㉓奉命于危难之间：在危机患难之间出使东吴。

㉔寄：托付。这句指刘备东伐孙吴，在秭归被吴将陆逊击败，退居白帝。章武三年（223）四月，刘备病死永安宫（故址在今四川省奉节县东），临终托孤于诸葛亮，要他辅助后主刘禅，讨魏兴汉。

㉕伤：有损。

㉖驽钝：这里以劣马（驽）和不锋利的刀（钝）来比喻才能的平庸。

㉗攘除：铲除。奸凶：指曹魏。

㉘慢：失职。

二、鉴赏指津

　　这是蜀汉丞相诸葛亮第一次出征伐魏前，写给后主刘禅的一篇表。当时是建兴五年，诸葛亮采取了一系列的措施，外结孙吴，内定南中，励清吏政，兵精粮足。诸葛亮认为已有能力北伐中原，实现刘备匡复汉室的愿望。他向后主提出了三条建议：要广开言路，要严明赏罚，要亲贤远佞。他认为在朝廷内有很多忠心耿耿的人，可以多听取他们的建议。他认为治国理政，要赏罚分明，要奖励好的善的，要惩罚差的坏的，各个部门要能各司其职。侍中、侍郎郭攸之、费祎等都是善良诚实的人，宫中的事情多向他们咨询，一定能集思广益。将军向宠等都是忠贞不屈的人，军营中的事情，多咨询他们，一定能各得其所。亲近贤臣，远离小人，东汉才能够国泰民安，兴旺发达。亲近小人，远离贤臣，西汉因此逐渐衰败。前事不忘后事之师，要以西汉为戒，要亲贤远佞。这篇表文表达了作者审慎勤恳、以伐魏兴汉为己任的忠贞之志和诲诚后主不忘先帝遗愿的孜孜之意，情感真挚，说理充分，和李密的《陈情表》一起成了表文中的典范。

三、趣味故事

张释之秉公执法

　　汉文帝时期的廷尉张释之，是堵阳人，深得汉文帝器重。有一次，皇帝出巡经过长安城北的中渭桥，有一个人突然从桥下跑了出来，使皇帝驾的马受到了惊吓，快步跑了很远才停下来，皇上很生气，于是命令侍卫抓住这个人，并交给了廷尉张释之。张释之审讯那个人时，那人说："我是长安县的乡下人，在外面走着，听到了清道禁止人通行的命令，来不及躲到屋子里，看到附近有一座桥，就躲在桥下，比较隐蔽，别人看不到我。我在桥下躲了很久，听不到马车的声音了，就以为皇帝的队伍已经过去了，就从桥下出来，没有想到一出来，皇帝的车马还在这里，别人也看到我了，我非常害怕，不敢再躲到桥下，只好马上就跑开。"然后廷尉向皇帝报告那个人应得的处罚，说他触犯了清道的禁令，应处以罚金。文帝不满地说："这个人惊了我的马，我的马幸亏驯良温和，假如是别的马，桀骜不驯，说不定就摔伤了我，可是廷尉才判处他罚金！这处罚太轻了，应该把他杀了！"张释之说："法律应该是天子和天下人共同遵守的。现在法律就这样规定，却要再加重处罚，这样法律就不能取信于民。而在那时，皇上您让人立刻杀了他是可以的。但是现在您已经把这个人交给廷尉，廷尉是天下公正执法的带头人，稍一偏失，而天下执法者都会任意减轻或加重，老百姓岂不会手足无措？愿陛下明察。"过了很久，皇帝才说："廷尉的判处是正确的。"张释之作为廷尉，当他和皇帝的惩罚意见不一致时，依然能够坚持原则，恪尽职守，秉公执法，这是非常可贵的。正是有了这样的大臣，国家才能兴旺发达。

（选自《史记·张释之冯唐列传》）

四、古为今用

一位院士的最后时刻

近日，一段六分钟左右的视频被网友点赞超过 20 万次，转评超 5 万！《一位院士的最后时刻》，后经重新整理发布。

> 林俊德
> 是一位将军，也是一位院士
> 他一辈子隐姓埋名
> 52 年坚守在罗布泊
> 参与了中国全部的 45 次核试验任务
> 他人生的 75 年都默默无闻
> 却在生命最后时刻

因一张照片感动了整个中国

"我不能躺下，躺下了，就起不来了！"

据报道，2012 年 5 月 4 日，林俊德被确诊为"胆管癌晚期"。从确诊到去世的 27 天时间里，他戴着氧气面罩、身上插着十多根管子，坐在临时搬进病房的办公桌前，对着笔记本电脑，一下一下地挪动着鼠标。

因为在他的电脑里，关系国家核心利益的技术文件，藏在几万个文件夹中。还有学生的毕业论文，他们快要答辩了，他不想耽误孩子们毕业。

他放弃用手术延长寿命，选择与死神争分夺秒，1 天、2 天……一直拼到他生命的最后一天、最后一刻……

2012 年 5 月 31 日，林俊德病情再度恶化，生命进入倒计时，他 9 次要求、请求甚至哀求医生，同意自己下床工作。家人实在不忍心他最后一个愿望都不被满足，他才终于又坐在了电脑前。

上午 10 点，已经工作了 2 个多小时的他，颤抖地对女儿说，C 盘我做完了。

他的手开始颤得握不住鼠标，眼睛也渐渐看不清东西。他几次问女儿："我的眼镜在哪儿？"

女儿说："眼镜戴着呢……"

此时，很多人痛哭起来，因为怕他听到，使劲捂着嘴巴。最后，还是他的老伴儿说了一句："医生想叫你休息一会儿！"

他则回答："坐着休息！"

而他接下来说的一句话，让在场所有人再一次掩面啜泣——"坐着比躺着好啊，我不能躺下，躺下了，就起不来了！"

两个小时后，他终于累得再也支撑不住，在医护人员的搀扶下，回到了病床。

这是林俊德生前最后的影像，他大口喘着气，眼神也暗淡下来，这一躺下后，他再也没能起来……

几个小时之后，2012 年 5 月 31 日 20 时 15 分，林俊德，这位让罗布泊发出 45 次巨大轰鸣的将军，永远地闭上了眼睛。

（来源于人民网）

五、知识链接

对联赏读——赞扬诸葛亮

收二川，排八阵，六出七擒，五丈原前点四十九盏明灯，一心只为酬三顾。

取西蜀，定南蛮，东和北拒，中军帐里变金木土革爻卦，水面偏能用火攻。

具体含义：

收二川：收取东川、西川，即荆益二川，为蜀汉基业打下了地盘。排八阵：摆设八卦阵。夷陵之战，诸葛亮料定刘备必败，就设下石兵八阵，差点把陆逊困死其中，多亏诸葛亮的老丈人黄承延带路，才勉强逃出。六出：六出祁山，刘备死后，为完成辅汉兴刘的大业，诸葛亮六次北伐中原，每次都是从祁山出兵。七擒：七擒孟获，南蛮王孟获造反，诸葛亮带兵镇压，为收复南蛮人心，七次擒住孟获而不杀，终使孟获心服口服，发誓永不造反。

五丈原前，点四十九盏明灯：诸葛亮夜观星象知道自己要死了，所以想要用祈禳之法（使代表自己的星宿归位）救自己的命，就在帐中地面上分布七盏大灯，外布四十九盏小灯，内安本命灯一盏，倘若七日之内本命灯不灭，就可救他自己一命。可是被不知情的魏延闯入，四十九盏灯被风吹灭，不久诸葛亮病死于五丈原。取西蜀：攻取西蜀。定南蛮：平定南方叛乱。东和：东和孙权。北拒：北拒曹操。酬三顾：报答刘备三顾茅庐的知遇之恩。用火攻：指赤壁之战，大败曹操。

该对联高度浓缩了诸葛亮一生在辅佐刘备中兴汉室的伟业中恪尽职守、无私奉献的主要功绩，赞扬之情溢于言表。

第六章　毛遂自荐　出谋划策

导　读

国家兴盛与衰败关系到我们的命运，对于国家的前途，每一个人都有义不容辞的责任。敬业不只是对自己工作岗位的负责，还应该是对国家的负责。国家之兴衰与我们每一个人息息相关，没有国家便无小家。关心国家大事，为国出力，是我们每一个人的职责。

一、经典阅读

曹刿论战

十年①春，齐师②伐我③，公将战。曹刿请见。其乡人曰："肉食者④谋之，又何间⑤焉?"刿曰："肉食者鄙⑥，未能远谋。"乃入见。问："何以战⑦?"公曰："衣食所安，弗敢专也⑧，必以分人⑨。"对曰："小惠未徧⑩，民弗从也。"公曰："牺牲玉帛⑪，弗敢加⑫也，必以信。"对曰："小信未孚⑬，神弗福⑭也。"公曰："小大之狱⑮，虽不能察，必以情⑯。"对曰："忠之属也，可以一战，战则请从⑰。"

公与之乘。战于长勺。公将鼓⑱之。刿曰："未可。"齐人三鼓。刿曰："可矣。"齐师败绩⑲。公将驰之。刿曰："未可。"下视其辙，登轼而望之，曰：

"可矣。"遂逐齐师。

既克，公问其故。对曰："夫战，勇气也。一鼓作气㉠，再而衰，三而竭。彼竭我盈，故克之。夫大国，难测也，惧有伏焉㉑。吾视其辙乱，望其旗靡㉒，故逐之。"

（选自《左传·庄公十年》）

【参考注释】

①十年：鲁庄公十年，公元前 684 年。

②齐师：齐国的军队。齐，在今山东省中部。师：军队。

③我：《左传》根据鲁史写的，所以称鲁国为"我"。

④肉食者：吃肉的大官。指当权者。

⑤间：参与。

⑥鄙：浅陋，无知，这里指目光短浅。

⑦何以战：就是"以何战"，凭借什么作战？以，用、凭、靠。

⑧衣食所安，弗敢专也：衣食这类养生的东西，不敢独自享受。安，有"养"的意思。弗，不。专，独自专有。

⑨必以分人：就是"必以之分人"，一定把它分给别人。人：这里指皇公贵族和大臣们或身边的人。

⑩徧：通"遍"，遍及，普遍。

⑪牺牲玉帛：古代祭祀用的祭品。牺牲，指祭祀用的猪、牛、羊等。玉帛，玉和丝织品。

⑫加：虚报夸大，虚夸。这里是说以少报多。

⑬小信未孚：（这只是）小信用，未能让神灵保佑。孚，信任。信，信用。

⑭福：赐福，保佑。

⑮狱：诉讼案件。

⑯情：（以）实情判断。

⑰战则请从：（如果）作战，就请允许（我）跟随着去。则，连词，就。

⑱鼓：击鼓进军。古代作战，击鼓命令进军。下文的"三鼓"，就是三次击鼓命令军队出击。

⑲败绩：大败。

⑳一鼓作气：第一次击鼓能够振作士气。作，振作。鼓，击鼓。

㉑惧有伏焉：害怕在这里有埋伏。

㉒靡：倒下。

二、鉴赏指津

齐国进攻鲁国时，齐国是大国，大军压境，鲁国形势危急，鲁庄公准备抵抗，曹刿请求接见。同乡的人认为有当权者应对这些棘手的事情，曹刿没有必要参与。曹刿认为当权者见识短浅，不能深谋远虑。这显示曹刿关心国事，同时也暗示了他是一个有远谋的人。曹刿谒见鲁庄公，开头就问"何以战"，抓住了做好战前政治准备这一决定胜败的关键问题。鲁庄公在曹刿的一再启发下，依次提出了贵族支持、鬼神保佑和察狱以情三个条件，曹刿否定了前两条，肯定了后一条。在曹刿看来，战争的胜负既不取决于贵族的支持，也不取决于神明的保佑，而是决定于"取信于民"。他认为察狱以情是"忠之属也"，"忠"是尽职于民，于是肯定"可以一战"。曹刿重视民心得失与战争胜负关系的思想，确实比"肉食者"高明。

曹刿"取信于民"的见解，得到了庄公的赞同，"公与之乘"，说明了庄公对曹刿的信任与器重。文中先交代了利于鲁国反攻的阵地，长勺在鲁国境内，对鲁国来说，地形地物熟悉，便于得到人力支援和物资供给，在士气上也利于鲁国向有利方面转化。接着是对这次战役经过的具体记叙，重点写了"击鼓"和"逐师"两件事。曹刿指挥鲁军在"齐人三鼓"之后才开始反攻，这是在军事上后发制人。曹刿在观察了齐军败逃的情况之后才决定追击，这是善于抓住时机追击。"公将鼓之""公将驰之"，说明了鲁庄公急躁冒进；曹刿的两个"未可"、两个"可矣"，表现了曹刿胸有成竹，沉着判断，善于捕捉利于反攻和追击的时机。

最后写曹刿论述赢得战役胜利的原因，是本文的中心。

曹刿的回答可分为两方面。一是论述了利于开始反攻的时机——彼竭我盈之时：鲁军按兵不动，养精蓄锐。齐军第一次击鼓进军，士气正旺；第二次击鼓，士气开始衰落；第三次击鼓，士气已经完全衰竭。在此关键时刻，曹刿采取"敌疲我打"的方针，终于化劣势为优势。二是论述了追击开始的时机——辙乱旗靡之时：鲁军虽然取得了反攻的初步胜利，但曹刿并未轻敌，"夫大国，难测也，惧有伏焉"，反映了曹刿随时没有忘记自己是以小敌大，以弱敌强。兵不厌诈，不可不提高警惕。曹刿亲自察看敌情，发现敌军"辙乱""旗靡"，确认了齐军是狼狈逃窜，溃不成军，才乘胜追击，终于取得了战役的胜利。

由于曹刿的主动请缨，在战场上出谋划策，指挥得当，长勺之战成了历史上有名的以少胜多的战役。

三、趣味故事

邹忌讽齐王纳谏

邹忌是一个美男子，玉树临风，风度翩翩。他对自己的长相很自信，敢于和齐国有名的美男子徐公比"美"。在真正见到徐公本人后，邹忌觉得自愧不如，又反复照镜子比较，发现徐公确实要英俊潇洒一些。明明是远远地比不上徐公，但是他的妻子、妾和客人都异口同声地认为他比徐公漂亮，显然是由于各自特殊的原因，使他们没有勇气说出真实的情况。妻子是对他由衷的喜爱，爱恋之情溢于言表。妾是不能不顺从，她的回答就有些勉强，说话比较拘谨。客人的回答则明显地流露出奉承的意味。邹忌在这一片赞扬声中，并没有飘飘然，而是保持着清醒的头脑，思考其中的原因。这种对比，烘托出他感到受蒙蔽的失望心情。他由自己想到国家，觉得朝廷中很多臣子都只是一味地阿谀奉承，国君很难听到直言，容易受到蒙蔽，于是到朝廷去拜见齐王。

邹忌见到齐王后，并没有单刀直入地向齐王进谏，而是先讲自己的切身体会，用类比推理的方式，告诉齐威王，宫中的大臣和嫔妃，为了让齐王高兴，会投其所好，专门挑选齐王喜欢听的话来讲，齐王受到的蒙蔽很严重。推己及人，以小见大，由自己的受蒙蔽推想到国君的受蒙蔽，动之以情，晓之以理，这种现身说法的方式具有较强的说服力。齐王认为邹忌很有思想，分析得恰如其分。

齐王对于邹忌提出的建议很赞同，并雷厉风行，立即发布政令，悬赏求谏，广开言路，对于关心国事、积极进谏者，分不同情况给予奖赏。刚开始，提建议的人，人山人海，排成了长龙。后来，只是偶尔有一些人提建议。最后，大家千方百计，想找出一些瑕疵，也一无所获。齐王已经成了一个完美的君王。齐王纳谏之后，齐国果然发生了可喜的变化。齐王纳谏去蔽，使齐国国势强盛，威震诸侯。

这个故事说明了这样一个道理：一个人在受蒙蔽的情况下，是不可能正确认识自己和客观事物的。作为领导，更要时刻保持清醒的头脑，防止被一些表面现象所迷惑，不要偏听偏信，要广泛听取他人的批评意见。

邹忌由家庭小事，想到国家大事，并委婉地提出建议，这是为国着想的敬业精神，既有担当精神，又有主人翁意识。

（选自《战国策·齐策一》）

四、古为今用

钱学森不惧阻挠，毅然回国

钱学森在 1935 年赴美留学，拜冯·卡门教授为师，成为他的得意助手和门徒。钱学森在美国有着优厚的待遇和优越的工作条件。可那时，钱学森还是没有忘记自己亲爱的祖国。他对每一个夸奖他的人都会说："我是中国人，我现在所做的一切，都是在做准备，为的是回到祖国后能为人民多做点事。"当祖国从黑暗中走出来时，钱学森的回国之心就越发强烈起来。他把这件事告诉了和他一起的中国留学生，可他们让钱学森现在不要回去，对他说："现在祖国要钱没钱，要设备没设备，现在回去搞科学研究，只怕有困难。"可钱学森没有把这事当回事。

在钱学森打算离开洛杉矶的前两天，美国的移民处给钱学森一封信威胁他不准回国。移民局威胁道，如果私自离境，抓住了就要罚款，甚至要坐牢。过几天钱学森竟被抓进了美国移民及归化局看守所，"罪名"是"参加过主张以武力推翻美国政府的政党"。经过一系列的努力，他们一家人终于回到阔别20年的祖国。钱学森回国后为我国做出了许多贡献。

他的满腔热忱受到国人的尊敬。他的家庭、他的天赋和他的努力。他用自己的勤勉和努力以及对祖国的一腔热血，为祖国奉献了一生，并为后人留下了宝贵的精神财富。在他心里，国为重、家为轻；科学最重、名利最轻。5年归国路，10年两弹成。我们要学习、继承和发扬"钱学森精神"，并努力为建设更加强大的祖国而奋斗，只有这样民族复兴的那一天才会更早地到来。

五、知识链接

《左传》：实力与颜值齐飞

《左传》又称《左氏春秋》《春秋左氏传》等，其备受关注、盛传不衰的真正价值，在于它既有极高的史学地位，还是一部杰出的文学著作。

史的本质在求真求实。《左传》由于强调直笔，史料自然讲究信实，《左传》引用的大量史料，与现今传世的《春秋》《国语》《竹书纪年》等记载多有吻合，可互为印证。

而它讲"史"的方式却又独树一帜。不同于单一的记言或记事，《左传》是一部"言事相兼"的史著。它博考旧史，广采侠闻，集记言记事于一身，重视历史发展的主体——人，认识到"人"是历史实践的主体，也是历史认识的主体，有意识地集中写出形形色色的历史人物，不但详细地写出这些人物的活动，而且揭示他们在春秋时期历史进程中的作用，赋予人物鲜明的历史意义。

同时，《左传》中大量描述战争。全书中共记录了492起战争，写得较详细的大战有14次，如韩原之战、泓之战、城濮之战等，详细叙写了战争中的奇计与谋略，精确地捕捉每次战争的性质、简练地揭示双方的特点，生动地写出战争的全貌并揭示出胜败的原因。这些奇计与谋略，可以成为孙子兵法的实践注脚，有的在今天也有启发意义。可以说，它提供的战略战术思想和外交斗争艺术，已成为我国军事学与外交学上的宝贵财富。

可当我们拿起《左传》还会发现，它的故事生动，文采斐然，这种"高颜值"的文学价值，同样赢得了多少后人的击节赞赏。

《左传》叙事写人的文学手法，可谓应有尽有。它经常运用文学手法中的细节描写，善于在激烈的矛盾冲突中叙事写人，白描手法，人物心理描写，对比烘托，皆臻善境。其中的外交辞令，变化机巧，闳侈钜衍，如修辞艺术中之委婉蕴藉，折之以理，惧之以势，服之以巧，"其文典而美，其语博而奥，指意深浅，谅非经营草创，出自一时，琢磨润色、独成一手"（《史通·申左》）。

由是而言，《左传》让文学和史学找到了它们完美的契合点，既有"才"又有"颜"。所以，朱自清先生也曾说："《左传》不但是史学的权威，也是文学的权威。"

第七章　矢志不渝　持之以恒

导　读

当我们确立了目标，为了自己的事业，"不忘初心，方得始终""路漫漫其修远兮，吾将上下而求索"，在求索中，我们要坚信"长风破浪会有时，直挂云帆济沧海"，只有矢志不渝，持之以恒，才能守得云开见日明，迎来"柳暗花明又一村"的时刻。

一、经典阅读

伫倚危楼风细细①，望极春愁②，黯黯生天际③。草色烟光残照里④，无言谁会凭阑意⑤。

拟把疏狂图一醉⑥，对酒当歌⑦强乐还无味⑧。衣带渐宽终不悔⑨，为伊消得人憔悴⑩

（选自柳永《蝶恋花》）

【参考注释】

①伫（zhù）倚危楼：长时间倚靠在高楼的栏杆上。伫，久立。危楼，高楼。

②望极：极目远望。

103

③黯黯(ànàn)：心情沮丧忧愁。生天际：从遥远无边的天际升起。

④烟光：飘忽缭绕的云霭雾气。

⑤会：理解。阑：同"栏"。

⑥拟把：打算。疏狂：狂放不羁。

⑦对酒当歌：语出曹操《短歌行》"对酒当歌，人生几何"。当：与"对"意同。

⑧强(qiǎng)乐：勉强欢笑。强，勉强。

⑨衣带渐宽：指人逐渐消瘦。语本《古诗十九首》："相去日已远，衣带日已缓"。

⑩消得：值得。

二、鉴赏指津

这是一首思念意中人的作品。在习习微风中，登楼远眺，草色青青、暮霭氤氲，黄昏的落日将一抹斜阳泼洒在苍茫的大地上，使得目力所及是那样的空旷寂寥。草色、烟光、残阳组成一幅黄昏春望图。这种白描手法和马致远《天净沙·秋思》中"枯藤老树昏鸦，小桥流水人家，古道西风瘦马"有异曲同工之妙，含蓄委婉地表达了自己的离愁。下片抒情，直抒胸臆，写词人情深志坚。打算借酒消愁，但是"抽刀断水水更流，借酒消愁愁更愁"。就像李清照《武陵春》中写道的一样："闻说双溪春尚好，也拟泛轻舟。只恐双溪舴艋舟，载不动许多愁。"离愁使得他肝肠寸断，变得憔悴、瘦损，正如李清照《醉花阴》中一样："帘卷西风，人比黄花瘦"。可是，为了她，"终不悔"。这是一种坚贞的感情，以生命相托！

这种矢志不渝的感情，后来也用来形容对事业的孜孜以求，王国维在《人间词话》里说："古今之成大事业、大学问者，必经过三种之境界：'昨夜西风凋碧树。独上高楼，望尽天涯路'。此第一境也。'衣带渐宽终不悔，为伊消得人憔悴。'此第二境也。'众里寻他千百度，蓦然回首，那人却在，灯火阑珊处'。此三境也。"

"衣带渐宽终不悔，为伊消得人憔悴。"这两句词概括了一种锲而不舍的坚毅性格和矢志不渝的精神。当我们对事业保持着高度的热情时，只要持之以恒，就会达到"会当凌绝顶，一览众山小"的境界。

三、趣味故事

王羲之洗笔成墨池

王羲之被称为"书圣"，他写的《兰亭集序》飘逸、洒脱，笔走蛇龙，是书法中的典范。他能取得这么大的成功，与他用心揣摩，刻苦练习，并能持之以恒有很大的关系。他7岁开始拜师练习书法。刚开始，他写出来的字歪歪斜斜，有时他会垂头丧气，哀叹自己似乎没有这方面的天赋。他的老师鼓励他：不要着急，慢慢来，只要坚持练习，一天练好一个字，一年下来也就能练好很多字了。他听从了老师的教诲，对于每个字，仔细思考，应该怎样布局，怎样勾连，怎样提笔、收笔。思考得越多，下笔写字时就越胸有成竹，就越能一挥而就，如行云流水般流畅。练习了一段时间后，他的书法大有长进，越学越有兴趣，以至于达到了痴迷的地步。17岁时他把父亲秘藏的前代书法论著偷来阅读，看熟了就练着写，他每天坐在池子边练字，每天练完字就在池水里洗笔，天长日久竟将一池清水洗成了墨色，这就是人们今天在绍兴看到的传说中的墨池。

文学家曾巩评价王羲之说，他的成功，不是因为他有很好的天赋，而是因为他能不断练习，持之以恒，就取得了巨大的成功。

就像元代画家黄公望，50岁时想拜师学画画，老师摇摇头说："你这么大年纪了，不适合学习了。"在以后的20多年，黄公望便到全国各地游山玩水，去观看山水的风貌、姿态。到达富春山后，不管刮风下雨，他都要出门去看富春山的一草一木，看流水淙淙，看浪花飞溅。经过4年的仔细观察，他读懂了富春山，在他80岁时，他终于创作出不朽的名篇《富春山居图》。这个故事告诉我们想要取得成功，就要多下功夫，就要能持之以恒。

（选自曾巩《墨池记》）

四、古为今用

屠呦呦获得诺贝尔奖

2015 年 12 月 10 日，屠呦呦获得诺贝尔医学奖。

屠呦呦几十年如一日，矢志不渝，进行抗疟研究。1968 年，中药研究所开始抗疟中药研究，39 岁的屠呦呦担任该项目的组长。经过两年的研究对象筛选，并受到中国古代药典《肘后备急方》的启发，项目组将重点放在了对青蒿的研究上。1971 年，在失败了 190 次之后，项目组终于通过低温提取、乙醚冷浸等方法，成功提取出青蒿素，并在接下来的反复试验中得出了青蒿素对疟疾抑制率达到 100% 的结果。在没有先进实验设备、科研条件艰苦的情况下，屠呦呦带领着团队客服重重困难，面对失败不退缩，终于胜利完成科研任务。真可谓"有志者，事竟成，破釜沉舟，百二秦关终属楚；苦心人，天不负，卧薪尝胆，三千越甲可吞吴"。青蒿素问世 44 年来，共使超过 600 万人逃离疟疾的魔掌。未来，屠呦呦希望通过研究，让青蒿素应用于更多地方，为更多人带来福音。

诺奖委员会写给屠呦呦的颁奖词是：青蒿一握，水二升，浸渍了千多年，直到你出现。为了一个使命，执着于千百次实验。萃取出古老文化的精华，深深植入当代世界，帮人类渡过一劫。呦呦鹿鸣，食野之蒿。今有嘉宾，德音孔昭。

科学的道路从来都不是平坦的，需要沉得下心，扎扎实实做好学问。只有耐得住寂寞，才能守得住繁华。

五、知识链接

柳永：流行歌曲的最佳写手

如果说柳词是北宋的"流行歌曲"，那么柳永便是当时的"最佳写手"了。

柳永是北宋第一个专力写词的作家，也是真正开启宋词天地的重要词人，他的词在北宋传播十分广泛，所谓"凡有井水处，即能歌柳词"，上到帝王将相，下到百姓僧侣，无人不知，无人不晓。

词最初起源于民间，当士大夫阶层将词作为宴饮中"聊以佐欢"的文字游戏时，有两类词开始分化，那便是文人词与民间词。文人词多在士大夫阶层传播，传播的场所是士大夫公私宴饮之席上，传播的文化背景是士大夫的宴饮文化，传唱的词是士大夫所做的文人雅词。而民间词是指在市民阶层中传播的词，传播的场所多为酒楼茶馆、市井瓦肆，传播的文化背景是市民文化，传唱的词是俚俗的民间词。士大夫阶层看不起民间词，认为其太俗。而市民阶层也很可能因为士大夫词太雅而加以排斥。

最佳写手柳永却能流连坊曲，采纳市井新声，为文人词作输入新鲜血液，改变了词的审美内涵和审美情趣，扩大了词的题材范围，在词中开拓出另外一番境界：有的表现了惨遭遗弃的平民女子的痛苦心声，有的抒写了处于社会下层的伶工乐伎的不幸遭遇和美好愿望，有的描写江湖流落的索寞，抒发别离相思的况味，有的还展现了北宋承平之世繁华富庶的都市生活与多彩多姿的市井风情。因此，最佳写手笔下的词相对于民间词，有类似于文人词的雅致一面，俚词才具备了和传统雅词分庭抗礼的资格，同时也使市民阶层提高了对文人词的认同度。

最佳写手的贡献还体现在他革新了词的语言表达方式，既能以清丽的语言写传统的雅词，还能充分吸收日常生活中的俗语、口语，使用极其生动、浅近的语言写出的俚词，以通俗流利的语言取代雅致绮丽的修辞。

其实，艺术源于生活，伟大的诗词作家都擅长从民间艺术中汲取营养。

柳永的词之所以受民间欢迎，广泛传唱，与他改良当时民间俗曲密不可分，也在一定程度上促进了宋代俗文学的发展，为金元曲子开启了先河。

第八章　鞠躬尽瘁　死而后已

导　读

　　孔子提倡"敬事而信""事思敬"，就是讲对待工作要尽职尽责、竭尽全力。中国传统文化的"忠"，既有对国家的忠诚，也有对自身岗位和事业的忠诚。爱岗敬业、忠于职守，往往与对国家和民族的责任紧密相连，我们要努力在自己所从事的工作中发挥担当精神，发光发热、有所作为，死而后已。

一、经典阅读

后出师表

诸葛亮

　　先帝虑汉、贼不两立①，王业不偏安②，故托臣以讨贼也。以先帝之明，量臣之才，固知臣伐贼，才弱敌强也。然不伐贼，王业亦亡。惟坐而待亡，孰与伐之？③是故托臣而弗疑也。

　　臣受命之日，寝不安席，食不甘味；思惟北征，宜先入南④。故五月渡泸，深入不毛，并日⑤而食。臣非不自惜也，顾⑥王业不可偏安于蜀都，故冒危难，以奉先帝之遗意。而议者⑦谓为非计。今贼适疲于西，又务于东，兵法

109

乘劳。此进趋⑧之时也。谨陈其事如左：高帝明并日月，谋臣渊深⑨，然涉险被创⑩，危然后安。今陛下未及高帝，谋臣不如良、平，而欲以长策⑪取胜，坐⑫定天下，此臣之未解⑬一也。

刘繇、王朗，各据州郡，论安言计，动引圣人，群疑满腹，众难塞胸，今岁不战，明岁不征，使孙策坐大，遂并江东，此臣之未解二也。

曹操智计，殊绝⑭于人，其用兵也，仿佛孙、吴，然困于南阳⑮，险于乌巢⑯，危于祁连⑰，逼于黎阳⑱，几败北山⑲，殆死潼关⑳，然后伪定㉑一时耳。况臣才弱，而欲以不危而定之，此臣之未解三也。

曹操五攻昌霸㉒不下，四越巢湖㉓不成，任用李服而李服图之，委任夏侯而夏侯败亡，先帝每称操为能，犹有此失，况臣驽下，何能必胜？此臣之未解四也。

自臣到汉中㉔，中间期年㉕耳，然丧赵云、阳群、马玉、阎芝、丁立、白寿、刘郃、邓铜等，及曲长、屯将七十余人，突将、无前㉖，丛叟、青羌，散骑武骑一千余人，此皆数十年之内，所纠合四方之精锐，非一州之所有；若复数年，则损三分之二也，当何以图㉗敌：此臣之未解五也。

今民穷兵疲，而事不可息；事不可息，则住与行，劳费正等。而不及今图之，欲以一州之地，与贼持久，此臣之未解六也。

夫㉘难平者，事也。昔先帝败军于楚㉙，当此时，曹操拊手㉚，谓天下已定㉛。然后先帝东连吴、越，西取巴、蜀，举兵北征，夏侯授首㉜，此操之失计，而汉事将成也。然后吴更违盟，关羽毁败，秭归蹉跌，曹丕称帝。凡事如是，难可逆见㉝。臣鞠躬尽瘁㉞，死而后已；至于成败利钝㉟，非臣之明所能逆睹㊱也。

（选自诸葛亮《后出师表》）

【参考注释】

①汉：指蜀汉。贼：指曹魏。古时往往把敌方称为贼。

②偏安：指王朝局处一地，自以为安。

③孰与：谓两者相比，应取何者。

④入南：指诸葛亮深入南中，平定四郡事。

⑤并日：两天合作一天。

⑥顾：这里有"但"的意思。蜀都：此指蜀汉之境。

⑦议者：指对诸葛亮决意北伐发表不同意见的官吏。

⑧进趋：快速前进。

⑨渊深：指学识广博，计谋高深莫测。

⑩被创：受创伤。这句说：刘邦在楚汉战争中，屡败于楚军，公元前203年，在广武（今河南省荥阳市）被项羽射伤胸部；在汉朝初建时，因镇压各地的叛乱而多次出征，公元前195年又曾被淮南王英布的士兵射中；公元前200年在白登山还遭到匈奴的围困。

⑪长策：长期相持的打算。

⑫坐：安安稳稳。

⑬未解：不能理解。

⑭殊绝：极度超出的意思。

⑮困于南阳：建安二年（197）曹操在宛城（今河南省南阳市，汉时南阳郡的治所）为张绣所败，身中流矢。

⑯险于乌巢：建安五年（200），曹操与袁绍在官渡相持，因乏粮难支，在荀攸等人的劝说下，坚持不退，后焚烧掉袁绍在乌巢所屯的粮草，才得险胜。

⑰危于祁（qí）连：这里的"祁连"，据胡三省说，可能是指邺（在今河北省磁县东南）附近的祁山，当时（204）曹操围邺，袁绍少子袁尚败守祁山（在邺南面），操再败之，并还围邺城，险被袁将审配的伏兵所射中。

⑱逼（bì）于黎阳：建安七年（202）五月，袁绍死，袁谭、袁尚固守黎阳（今河南浚县东），曹操连战不克。

⑲几败北山：事不详。可能指建安二十四年（219），曹操率军出斜谷，至阳平北山（今陕西勉县西），与刘备争夺汉中，备据险相拒，曹军心涣，遂撤还长安。

⑳殆死潼关：建安十六年（211），曹操与马超、韩遂战于潼关，在黄河边与马超军遭遇，曹操避入舟中，马超骑兵沿河追射之。殆，几乎。

㉑伪定：此言曹氏统一北中国，僭称国号。诸葛亮以蜀汉为正统，因斥曹魏为"伪"。

㉒昌霸：又称昌豨。建安四年（199），刘备袭取徐州，东海昌霸叛曹，郡县多归附刘备。

㉓四越巢湖：曹魏以合肥为军事重镇，巢湖在其南面。而孙吴在巢湖以南长江边上的须濡口设防，双方屡次在此一带作战。

㉔汉中：郡名，以汉水上流（古称沔水）流经而得名，治所在南郑（今陕西省汉中市东）。

㉕期年：一周年。

㉖突将、无前：蜀军中的冲锋将士。賨叟、青羌：蜀军中的少数民族部队。散骑、武骑：都是骑兵的名号。

㉗图：对付。

㉘夫：发语词。平：同"评"，评断。

㉙败军于楚：指建安十三年（208），曹操大军南下，刘备在当阳长阪被击溃事。当阳属古楚地，故云。

㉚拊手：拍手。

㉛以定：已定，以，同"已"。

㉜授首：交出脑袋。

㉝逆见：预见，预测。

㉞鞠躬尽力：指为国事用尽全力。一作"鞠躬尽瘁"。

㉟利钝：喻顺利或困难。

㊱睹：亦即"逆见"，预料。

二、鉴赏指津

公元 228 年春，诸葛亮呈上《出师表》，率军北伐魏国，蜀军在占有陇右三郡后，因为街亭、箕谷失利而结束了第一次北伐。是年 11 月，诸葛亮获悉魏军曹休攻吴兵败、张颌东下，关中虚弱，决心再次北伐。当时朝中很多大臣对此反对，于是诸葛亮呈上《后出师表》，分析了当时敌我形势，指出讨贼的积极性与必要性，用六个"未解"来辩驳。他首先列举了汉高祖刘邦，他的明智可以和日月相比，他的谋臣见识广博，谋略深远，但还是要经历艰险，身受创伤，遭遇危难后才能安定。其次是汉末割据一方的刘繇和王郎，只知"论安言计，动引圣人"，不敢奋起反抗，结果被吞并。这一正一反揭示了"战则生、不战则死"的道理。然后是曹操智能谋略，远远超过别人，但也同样经历了无数次的磨难才获得了片刻的安定局面。以自己的才华，不经过磨难就能安定是做不到的。第四，在曹操的征战生涯中，也经历了很多次失败，何况臣下才能低劣，怎能保证一定得胜呢？第五，过去一段时间，蜀国已经失去了很多大将，兵力也减少了很多，如果再过几年，就会损失原有兵力的三分之二，会寡不敌众。第六，现在百姓贫穷兵士疲乏，但战争不可能停息。敌强我弱，不能想拿益州一地来和敌人长久相持。

本文通过举例来论证自己的观点，事实胜于雄辩，令人心悦诚服。全文表现了作者兴邦建业、忠心耿耿的品格。

三、趣味故事

"灭蝗县令"何向辰

清朝乾隆年间，何向辰会试中举人。刚开始，他在抚州南城县担任教谕。任职期间，何向辰深入基层，对学馆、书院进行督导，在严加管理的同时，他还定期考核学业成果，要求从教先生遵循行业操守，以树立学院在社会上的良好形象。在他的治理下，学院形成了尊师重教的良好风气。后来，他被派往东流县担任知县。东流县崇山峻岭，经常有老虎出没。他常常进山看望山民，为他们排忧解难，深得百姓爱戴。乾隆年间，舒城县爆发了规模宏大的蝗虫灾害，范围波及广、危害程度深。当时的知县，面对这一突发情况，手足无措，只知道用药物来祛除，收效甚微，一筹莫展。这件事不仅省府知道了，还惊动了朝廷。朝廷一怒之下，把这个知县撤职了，派敬业负责的何向辰去舒城担任知县。何向辰到达当地后，亲自率领县衙官员和当地民众，竭尽全力，千方百计消灭蝗虫。他及时根据受灾情况和蝗虫的数量以及面临受害的庄稼种类采取了多种有效的办法。有时是组织浩浩荡荡的人员进行驱赶，把蝗虫吓跑；有时是采取智取，利用器械来捕捉，就像捕老鼠的夹子一样，使蝗虫进去后成为"瓮中之鳖"，无处可逃；有时是配置一些药物，使蝗虫吃了后毒发身亡。他身先士卒，以身作则，敬职敬业。在他的带头治理下，经过几年艰苦奋斗，终于扑灭了猖獗一时的蝗虫，减少了民众的损失，也有效防止了蝗虫的蔓延。由于组织灭蝗有功，他被称为"灭蝗县令"。他离开舒城时，沿途有百姓将当地特产陈馈送给他，以赞颂他灭蝗的功绩。

后来他被升为芜湖知县，他到任后，明察秋毫，各项事务处理得有条不紊，老百姓对他评价都很高。后来他被升为徽州府通判。可惜还没有上任，他就去世了。

何向辰是为民着想的父母官，他的敬业精神令人感动。

四、古为今用

焦裕禄的感人事迹

焦裕禄在 42 岁时，英年早逝。他参加革命工作的 18 年间，对党的工作忠心耿耿，为人民鞠躬尽瘁，为无产阶级革命事业奋斗了一生。他不愧为党的好干部、县委书记的好榜样、人民群众的贴心人。他的一生是革命的一生、战斗的一生、光辉的一生。

1962 年 12 月，焦裕禄同志被调到兰考县，任县委第二书记。为了改变兰考县面貌，焦裕禄同志在困难面前不退缩、不畏惧，坚持实事求是、调查研究的工作作风。他深入生产第一线，把群众的革命干劲和实事求是的工作态度结合起来，通过深入的调查研究，掌握了大量的第一手资料，摸索自然条件和客观规律，从而找到了改造客观世界、战胜自然灾害的正确途径。在兰考的除"三害"斗争中立下了不朽功勋。

焦裕禄同志在生命的弥留之际，还念念不忘人民群众，念念不忘党的工作，表现出了一个伟大共产主义战士对党和人民的无限忠诚。焦裕禄同志是党的好干部、好党员。他不为名、不为利,不怕苦、不怕死,一心为革命,一心为人民。焦裕禄同志是我们永远学习的好榜样。

五、知识链接

诸葛亮的锦囊妙计

诸葛亮一生智慧过人,曾三次将妙计藏于锦囊,及时解救了蜀国的危难。

第一次是刘备、诸葛亮趁曹操赤壁之战失利之时。刘备大肆扩充地盘,先后占领荆州大部分地区,引起东吴孙权的警惕。为了限制刘备势力的发展,鲁肃奉命向刘备讨还荆州,但遭到拒绝。东吴大都督周瑜向孙权献计:趁刘备的甘夫人病故,用孙权的妹妹孙仁为诱饵,将刘备"赚到南徐,妻子不能勾得,幽囚在狱中"。但是,这个诡计被诸葛亮一眼识破。他将计就计,让刘备"择日便去就亲",并给了赵云三个锦囊,让赵云"依次而行",使得东吴"赔了夫人又折兵"。

第二次是诸葛亮北伐大战司马懿之时。诸葛亮派魏延、王平等大将正面迎击魏军先锋张郃,又给了姜维、廖化一个锦囊,教他们两人"引三千精兵,偃旗息鼓,伏于前山之上,如见魏兵围住王平、张翼,十分危急"时,"只开锦囊看视,自有解危之策"。结果,姜维、廖化两人按照"锦囊计"的安排,不救被魏军围困的王平、张翼,而是袭击司马懿大营,造成魏军阵脚大乱,张嶷等人趁机大败魏兵。

第三次是在诸葛亮临终之时。诸葛亮临终前给了杨仪一个锦囊,并对他说:"我死,魏延必反;待其反时,汝与临阵,方开此囊。那时自有斩魏延之人也。"后来魏延果真造反,杨仪则用此计,结果魏延被马岱杀死。

第十一篇

诚 信

主 题 简 述

诚信即诚实守信，是人类社会千百年传承下来的道德传统，是融入我们血液的中华民族的传统美德。

诚与信，既有区别，又相互统一。《朱子语类·中庸三》中说："诚者，真实无妄之谓，天之道也。"而人道之所谓"诚"，则是真实、诚恳，即诚实无欺、诚实做人、诚实做事，实事求是。《荀子》中云："君子养心莫善于诚。致诚，则无他事矣。唯仁之为守，唯义之为行。"可见，"诚"是天道与人道中贯穿如一，是一个人对人、对事、对物的内在态度和修养，是一个人内在的道德品质，也就是我们通常所说的"内诚于己""内诚于心"。所谓"信"，就是信用、信任，取信于人，也就是有信用、讲信誉、守信义。《尚书》中说："尔无不信，朕不食言。"《诗经》云："慎尔言也，谓尔不信。"扬雄《法言·重黎》说："或问信，曰：'不食其言。'"可见，"信"是一个人外在的行为，是人们外在的准则、规

117

范，也就是我们通常所说的"外信于人"。此外，诚与信还是相互连通、相互统一的。许慎在《说文解字》云："诚，信也。""信，诚也。"程颐说："诚则信矣，信则诚矣。"诚实就会有信誉，讲信誉就是诚实。诚信是"内诚于己，外信于人"，是内在修养和外在行为的有机统一。

《吕氏春秋·贵信》中说："君臣不信，则百姓诽谤，社稷不宁；处官不信，则少不畏长，贵贱相轻；赏罚不信，则民易犯法，不可使令；交友不信，则离散郁怨，不能相亲；百工不信，则器械苦伪，丹漆染色不贞。"朱熹说："信犹五行之土，无定位，无成名，而水金木无不待是以生者。"《礼记》云："不宝金玉，而忠信以为宝。"《河南程氏遗书》亦云："学者不可以不诚，不诚无以为善，不诚无以为君子。修学不以诚，则学杂；为事不以诚，则事败；自谋不以诚，则是欺其心而自弄其忠；与人不以诚，则是丧其德而增人之怨。"可见，诚信对人、对事、对社会、对国家都是十分重要的。正所谓"民无信不立，业无信不兴，国无信则衰"，诚信是立人之本、交友之基、齐家之策、兴业之魂、治国之道。

诚信是立人之本。孔子说："人而无信，不知其可也。"程颐说："人无忠信，不可立于世。"诚信是一个人安身立命、人格建树的根本。《淮南子》中说："马先驯而后求良，人先信而后求能。"荀子说："养心莫善于诚，致诚则无他事矣。""夫诚者，君子之所守也。"《周易》中说："人之所助者，信也。"所谓修身、修心，首先就要做到诚信，做到了诚信，一切问题都会迎刃而解；诚信的人，能得到别人的信任，也能使自身道德得到升华。所以，我们做人做事、立身处世，应当坚守诚信这一道德准则，做到为人诚实，恪守信用，对事负责，这是诚信的基本要求。《左传·昭公八年》中云："君子之言，信而有规，故怨远于其身；小人之言，僭而无征，故怨咎及之。"《诗经·郑风》中说："无信人之言，人实不信。"一个人说话、做事，要诚实、要讲信用。不讲诚信的人可以欺人一时，但不能欺人一世，一旦被人识破，既伤害别人，也伤害自己。西汉刘向《说苑·说丛》中言道："君子之言寡而实，小人之言多而虚。"孔子说："言必信，行必果。"所谓"君子一言，驷马难追"，诚信无大事小事之分，任何事都需要被认真面对，要拘小节；承诺要慎重，一旦许下诺言，就要忠实履行承诺，不兑现诺言，就会产生信任危机。孟子说："反身而诚，乐莫大焉。"做诚信之人，使自己俯仰无愧，内心坦然，精神宁静，是人生最大的快乐。

诚信是交友之基。《庄子》中说："真者，精诚之至也，不精不诚，不能动人。"不真诚就不能打动别人，只有精诚所至，才能金石为开。朋友之间的相处是建立在诚信的基础上的，容不得虚伪、欺骗，只有相互之间诚实信任才能产生真正的友情和爱情。《论语·学而》云："与朋友交，言而有信。"《孟子》中云："诚者，天之道也；思诚者，人之道也。至诚而不动者，未之有也；不诚，未有能动者也。"程颐说："以诚感人者，人亦以诚而应。以术驭人者，人亦以术而待。"有诚信的人才能被"朋友信之"，你以诚待人，别人也会以诚待你。所以，我们结交朋友时一定要守信用、讲诚信、重承诺。正如卢照邻在其诗中所说："若有人兮天一方，忠为衣兮信为裳。"朋友即使天各一方，用诚信也可以架筑起彼此的友谊桥梁。

诚信是齐家之策。《汉书·孔光传》中云："夫妇之道，有义则合，无义则离"，唐代魏征说"夫妇有恩矣，不诚则离"。所谓"家和万事兴"，诚信是一个家庭和睦的前提。夫妻、父子、兄弟姊妹之间只有以诚相待、诚实守信，才能和睦相处；家人之间缺乏诚信、互不信任，彼此就会形同路人，家庭就会四分五裂。正如司马光在《资治通鉴·卷二》中所言："夫信者，人之大宝也。国保于民，民保于信。非信无以使民，非民无以守国。是故古之王者不欺四海，霸者不欺四邻。善为国者，不欺其民；善为家者，不欺其亲。"

诚信是兴业之魂。《管子·乘马》中云："非诚贾不得食于贾，非诚工不得食于工，非诚农不得食于农，非信士不得立于朝。"宋代晁说之说："修学不以诚，则学杂；为事不以诚，则事败。"不论商、工、农、士哪一行业，只有讲究诚信，方可事业有成，否则"则事败"。所以诚信是百行之源，也是成事之本。休宁商人张州"以忠诚立质，长厚摄心，心礼接人，以义应事，故人乐与之游，而业日隆隆起也"。我国古代商贾在长期的实践中，逐步形成的以诚待人、以信接物、以义为利、以仁为质、货真价实、童叟无欺等的商业道德，对于现代社会各行各业的发展依然具有规范意义。商有道、业有魂，诚信是兴业之魂。在我国社会主义市场经济快速发展的过程中，各行各业更应继承和弘扬以义为利、诚信为魂的兴业之道。

诚信是治国之道。《论语》中有这样一段："子贡问政，子曰：足食，足兵，民信之矣。子贡曰：必不得已而去，于斯三者何先？曰：去兵。子贡曰：必不得已而去，于斯二者何先？曰：去食。自古皆有死，民无信不立。"荀子说："夫诚者，政事之本也。""古者禹汤本义务信而天下大治，桀纣弃义背信而天下大乱。故为人上者，必将慎礼义、务忠信然后可，此君人者之大本也。"司马光强调"国保于民，民保于信"，王安石也说"自古驱民在信诚，一言为重百金轻"。中华上下几千年，历代圣贤都把诚信看作治国为政的根本。《左传》云："信，国之宝也。""弃信背邻，患孰恤之。无信患作，失援必毙。"治国为政不能取信于民，就会失去民心，造成社会动荡；不能取信于邻邦，就会失去邻邦的帮助。正如傅玄在《傅子·义信》中所言："王者体信，而万国安；诸侯秉信，而境内和。"我国现在所提倡的政务诚信、商务诚信、社会诚信、司法公信、国家信誉，实施"一带一路"战略、促进睦邻友好等，正是以诚信作为为政之法、治国之道的有效实践。

薛瑄说："惟诚可以破天下之伪，惟实可以破天下之虚。"傅玄说："以信待人，不信思信；不信待人，信思不信。"诚信是做人的基本准则，是交友、齐家、兴业、治国之道，是中华民族传承几千年的道德规范。只有诚信的人，才能"仰不愧于天，俯不怍于人"。我们要继承和弘扬中华民族的优良传统，坚持诚信守则，以诚待人，以信立世，做实事求是、诚实诚恳、恪守信用、对事负责的诚信之人。

第一章　修身自省　抱诚守真

导　读

　　古往今来，诚信乃是为人之道，立德之本。不管你是何种身份，都应有自己基本的操守与坚守的原则。"人而无信，不知其可也。"商鞅"立木为信"，立威强国；季布"一诺千金"，得道多助。君子一言，驷马难追，承诺就意味着笃定信念恪守不违、刚健不挠。让我们一起走进历史，感受古人是如何修身自省，抱诚守真，以成就经典。

一、经典阅读

　　所谓诚其意①者，毋自欺也。如恶恶臭，如好好色，此之谓自谦。故君子必慎其独也。小人闲居为不善，无所不至，见君子而后厌然②，掩其不善而著其善。人之视己，如见其肺肝然，则何益矣！此谓诚于中，形于外，故君子必慎其独也。曾子曰："十目所视，十手所指，其严乎！"富润屋，德润身，心广体胖，故君子必诚其意。

（选自《礼记·大学》，中华书局，2015年第2版）

①意，意念。

②厌然，闭藏貌。《礼记·大学》："小人闲居为不善，无所不至，见君子而后厌然，揜其不善而著其善。"孔颖达疏："厌然，闭藏其不善之事。"

二、鉴赏指津

所谓使自己的意念诚实，就是说不要自欺。要像憎恶腐臭的气味一样，要像爱好美好的容貌一样，这就是说自己不亏心。因此，君子对独居这事必须谨慎。小人独居，干不好的事，没有什么做不出来的；看见了君子，这才躲躲藏藏地把不好的掩盖起来，把好的显示出来。其实人们看他，正像看透他里面的肺肝一样，躲藏掩盖又有什么用呢？这就是说，里面有什么样的实在东西，外面就必然会有什么样的表现。所以君子在独居时必须很谨慎。曾参说："一个人若是被很多双眼睛盯着，被很多只手指指点点，这不是一件很严肃可怕的事吗！"财富可以让房屋华丽；高尚的德行修养人的身心，使人思想高尚，心胸宽广开朗，身体自然安适舒坦，体态丰盈，所以一个有道德修养的人一定又是一个意念诚实的人。

"君子慎独"即一个人对自己的诚实。一个人只有对自己诚实，方能对他人守信。《五元灯会》里曾载有这样一则故事：由于战乱，普陀寺的众禅者决定迁移庙址。在迁徙途中，只有豫通大师一人坚持早课，从不荒废。有人劝曰："此处无佛，大师可不必如此。"豫通大师答一偈子曰："此处无佛，我心有佛。既诚我心，是诚我佛。"

《礼记中庸》上说："莫见乎隐，莫显乎微，故君子慎其独也。"意思就是说：不要因为隐秘和微小，就放松对自己的自律，要注重独处时的自修。古希腊数学家毕达哥拉斯曾经说："不论在别人跟前，或者自己单独的时候，都不要做一点卑劣的事情，最要紧的是自尊。"大庭广众之下的君子是众人的君子，只有独处一室之时的君子，才是自我的君子。君子慎独，对自己诚实，就像是空谷中的幽兰，即使无人知晓，也始终散发清香；却不徒然地欺骗着自己的良心，内心最终会成为一件臭不可闻的鲍鱼之肆。

三、趣味故事

皇甫绩守信求责

皇甫绩是隋朝有名的大臣。他父亲在他很小的时候就去世了，母亲一个人难以维持家里的生活，就带着他投奔娘家。外公见皇甫绩聪明伶俐，又没了父亲，怪可怜的，因此格外疼爱他。

皇甫绩的外公叫韦孝宽，韦家是当地有名的大户人家，家里很富裕。由于家里上学的孩子多，外公就请了个教书先生，办了个自家学堂，当时叫私塾。皇甫绩就和表兄弟们都在自家的学堂里上学。

外公是个严格的老人，对孙辈们悉心培养，期望很高。私塾开学的时候，外公就给大家立下规矩，谁要是无故不完成作业，就按照家法重打二十大板。

有一天，上午上完课后，皇甫绩和他的几个表兄躲在一个已经废弃的小屋子里下棋。一贪玩，不知不觉就到了下午上课的时间，大家都忘记做私塾先生上午留的作业了。

第二天，这件事被外公知道了，他把几个孙子叫到书房里，狠狠地训斥了一顿。然后按照规矩，每人重打二十大板。

外公看皇甫绩年龄最小，平时又很乖巧，再加上没有父亲，不忍心打他。于是，就把他叫到一边，慈祥地对他说："你还小，这次我就不罚你了。不过，以后可不能再犯这样的错误了。不做功课，不学好本领，将来怎么能成大事？"

皇甫绩和表兄们相处得很好，小哥哥们都很爱护他。他们看到小皇甫绩没有被罚，心里都很高兴。可是，小皇甫绩自己心里很难过，他想：我和哥哥们犯了一样的错误，耽误了功课，外公不仅没有责罚我，还教导我要好好学本领，这是老人家心疼我，但我自己不能放纵自己，应该也按照私塾的规矩，被重打二十大板才对。

于是，皇甫绩就找到表兄们，求他们代外公责打自己二十大板。表兄们一听，都"扑哧"一声笑了出来。皇甫绩一本正经地说："这是私塾里的规矩，我们都向外公保证过触犯规矩甘愿受罚，不然的话就是不遵守诺言。你们都按规矩受罚了，我也不能例外。"

表兄们都被皇甫绩这种诚心改过的精神感动了。于是，他们就按照皇甫绩的请求拿出戒尺打了皇甫绩二十大板。

后来皇甫绩在朝廷里做了大官，这种从小养成的信守规矩、勇于承认错误的品德一直没有丢，这使得他在文武百官中享有很高的声望。

（故事来源于搜狐网）

四、古为今用

共享单车——一场诚信的邂逅

2016年，五颜六色的单车出现在大街小巷上，一股共享经济、共享单车热正以前所未有的速度席卷全国。共享单车是指可以实现一辆服务于多人，通过智能设备与共享经济的结合来解决短途出行问题的自行车。

在共享单车掀起热潮的同时，一系列"共享单车问题"随之出现：围栏边、胡同里、树桩旁，我们可以发现各种躲在角落里哭泣的共享单车，为什么？原来它们不再属于社会，而被一些别有用心的人给"私有化"：一把把寒光凛凛的大锁限制了它们的自由，"共享"二字被笼上了一层阴影，媒体、公众无不指责纷纷，但无奈这个问题无法解决……

共享单车的确反映了很多弊病，但是共享无辜，单车无罪。"分享经济"有一句口号"我的就是你的"。这里说的"我的"是使用权，分享经济通过这种利他精神，实现"不是拥有但可以使用"的新消费模式。但也有部分人将其异化为"你的就是我的"，把共享单车占为己有甚至随意破坏。在这种情况下，共享单车的存在和发展，需要城市人的价值观变革。

"共享"这一概念是顺应历史发展之潮流的，是有利于整个地球的。我们应该在大力扶持、推进"共享经济"的基础上对于此引发的诚信问题采取必要的措施，以防舍本逐末，竹篮打水一场空。此外，共享单车在管理上也采取了积分制的办法来控制违规使用和破坏行为的发生。

当然，共享单车目前还是一个新生事物，因为共享，难免有一些用户在使用过程中不知珍惜，也有一小部分用户存有占小便宜的心态。令人欣喜的是，绝大多数市民素质有了极大的提升，在规则的适当约束下，广大市民展现了良好的道德诚信，绝大多数人都会爱惜单车并按要求停放。

共享的是事物，分享的是便捷，检验的是诚信。在共享单车之后，我们生活中出现了越来越多的共享事物，比如共享充电宝、共享汽车等。我们将其他共享事物的使用情况也纳入社会的诚信体系，以保障共享事物的合理使用，在个人道德观念不断提升的基础上，我们的社会才能最终能真正实现"共享诚信"。

五、知识链接

习近平总书记话《礼记》

习近平总书记一直很重视弘扬传统文化，尤其值得注意的是，习总书记近几年多次在讲话与文章中引用《礼记》中的文字来表述自己的思想认识。这从一个侧面反映出《礼记》的当代价值。兹举例如下：

一、2013年5月2日，习总书记在给北京大学考古文博学院2009级本科团支部全体同学回信中说："创新是民族进步的灵魂，是一个国家兴旺发达的不竭源泉，也是中华民族最深沉的民族禀赋，正所谓'苟日新，日日新，又日新。'"其中"苟日新，日日新，又日新"术语，典出《礼记·大学》，习总书记以此来勉励广大青年要勇于创新、创造。

二、在2014年6月28日，举行的和平共处五项原则发表60周年纪念大会上，习近平总书记发表了题为《弘扬和平共处五项原则，建设合作共赢美好世界》的主旨讲话。讲话中两次引用《礼记》中的文字来表述自己的思想认识。他说："'万物并育而不相害，道并行而不相悖。'我们要尊重文明多样性，推动不同文明交流对话、和平共处、和谐共生"，不能唯我独尊、贬低其他文明和民族他还说："坚持公平正义。'大道之行也，天下为公。'公平正义是世界各国人民在国际关系领域追求的崇高目标。"其中的"万物并育而不相害，道并行而不相悖"典出《礼记·中庸》，"大道之行也，天下为公"典出《礼记·礼运》。习总书记在讲话中以"万物并育而不相害，道并行而不相悖"作为当下国与国之间的和平共处之道，而将"大道之行也，天下为公"看作是人类社会的远景目标。

三、2014 年 5 月 4 日，习总书记在考察北京大学时引用《礼记》中的"博学之，审问之，慎思之，明辨之，笃行之"寄语北京大学学生及全国青年要从自身做起，勤学、修德、明辨、笃实，使社会主义核心价值观成为自己的基本遵循。其中的"博学之，审问之，慎思之，明辨之，笃行之"出于《礼记·中庸》篇。

四、2014 年 7 月 4 日，习总书记在韩国国立首尔大学发表题为《共创中韩合作未来 同襄亚洲振兴繁荣》的重要演讲。习总书记在演讲中倡导合作发展理念，主张在国际关系中践行正确义利观，并引用"国不以利为利，以义为利也"一语。该语出自《礼记·大学》，是指国家之间以及国与民之间，不应把谋取财富当作唯一利益，而应把正义和道义作为最大利益。

习总书记在讲话和文章中引用《礼记》的文字还有很多，这些引用说明了对《礼记》当代价值的某种肯定。

（来源《礼记的"古典"与"时尚"》,《人民政协报》）

第二章 信守不渝 纤毫必偿

导　读

本章主要介绍了古代个人对于"诚信"在家庭传承中的实践,为读者描述了古代教育者们是如何将"诚信"这一价值观融入平日里对后辈的教育中去的。家庭是社会的基本细胞,是人生的第一所学校,信守不渝要从"家"出发。

一、经典阅读

"人只一诚耳,少一不实,尽是一腔虚诈,怎得成人?" ——《彭氏家训》

"夫言行可覆①,信之至也;推美引②过,德之至也;扬名显亲,孝之至也;兄弟恰恰③,宗族欣欣,悌之至也;临财莫过乎让。此五者,立身之本。"

——《琅玡王家训》

大凡敦厚忠信,能攻④吾过者,益友也;其谄谀轻薄,傲慢亵狎⑤,导人为恶者,损友也。推此⑥求之,亦自合见得五七分,更问⑦以审之,百无一失矣。

——《训子从学帖》

"同族义⑧居,唯是主家者持心公平,无一毫欺隐,乃可率下。"

——《家训笔录》

(选自《中华家训》,线装书局,2008 年版)　　127

【参考注释】

①覆：审察，言行可覆，言行经得起检验。

②引：避开。

③恰恰：和睦，和谐。

④攻：指责；驳斥。

⑤亵狎：亲近而不庄重。

⑥推此：按照这种原则。

⑦问：请示，此处省略了问的对象，可以是老师，可以是长者。

⑧义：副词，本着道义。

二、鉴赏指津

此四则文言文均节选自古代名人的家训，由此我们可以看出"诚信"在古代家训中的重要性。

《彭子家训》直截了当地点出：不诚不以为人，空有一副欺瞒的躯体怎么能称之为人呢？这段文字非常尖锐地指出，如果没有了"诚信"，那就不要做人了，更不要谈什么修身尽性致知了，如果没有诚信便从源头上彻彻底底地否决了一个人。

《琅琊王家训》也是在探讨一个人的立身之本，不过这里强调了五种素质：信、诚、孝、悌、让。而尽管有五个基本的人之立身之本，但是它将"诚"与"信"排在了前两位。这足以看出，诚信在一个人之所以为人的评判上占据了多大的分量。

《训子从学帖》则将诚信作为交友的标准来探讨其重要性，益友、良友会指出你的缺点所在，而损友则会引导你做错的事情。如果达到"诚信"这一条标准，朱子便认为交到益友已有七成把握，可见朱子对所交友的诚信的看重程度。

《家训笔录》则是从齐家、治家的层面来探讨诚信的重要性，这里认为家族的兴旺与否和一家的主心骨是否公平待人有关，而公平待人的本质则是诚实不欺，实事求是，一旦"无一毫欺隐"，就可以率领全族走向兴旺。

在古人看来，诚信本是天道与人道的通道，儒子要想学达性天，则首先要以诚信为立身之本，有了诚信为基础，才能成为一个异于禽兽的人。古今漫漫千年，中国一代又一代的学者、圣人，都是在这样的熏陶之下长大的。

三、趣味故事

鸡蛋被谁吃了

姚梁(1736—1785)是庆元县松源镇姚家村人。他从小就好学，清乾隆三十年(1765)的时候在顺天参加乡试考取举人，乾隆三十四年考上进士，当过很多官，他担任的每一个职位都有很好的政绩。乾隆三十五年后被封为直大夫、中宪大夫、通议大夫，世称"三大夫"。

姚梁为官清廉，政绩累累，备受尊敬。这得益于姚梁从小所受的家庭诚信教育。庆元地方上就流传着姚母教子的故事。

有一年，朝廷赐封姚梁为察司，要他去各州府查办贪官污吏。这事被他母亲知道了，她老人家生怕儿子胜任不了这桩大事，决定要试他一试。

一日黄昏，姚梁刚从外面回家，刚想放下手里的文件好好休息时，母亲突然赶来逮住他，劈头问道："梁儿，我中午煮了一大碗香蛋，好端端地放在橱内，晚上打开橱门一看，竟少了三个，莫非是给媳妇偷吃了，你要替我查一查，我要对家贼施行家教呢！"姚梁听了不觉好笑，心想家人吃几个香蛋，也值得这么认真，再加上自己已经忙碌了一天了，实在是想好好休息一下。于是便对母亲说："几个香蛋吃了便算，不必追究吧，大不了赶明儿我再给母亲您买一篮鸡蛋嘛。"不料他母亲却不肯放过他，说："这不是一篮鸡蛋的事，正所谓一屋不扫何以扫天下，你连家中小事都分不清，还敢上州下府去查案？"姚梁一听便明白了母亲的用意，丝毫也不敢懈怠了，随即找来几个脸盆、牙杯，盛上清水，叫拢母亲、妻儿等全家人，分给每人一个脸盆，一个牙杯，吩咐大家一齐漱口，并把口水吐入各自面前的脸盆水中。

姚梁一个个地观察过去，发现了一个可怕的事实，别人脸盆的口水都是清清的，唯有母亲脸盆的里的水漂着一些蛋黄碎。这时姚梁不禁感到有些头皮发麻，因为姚梁发觉吃蛋的不是别人，正是母亲自己，"母亲啊母亲，你这般折腾是要干吗啊？"他正在犯难时，而他母亲却在旁一味催促，问他："查到了吗？"姚梁有些不知所措，说："查是查着了，不过……"他母亲紧逼着说："不要徇私枉法。"这时，姚梁实在无法只得壮着胆指出："蛋是母亲吃的。"

场面顿时有些尴尬，姚梁媳妇直怨他不该当众让老人家难堪。谁料，他母亲却哈哈大笑，说："你能遇事细心，判事无私，我便放心了。"原来母亲贼喊捉贼只是为了考察一下姚梁能否公正执法。姚梁明白了母亲这番良苦用心后，也是会心一笑，心里充满了感激。不久，姚梁奉旨到各州府明察暗访，根据查到的实情，严办了一批贪官污吏。传说姚梁"为官清廉耿直，毫不徇私，取信于民"，是与母亲的家教分不开的呢。

（故事来源于瑞文网）

四、古为今用

信守对亡弟诺言的"信义哥"

张健和张伟是一对出生在安徽省六安市霍山县诸佛庵镇大干涧村一个普通的农民家庭的亲兄弟。兄弟俩自小感情非常好，他们的母亲说："兄弟俩从小读书都是一起上学，一起放学回家。他们长大后也互相帮衬，兄弟俩从来没有红过脸。"弟弟张伟毕业后到温州打工，凭着自己的勤劳和朴实，一步步从机修工做到茶叶销售的主管，并在温州娶妻生子。哥哥张健高中毕业后，为了照顾年迈的父母，选择在家乡做机械修理工作，一家人的日子过得很幸福。

然而，天有不测风云。2009年春节过后，张伟感到身体不舒服，总是浑身没力气不想动。后来，张伟在朋友家吃饭的时候突然晕倒，朋友赶紧将他送到就近的医院，检查的结果是张伟患上了再生障碍性贫血。这是一种由多种病因引起的骨髓造血组织明显减少导致骨髓造血功能衰竭的综合征。

由于担心父母承受不了这个沉重的打击，得知弟弟生病的张健瞒着父母，向朋友借了些钱直奔温州。张健找到弟弟的主治医生，询问弟弟的病况。医生告诉张健说："这样的病，一种是药物治疗，一种是骨髓移植，以前通过药物治疗也有治愈的，但一个疗程要10来万元的医药费。"一听到能治愈，张健果断地说："钱不是问题，只要能治好我弟弟，哪怕是倾家荡产我也愿意。"

2009年3月25日，张健怀揣着村里好心群众捐的6万元和向亲友借的近40万元，配合医生为弟弟做造血干细胞的采集。3月26日，虽然感到身体有些不适，但为了弟弟，他还是忍着疼痛坚持做了骨髓抽采手术。本以为张伟的病情得到了控制，然而，在一个多月后的复查中，医生发现张伟身体内的血小板无法正常生长，于是建议他继续住院治疗，并需要再做一次移植。就在张健准备再次做骨髓抽采手术时，张伟却在当天晚上突发脑出血，年仅27岁的张伟丢下妻子和5个月大的儿子，离开了人世。

张伟去世前，心里一直放心不下自己的老婆和儿子，想着为了给自己治疗花费的52万元医药费，对张家来说犹如泰山压顶。张健为了让弟弟安心，对弟弟许下承诺：作为长子，他一定要撑住这个家，为弟弟偿还这些债务。

为早日还清弟弟的债务，张健起早贪黑，绞尽脑汁，做过机械修理，最后与朋友合伙办起了毛竹加工厂，开始了边创业边还债之路。

"有时是拆东墙补西墙，有的亲戚朋友急等着用钱，我就从其他人那儿先借钱还上。这些年除了保障家人的日常开销外，其他的收入全都还账了。小时候，父母就教导我们要家庭和睦，相互帮助。日子虽然难，但我是家里的老大，就应该有老大的样子。虽然弟弟不在了，但借的钱我一定要还。我现在还年轻，哪怕是10年、20年，也一定得把钱还上。"眼前的张健，眼镜后透着温和却又坚定的目光，虽然貌似文弱书生，内心却非常坚毅。

对亲人有情义，对社会有信义。张健为了对弟弟许下的诺言和心中的信念，不惜将自己的幸福"打折"，还债50万。我们不仅因他的故事而感动，更能在他身上读出"诚信"二字的重量。

诚信是中华民族传统美德。是华夏民族最崇尚的品质，已传承数千年。

诚信更是一个人做人的基本原则，对于每一个家庭来说，无论何时何地，诚信待人，诚信处事，是深厚亲情里的雪中送炭，更是家风传承中的锦上添花。

五、知识链接

明清时期的格言体家训

在明清时期的家训发展进程中，出现了一种格言体裁的家训，这种家训风格清新、富含哲理，很受人们的喜爱，因而流传颇广。

这种体裁的家训大致有三个共同的特点：一是家训内容不在于家庭财产、家庭事务的管理，也不在于睦亲齐家之道的训导，而是主要传授立身、处世的经验；二是作者撰写家训的出发点虽是为了教训家人子弟，但都可以作为教人立身处世的蒙学读物甚至大众教科书；三是大多为饱含深意的哲言睿语，言简意赅，言近旨远。

下面，以陈继儒的《安得长者言》为例：

陈继儒（1558—1639），字仲醇，号眉公，又号麋公，华亭（今上海松江）人，明朝文学家、书画家，与董其昌齐名。陈继儒《安得长者言》的主要内容可归纳为修身和处世两个方面。关于品德修养，陈继儒的观点大致可归结为两个方面：

首先，何以养德。陈继儒对修养品德与"富贵功名"关系的看法是："富贵功名，上者以道德享之；其次以功业当之；又其次以学问识见驾驭之。其下，不取辱则取祸。"他认为靠高尚的道德享有富贵功名是最好的，其次才是功业和学问。否则要获得富贵功名，不是遭受耻辱便是带来灾祸。他还用进入鸟群的鸟不乱飞行、进入兽群的野兽不会扰乱同类的比喻，告诫子孙要以良好的德行和睦他人。

其次，如何养德。在这一问题上，概括陈继儒的观点，大约有以下几点：

一是要小处以养成。从小节着手可收到事半功倍之效。陈继儒教育子孙："人生一日，或闻一善言，见一善行，行一善事，此日方不虚生。""有一言而伤天地之和、一事而折终身之福者，切须检点。"

二是慎始以绝恶念。只有清除不良的动机才有良好的修德氛围。他指出："一念之善，吉神随之；一念之恶，厉鬼随之。知此可以役使鬼神。"

三是内省以知不足。修德要有成效，就要经常反省自己私心杂念产生的原因和修养不足之处。

四是读书以明理。因为"读书不独变人气质，且能养人精神，盖理义收摄故也"。

五是要有益友的帮助。陈继儒以自己跟朋友一起才得以攀上高塔的体会，说明在道德修养上离不开品德高尚、学问渊博的朋友的鼓励、帮助和提醒的道理。

六是行善以积德。强调践行是陈继儒养德思想的一个重要特色。他教导子孙要做好人、行善事，"世乱时忠臣义士，尚思做个好人。幸逢太平，复尔温饱，不思做君子，更何为也？"他提出，若能洁身自好，且能救人济世，才是真正的功德："士大夫不贪官，不受钱，一无所利济以及人，毕竟非天生圣贤之意，盖洁己好修德也。济人利物功也！有德而无功可乎？"

《安得长者言》中的许多格言警语都对仗工整，似楹联铭文，使人回味无穷。比如"闭门即是深山，读书随处净土"；再如"吾不知所谓善，但使人能感者即善也；吾不知所谓恶，但使人恨者即恶也"。这些语句语言浅显，但言约义丰，发人深省。明人沈德先在为《安得长者言》所写的跋语中评价说："陈眉公每欲以语言文字，津梁后学，热闹中下一冷语，冷淡中下一热语，人却受其炉锤而不觉。是编尤其传家要领。正如水火菽粟，开门日用之物，具眉目者所并需也。人亦有学语于齐，学步于邯郸。固不若手一编，闲闲下榻，即日游于眉公觳中可也。"

（来源陈延斌《明清时期的格言体家训》）

第三章　千金一诺　厚德载物

导　读

我们知道，无论何种身份、地位的人，终其一生都是要结交朋友的(同师曰朋，同志曰友)。人都需要朋友(自天子至于庶人，未有不须友以成者也)，志同道合的朋友可以一起分享爱好，朋友之间可以互相扶持。但是我们如何交到朋友？其他人又凭什么和你做朋友呢？

一、经典阅读

言忠信，行笃敬，乃圣人教人取重①于乡曲②之术。盖财物交加③，不损人而益己；患难之际，不妨人而利己，所谓忠也。有所许诺，纤毫必偿；有所期约，时刻不易④，所谓信也。处事近厚，处心⑤诚实，所谓笃也。礼貌卑下⑥，言辞谦恭，所谓敬也。若能行此，非唯取重于乡曲，则亦无入而不自得⑦，然敬之一事于己无损，世人颇能之，而矫饰假伪⑧，其中心则轻薄，是能敬而不能笃者，君子指为谀佞⑨，乡人久亦不归重也。

(选自《袁氏世范》，上海人民出版社，2017年1月第1版)

【参考注释】

①重：敬重。结尾处的"重"同义。

②乡曲：乡里，乡亲。

③交加：往来。

④时刻不易：一时一刻都不改变，指守时。

⑤处心：内心深处。

⑥卑下：谦卑。

⑦无入而不自得：没有做事不成功的。

⑧矫饰假伪：矫揉造作，掩饰自己内心的想法，装出另一种样子。

⑨谀佞：阿谀谄媚，指善于阿谀谄媚的人。

二、鉴赏指津

《荀子·性恶》中说："择良友而友之。"所谓朋友，就是有良好的品行的人互相友好聚集在一起。人活世上，为人处世，必须要有良好的品行，才能与人保持长久的友好关系，才有可能让自己受人敬重。在《袁氏世范》中，作者认为，圣人受人敬重的最重要而有效的方法就是做到"言忠信，行笃敬"。何为"忠信""笃敬"呢？他认为"忠"就是在和他人交往的过程中无论遇到何种情况都绝不做损人利己的事；"信"就是信守承诺、守时守约；"笃"就是处理事情宅心仁厚，内心诚实，不矫揉造作；"敬"就是待人接物礼貌谦卑，言辞恭敬。袁采认为对于一件事怀着恭敬的态度是件容易的事。而能长久地对每件事都怀有恭敬的态度却很难。更有甚者，表面对人恭敬，内心却对人轻慢，这样的人可以说是做到了恭敬，但却没有做到内心诚实笃定，可以说这种人是能敬不能笃的人，常被君子指责为阿谀谄媚的小人。人们和这样的人相处时间长了，也会因为他不诚实的谄媚小人的做法而不再敬重他。正如欧阳修《朋党论》中说"小人无朋"。《论语·学而》中也说"与朋友交往要言而有信"。所以，要想获得稳固的友情，得到他人的敬重，最重要的一点就是要做一个正人君子，保持内心的诚实。

135

三、趣味故事

蔡磷坚还亡友财

蔡磷，字勉旃，是吴县的名流，忠义之士。他尤其讲诚信，推崇与朋友交往要言而有信。在家中更是看重对自己孩子的教育，常常引用各种家训来教育自己的孩子做人要讲诚信，如颜氏家训、袁氏世范等。

有一次，他的朋友在蔡磷这寄存了一千两白银，说是临时要去办事，不方便带贵重物品在身上。因为走得匆忙，他的朋友并没有立下任何凭证。谁知道天有不测风云，人有旦夕祸福，这位朋友在乘船过江的时候遇到意外而溺亡了。

蔡磷悲痛欲绝，在为朋友料理了后事之后，把他的儿子叫到跟前，说："这是你父亲生前留在我这儿的一千两白银，说好他办完事回来就领回去的，谁知道……哎！"他儿子断然不信，说："家父从未给我提起这事，况且无凭无据，怎么可能会放一千两白银在您这儿？您和家父关系好，但是也不要找这个理由资助我呀，况且还是这么贵重的财物！"蔡磷说："没有没有，凭据不在纸上，而在心上呢，这确实是他的一千两白银，你还是把它带回去吧，做人就得讲信义，你父亲了解我，我要是把这钱私吞了，你父亲也不会把这东西寄存在我这儿了！"最后，蔡磷用车子将朋友寄存的银子送还了回去。

四、古为今用

陈俊贵为战友护陵守墓

1980年4月8日，年轻的陈俊贵随部队来到新疆天山深处参加修筑独库公路大会战。因施工部队被暴风雪围困，班长郑林书奉命带领陈俊贵等3名战士向驻守在山下的部队送信。不料被大雪围困，生死关头，班长郑林书将最后一个馒头给了陈俊贵，并留下嘱托，希望陈俊贵有机会到老家看一下自己的父母。

班长牺牲后，陈俊贵和战友被牧民救起。因严重冻伤，陈俊贵接受了4年治疗，但他始终没有忘记班长的临终嘱托。因为和班长仅相处一月，陈俊贵不知道班长家庭地址和父母姓名，而原部队已被编入武警序列。在多方打听无果的情况下，1985年冬天，陈俊贵做出了改变一辈子命运的决定，带着妻子和刚刚出生的儿子，来到班长和战友牺牲的新疆天山脚下，为自己的战友守墓。20多年里，他从未停止对班长父母的寻找。后来，一名老战友来新疆为老班长扫墓，陈俊贵终于得到了班长在湖北省罗田县白莲乡的地址。2005年10月，陈俊贵赶赴湖北省罗田县，寻找班长家人，却得知班长父亲母亲都已去世。陈俊贵跪在班长父母坟前说："对不起，我来晚了，你们不要牵挂，今生今世我都将守在郑林书坟前，让他永不寂寞！"

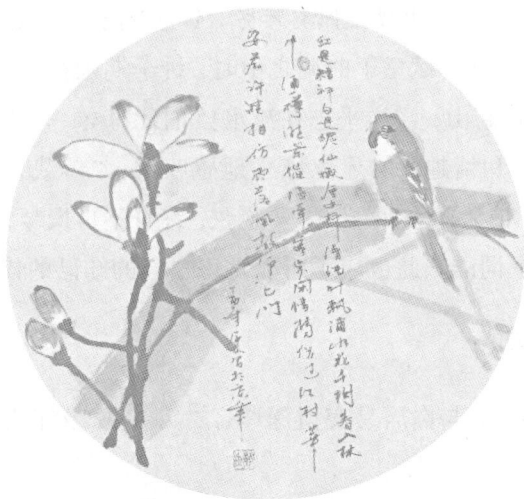

目前，陈俊贵已将班长和副班长的遗骨，从新源县移到新扩建的尼勒克县乔尔玛筑路解放军烈士陵园安葬，还担任了这里的管理员。

为了实现对战友的承诺，陈俊贵坚持扎根天山，为牺牲的战友护陵守墓，用一生书写感天动地的战友情，这便是对班长最后的遗言"如果有机会"简单而厚重的回应。这就是一个既平凡又不平凡，行走在雅俗之间的有血有肉、有情感的诚实守信的好人。哪怕用尽一生也要去寻找、去陪伴，这样的举动虽平淡如行云，质朴如流水，却让人领略到了友情的山高水长。

（来源于《中国青年报》）

五、知识链接

中国古代文人间的友情——情真意诚，千古知音

在中国古代杰出的文人中，不乏互为知音者。莫逆之交的情谊，至诚至真的知遇，他们的才情与人格在友情中升华，被千古传唱。

1. 高山流水遇知音

相传春秋时期，俞伯牙擅长弹奏琴弦，钟子期擅长听音辨意。当伯牙凝神于高山，沉思于流水，赋意于曲调之中时，钟子期则在一旁频频点头，击掌称绝："巍巍乎志在高山；洋洋乎志在流水！"伯牙每奏一支琴曲，钟子期都能完全听出它的意旨和情趣，伯牙也惊喜地感叹说："善哉，子之心而与吾心同。"钟子期死后，伯牙痛失知音，摔琴绝弦，终身不再操琴，以谢平生难得的知音。"知音"这个词语从此也成了对能赏识自己的知己的代称。

2. "刘白"相和

刘禹锡，字梦得，与白居易交谊深厚，二人并称"刘白"。白居易与刘禹锡同岁。

宝历二年，任和州刺史的刘禹锡返回洛阳时，与刚从苏州回洛阳的好友白居易相见。白居易即席赋诗一首赠刘禹锡，寄寓了对好友刘禹锡不幸被贬谪的同情和慰藉，刘禹锡也回赠了著名的《酬乐天扬州初逢席上见赠》，其中"沉舟侧畔千帆过，病树前头万木春"被白居易称之为"神妙"之句。

白居易曾写《春词》，刘禹锡也曾原韵相和，并有"蜻蜓飞上玉搔头"的名

句。两人心心相印、惺惺相惜，白居易曾作诗《与梦得沽酒闲饮且约后期》，感慨二人以 67 岁高龄把酒论诗，期待能再"一醉一陶然"。刘禹锡 71 岁逝世，白居易写就《哭刘尚书梦得二首》，满怀深情地感慨道："四海齐名白与刘，百年交分两绸缪。同贫同病退闲日，一死一生临老头。"

3. 苏黄"共阅一手卷"

苏轼，北宋文坛第一人，诗文俱佳，同时又是著名的书法家。黄庭坚，字山谷，比苏轼小 8 岁，早年出自苏东坡门下，为苏门四学士之一，他与苏轼交情深厚，文才与苏东坡齐名，同时书法成就也与其相并列。两人经常诗酒唱和，共享士人雅趣。苏轼曾写了一首《送杨孟容》诗，自注说"效黄鲁直体"。黄庭坚即用原韵和诗一首，在诗的末尾幽默地开起了玩笑，说自己的才华不及苏轼，"诚堪婿阿巽，买红缠酒缸"，如果自己的小儿子能到苏家当女婿实在是件幸事。

黄庭坚老家盛产双井名茶，他得到后马上分送给苏东坡，并写诗相赠，"人间风日不到处，天上玉堂森宝书。想见东坡旧居士，挥毫百斛写明珠。我家江南摘云腴，落硙霏霏不如雪。为公唤起黄州梦，独载扁舟向五湖。"苏东坡作画，黄庭坚也有题画诗赠送，苏轼的《寒食贴》为天下行书第三，而《寒食贴》的后序就是黄庭坚写的。

《核舟记》中的一句"苏黄共阅一手卷"更是描绘了大苏泛舟赤壁时苏轼与黄庭坚的情趣相投。

第四章　曾经沧海　情比金坚

导　读

　　爱情是人类一个古老而又常新的话题。其普遍定义是一对男女基于一定的社会基础和共同的生活理想，在各自内心形成的相互倾慕，并渴望对方成为自己终身伴侣的一种强烈、纯真、专一的感情愿望。

　　就爱情而言，从古至今，又有多少爱情绝唱无不体现着一种诚信？"在天愿作比翼鸟，在地愿为连理枝""山无棱，天地合，乃敢与君绝""两情若是久长时，又岂在朝朝暮暮"。

一、经典阅读

（一）离思（唐）元稹

曾经沧海难为水，除却巫山不是云。取次花丛懒回顾，半缘修道半缘君。

（二）江城子①·乙卯②正月二十日夜记（宋）苏轼

十年③生死两茫茫，不思量④，自难忘。千里孤坟⑤，无处话凄凉。纵使⑥相逢应不识，尘满面，鬓如霜⑦。

夜来幽梦⑧忽还乡，小轩窗⑨，正梳妆。相顾⑩无言，惟有泪千行。料得年年肠断处⑪，明月夜，短松冈⑫。

【参考注释】

①江城子：词牌名。

②乙卯(mǎo)：公元 1075 年，即北宋熙宁八年。

③十年：指结发妻子王弗去世已十年。

④思量(liang)：想念。"量"按格律应念轻声。

⑤千里：王弗葬地四川眉山与苏轼任所山东密州，相隔遥远，故称"千里"。孤坟：孟棨《本事诗·徵异第五》载张姓妻孔氏赠夫诗："欲知肠断处，明月照孤坟。"其妻王氏之墓。

⑥纵使：即使。

⑦尘满面，鬓如霜：形容饱经沧桑，面容憔悴。

⑧幽梦：梦境隐约，故云幽梦。

⑨小轩窗：指小室的窗前，小轩：有窗槛的小屋。

⑩顾：看。

⑪料得：料想，想来。肠断处：一作"断肠处"。

⑫明月夜，短松冈：苏轼葬妻之地，短松：矮松。

二、鉴赏指津

《离思》是晚唐诗人元稹为悼念亡妻韦丛而作。年轻时的元稹家境贫寒，宰相之女韦丛嫁给他后，能安于贫穷，贤惠地帮他操持家务，元稹对妻子内心里充满爱意、歉疚和感激。他努力地想让妻子过上好的生活，可惜，他们浓情蜜意的生活只过了 6 年妻子就病逝了。尽管过上了好日子，尽管眼前茂林修竹、高空流云，可是再美的景致都无法让元稹的心里真正轻松惬意起来，因为他无时无刻不在想念陪他共度苦难的妻子，因为他常常神色愀然。他经常望着远方发呆，看见每件事物都会想起他的妻子，提笔写下的每句诗都充满着对妻子的想念。《离思》就是一首充满思念之情的悼亡诗。诗句的意思是：看过浩瀚大海的雄伟壮阔的景象，一般的小溪流水就不能撼动自己的心神了，观过巫山壮丽的云海景观，其他地方的云景就算不上壮丽了。我从百花丛中走过，没有半点留恋，一半是因为我正潜心研究学问，另一半是因为你呀！诗文中作者用各种美好壮观的景象来比喻他的妻子，表达了他对妻子的情有独钟、忠贞不渝，不为外物所动的真挚感情。

　　《江城子·乙卯正月二十日夜记梦》是悼亡词中的经典之作。北宋大文豪苏轼也是一位对感情专一的痴情人。19岁的苏轼娶了年仅16岁的王弗为妻。王弗年轻美貌，苏轼才华横溢，两人年龄相仿、侍亲甚孝，是为才子佳人，恩爱情深。可惜天命无常，王弗27岁就去世了。这对苏轼是绝大的打击，其心中的沉痛，精神上的痛苦，是不言而喻的。王弗去世后第10年的正月20日，苏轼梦见爱妻王弗，便写下了这首传诵千古的悼亡词。他感慨自己与妻子天人永隔已10年，在茫茫的时间隧道中，他无时无刻不在思念着蕙质兰心的亡妻。他的心中有着无限的惆怅无处倾诉。他想象着妻子还活着，担心因为常年的奔波，妻子可能已经认不出自己满面尘土、鬓发斑白的样子，这种担心中透露的是他对妻子至深的爱。他与妻子相会在梦境。梦境中的他们回到了年轻时美好的日子，欣喜的他含情脉脉地望着正临窗对镜梳妆的妻子，有千言万语想对心爱的人儿倾诉，可是近在咫尺，却又相隔万里，千言万语无从说起，两人只有相顾无言，泪湿衣襟。走出梦境的苏轼忽然意识到那让人时时柔肠寸断的地方就是埋葬妻子的山冈、坟头。一种思念、悲痛之情又不时地袭上心头。苏轼对亡妻王弗的这份真挚的爱与痴，感动了后世无数的人。陈师道评价此词："有声当彻天，有泪当彻泉"。

穿越时空的价值印记

三、趣味故事

杜牧为爱赋诗

杜牧是晚唐很有名的诗人。"一骑红尘妃子笑，无人知是荔枝来"让我们看到了他的正直与勇敢，对"垂垂老矣"的唐王朝的担忧；"江东子弟多才俊，卷土重来未可知""东风不与周郎便，铜雀春深锁二乔"，让我们感受到了他的豪情与自信。一个忧心国事，有着拳拳爱国之心的有志青年的形象映入了我们的脑海。

其实自信、豪迈、爱国的杜牧还是一个重感情的风流才子。杜牧虽有满腹才情与一腔报国之志，但年轻时候的他总有寄人篱下、郁郁不得志之感。为此，他只有以纵情玩乐的方式来排解心中的忧虑。有一次，他游山玩水到了湖州，在湖州做官的朋友特地为他筹备了一次赛船大会，这吸引了全城的人前来观看。船上的杜牧朝岸上的人潮望去，看到了人群中一位妇人牵着的一个长得极为美丽的十三四岁的小姑娘长得极为美丽。于是，他立马命人将妇人带上船。杜牧是个性情中人，直截了当地告诉那妇人自己很喜欢她家的小姑娘，想娶其为妻。考虑到自己与小姑娘，为了不使妇人为难，他和妇人约定好 10 年以后来娶小姑娘。如果 10 年过了他还没来，小姑娘就可以嫁作他人妇，并当即给了妇人很多钱作为聘礼。那妇人想：杜牧是如此有才华的人，而且自己还得了不少的钱财，应承下来也不错。于是，妇人也就高兴地答应了这门婚约。可惜造化弄人，一晃过了 14 年，杜牧费尽周折才得以调任湖州。在到任的第二天，他就急匆匆地去到那妇人家，得到的答案却是：当年的小女孩遵照约定等了他 10 年，可他一直未来，遵照约定，那女孩已于 3 年前嫁人，现已是两个孩子的母亲。杜牧听后喟然长叹，于是写下了饱含愁情的写景诗《叹花》："自恨寻芳到已迟，往年曾见未开时。如今风摆花狼藉，绿叶成荫子满枝。"本想来赏娇艳的鲜花，可不曾想我到来时花儿已凋谢，多么令人惆怅和遗憾呀。依稀还记得当年花朵含苞待放、似开未开时的娇羞可人，现如今在劲风的摧残下花落满地，一片狼藉，枝干上绿意深浓中隐约可见的是青涩的果实呀。

故事中的小姑娘遵照约定 10 年后才出嫁，可谓诚信守约；杜牧 14 年后还记得当年的那个小姑娘，上任后立马去找她，可见他也是一个忠于自己的情感的诚实的人。这虽是笑谈，但也可称得上是佳话。

四、古为今用

作家余琦与丈夫坚守 40 年婚约

1947 年春节，余琦、刘自平按照传统习俗，举行了隆重的订婚仪式。由于战事紧张，两人分散，于 1987 年才正式结婚。

余琦是当代著名作家丁玲的表妹，她出身于一个世代书香之家，恋人刘自平是北京大学才子，温文儒雅，一表人才，满怀抗战的激情。

因时局混乱，两人订婚后不幸离散。在苦苦寻觅彼此的 40 年后，他们在家乡得以重逢。因为彼此对爱情的忠诚与对婚约的信诺，在分别 40 年后重逢之时，他未娶，她未嫁。

当两位老人举办婚礼时，刘自平老人已经 74 岁，而余琦老人也已经 66 岁。

湖南文理学院中文系的周尚义教授和其爱人黄菊珍，作为他们爱情故事的见证人，送上了一幅新婚对联。该对联借助秦观词作《鹊桥仙》及《红楼梦》中的林黛玉，并化用娥皇女英千里寻夫泪洒斑竹、牛郎织女被天河阻隔等典故叙写出了二人 40 年凄苦相思的经历，表达了众人对二位有情人在订婚 40 多年后终于成为眷属的衷心祝福。

刘自平老人在婚礼上曾兴奋而郑重地对余琦老人说："一日爱你，永生爱你，此生不换，爱你永生不换。"

人的内心最自私的不是财富，而是爱情。而爱情需要诚信，因为诚信是爱情的基础。美国科学家康奈尔大学斯蒂芬对刚刚坠入爱河的人脑扫描结果显示，居于榜首的恋人品质居然是诚信，后面才是相貌、家庭责任感、财富和地位。诚信—忠诚—陪伴，这是爱情里三个升华的过程，爱情里的诚信也很难做到，这件事情需要始终如一，并百折不挠，只有这样才能够做到百毒不侵。

我们每个人在年少时期对爱情都会有最美好的向往，它可以是轰轰烈烈的，也可以是平平淡淡的……大千世界，有太多的纷纷扰扰，太多的若即若离。然而，在我们真的需要面对柴米油盐酱醋茶的漫长时间里，在经历岁月冲洗和艰难险阻之后，仍然彼此为对方着想，在意对方的一切，大至生命，小至生命里的每一个细节，需要一颗坚若磐石韧如丝的真心。

（来源于大众网）

五、知识链接

悼亡诗

悼亡诗，就是哀悼亡者的诗，在我国古代的诗歌创作中主要是指丈夫对亡故的妻子的哀悼、怀念的诗。由于中国妇女历来克勤克俭，为抚育子女、操持家务等付出了大量的劳动，但由于社会的男尊女卑和中国人讲究含蓄的特点，在古代诗篇中，抒发夫妻感情的作品并不多。其实，我国古代的悼亡诗最早出现在《诗经》。《诗经·邶风·绿衣》有"绿兮衣兮，绿衣黄里。心之忧矣，曷维其已！绿兮衣兮，绿衣黄裳。心之忧矣，曷维其亡！绿兮丝兮，女所治兮。我思古人，俾无訧兮！絺兮绤兮，凄其以风。我思古人，实获我心！"文章以睹物思人的方式来表达对亡妻的思念。但在当时这样的作品极为有限。从晋代开始悼亡诗才得到了关注和较大的发展。西晋文学家潘安是写哀伤诗的高手，他善于言情的特长，使他的《悼亡诗》备受推崇。从此之后，《悼亡诗》便成为丈夫哀悼亡妻的专用诗题。唐代元稹的《遣悲怀》三首、《离思》四首、宋代苏轼的《江城子·十年生死两茫茫》等都是悼亡诗中的杰作。

第五章　春风化雨　高山景行

导　读

　　陶行知先生说："千教万教教人求真，千学万学学做真人。"真，是美好人生的起点。诚信如一方教育土壤，为圃中幼苗提供营养，舒枝展叶一路成长；诚信如一抹冬日暖阳，为黯淡生命带来光辉，普照万物满怀希望。春风化雨，高山景行，让我们一起走入古人修养的教育殿吧！

一、经典阅读

　　人而无信，不知其可也。大车无輗，小车无軏①，其何以行之哉？

——《论语·为政》

　　子以四教：文，行，忠，信。　　　　　　　　——《论语·述而》

　　子曰："善人，吾不得而见之矣；得见有恒者，斯可矣。亡而为有，虚而为盈，约而为泰，难乎有恒矣。"　　　　　　　　——《论语·述而》

　　"主忠信，徙义②，崇德③也。爱之欲其生，恶之欲其死。既欲其生，又欲其死，是惑也。"　　　　　　　　——《论语·颜渊》

　　"君子不重④，则不威；学则不固⑤。主忠信。无友不如己者。过则勿⑥惮改。"　　　　　　　　——《论语·学而》

146

信近于义⑦，言可复⑧也；恭近于礼，远⑨耻辱也；因不失其亲，亦可宗⑩也。

——《论语·学而》

言必信，行必果，然小人哉！

——《论语·子路》

（选自《论语译注》，中华书局，2006年12月第1版）

【参考注释】

①輗(ní)：古代大车车辕前面横木上的木销子。大车指的是牛车；軏(yuè)，古代小车车辕前面横木上的木销子。没有輗和軏，车就不能走。

②徙义：徙，迁移。向义靠拢。

③崇德：提高道德修养的水平。

④重：庄重、自持。

⑤学则不固：有两种解释。一是作坚固解，与上句相连，不庄重就没有威严，所学也不坚固；二是作固陋解，喻人见闻少，学了就可以不固陋。

⑥勿：通毋，"不要"的意思。

⑦义：是儒家的伦理范畴，是指思想和行为符合一定的标准，这个标准就是"礼"。

⑧复：实践的意思。朱熹《集注》云："复，践言也。"

⑨远(yuàn)：动词，使动用法，使之远离的意思，此外亦可以译为避免。

⑩宗：主、可靠。

二、鉴赏指津

信是儒家以仁为核心的道德规范体系当中最基本的、最显著的伦理范畴之一，是儒家伦理道德的一个重要范畴和概念。

很多学者曾经提出，春秋是一个礼崩乐坏的乱世。这也就意味着文化系统的极度混乱和社会秩序的极度混乱。生活在这个时代的知识分子们深表痛心疾首，希望通过自己的努力来复活周礼，来实践诚信，从而使社会和睦，百姓安居乐业。孔子提出的"信"也是孔子自身的特殊经历和当时极为混乱的社会现实让孔子发出无能为力的呐喊，也体现了真正的诚信被当时的人民败坏之后的伤感与无奈，从而发出了强烈的呼声。

诚信是个人提高修养水平、成就事业、安身立命的基础和条件，是立人之本的大问题；是人们一项基本的交友之道，也是一项基本的行为规范；诚信甚至决定着能否取得人民的信任，决定着政权是否巩固，决定着人心是否向背。

穿越千年，先贤口中的诚信至今依然闪耀着熠熠光辉。

三、趣味故事

诚实比才华更重要

宋朝人王拱辰，自幼家境贫寒，父亲在他很小的时候就去世了，留下了无依无靠的母亲和四个孩子。王拱辰是长子，于是他就和母亲一起挑起了家庭的重担，每日起早贪黑，为维持生计而四处奔波。王拱辰孝顺母亲，生活俭朴，诚实守信，常受同乡人夸奖。艰苦的生活条件没有压垮他，他的内心怀揣着一个远大的理想——一个状元梦。于是他发愤读书，非常刻苦，天还未亮时，他就已然起身读书，就着一点微弱的晨光开始一天的学习。忙碌了一天后，家人都睡去时，他也要读上几页书才能进入梦乡。就这样寒窗苦读数十载，到20岁的时候，他就已经能写出一手好文章了，于是他就参加了乡试和会试，成绩都很优秀。公元1030年，他到京城参加皇帝宋仁宗亲自主持的殿试。皇上认真审阅了每一个考生的考卷，当他读到王拱辰的文章时，不禁龙颜大悦，忍不住拍桌子喝彩道："妙哉妙哉！这篇文章立论新颖，见解独到，文笔流畅，真是无人能比了，今年的状元就是他了，真想快点见到这位大才子啊！"第二天，宋仁宗把考中前3名的书生都召集到大殿上，在早朝上当着文武百官的面宣布考中前三名的名单。其他两个书生都赶紧跪下磕头谢恩，而王拱辰却像根柱子似的站着。大家不禁有些困惑。王拱辰解释道："陛下，小生不配当状元，请您把状元配给别人吧！"金殿上的人一下子就炸开了锅，大家议论纷纷，科举考试已有四五百年的历史了，从没听说过哪个人把到手的状元往外推，这真是天下奇闻，甚至都有人觉得王拱辰这小子是不是哪根筋搭错了。皇上宋仁宗听了也很纳闷，就询问原因。王拱辰说："陛下，我也是十年寒窗苦读，做梦都想中状元。但这次被选上状元实属侥幸，因为我在之前已经做过了相似的题，其实我的知识还很欠缺，恐怕不能为您分忧解愁。如果我默不作声当上了状元，这绝非君子所为。从小到大我都没有说过谎话。我不想因为想当状元，就败坏自己的节操。"宋仁宗听了，非常感动，特别赏识王拱辰的诚实，认定他将来一定会成为国家的栋梁之才。于是宋仁宗就说："此前做过考题，是因为你勤奋，况且从你的文章里可以看出，你表达的是自己的真实想法，就凭你字里行间洋溢着的才华，就理应当选为状元。再说，你敢于说真话，能够诚信做人，这更是一个堂堂状元应该具有的品质，你的诚实比你的才华更可贵。因此，朕一定要选你做状元，你就不要推辞了。"就这样，王拱辰成了历史上有名的诚信状元。他在朝中做官55年，以自己诚实正直的品格和惊人的才华，得到了老百姓和同僚的尊敬和爱戴。

（故事来源于百度）

四、古为今用

推进个人诚信体系建设

2018 年 4 月，湖南省政府办公厅印发了《关于加强个人诚信体系建设的实施意见》（以下简称《实施意见》），明确建立健全 18 岁以上学生诚信档案，将学生个人诚信作为升学、毕业、评先评优、奖学金发放、鉴定推荐等环节的重要考量因素。针对考试舞弊、学术造假、不履行助学贷款承诺、伪造就业材料等不诚信行为开展教育，并依法依规将相关信息记入个人信用档案。

《实施意见》明确，深入推进全省个人诚信体系建设，依托省级信用信息共享交换平台和金融信用信息基础数据库与个人征信机构，分别实现个人公共信用信息、个人征信信息的记录、归集、处理和应用。《实施意见》提出，支持有关部门和社会组织向社会推介无不良信用记录者和诚信典型，支持有条件的高校院所开设信用管理相关专业。推动学校加强信用管理，建立健全 18 岁以上学生诚信档案，将学生个人诚信作为升学、毕业、评先评优、奖学金发放、鉴定推荐等环节的重要考量因素。针对考试舞弊、学术造假、不履行助学贷款承诺、伪造就业材料等不诚信行为开展教育，并依法依规将相关信息记入个人信用档案。

《实施意见》还明确，落实个人实名登记制度，建立重点领域个人诚信记录。预计到 2018 年 12 月底前，要研究制定省级个人公共信用信息目录、分类标准和共享交换规范。依托省信用信息共享交换平台，建立全省个人公共信用信息数据库，并探索依据个人公共信用信息构建分类管理和诚信积分管理机制，鼓励支持有条件的地区将个人公共信用信息载入市民卡，打造"市民信用卡"。

在教育、就业、创业、社会保障等重点领域率先实施对诚信个人给予重点支持和优先便利的具体措施。各级行政审批部门依据权力清单和责任清单，在办理行政许可等的过程中，对具有优良信用记录的个人和连续三年以上无不良信用记录的行政相对人，可根据实际情况依法采取"绿色通道"和"容缺受理"等便利服务措施。鼓励社会机构依法使用征信产品，对具有优良信用记录的个人给予优惠和便利。

对重点领域严重失信个人实施联合惩戒。将恶意逃废债务、骗取财政资金、行贿受贿、非法集资、电信诈骗、网络欺诈、金融欺诈、交通违法、不依法诚信纳税、骗取就业创业优惠政策和社会保险基金等严重失信个人列为重点监管对象，依法依规采取行政性约束和惩戒措施。

（来源于《潇湘晨报》）

五、知识链接

古代教育体系与科举制度

一、古代教育体系

1. 官学：即朝廷和管辖的培养人才的历代学校教育体系。官学的最高学府为太学（自汉代始）和国子监（自隋朝始）。

官学演变经历几个重要时期：汉朝→唐朝→南宋后→清朝

与朝代相对应的几个特点：

中央官学→官学繁盛，到达顶峰→科举制附庸→被西方学堂和学校取代。

2. 私学：即民间学校教育体系，以儒家、墨家教育思想为讲学理念，产生于春秋时期，以孔子私学规模最大、影响最深远（"杏坛讲学"）。古代书院则源于唐代，兴于宋代，古代书院是私学的传承者和发扬者。后世也用庠（xiáng）序指地方学校。

二、科举制度

即中国古代通过考试选拔官吏的制度。从隋朝开始实行，唐朝时达到鼎盛，至清光绪年间废止，是世界上延续时间最长的选拔人才的办法。

考试类型	考试地点	主考官	参考条件	通过后身份	第一名称号	考试时间
院试（童生试）	县/府/州	地方学政	童生	秀才	案首	三年两次
乡试（秋闱）	京城/各省	中央特派官员	秀才（监生）	举人	解元	三年一次
会试（春闱）	礼部	钦差大臣	举人	贡士	会元	乡试次年三月
殿试	皇宫	皇帝（委命大臣）	贡士	进士	一甲前三名：状元、榜眼、探花	会试同年四月

第六章　商亦有道　业亦有魂

导　读

　　诚实守信也是商界基本的民俗道德规范。历史上有很多商家讲求诚信，知名的"老字号"就是讲求诚信的楷模和典范，在人们心中占有崇高的地位。"老字号"是民间大众对这些商家的一种约定俗成的誉称，它们因为其独特的经营方式和文化内涵而受到大众的认可和信赖，在数十年甚至数百年的时间内长盛不衰。讲信誉是商业行为的根本准则，也是"老字号"长盛不衰的秘诀所在。从"老字号"的牌匾中就可以窥见他们讲求道义、重视诚信的经营理念。

一、经典阅读

　　平阳、泽、潞[①]，豪商大贾甲天下，非数十万不称富，其居室之法善也。其人以行止[②]相高，其合伙而商者，名曰伙计。一人出本，众伙共而商之，虽不誓而无私藏。祖父或以子母息[③]丐贷于人而道亡[④]，贷者业[⑤]舍之数十年。子孙生而有知，更焦劳强作，以还其贷。则他[⑥]大有居积者争欲得斯人以为伙计，谓其不忘死肯背生也。则斯人输少息于前，而获大利于后，故有本无本者，咸[⑦]得以为生。且富者蓄藏不于家，而尽散之为伙计。估人产者，但数其大小伙计若干，则数十百万可屈指矣。所以富者不能遽贫[⑧]，贫者可以立富，

153

其居室善而行止胜也。

（来源〔明〕沈思孝《晋录》，中华书局商务印书馆，1936 年出版）

【参考注释】

①平阳，古帝尧所都，山西临汾市古称；泽，泽州，山西省晋城市古称；潞，潞州，山西省长治市古称。

②行止，行为和举止。

③子母息：一种利息计算方法。

④道亡：（没有还清债务）中途死亡。

⑤业，已经。

⑥则他，连词，于是。

⑦咸，所以。

⑧遽贫：贫穷，困窘。

二、鉴赏指津

古人常说："衣食可去，诚信不可失。"在中国传统社会里，诚信从个体道德修养渗透到经济活动中，形成了一些约定俗成、天经地义的道德规范。例如："经营信为本，买卖礼当先""人无信不立，店无信不兴""买卖不成仁义在"等等。这些俗语表现了中国古代商业事务对"诚信"的推崇，"诚信"有益于经济活动的良性运转。

明清晋商曾在农业文明中创造了令世人瞩目的商业奇迹，在世界商业史上写下了浓墨重彩的一笔。其活跃时间之长，辐射范围之广，资本之雄厚，经营项目之多，从业人数之众，在世界商业史上亦属罕见。这与他们同舟共济、信誉至上的经商理念是分不开的。

三、趣味故事

倒掉差油，赢得口碑

乔致庸可以说是晋商的杰出代表人物了，他的事迹被翻拍成影视热播剧《乔家大院》。乔致庸做生意就讲究一个"信"字，并把它发展成乔家乃至晋商的传统，更成了整个商界应该传承的商业品格。

古人常说，无信不商。这就是乔家一直遵循的原则。乔致庸从小耳濡目染，在他身上能够看到乔家一贯守信的风格。从小接受的圣贤儒家的教导更使他吸收了当中的仁、义、礼、智、信，所以在乔致庸的眼里，宁可赔钱，也不能失信。他明白，信誉是商家的根基，是商号的命脉。没有信誉，就好像楼房失去了地基一样，建得再高，也是岌岌可危。

复盛西铺是乔家在包头主要经营粮油的一大商号，其信誉在业内有口皆碑，不管是质量还是分量都有保证。要知道，在那个市场里，到处都是弄虚作假的商号，掺假售假的高额利润使很多人都被冲昏了头脑，所以不少商家在卖米面的斗上做手脚。而乔家就像那出淤泥而不染的莲花一样，坚守着自己的原则，漆黑的泥潭再怎样叫嚣着试图把乔家拉下来，乔家也从未有过一丝一毫的动摇，而始终保持着一种举世皆浊我独清的傲然风骨。就靠着长期形成的良好信誉，乔家的复盛西铺在包头稳稳站住了脚，到这里购买粮油的人络绎不绝，街上的人一提到乔家，都竖起大拇指，赞不绝口。有一次，复盛油坊往山西运送一批胡麻油，经手的伙计瞅瞅四周，发现没有人，不禁打起了鬼主意：嘿嘿，我不妨在油里头掺点假，多捞点油水，肯定不会被发现的。可惜要想人不知，除非己莫为，精明的掌柜很快就发现了，气得吹胡子瞪眼睛，将那鬼迷心窍的伙计揪过来，怒道："你个毛头小子，吃了熊心豹子胆啦，敢在乔家这里弄虚作假，不要命了啊！"接着恨恨将伙计教训了一番："小子你也忒不懂事，让我告诉你最最基本的道理，凡是乔家商号的人，不论地位高低，身份贵贱，大家都知道，信誉连着财路，信誉没了，财路也就断了。你

155

贪这点小钱，损害的是整个乔家最宝贵的信誉，你知道吗？臭小子！"于是，掌柜命人倒掉整批掺假的质量较差的胡麻油，重新换了货真价实的胡麻油。

这个举动虽然让商家亏损了不少本钱，但是为乔家赢得了守信的美名。

（故事来源于临沂新闻网）

四、古为今用

道德模范江——苏梦兰集团钱月宝

2017 年 3 月 8 日，全国人大代表、第四届全国诚实守信道德模范、江苏梦兰集团董事长钱月宝做客中国文明网《两会话文明》访谈栏目，畅谈诚信与企业责任。

钱月宝说："贯穿每一个发展阶段的灵魂，我觉得都应该是诚信。诚信是企业的生命。我们梦兰集团当初只是一个村办作坊，没有资金、没有技术、没有人才，别人凭什么信任你？唯有靠诚信。"

诚信文化是中国传统道德的优秀组成部分，是中国传统商业文化遗存的宝贵的精神则富，也是民俗文化中的一种"良俗"规范。这种民俗规范有助于营造良好的商业风气，对规范商业秩序、改善社会道德风尚都具有重要的作用。继承中国古代商人的诚实守信的传统，发扬遵守承诺、讲求信用、诚实不欺的商业民俗，对于当代市场经济的稳步发展具有积极的意义。

诚信是为商之本，企业想要发展，诚信不可缺少，孔子说："人而无信，不知其可也"，意思是，一个人，如果连自己说的话都不算数了，他还能做什么呢。如果一个企业连最基本的诚信都没有，其他企业怎么敢与他长期合作？唯有以诚信换真情，为商之道才会越走越宽。真诚做人，诚信做事，不欺、不瞒、不哄，此为商道，亦为正道。

（来源于中国文明网）

五、知识链接

晋商文化的内涵

"晋商"通常意义是指明清500年间的山西商人，晋商经营盐业、票号等商业，尤其以票号最为出名。晋商也为中国留下了丰富的建筑遗产，如著名的有乔家大院、常家庄园、曹家三多堂等等。

十九大报告中说"文化自信是一个国家、一个民族发展中更基本、更深沉、更持久的力量"。商亦有道，晋商——这个延绵几百年的商业群体，在创造财富传奇的过程中，早已显现出了其鲜明的文化气质和丰富的文化内涵。儒家文化渗透于晋商成熟的经商理念中，形成了其特有的儒商精神：厚待相与、仁者爱人、仁为人心，这些传统文化中的仁爱精神，正是晋商保持群体性兴盛的重要制度基础，在晋商身上有很深的烙印。例如，经商过程中，除股东分红之外，对品行端正、业务娴熟的伙友，再给予分红权利，最大限度地挖掘出了人的潜力。同时，晋商强调和衷共济，集中体现了和合文化底蕴。

修身正己也是晋商极为重视的伦理道德规范。晋商各商号对学徒的选择十分苛细，须经人介绍，审查三代无劣迹，经面试合格后，由殷实商号保举。大盛魁学徒要骑骆驼到科布多接受业务训练，并学习俄、蒙语言，尔后再分配到支商号锻炼，磨炼15年后才算学成业满，方可第一次返里省亲。因此，据说明清山西旅蒙商人，在商帮竞争中独占鳌头，在牧民中信用很高，有人概括其成功经验为"平则人易亲，信则公道著，到处树根基，无往而不利"。

另外，扭转义利偏见，也是晋商文化的重要内涵之一。儒家有"君子喻于义、小人喻于利"之说，但此言之利，是损人利己的私利，是不当得利。私利之外，还有公利、民之所利，也有取之有道的正当得利。晋商用商人义利观充实、改造传统义利观，正面回答了利中有义、大义大利、义利统一。这种商人义利观成了晋商高举的道德大旗，完善了其文化内涵，指引其正确的发展方向。

157

不得不提的是关公文化与晋商文化的紧密关系。关公是儒家文化塑造出来的公众形象，是信与义的化身。深受这种文化影响的晋商，把诚信忠义当作他们最高的人生准则，反过来，忠诚信义又成为他们成功的最大秘诀与法宝。"忠义神勇""诚信仁义""义薄云天"，这些关公身上的优秀品格增强了一种自我约束能力，形成了崇尚义气、相互助力的信义商帮。

因此，关公一直以来都是晋商最为生动、最富有生命力的代言人。在一些晋商经营活动的重镇，往往建有多座关帝庙，这些关帝庙或是叹为观止的山陕会馆甚至成了这些奔波辗转在外的商人们的一座精神家园。

厚待相与、修身正己、大义大利、诚信忠义，这些充满着革新自强而又兼容并蓄的晋商文化，崛起于明清，发展于今天，把新鲜的商业伦理融入中华传统文化的根脉之中，既守护着传统又创造着未来。

（来源于《山西日报》）

第七章　诚心一振　群纲共举

导　读

唐太宗曾说："流水的清浊在于其源头，就政治而言，君主居于其源，百姓居于其下游，源头污浊却流水清澈那是不可能的事。"所以，若想让天下人都讲诚信，那么君王首先就得以身作则。

商鞅立木为信开启了秦王朝变法的伟业，齐桓公守信割地而成为春秋五霸之首，唐太宗以信立身从而开创了"贞观之治"的盛世。以上例子告诉我们，一个人之所以能言而有信、令出必行，那是因为他本人就是诚信的化身。领导者如果言而无信、朝令夕改，小则败德危身，大则祸国殃民。所以，倘若一个国家上下都讲求诚信，那么任何一个政策都会万民拥戴、齐心协力。诚信之于国家，如同帆篷之于行船，其重要性不言而喻。下面让我们一起重温经典，学习古代君王的以信治国。

一、经典阅读

臣光①曰：夫信者，人君之大宝②也。国保于民，民保于信；非信无以使民③，非民无以守国。是故古之王者不欺四海，霸者不欺四邻，善为国者不欺其民，善为家者不欺其亲。不善者反之，欺其邻国，欺其百姓，甚者欺其兄弟，欺其父子。上不信下，下不信上，上下离心，以至于败。所利④不能药⑤其所伤，所获不能补其所亡⑥，岂不哀哉！

昔齐桓公不背曹沫⑦之盟，晋文公不贪伐原之利⑧，魏文侯不弃虞人⑨之期，秦孝公不废徙木之赏⑩。此四君者非粹白⑪，而商君尤称刻薄，又处战攻之世，天下趋于诈力⑫，犹且不敢忘信以畜⑬其民，况为四海治平⑭之政者哉。

（选自《资治通鉴·商鞅变法》，中华书局，2011 年 8 月第二版）

【参考注释】

①光：指司马光，司马光字君实，号迂叟，陕州夏县（今山西夏县）涑水乡人，世称涑水先生，北宋史学家、文学家。

②大宝：至高无上的法宝。

③使民：让人民服从。

④利：得到的好处，便宜。

⑤药：医治。

⑥亡：失去，丢失。

⑦曹沫：鲁国人士，以力大勇敢著称。曾在齐鲁两国举行结盟仪式时劫持齐桓公，迫使齐桓公答应归还侵占的鲁国的土地。

⑧不贪伐原之利：不贪图攻打原国的利益。晋文公与楚国在中原战场上相遇，为报流亡其间楚国国君对自己的接纳之恩，退避近百里。

⑨虞人：山林管理者。《资治通鉴》记载，魏文侯在与群臣饮酒十分高兴的时候，天下起了雨，魏文侯想起了他与山林管理者相约当日要打猎，于是，他遍亲自去告诉人家因天雨不能打猎了。

⑩徙木之赏：搬动木柱的奖赏。商鞅变法开始时，为了取信于民，就在国都咸阳的集市立起一根三丈高的木柱，下令谁能把木柱搬到北门去，便给他十金。老百姓觉得奇怪，也没人敢去搬运。商鞅又下令说："能扛过去的人给五十金。"于是有一个人便将此木挪到了北门，商鞅给了他五十金。此后，商鞅才颁布了变法的法令。

⑪粹白：纯粹，完美。

⑫诈力：尔虞我诈，斗智斗勇。

⑬畜：收服。

⑭治平：治理太平的天下。

二、鉴赏指津

北宋史学家司马光认为诚信对于君主治国尤为重要。上至君王，下至黎民百姓，都需要诚信。国家需要人民来保卫，而人民又依靠诚信来保卫；只有讲诚信，才能让人民自觉地来保卫国家。因此，善于治国的人不欺骗他的人民，善于治家的人不欺骗他的亲人。不善于治理的人则与此相反，欺骗他的邻国，欺骗他的百姓，甚至欺骗自己的兄弟，欺骗自己的父亲和儿子。上位者不相信下位者，下位者不相信上位者，上下离心，以至于败亡。使用欺骗的手段将得不偿失，实在可悲！

他认为处在崇尚尔虞我诈，战乱不断的战国乱世，齐桓公能不违背曹沫以胁迫的手段和他订立的盟约；晋文公不贪图攻打原国的利益而遵守信用；魏文侯不放弃与山野之人打猎的约会；秦孝公不废止对移动木头之人的封赏，都很好地践行了诚信治国的原则。他认为君主们的治国之道虽不是纯粹清白，甚至商鞅的做法还有些过于刻薄，但无一例外都不忘用诚信来安抚、教化人民。可见诚信对于任何时代的治国当政者都尤为重要。

三、趣味故事

晋文公攻原

晋文公想要攻打原国，可是军队里只携带着可供十天食用的粮食。士兵们都对这次行军有些担心。晋文公看到这种情况，为了稳定军心，举行了一场誓师大会，当着众人和士大夫立下约定："这次行军，虽然出于疏忽只带了十日的军粮，但我向大家保证，十天已经足够我们拿下原国了，十天后若没有成功，我也不会让大家饿着肚子打仗，咱们立即撤军。"士兵们振臂高呼，齐声叫好。气势高昂的晋军在这十天里使出了各种方法来攻打原国，原国虽然有所损失，却依然顽强抵抗，不曾放弃。晋军虽然攻势凶猛，但原国就是占着有利地形避而不战，坚持防守。原国望着这难啃的骨头也无可奈何，军粮也一天比一天少，大家气势也渐渐消却了。最后十天到了，晋国还是没有攻下原国。晋文公心里也是十分烦恼，便下令敲锣退军，准备收兵回晋国。这时，有战士从原国回来报告说："再有三天就可以攻下原国了。"这是攻下原国千载难逢的好机会，眼看就要取得胜利了。晋文公身边的群臣也劝谏说："原国的粮食已经吃完了，兵力也用尽了，请国君再等待一些时日吧！"晋文公语重心长地说："我跟大夫们约定十天的期限，若不回去，是失去我的信用啊！为了得到原国而失去信用，我办不到。"于是下令撤兵回晋国去了。原国的百姓正在为国家的胜利而欢呼，当原国的百姓听说这件事时，心里却又不由得对晋文公感到很佩服，他们都说："有君王像文公这样讲信义的，怎可能不归附于他呢？"于是原国的百姓纷纷归顺了晋国。卫国的人也听到了这个消息，便说："有君主像文公这样讲信义的，怎可不跟随他呢？"于是他们也向文公投降。孔子听说了，就把这件事记载下来，并且评价说："晋文公攻打原国竟获得了卫国，是因为他能守信啊！"

四、古为今用

党风廉政建设取信于民

"打铁还需自身硬"是我们党对全民做出的庄严承诺，全面从严治党是我们党立下的军令状。党的十八大以来，以习近平同志为总书记的党中央坚持有腐必惩、有贪必肃，一大批"老虎""苍蝇"被绳之以党纪国法，这使不敢腐的震慑作用充分发挥，不能腐、不想腐的效应初步显现，反腐败斗争压倒性的态势正在形成。党风廉政建设和反腐败斗争取得的重大成效振奋党心、深得民心，增强了人民群众对党的信任和支持，赢得了人民群众的高度评价。

古人讲"以戒为固，以怠为败"。"党中央坚定不移反对腐败的决心没有变，坚决遏制腐败现象蔓延势头的目标没有变。"习近平总书记在十八届中央纪委六次全会上宣示的这"两个没有变"，掷地有声，鼓舞人心，彰显了党中央把反腐败斗争进行到底的鲜明态度和坚定立场，让全党同志对赢得这场输不起也决不能输的斗争充满信心，让全国人民对我们党能够管好党、治好党充满信心。

行动是最有力的语言。十九大报告提出，要推进反腐败国家立法，建设覆盖纪检监察系统的检举举报平台。这是在法治轨道上深化反腐败斗争的一大重要举措。报告还提出，要制定国家监察法，依法赋予监察委员会职责权限和调查手段，用留置取代"两规"措施。专家指出，制定国家监察法用留置代替"两规"，是依法反腐的重要手段。这意味着依法反腐又上了新台阶。

从尊崇党章、严格执行准则和条例到把作风建设抓到底、坚决遏制腐败现象滋生蔓延势头以实现不敢腐，再到推动全面从严治党向基层延伸，立足标本兼治以净化政治生态，都深刻地表明了全面从严治党正在向纵深推进。全党要保持坚强的政治定力，跟上党中央全面从严治党的战略部署，不断取得党风廉政建设和反腐败斗争新成效，以兑现承诺，取信于民。

五、知识链接

我们对商鞅还存在哪些误读

电视剧《芈月传》的热播引发了不少对民间商鞅的评论。媒体上有《最黑不过"商君书"》《警惕商鞅主义的幽灵》等不少评论。有的人认为商鞅祸国殃民，是中国封建专制的总根源；有的人说商鞅的思想就是民众不能太富的愚民政策，就是不至于饿死的饥民政策，愚民是商鞅思想的幽灵。到底商鞅思想的糟粕是什么，商鞅思想的真精神是什么，成了一笔糊涂账。

商鞅的"愚民"究竟是何意？

"愚民"是最易用来全盘否定商鞅的一个话题，而且人们也很难对这种批判提出反对：难道商鞅没有愚民思想吗？难道愚民思想不应该批判吗？但这其实也是一个以偏概全的话题，对人们的误导也最大。确实，商鞅非常明确地提出要让民"愚"。这里的关键在于商鞅的愚民是何意？针对谁？是否反智？反什么智？

"愚"这个概念，并不都是我们今天意义上的愚昧无知、傻笨蠢呆痴、百依百顺的奴才之意。商鞅的"愚"有三种不同的内涵。

第一，商鞅之"愚民"是不读书，没有文化的人，它的对立面是好礼乐诗书教化的儒生，所谓"六虱亡国、国有十二者则亡"，就是说的儒生。愚，就是让人不贵学、不知、不好学问（主要是不学儒家）、不擅游。这的确是让人愚昧无知，应该批判。但因此说商子反智就似是而非，不准确。因为智知并非儒家独有，对法家、农家、兵家之智知，商鞅不但不反，而且大力提倡，并主张以法为学，以吏为师。

第二，商鞅之"愚民"带有纯朴、务本（农）之意，针对的重点是秦国大量的"不愚之民"。秦国是当时文化落后的野蛮之国，没有几个读书人，不少是带有戎翟野蛮习气之民，商鞅说的"五民"（实际上有十多种）就是指这些人，这些人与愚民一样，不读书，不学四书五经，但不同之处就在于这些人比愚民更愚，他们不务农不劳动，是一些褊急之民、狠刚之民、怠惰之民、费资之民、巧佞之民、花言巧语游手好闲之民、蛊惑之民、邪僻之民。因此，让这些"不愚之民"，从不劳动之民成为务农务本的"愚"民，虽有为统治者出谋之意，但也含有开明进化之意，不能完全否定。

第三，商鞅之"愚民"，与"弱民""强民""制民"等概念一样，都与是否守法相关，守法即是愚民弱民，不守法就是强民。守法的"愚民"并非是今天我们说的那种唯官是从的奴才，愚民一方面在守法，另一方面也能依法自治，避祸就福，与官吏矛盾时，他们依法抗争，让吏不得非法扰民。

商鞅的"愚民"，第一种有历史局限性，第二、第三种则在当时的秦国有一定的合理性和进步性，不能一概而论。

历史上对商鞅的两种评价：

第一，正面评价

李斯：孝公用商鞅之法，移风易俗，民以殷盛，国以富强，百姓乐用，诸侯亲服；

　　司马迁：鞅去卫适秦，能明其术，强霸孝公，后世遵其法；

　　刘向：夫商君极身无二虑，尽公不顾私，使民内急耕织之业以富国，外重战伐之赏以劝戎士；

　　法令必行，内不私贵宠，外不偏疏远。是以令行而禁止，法出而奸息；

　　王安石：自古驱民在诚信，一言为重百金轻。今人未可非商鞅，商鞅能令政必行。

　　第二，负面评价：

　　司马迁：商君，其天资刻薄人也。迹其欲干孝公以帝王术，挟持浮说，非其质矣。且所因由嬖臣，及得用，刑公子虔，欺魏将昂，不师赵良之言，亦足发明商君之少恩矣。余尝读商君开塞耕战书，与其人行事相类。卒受恶名于秦，有以也夫；

　　《旧唐书》：威刑既衰，而酷吏为用，于是商鞅、李斯谲诈设矣；

　　赵蕤：夫商鞅、申、韩之徒，贵尚谲诈，务行苛刻。废礼义之教，任刑名之数，不师古，始败俗伤化。此则伊尹、周召之罪人也。

第八章　讲信修睦　九州大同

导　　读

　　对于世界各国，无论历史上是否存在嫌隙，中国都拿出了十足的诚意。中国始终坚持与世界各国平等互利、诚实守信的外交政策。

　　习近平总书记访问印度尼西亚国会时提出"人与人交往在于言而有信，国与国相处讲究诚信为本"。在和平共处五项原则发表60周年纪念大会上，习近平总书记引用"凡交，近则必相靡以信，远则必忠之以信"阐述中国亲、诚、惠、容的周边外交理念。习近平访问巴基斯坦时引用《论语》中的"人而无信，不知其可也"，并强调这与巴基斯坦人所说的"诚信比财富更有用"契合相通。

　　正因为有了诚信，中国才拥有了与世界各国搭建和平友谊之桥的基础；正因为有了诚信，中国才具备了"五千年华夏礼仪之邦"的美誉。下面，让我们共同感受古中国诚信外交的魅力。

一、经典阅读

　　齐桓公伐鲁。鲁人不敢轻战，去鲁国①五十里而封②之，鲁请比关内侯以听③，桓公许之。曹刿谓鲁庄公曰："君宁死而又死乎，其宁生而又生乎？"庄公曰："何谓也?"曹刿曰："听臣之言，国必广大，身必安乐；不听臣之言，国必灭亡，身必危辱。"庄公曰："请从。"

于是明日将盟，庄公与曹刿皆怀剑至于坛上。庄公左搏桓公，右抽剑以自承④，曰："鲁国去境数百里，今去境五十里，亦无生矣。钧其死也，戮于君前。"管仲、鲍叔进，曹刿按剑当两陛⑤之间曰："且二君将改图，毋或进者。"庄公曰："封于汶则可，不则请死。"管仲曰："以地卫君，非以君卫地，君其⑥许之。"乃遂封于汶南，与之盟。归而欲勿予。管仲曰："不可，人特劫君而不盟，君不知，不可谓智。临难而不能勿听，不可谓勇；许之而不予，不可谓信。不智不勇不信，有此三者，不可以立功名，予之，虽亡地亦得信。以四百里之地见信于天下，君犹得也。"庄公，仇也；曹刿，贼也。信于仇贼，又况于非仇贼者乎? 夫九合之而合，一匡⑦之而听，从此生矣。管仲可谓能因物矣。以辱为荣，以穷为通，虽失乎前，可谓后得之矣。物不可全也。

（选自《吕氏春秋》，中华书局，2016 年 1 月第 1 版。）

【参考注释】

①国：都城。

②封：封土为界。

③请比关内侯以听：鲁国请求像齐国封邑大臣一样服从齐国，即做齐国的附属国。比，比照。关：国家的关隘。

④自承：把剑冲着自己。

⑤陛：殿或坛的台阶。

⑥其：表建议语气。

⑦匡：匡正。

二、鉴赏指津

齐桓公攻打鲁国，鲁庄公以身试险，以生命要挟，逼迫齐桓公划定了国界。在齐桓公反悔的时候，管仲对他进行了劝解：鲁国特地劫持君王而不是真心盟誓，君王却不知晓，不能算是聪明；临难却不得不妥协，不能算是勇敢；答应了人家却不兑现，不能算是有信用。不智、不勇、不信，有了这三种缺点，是不能取得成功和名誉的。给了鲁国土地，虽然失去了国土却得到了信用。凭四百里见方的土地被天下人信服，君王仍然有收获。

鲁庄公，是齐国的仇敌；而曹刿，是使用"诡计"的小人。对仇敌和小人都讲信用，更何况是对其他人呢？齐桓公树立了诚信人主的形象，此后齐国多次召集诸侯，四海归附，使自己成为"春秋五霸"之首，国泰民安，天下信服。这告诉我们，只有做到诚实，只有做到讲求信誉，才能取信于民，才能达到社会稳定，国家才能安定富强。

三、趣味故事

周郑交战

西周灭亡后，周王室的重要部属郑国的郑武公联合晋文侯、秦襄公，将周平王护送回洛邑，建立了东周。虽然郑国与周王朝的关系一直亲密，郑桓公还曾为西周抵御犬戎力战而死，但随着周朝实力的衰弱和郑国实力的不断壮大，他们的关系已悄然由以前的郑国依附周王朝变为郑国与周王朝争夺权力与地位的局面。郑庄公执政时，他琢磨着国家局势，心里打着小算盘："这个周朝已经不是昔日的周朝了，凭啥对我们指手画脚的。"于是郑庄公动起了手脚，在对内、对外扩张势力的同时，也乘机霸占王室的权力，逐渐对东周王朝形成了半包围之势，并且干预朝政、不太听从周天子的号令。而此时东周在位的是周平王，宠信虢公，他本来就有意擢升虢公，为遏制郑国，周平王私下委任虢公和郑庄公同时为卿士，借此削弱郑国的势力，但忌惮于郑国的实力，他又不肯承认分权之说。两国就以互换幼主的方式表示互信关系。周平王将其子孤派往郑国作为人质，郑国则派公子忽充当人质。可周平王去世后，周桓王继位，他剥夺了郑庄公的权利，郑庄公得知此事后，气得直拍桌子，怒道："给周朝点面子还真把自己当回事了是吧！"然后就带着军队强行收割了周属地的庄稼，不再朝见周天子，双方摩擦不断，最终周王朝还是和郑国矛盾激化，爆发了一场战争。周桓王带兵讨伐不再朝见周朝的郑庄公，结果王师惨败，天子的威严扫地，从此再也不敢出兵，周王朝的身影也就彻底地在历史的舞台上变得模糊了。

四、古为今用

"一带一路"建设中的"和立"意识

在当今全球经济复苏乏力、保护主义抬头、逆全球化盛行的背景下，我国着眼于人类事业难能可贵，尤其是针对世界经济难题提出了"一带一路"与"亚投行"的设想。面对世界各国的质疑，中国主动承担大国责任，拿出了十分的诚意，发出了振兴世界经济的时代最强音。推进"一带一路"建设，需要有"和立"意识。

"和立"是立什么？首先是立诚之道，诚信是成功之本。按照孔子"己欲立而立人"的思想，自己发展了，也要帮助别人富裕起来，这便是"一带一路"建设的目标之一，从这可以看到中华民族的伟大胸怀。"一带一路"与"亚投行"中有心心相印的朋友。中国的"一带一路"与"亚投行"的倡议，不是一家唱独角戏，而是欢迎各方共同参与；不是谋求势力范围，而是支持各国共同发展；不是营造自己的后花园，而是建设各国共享的百花园。

"一带一路"是迄今为止中国在世界上最全面、最有力的一次亮相，它是对中国政治、经济、社会发展的新建构、新考验，也是对中国新文化的建构和考验，更是中国精神、中国形象的一次新的打造和考验。对于中国现代市场文化、市场形象来说，更是一次浴火重生。"一带一路"既考验我国一体两翼的硬实力，也考验中国文化、中国精神的软实力，考验中国政府、中国企业和全民的道德水平。

在建设丝绸之路经济带的进程中，诚信要从道德范畴中逐步融入市场经济的信用体系，转化为一套可操控、可监测、可赏惩、可循环的信用管理机制，构成流通体系、道德体系、信用体系、法制体系科学的四维立体化管理，以维护全球市场的良性运转。"一带一路"在拉动沿线国家经济发展的同时，也拉近了沿线各国人民心与心之间的距离。正因为秉持开放包容、以诚相待的理念，中国的这一倡议才得到了越来越多国家和人民的广泛认同和拥护。

五、知识链接

郑庄公的政治智慧

中国人素来崇尚智慧，热衷谋略。所谓"攻人以谋不以力，用兵斗智不斗多"正是这一文化传统的形象写照。因此，历史上凡在政治上有所建树的人物，其最大的特色必定是政治智慧超凡入圣，谋略运用得炉火纯青，风风雨雨等闲而过，把握主动永不言败。春秋初年的郑庄公就是这方面的典型之一。

郑庄公政治智慧的高明，表现之一为遇事能忍。当他的母亲姜氏与胞弟姬段串通一气，给他制造多方麻烦的时候，他能做到隐忍不发。姬段想占好地方，他就把姬段分封到京地；姬段贪欲不足，大修城邑，图谋不轨，他也装出一副漫不经心的样子，忍下一时之气。其后，姬段的肆无忌惮、得寸进尺之举，让郑庄公的臣子们都感到" 是可忍，孰不可忍"，力劝庄公早早应对，以免祸起萧墙，可郑庄公还是隐忍不发，以"不义，不昵，厚将崩"的理由婉言拒绝。

郑庄公政治智慧的高明，表现之二为出手能狠。郑庄公在胞弟逼宫问题上的隐忍，在周桓王打击面前的退让，说到底不是单纯的隐忍或退让，而是韬光养晦，后发制人。他不曾马上实施反制，是他不愿在没有准备的情况下过早地和对手摊牌。所以，郑庄公在隐忍的同时，私底下一直在作充分的准备，以求一招制敌。可笑的是，他的对手却对此茫然无知，把郑庄公的克制隐忍、妥协退让误认为是软弱可欺，于是乎步步紧逼：姬段动员军队企图偷袭郑国国都，周桓王大举起兵进犯郑国纵深之地。谁知他们忘乎所以的举动，恰好为郑庄公痛下决心全面反击提供了机会，在有充分准备的前提下，他予对手以迎头痛。

郑庄公政治智慧的高明，表现之三为善后能稳。孔子说"过犹不及"。真正高明的战略家对战略目标的设定都是非常理智的，决不会在胜利面前头脑发热，忘乎所以，而是能注意掌握分寸，适可而止，见好便收，用现代的话讲，就是能做到"有理，有利，有节"。郑庄公在这方面的作为，同样可圈可点。当挫败姬段的叛乱阴谋，迫使他逃窜共地后，郑庄公便不再追击，因为他知道，姬段此时已惶惶似丧家之犬，实在不值得继续花功夫去对付。另外，由于郑庄公母亲姜氏在这一叛乱事件中曾扮演过很不光彩的角色，让郑庄公内心既痛苦又愤恨，但为了社稷大局，他最终还是与姜氏和解了，"遂为母子如初"，赢得了"孝"名，在政治上替自己捞足了分数。

"舞榭歌台，风流总被雨打风吹去。"意气风发的郑庄公的"小霸"事业，早已事过境迁，烟消云散。然而，郑庄公的政治智慧与战略意识却依旧让今之读史者叹服。的确，从更深的层次进行考察，我们不难发现，遇事要忍，出手要狠，善后要稳，又何尝不可以成为今天从事国际战略角逐的有益借鉴呢？

第十二篇

友 善

主 题 简 述

友善即友爱、和善，是指人与人之间要亲近和睦，重友谊、求和谐、存真善、讲爱心。友善作为社会主义核心价值观的个人层面之一，是处理人际关系的基本准则，是公民的基本道德规范，强调公民之间应互相尊重、互相关心、互相帮助、和睦友好，努力形成社会主义的新型人际关系。

友善是中华民族的传统美德，也是当代人必备的道德品质。自古至今，友善一直是社会对人们道德修养的基本要求，同时个人也把它当作修养灵魂的至高境界。《论语·学而》中说"礼之用，和为贵"，提倡以友善的态度来对待自然、社会和他人。《周易》中说"地势坤，君子以厚德载物"，推崇器量宏大的宽广胸怀。《礼记·大学》中说"楚国无以为宝，惟善以为宝"，《孟子·公孙丑上》中说"取诸人以为善，是与人为善者也，故君子莫大乎与人为善"，把友善当作君子最高的德行。《孟子·尽心上》中云："尽其心者，知其性也。知其性，则知天矣。存其心，养其性，所以事天也。"认为侍奉天命不需要敬鬼神，而是要尽自己的善心，觉悟自己的本性；觉悟了本性，就会懂得天命；保存善心，养护本性，就是侍奉天命。足见古人对友善孜孜以求，也说明了善心的可贵。

孟子曰："与人为善，善莫大焉。"我们在践行社会主义核心价值观的过程中，要以友善的态度处理人际关系，以友善的态度对待自然、社会和他人，做到谦恭有礼、亲近和睦、宽以待人、换位思考、尊重他人、悦纳自己，做到与人为善。

谦恭有礼，就是不因学问博雅而骄傲自大，也不因地位显赫而处优独尊，待人接物讲礼貌，行为举止有礼仪。中华民族是礼仪之邦，自古强调"为人子，方少时，亲师友，习礼仪"。孔子说："不习礼，无以立。"认为一个人不学会礼貌礼仪，怎么能做人、怎么会有立身之处？晏子云："凡人之所以贵于禽兽者，以有礼也。"认为礼是区别人与禽兽的标准，没有礼，人就成了禽兽。可见，礼貌礼仪是文明的体现，是友善的具体表现，是一个人的立身之本，包含了对他人的尊重、宽容、谦让、与人为善等诸多品质。荀子说，"言有召祸也，行有招辱也，君子慎其所立乎"，又说"与人善言，暖于布帛；伤人之言，深于矛戟。"言语有时会招来祸患，行为有时会招致侮辱；善言暖于布帛，恶语深于矛戟。我们在与人交往中，一定要注意自己的行为举止，要做到语言文明、态度亲和、举止端庄，待人接物、一言一行都要符合礼仪规范。

亲近和睦，就是亲人朋友之间要亲近和睦。《诗经·小雅·蓼莪》有言："父兮生我，母兮鞠我。拊我畜我，长我育我。顾我复我，出入腹我。欲报之德，昊天罔极。"曾子曰："孝有三，大孝尊亲，其次弗辱，其下能养。"《世说新语》中有这样一个故事："范宣年八岁，后园挑菜，误伤指，大啼。人问：'痛邪？'答曰：'非为痛，身体发肤，不敢毁伤，是以啼耳！'"《孟子梁惠王》中有言："老吾老以及人之老，幼吾幼以及人之幼。"正所谓"父慈子孝"，我们应当记住父爱如山、母爱如水，要尊老爱幼，和睦相处。《诗经·小雅·常棣》中云："妻子好合，如鼓瑟

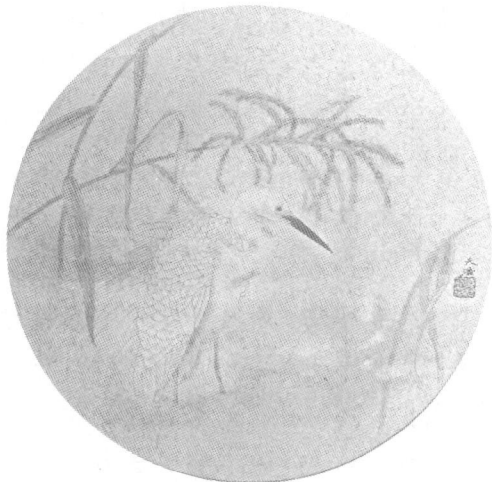

琴……宜尔室家，乐尔妻帑。"《后汉书》中记载有东汉时期梁鸿、孟光夫妇"举案齐眉、相敬如宾"，夫妻之间应恩爱恒久、荣辱与共、相濡以沫。孔子说"切切偲偲、怡怡如也，可谓士矣。朋友切切偲偲，兄弟怡怡""有朋自远方来，不亦乐乎？""三人行，必有我师焉。择其善者而从之，其不善者而改之。"曾子则说："吾日三省吾身：为人谋而不忠乎？与朋友交而不信乎？传不习乎？"兄弟之间应互相爱护，兄友弟恭；朋友之间应以德相交，善待朋友。《礼记·学记》中说："大学之礼，虽诏于天子，无北面，所以尊师也。"《荀子·大略》中说："国将兴，必贵师而重傅……国将衰，必贱师而轻傅。"老师是我们成长路上的引路人，尊师重道理所当然。俗话说"远亲不如近邻"，朱德《寄东北诸将》诗云："邻居友善长相问，仁里安康永莫移。"邻里之间应当相互守望，互爱互助，维护睦邻友好。《诗经·木瓜》中写道："投我以木瓜，报之以琼琚。匪报也，永以为好也。投我以木桃，报之以琼瑶。匪报也，永以为好也。投我以木李，报之以琼玖。匪报也，永以为好也。"我们应当常怀感恩之心，孝亲敬长、善待亲友、善待师长、睦邻友好。

宽以待人，就是要宽大有气量，原谅和不计较他人。《史记·李斯列传》中说："泰山不让土壤，故能成其大；河海不择细流，故能就其深。"泰山不拒绝土壤，所以能成就它的高大；江河大海不放弃细小的

175

流水，所以能成就它们的深邃。曹植有诗云："东海广且深，由卑下百川；五岳虽高大，不逆垢与尘。"东海宽广且深远，在低处容纳百川；五岳虽然高大，却不会抗拒尘土的附集。宋《祖宗圣训》中说的"以大度兼容，则万物兼济"，是宋太祖成就盛世王朝的坚守；康有为说要"开诚心，布大度"，《西游记》中有言"遇方便时行方便，得饶人处且饶人"，是教人要宽容大度。俗话说"金无足赤，人无完人"，人与人之间由于生活方式、思维方式、行为习惯、品德修养和个性特点都不尽相同，难免出现矛盾。人非圣贤，每个人都会有错误，执着于过去的错误，就会耿耿于怀，产生信任危机，限制自己的思维，也限制对方的发展。我们为人宽容，就能解人所难，补人之过，扬人之长，谅人之短，自己也能受人尊重。"处处绿杨堪系马，家家有路到长安""唯宽可以容忍，唯厚可以载物"，善于宽容，与人为善，利人利己。《庄子·天下》中说"常宽容于物，不削于人，可谓至极"；《尚书·君陈》中说，"有忍，其乃有济。有容，德乃大"。待人宽容是一种美德，更是一种境界，显示着一个人的气质、胸襟和力量。

换位思考，就是要设身处地为他人着想，即想人所想、理解至上。《庄子·秋水》中有这样一段对话："庄子与惠子游于濠梁之上。庄子曰：'鲦鱼出游从容，是鱼之乐也。'惠子曰：'子非鱼，安知鱼之乐？'庄子曰：'子非我，安知我不知鱼之乐？'"这告诉我们不要以自己的眼光去看待他人，更不要以自己的意志规范他人，也就是说不要老想着自己，而要将心比心，学会站在别人的角度去考虑问题。孔子说："己所不欲，勿施于人。"自己不想要的东西抑或不想做的事情就不要强加给别人，不要强行要求别人做到，要学会推己及人。孔子又说："己欲立而立人，己欲达而达人。"在谋求自己生存与发展的同时，也要帮助别人的生存与发展。在人际交往中，我们应当"以责人之心责己，以恕己之心恕人"，时时处处站在别人的角度思考问题，体验他人的情感世界，多一分理解、多一分欣赏、多一分谅解、多一分关爱、多一分友善，做到换位思考，与人为善。

尊重他人，就是不管他人的境遇与条件如何，都应该得到我们充分的、平等的对待和尊重。老子说"天道无亲，常与善人""天地不仁，以万物为刍狗"；《吕氏春秋》中也说，"天下非一人之天下也，天下之天下也"。人生来平等，无高低贵贱之分，任何人都不"高人一等"，金钱和地位等的差异不能超越人们在人格和法律地位上的平等，无论个人条件、境遇与境况如何，都值得我们尊重。失去平等，失去尊重，人与人之间就无友善可言。《孟子·离娄章句下》有云："仁者爱人，有礼者敬人。爱人者，人恒爱之；敬人者，人恒敬之。"仁爱的人爱别人，礼让的人尊敬别人。爱别人的人，别人也会爱他；尊敬别人的人，别人也会尊敬他。《礼记》中说："君子贵人贱己，先人而后己。"品质高尚的人，尊重别人而把自己看得很轻，凡事首先考虑的是他人，而不是为自己打算。我们应当尊重他人，做到礼貌待人、平等待人、诚信待人、友善待人、充分理解他人，以此获得他人的善待与尊重。与此同时，我们还应当尊重和善待社会，以获得祥和、友善的社会环境；尊重和善待自然，以拥有一个美好的家园。

悦纳自己，就是要以友善、宽容之心对待自己。对自己既不挑剔苛求，也不自惭形秽；既不妄自菲薄，也不全盘否定。《左传·宣公二年》中说："人谁无过？过而能改，善莫大焉。"《论语·子张》中说："君子之过也，如日月之食焉；过也，人皆见之；更也，人皆仰之。"悦纳自己，容许自身存在的不足、缺点乃至错误，既是承认"人无完人"，也是给自己留下改过迁善的机会，并能给自己以信心和希望。

《管子》说："善人者，人亦善之。"一个善待别人的人，别人也会善待他。古语云："勿以善小而不为，勿以恶小而为之。"在社会生活中，我们要不断学习，努力加强自身的道德修养；要在自觉遵守道德和法律的前提下，以积极的心态、友善的态度对待自然、社会和他人，理性处理好人际关系；要在交往和做人的艺术上，与人亲近和睦，重友谊、求和谐、存真善、讲爱心；要用自己的诚心点亮周围的善心，用自己的善心带动起友善的氛围，在友善、和谐的环境中描绘出我们璀璨多彩的幸福人生。

第一章　重生贵己　首存善心

导　读

在中国传统文化之中，友善意蕴长远而丰富。在国际层面上，提倡世界各国友好往来；在社会层面上，提倡各类组织互帮互助；在个人层面上，提倡亲朋好友相亲相爱。而这一切都有一个最基本的逻辑前提——善待自己。不是狭隘的利己主义，"善待自己"它是播撒善意的源泉，岂有无源而流之说法乎？因此，学会善待自己是学会友善的第一步。

一、经典阅读

杨朱曰："人肖天地之类①，怀五常之性，有生之最灵者也。人者，爪牙不足以供守卫，肌肤不足以自捍御，趋走不足以从利逃害②，无毛羽以御寒暑，必将资物以为养③，任智而不恃力。故智之所贵，存我为贵；力之所贱，侵物为贱。然身非我有也，既生，不得不全之；物非我有也，既有，不得而去之④。身固生之主，物亦养之主。虽全生⑤，不可有其身；虽不去物，不可有其物。有其物，有其身，是横私天下之身，横私天下之物。不横私天下之身，不横私天下之物者⑥，其唯圣人乎！公天下之身，公天下之物，其唯至人矣！此之谓至至者也。"

178

【参考注释】

①人肖天地之类——张湛注："肖，似也。类同阴阳，性禀五行也。"五行，木火土金水。

②趋走不足以从利逃害——趋走，《释名》："徐行曰步，疾行曰趋，疾趋曰走。"从利逃害，《集释》："本作'逃利害'，今从敦煌斯七七七六朝写本订正。"

③以为养——《集释》："各本'养'下有'性'字，今从敦煌斯七七七六朝写本残卷删。"

④不得而去之——《集释》："北宋本、汪本、秦刻卢解本、世德堂本留作'不得不去之'。俞樾曰：当作'不得而去之'……俞说是也。《道藏》白文本、林希逸本、吉府本正作'而'，今订正。"

⑤虽全生——《集释》："各本'生'下有'身'字，今从敦煌斯七七七六朝残卷删。"

⑥不横私天下之身，不横私天下之物——《集释》："各本无此十四字，今从敦煌残卷增。

二、鉴赏指津

杨朱说："人与天地近似一类，怀有木火土金水五行的本性，是生物中最有灵性的。但是人啊，指甲牙齿不能很好地守卫自己，肌肉皮肤不能很好地捍御自己，快步奔跑不能很好地得到利益与逃避祸害，没有羽毛来抵抗寒冷与暑热，一定要利用外物来养活自己，运用智慧而不依仗力量，所以智慧之所以可贵，以保存自己为贵；力量之所以低贱，以侵害外物为贱。然而身体不是我所有的，既然出生了，便不能不保全它；外物也不是我所有的，既然存在着，便不能抛弃它。身体固然是生命的主要因素，但外物也是保养身体的主要因素。虽然要保全生命，却不可以占有自己的身体；虽然不能抛弃外物，却不可以占有那些外物。占有那些外物，占有自己的身体，就是蛮横地把天下的身体占为己有，蛮横地把天下之物占为己有。不蛮横地把天下的身体占为己有，不蛮横地把天下之物占为己有的，大概只有圣人吧！把天下的身体归公共所有，把天下的外物归公共所有，大概只有至人吧！这就叫作最崇高最伟大的人。"

杨朱不仅认识到了生命价值的极其宝贵，而且还提出了维护生命的一些措施，比如说利用才智来保护自己。同时，杨朱还曾告诫他的弟子要"行贤而去自贤之行，安往而不爱哉"（《庄子·山水》）。杨朱想要明白地告诉人们，给别人好处的同时自己也会受益，自己发出而施加于别人的爱与恨，都会在外界表现出来。"存我为贵""侵物未贱"的生命保护观点实际上就是一种"我"与"他"的和谐友善的关系。

对于杨朱的重生观点，今天的我们更应该取其精华，积极看待。

三、趣味故事

善之源

韩、魏两国互相争夺侵占来的土地。子华子拜见韩昭釐侯，昭釐侯面有忧色。子华子说："假使现在天下人在您面前写下铭：'左手抓取这篇铭文就砍去右手，右手抓取这篇铭文就砍去左手，但是抓取了就一定占有天下。'您是抓取呢，还是不抓取呢？"昭釐侯坚决地说："我是不抓取的。"

子华子看了看昭釐侯，会意一笑，说："您说得很好。由此看来，两臂比天下重要，而身体又比两臂更重要。韩国在天下是很小的一块土地，今天韩国与魏国相争的土地，比起韩国来，又是少之也少，如今，要您丢掉两臂，哪怕给你天下，你尚且不愿去做，您为什么为了这个问题而劳神伤身？为什么要为得不到的这些土地而忧虑从而搞得自己闷闷不乐、忧愁伤身呢？

昭釐侯听了子华子的一席话，转忧为喜，心悦诚服道："好，教诲我的人已有很多了，但我从未听说过这样的话，今日受教了！"

学会审视自己，善待自己，其实正是善的源头。要平和地看待周遭世事，首先就应该有重生贵己的智慧。

（故事出自《吕氏春秋二十一卷》）

四、古为今用

让孩子们当自己的安全卫士 要学会"见义智为"

前不久，在北京召开了一场"青少年学生自我保护研讨会"，有关专家纷纷为解决青少年安全问题出谋划策。自主管理教育专家吴甘霖先生结合他的新书《孩子，你该如何自我保护》，发表了一些针对性强且富有建设性的意见。

"青少年的安全问题，的确牵动了各方面的心。甚至今年两会期间，时任教育部长的袁贵仁还提出，'如果你们问，教育部现在最大的压力是什么，我告诉你们，就是（学生的）安全问题'。"吴甘霖说，"如何去解决这一问题呢？许多人首先想到的，就是需要社会改善安全环境，这没有错。但还有格外重要的一点，就是要培养青少年的自我保护能力，让他们当自身安全的'卫士'"。

吴甘霖提到自己的儿子吴牧天15岁在刚上高中时，有一次去商店买东西，之后打的回家，但好久打不到车，糊里糊涂受一个人"走近路"的引导，跟随他进了一个无人小巷。这时，那个人凶相毕露，拿刀对着吴牧天的腰部，恶狠狠地说："老实一点跟我走。不然有你好看！"

在最紧张时，吴牧天想起有一次爸爸妈妈对他进行的一次"生存与安全教育"：在没有别人说明的情况下，你还得学会自己把问题解决。他暗暗对自己说："不要期望别人救你，就靠自己来救自己吧。"接着，他又想起妈妈当时对他讲的话："出现任何问题，第一时间冷静。"于是，他很快从最初的慌乱和后悔心情中跳出来，脑袋开始冷静思考，闪过三套方案。

第一，硬拼。不行。自己打不过。第二，大声呼救。也不行！说不定挨一刀！第三，跟他一直走下去，要自己去哪里就去哪里，后果将不堪设想。

他得出结论：唯一能做的，就是一边佯装老实，让歹徒放松警惕，让他不伤害自己，一边设法逃脱。

走出小巷，眼前有一家饭馆正在营业，于是，他猛地冲进去，将一位服务员手中的两盘菜打翻在地，并将桌子上两摞碗碟掀翻在地。

这样一来，不仅把饭店里所有人的目光都吸引过来，而且饭店工作人员也很快围了过来，将这个"破坏分子"抓到后面的经理室。于是，吴牧天顺利从歹徒的魔爪下逃脱。

吴甘霖说："反思这个故事，一方面说明我们以往对孩子的安全教育存在很大缺陷，也说明我们对他进行的自我负责和自我保护的教育，在关键时刻起到了作用。这说明：不少时候，不是别人，而是你自己，应该当自己安全的主人！"

吴甘霖说，在许多时候，我们都是提倡见义勇为的，但是，如果风险太大，或者会造成不必要的牺牲，那么，就更需要提倡"见义智为"。

什么是"见义智为"呢？吴甘霖讲述了媒体刊登的一篇报道：海南某中学高一学生孙某，在经过一家网吧门口时，遭到 3 个男青年抢劫，正好有两个同学路过，他们想帮助这个学生。可是抢劫者无论年龄还是个头都比他们大。怎么办呢？这两个学生想出了一个好办法。

两个学生说请 3 个青年吃饭，那 3 个青年没多想就答应了。两个学生请其中两个男子先坐"摩的"走，分开他们。学生和另外一名男子坐三轮车经过派出所时，一起把那个男子抓住送到了派出所。

吴甘霖分析，他们的行为给大家提供了什么经验呢？

第一，责任心赛黄金。

第二，哪怕对手比自己强大，也敢与他斗一斗。

第三，机智＋勇敢＝成功。

在确保自己不会受到伤害的前提下去战胜歹徒，这样的做法，是更值得我们称赞的"见义智为"。

吴甘霖说，我们提倡自我保护，但是，自我保护并不是出了问题只能自己扛，而是要学会自己利用一切可以利用的力量，帮助自己走出困境，避免和减少伤害。这就要注意两点，不要等到别人问你的时候，才被动告知问题。

自己扛不起的担子，找人帮助，说不定就不会这么重了。他说："青少年的自我保护教育，在以前是十分薄弱的。在这方面，不仅青少年要主动去学习，学校、家庭及社会各方面，也应该采取多种措施开展有关工作。当广大青少年有了自我保护的意识，也系统地掌握了自我保护的能力，他们受到的伤害就会越来越少。"

（来源于中国青年网）

五、知识链接

认识杨朱的思想

杨朱，战国初期伟大的思想家、哲学家。他主张"贵己""重生"的思想。是道家杨朱学派的创始人。他的见解散见于《列子》《庄子》《孟子》《韩非子》《吕氏春秋》等。在战国时期，有"天下之言不归杨则归墨"的说法，可见其学说影响之大。

杨朱派的思想纲领是"全性保真，不以物累形"。他们认为：人所追求的首先是个人自身的生存，一切客观事物的意义仅仅在于其是否有利于保全自身生命的存在。如果拿外在的"物"或"天下"与自身相比，论其轻重，则自身的生命为重，而身外之物和天下为轻。因此保全自身生命，使之不受名利物欲的牵累和损害，这是首要的行为准则。

杨朱派公开宣扬个人利己主义的学说，提出"拔一毛利天下而不为"的口号，与儒家的仁爱说和墨家的兼爱说大相径庭。但我们应该认识到，这种思想并非损人利己的极端个人主义。杨朱派的人生观是利己而不损人。这种轻物重生思想的流行，是有其历史背景的。

杨朱派处于诸侯剧烈兼并的战国时代。当此战乱之世，少数权势者称雄争霸，而多数弱小民众的个人权益乃至生命则随时可能被无端剥夺。人们的思想因此而迷惘，人生的意义究竟是什么，怎样才能保证个人的生命和本性不受外来的侵害？杨朱学说代表了当时的隐士阶层，即下层知识分子对这些问题的想法。他们虽有知识而无权势财富，不满战乱争夺的现实，但又无可奈何，因此要退避自保。他们要求维护个人自然的生存权利和真实本性，在乱世中保全性命。为了全性保真，他们必须谦虚自守，不去参与权势名利的争夺，尤其不能受统治者所悬赏的名位和物利的诱惑。应该认识到，这种个人主义人生观也是有其消极保守的局限性的，但它与狭隘的极端个人主义的确是不同的。

第二章　兄友弟恭　百善孝先

导　读

家和万事兴，百善孝为先。友善天下，要从身边做起。孝顺父母，友爱亲人，是中国的传统文化，也是一种传统美德。父母给了我们生命，抚养我们成长，感恩回报，天经地义。"羊有跪乳之德，乌鸦有返哺之恩"，连动物都有孝亲报恩之行，何况是作为"万物之灵长"的人类呢？我们应该把感恩回馈不光当成一种美德，更应该当成一种责任和义务。在这方面，古人给我们树立了很好的榜样，他们或年纪幼小就知道谦让兄弟，或放弃富贵荣华侍奉亲人，他们的故事感天动地，流传千古。

一、经典阅读

陈情表（李密）

臣密言：臣以险衅①，夙遭闵凶②。生孩六月，慈父见背；行年四岁，舅夺母志③。祖母刘悯臣孤弱，躬亲抚养。臣少多疾病，九岁不行，零丁孤苦，至于成立。既无伯叔，终鲜兄弟，门衰祚薄，晚有儿息。外无期功强近之亲④，内无应门五尺之僮，茕茕孑立，形影相吊。而刘夙婴⑤疾病，常在床蓐，臣侍

185

汤药，未曾废离。

逮奉圣朝，沐浴清化。前太守臣逵察臣孝廉；后刺史臣荣举臣秀才。臣以供养无主，辞不赴命。诏书特下，拜臣郎中，寻蒙国恩，除臣冼马。猥以微贱，当侍东宫，非臣陨首所能上报。臣具以表闻，辞不就职。诏书切峻，责臣逋慢[6]；郡县逼迫，催臣上道；州司临门，急于星火。臣欲奉诏奔驰，则刘病日笃，欲苟顺私情，则告诉不许。臣之进退，实为狼狈。

伏惟[7]圣朝以孝治天下，凡在故老，犹蒙矜育[8]，况臣孤苦，特为尤甚。且臣少仕伪朝，历职郎署，本图宦达，不矜名节。今臣亡国贱俘，至微至陋，过蒙拔擢，宠命优渥，岂敢盘桓，有所希冀！但已刘日薄西山，气息奄奄，人命危浅，朝不虑夕。臣无祖母，无以至今日，祖母无臣，无以终余年，母孙二人，更相为命，是以区区不能废远。

臣密今年四十有四，祖母今年九十有六，是臣尽节于陛下之日长，报养刘之日短也。乌鸟私情[9]，愿乞终养。臣之辛苦，非独蜀之人士及二州牧伯所见明知，皇天后土，实所共鉴，愿陛下矜悯愚诚，听臣微志，庶刘侥幸，保卒余年。臣生当陨首，死当结草。臣不胜犬马怖惧之情，谨拜表以闻。

（来源《晋书》，中华书局，1974 年版）

【参考注释】

①险衅：灾难祸患。指命运坎坷。

②闵凶：忧患。

③舅夺母志：指由于舅父的意志侵夺了李密母亲守节的志向。

④期功强近之亲：指比较亲近的亲戚。古代丧礼制度以亲属关系的亲疏规定服丧时间的长短，服丧一年称"期"，九月称"大功"，五月称"小功"。

⑤婴：纠缠。

⑥逋慢：回避怠慢。

⑦伏惟：旧时奏疏、书信中下级对上级常用的敬语。

⑧矜(jīn)育：怜惜抚育。

⑨乌鸟私情：相传乌鸦能反哺，所以常用来比喻子女对父母的孝养之情。

二、鉴赏指津

"学成文武业，货与帝王家"。古代每个士人，囊萤映雪，闻鸡起舞，苦练各种治国平天下的本领，目的只有一个：得到帝王赏识，找到为国出力的机会，然后飞黄腾达，光宗耀祖。但是有这样一个人，皇上三番五次派遣使者带着圣旨请他出山，他却一次次拒绝了，理由是自己自小父亡母嫁，由祖母抚养成人，现在祖母年老，日薄西山，奄奄一息，离开自己必死无疑。他的奏本一上，皇上不光没有降罪，反而批准他的请求，还降旨天下大力表彰他对祖母的一片孝心。这个人就是魏末晋初的李密，他的奏本《陈情表》被誉为"古今孝道第一文"，为后世无数人所传诵。

三、趣味故事

孝悌可传家，家和万事兴

西晋时期有个叫王览的人，他有个同父异母的哥哥叫作王祥，王览很尊敬这个兄长。王祥侍奉后母非常孝顺，而后母对王祥却非常不好，经常打王祥。王览看到了就流着眼泪抱着哥哥哭。后母刁难王祥，王览就与王祥一起去做后母安排的事。后母对王祥的虐待不仅是在小的时候，等到王祥成年娶了妻子以后，后母对王祥和他的妻子也是非常严厉。每一次母亲惩罚大哥，王览都带着妻子过来帮忙，尽心调和他们之间的关系，以化解危机。

王祥的道德学问日益提升，后母起了个坏念头，因为王祥的名声越好，往后她的恶名就越昭彰。于是她就在酒里下了毒要给王祥喝，这件事被王览发现了，情急之下，王览把毒酒夺过来，要自己当场喝下去想替哥哥去死，这时后母立刻把酒打翻在地，恐怕自己亲生的儿子被毒死。见此情形，后母也很惭愧，心想：我时时想致王祥于死地，而我的儿子却用生命来保护王祥，儿

187

子如此明理，我还有什么可担忧的呢？兄弟之情终于感化了后母，后母当场和两个兄弟抱在一起痛哭流涕。可见唯有德行、唯有真诚才能化解人生的灾难。

后来王祥和王览都在朝廷里当官，有一位大官叫吕虔，送给王祥一把传家之宝的佩剑，并告诉他，拥有这把宝剑的人子孙会非常发达和荣显。结果王祥回去之后马上把宝剑给了弟弟。史书记载王祥和王览的后代九世都官至公卿。

王览的行为非常难得，而王览的妻子与丈夫同心，更为难得，他的后代都因能恪守祖宗的孝、悌而兴旺发达。

这个故事是古人用来宣扬因果报应思想的，这个故事运用得虽有些不当，但其中蕴藏的一般道理后人还需记住：孝悌可传家，家和万事兴。

（故事来源于网站 360doc 个人图书馆）

四、古为今用

"妈妈是孩子，我是大人"——"90 后"阳光少年的孝行故事

在湖南省岳阳县第三中学高二年级，有一个孩子总是在放学时候第一个跑出教室，他可不是因为饿了急着去食堂吃饭，而是要赶回学校附近的租住房，为生活不能自理的母亲做饭。这个孩子就是正值 17 岁的陶星。

陶星 14 岁时，身患癌症的父亲去世，留下一个患有羊癫风、只有婴儿般智力的聋哑母亲和两万元的债务。此后的 3 年里，照顾母亲的重任就压在了他身上，这位坚强乐观的"90 后"阳光少年开始了带着母亲求学的生涯。

每天中午下课，陶星都是第一个跑出教室，除了安排母亲的一日三餐，陶星还得教母亲刷牙、帮母亲洗脚、洗衣服等，因为母亲手有残疾，他还要给母亲擦洗身子。

自从父亲去世后，凡是一个家长该为一个两岁孩子做的事，陶星全为母亲做了。妈妈王佳良聋哑又痴呆，只有两三岁小孩的智力，脾气也很不好，

遇到不如意的地方，便嗷嗷大叫，甚至不知轻重地打人，陶星只好默默承受，所以身上常被打得青一块紫一块的。

陶星很担心妈妈晚上睡觉踢被子和发病，每晚要催她上两次厕所，所以他一直与妈妈睡在一起。晚上他特别容易醒，妈妈一抽搐，他就会从睡梦中惊醒起身给她喂药，这养成了习惯。冬天，他还怕妈妈受冻，晚上把她的双脚紧紧搂在自己的怀里。

陶星说："在家里，妈妈是孩子，我是大人"。

尽管妈妈痴呆，却很爱干净。因此，陶星每过两三天就要给她洗头、洗澡。在陶星的悉心照料下，妈妈每天穿着干净，脸色红润，体型甚至微微发福了。

《论语》记载："子曰：弟子，入则孝，出则弟，谨而信，泛爱众，而亲仁。"可见，"孝"是良好品德形成的基础，是中华民族的传统美德。所谓"百善孝为先"，作为子女，对父母应有敬顺之心，应尽赡养之为，可知"树欲静而风不止，子欲养而亲不待"啊！故事中的陶星小小的年纪就用稚嫩的肩膀扛起了一个家庭的重担的行为源于他扎根于内心的感恩与责任。

（来源于《法制周报》）

五、知识链接

《孝经》及其影响

《孝经》，相传是孔子所作，但南宋时已有人怀疑是出于后人附会，清代纪昀认为该书是孔子"七十子之徒之遗言"，成书于秦汉之际。自西汉至魏晋南北朝，注解者近百家。现在流行的版本是唐玄宗李隆基注，宋代邢昺疏，全书共分18章。

该书比较集中地阐发了儒家伦理的孝道思想，认为天地以孝为中心，"夫孝，天之经也，地之义也，人之行也"孝是诸德之本，"人之行，莫大于孝"，国君可以用孝治理国家，臣民能够用孝立身理家，保持爵禄。《孝经》在中国伦理思想中，首次将孝亲与忠君联系起来，认为"忠"是"孝"的发展和扩大，并把"孝"的社会作用绝对化神秘化，认为"孝悌之至"就能够"通于神明，光于四海，无所不通"。

书中对实行"孝"的要求和方法也做了系统而烦琐的规定。它主张把"孝"贯串于人的一切行为之中，"身体发肤，受之父母，不敢毁伤"是孝之始；"立身行道，扬名于后世，以显父母"是孝之终。它把维护宗法等级关系与为封建专制君主服务联系起来，主张"孝"要"始于事亲，中于事君，终于立身"，并按照父亲的生老病死等生命过程，提出"孝"的具体要求："居则致其敬，养则致其乐，病则致其忧，丧则致其哀，祭则致其严"。该书还根据不同人的等级差别规定了行"孝"的不同内容：天子之"孝"要求"爱敬尽于其事亲，而德教加于百姓，刑于四海"；诸侯之"孝"要求"在上不骄，高而不危，制节谨度，满而不溢"；卿大夫之"孝"则在"上不骄，高而不危，制节谨度，满而不溢"；卿大夫之"孝"要求一切按先王之道而行，"非法不言，非道不行，口无择言，身无择行"；士阶层的"孝"是忠顺事上，保禄位，守祭祀；庶人之"孝"应"用天之道，分地之利，谨身节用，以养父母"。

《孝经》还把封建道德规范与封建法律联系起来，甚至提出要借用国家法律的权威维护封建的宗法等级关系和道德秩序。《孝经》在唐代时被尊为经书，南宋以后被列为"十三经"之一。在长期的封建社会中它被看作是"孔子述作，垂范将来"的经典，对传播和维护封建纲常起到了很大作用。

第三章　患难之交　义薄云天

导　读

　　孔子曾教导弟子："与善人居，如入芝兰之室，久而不闻其香，即与之化矣"，可见，与品格高尚、志趣相投的人相处，便能在潜移默化中受其影响，完善自己；倘能与其成为挚友便更是人生之幸事。志同道合成"朋"，患难之交为"友"。严于律己、宽以待人，义薄云天、生死相携，方为友善待朋友的正确方式。

一、经典阅读

《荀巨伯探友》

　　荀巨伯[①]远看友人疾，值[②]胡贼攻郡，友人语巨伯曰："吾今死矣，子可去。"巨伯曰："远来相视，子令吾去败义[③]以求生，岂荀巨伯所行耶？"贼既至，谓巨伯曰："大军至，一郡尽空，汝何男子，而敢独止[④]？"巨伯曰："友人有疾，不忍委[⑤]之，宁以我身代友人命。"贼相谓曰："我辈无义之人，而入有义之国。"遂班军[⑥]而还，一郡并获全[⑦]。

（来源《世说新语·德行·世说新语校笺（全四册）》，中华书局，2007 年版）

【参考注释】

①荀巨伯：汉桓帝时河南颍川人。
②值：适逢。
③败义：败坏道义。
④止：停留不走。
⑤委：抛弃。
⑥班军：调回部队。
⑦获全：获得保全。

二、鉴赏指南

俗话说："路遥知马力，日久见人心。"友善之道，最可贵的是患难与共的生死之交。汉朝的荀巨伯，到远方看望生病的朋友，正好碰上胡人来攻城，这时全城的人都逃走了，友人劝说他赶快逃走，荀巨伯不肯。他情愿冒着生命危险也要保护生病的朋友，这是一种建立在道义基础上的患难之交，它不会因富贵贫贱而改变，也不会因生死祸福而放弃。这种"舍生取义"的壮举，甚至感动了敌人，胡人自惭地说："我们这些无义的人，竟然攻入了一个讲究道义的国家。"于是引军而退，全城因此得以保全。这则故事告诉了我们患难见真情的可贵，也告诉我们一个交友的准则。坚守信义，对友忠诚，最值得敬仰。

三、趣味故事

宴桃园豪杰三结义

东汉末年，黄巾起义，朝廷无力镇压，只好号召天下英雄起兵"勤王"。刘焉出榜招募义兵。榜文行到涿县，引出涿县中一个英雄。那人不甚好读书；性宽和，寡言语，喜怒不形于色；素有大志，专好结交天下豪杰；生得身长七尺五寸，两耳垂肩，双手过膝，目能自顾其耳，面如冠玉，唇若涂脂；中山靖王刘胜之后，汉景帝阁下玄孙，姓刘名备，字玄德。昔刘胜之子刘贞，汉武时封涿鹿亭侯，后坐酎金失侯，因此遗这一枝在涿县。玄德祖刘雄，父刘弘。弘曾举孝廉，亦尝作吏，早丧。玄德幼孤，事母至孝；家贫，贩屦织席为业。家住本县楼桑村。其家之东南，有一大桑树，高五丈余，遥望之，童童如车盖。相者云："此家必出贵人。"玄德幼时，与乡中小儿戏于树下，曰："我为天子，当乘此车盖。"叔父刘元起奇其言，曰："此儿非常人也！"因见玄德家贫，常资给之。年十五岁，母使游学，尝师事郑玄、卢植，与公孙瓒等为友。及刘焉发榜招军时，玄德年已二十八岁矣。当日见了榜文，慨然长叹。随后一人厉声言曰："大丈夫不与国家出力，何故长叹？"玄德回视其人，身长八尺，豹头环眼，燕颔虎须，声若巨雷，势如奔马。玄德见他形貌异常，问其姓名。

其人曰："某姓张名飞，字翼德。世居涿郡，颇有庄田，卖酒屠猪，专好结交天下豪杰。恰才见公看榜而叹，故此相问。"玄德曰："我本汉室宗亲，姓刘，名备。今闻黄巾倡乱，有志欲破贼安民，恨力不能，故长叹耳。"飞曰："吾颇有资财，当招募乡勇，与公同举大事，如何。"玄德甚喜，遂与同入村店中饮酒。正饮间，见一大汉，推着一辆车子，到店门首歇了，入店坐下，便唤酒保："快斟酒来吃，我待赶入城去投军。"玄德看其人：身长九尺，髯长二尺；面如重枣，唇若涂脂；丹凤眼，卧蚕眉，相貌堂堂，威风凛凛。玄德就邀他同坐，叩其姓名。其人曰："吾姓关名羽，字长生，后改云长，河东解良人也。因本处势豪倚势凌人，被吾杀了，逃难江湖，五六年矣。今闻此处招军破贼，特来应募。"玄德遂以己志告之，云长大喜。同到张飞庄上，共议大事。飞曰："吾庄后有一桃园，花开正盛；明日当于园中祭告天地，我三人结为兄弟，协力同心，然后可图大事。"玄德、云长齐声应曰："如此甚好。"

次日，于桃园中，备下乌牛白马祭礼等项，三人焚香再拜而说誓曰："念刘备、关羽、张飞，虽然异姓，既结为兄弟，则同心协力，救困扶危；上报国家，下安黎庶。不求同年同月同日生，只愿同年同月同日死。皇天后土，实鉴此心，背义忘恩，天人共戮！"誓毕，拜玄德为兄，关羽次之，张飞为弟。

桃园三结义的故事脍炙人口，流传千古，到现在读起来还让人热血沸腾。刘关张三人都是素有大志，想要"上报国家，下安黎庶"，因而见到刘焉招募义兵的榜文后，一见如故，结为兄弟，共图大事。在一个桃花盛开的日子，三人在张飞的庄园里，备下乌牛白马，祭告天地，不愿同年同月同日生，只愿同年同月同日死。从此兄弟三人同心协力，生死与共，干下一番惊天动地的事业。刘备白手起家，靠着兄弟们的扶持，在群雄并起的局面下开创出一片基业，建立蜀国。后来，关羽被孙权所害，刘备张飞仓促起兵沿长江东下复仇。张飞报仇心切，饮酒之后暴打部下，被手下人杀害。刘备听说，又气又急，病倒不治。虽然三人救民于水火、报效国家的壮志没有完全实现，但是他们协力同心、救困扶危的大仁大义，感动和激励了千百年来无数的后人。

四、古为今用

情谊比天高

《亮剑》是一部战争艺术和传奇色彩融会贯通的主旋律影视作品。剧中，爱国精神与英雄主义、铁血丹心与人世常情、斗智与斗勇、友情与爱情交相辉映。令人深受感动的并不是一波三折、跌宕起伏的剧情刻画，也不是气势磅礴、恢宏壮观的场景描写，而是栩栩如生、入木三分的人物塑造，特别是对剧中灵魂人物李云龙那细腻而逼真的刻画。《亮剑》中，最看重的就是兄弟情义。作为团队的灵魂，李云龙对兄弟的情义可谓义薄云天。

在青云岭一战中，李云龙率领新一团击溃了坂田联队，获得了空前的胜利。但是，在反突围的过程中，一营长张大彪中弹无法突围。在得知这个消息后，李云龙不顾个人安危，毅然决然的去救回了张大彪，背着张大彪的李云龙带着战士们终于突出了重围。作为一手带起来的兄弟，李云龙视如手足。他的部队不允许放弃一个兄弟，更何况是跟着自己出生入死的一排长呢。张大彪深知李云龙的秉性，只有奋勇杀敌才能对得起团长的情义。人生活在这个世界上，最需要的就是像他们俩这样的知己，即使再难再危险希望再渺茫，都不会轻易放弃对方。我们生活的社会里，尽管这样的真情很多，但是也有人被物欲扭曲了灵魂，可以有福同享，却不能有难同担；可以同甘却不能共苦；可以相互吹捧，却不会相互提携。《亮剑》中这种患难之中的感情，正是我们殷切盼望并应发扬光大的真情。

五、知识链接

罗贯中与《三国演义》

罗贯中（约 1330—1400），名本，字贯中，号湖海散人，山西太原人。元末明初小说家、戏曲家，写中国章回小说的鼻祖。罗贯中早年随父到苏州、杭州一带经商，后来到起义军首领张士诚属下做幕宾，失望而去。五十余岁再回杭州，写下大量文学作品。如《隋唐两朝志传》《残唐五代十演义》《三遂平妖传》《宋太祖龙虎风云会》等，还和施耐庵合写了《水浒传》，最著名的当属《三国志通俗演义》了。

《三国志通俗演义》又名《三国演义》，是我国第一部长篇章回小说，是中国历史演义小说的经典和范本。小说描写了公元 3 世纪左右，以曹操刘备孙权为首的三个政治军事集团之间的矛盾和斗争。东汉末年，汉室衰颓，黄巾起义，各路英雄趁机发展各自势力。曹操挟天子以令诸侯，统一北方，实力最强。赤壁之战，孙刘联军大败曹操，形成了天下三足鼎立的局面，是谓魏蜀吴三国。后曹操死，他的儿子曹丕继位，他派手下大将司马懿父子一统天下，司马懿的儿子司马昭却篡权夺国，建立了晋朝。这部小说善于在宏大的背景下，描写一个个波澜起伏、气势磅礴的战争场面，塑造了一大批栩栩如生的人物形象，对后世文学影响深远。

第四章　陌路善意　温情相携

导　读

平凡生活中，总有那么一个时刻，你会在寒冷中与温暖不期而遇；总有那么一个瞬间，你会在绝望中看见一张带笑的脸。这些来自陌路的相携相助，来自一种向上向善的力量，从"仁者爱人"中走来，从"己所不欲，勿施于人"中走来，化为"赠人玫瑰，手留余香"的择善而为。善良有始而无终，谢谢你，陌生人！一个小小的善举，可能就会改变人生。

一、经典阅读

孙叔敖埋蛇

孙叔敖为婴儿之时，尝出游，见两头蛇，杀而埋之，归而泣，忧而不食。母问其故。叔敖对曰："儿闻见两头蛇者必死。向吾见之，恐去而死也。"母曰："蛇今安在？"曰："恐他人又见，杀而埋之矣。"母曰："无忧。吾闻有阴德者①，天报以福②，汝不死电。"及长，为楚令尹③，未治④而国人信其仁⑤也。

（选自《新序》）

【参考注释】

①阴德：指有德于人而不为人所知。

②有阴德者，天报以福：积有阴德的人，上天就会降福于他。这是一种迷信的说法。

③楚令尹：楚国的宰相。令尹：官职名，相当于宰相。

④治：管理，这里指治理国家。

⑤信其仁：信服他的仁慈。

二、鉴赏指津

孙叔敖幼年时候，有一次在游玩时，看见一条长着两个头的蛇，因担心别人再看见它会与自己一样产生不祥的感觉，于是就把它杀掉并埋起来了。母亲的话可以说是对小小的孙叔敖有一种极大的安慰与引导："你有德于人而不为人所知，上天定会降福于你的。"等到孙叔敖长大成人后，做了楚国的令尹，还未上任，人们就已都相信他是个仁爱的人了。

其实，年幼的孙叔敖便是一个极富有爱心的孩子，他已懂得"己所不欲，勿施于人"中所蕴含的仁爱与善意，宁愿自己吃些亏，也事事为他人着想。这种陌路友善其实就是根植于内心的修养。那些修养已经在他的体内生根发芽了，虽不会时时刻刻感受到它的存在，但它已经变成了一种自然反应，就像呼吸一样。"老吾老以及人之老，幼吾幼以及人之幼"，以善良为基点，站在换位考量的视角，用一种智慧和修为，懂得推己及人，顾及别人的感受，这才是真正的与人为善。

三、趣味故事

王羲之助人卖扇

王羲之是东晋著名的书法家，他的书法天下闻名，但是他有一个特点，就是不肯轻易给人写字。

有一天，王羲之在路上遇见了一位贫苦的老婆婆在集市上卖扇子，集市上虽有很多人来来往往，却没有什么人愿意去买扇子。天气很热，老婆婆看起来又累又饿，声音越来越嘶哑，王羲之看着老婆婆怪可怜的，就上前问道："老婆婆，这扇子多少文钱一把？"老婆婆见有人问价，连忙说："十文钱一把，少给几文也行。"王羲之想了想，走到一家店里借了一支毛笔，走过来说："老婆婆，你把扇子拿过来。"老婆婆并不认识王羲之，还以为王羲之要买，特别高兴，赶紧拿了一把送过去。王羲之说："全都拿给我吧。"老婆婆更高兴了，马上把扇子全抱了过去。

王羲之拿起扇子，一把一把地开始写上字，老婆婆一看，可急了，说："哎呀，你要买就买，不买就走，你怎么在这扇子上乱涂乱画呢？我还要靠这扇子过生活呢！"王羲之不慌不忙地说："老婆婆，你只管放心，这扇子你拿到街上去卖，一百文钱一把，少一文也不卖。"老婆婆不认识王羲之，见他这样热心，只好半信半疑地照他的话做了。一个过路人上前拿起扇子打开一看："呀！有大书法家王羲之的亲笔题字。"他惊喜万分。过路的人一听说扇子上有大书法家王羲之的亲笔题字，大家就像争宝似的，把扇子一抢而空。

最后，老婆婆卖了很多钱，对王羲之的陌路相助感激不已。

（故事来源于百度）

四、古为今用

世界很冷，但总有人让我们感到温暖与善意

生活不易，人生无常，人难免会遇到各种伤心失望。好在，有一些善良的人，能够让我们感受到这个世界的暖。

2016 年 8 月，李女士在媒体面前号啕大哭："如果没有好心的滴滴司机周师傅，我丈夫可能都见不到故乡最后一眼了。"

李女士的丈夫只剩下两天的生命，弥留之际，他想回到自己的家乡。

要有司机将他们从医院送到机场，又从机场送往高铁站，然而，由于生命垂危，飞机、高铁均不建议他们搭乘。希望渺茫之间，李女士拨通了周师傅的电话。

"我没有选择，因为我是他们唯一的选择。"这是一场事关生死的接力赛，周师傅慷慨地答应下来，与自己的一位好兄弟踏上了这长达 3000 公里的里程。

这一路，途经渝、川、甘、新四个省市自治区，飞滚的车轮，要踏过十余条不同的高速线路。从长江到黄河，从人口稠密的都市再到野旷星垂的雪山。日夜兼程，他们轮班开车，没时间吃饭时，就在服务区买零食充饥。

从出发地重庆到病人的家乡乌鲁木齐坐火车要 48 小时，周师傅用 30 个小时便赶到了乌鲁木齐。到了乌鲁木齐，病人的亲人感激不尽，当场要下跪感谢。周师傅却让他们赶紧去照顾病人。这一单，他们一分钱都没有赚。

"我的选择改变不了结局，但或许能改变他们的人生回忆。"周师傅说。

人与人之间的交集，可以轻如鸿毛，也可以刻骨铭心。

正是这力所能及的善举，为这个世界增添了不一样的光彩。

（来源于大众网）

五、知识链接

了不起的水利天才——孙叔敖

《孟子·告子·下》中说："舜发于畎亩之中,傅说举于版筑之间,胶鬲举于鱼盐之中,管夷吾举于士,孙叔敖举于海……然后知生于忧患而死于安乐也"。在人们的印象中,孙叔敖是一位治国、军事能才,后官拜令尹(宰相),辅佐庄王独霸南方,使楚国取得霸业。殊不知,他竟然还是一位水利天才。

在担任楚令尹之前,孙叔敖就"决期思之水而灌雩娄之野",兴建了一项引水灌溉工程,史称"期思雩娄灌区"。该工程应为引今淮河支流白露河、灌河,灌溉下游的平原地区,工程和灌区应是位于今河南淮滨、固始、商城一带。期思雩娄灌区的兴建,展示了孙叔敖的工程才能,引起了庄王的注意,这为他进入朝廷从政奠定了基础。

他担任楚国令尹之后,于庄王十六年(前592),又主持了一项大的工程——筑沂城。据《左传·宣公十一年》记载,孙叔敖主持修筑沂城时,"量功命日,分财用,平板干,称畚筑,程土物,议远迩,略基趾,具糇粮,度有司。事三旬而成,不愆于素"。他综合制定了施工规划,准确计算并合理分配了工程量,准备了充足的物资、粮食,配备各类施工及管理人员,在短短3个月时间里,就完成了一项浩大的筑城任务。说他是堤防、堤垸修筑的鼻祖,并不为过。

在他担任令尹期间,楚国东扩,急需保边安民,发展生产,增强国力。楚国东境,淮河以南今寿春一带,是非常适合粮食生产的地区,这里的农业生产,对于国家百姓的生活与军粮的供应,起着重要作用。为此,他利用这里天然的洼地,筑堤蓄水,开渠引水,自流灌溉,并引导百姓开发稻田。芍陂一经兴建,便使楚国经济迅速发展,出现了"家富人喜,优赡乐业,丰年蓄庶"的景象。

孙叔敖采取这种"以蓄为主"的方式,还修建了水门塘、云梦泽等水利工程，这些都不同程度地促进了楚国农业生产的发展，为楚国的强盛奠定了基础。

可见，在整个春秋战国时期，楚人中如此擅长大型土木水利工程、擅长工程施工规划与管理者，更无他人。

第五章　化敌为友　恕以待人

导　读

　　儒家讲求"仁爱待人"，此处的"人"，不仅是亲人、朋友，还包括了敌人。有人曾说，与其担心可怕的潜在敌人，倒不如想办法化敌为友。世界上最强大的不是坚船利炮，而是一颗友善的心，因为它能使人体会到尊重和温暖，能使对方的敌意渐渐消释。在生活中，多一些宽容、友善，公开的对手或许就会转变为我们的朋友，因为没有人会拒绝友善所带来的温暖。

一、经典阅读

　　既罢，归国，以相如功大，拜为上卿，位在廉颇之右①。廉颇曰："我为赵将，有攻城野战之大功，而蔺相如徒以口舌为劳，而位居我上。且相如素贱人②，吾羞，不忍为之下。"宣言曰③："我见相如，必辱之。"相如闻，不肯与会。相如每朝时，常称病，不欲与廉颇争列④。已而相如出，望见廉颇，相如引车避匿⑤。于是舍人相与谏曰："臣所以去亲戚而事君者，徒慕君之高义也。今君与廉颇同列，廉君宣恶言，而君畏匿之，恐惧殊甚。且庸人尚羞之，况于将相乎！臣等不肖⑥，请辞去。"蔺相如固止之，曰："公之视廉将军孰与秦王⑦？"曰："不若也。"相如曰："夫以秦王之威，而相如廷叱之，辱其群臣。

相如虽驽⑧，独畏廉将军哉？顾吾念之⑨，强秦之所以不敢加兵于赵者，徒以吾两人在也。今两虎共斗，其势不俱生。吾所以为此者，以先国家之急而后私仇也。"廉颇闻之，肉袒负荆⑩，因⑪宾客至蔺相如门谢罪，曰："鄙贱之人，不知将军宽之至此也！"卒相与欢，为刎颈之交⑫。

（来源《司马迁·史记·廉颇蔺相如列传》，中华书局，2014 年版

【参考注释】

①右：秦汉以前以右为上。

②贱：指出身低贱。

③宣言：扬言。

④争列：争位次的排列。

⑤引车：把车掉转方向。引：退。

⑥不肖：不贤，没出息。

⑦孰与：何如。这句的意思是，"你们看廉将军比秦王怎么样"。

⑧驽：劣马。常喻人之蠢笨。

⑨顾：但。

⑩负荆：身背荆条，表示愿受责罚。

⑪因：依靠，通过。

⑫刎颈之交：誓同生死的好朋友。

二、鉴赏指津

《将相和》这个故事很多人都耳熟能详，它说的是战国时期赵国的事情。文臣蔺相如出使秦国，使得完璧归赵。在渑池会上，他又机智勇敢地使赵王免受秦王的羞辱。于是赵王提拔蔺相如为右上卿，官位在武将廉颇之上。老将廉颇自认军功了得，总是不服气，扬言如果见到蔺相如一定要给他难堪。蔺相如于是称病不上朝，以免见到廉颇。外人都以为蔺相如是害怕廉颇，其实不然。蔺相如是为了赵国的国家利益，认为将相不和会给秦国可乘之机。

203

廉颇知道真相之后，主动负荆请罪，从此两人成为生死之交，共同保卫赵国。蔺相如的忍让、友善，不是懦弱，而是为了国家利益，团结同僚，共同对敌。"一滴蜂蜜要比一加仑的胆汁，招引更多苍蝇。"当我们要促成他人与自己的意见一致时，不要忘记从友善的方式开始。

三、趣味故事

七擒孟获

孔明大败南蛮的三洞元帅后，又布下伏兵，让王平、关索诱敌。二人假装战败，引南蛮王孟获入峡谷，再由张嶷、张翼两路追赶，王平、关索回马夹攻。孟获抵挡不住，被魏延生擒活捉。但是孟获不服气，说："我自己不小心，中了你的计，怎么能叫人心服？"诸葛亮也不勉强他，爽朗地放他回去了。

孟获被释放以后，由于他本是一个有勇无谋的人，不是诸葛亮的对手，又乖乖地被活捉了第二次。孟获还是不服气，说什么胜败乃兵家常事，回去要与孔明再战，若再被擒才服。孔明听后爽朗地大笑说："那你准备好了再来吧！"便放他回去了。

孟获对弟弟孟优说，我们已知蜀军军情，你领百余精兵去向孔明献宝，借机杀了孔明。孔明问马谡是否知道孟获的阴谋，马谡笑着将孟获的阴谋写于纸上。孔明看后大笑，命人在酒内下药，让孟优等蛮人吃喝。

当夜，孟获带3万兵冲入军中要捉孔明，进帐后才知上了当，孟优等蛮兵全部烂醉如泥。魏延、王平、赵云又兵分三路杀来，蛮兵大败，孟获一人逃往泸水。孟获在泸水被马岱扮成蛮兵的士兵截获，押见孔明。孟获说这次是弟弟孟优饮酒误事，仍不服气。于是孔明第3次放了他。

孟获为了报仇，借了十万牌刀獠丁军来战蜀兵。孟获穿犀皮甲，骑赤毛牛。牌丁兵赤身裸体，涂着鬼脸，披头散发，像野人般朝蜀营扑来。孔明却下令关闭寨门不战，等待时机。等到蛮兵威势已减，孔明出奇兵夹击，孟获大败，逃到一棵树下，见孔明坐在车上，冲过去便要捉拿，不料却掉入陷坑里反被擒获。孟获仍然不服，孔明又一次放他回去。

孟获躲入秃龙洞求援，银冶洞洞主杨锋感激日前孔明不杀其族人之恩，在秃龙洞捉了孟获，送给孔明。孟获当然不服，要再与孔明于银坑洞决战，孔明又放了他。

孟获在银坑洞召集千余人，又叫其妻弟去请能驱赶毒蛇猛兽的木鹿大王助战，正在安排要与蜀军决战之时，蜀军已到洞前。孟获大惊，妻子祝融氏便领兵出战。

祝融氏用飞刀伤了蜀将张嶷，将其活捉了去，又用绊马索绊倒马忠一起捉了回去。第二天，孔明也用计捉了祝融氏，用她换回了张嶷、马忠二将。孟获要木鹿大王出战。木鹿骑着白象，口念咒语，手里摇着铃铛，赶着一群毒蛇猛兽向蜀军走去。孔明取出早已准备好的木制巨兽，口里喷火，鼻里冒烟，吓退了蛮兵的怪兽，占了孟获的银坑洞。

次日，孔明正要分兵缉擒孟获时，忽然得报，说孟获的妻弟将孟获带往孔明寨中投降。孔明知道是假降，喝令军士将他们全部拿下，并搜出他们每个人身上的兵器。孟获不服，说假如能擒他七次，他才真服。孔明于是又放了他。

孟获又请来兀突骨带领的乌戈国藤甲军，与孔明决战。孔明用油车火药烧死了无数蛮兵，孟获第七次被擒，才真心投降。到了孟获第七次被捉的时候，他打心底里敬服孔明。从那以后，他不敢再反了。孟获回去以后，还说服各部落全部投降，南中地区就重新归蜀汉控制了。至此，孟获已被诸葛亮活捉七次。

诸葛亮七擒孟获，一擒于白崖，二擒于邓赊豪猪洞，三擒于佛光寨，四擒于治渠山，五擒于爱甸，六擒于怒江边，七以火攻，擒于山谷。虽七擒，但真正让孟获服输，不再为敌的却是诸葛亮的友善，这是智慧，让人真正地心悦诚服。

（故事出自《三国演义》）

四、古为今用

安危与共　风雨同舟——周恩来与张冲化敌为友的传奇人生

周恩来一生的朋友遍天下，他与张冲的关系，可以说是最具传奇色彩的。

张冲，字淮南，浙江乐清人，生于 1904 年 2 月。1930 年初，张冲担任国民党"中统"的前身中央组织部党务调查科总干事，是这个特务机构的二号人物。

1931 年 4 月下旬，中共中央的叛徒顾顺章供出了中共中央机关的地址，还供出了周恩来等中共领导人的活动方式和经常藏身的地方。当时，张冲奉命立即赶往上海搜捕，准备把共产党中央一网打尽。幸亏国民党中统调查科主任徐恩曾的机要秘书钱壮飞是中共秘密党员，他截获这个秘密情报后，抢先一步通知了中共中央。周恩来得知这一紧急情况后，立即与陈云商讨对策，并在聂荣臻、陈赓、李克农、李强等人协助下，神速、果断、干净利落地处置了一切，使张冲处处落空，没抓到一个人。

组织上消灭不了，就要设法在舆论上搞臭。于是，张冲又生一计，1932 年 2 月，他和国民党中央调查科驻沪调查员黄凯合谋，炮制了一个所谓"伍豪等 243 人脱离共党启事"，在上海《时报》《新闻报》《申报》《时事新报》等报纸上相继刊出，企图用这个谣言制造"骨牌效应"，诱使意志不坚定的共产党员叛变。

其实，周恩来当时并不在上海，他早在 2 个多月前就已机敏地摆脱敌人追捕，到了江西苏区。所以，中共上海地下党立即识破了阴谋，及时给予反击，在《申报》上迅速做出辟谣举措，张冲的阴谋没能得逞。中共中央 1932 年在 2 月下旬，还以中华苏维埃临时中央政府主席毛泽东的名义发布公告，揭露此事"纯系国民党的谣言"，为周恩来做出公开澄清。

1935 年 11 月，张冲当选为国民党中央执行委员。"西安事变"后，张冲更是受到蒋介石的重用，奉派到西安与中共代表周恩来进行谈判，由此开始了与周恩来之间的直接交往。周恩来曾说："我认识淮南先生甚晚，"西安事变"后，始相往来，然自相识之日始，直到临终前四日，我与淮南先生往来何止二三百次，有时一日两三见，有时且于一地共起居，而所谈所为辄属于团结御侮。"从西安开始，到杭州、庐山和南京等地，张冲和周恩来前后进行了五轮谈判。他陪同周恩来"一登莫干，两至匡庐"，面见蒋介石，为抗日救国大计奔走操劳。他和周恩来虽然政见不同，但为共赴国难，能够摒弃前嫌，求同存异。

周恩来与张冲的性格非常相似，两人都善于辞令，富有外交才能，都是既着眼大局又关注细节的谈判高手，用心缜密，善于借助各种合力来促成谈判。人的性格和品行，智慧和魅力，往往会在激烈冲突的时候，最能毫无遮掩地展现出来，让对手一览无余地看透心底。张冲正是在和周恩来的激烈冲撞与交锋中，逐渐估量对手，认识对手，发现在对手的身上也有着自己所欣赏和认同的品质：为人诚恳谦和，处世认真有信，报国尽忠有恒，谋事才智过人。因此两人一见如故，相见恨晚，建立起了日渐深厚的友谊。

张冲从周恩来的身上感受到了他的人格魅力。所以他后来说："当前日寇侵略日亟，共产党也是有爱国心的，为什么不可以联合起来一致对外？"还说："我深切认识到国共合作则兴，不合则亡。剿共剿了十余年，民力、财力耗尽；村舍为墟，民不聊生；外债高筑，国际地位日落千丈，如再打下去，恐难免被日本蚕食俱尽。我自受命以来，夙夜忧惧，明知接受共产党提出两党合作抗日的主张，会遭到总裁的谴责，但念民族垂危，国将不国，如果有一点机会能挽狂澜于既倒，我当好自为之。至于个人的利害得失，非所计也。"

谈判是妥协的艺术。张冲和周恩来都以国家民族利益为重，竭智尽力调和谈判的条件：有时还设身处地考虑对方的难处，想法提出善意的建议，推进问题的解决。1937年3月1日，张冲曾向周恩来建议，中共可通过蒋经国的关系来做蒋介石的工作。周恩来认为这是个好主意，当天就电告中央，建议从速与共产国际商量，后来协力促成蒋经国回国。

在谈判取得初步成果后，双方对共同宣言的发表方式又产生分歧。张冲提议派遣一个中央视察团，对延安等红军辖区进行调查了解，以此缓解僵局。周恩来赞同此做法，但认为这一个团应改称为考察团，以示平等。经协商认同后，他们精心组织，促成了1937年5月下旬国民党考察团对延安等地的访问。这是国共内战十年后，国民党第一次正式实地考察中共和红军辖区。双方通过增进理解，营造合作氛围，对和谈起到了促进作用，留下了国共关系史上的一段佳话。

（来源于中国共产党新闻网）

五、知识链接

《史记》：史家之绝唱，无韵之《离骚》

《史记》是西汉著名史学家司马迁撰写的一部纪传体史书，是中国历史上第一部纪传体通史，被列为"二十四史"之首，记载了上至上古传说中的黄帝时代，下至汉武帝元狩元年间共3000多年的历史。与后来的《汉书》《后汉书》《三国志》合称"前四史"。

《史记》对后世史学和文学的发展都产生了深远影响。其首创的纪传体编史方法为后来历代"正史"所传承。同时，《史记》还被认为是一部优秀的文学著作，在中国文学史上具有重要地位，被鲁迅誉为"史家之绝唱，无韵之《离骚》"，具有很高的文学价值。刘向等人认为此书"善序事理，辩而不华，质而不俚"。

《史记》全书包括十二本纪（记历代帝王政绩）、三十世家（记诸侯国和汉代诸侯、勋贵兴亡）、七十列传（记重要人物的言行事迹，主要叙人臣，其中最后一篇为自序）、十表（大事年表）、八书（记各种典章制度记礼、乐、音律、历法、天文、封禅、水利、财用），共一百三十篇，五十二万六千五百余字。它包罗万象，而又融会贯通，脉络清晰，"王迹所兴，原始察终，见盛观衰，论考之行"（《太史公自序》），所谓"究天人之际，通古今之变，成一家之言"，详实地记录了上古时期举凡政治、经济、军事、文化等各个方面的发展状况。

但由于司马迁受时代的限制，《史记》也存在某些缺点与不足之处。例如，存在"天命"、灾异和历史循环论的神秘思想的影响。在《六国年表序》论述秦并天下的原因时，指出这是"天所助"的结果。在《天官书》中，记述各种特殊的自然天象时，常常与人事联系在一起，更多地表现了灾异的神秘思想。这些说明《史记》在"究天人之际"时，仍然没有完全摆脱"天人感应"神学思想的影响。

第六章　人道博爱　大善无边

导　读

　　仁者爱人，兼爱天下。无论是先秦的孔孟之道，还是后世的理学之统，都将胸怀万家，心系天下看得极为重要。这是中国从古到今经久流传的美德，是值得我们永远牢记的中华精神。古代的墨家主张兼爱非攻，今天的红十字国际委员会也秉承了这种友善精神，在重大灾害救援、保护生命健康、促进人类和平进步等方面发挥了重要作用。习近平总书记指出："要结合培育和践行社会主义核心价值观，在全社会弘扬人道、博爱、奉献精神，弘扬正能量，引领新风尚。"

一、经典阅读

岳阳楼记

　　庆历四年①春，滕子京谪守巴陵郡。越明年，政通人和，百废具兴。乃重修岳阳楼，增其旧制②，刻唐贤今人诗赋于其上。属予作文以记之。

　　予观夫巴陵胜状，在洞庭一湖。衔远山，吞长江，浩浩汤汤③，横无际涯。朝晖夕阴，气象万千。此则岳阳楼之大观也④，前人之述备矣。然则北通

209

巫峡，南极潇湘，迁客骚人⑤，多会于此，览物之情，得无异乎？

若夫霪雨霏霏⑥，连月不开，阴风怒号，浊浪排空；日星隐曜⑦，山岳潜形⑧；商旅不行⑨，樯倾楫摧⑩；薄暮冥冥，虎啸猿啼。登斯楼也，则有去国怀乡，忧谗畏讥，满目萧然，感极而悲者矣。

至若春和景明，波澜不惊，上下天光，一碧万顷；沙鸥翔集⑪，锦鳞游泳；岸芷汀兰，郁郁青青。而或长烟一空，皓月千里，浮光跃金，静影沉璧⑫，渔歌互答，此乐何极！登斯楼也，则有心旷神怡，宠辱皆忘，把酒临风，其喜洋洋者矣。

嗟夫！予尝求古仁人之心，或异二者之为。何哉？不以物喜，不以己悲；居庙堂之高则忧其民；处江湖之远则忧其君。是进亦忧，退亦忧。然则何时而乐耶？其必曰"先天下之忧而忧，后天下之乐而乐"乎！噫！微斯人，吾谁与归？

时六年九月十五日。

【参考注释】

①庆历四年：公元1044年。庆历，宋仁宗赵祯的年号。本文末句中的"时六年"，指庆历六年（1046），点明作文的时间。

②制：规模。

③浩浩汤（shāng）汤：水波浩荡的样子。汤汤，水流大而急。

④此则岳阳楼之大观也：这就是岳阳楼的雄伟景象。此，这。则，就。大观，雄伟景象。

⑤迁客：谪迁的人，指降职远调的人。骚人：诗人。战国时屈原作《离骚》，因此后人也称诗人为骚人。

⑥若夫：用在一段话的开头以引起下文。下文的"至若"，同此。"若夫"近似"像那"。"至若"近似"至于"。霪雨，连绵不断的雨。霏霏，雨或雪（繁密）的样子。

⑦日星隐曜：太阳和星星隐藏起光辉。曜（不为耀，古文中以此曜做日光），光辉，日光。

⑧山岳潜形：山岳隐没了形体。岳，高大的山。潜，隐没。形，形迹。

⑨行：走，此指前行。

⑩樯（qiáng）倾楫（jí）摧：桅杆倒下，船桨折断。樯，桅杆。楫，船桨。倾，倒下。摧，折断。

⑪沙鸥翔集，锦鳞游泳：沙鸥时而飞翔，时而停歇，美丽的鱼在水中游来游去。沙鸥，沙洲上的鸥鸟。翔集，时而飞翔，时而停歇。集，栖止，鸟停息在树上。锦鳞，指美丽的鱼。鳞，代指鱼。游泳，或浮或沉。游，贴着水面游。泳，潜入水里游。

⑫静影沉璧：湖水平静时，明月映入水中，好似沉下一块玉璧。这里是写无风时水中的月影。璧，圆形正中有孔的玉。沉璧，像沉入水中的璧玉。

二、鉴赏指津

庆历六年六月（1046 年 6 月），范仲淹在邓州的花洲书院里挥毫撰写了著名的《岳阳楼记》。本文除了对岳阳楼"衔远山，吞长江，浩浩汤汤，横无际涯。朝晖夕阴，气象万千"的壮丽景象进行了尽致描绘外，更重要的是表现了作者虽身居江湖，却仍旧心忧天下，虽遭迫害，却仍不放弃理想的顽强意志，同时，也有对被贬战友的鼓励和安慰。《岳阳楼记》之所以出名，除了范文正公高超的记叙技巧外，更是因为它崇高的思想境界。和范仲淹同时的另一位文学家欧阳修在为他写的碑文中说，他从小就有志于天下，常自诵曰："士当先天下之忧而忧，后天下之乐而乐也。"可见《岳阳楼记》末尾所说的"先天下之忧而忧，后天下之乐而乐"是范仲淹一生行为的准则。他倡导的先忧后乐思想和仁人志士节操，是中华文明史上闪烁异彩的精神财富，朱熹称他为"有史以来天地间第一流人物"。孟子说的"穷则独善其身，达则兼善天下"，这已成为封建时代许多士大夫的信条。范仲淹写这篇文章的时候正值贬官在外，"处江湖之远"，本来可以采取独善其身的态度，落得清闲快乐，但他提出正直的士大夫应立身行一的准则，认为个人的荣辱升迁应置之度外，"不以物喜，不以己悲"，要"先天下之忧而忧，后天下之乐而乐"，要时刻心里放下天下人，要关注到天下人的忧患喜乐，这是难能可贵的，这种友善对天下人的精神值得后世每一个人学习，胸怀万家，友善天下，范仲淹的《岳阳楼记》即使在今天，也充满了人性的光辉。

三、趣味故事

开仓赈灾 心怀黎民

有一位姓何的老妇人，因为儿子做了官，人们都尊称她"太夫人"。

何太夫人是广东连平州人，儿子颜希深被任命为山东平度州知州时，太夫人就跟随儿子到了山东任所。没过多久，颜希深被请到省城济南协助办理某件案子，不巧的是，突然天降大雨，一直下了七天七夜，于是引起山洪暴发，平度顿时成为一片泽国。城中居民纷纷涌上城头，哭声震天。

太夫人立即命令打开粮仓赈济饥民。衙门里大大小小的吏役、职员们都纷纷劝谏道："万万不可！这是大事，必须立即详细奏明皇上，待皇上批准后才能办理。否则擅自开仓放粮，可是个重大的罪名，必将受到严厉惩处呢！希望太夫人三思。"太夫人却坚定地说："这都什么时候了，怎能再拘泥于法令条文，平度距省城五六百里，距离京城则更远。等到申文请示并得到批准，数十万灾民早已全都变成饿殍了！你们大家不必害怕，赶快打开粮仓，解救老百姓的倒悬之苦。至于我儿子的功名富贵则根本不用考虑，有什么罪责，全都由我与我儿子承当。即使奉旨抄家，用我们家的全部资产抵偿，也差不了多少，绝不会连累诸位的。"说完，她把自己的发簪、耳环等全部摘下来，换成钱买了米，连同官库中的粮食，都运到城头，当场发放。

水灾过后，山东巡抚果然上疏弹劾颜希深擅自开仓赈灾。但何氏夫人救活平度数十万灾民的信息早已传至北京城。乾隆帝看了奏章后说："有如此贤明的母亲，有如此实心实意为老百姓办事的官员，不保举不推荐，却反而弹劾，如何劝勉各级官员，如何抑恶扬善？"于是他立即提拔颜希深为山东泰安知府，何氏夫人则赏赐三品封衔。颜希深即将离开平度的时候，平度百姓闻讯，纷纷凑钱买米买麦，以弥补国库中因赈灾而用掉的粮食，一天之中，竟然就把所有的亏空给补足了。

何太夫人出身于书香门第，秉性慈惠，知书达理，嫁与颜氏后因家庭困难，常以种桑织麻供儿子读书。颜希深聪明好学，自幼受何氏教育，德才兼备。泰安知府任满，他又先后在福建、江西、河南等地任职，都颇有政绩。颜希深晚年担任湖南巡抚、贵州巡抚，成了坐镇一方的封疆大吏。

（来源于临沂新闻网）

四、古为今用

习近平总书记指出："红十字不仅是一种精神，更是一面旗帜，跨越国界、种族、信仰，引领着世界范围内的人道主义活动。人道主义事业是全人类共同的事业，相信红十字精神将不断发扬光大。"中南大学第二附属中学非常重视对红十字精神的传播和弘扬，努力打造"国学经典教育和弘扬红十字精神"两个校园文化特色，并将继承、发扬中华传统优秀文化与传播、弘扬红十字精神有机地结合起来，让其相辅相成，扬国学之帆，起博爱之航，实现教育的大爱。

学校启动了作为湖南省红十字会的第一个"博爱校园"项目，组织开展了"扶贫支教、志愿服务、爱心义卖、社区陪伴、救护培训"等一系列红十字活动。广大师生通过这些活对"人人可公益"的文明风尚进行了广泛认知，目前在全校范围内"人人可善举"的良好习惯已逐步养成，"人道、博爱、奉献"的红十字精神不断深入人心。

（来源于中国文明网）

五、知识链接

"先忧后乐"的范仲淹

范仲淹,字希文,谥文正,亦称范履霜,苏州吴县人。皇祐四年五月二十日(1052 年 6 月 19 日)病逝于徐州,终年 64 岁。死后谥号文正,史称范文正公。

范仲淹和包拯同朝,为北宋名臣,政治家、军事家、文学家、思想家,祖籍邠州(今陕西省彬县),后迁居苏州吴县(今江苏省吴县)。他为政清廉,体恤民情,刚直不阿,力主改革,是北宋诗文革新运动的先驱。所做的文章富有政治内容,文辞优美,气度豁达。

范仲淹少年时家贫但好学,当秀才时就常以天下为己任,有敢言之名。曾多次上书批评当时的宰相,因而三次被贬。宋仁宗时官至参知政事,相当于副宰相。元昊反,以龙图阁直学士与夏竦经略陕西,号令严明,夏人不敢犯,羌人称为龙图老子,夏人称为小范老子。宋仁宗庆历三年(1043)范仲淹对当时的朝政的弊病极为痛心,提出"十事疏",主张建立严密的仕官制度,注意农桑,整顿武备,推行法制,减轻徭役。宋仁宗采纳了他的建议,陆续推行,史称"庆历新政"。可惜不久因为保守派的反对而不能实现,他也因此被贬至陕西四路宣抚使,后来在赴颍州途中病死,卒谥文正,有《范文正公集》传世。

范仲淹不仅是北宋著名的政治家和统帅,也是一位卓越的文学家和教育家。他喜好弹琴,却在平日只弹履霜一曲,故时人称之为"范履霜"。他工于诗词散文,所作的文章富有政治内容,文辞秀美,气度豁达。他的《岳阳楼记》一文中的"先天下之忧而忧,后天下之乐而乐"两句,是为千古佳句,抒发了他以天下为己任的抱负,也是他一生爱国情怀的写照。他倡导的先忧后乐思想和仁人志士节操,是中华文明史上闪灼异彩的精神财富:朱熹称他为"有史以来天地间第一流人物"。

(来源于《山西日报》)

第七章　草木虫鱼　爱泽万物

导　读

　　世间多是人与人之间的友善之光，史海浮沉，俯拾即是，但是友善难道只会存在于人与人之间吗？人与自然界有没有友善呢？有没有友好和平地相处呢？自然界草木虫鱼诸般动植物，他们之间有没有友善呢？人是万物之灵长，动物与动物之间是否也有像人一样的友情、友爱呢？人只是生活在自然界中的一员，须知人类不是主人，不可盲目索取，自然可以养育我们，我们若是一味索取而不知友善地对待大自然，那么大自然的报复也是倏忽即来的。只有人与自然和谐友善相处，大自然才能持续养育人类，人类才能持续生存发展。

一、经典阅读

归去来兮辞

　　归去来兮，田园将芜胡不归？既自以心为形役①，奚惆怅而独悲②？悟已往之不谏③，知来者之可追。实迷途其未远，觉今是而昨非。舟遥遥以轻飏④，风飘飘而吹衣。问征夫以前路，恨晨光之熹微。

215

乃瞻衡宇，载欣载奔⑤。僮仆欢迎，稚子候门。三径就荒，松菊犹存。携幼入室，有酒盈樽⑥。引⑦壶觞以自酌，眄庭柯以怡颜。倚南窗以寄傲⑧，审容膝之易安⑨。园日涉以成趣⑩，门虽设而常关。策扶老以流憩⑪，时矫首而遐观⑫。云无心以出岫⑬，鸟倦飞而知还。景翳翳以将入⑭，抚孤松而盘桓⑮。

归去来兮，请息交以绝游⑯。世与我而相违⑰，复驾言兮焉求？悦亲戚之情话⑱，乐琴书以消忧。农人告余以春及，将有事于西畴⑲。或命巾车⑳，或棹孤舟。既窈窕以寻壑㉑，亦崎岖而经丘。木欣欣以向荣，泉涓涓而始流。善万物之得时，感吾生之行休㉒。

已矣乎！寓形宇内复几时。曷不委心任去留㉓？胡为乎遑遑欲何之？富贵非吾愿，帝乡不可期㉔。怀良辰以孤往，或植杖而耘耔㉕。登东皋以舒啸㉖，临清流而赋诗。聊乘化以归尽，乐夫天命复奚疑㉗！

（来源陶渊明，《陶渊明集》，逯钦立校注，中华书局，1979 年版．）

【参考注释】

①既自以心为形役：让心神为形体所役使。意思是本心不愿出仕，但为了免于饥寒，违背本意做了官。心，意愿。形，形体，指身体。役，奴役。既，表示动作、行为已经完成，此处可做"曾经"解。

②奚惆怅而独悲：为什么悲愁失意。奚，何，为什么。惆怅，失意的样子。

③悟已往之不谏：认识到过去的错误（指出仕）已经不可挽回。谏，谏止，劝止。

④舟遥遥以轻飏（yáng）：船在水面上轻轻地飘荡着前进。遥遥，飘摇放流的样子。以，表修饰。飏，飞扬，形容船行驶轻快。

⑤乃瞻衡宇：刚刚看见了自家的房子。乃，于是、然后。瞻，远望。衡宇，横木为门的房屋，指简陋的房屋。衡，通"横"。宇，屋檐，这里指居处。

载（zài）欣载奔：一边高兴，一边奔跑。

⑥盈樽：满杯。

⑦引：拿来。觞（shāng）。眄（miǎn）庭柯以怡颜：看看院子里的树木，觉得很愉快。眄，斜看。这里是"随便看看"的意思。柯，树枝。以：为了。

怡颜，使面容现出愉快神色。

⑧寄傲：寄托傲然自得的心情。傲，指傲世。

⑨审容膝之易安：觉得住在简陋的小屋里也非常舒服。审，觉察。容膝，只能容下双膝的小屋，极言其狭小。

⑩园日涉以成趣：天天到园里行走，自成一种乐趣。涉，涉足，走到。

⑪策扶老以流憩（qì）：拄着拐杖出去走走，随时随地休息。策，拄着。扶老，手杖。憩，休息。流憩，游息，就是没有固定的地方，到处走走歇歇。

⑫时矫首而遐观：时时抬起头向远处望望。矫，举。遐，远。

⑬云无心以出岫（xiù）：云气自然而然地从山里冒出。无心，无意地。岫，有洞穴的山，这里泛指山峰。

⑭景翳（yì）翳以将入：阳光黯淡，太阳快落下去了。景，日光。翳翳，阴暗的样子。

⑮抚孤松而盘桓：手扶孤松徘徊。盘桓：盘旋，徘徊，留恋不去。

⑯请息交以绝游：息交，停止与人交往断绝交游。意思是不再同官场有任何瓜葛。

⑰世与我而相违，复驾言兮焉求：世事与我所想的相违背，还能努力探求什么呢？驾，驾车，这里指驾车出游去追求想要的东西。言，助词。

⑱情话：知心话。

⑲将有事于西畴：西边田野里要开始耕种了。有事，指耕种之事。事，这里指农事。畴，田地。

⑳或命巾车：有时叫上一辆有帷的小车。巾车，有车帷的小车。或，有时。

㉑既窈窕以寻壑：经过幽深曲折的山谷。窈窕，幽深曲折的样子。壑，山沟。

㉒善万物之得时，感吾生之行休：羡慕自然界万物一到春天便及时生长茂盛，感叹自己的一生行将结束。善，欢喜，羡慕。行休，行将结束。

㉓寓形宇内复几时，曷（hé）不委心任去留：活在世上能有多久，何不顺从自己的心愿，管它什么生与死呢？寓形，寄生。宇内，天地之间。曷，何。委心，随心所欲。去留，指生死。

㉔帝乡不可期：仙境到不了。帝乡，仙乡，神仙居住的地方。期，希望，企及。

㉕或植杖而耘籽：有时扶着拐杖除草培苗。植，立，扶着。耘，除草。籽，培土。

㉖登东皋(gāo)以舒啸：登上东面的高地放声长啸，皋，高地。啸，撮口发出的长而清越的一种声音。舒，放。

㉗乐夫天命复奚疑：乐安天命，还有什么可疑虑的呢？复：还有。疑：疑虑。

二、鉴赏指津

本文是晋安帝义熙元年(405)作者辞去彭泽令回家时所作，分"序"和"辞"两节，"辞"是一种与"赋"相近的文体名称。"序"说明了自己所以出仕和自免去职的原因。"辞"则抒写了归田的决心、归田时的愉快心情和归田后的乐趣。通过对田园生活的赞美和劳动生活的歌颂，表明他对当时现实政治，尤其是仕宦生活的不满和否定，反映了他蔑视功名利禄的高尚情操，也流露出委运乘化、乐天安命的消极思想。全文语言流畅，音节和谐，感情真实，富有抒情意味。"归去来兮"就是"归去"的意思，"来""兮"都是语气助词。

诗人描写田园快要荒芜了，自己的心灵为形体所役使，为什么如此失意而独自伤悲，为什么不回去呢？船在水上轻轻飘荡，微风吹拂着衣裳。向行人打听前面的路，遗憾的是天亮得太慢。倚着南窗寄托我的傲世之情，深知这狭小之地容易使我心安。每天(独自)在园中散步，成为乐趣，小园的门经常地关闭着；拄着拐杖走走歇歇，时时抬头望着远方(的天空)。白云自然而然地从山峰飘浮而出，倦飞的小鸟也知道飞回巢中；日光暗淡，即将落山，我流连不忍离去，手抚着孤松徘徊不已。

农夫把春天到了的消息告诉了我，将要去西边的田地耕作。有时驾着有布篷的小车，有时划着一条小船，既要探寻那幽深的沟壑，又要走过那高低不平的山丘。树木欣欣向荣，泉水缓缓流动，（我）羡慕万物恰逢繁荣滋长的季节，爱惜那良辰美景我独自去欣赏，要不就扶杖锄草耕种；登上东边山坡我放声长啸，傍着清清的溪流把诗歌吟唱；姑且顺随自然的变化，度到生命的尽头。乐安天命，还有什么可疑虑的呢？

　　诗人通过对身边的自然田园风光的描写，深切地表达了他对自然的喜爱之情，这种喜爱甚至超出了他对仕途的渴望，不断督促他摆脱尘缘回归自然，让身心沉浸在自然风光里。陶渊明可以说是对自然友善的典型代表了，他的自然之道直到现在还在其作品的图卷中闪闪发光。

三、趣味故事

农妇与鹜

　　从前安徽南部有一个农妇，在河边捡柴时，隐隐约约听到了鸟的叫声，细细一辨，好像鸟的呻吟声。农妇循声而去，仔细一看，原来是一只野鸭子。只见它的两只翅膀上血迹斑斑，伤得不轻。农妇小心翼翼地捧着野鸭回到了家，精心照顾着它。大概治疗了十天之后，野鸭伤口已痊愈，而它临去之时，还频频向农妇点头，好像是在感谢。大约过了一个多月，有数十只野鸭来到了农妇的园中栖息，并且每天产很多的蛋，农妇不忍心拿到集市去卖，就孵化了它们，孵出的小鸭成群。到了第二年，农妇家生活因为这些野鸭子越过越好，这大概就是受伤的野鸭报答的结果吧。

　　农妇无疑是一个善良的人，她的善良并不是以图回报为目的的，而是来源于对自然的敬畏，哪怕是一只小小的野鸭子。其实人类不过是众多生物种类中的一种，人类只是自然的一部分，如果我们用博爱与友善的态度与自然相处，那么自然也是我们的朋友。"勿以恶小而为之，勿以善小而不为"，只有人们认识到了与自然友好相处、和谐共生的重要性，才能真正亲近自然，真正找到内心美好的善意。

四、古为今用

湖南环保职责"一规定一办法"发布 环境问题将"终身追责"

2018年3月21日，湖南省环保职责《湖南省环境保护雇主责任规定》和《湖南省重大环境问题（事件）责任追究办法》（以下简称"一规定一办法"）新闻发布会在长沙召开，旨在让各级各部门增进对"一规定一办法"的了解，严格落实生态环境保护的责任。

此次新出台的"一规定一办法"是在2015年试行文件基础上修改而来的。2018年1月30日，湖南省委省政府正式印发新的"一规定一办法"，这是湖南省认真贯彻落实党的十九大精神，坚持以习近平新时代中国特色社会主义思想为指导，在生态文明建设和环境保护工作领域的一项丰硕成果，是进一步强化全省环境保护责任、从经济社会发展各个环节加强全省生态环境保护工作的有力举措。

本次"一规定一办法"明确指出湖南省县级以上党政领导干部对行政区域内环境保护工作承担生态环境保护责任，并将生态环境损害问题纳入终身追责范围。落实了乡镇党政领导干部"网络化"环境监管任务，也将居民生活垃圾、污水处理，畜牧业污染防治，饮用水源和耕地保护纳入乡镇党委工作重点中。

此新版"一规定一办法"实现了党委、政府及（纪检）监察、审判、检察机关共38个省直相关单位环境保护责任的全覆盖。随着《国务院机构改革方案》确立新的"生态环境部"组建，全省环境保护工作职责尚未做出新的调整之前，有的地方、有的部门可能会出现等待观望心理，在履行环保职责上可能会有松懈现象，从而导致环保工作受到影响。各相关部门一定要把思想统一到此次出台的"一规定一办法"上来，切实履行自身环保职责，坚决打好污染防治攻坚战。

首次把纪检监察机关的职责纳入"一规定一办法"引起了媒体极大的兴

穿越时空的价值印记

趣。易忠民表示，"一规定一办法"写入纪检监察机关环境保护职责，这有利于推进生态环境保护领域"党政同责""一岗双责"和"失职追责"，这有利于在全省保障党的生态文明建设各项路线方针政策贯彻落实，纪检监察机关将把加强生态环境保护领域监督执纪问责作为当前监督执纪的重点，以严肃问责倒逼环境保护和生态文明建设责任落实，着力在严格监督、强化问责、严肃执纪三个方面抓好落实。

此次新闻发布会发言人强调各级组织部门应按照"一规定一办法"要求，在选人用人和干部管理监督等方面更加注重生态环境保护责任落实情况，重点做好三方面工作：一是强化教育培训，推动各级领导班子和领导干部知责明责履责担责；二是完善考核机制，发挥环保考评的"指挥棒"作用；三是加强监督问责，形成环保工作失责必问的高压态势。

（来源于《人民日报》）

五、知识链接

自然天成——陶渊明的诗歌境界

陶渊明，字元亮，又名潜，私谥"靖节"，世称"靖节先生"，浔阳柴桑人。东晋末至南朝宋初的伟大诗人、辞赋家。曾任江州祭酒、建威参军、镇军参军、彭泽县令等职，最末一次出仕为彭泽县令，仅80多天便弃职而去，从此归隐田园。他是中国第一位田园诗人，被称为"古今隐逸诗人之宗"。

陶渊明传世作品共有诗125首，文12篇被后人编为《陶渊明集》。作品类型有饮酒诗、咏怀诗、田园诗、散文辞赋等。他在文学史上的地位和影响，有赖于他的散文和辞赋，特别是《五柳先生传》《桃花源记》和《归去来兮辞》，这三篇最为著名，也最见其性情和思想。

陶渊明的文学思想主要表现在他对真与自然的独特理解方面。他对真的理解，既注重历史与生活的真实，更注重思想情感和襟怀抱负的真实，是较完美的艺术真实。他以自然为美，以真为美，不言教化，不事雕凿，注重情感的自由抒发，注重诗文的自然天成，形成了真朴淡远的艺术境界和冲淡自然的美学风格。

陶渊明归隐后，亲自参加了劳动，接近农民，对农村生活体验较深，因此，他在诗歌发展史上的一大贡献，便是开创了文人诗歌创作的新领域——田园诗，把田园生活引进了诗坛，"暧暧远人村，依依墟里烟。狗吠深巷中，鸡鸣桑树颠"。"种豆南山下，草盛豆苗稀。晨兴理荒秽，带月荷锄归。"他的诗歌里有充满诗情画意的村居图，也有对农村生活、躬耕感受的真实反映。

梁实秋说："绚烂之极归于平淡，但是那平不是平庸的平，那淡不是淡而无味的淡，那平淡乃是不露斧凿之痕的一种艺术韵味。"这便是对陶渊明诗歌语言的最好注解。在诗文创作技巧上，他还善于用白描手法勾勒景物、点染环境，使得意境浑融高远又富含理趣，形成了自然天成的诗歌境界。

（来源于《光明日报》）

第八章　尊德乐义　兼济天下

导　　读

范仲淹有云"居庙堂之高，则忧其民；处江湖之远，则忧其君"，这反映了他不仅仅以视友善天下万物为人生理想，更深刻地阐述了如何实现这一人生理想的方法。善待己、善待人、善待万物没有高低贵贱之分，"穷则独善其身，达则兼济天下"，善是实现双赢的策略，内可修身，外可达人，不可损己以利人，亦不可损人以利己。利己利人，善也。

一、经典阅读

孟子谓宋勾践①曰："子好游②乎？吾语子游。人知之，亦嚣嚣③；人不知，亦嚣嚣。"曰："何如斯可以嚣嚣矣？"曰："尊德乐义，则可以嚣嚣矣。故士穷不失义，达不离道。穷不失义，故士得己④焉；达不离道，故民不失望焉。古之人，得志，泽加于民；不得志，修身见于世。穷则独善其身，达则兼善天下。"

【参考注释】

①宋勾践：人名，姓宋，名勾践，生平不详。

②游：指游说。

③嚣嚣：安详自得的样子。

④得己：即自得。

二、鉴赏指津

孟子与宋勾践关于"怎样才能做到安然自得"的对话，最终得出的结论便是孟子的主张"穷则独善其身，达则兼济天下"。

修身、齐家、治国、平天下，是儒家思想传统中知识分子谨守的信条。以自我完善为基础，通过治理家庭，到最终平定天下，可以说是数千年来知识分子的最高理想。然而成功的时候少，失望的时候多，于是孟子说："穷则独善其身，达则兼济天下。"这积极而达观的态度弥补了无法完善的孤高理想，成为千年来儒家的信条。

穷达是身外事，只有道义是根本的，如孔子所说："用之则行，舍之则藏。"进可攻，退可守，明哲保身，进退自如。当穷困不得志时，以独善其身来安抚失落的心；顺境畅达时，又以兼善天下的豪情警诫自己——这便是对善的选择，也是千百年来儒家发挥最极致的理想主义。

三、趣味故事

雪中送炭

宋太祖的弟弟宋太宗赵匡胤年轻的时候，曾经跟宋太祖一起打过天下，深切地知道江山得来不易。因此，他特别爱护老百姓。有一年冬天天气特别寒冷，到处都是深厚的积雪，宋太宗在皇宫里面穿着龙袍，烤着炭火还觉得寒气逼人。他命人拿来美酒，借酒来驱寒，一杯酒还没喝完，他就想到了一个问题：我住在皇宫里，穿着貂皮做的龙袍，烤着炭火还觉得冷，那些缺衣少食的贫苦百姓，他们又没有炭火烤，不知道会被冻成什么样子呢？我必须想点办法帮助他们解决一些实际问题。想到这里，他马上找来开封府尹，对他说："现在天寒地冻，我们这些有吃有穿有火烤的人都觉得冷，那些缺衣少食的老百姓肯定更加受不了，你们马上带上衣服和木炭替我去问候他们，帮他们迅速解决这个燃眉之急。"开封府尹接到圣旨，马上带领他的随从，准备好衣服、粮食和木炭，挨家挨户送到百姓手里。那些有困难的百姓们非常感激，都称皇上是雪中送炭！

　　皇帝很爱民，关心自己的百姓的受寒情况，为百姓送上了温暖。赵匡胤深知得江山易守江山难，做皇帝的就要为老百姓考虑生活，要深得老百姓的民心。因此，不管什么时候都要有一颗胸怀天下的善心。

（故事出自《宋史·太守纪》）

四、古为今用

"援非"——一个大国兼济天下的选择与担当

　　近几年来，我国向全世界展现了实现"一带一路"合作、开放、共赢理念的能力与决心，国家的一举一动都备受全球的关注。

　　我国在促进非洲大陆经济发展上所做出的贡献是有目共睹的。如在 2017 年 5 月，中国承建的蒙巴萨至内罗毕标轨铁路正式通车，这标志着一个在历史上饱受战乱与殖民主义之苦的国家——肯尼亚，第一次拥有了自己运营的新铁路。

　　在发展援助上，除了经济方面的合作，人道主义援助也是我国援非政策中很重要的一个方面。近半个世纪以来，我国向非洲派遣了 1.8 万人次的医疗队分布于非洲 60 多个国家和地区，积极帮助当地完善疫情防控和诊疗方案，培训当地医务人员，为受援国引进中国传统医药技术。

　　2014 年初，我国先后向埃博拉疫情较为严重的几内亚、利比亚和塞拉利昂三国提供了总价值约 7.5 亿元人民币的紧急援助。此外，我国还向非洲派遣了大量的农业技术人员，建设了农业技术示范中心、帮助当地提高粮食生产能力和科技水平。

在 2015 年中国国家主席习近平在中非合作论坛约翰内斯堡峰会开幕式上提出的中非"十大合作计划"中，我国在 2015 年全年投入 100 亿美元为非洲新建和升级了一批工业园区，并设立了区域职业教育中心，为非洲培训职业技术人才以及资助来华技术培训等。此外，在 2015 年 4 月，因阿拉伯国家联盟在也门对胡塞武装展开打击，我国海军动用的武装军舰不仅帮助也门完成了 600 名侨民的撤侨任务，同时还帮助了多个国家的侨民撤离。

从这些具有国际主义的善形中中无不体现了一个大国的责任和担当，也再次表明我国援非的目的和立场是真诚的、无私的，这正是我国兼济天下的一个选择。

（来源于红网）

五、知识链接

我国睦邻友好的外交政策

我国"睦邻友好政策"是指：以邻为伴，"睦邻、安邻、富邻"的外交政策。在 21 世纪，加强睦邻友好关系，进一步稳定周边，具有重大的现实意义和深远的历史意义。周边国家是我国重要的战略依托。做好周边工作，是推进社会主义现代化建设、实现中华民族伟大复兴的需要，是扩大对外开放的需要，是确保边陲安宁、维护国内稳定的需要，是完成祖国统一大业的需要，是外交斗争全局的需要。我国长期实行睦邻友好政策，受到了周边国家的普遍欢迎。

中华文明对周边一些国家中具有相当大的影响。我国在地理上处于亚洲中部，开展多层次的区域、次区域合作具有很大的地缘优势。我国在周边地区的分量和影响日益增大，地区的和平与稳定，经济的发展和繁荣，区域合作的巩固和深化，都离不开中国。总之，进一步发展我国同周边国家的友善关系有着坚实的基础。

我国要树立和平发展、友好合作的形象，耐心细致地多做消疑释虑的工作，用自己的模范言行增加信任，使得他们逐步认识到所谓"中国威胁"是根本不存在的。我国强调睦邻友好，并不意味着放弃原则、不讲斗争，更不意味着可以牺牲自己的主权和权益。对于损害我们国家利益的行径，要坚持原则，进行有理、有利、有节的斗争。同时，要策略灵活，缩小打击面，努力做到不伤害别国人民的民族感情，维护睦邻友好。

自古以来，我国在对待与他国的问题上，都以和谐友善思想为指导，渴望拥有良好的国际关系，利国利家也利民。

后　记

　　编写《穿越时空的价值印记——国学经典与社会主义核心价值观》一书的初衷是为培育社会主义核心价值观和弘扬中华优秀传统文化，找到一个契合点，尽绵薄之力。本书力求融国学经典与社会主义核心价值观于一体，深入挖掘经典古诗文中的正确价值取向，让广大干部群众尤其是青少年学生深入理解文化强国的意义，增强文化自信，主动承担弘扬中华优秀传统文化的重任，形成践行社会主义核心价值观的自觉。

　　本书编写人员有中南大学文学与新闻传播学院、第二附属中学和法学院的有关专业老师。编写工作耗时近两年，老师们查阅了大量的文献资料："经典阅读"精选了160余篇与社会主义核心价值观密切关联的经典古诗文；"鉴赏指津""趣味故事"和"古为今用"中相当一部分为原创；"知识链接"选取了120余篇相关的文学知识。编写过程中召开专题研讨会十余次，每一次会议，全体编写人员都认真讨论，各抒己见，仔细推敲，反复斟酌，力求精准。正因为大家齐心协力，才有了本书的出版。

　　在本书即将付梓之际，我们有太多感谢的话要说：感谢肖来荣、白寅、张武装、吴湘华等领导、教授的关心与支持！感谢刘贡求老师的指导与帮助！感谢彭辉丽、浦石编辑的辛勤与用心！感谢文学与新闻传播学院和法学院有关学生参与资料的查阅与整理！

　　感谢长沙市第一中学校长廖德泉、湖南师范大学附属中学校长谢永红、长沙市长郡中学校长李素洁和长沙市雅礼中学校长刘维朝等名校校长的联袂推荐！校长们作为青少年学生的领路人，对本书寄予的厚望让我们既感到了压力，也倍增了前行的动力。

穿越时空的价值印记

尤其要感谢的是张尧学院士和何继善院士！何继善院士欣题书名、张尧学院士慷慨赠序，关爱和期许之情难以备述，我们唯有更加努力，才能报答其万一。

"观今宜鉴古，无古不成今"。我们期望广大干部群众尤其是青少年学生在阅读时能真正从国学经典中探究出社会主义核心价值观的精髓，举一反三，古为今用。

愿社会主义核心价值观深深根植于国人心中，愿国学经典永远散发出熠熠夺目的光彩，瓜瓞绵绵，晖光日新。

编　者
2018 年 5 月

后
记

图书在版编目（CIP）数据

穿越时空的价值印记：国学经典与社会主义核心价
值观：全3册／董龙云，杨雨主编. --长沙：中南
大学出版社，2018.5
ISBN 978 - 7 - 5487 - 3131 - 3

Ⅰ.①穿… Ⅱ.①董… ②杨… Ⅲ.①国学－青少年
读物 ②社会主义建设－价值论－中国－青少年读物 Ⅳ.
①GZ126 - 49 ②D616 - 49

中国版本图书馆 CIP 数据核字（2018）第 109510 号

穿越时空的价值印记
——国学经典与社会主义核心价值观
CHUANYUE SHIKONG DE JIAZHI YINJI
——GUOXUE JINGDIAN YU SHEHUIZHUYI HEXIN JIAZHIGUAN

董龙云　杨　雨　主编

□责任编辑　彭辉丽　浦　石
□责任印制　易红卫
□出版发行　中南大学出版社
　　　　　　社址：长沙市麓山南路　　　　邮编：410083
　　　　　　发行科电话：0731 - 88876770　　传真：0731 - 88710482
□印　　装　长沙德三印刷有限公司

□开　　本　710×1000　1/16　□印张 46.5　□字数 720 千字　□插页 2
□版　　次　2018 年 5 月第 1 版　□2018 年 10 月第 3 次印刷
□书　　号　ISBN 978 - 7 - 5487 - 3131 - 3
□定　　价　158.00 元